FORTERESSE DES ÉTOILES

C.J. CHERRYH

Hestia	*J'ai lu* 1183/**3**
Chasseurs de mondes	*J'ai lu* 1280/**4**
Les adieux du soleil	*J'ai lu* 1354/**3**
Les seigneurs de l'hydre	*J'ai lu* 1420/**4**
Chanur	*J'ai lu* 1475/**4**
L'opéra de l'espace	*J'ai lu* 1563/**3**
La pierre de rêve	*J'ai lu* 1738/**3**
L'épopée de Chanur	*J'ai lu* 2104/**4**
La vengeance de Chanur	*J'ai lu* 2289/**4**
L'œuf du coucou	*J'ai lu* 2307/**3**
Le retour de Chanur	*J'ai lu* 2609/**7**
Frères de la terre	
Les oubliés de Gehenna	
Port éternité	
Le voyageur de la nuit	
Les flots sans rivages	
Soleil mort	
Les légions de l'enfer	*J'ai lu* 2814/**5**
Cyteen - 1	*J'ai lu* 2935/**6**
Cyteen - 2	*J'ai lu* 2936/**6**
Volte-face	*J'ai lu* 3144/**5**
Forteresse des étoiles	*J'ai lu* 3330/**7**
Temps fort	*J'ai lu* 3417/**7**
Les portes d'Ivrel	*J'ai lu* 3631/**4**
L'héritage de Chanur	*J'ai lu* 3648/**8**
Le puits de Shiuan	*J'ai lu* 3688/**5**
Les feux d'Azeroth	*J'ai lu* 3800/**4**
La porte de l'exil	*J'ai lu* 3871/**8**

C.J. CHERRYH

FORTERESSE DES ÉTOILES

TRADUIT DE L'AMÉRICAIN
PAR DANIEL LEMOINE

ÉDITIONS J'AI LU

Collection créée et dirigée
par Jacques Sadoul

Titre original :

DOWNBELOW STATION

LIVRE UN

1

TERRE ET ESPACE ; 2005-2352

Les étoiles, comme toutes les conquêtes de l'homme, étaient une impossibilité manifeste, une ambition aussi téméraire et irréalisable que la conquête des immenses océans de la Terre, de l'air ou de l'espace. La Station Sol fonctionnait depuis plusieurs années ; les premières mines, fabriques et centrales énergétiques de l'espace commençaient à rapporter. La Terre les assimila aussi rapidement qu'elle avait absorbé les autres éléments de son confort. Des missions parties de la station explorèrent le Système, programme que le public n'était absolument pas en mesure de comprendre mais qui ne se heurta à aucune opposition du fait qu'il ne mettait pas en péril le confort dont jouissait la Terre.

Très discrètement, très prosaïquement, la première sonde, inhabitée, gagna les deux étoiles les plus proches, recueillit des informations et rentra, tâche en elle-même d'une complexité considérable. Son lancement, depuis la station, suscita l'intérêt du public, mais il faudrait attendre les résultats pendant de longues années et les moyens d'information cessèrent de s'intéresser à elle aussi rapidement qu'elle sortit du Système Solaire. Elle suscita beaucoup d'attention à son retour, nostalgie de la part de ceux qui avaient assisté à son lancement, plus de dix ans auparavant, curiosité de la part des jeunes qui ne daient pratiquement rien de son départ et se deman- science, quoi il s'agissait. Ce fut une victoire de la de travail a rt d'informations fournissant des années rapide, aisé, ... Mais il n'existait aucun moyen signification d'ensemble de ces observations aux profanes. Du point de vue des relations publiques, la mission fut un échec ; le public, cherchant à comprendre dans le cadre des valeurs qui lui étaient propres, était préoccupé par le profit matériel, les trésors, les richesses et les découvertes spectaculaires.

La sonde avait trouvé une étoile dont les aptitudes à abriter la vie étaient raisonnables ; une ceinture de débris contenant des particules, des planétoïdes, des masses irrégulières dont la taille était légèrement inférieure à celle d'une planète et permettant de tirer des conclusions intéressantes sur la formation des Systèmes, ainsi qu'une compagne planétaire entourée de son Système propre de débris et de lunes... une planète désolée, torride, inhospitalière. Ce n'était ni l'Eden ni la Deuxième Terre, cela ne valait pas mieux que ce qu'il y avait dans le Système Solaire lui-même et c'était un bien long voyage pour un piètre résultat. Les moyens d'information se heurtèrent à des questions dont ils ne saisissaient pas bien le sens, cherchèrent ce qui pourrait intéresser les spectateurs et lecteurs, abandonnèrent rapidement. On souleva bien la question du coût, on fit bien quelques comparaisons vagues et désespérées avec Colomb, mais l'information se rabattit bientôt sur la crise politique du Bassin Méditerranéen, nettement plus accessible et beaucoup plus sanglante.

Les autorités scientifiques de la Station Sol poussèrent un soupir de soulagement puis, avec la même prudence discrète, investirent une partie de leur budget dans une modeste expédition habitée, voyageant dans une sorte de modèle réduit de la Station Sol elle-même et chargée de se mettre en orbite autour de ce monde afin de recueillir de nouvelles informations.

Puis, tout aussi discrètement, suivant le principe qui avait donné naissance à la Station Sol, de tester les techniques de fabrication qui avaient permis la construction du deuxième satellite de la Terre... dans des conditions différentes. Sol Corporation investit généreusement, ayant une certaine curiosité, une certaine conscience d...
stations et des bénéfices que pourrait apporter le...
loppement.

... de la Sta-

Ce fut le commencement.

Les principes qui avaient présid...

tion Sol assurèrent la viabilité de la première station stellaire. Il ne lui fallait qu'un minimum de produits biologiques en provenance de la Terre... luxes, pour l'essentiel, destinés à rendre l'existence du nombre croissant de techs, de savants et de familles qui y vivaient plus agréable. Elle exploita des mines ; et, à mesure que ses besoins diminuèrent, elle exporta son surplus de minerais... ainsi naquit le premier maillon de la chaîne. Pas besoin, aucun besoin, cette première colonie l'avait démontré, d'une étoile avec une planète convenant aux êtres humains, pas même besoin d'une étoile de type approximativement solaire... seulement le vent solaire et les débris correspondants de métaux, de roches et de glace. Une fois la station construite, on pouvait lancer un module de station vers l'étoile suivante, quelle qu'elle soit. Bases scientifiques, fabriques : bases à partir desquelles l'étoile suivante pouvait être atteinte ; et la suivante, puis la suivante, puis la suivante. L'exploration de l'espace se développa sur un vecteur étroit, une petite pale d'hélice qui grandissait à son extrémité la plus large.

Sol Corporation, ayant largement dépassé son objectif d'origine et possédant plus de stations que Sol elle-même, devint ce que les habitants des stations l'appelèrent : l'Earth Company. Elle exerçait le pouvoir... sur les stations, bien entendu, qu'elle dirigeait de loin puisqu'il fallait voyager pendant plusieurs années dans l'espace pour les atteindre ; et sur la Terre, aussi, où ses réserves croissantes de minerais, de produits pharmaceutiques et les brevets qu'elle possédait rapportaient des bénéfices énormes. Bien que le système ait été très lent à se mettre en place, l'arrivée régulière de produits et d'idées nouveaux, bien que partis depuis très longtemps, augmentait les bénéfices de la Compagnie et, par conséquent, son pouvoir. La Compagnie envoya un nombre sans cesse croissant de vaisseaux de commerce : c'était tout ce qui lui restait à faire. Les équipages responsables de ces vaisseaux pendant les longs trajets se replièrent sur eux-mêmes, donnant naissance à un mode de vie original et ne demandant que l'amélioration d'un matériel dont ils se sentaient propriétaires ; chaque station ravitaillait sa voisine, faisant franchir un pas supplémentaire aux marchandises de la Terre et ce commerce en circuit fermé aboutissait finalement à la Station Sol, où l'essentiel des marchandises servait à payer les produits que seule la Terre pouvait produire.

Ce fut la grande époque de ceux qui commercialisaient ces richesses : les fortunes se faisaient et se défaisaient ; les gouvernements aussi ; les sociétés devenaient de plus en plus puissantes et l'Earth Company, sous ses nombreux déguisements, accumulait des profits énormes et dirigeait les affaires des nations. Ce fut une époque d'instabilité. Les populations récemment industrialisées et les mécontents de toutes les nations prirent la longue, longue piste, en quête de travail, de fortune, de rêves de liberté, vieille chimère du Nouveau Monde, comportements humains retrouvés sur cet océan nouveau et infini, qui conduisait sur des terres étrangères.

La Station Sol devint le point de départ, cessant d'être exotique pour devenir sûre et connue. L'Earth Company se développa, absorbant la richesse des stations stellaires, nouvel élément de confort qui fut bientôt tenu pour acquis par ceux qui en bénéficiaient.

Et les stations stellaires s'accrochaient au souvenir de ce monde vivant, diversifié, d'où elles étaient venues, Mère Terre, dans une atmosphère chargée d'émotion, elle qui leur envoyait les précieux produits biologiques, produits qui, dans un univers désert, leur rappelaient qu'il existait au moins un petit point habité. Les vaisseaux de l'Earth Company étaient le cordon ombilical… et les sondes de l'Earth Company étaient le côté romanesque de leur existence, les vaisseaux d'exploration légers et rapides qui leur permettaient de choisir la direction du pas suivant. Ce fut l'époque du Grand Cercle, qui n'était pas un cercle mais le trajet que les vaisseaux de transport de l'Earth Company accomplissaient continuellement, dont le début et la fin étaient la Mère Terre.

Une étoile après l'autre, neuf en tout… jusqu'à Pell, qui avait une planète habitable et habitée.

Ce fut l'élément qui annula tous les paris, rompit définitivement l'équilibre.

L'étoile de Pell et la planète de Pell, d'après le capitaine de la sonde qui les avait localisées… découvrant non seulement une planète mais aussi des habitants, des indigènes.

La nouvelle mit longtemps, parcourant le Grand Cercle, pour arriver à la Terre; moins longtemps pour que la nouvelle de la découverte parvienne aux stations stellaires voisines... et la planète Pell ne reçut pas seulement des scientifiques. Les sociétés des stations locales, qui connaissaient les implications économiques de l'événement, prirent immédiatement la route de l'étoile, afin de ne pas se faire distancer; les populations entreprirent le voyage et deux stations, en orbite autour d'étoiles moins intéressantes, se dépeuplèrent dangereusement puis, au bout du compte, s'effondrèrent complètement. Alors même que le développement s'amorçait et que la construction d'une station à Pell mobilisait les énergies, des gens ambitieux se tournaient déjà vers deux autres étoiles, situées au-delà de Pell, calculant avec une prévoyance froide, car Pell était une source de produits comparables à ceux de la Terre, de luxes... une altération potentielle des directions du commerce et du ravitaillement.

Sur Terre, quand les vaisseaux de transport annoncèrent la nouvelle... la hâte frénétique d'ignorer Pell... la vie extra-terrestre... elle ébranla l'ensemble de la Compagnie, provoqua des débats moraux et des débats politiques, en dépit du fait qu'elle avait presque vingt ans... comme s'il était possible d'influencer les décisions qui avaient été prises dans l'Au-Delà. On ne contrôlait plus rien. Une autre forme de vie. Cela s'opposait à l'idée amoureusement entretenue que l'homme se faisait de la réalité cosmique. Cela soulevait des problèmes philosophiques et religieux, imposait des réalités qui poussèrent au suicide des individus incapables de les affronter. Des cultes apparurent. Mais, avec l'arrivée d'autres vaisseaux, on apprit que les Extra-terrestres de la planète de Pell n'étaient ni très intelligents ni violents, ne construisaient rien et ressemblaient beaucoup à des primates inférieurs, étaient couverts d'une fourrure brune, et nus, avec de grands yeux étonnés.

Ah, soupira l'homme enchaîné à la Terre. L'univers anthropocentrique, terrocentrique, auquel la Terre avait toujours cru avait été ébranlé, mais s'était rapidement rétabli. Les Isolationnistes, qui s'opposaient à la Compagnie, devinrent plus nombreux, en réaction à la menace... et au ralentissement net et brusque du commerce.

La Compagnie était complètement désorganisée. Il fallait très *longtemps* pour que les instructions parviennent à destination et Pell se développa, échappant au contrôle de la Terre. De nouvelles stations, auxquelles l'Earth Company n'avait pas donné son aval, apparurent dans deux Systèmes suivants, des stations appelées Mariner et Viking ; et elles donnèrent naissance à Russell et à Espérance. Quand les instructions de la Compagnie arrivèrent à destination, demandant aux stations abandonnées de mettre en œuvre telle et telle politique, les ordres étaient totalement dénués de sens.

En réalité, de nouveaux circuits commerciaux étaient déjà en place. Pell avait les produits biologiques nécessaires. Elle était proche des stations stellaires ; et les sociétés des stations, qui avaient considéré la Terre comme la Mère Bien-Aimée, prirent conscience de possibilités nouvelles et les exploitèrent. D'autres stations furent construites. Le Grand Cercle était rompu. Plusieurs vaisseaux de transport appartenant à la Compagnie désertèrent afin de commercer avec le Nouvel Au-Delà, et il était impossible de les en empêcher. Le commerce continua, de plus belle, mais plus jamais comme avant. La valeur des produits fournis par la Terre baissa et, par conséquent, la Terre dut payer de plus en plus cher les marchandises des colonies.

Il y eut un second choc. L'Au-Delà recelait un autre monde, découvert par un commerçant entreprenant... Cyteen. D'autres stations apparurent : Fargone, Paradise, Wyatt, et le Grand Cercle s'étendit encore.

L'Earth Company prit une décision : un programme de remboursement, une taxe sur les marchandises qui permettrait d'éponger les pertes récentes. Elle fit valoir, auprès des stations, la solidarité humaine, la dette morale, la reconnaissance.

Quelques stations et commerçants payèrent la taxe. D'autres refusèrent, notamment les stations situées au-delà de Pell, et Cyteen. Elles affirmaient que la Compagnie n'avait pas participé à leur réalisation et qu'elles ne lui appartenaient pas. On mit en place un système de papiers et de visas, on eut recours aux inspections, créant un mécontentement amer chez les commerçants, qui considéraient que leurs vaisseaux étaient leur propriété.

En outre, les sondes furent rappelées, reconnaissance tacite du fait que la Compagnie avait officiellement décidé de ralentir le développement de l'Au-Delà. Ils étaient *armés*, ces rapides vaisseaux d'exploration, et l'avaient toujours été du fait qu'ils s'aventuraient dans l'inconnu ; mais ils furent alors chargés de rendre visite aux stations et de les ramener dans le droit chemin. Ce fut le plus difficile à admettre, le fait que les équipages des sondes, qui avaient été les héros de l'Au-Delà, soient devenus les chiens de garde de la Compagnie.

Les commerçants s'armèrent à leur tour, vaisseaux de transport inadaptés au combat, incapables de changer rapidement de trajectoire. Mais il y eut des accrochages entre les sondes reconverties et les commerçants rebelles, bien que la majorité des commerçants aient accepté, à contrecœur, d'acquitter la taxe. Les rebelles se réfugièrent dans les colonies éloignées, où il était malaisé de faire appliquer le règlement.

Cela devint une guerre sans que le mot soit prononcé... sondes armées de la Compagnie contre commerçants rebelles qui ravitaillaient les étoiles lointaines, situation rendue possible par la présence de Cyteen ; et Pell elle-même n'était plus indispensable.

Ainsi, la ligne fut tracée. Le Grand Cercle se reforma, excluant les étoiles situées au-delà de Fargone, mais fut beaucoup moins profitable. Le commerce continua, entre les deux côtés de la ligne, mais dans des conditions étranges car les commerçants qui payaient la taxe pouvaient aller partout, et ne s'en privaient pas, tandis que les commerçants rebelles ne le pouvaient pas, mais il était possible d'imiter les cachets et cela arrivait fréquemment. La guerre n'était pas très active ; on ne tirait sur les commerçants rebelles que lorsqu'ils formaient une cible nette et facile. Les vaisseaux de la Compagnie ne purent ressusciter les stations voisines de Pell, sur le chemin de la Terre, elles n'étaient plus viables. Les populations émigrèrent sur Pell, Russell, Mariner, Viking, Fargone et même plus loin.

On construisit des vaisseaux, comme on avait construit des stations, dans l'Au-Delà. La technologie s'y trouvait, et les commerçants proliféraient. Puis le *saut* apparut... théorie mise au point dans le Nouvel Au-Delà, à Cyteen, rapidement accaparée par les constructeurs de Mariner, du côté de la ligne contrôlé par la Compagnie.

Et ce fut le troisième choc subi par la Terre. La méthode d'analyse basée sur la vitesse de la lumière devint archaïque. Les vaisseaux de transport franchissaient, en brefs transits, la zone neutre ; mais le temps nécessaire pour aller d'une étoile à l'autre passa de plusieurs années à des périodes de mois et de jours. Les techniques furent améliorées. Le commerce évolua et les données stratégiques de la longue guerre changèrent... les rapports entre les stations se firent plus étroits.

Soudain, à la suite de cela, il y eut une organisation au sein des rebelles des confins de l'Au-Delà. Elle débuta par la coalition de Fargone et de ses mines ; elle gagna Cyteen, intégra Paradise et Wyatt puis atteignit d'autres étoiles et les commerçants qui les ravitaillaient. On parla... de croissance démographique énorme pendant de nombreuses années, technologie autrefois envisagée du côté de la ligne contrôlé par la Compagnie, quand on avait besoin d'hommes, de vies humaines pour emplir l'immense vide noir, pour travailler et construire. Cyteen l'avait fait. Cette organisation, cette *Union* comme elle s'intitulait, se multipliait géométriquement, utilisant des installations fonctionnant déjà, des labos d'incubation. L'Union *grandit*. Elle s'était, en l'espace de deux décennies, énormément développée, en étendue et en densité de population, elle proposait une idéologie simple, invariable, basée sur la croissance et la colonisation, donnant un objectif à ce qui n'était qu'une révolte désorganisée. Elle faisait taire les dissidents, mobilisait, organisait, donnait du fil à retordre à la Compagnie.

Et, finalement, l'opinion publique, vexée, exigeant des résultats face à une situation qui se détériorait, l'Earth Company, basée sur la Station Sol, abandonna la taxe, investit ses fonds dans la construction d'une immense flotte, uniquement composée de vaisseaux aptes au saut, machines de destruction, l'*Europe*, l'*Amérique* et tous leurs terrifiants semblables.

L'Union, pour sa part, construisait, perfectionnait des

vaisseaux de guerre, changeant de style comme elle changeait de technologie. Les capitaines rebelles, qui combattaient depuis de longues années pour des raisons qui leur étaient propres, furent accusés de mollesse au moindre manquement ; les vaisseaux furent confiés à des commandants soumis à l'idéologie et plus impitoyables.

Les succès de la Compagnie furent plus durement acquis. La grande Flotte, inférieure en nombre et chargée de protéger un territoire immense, ne put mettre un terme à la guerre en un an, ni même en cinq ans. Et ce conflit sans gloire, exaspérant, vexa la Terre. *Supprimez tous les vaisseaux,* entendit-on dans les organismes financiers. *Faites revenir nos vaisseaux et que ces salauds crèvent de faim !*

C'était, bien entendu, la Flotte de la Compagnie qui mourait de faim ; ce n'était pas le cas de l'Union, mais la Terre semblait incapable de comprendre qu'il ne s'agissait plus de fragiles colonies révoltées mais d'une puissance en formation, bien nourrie et bien armée. La même politique à courte vue, l'incompatibilité entre les Isolationnistes et la Compagnie, qui étaient responsables de la perte des colonies, s'accentuèrent à mesure que les échanges diminuaient ; la guerre ne fut pas perdue dans l'Au-Delà mais dans les assemblées et les conseils d'administration de la Terre et de la Station Sol, qui décidèrent d'ouvrir des mines à l'intérieur du Système, ce qui était rentable, et d'envoyer les missions d'exploration, qui ne l'étaient pas, au diable.

Peu importait que le saut existât, et que les étoiles fussent proches. Les esprits étaient enchaînés aux problèmes du passé, à leurs problèmes et à leur politique. La Terre interdit l'émigration, constatant la fuite de ses meilleurs esprits. Elle s'enfonça dans le chaos économique et il était facile de concentrer le mécontentement sur le pillage de ses ressources naturelles par les stations. *Plus jamais la guerre,* disait-on ; la paix, tout d'un coup, devint de bonne politique. La Flotte de la Compagnie, privée de capitaux dans la guerre qu'elle menait sur un front extrêmement étendu, se ravitailla où elle le pouvait, quand elle le pouvait et comme elle le pouvait.

Finalement, il ne resta plus qu'un groupe de quinze

vaisseaux, sur les cinquante qui avaient été lancés, assemblés près des stations qui leur étaient encore ouvertes. On l'appelait : la Flotte de Mazian, dans la tradition de l'Au-Delà où les vaisseaux étaient si peu nombreux, au début, que les ennemis se connaissaient de nom et de réputation... cela était devenu moins fréquent, mais on connaissait encore quelques noms. Conrad Mazian, de l'*Europe*, était un nom que l'Union avait appris à redouter ; Tom Edger, de l'*Australie*, en était un autre ; Mike Kreshov, de l'*Atlantique*, et Signy Mallory, du *Norvège* ; et tous les autres capitaines de la Compagnie, jusqu'à ceux des vaisseaux auxiliaires. Ils servaient toujours la Terre et la Compagnie, mais avec une conviction faiblissante. Aucun n'était né sur Terre ; ils recevaient peu de renforts, aucun de la Terre, aucun des stations de leur territoire, car les stations tenaient absolument à leur neutralité. Les commerçants étaient leur source d'astronautes qualifiés et de soldats, le plus souvent enrôlés de force.

L'Au-Delà, dans le passé, commençait avec les étoiles voisines de la Terre ; à présent, il commençait à Pell car les anciennes stations étaient toutes fermées du fait que la Terre avait réduit ses échanges et que le saut avait transformé les méthodes commerciales. Les Etoiles Proches étaient pratiquement oubliées, abandonnées.

Il y avait des planètes, au-delà de Pell, au-delà de Cyteen, et l'Union les possédait, de véritables planètes, aux confins de la zone neutre, que le saut permettait d'atteindre ; où l'Union faisait fonctionner les labos d'incubation et augmentait sa population, y produisant des travailleurs et des soldats. L'Union voulait tout l'Au-Delà et diriger ce qui serait le déroulement de l'avenir de l'homme. L'Union avait l'Au-Delà, à l'exception d'un mince arc de stations que la Flotte de Mazian tenait toujours impitoyablement pour le compte de la Terre et de la Compagnie, parce que cette mission lui avait autrefois été confiée, parce qu'elle ne pouvait plus faire autrement. Derrière elle, il n'y avait que Pell... et les stations abandonnées des Etoiles Proches. Plus loin, isolée... il y avait la Terre, prisonnière de ses contemplations internes et de sa politique complexe, fragmentée.

Le Système Solaire était pratiquement en dehors des

circuits commerciaux. Dans la folie de la Guerre, les commerçants indépendants ravitaillaient les étoiles de l'Union au même titre que celles de la Compagnie, traversaient les lignes à volonté, bien que l'Union décourageât ce trafic au moyen d'un harcèlement subtil, cherchant à faire le blocus de la Compagnie.

L'Union grandit et la Flotte de la Compagnie tint, privée de mondes, à l'exception de Pell qui la nourrissait et de la Terre qui l'ignorait. Au sein de l'Union, on ne construisait plus de stations sur l'ancien modèle. Elles ne constituaient plus que des dépôts utilisés par les mondes, et les sondes exploraient des étoiles plus lointaines. Il y avait de nombreuses générations qui n'avaient jamais vu la Terre... des êtres humains pour qui l'*Europe* et l'*Atlantique* étaient des créatures de métal et de terreur... des générations dont le mode de vie était les étoiles, l'infini, la croissance illimitée et l'éternité. La Terre ne les comprenait pas.

Mais les stations restées fidèles à la Compagnie et les commerçants indépendants qui franchissaient les lignes étaient dans le même cas.

2

1

PRÈS DE PELL; 2/5/52

Le convoi apparut, le *Norvège* d'abord, puis les dix vaisseaux de transport... davantage quand le *Norvège* lança ses quatre auxiliaires et que la formation protectrice se mit en place, se dirigeant vers l'étoile de Pell.

C'était un refuge, un endroit sûr que la guerre n'avait pas encore touché, mais il se trouvait à la limite du ressac. Les mondes des confins de l'Au-Delà gagnaient et les certitudes changeaient, des deux côtés de la ligne.

Le pont de l'ESC5 *Norvège*, bourdonnait d'activité : les quatre tableaux de commandes contrôlant les auxiliaires, la longue allée des coms, celle des scans et celle de leurs contrôles. Le *Norvège* était en liaison constante avec les dix vaisseaux de transport et les messages qui passaient sur ces canaux étaient brefs, concernant seulement les problèmes relatifs aux vaisseaux. Le *Norvège* était trop occupé pour s'intéresser aux catastrophes humaines.

Pas d'embuscades. La station de la planète de Pell accusa réception et transmit un salut réservé. Le soulagement fut murmuré d'un poste à l'autre, dans le vaisseau, privé, non transmis sur les coms inter-vaisseaux. Signy Mallory, capitaine du *Norvège*, détendit des muscles dont elle n'avait pas perçu la crispation et mit un terme à l'état d'alerte de l'armscomp.

Elle commandait ce troupeau, troisième capitaine, par ordre d'ancienneté, de la Flotte de Mazian. Elle avait quarante-neuf ans. La révolte de l'Au-Delà était beaucoup plus ancienne ; et elle avait été pilote de vaisseau de transport, capitaine d'auxiliaire, toute la gamme, au service de l'Earth Company. Son visage était encore jeune. Ses cheveux étaient d'un gris argenté. Les traitements de réjuv, qui étaient la cause du gris, maintenaient le reste aux environs d'un âge biologique de trente-six ans ; et, considérant ce qu'elle commandait et ce que cela impliquait, elle avait l'impression d'avoir nettement plus de quarante-neuf ans.

Elle s'appuya contre le dossier capitonné de son fauteuil qui dominait les allées courbes, étroites, du pont, appuya sur les boutons situés sur le bras de son siège afin de vérifier le déroulement des opérations, regarda les postes d'activité et les écrans qui montraient ce que la vid découvrait et ce que le scan percevait. Aucun danger. Elle survivait parce qu'elle ne faisait jamais totalement confiance à ce type d'estimations.

Et parce qu'elle s'adaptait. C'était le lot de tous ceux qui faisaient cette guerre. Le *Norvège* était, comme son équipage, composé de récupérations diverses : du *Brésil*, de l'*Italie*, du *Wasp* et de l'épave du *Myriam B*, certaines parties datant de l'époque de la guerre des vaisseaux de transport. Ils prenaient ce qu'ils pouvaient, cédaient le moins possible... comme ils l'avaient fait avec les vaisseaux de réfugiés qu'ils protégeaient. Il y avait eu, de nombreuses décennies plus tôt, une époque de guerres chevaleresques, de gestes généreux, d'ennemis se portant secours et se séparant en paix. Ils étaient humains et l'Espace était immense, tout le monde le savait. C'était fini. Parmi ces civils, neutres, elle avait choisi ceux qui pourraient lui être utiles, une poignée d'individus qui s'adapteraient peut-être. Ils protesteraient, à Pell. Cela ne servirait à rien. Aucune protestation n'aboutirait, sur ce plan ou sur d'autres. La guerre avait pris un tour nouveau et ils étaient à court de solutions indolores.

Ils avançaient lentement, à la vitesse maximale des vaisseaux de transport en espace réel, sur une distance que le *Norvège* ou ses auxiliaires, seuls, auraient pu couvrir en poussant la lumière. Ils étaient arrivés dangereusement près de la masse de l'étoile de Pell, en dehors du plan du Système, risquant les accidents de saut et les collisions. Les transports n'avaient pas d'autre moyen d'aller vite... et seule la vitesse pouvait sauver des vies.

« Instructions d'approche en provenance de Pell », annoncèrent les coms.

« Graff, dit-elle à son lieutenant, assure l'accostage ! » Puis, passant sur un autre canal : « Di, toutes les unités en tenue de combat ! » Elle revint sur le canal des coms : « Demandez à Pell d'évacuer un secteur et de l'isoler. Dites au convoi que nous abattrons tout vaisseau qui ne respectera pas la formation pendant l'approche. Il faut qu'ils y croient. »

— « Compris », répondit le responsable des coms ; puis, quelques instants plus tard : « Le Chef de Station en personne. »

Le Chef de Station protesta. Elle s'y attendait.

« Faites ce que je demande ! » ordonna-t-elle... Angelo Konstantin, de *la* famille des Konstantin de Pell. « Evacuez tout un secteur, sinon c'est nous qui le ferons. Commencez tout de suite, retirez tout ce qui pourrait avoir de la valeur ou être dangereux, ne laissez que les parois ; et verrouillez les portes, soudez les panneaux d'accès. Vous ne savez pas ce que nous vous amenons. Et, si vous nous retardez, vous serez responsable de la mort de tous les passagers d'un vaisseau : le système de pressurisation du *Hansford* est sur le point de tomber en panne. Obéissez, monsieur Konstantin, sinon j'envoie la troupe. Et ne bâclez pas le travail, monsieur Konstantin, sinon les réfugiés vont se répandre comme une vermine dans toute votre station, sans identité et prêts à tout. Excusez ma brutalité. J'ai des gens qui meurent dans leurs propres déjections. Il y a sept mille civs terrifiés, dans ces vaisseaux, ce qu'il reste des stations de Mariner et de Russell. Ils n'ont plus ni choix ni temps. Je n'admettrai pas de refus, monsieur. »

Il y eut un silence, la distance et un délai plus long que celui que la distance imposait.

« Nous avons demandé l'évacuation des secteurs des docks Jaune et Orange, Capitaine Mallory. Les services médicaux seront sur place, dans la mesure de nos disponibilités. Les équipes d'urgence sont en route. Nous enregistrons les mesures d'isolement des zones concernées. Les plans d'urgence vont être mis immédiatement en action. Nous espérons que vous tiendrez compte de la volonté de nos citoyens. Notre station n'admettra pas l'intervention des militaires dans le fonctionnement de notre sécurité interne ou la mise en cause de notre neutralité, mais nous apprécierons votre collaboration, sous notre autorité. Terminé. »

Signy se détendit lentement, essuya la sueur qui lui couvrait le visage, respira plus librement.

« Soyez assuré de notre collaboration, monsieur. Accostage dans environ... quatre heures, en retardant le convoi au maximum. C'est tout ce que je peux accorder à vos préparatifs. Connaissez-vous déjà la nouvelle concernant Mariner ? La station a été détruite, monsieur ; sabotage. Terminé. »

— « Nous enregistrons quatre heures. Nous apprécions les mesures que vous nous demandez d'établir et nous les prenons au sérieux. La disparition de Mariner nous attriste. Demandons un rapport détaillé. En outre, vous avisons que nous avons actuellement une délégation de la Compagnie. Cette affaire la contrarie beaucoup. »

Elle souffla une obscénité.

« ... et ils exigent que vous soyez détournés sur une autre station. Mon personnel tente de leur expliquer la situation des vaisseaux et la détérioration des conditions de vie à bord, mais ils insistent. Ils estiment que la neutralité de Pell est menacée. Nous vous prions de tenir compte de cela au cours de votre approche et de garder présent à l'esprit que les représentants de la Compagnie ont demandé à vous rencontrer en personne. Terminé. »

Elle répéta l'obscénité, chassa l'air contenu dans ses poumons. La Flotte évitait ce type de rencontres chaque fois que cela était possible, bien qu'elles aient été très rares au cours de la décennie.

— « Dites-leur que je serai occupée. Maintenez-les loin des docks et de notre zone. Faut-il qu'ils puissent partir avec des photos montrant des colons mourant de faim ? Mauvaise publicité, monsieur Konstantin. Tenez-les à l'écart. Terminé. »

— « Ils possèdent des documents émanant du Gouvernement. Conseil de Sécurité. C'est *ce* type de délégation. Ce sont des hauts responsables et ils exigent le passage vers l'intérieur de l'Au-Delà. Terminé. »

Une seconde obscénité lui vint à l'esprit, mais elle la ravala.

— « Merci, monsieur Konstantin. Je vous fais parvenir par capsule mes recommandations concernant les réfugiés ; elles ont été soigneusement mises au point. Vous pouvez, bien entendu, les ignorer, mais je ne vous le conseille pas. Nous ne pouvons même pas garantir que les gens que nous débarquerons sur Pell ne seront pas armés. Nous *ne* pouvons *pas* aller voir. Les soldats, même armés, ne peuvent pas y aller, vous comprenez ? Voilà ce que nous vous apportons. Je vous conseille de maintenir les représentants de la Compagnie à l'écart de notre zone d'accostage jusqu'au moment où nous aurons des otages avec qui nous pourrons traiter. Enregistré ? Fin de message. »

— « Enregistré. Merci, capitaine. Fin de message. »

Elle s'affaissa dans son fauteuil, foudroya les écrans du regard et ordonna aux coms d'envoyer par capsule ses instructions au poste de commandement de la station.

Des représentants de la Compagnie. Et des réfugiés des stations perdues. Le *Hansford*, le vaisseau endommagé, transmettait régulièrement des informations avec, de la part de son équipage, un calme qu'elle admirait. Strictement suivant les règles. On mourait, à l'intérieur. L'équipage était retranché dans le poste de commandement et armé, refusant d'abandonner le vaisseau, refusant de laisser un auxiliaire prendre le *Hansford* en remorque. C'était *son* vaisseau. Il y restait et faisait ce qu'il pouvait pour ceux qui se trouvaient à bord, à distance. Il n'en voulait pas aux passagers, qui démolissaient le vaisseau... du moins depuis que l'air était devenu vicié et que les systèmes ne remplissaient plus correctement leur office.

Quatre heures.

2

Norvège. La catastrophe avait frappé Russell, et Mariner. La nouvelle se répandit rapidement dans les couloirs de la station, où faisaient rage la confusion et la colère des habitants et des entreprises qui avaient été chassés avec toutes leurs possessions. Des volontaires et des travailleurs indigènes participaient à l'évacuation ; les employés des docks utilisaient le matériel de manutention pour sortir les meubles et les objets personnels de la zone de quarantaine, étiquetant les objets pour éviter la confusion et le pillage. Les coms transmettaient continuellement des indications.

« On demande aux habitants de un à cent dix-neuf Jaune d'envoyer des délégués au service de logement d'urgence. Il y a un enfant égaré au poste de secours. May Terner. On demande à ses parents de se présenter au poste de secours... Selon les dernières estimations du Commandement Central, il y a des logements disponibles dans la zone réservée aux hôtes de passage, mille unités. Tous les non-résidents sont évacués en faveur des résidents permanents de la station, les priorités étant déterminées par loterie. Appartements disponibles par division d'unités existantes : quatre-vingt-douze. Compartiments disponibles pour transformation d'urgence en espace d'habitation : deux mille, y compris les endroits publics et quelques rotations jour/anti-jour de leur occupation. Le Conseil de la station demande à toute personne pouvant se loger par ses propres moyens, chez des parents ou des amis, de s'assurer de cette possibilité et d'introduire cette information dans le comp le plus rapidement possible ; le logement par initiative individuelle sera indemnisé sur la base du coût par tête d'un logement équivalent. Il nous manque cinq cents unités, de sorte qu'il sera nécessaire de construire des baraquements dans la station ou bien de transférer provisoirement des gens sur Downbelow, à moins que des volontaires acceptent de partager leur logement ou que les personnes déplacées soient disposées à partager les unités qui leur seront attribuées. On étudie actuellement les possibilités de logement offertes par le secteur Bleu, ce qui devrait libérer cinq cents unités dans les quatre-vingts jours à venir... Merci... On demande une équipe de sécurité à Jaune huit... »

C'était un cauchemar. Damon Konstantin regardait fixement les listings qui sortaient de la machine et, de temps en temps, arpentait le sol moquetté du poste de commandement des docks, secteur Bleu, situé au-dessus des docks eux-mêmes, où les techs s'efforçaient de résoudre les problèmes logistiques de l'évacuation. Plus que deux heures. Il voyait, par les fenêtres, le désordre des docks, où les affaires personnelles des habitants avaient été entassées sous la surveillance de la police. Tous les habitants et toutes les installations des secteurs Jaune et Orange, du niveau trois au niveau neuf, avaient été déplacés : boutiques, habitations, quatre mille personnes entassées ailleurs. Le flot traversait Bleu, suivait la bordure en direction de Vert et de Blanc, les deux principaux secteurs résidentiels. Les foules allaient et venaient, désemparées et désorientées. Elles comprenaient la nécessité : elles déménageaient... tous les occupants de la station étaient exposés à de tels transferts, à la suite de réparations, de réorganisations... mais jamais en aussi peu de temps et jamais d'une telle ampleur... et jamais sans savoir à l'avance ce qui leur serait attribué. Les projets furent annulés, quatre mille existences furent bouleversées. Les commerçants de la quarantaine de vaisseaux qui se trouvaient là avaient été expulsés sans ménagement des installations d'accueil et la Sécurité leur interdisait l'accès des docks et des vaisseaux. Sa femme, Elene, était au milieu d'un groupe, mince silhouette en vert pâle. Contact avec les commerçants... tel était le travail d'Elene, et lui était dans son bureau, inquiet. Il observa nerveusement l'attitude des commerçants, qui exprimait la colère, et envisagea d'envoyer une patrouille de police au secours d'Elene; mais Elene semblait crier aussi fort qu'eux, cris qui se perdaient à travers le capitonnage, dans le murmure de voix et le bourdonnement de machines qui pénétraient légèrement le poste de commandement surélevé. Soudain, il y eut des haussements d'épaules, des mains serrées, comme s'il n'y avait pas eu de conflit. Le problème était soit résolu soit différé; Elene s'éloigna et les commerçants se mêlèrent à la foule des évacués, secouant la tête et manifestement contrariés. Elene avait disparu sous les fenêtres inclinées... en direction de l'ascenseur, afin de le rejoindre; Damon l'espérait. Dans le secteur Vert, ses services écoutaient les protestations d'un résident furieux; et il y avait la délégation de la Compagnie qui s'agitait au poste du Commandement Central, présentant ses exigences à son père.

«On demande une équipe médicale dans le secteur Jaune huit», annoncèrent les coms d'une voix onctueuse. Quelqu'un avait des ennuis, dans les secteurs évacués.

Les portes de l'ascenseur s'ouvrirent dans le poste de commandement. Elene le rejoignit, encore rouge à cause de la discussion.

«Le Commandement Central est devenu complètement fou, dit-elle. On a demandé aux commerçants de quitter les secteurs d'accueil et de loger dans leurs vaisseaux; et maintenant, la police de la station a pris position entre eux et leurs vaisseaux. Ils veulent quitter la station. Ils ne veulent pas que leurs vaisseaux soient pris d'assaut par la foule au moment d'une évacuation. Crois-moi, ils aimeraient mieux être loin de Pell. Mallory a la réputation de recruter des commerçants à la pointe du fusil.»

— «Que leur as-tu dit?»

— «D'attendre, en leur faisant miroiter des contrats de ravitaillement, compte tenu du fait qu'il faudra nourrir les arrivants; mais ils n'empêcheront pas certains vaisseaux de partir ou de créer des incidents avec notre police. Enfin cela les a calmés, provisoirement du moins.»

Elene avait peur. C'était clair, malgré son calme sec, efficace. Ils avaient tous peur. Il passa le bras autour de ses épaules ; le sien s'enroula autour de sa taille et elle s'appuya contre lui, sans rien dire. Commerçante, Elene Quen, du vaisseau de transport *Estelle* qui était parti pour Russell et Mariner. Elle n'avait pas pris le départ, à cause de lui, envisageant de se lier à une station pour de bon, pour lui ; et, à présent, il lui fallait tenter de raisonner des équipages furieux qui, à ses yeux, avaient sans doute parfaitement raison, et ce sous la menace des militaires. Il voyait les choses avec la panique froide, silencieuse des stationniers. Les choses qui tournaient mal, dans une station, le faisaient d'une manière passive, par arcs de cercle et par sections, et cela entraînait un certain fatalisme : si on se trouvait dans une zone sûre, on y restait ; si on avait un travail permettant de se rendre utile, on n'hésitait pas, et si on se trouvait dans la zone affectée, on ne bougeait pas... C'était le seul héroïsme possible. Une station ne pouvait ni tirer ni fuir, elle ne pouvait que subir des dégâts et réparer si elle en avait le temps. Les commerçants avaient une autre philosophie et d'autres réactions en cas de problème.

« C'est très bien », dit-il, la serrant brièvement contre lui. Il perçut, en réponse, la pression de son bras. « Les militaires ne s'installent pas. Ils viennent seulement mettre des civils à l'abri. Ils resteront jusqu'à la fin de la crise, puis partiront. Sinon, nous avons déjà eu de grosses augmentations de population, quand on a fermé les dernières Etoiles Proches. Nous avons ajouté des secteurs. Nous recommencerons. Nous grandirons, c'est tout... »

Elene ne répondit pas. Des rumeurs de catastrophe circulaient sur les coms et dans les couloirs, concernant l'étendue du désastre qui avait frappé Mariner, et l'*Estelle* n'était pas parmi les vaisseaux de transport qui arrivaient. A présent, c'était une certitude. Elle avait espéré, quand ils avaient appris la nouvelle de leur arrivée ; et elle avait eu peur parce qu'on disait ces vaisseaux endommagés, avançant au rythme lent des vaisseaux de transport, bondés de passagers qu'ils n'étaient pas conçus pour transporter, en une série de brefs sauts que le faible rayon d'action des vaisseaux de transport rendait nécessaires. Il fallait ajouter des jours et des jours en espace réel, compte tenu de l'endroit où ils avaient fait surface, et l'enfer à l'intérieur. On racontait qu'ils n'avaient pas assez de tranquillisants pour tout le monde et que certains passagers avaient dû effectuer le saut sans. Il tenta d'imaginer cette situation... comprit l'inquiétude d'Elene. L'absence de l'*Estelle* était à la fois une bonne et une mauvaise nouvelle. Il avait probablement renoncé à sa destination d'origine, sentant venir les problèmes, et était allé ailleurs... ce qui était également inquiétant du fait que la guerre atteignait maintenant la frontière. Une station... disparue dans une explosion. Russell, évacuant son personnel. La marge de sécurité s'était soudain beaucoup trop réduite, beaucoup trop rapidement.

« Il est probable, dit-il, souhaitant pouvoir garder la nouvelle pour un autre jour, mais obligé de la lui annoncer, que nous devrons nous installer dans le secteur Bleu, et dans un petit appartement. Le personnel bénéficiant d'une autorisation générale est le seul qui puisse être transféré dans ce secteur. Il faudra que nous en soyons. »

Elle haussa les épaules.

« Très bien. Est-ce organisé ? »

— « Pas encore. »

Elle haussa une nouvelle fois les épaules ; ils perdaient leur foyer et elle haussait les épaules, regardant, derrière les vitres, les docks qui s'étendaient en bas, la foule, les vaisseaux des commerçants.

« Les militaires ne s'installent pas », répéta-t-il, s'efforçant de le croire car Pell était sa patrie dans un sens qu'aucun commerçant ne pouvait comprendre. Les Konstantin avaient construit la station, dès le début. « Quelles que soient les pertes de la Compagnie... Pas Pell. »

Et, quelques instants plus tard, par sens du devoir sinon par courage :

« Il faut que j'y aille... aux docks de quarantaine. »

3

Le *Norvège* accosta avant les autres, la roue sans élégance de Pell brillant sur les écrans de sa vid. Les auxiliaires étaient déployés, écartant les transports, provisoirement. Les équipages de commerçants commandant ces vaisseaux de réfugiés restaient sagement en formation, ne lui causant aucun problème. Le pâle croissant de la planète de Pell... Downbelow, dans la nomenclature prosaïque de Pell... était suspendu derrière la station, tourbillon de tempêtes. Ils s'alignèrent sur le signal de Pell, s'immobilisant face aux lumières clignotantes des docks réservés à leur accostage. Le cône qui recevrait leur nez émettait une lueur bleue. SECTEUR ORANGE, indiquaient les lettres déformées de la vid, dans un enchevêtrement de panneaux et de plaques solaires. Signy brancha le scan, vit les choses à l'endroit où elles devaient être, sur l'image empruntée à Pell. Le Commandement Central de Pell et les canaux du vaisseau bourdonnaient d'indications et une douzaine de techs devaient s'occuper des coms.

Ils commencèrent l'approche finale, la pesanteur diminuant régulièrement tandis que le cylindre rotatif du *Norvège*, tournant dans la longueur de l'armature, ralentissait et s'immobilisait en position d'accostage, tous les ponts du personnel soumis aux hauts et aux bas de la station. Ils perçurent d'autres pressions, exagérées pendant quelques instants, une série de réorientations. Le cône grandit, accostage facile, et ils touchèrent le grappin, qui provoqua une dernière augmentation de la pesanteur... ouvrirent les accès destinés aux équipes d'accostage de Pell, stables à présent, et faisant partie intégrante de la rotation de Pell.

« Tout est calme sur le dock, annonça Graff. La police du Chef de Station occupe la place. »

« Message, annoncèrent les coms. Chef de la Station Pell à *Norvège* : Demandons coopération militaire avec les services mis en place pour faciliter l'application de vos instructions. Toutes procédures conformes à vos demandes, avec les compliments du Chef de Station, capitaine. »

— « Réponse : Le *Hansford* va accoster immédiatement, avec des problèmes de pressurisation et une mutinerie possible à bord. Restez sur vos lignes. Terminé... Graff, charge-toi des opérations. Di, les soldats sur le dock, et que ça saute ! »

Elle laissa les choses en l'état, se leva et, suivant les allées étroites et courbes du pont, gagna le petit compartiment qui lui tenait lieu de bureau et, bien souvent, de chambre. Elle ouvrit un placard et enfila une veste, glissa un revolver dans sa poche. Ce n'était pas un uniforme. Il était probable que, dans toute la Flotte, personne ne possédait un uniforme entièrement conforme aux règles. Le ravitaillement était terriblement mauvais, depuis très longtemps. Seul le cercle de capitaine qu'elle portait au col la distinguait d'un commerçant. Les soldats n'avaient pas d'uniformes, mais ils avaient leurs armures : et ils *les* entretenaient, à tout prix. Elle descendit, par l'ascenseur, dans le couloir inférieur, continuant dans une foule de soldats que Di Janz envoyait sur le dock, en tenue de combat, suivit le tube d'accès et pénétra dans la fraîcheur des grands espaces.

Le dock tout entier leur appartenait, immense, perspective courbe, arches de secteurs cachées par le plafond du fait que la courbe de la bordure de la station produisait, sur la gauche, un horizon progressif ; à droite, un sas de secteur était fermé, arrêtant le regard. L'endroit était désert, à l'exception des équipes des docks et de leur matériel de manutention ; il y avait également la Sécurité et les postes de secours, mais ils se trouvaient loin du *Norvège*. Il n'y avait pas de travailleurs indigènes, pas ici, pas dans cette situation. Des débris étaient éparpillés sur le sol, papiers et vêtements témoins d'une évacuation hâtive. Les boutiques et les bureaux du dock étaient vides ; le couloir situé au milieu du dock était également désert et sale. La voix grave et puissante de Di Janz résonna parmi les poutrelles métalliques du plafond quand il ordonna à ses soldats de se déployer autour de la zone où accosterait le *Hansford*.

Les dockers de Pell avancèrent. Signy les regarda en se mordant nerveusement la lèvre, jeta un regard de côté quand un civ s'arrêta près d'elle, plutôt jeune, brun et mince, un bloc émetteur-récepteur à la main et l'air sérieux dans son costume bleu tout propre. L'écouteur qu'elle avait dans l'oreille la tenait au courant de la situation du *Hansford,* flot ininterrompu de mauvaises nouvelles.

« Qu'est-ce que vous faites ici ? demanda-t-elle. *Qui* êtes-vous ? »

— « Damon Konstantin, capitaine, des Affaires Juridiques. »

Elle lui accorda un second regard. Un Konstantin. Pas étonnant. Angelo avait eu deux fils, avant l'accident de sa femme.

« Les Affaires Juridiques », dit-elle d'un air dégoûté.

— « Je suis venu au cas où vous auriez besoin de quelque chose... ou eux. J'ai une ligne avec le Commandement Central. »

Il y eut un craquement. Le *Hansford* avait fait un mauvais accostage, frottant contre la paroi du cône de guidage avant de s'immobiliser brutalement.

« Arrimez-le et reculez ! » rugit Di à l'intention des dockers ; il n'avait pas besoin des coms.

Graff organisait les opérations depuis le poste de commandement du *Norvège.* L'équipage du *Hansford* resterait retranché dans ses quartiers, assurant le débarquement depuis le poste de pilotage.

« Dites-leur de sortir, entendit-elle, relayé par Graff. Au moindre signe d'hostilité vis-à-vis des soldats, on ouvrira le feu ! »

L'arrimage fut réalisé. La rampe fut installée.

« *Reculez !* » cria Di.

Les dockers se retranchèrent derrière les lignes de soldats ; les fusils furent levés. Le sas s'ouvrit, craquement à l'extrémité du tube d'accès.

La puanteur se déversa dans la fraîcheur du dock. Les sas intérieurs s'ouvrirent et une marée humaine jaillit, se piétinant, tombant. Ils crièrent, hurlèrent, coururent comme des déments, trébuchèrent quand on tira au-dessus des têtes.

« Arrêtez-vous ! cria Di. Restez où vous êtes et asseyez-vous, les mains sur la tête ! »

Quelques-uns étaient déjà assis, par épuisement ; les autres obéirent. D'autres encore, trop désorientés pour comprendre, s'immobilisèrent. La marée était contenue. Près de Signy, Damon Konstantin jura à voix basse et secoua la tête. Sa loi était impuissante ; la sueur brillait sur son visage. Sa station se trouvait confrontée à l'émeute... faillite des systèmes, la mort du *Hansford* multipliée par dix mille. Il y avait cent, peut-être cent cinquante personnes, accroupies sur le dock près des ombilicaux. La puanteur sortie du vaisseau gagnait du terrain. Une pompe fonctionnait, injectant de l'air sous pression dans les systèmes du *Hansford*. Il y avait un millier de personnes, dans ce vaisseau.

« Il va falloir que nous entrions », marmonna Signy, que cette perspective dégoûtait. Di faisait avancer les réfugiés un par un, les guidant à la pointe des fusils vers une zone entourée de rideaux où on les déshabillerait, fouillerait et laverait, avant de les passer aux postes de secours ou aux médecins. De bagages, il n'y en avait pas, pas avec ce groupe, ni de papiers dignes d'intérêt.

« Il faut une équipe de sécurité avec des combinaisons destinées aux zones contaminées, dit-elle au jeune Konstantin. Et des brancards. Faites préparer une zone de décharge. Nous allons évacuer les morts ; c'est tout ce que nous pouvons faire. Arrangez-vous pour établir les identités : empreintes digitales, photos, etc. Tout cadavre évacué sans avoir été identifié posera des problèmes à vos services de sécurité. »

Konstantin semblait sur le point de vomir. Ce n'était pas surprenant. Quelques soldats étaient dans le même cas. Elle-même s'efforçait d'oublier son estomac.

D'autres survivants étaient parvenus jusqu'à l'entrée de l'accès, très faibles, presque incapables de descendre la rampe. Une poignée, une petite poignée.

Le *Lila* accostait, son équipage pris de panique ayant commencé son approche au mépris des instructions et des menaces des auxiliaires. La voix de Graff rapportait l'événement ; elle brancha son micro.

« Retarde-le ! Sectionne-lui une plaque solaire si nécessaire. Nous sommes débordés. Fais-moi descendre une combinaison. »

Ils trouvèrent encore soixante-huit rescapés, parmi les morts en décomposition. Le reste n'était que nettoyage et ne présentait aucun danger. Signy passa à la décontamination, quitta sa combinaison, s'assit sur le métal nu du dock et lutta contre un estomac en révolution. Un civ choisit le mauvais moment pour lui proposer un sandwich. Elle le repoussa, accepta le café local et retint son souffle tandis que l'on emmenait les derniers rescapés du *Hansford*. A présent, l'endroit empestait les antiseptiques.

Un tapis de cadavres dans les couloirs, le sang, la mort. Les sas de secours du *Hansford* s'étaient fermés automatiquement pendant un incendie. Des gens avaient été coupés en deux. Certains survivants avaient des os brisés parce qu'ils avaient été piétinés dans la panique. Urine. Vomi. Sang. Pourriture. Ils avaient des systèmes étanches, de sorte que la puanteur leur avait été épargnée. A la fin, les survivants du *Hansford* n'avaient plus que l'oxygène de secours et cela les avait peut-être poussés au meurtre. L'essentiel des survivants était enfermé dans des zones où l'air était moins vicié que dans les soutes mal ventilées où était entassée la majorité des réfugiés.

« Message du Chef de Station, annoncèrent les coms dans son oreille, demandant la présence du capitaine au centre administratif de la station le plus tôt possible. »

— « Non ! » répliqua-t-elle sèchement. On vidait le *Hansford* de ses cadavres ; il y eut une sorte de cérémonie religieuse, les assistants se tenant en ligne, quelques paroles réconfortantes avant d'évacuer les morts. Pris dans le champ gravifique de Downbelow, ils finiraient par dériver dans cette direction. Elle se demanda vaguement si les corps brûlaient en tombant ; probablement, se dit-elle. Elle ne connaissait pas bien les planètes. Elle n'était pas certaine qu'on ait même cherché à savoir ce qu'il en était réellement.

Les réfugiés du *Lila* débarquèrent plus tranquillement. Ils se poussèrent et se bousculèrent, au début, mais cessèrent quand ils se trouvèrent confrontés aux soldats armés. Konstantin intervint avec à-propos, grâce à un mégaphone, s'adressant aux civs terrifiés en termes de stationnier, leur jetant au visage la logique des stations, le danger que constituait la fragilité des équilibres, le type de recommandations et de récits terrifiants qu'ils devaient entendre depuis l'enfance. Signy se leva pendant son intervention, sa tasse de café à la main, constata, l'estomac moins contracté, que les procédures qu'elle avait mises au point fonctionnaient sans heurts, ceux qui avaient des papiers d'un côté, ceux qui n'en avaient pas de l'autre, où on les photographiait avant d'enregistrer leur identité. Le beau garçon des Affaires Juridiques révéla d'autres facettes de son talent, une voix autoritaire quand les papiers étaient douteux ou le personnel désorienté.

« Le *Griffin* est sur le point d'accoster, annonça la voix de Graff. La station annonce qu'elle souhaite récupérer cinq cents unités de logement en raison du nombre de morts découverts sur le *Hansford.* »

— « Négatif ! répondit-elle sèchement. Je respecte le commandement de la station, mais c'est hors de question. Quelle est la situation du *Griffin* ? »

— « Difficile. Nous avons prévenu. »

— « Combien posent des problèmes ? »

— « C'est tendu partout. Ne t'y fie pas. La révolte gronde partout. Le *Maureen* a un mort, crise cardiaque, et un malade. Il accostera après. Le Chef de Station demande si tu pourras assister à une conférence dans une heure. J'ai cru comprendre que les types de la Compagnie exigent de pouvoir accéder aux docks. »

— « Gagne du temps. »

Elle termina son café, suivit les lignes jusqu'au tube d'accès du *Griffin,* toute l'opération changeant de place car il n'y avait plus rien à garder, devant le *Hansford.* Les réfugiés répertoriés étaient tranquilles. Il leur fallait localiser leurs logements et l'environnement sécurisant de la station les réconfortait. Un équipage en combinaisons était prêt à éloigner le *Hansford* ; le dock ne comportait que quatre places. Signy estima, du regard, l'espace que la station leur avait attribué : cinq niveaux de deux secteurs et deux docks. Exigu, mais cela suffirait pour le moment. Des baraquements résoudraient le problème... temporairement. Les choses ne s'arrangeraient pas. Pas de luxe, cela était certain.

Ce n'étaient pas les seuls réfugiés, c'étaient simplement les premiers. Et, cette certitude, elle la garda pour elle.

Ce fut le *Dinah* qui rompit la tranquillité ; un homme pris avec des armes grâce au scan, un ami qui fit du vilain quand on l'arrêta : deux morts et, ensuite, des passagers en larmes, hystériques. Signy regarda, seulement fatiguée, secoua la tête et ordonna d'évacuer les cadavres avec le reste tandis que Konstantin, furieux, protestait.

« Loi martiale ! » dit-elle, coupant court à toute discussion, avant de s'éloigner.

Le *Sita*, le *Pearl*, le *Petit Ours*, le *Winifred*. Ils accostèrent avec une lenteur déchirante, déchargèrent les réfugiés et leurs bagages, et le processus s'éternisa.

Signy quitta alors le dock, regagna le *Norvège* et prit un bain. Elle se frotta entièrement trois fois avant d'avoir l'impression d'être débarrassée de la puanteur et du spectacle.

La station était entrée dans l'anti-jour ; les protestations et les exigences avaient cessé pour au moins quelques heures.

Ou bien, s'il y en avait, le commandement de l'anti-jour du *Norvège* les lui épargnait.

Il y eut un réconfort nocturne, de la compagnie, un adieu. C'était un autre élément du sauvetage de Russell et de Mariner... qu'il aurait été impossible de confier à un autre vaisseau. On l'y aurait mis en pièces. Il le savait et appréciait le geste. Il se méfiait également de l'équipage et avait conscience de sa situation.

« Fiche le camp ! » lui ordonna-t-elle, le regardant fixement, allongé près d'elle. Le nom n'avait aucune importance. Il se mélangeait, dans sa mémoire, à d'autres et, parfois, elle se trompait, tard, quand elle était à demi endormie. Cet ordre ne parut provoquer aucune émotion, il se contenta de battre des paupières, ce qui indiquait qu'il avait assimilé. Le visage l'intriguait : innocence peut-être. Les contrastes l'intriguaient. La beauté aussi.

« Tu as de la chance », dit-elle.

Il eut la même réaction, sa réaction habituelle. Il la regarda fixement, vide et beau ; on lui avait trafiqué l'esprit, sur Russell. Il y avait parfois, en elle, une morbidité, un besoin de blesser... petits assassinats pour cacher les grands. De dispenser de petites terreurs, d'oublier l'horreur tapie à l'extérieur. Parfois, elle passait la nuit avec Graff, avec Di, avec d'autres. Elle ne révélait jamais cette facette à ceux qu'elle estimait, à ses amis, à l'équipage. Mais, parfois, il y avait des voyages comme celui-ci, où son humeur était noire. C'était une maladie très répandue, dans la Flotte, dans l'univers clos et restreint des vaisseaux, parmi les détenteurs du pouvoir absolu.

« Est-ce que ça t'ennuie ? » demanda-t-elle ; non, cela ne l'ennuyait pas et c'était, peut-être, pour cela qu'il était encore vivant.

Le *Norvège* resta, ses soldats montant la garde dans le dock, le dernier vaisseau ayant accosté en Quarantaine. Dans le dock, les lumières de midi éclairaient des files qui avançaient lentement, sous la surveillance des fusils.

3

1

PELL ; 2/5/52 ; A-J*

Trop d'horreurs, trop, trop de spectacles insoutenables. Damon Konstantin prit la tasse de café que lui tendit un employé passant près du bureau, s'appuya sur le coude et se frotta les yeux dans l'espoir d'atténuer la douleur. Le café sentait le désinfectant, comme tout le reste, du fait qu'il était dans leurs pores, dans leur nez, partout. Les soldats montaient la garde, protégeant cette petite partie du dock. Quelqu'un avait été poignardé, dans la baraque A. Personne ne savait d'où venait l'arme. On pensait qu'elle provenait d'un restaurant abandonné du secteur des docks, élément de coutellerie imprudemment oublié par un individu qui n'avait pas une conscience très claire de la situation. Il s'aperçut qu'il était complètement épuisé. Il ne connaissait pas la solution ; la police de la station ne put identifier le coupable, dans les files de réfugiés qui, dans le dock, faisaient la queue devant les bureaux de logement.

* Anti-jour.

Quelque chose se posa sur son épaule. Il tourna un cou douloureux, battit des paupières en reconnaissant son frère. Emilio s'assit sur une chaise vide, près de lui, laissant la main sur son épaule. Frère aîné. Emilio était au poste du Commandement Central pendant l'anti-jour. C'était l'anti-jour. Les deux univers où ils se côtoyaient rarement dans le cadre du travail se chevauchaient à cause de la confusion.

« Rentre, dit doucement Emilio. C'est mon tour, si l'un de nous doit rester ici. J'ai promis à Elene de te renvoyer chez toi. Elle avait l'air retourné. »

— « D'accord », fit-il, mais il ne bougea pas parce qu'il manquait de volonté et d'énergie. La main d'Emilio le serra, retomba.

— « J'ai vu les enregistrements, dit Emilio. Je sais ce qui se passe. »

Damon serra les lèvres, soudain pris de nausées, regardant droit devant lui, pas les réfugiés mais l'infini, l'avenir, l'effondrement de ce qui avait toujours été stable et sûr. Pell. *Leur* station, la sienne, celle d'Elene, la sienne et celle d'Emilio. La Flotte prenait la responsabilité de leur imposer cela et ils ne pouvaient pas l'empêcher, parce que les réfugiés arrivaient trop vite et qu'ils n'avaient pas de solution de rechange.

« On a abattu des gens, dit-il. Je n'ai rien fait. Je ne le pouvais pas. Je ne pouvais pas m'opposer aux militaires. Les protestations... auraient mis le feu aux poudres. Nous en aurions tous subi les conséquences. Mais on a abattu des gens uniquement parce qu'ils ne restaient pas dans la file. »

— « Damon, ne reste pas ici. C'est mon affaire, maintenant. Nous trouverons une solution. »

— « Nous n'avons aucun recours. Seulement les représentants de la Compagnie ; et il ne faut pas qu'ils soient mêlés à cette affaire. Ne les laisse pas approcher. »

— « Nous nous en sortirons, assura Emilio. Il y a des limites ; la Flotte elle-même doit les respecter. Elle ne peut pas détruire Pell sans mettre sa propre survie en danger. Quelles que soient les décisions qu'elle adoptera, elle ne peut pas prendre le risque de nous détruire. »

— « Elle le prend », souligna Damon, les yeux fixés sur

les files des docks, puis il se tourna vers son frère, vers un visage qui était le sien avec cinq ans de plus. « Il nous arrive quelque chose que nous ne pourrons peut-être pas assimiler. »

— « Le même problème s'est déjà posé quand on a fermé les Etoiles Proches. Nous nous sommes débrouillés. »

— « Deux stations… il nous arrive six mille personnes sur quoi : cinquante, soixante mille ? »

— « Entre les mains de l'Union, je présume, marmonna Emilio. Ou mortes avec Mariner ; impossible de connaître le nombre des victimes. Une partie a peut-être embarqué sur d'autres transports, pour d'autres destinations. » Il s'appuya contre le dossier de sa chaise, le visage creusé de rides moroses. « Papa est sûrement en train de dormir. Maman aussi, j'espère. Je suis passé chez eux, avant de venir. Selon papa, il fallait être fou pour venir ici ; j'ai dit que j'étais également fou et que je pourrais sans doute régler ce que tu avais dû laisser de côté. Il n'a pas répondu. Mais il est inquiet… Retourne auprès d'Elene. Elle s'est occupée de l'autre face de ce chaos, examinant les papiers des commerçants réfugiés. Elle a posé des questions personnelles. Damon, je crois que tu devrais rentrer. »

— « L'*Estelle.* » L'appréhension s'empara de lui. « Elle cherche à savoir. »

— « Elle est rentrée. Elle était fatiguée ou triste ; je ne sais pas. Elle a seulement dit qu'elle voulait que tu rentres le plus tôt possible. »

— « Elle a eu des nouvelles. » Il se leva péniblement, ramassa ses papiers, se rendit compte de ce qu'il faisait, les poussa vers Emilio et sortit en hâte, franchit le poste de garde, entra dans le chaos du dock situé de l'autre côté du couloir qui séparait la station du secteur de quarantaine. Les ouvriers indigènes s'écartèrent de son chemin, silhouettes discrètes, couvertes de fourrure, plus étranges encore en raison du masque-respirateur qu'ils portaient en dehors des tunnels d'entretien qui leur étaient réservés ; ils déménageaient l'équipement, les cargaisons et les objets personnels dans une hâte frénétique… glapissaient et criaient dans leur langue, dans un contrepoint dément aux ordres des contremaîtres humains.

Il prit l'ascenseur jusqu'au secteur Vert, suivit le couloir conduisant à son appartement, encombré comme le reste de caisses pleines d'objets domestiques, un agent de la Sécurité somnolant à son poste. Tout le monde avait travaillé plus que sa part, surtout la Sécurité. Damon passa devant lui, se retourna en réponse à l'interpellation tardive et embarrassée qui lui fut adressée, gagna la porte de son appartement.

Il l'ouvrit, poussa un soupir de soulagement en constatant que la lumière était allumée, entendit le bruit familier du plastique, à la cuisine.

« Elene ? » Il entra. Elle surveillait le four, lui tournant le dos. Elle ne se retourna pas. Il s'immobilisa, percevant la catastrophe, un autre univers à la dérive.

Le minuteur s'arrêta. Elle sortit le plat du four, le posa sur la table, se retourna, s'efforça de lui faire bonne figure. Il attendit, souffrant pour elle, puis, un instant plus tard, alla jusqu'à elle et la prit dans ses bras. Elle eut un bref soupir.

« Ils ne sont plus », dit-elle. Et, quelques instants plus tard, après un autre soupir contenu : « Ils ont sauté avec Mariner. L'*Estelle* a disparu, avec tous ceux qui étaient à bord. Aucun rescapé possible. Le *Sita* a tout vu ; ils n'ont pas pu quitter le dock... tous ces gens qui essayaient de monter à bord. Le feu s'est déclaré et cette partie de la station a explosé, voilà tout. L'explosion a sectionné le nez. »

Cinquante-six personnes à bord. Père, mère, cousins, parents plus éloignés. Un univers en soi. L'*Estelle*. Il n'avait pas perdu le sien, bien qu'il ait souffert. Lui avait une famille. La sienne à elle était morte.

Elle n'ajouta rien, pas un mot de chagrin pour la disparition des siens, pas un mot de soulagement pour avoir été épargnée, pour avoir renoncé à ce voyage. Elle eut encore quelques soupirs convulsifs, le serra brièvement contre elle, se retourna, les yeux secs, et introduisit un second dîner dans le four à micro-ondes.

Elle s'assit et mangea, fit tous les gestes ordinaires de la vie. Il se força à avaler son repas, avec l'odeur du désinfectant toujours dans la bouche, persuadé qu'elle imprégnait tout son corps. Finalement, il parvint à surprendre son regard posé sur lui. Ses yeux étaient aussi vides que ceux des réfugiés. Il ne trouva rien à dire. Il se leva, fit le tour de la table et, s'arrêtant derrière elle, la serra contre lui.

Elle posa les mains sur les siennes.

« Ça va. »

— « Tu aurais dû m'appeler. »

Elle lui lâcha les mains et se leva, lui toucha brièvement le bras dans un geste las. Soudain elle le regarda, dans les yeux, avec cette même lassitude sombre.

— « Il reste *un* survivant », dit-elle.

Il battit des paupières, perplexe, comprit qu'elle parlait des Quen. Les gens de l'*Estelle*. Les commerçants possédaient un nom comme les stationniers avaient une patrie. C'était une Quen ; cela avait un sens qu'il ne pouvait comprendre, bien qu'ils vécussent ensemble depuis des mois. La vengeance était la marque des commerçants ; il le savait... dans une société où la seule propriété était le nom et où la réputation allait avec.

« Je veux un enfant », dit-elle.

Il la regarda fixement, frappé par la noirceur de son regard. Elle était entrée dans sa vie au sortir d'un vaisseau de transport et avait décidé d'essayer la vie des stations, bien qu'elle parlât toujours de *son* vaisseau. Depuis des mois. Pour la première fois, depuis qu'ils vivaient ensemble, il ne la désirait pas, pas avec ce regard et la mort de l'*Estelle* et sa soif de revanche. Il resta silencieux. Ils étaient convenus qu'ils n'auraient pas d'enfant avant qu'elle soit certaine de pouvoir rester. Peut-être lui offrait-elle son accord. C'était peut-être autre chose. Ce n'était pas le moment d'en parler, pas maintenant, au milieu de la démence qui les entourait. Il la serra simplement contre lui, la conduisit dans la chambre, la berça pendant le reste de la nuit. Elle n'eut aucune exigence et il ne posa aucune question.

2

« Non », dit l'opérateur sans, cette fois, regarder le listing ; puis, s'efforçant à l'humanité, malgré la fatigue : « Une minute. Je vais faire une autre recherche. Ce n'est peut-être pas la bonne orthographe. »

Vassily Kressich attendit, malade de terreur, tandis que le désespoir écrasait ce dernier groupe de réfugiés lugubres qui refusaient de quitter le poste de secours des docks : familles et parties de familles qui recherchaient des parents, qui attendaient des nouvelles. Ils étaient vingt-sept, sur les bancs proches du bureau, en y incluant les enfants ; il avait compté. Il était resté pendant que la station passait dans l'anti-jour, et une autre équipe d'opérateurs était arrivée au poste de secours, geste humanitaire de la station envers eux, mais le comp ne fournissait que les informations qu'il avait déjà données.

Il attendit. L'opérateur fit plusieurs manipulations. Il n'y avait rien ; il comprit qu'il n'y avait rien au regard que lui adressa l'homme. Soudain, il eut également pitié de l'opérateur qui était obligé de rester sans rien obtenir, sachant qu'il n'y avait pas d'espoir, entouré de gens écrasés par le chagrin, sous la surveillance de gardes armés, au cas où. Kressich se rassit, près de la famille qui avait perdu un fils dans la confusion.

C'était toujours la même histoire. Ils avaient embarqué en catastrophe, les gardes se préoccupant davantage d'embarquer eux-mêmes que de maintenir l'ordre et de faire monter les autres. C'était leur faute ; il ne pouvait le nier. La foule avait envahi les docks, des hommes se frayant un chemin à bord alors qu'ils ne possédaient pas les passes distribués aux spécialistes choisis pour l'évacuation. Les gardes, pris de panique, avaient tiré, incapables de distinguer les agresseurs des passagers légitimes. La Station de Russell était morte dans la violence. Ceux qui étaient sur le point d'embarquer avaient été poussés au dernier moment dans le vaisseau le plus proche, les portes avaient été fermées dès que les contrôles avaient indiqué que la charge maximale avait été atteinte. Jen et Romy auraient dû embarquer avant lui. Il était resté, s'efforçant de maintenir l'ordre au poste qui lui avait été attribué. Presque tous les vaisseaux avaient été fermés à temps. C'était le *Hansford* que la foule avait maintenu ouvert, sur le *Hansford* que les tranquillisants avaient fait défaut, sur le *Hansford* que l'entassement des passagers avait saturé les systèmes de pressurisation et qu'une foule démente s'était livrée à la violence. A bord du *Griffin*, c'était déjà terrible ; il y était monté bien avant la marée sur laquelle les gardes avaient été obligés de tirer. Et il pensait que Jen et Romy étaient à bord du *Lila*. La liste des passagers indiquait qu'ils étaient sur le *Lila*, enfin, le listing qu'ils avaient eu dans la confusion succédant au départ.

Mais ils n'avaient pas atteint Pell ; ils n'étaient pas descendus du vaisseau. Personne, parmi les blessés graves qui avaient été transportés à l'hôpital de la station, ne correspondait à leur signalement. Ils n'avaient certainement pas été recrutés par Mallory : les compétences de Jen ne pouvaient servir à Mallory, et Romy... Il y avait une erreur quelque part. Il avait fait confiance à la liste des passagers, il y avait été obligé parce qu'ils étaient trop nombreux pour que les coms du vaisseau puissent passer des messages directs. Ils avaient voyagé en silence. Jen et Romy n'étaient pas descendus du *Lila*. Ils n'y étaient pas.

« Ils n'auraient pas dû les jeter dans l'espace, gémit la femme qui se trouvait près de lui. Ils ne les ont pas identifiés. Il est parti, il est parti, il devait être sur le *Hansford*. »

Un autre homme était près du bureau, tentant de vérifier, affirmant que l'identité des civils recrutés par Mallory était mensongère ; et l'opérateur, patiemment, entreprit une autre recherche, comparant les descriptions, négative une fois de plus.

« Il était là ! cria l'homme à l'adresse de l'opérateur. Il était sur la liste et il n'a pas débarqué, il était à bord. » L'homme pleurait. Kressich resta assis, immobile.

A bord du *Griffin*, on avait lu la liste des passagers et demandé les identités. Rares étaient ceux qui avaient des papiers. Des réfugiés avaient répondu à des noms qui ne pouvaient être les leurs. D'autres avaient répondu à deux noms, afin d'en obtenir les rations s'ils ne se faisaient pas prendre. Il avait eu peur, une peur intense et malsaine ; mais beaucoup de gens n'étaient pas sur le bon vaisseau et l'un d'entre eux avait alors compris ce qui se passait à bord du *Hansford*. Il fut alors certain qu'ils y étaient.

A moins qu'ils ne se soient inquiétés et se soient mis à sa recherche. A moins qu'ils n'aient pris une décision si désespérément, si horriblement stupide, par peur, par amour.

Les larmes coulèrent sur son visage. Jen et Romy n'auraient jamais pu monter à bord du *Hansford,* se frayer un chemin parmi des hommes armés de fusils, de couteaux, de morceaux de tubes. Il ne les avait pas reconnus parmi les morts de ce vaisseau. Ils étaient probablement restés à Russell, où l'Union gouvernait. Et lui était ici ; et il était impossible de rentrer.

Finalement il se leva, acceptant la situation. Il fut le premier à partir. Il gagna les quartiers qui lui avaient été attribués, le baraquement des célibataires, où il y avait principalement des jeunes, beaucoup sous de fausses identités, qui n'étaient certainement pas les techs et le personnel qualifié qu'ils prétendaient être. Il trouva un lit vacant et y posa le paquetage que le superviseur fournissait à chaque réfugié. Il prit un deuxième bain... cela semblait ne jamais suffire... et marcha entre les rangées d'hommes endormis, exténués, puis s'allongea.

C'était le lavage de cerveau pour les prisonniers qui, occupant des postes importants, étaient indispensables et fidèles à leurs opinions. *Jen,* pensa-t-il, *oh, Jen,* et notre fils, s'ils sont vivants... élevé par le fantôme de Jen, pensant les pensées approuvées et ne discutant rien, passible de l'Adaptation parce qu'elle était sa femme. Il n'était même pas certain qu'on lui laisserait Romy. Il y avait des pensionnats d'Etat, qui produisaient les soldats et les travailleurs de l'Union.

Il pensa au suicide. Certains individus avaient fait ce choix, plutôt que de partir pour un endroit inconnu, une station qui n'était pas la leur. Cette solution n'était pas dans sa nature. Il resta immobile, fixant le plafond métallique dans l'obscurité presque complète, et survécut, ce qu'il avait fait jusque-là, vieillissant, seul et complètement vide.

4

PELL ; 3/5/52

La tension monta au début du jour, quand les réfugiés se massèrent près des cuisines d'urgence installées dans le dock, les premières tentatives de ceux qui avaient des papiers et de ceux qui n'en avaient pas pour rencontrer les représentants de la station et tenter d'acquérir le droit de résidence, le premier éveil aux réalités de la Quarantaine.

« Nous aurions dû partir avant, dit Graff, regardant les messages de l'aube, quand tout était encore calme. »

— « Nous devrions le faire maintenant, répondit Signy, mais nous ne pouvons pas risquer Pell. S'ils ne parviennent pas à maîtriser la situation, il faudra que ce soit nous qui le fassions. Appelle le Conseil de la station et annonce à ses membres que je suis prête à les rencontrer. J'irai. C'est moins dangereux que de les faire venir dans le dock. »

— « Prends une navette et suis la bordure, lui recommanda Graff dont le visage massif exprimait, comme toujours, la préoccupation. Ne sors pas sans escorte. Le contrôle n'est plus aussi rigoureux. Il suffirait d'un rien pour mettre le feu aux poudres. »

La proposition avait des avantages. Elle envisagea l'effet produit sur Pell par ces excès de prudence, secoua la tête. Elle regagna sa cabine, enfila des vêtements qui pouvaient passer pour un uniforme, qui avaient, au moins, le bleu foncé réglementaire. Quand elle sortit, ce fut avec Di Janz et une escorte de six soldats en armure, puis ils traversèrent le dock en direction du poste de contrôle de la Quarantaine, une porte et un couloir près du sas énorme séparant deux secteurs. Personne ne tenta de lui parler, mais quelques personnes parurent sur le point d'essayer, renoncèrent face aux soldats en armes. Elle atteignit la porte sans encombre, passa, gravit une rampe, arriva à une autre porte gardée, pénétra enfin dans la station proprement dite.

Ensuite, ce fut simple, il lui suffit de prendre un ascenseur qui, dépassant plusieurs niveaux, la déposa dans le secteur administratif, couloir supérieur de Bleu. Elle eut l'impression de changer d'univers, elle qui venait de l'acier nu des docks et des espaces vides de la zone de quarantaine, en entrant dans le hall étroitement surveillé par les services de sécurité de la station, puis dans le foyer vitré dont le sol moquetté étouffait les bruits, où elle se trouva confrontée à d'étranges statues en bois qui faisaient penser à un rassemblement de citoyens stupéfaits. De l'art. Signy battit des paupières, bouleversée par ce rappel des luxes de la civilisation. Choses oubliées, choses dont on parlait. Le temps de réaliser et de créer des objets qui n'avaient d'autre utilité qu'eux-mêmes, comme l'homme lui-même l'avait fait. Pendant toute sa vie, elle avait été tenue à l'écart de ces choses, ne sachant que de loin qu'il existait une civilisation, et que le cœur secret des stations riches recelait des objets de luxe.

Mais les étranges globes massifs ne contenaient pas des visages humains, au sein de leur spires de bois, mais des faces étranges, aux yeux ronds: des visages de Downbelow, patiemment sculptés dans le bois. Les humains auraient utilisé le plastique ou le métal.

Effectivement, il n'y avait pas que des humains ici: ce fait était manifeste dans le capitonnage aux tresses précises, dans les décorations de couleurs vives qui, en géométries et incrustations étranges, couvraient les parois, nouveaux globes de bois avec leurs visages aux yeux immenses, tout autour d'eux, visages repris sur les meubles sculptés et même sur les portes, dans un enchevêtrement de détails minuscules et tourmentés, comme si tous ces yeux devaient rappeler aux êtres humains que Downbelow ne les quittait jamais.

Cela les affecta tous. Di jura à voix basse quand ils franchirent les dernières portes et que des civs empressés les firent entrer dans la salle du Conseil.

Ils se trouvèrent alors confrontés à des visages humains, en six gradins de fauteuils de chaque côté, une table ovale dans la fosse centrale, leurs expressions bizarrement semblables à celles des sculptures, au moment de ce premier contact.

L'homme aux cheveux blancs qui occupait l'extrémité de la table se leva, leur offrant d'un geste du bras la place qu'ils occupaient déjà. Angelo Konstantin. Les autres restèrent assis.

Et, près de la table, il y avait six fauteuils qui ne faisaient pas partie de l'ameublement habituel ; et six personnes, hommes et femmes qui, d'après leurs vêtements, n'appartenaient ni au Conseil de la station ni même à l'Au-Delà.

Les représentants de la Compagnie. Signy aurait pu laisser son escorte dans l'antichambre, par égard pour le Conseil, renoncer à la menace des armes et au symbole de puissance. Elle resta où elle était, sans réagir aux sourires de Konstantin.

« Cette réunion peut être brève, dit-elle. Votre zone de quarantaine est installée et fonctionne. Je vous conseille de la garder de façon rigoureuse. Je vous avise maintenant que d'autres vaisseaux de transport ont sauté sans notre autorisation et n'ont pas rejoint le convoi. Si vous êtes prudents, vous vous conformerez à mes recommandations et demanderez à vos services de sécurité d'aborder tous les vaisseaux de commerce arrivant dans la région avant de les autoriser à approcher. Vous avez pu constater les conséquences de la catastrophe de Russell. Je partirai dans les heures à venir ; à présent, c'est votre problème. »

Un murmure chargé de crainte envahit la salle. Un représentant de la Compagnie se leva.

« Vous vous conduisez en despote, Capitaine Mallory. Est-ce la coutume, ici ? »

— « La coutume, monsieur, est que ceux qui connaissent les problèmes les résolvent tandis que ceux qui ne les connaissent pas regardent et se renseignent, ou bien se tiennent à l'écart. »

Le visage mince du représentant de la Compagnie rougit de façon nettement perceptible.

« Manifestement, nous sommes forcés de composer avec ce type de comportement... provisoirement. Nous devons nous rendre à la frontière, quelle qu'elle soit. Le *Norvège* est disponible. »

Elle prit une brève inspiration et se redressa.

« Non, monsieur, vous n'êtes forcé à rien, parce que le *Norvège* n'est pas ouvert aux passagers civils, et je n'en prendrai aucun. En ce qui concerne la frontière, *la frontière* se trouve à l'endroit où la Flotte patrouille, et seuls les vaisseaux concernés savent où c'est. Il n'y a pas de frontière. Louez un vaisseau de transport. »

Un silence de mort s'abattit sur la salle.

« C'est sans plaisir, capitaine, que je dois parler de cour martiale. »

Elle rit, simple soupir.

« Si vous, représentants de la Compagnie, avez envie de visiter la guerre, je suis tentée de vous prendre. Vous en tireriez peut-être profit. Cela élargirait peut-être le point de vue de la Terre ; cela nous permettrait peut-être d'obtenir quelques vaisseaux supplémentaires. »

— « Votre situation ne vous autorise pas à formuler des exigences et nous ne les acceptons pas. Nous ne sommes pas ici pour voir uniquement ce qu'on nous permet de voir. Nous verrons tout, capitaine, que cela vous plaise ou non ! »

Elle posa les mains sur les hanches et dévisagea l'ensemble de la délégation.

« Votre nom, monsieur ? »

— « Segust Ayres, deuxième secrétaire du Conseil de Sécurité. »

— « Deuxième secrétaire. Très bien, nous verrons l'espace que nous pouvons libérer. Un sac de voyage par personne, pas plus. Comprenez bien ça. Pas de fanfreluches. Vous irez où le *Norvège* ira. Je ne reçois d'ordres que de Mazian. »

— « Capitaine, intervint un autre représentant, nous demandons instamment votre collaboration. »

— « Vous aurez ce que je donnerai, et rien de plus. »

Il y eut un silence, puis un murmure envahit lentement les gradins. Le visage d'Ayres rougit encore — sa dignité chatouilleuse qui, instinctivement, attisait la colère de Mallory.

« Vous êtes une extension de la Compagnie, capitaine, c'est d'elle que vous tenez votre commission. L'auriez-vous oublié ? »

— « Troisième Capitaine de la Flotte, monsieur le Deuxième Secrétaire, ce qui est un grade militaire alors que tel n'est pas votre cas. Mais si vous voulez nous accompagner, soyez prêts dans une heure.»

— «Non! déclara Ayres avec fermeté. Nous allons appliquer votre suggestion et louer un vaisseau de transport. C'est ainsi que nous sommes parvenus jusqu'ici. *Eux* vont où on leur demande d'aller.»

— «Dans les limites du raisonnable, je n'en doute pas.» Bien. C'était un problème réglé. Elle imaginait la consternation de Mazian à l'arrivée de *ceux-là* parmi eux. Elle regarda, derrière Ayres, Angelo Konstantin. «J'ai rempli mon rôle, ici. Je m'en vais. Tout message sera relayé.»

— «Capitaine.» Angelo Konstantin quitta l'extrémité de la table et avança, tendit la main, courtoisie inhabituelle et d'autant plus étrange en raison de ce qu'elle avait fait en leur laissant les réfugiés. Elle accepta sa poignée de main virile, soutint son regard inquiet. Ils se connaissaient, un peu: s'étaient rencontrés dans le passé. Sixième génération dans l'Au-Delà, Angelo Konstantin; tout comme le jeune homme qui avait assisté au débarquement et à l'installation des réfugiés était la septième. Les Konstantin avaient construit Pell; scientifiques et mineurs, constructeurs et propriétaires. Entre ces hommes et elle, il y avait une sorte de lien, malgré tout ce qui les séparait. La Flotte était responsable de la sécurité de tels hommes, celle des meilleurs.

«Bonne chance», dit-elle avant de tourner les talons et de sortir, emmenant Di et les soldats avec elle.

Elle prit le même chemin qu'à l'aller, traversant l'organisation naissante de la zone de quarantaine, retrouvant l'environnement familier du *Norvège*, ses amis, où la loi était telle qu'elle l'édictait et les choses telles qu'elle les connaissait. Il y avait quelques détails à régler, quelques problèmes à résoudre, quelques derniers cadeaux à faire à la station; les lenteurs de son service de sécurité... rapports, recommandations, un corps vivant et les quelques rapports rescapés qui allaient avec.

Ensuite, elle mit le *Norvège* en état d'alerte, la sirène retentit et la présence militaire qui assurait la protection de Pell s'en alla.

Elle entreprit la réalisation de la série d'objectifs qu'elle avait en tête et que Graff, son second, connaissait.

Ce n'était pas la seule évacuation en cours; la Station Pan-Paris était sous le commandement de Kreshov; Sung, du *Pacifique*, s'était installé à Espérance. Mais d'autres convois convergeaient sur Pell et elle n'avait fait que définir un cadre.

La pression s'accentuait. D'autres stations étaient mortes, hors de leur portée, sans qu'il soit possible de les secourir. Ils déménageaient ce qu'ils pouvaient, obligeaient l'Union à œuvrer pour conserver ce qu'elle prenait. Mais, dans son for intérieur, elle estimait qu'ils étaient condamnés et que les pertes seraient lourdes, au cours de la manœuvre qu'ils étaient sur le point d'entreprendre. Ils étaient les survivants de la Flotte, contre une puissance immense disposant de réserves inépuisables en hommes, en ravitaillement, et de planètes, ce qui n'était pas leur cas.

Après une aussi longue lutte... sa génération, la dernière de la Flotte, la dernière de la puissance de la Compagnie. Elle l'avait vue disparaître; avait combattu pour préserver l'homogénéité des deux, la Terre et l'Union, le passé de l'humanité... et son avenir. Elle combattait toujours, avec ce qu'elle avait, mais elle n'espérait plus. Parfois, elle avait même envie de déserter, de faire comme quelques vaisseaux, et de rejoindre l'Union. Le fait que l'Union soit devenue le camp favorable à l'espace, contre lequel luttait la Compagnie fondatrice, constituait l'ironie suprême; une ironie telle que ceux qui étaient absolument convaincus de la nécessité de l'Au-Delà finissaient par combattre ce qu'il devenait, par mourir pour une Compagnie qui avait cessé de s'y intéresser. Elle était amère; il y avait longtemps qu'elle n'essayait plus de comprendre la politique de la Compagnie.

Autrefois, il y avait bien des années, elle avait posé un regard différent sur les choses, elle avait vu de l'extérieur les vaisseaux immenses et le pouvoir qu'ils représentaient, et le rêve des vaisseaux d'exploration l'avait entraînée dans cette aventure, un rêve qui avait dû s'adapter aux réalités que l'insigne de Capitaine de la Compagnie signifiait à présent. Elle savait depuis longtemps qu'il était impossible de vaincre.

Peut-être, se dit-elle, Angelo Konstantin connaît-il aussi la situation. Peut-être comprenait-il ce que je ressentais, y répondait-il, derrière ce geste d'adieu... m'offrait-il son soutien face aux pressions exercées par la Compagnie. Pendant un instant, j'ai eu cette impression. Peut-être les habitants des stations savent-ils... mais il ne faut pas trop leur demander.

Elle devait effectuer trois changements de direction, ce qui prendrait du temps; une petite opération et, ensuite, un saut qui la conduirait au rendez-vous de Mazian, à une date établie à l'avance. Si un nombre suffisant de vaisseaux survivait à l'opération initiale. Si l'Union réagissait comme ils l'espéraient. C'était de la démence.

La Flotte y allait seule, sans le soutien des commerçants, sans celui des stations, comme elle y allait seule depuis des années.

5

PELL; 5/5/52

Angelo Konstantin leva brusquement la tête, quittant des yeux le bureau couvert de documents et d'urgences qui ne pouvaient attendre.

« L'Union ? » s'enquit-il, stupéfait.

— « Un prisonnier de guerre, précisa le chef des Services de Sécurité, debout, gêné, devant le bureau. Provenant de l'évacuation de Russell. Remis individuellement à nos services de sécurité. Pris dans une capsule, un petit vaisseau, armscomper, détenu à Russell. Transporté à bord du *Norvège*... Impossible de le mêler aux réfugiés. Ils l'auraient tué. Mallory a ajouté une note au dossier : *Maintenant, c'est votre problème*. Textuel. »

Il ouvrit le dossier, regarda le visage jeune, plusieurs pages de transcription d'interrogatoire, des papiers d'identité de l'Union et une feuille de bloc-notes avec la signature de Mallory et un griffonnage : *Jeune et terrifié.*

Joshua Halbraight Talley. Armscomper. Sonde auxiliaire de la flotte de l'Union.

Il avait cinq cents personnes et groupes qui pensaient pouvoir regagner leurs logements d'origine ; la probabilité de nouvelles évacuations dans les instructions secrètes de Mallory, lesquelles concerneraient l'essentiel des secteurs Jaune et Orange, ce qui désorganiserait de nouveaux bureaux ; et six représentants de la Compagnie qui tenaient absolument à partir en tournée d'inspection dans l'Au-Delà alors qu'aucun vaisseau de commerce ne voulait accepter les lettres de crédit de la Compagnie et les prendre à son bord. Les problèmes des niveaux inférieurs ne le concernaient pas.

Le visage du jeune homme le hantait. Il revint à cette page, feuilleta une nouvelle fois le rapport d'interrogatoire, l'examina, se souvint que le chef des Services de Sécurité était toujours là.

« Alors, qu'avez-vous fait de lui ? »

— « Il est en détention. Les différents services ne s'entendent pas sur les mesures à prendre. »

Pell n'avait jamais eu de prisonnier de guerre. Pell n'avait pas connu la guerre. Angelo réfléchit et cette situation l'agaça d'autant plus.

« Que suggèrent les Affaires Juridiques ? »

— « Qu'une décision soit prise ici. »

— « Nous ne sommes pas équipés pour ce type de détention. »

— « Non, monsieur », admit le chef des Services de Sécurité. Le centre dépendait de l'hôpital. Les installations étaient destinées au reconditionnement, à l'Adaptation… Les rares fois où cela s'était avéré nécessaire.

« Nous ne pouvons pas le traiter. »

— « Ces cellules ne peuvent convenir à un long séjour, monsieur. Nous pourrions peut-être arranger quelque chose de plus confortable. »

— « La situation est telle que nous avons des gens sans logement. Comment expliquerons-nous cela ? »

— « Nous pourrions modifier les installations au sein même du centre de détention. Enlever une cloison ; au moins, la pièce serait plus grande. »

— « Attendez. » Angelo passa la main dans ses cheveux clairsemés. « Je prendrai une décision quand les problèmes urgents auront été réglés. Faites pour le mieux avec ce dont vous disposez. Demandez aux services subalternes de faire fonctionner leur imagination et de me présenter des propositions. »

— « Bien, monsieur. » Le chef des Services de Sécurité s'en alla. Angelo mit le dossier de côté. Ils n'avaient pas besoin d'un prisonnier comme celui-là. Ils avaient besoin des moyens de loger les gens, de nourrir des bouches supplémentaires et de se préparer à ce qui les attendait. Ils avaient des marchandises qui, soudain, n'avaient plus de destination ; il serait possible de les consommer sur Pell, à la base de Downbelow et dans les mines. Mais il en fallait d'autres. Il fallait qu'il s'occupe d'économie, de marchés qui s'étaient effondrés, du doute que les commerçants faisaient peser sur la valeur de la monnaie. Accoutumé à une économie à l'échelle interstellaire, Pell devait trouver les moyens de se nourrir, de vivre en autarcie ; et, peut-être... ceux d'affronter d'autres changements.

Ce n'était pas l'unique prisonnier de l'Union qui soit entre leurs mains, identifié, qui l'inquiétait. C'était le nombre probable d'Unionistes et de sympathisants qui grandirait en Quarantaine, des gens pour qui n'importe quel changement serait préférable à ce qu'ils avaient. Rares étaient les réfugiés qui possédaient des papiers et on avait constaté que nombre d'entre eux ne correspondaient ni aux empreintes ni aux photos.

« Il nous faut un contact avec les occupants de la zone de quarantaine, déclara-t-il au Conseil, pendant la session de l'après-midi. Il nous faudra mettre en place un gouvernement, de l'autre côté de la ligne, une personne de leur choix, des élections ; et nous devrons traiter avec ce qui en sortira. »

Ils acceptèrent cela, comme ils avaient accepté le reste. Les problèmes de leurs circonscriptions les contrariaient davantage, les Conseillers des secteurs évacués, Jaune et Orange, ceux de Vert et de Blanc, qui avaient accueilli l'essentiel des personnes déplacées. Le secteur Rouge, intact, mitoyen de Jaune de l'autre côté, était inquiet ; les autres étaient jaloux. Il y avait un déluge de plaintes, de protestations, de rumeurs. Il en prit note. Il y eut un débat. Il aboutit à la conclusion nécessaire qu'il fallait faire baisser la pression à l'intérieur de la station proprement dite.

« Nous ne pouvons autoriser aucune construction nouvelle », intervint Ayres, se levant. Angelo se contenta de le regarder, Signy Mallory, qui avait gagné son bluff contre la Compagnie, lui donnant le courage de le faire.

« *Moi*, je donne mon autorisation, déclara Angelo. J'ai les moyens de le faire et je le ferai. »

Il y eut un vote. Le résultat fut la seule solution possible, les observateurs de la Compagnie restant figés, furieux, et opposant leur veto à la décision qui était prise, veto dont on ne tint aucun compte dans l'établissement des projets.

Les représentants de la Compagnie quittèrent l'assemblée avant la fin des débats. Par la suite, les Services de Sécurité indiquèrent qu'ils parcouraient inlassablement les docks, tentant d'engager un vaisseau de transport à un tarif démesuré, à prix d'or.

Aucun vaisseau de transport ne bougeait, sauf pour des livraisons à l'intérieur du Système, le ravitaillement des mines. Cette nouvelle ne surprit pas Angelo. Un vent glacé s'était levé et Pell en ressentait les effets ; tous ceux qui, d'instinct, connaissaient l'Au-Delà le sentaient.

Finalement, peut-être les représentants de la Compagnie réussirent-ils, tout au moins deux, car ces deux-là engagèrent un vaisseau à destination de la Terre, celui-là même qui les avait amenés, un petit transport en mauvais état, le seul vaisseau de commerce immatriculé EC qui ait accosté à Pell en presque dix ans, chargé de curiosités et de produits exotiques provenant de Downbelow, comme il avait apporté des marchandises originaires de la Terre, qui se vendaient cher, les offrant à leur curiosité. Les quatre autres représentants de la Compagnie firent des offres supérieures et embarquèrent sur un transport pour un trajet sans garantie, suivant les horaires du transport, à destination de Viking ou de tout endroit que ces temps incertains permettraient d'atteindre. Ils acceptèrent les conditions de Mallory de la part d'un capitaine de commerce, et payèrent ce privilège.

6

1

DOWNBELOW, BASE PRINCIPALE; 20/5/52

La tempête faisait rage sur Downbelow quand la navette se posa, ce qui n'était pas rare sur une planète où les nuages étaient abondants, où, pendant tout l'hiver, le continent septentrional était couvert de nuages venus de l'océan, rarement assez froid pour qu'il gèle, pas assez chaud pour que les êtres humains soient à l'aise… jamais une vision claire du soleil ou des étoiles d'un mois lugubre sur l'autre. Le débarquement des passagers, sur l'aire d'atterrissage, se déroulait dans un déluge de pluie glacée, file de gens fatigués et furieux gravissant la colline pour être installés dans divers entrepôts, parmi les tas de nattes et les sacs moisis de *prosh* et de *fikli*.

« Entassez-les dans un coin ! » crièrent les contremaîtres quand le manque de place devint évident ; et le bruit était considérable, jurons, martèlement de la pluie sur les dômes gonflés, grondement inévitable des compresseurs. Les nouveaux venus, fatigués, protestèrent et finirent par obéir… jeunes, pour la plupart, ouvriers de construction et quelques techs, pratiquement sans bagages et, en majorité, effrayés par cette première expérience des conditions atmosphériques. Ils étaient nés dans la station, soufflaient sous l'effet des kilos supplémentaires que leur imposait la pesanteur de Downbelow, sursautaient sous l'effet des coups de tonnerre et des éclairs incessants venus du ciel tourmenté. Ils ne pourraient dormir tant qu'ils n'auraient pas trouvé moyen d'installer un dortoir ; personne ne pourrait se reposer, indigènes ou humains qui gravissaient la colline chargés de nourriture qu'il fallait embarquer dans la navette, équipes chargées de contenir l'inondation inévitable des dômes.

Jon Lukas regarda pendant quelque temps, d'un air dégoûté, puis regagna le dôme principal, qui abritait le Quartier Général. Il fit les cent pas, écouta la pluie, finit par se rhabiller, mit son masque et partit pour la navette.

« Au revoir, monsieur », dit l'opérateur des coms, se levant.

D'autres interrompirent leur travail, ceux qui étaient de service. Il serra les mains, les sourcils toujours froncés, franchit le sas transparent, gravit les marches de bois conduisant au chemin, à nouveau battu par la pluie glacée. Le plastique jaune vif accentuait l'embonpoint de sa cinquantaine. Il avait toujours été conscient de cette indignité et la haïssait, haïssait le fait d'avoir de la boue jusqu'aux chevilles et ce froid qui traversait la combinaison, et même les vêtements. L'équipement de pluie et les respirateurs transformaient tous les êtres humains de la base en monstres jaunes, indistincts dans la pluie. Les Downers allaient nus et trouvaient cela agréable, la fourrure brune de leurs membres minces et de leur corps souple foncée par l'eau et collée à leur peau, visages aux yeux ronds, à la bouche continuellement fixée en un O de surprise, ils regardaient et bavardaient dans leur langue, babillement dans la pluie et la basse ininterrompue du tonnerre. Il prit la piste conduisant directement au terrain d'atterrissage, pas celle qui, suivant l'autre côté du triangle, passait devant les dômes de stockage et ceux des baraquements. Celle-là n'avait pas de circulation. Pas de rencontres. Pas d'au revoir. Il regarda les champs inondés ; les buissons gris-vert et les arbres des collines entourant la base étaient visibles derrière les rideaux de pluie, et la rivière était large, débordant sur la rive opposée où un marécage avait tendance à se former, malgré tous leurs efforts pour le drainer… encore une épidémie chez les ouvriers indigènes si quelques Downers avaient échappé à la vaccination. Ce n'était pas un paradis, la base de Downbelow. Il la quittait sans regret, la laissant à la nouvelle équipe et aux Downers. C'était la manière dont il avait été rappelé qui lui déplaisait.

« Monsieur ! »

Finalement, le dernier ennui le suivit en pataugeant sur la piste. Bennett Jacint. Jon se tourna à demi, sans cesser de marcher, obligeant l'homme à accélérer, dans la boue et la pluie, pour le rattraper.

« La digue du moulin, hoqueta Jacint, dans les chuintements syncopés du respirateur. Il nous faut des hommes avec du matériel lourd et des sacs de sable. »

— « Ce n'est plus mon problème ! répliqua Jon. Débrouillez-vous. A quoi servez-vous ? Faites travailler les Downers, pour une fois. Prenez une équipe supplémentaire. Ou bien attendez les nouveaux superviseurs, pourquoi pas ? Vous expliquerez tout ça à mon neveu. »

— « Où sont-ils ? » demanda Jacint. Un opposant intelligent, Bennett Jacint, toujours à présenter des objections quand il s'agissait d'améliorations. Plus d'une fois, Jacint avait envoyé des protestations sans lui en référer. Il avait même complètement bloqué un projet de construction, de sorte que la route des puits d'écoulement était une piste détrempée. Jon sourit et montra, au loin, les dômes des entrepôts.

« On n'a pas le temps. »

— « C'est *votre* problème ! »

Bennett Jacint jura et se mit à courir, puis changea d'avis et partit en direction du moulin. Jon rit. Le stock du moulin sous les eaux. Bien. Un problème pour les Konstantin.

Il arriva au sommet de la colline, descendit vers la navette qui se dressait, étrangère et argentée, dans la prairie piétinée, la rampe de sa soute abaissée, Downers allant et venant, quelques humains en jaune parmi eux. Il rejoignit la piste qu'empruntaient les Downers, boue labourée ; il marcha sur l'accotement herbu, jura quand un Downer chargé trébucha trop près de lui, et eut au moins la satisfaction de constater qu'ils s'écartaient de son chemin. Il gagna la piste d'atterrissage, adressa un bref signe de tête à un contremaître humain, gravit la rampe de la soute, pénétra dans l'obscurité métallique. Il y quitta sa combinaison, dans le froid, gardant le masque. Il ordonna au chef de l'équipe de Downers de nettoyer la boue, gagna l'ascenseur qui le déposa dans un couloir propre, métallique, conduisant au petit compartiment, aux sièges capitonnés, destiné aux passagers.

Il y avait des Downers, deux ouvriers allant travailler à la station. Ils parurent hésiter, à son arrivée, se touchèrent. Il ferma le sas du compartiment, changea l'air, de sorte qu'il put quitter son masque et qu'ils durent mettre les leurs. Il s'assit en face d'eux, regarda fixement derrière eux dans le compartiment sans fenêtre. L'air empestait le Downer mouillé, odeur dans laquelle il vivait depuis trois ans, odeur dans laquelle l'ensemble de Pell vivait, si on avait le nez fin, mais qui était bien pire à la base de Downbelow : avec les céréales poussiéreuses, les distilleries, les usines d'emballage et les murs, la boue, le limon et la fumée des moulins, les latrines qui débordaient, les puisards qui se couvraient d'écume, les moisissures des forêts qui encrassaient les masques et pouvaient tuer l'individu qui se faisait prendre sans respirateur de rechange... tout cela et la direction d'une main-d'œuvre indigène et stupide, avec ses tabous religieux et ses excuses incessantes. Il était fier de ses résultats, avait augmenté la production, le rendement, là où, par complaisance, on considérait que les Downers, étant des Downers, ne pouvaient comprendre les impératifs horaires. Ils pouvaient planifier leur production, et ils le faisaient.

Pas de remerciements. La station était en crise et le développement de Downbelow, qui ne faisait qu'accessoirement partie de la planification générale depuis dix ans, s'accélérait soudain. Les usines obtiendraient les améliorations qu'il avait rendues possibles, le personnel supplémentaire dont il avait assuré le ravitaillement et le logement, grâce aux fonds de la Société Lukas, grâce au matériel de la Société Lukas.

Seulement on envoyait deux Konstantin superviser cette étape, sans un : « Merci, monsieur Lukas ! », sans un : « Bravo, Jon, merci d'avoir abandonné la direction de ta société et tes affaires, merci d'avoir fait le travail pendant trois ans. » *Emilio Konstantin et Miliko Dee nommés superviseurs de Downbelow ; vous prions régler affaires courantes et rentrer au plus tôt.* Son neveu Emilio. Le petit Emilio allait diriger la construction. Les Konstantin arrivaient toujours au dernier moment, toujours quand les dividendes étaient sur le point d'être distribués. La démocratie régissait le Conseil, mais la dynastie régnait sur l'administration de la station. Toujours les Konstantin. Les Lukas étaient arrivés en même temps dans la station, avaient englouti autant dans sa construction, représentaient déjà une entreprise importante, dans les Etoiles Proches; mais les Konstantin avaient manœuvré, profité de toutes les occasions pour accaparer le pouvoir. Et maintenant, une nouvelle fois, son matériel, son travail, et les Konstantin aux commandes quand on en était arrivé à un stade où le public pourrait prendre conscience du travail réalisé. Emilio, le fils de sa sœur, Alicia, et d'Angelo. Il était aisé de manipuler les gens, si Konstantin était le seul nom qu'on leur permette d'entendre; et Angelo était un des maîtres en cette tactique.

Il aurait été poli d'accueillir son neveu et sa femme à leur arrivée, de rester quelques jours pour les mettre au courant ou, au moins, de les avertir qu'il partait immédiatement par la navette qui les avait amenés. Il aurait également été poli, de leur part, de se rendre immédiatement aux dômes pour y être accueillis officiellement, reconnaissant de ce fait l'autorité qu'il exerçait sur la base... Mais ils ne l'avaient pas fait. Pas même: «Bonjour, mon oncle», par les coms, quand ils s'étaient posés. Il n'était plus d'humeur à supporter des politesses vides, à serrer des mains sous la pluie en souhaitant la bienvenue à un neveu qu'il voyait rarement. Il s'était opposé au mariage de sa sœur; s'était disputé avec elle; il ne l'avait pas fait entrer *dans* la famille des Konstantin: compte tenu de l'attitude d'Alicia, c'était plutôt une désertion. Depuis, ils ne se parlaient plus, sa sœur et lui, sauf en public; et même plus, depuis quelques années... sa présence le déprimait. Et les garçons ressemblaient à Angelo, Angelo tel qu'il était dans sa jeunesse; il les évitait, eux qui espéraient certainement mettre la main sur la Société Lukas... une partie au moins, quand il aurait disparu, en tant qu'héritiers collatéraux. C'était cet espoir, il en était toujours convaincu, qui avait attiré Angelo vers Alicia: la Société Lukas était la plus grosse entreprise indépendante de Pell. Mais il avait échappé au piège, leur avait opposé un héritier, pas un héritier à son goût, mais un corps vivant tout de même. Il avait travaillé plusieurs années sur Downbelow dans l'espoir de pouvoir y développer la Société Lukas, grâce à la construction. Angelo avait senti le vent venir, persuadé le Conseil de bloquer les projets. Problèmes écologiques. A présent, c'était la dernière étape.

Il appliquait à la lettre l'instruction concernant son retour, la prenait aussi sèchement qu'elle avait été transmise, partait sans bagages ni cérémonies, comme un délinquant honteux rappelé chez lui. C'était peut-être puéril, mais cela pourrait impressionner le Conseil... et si tout le stock du moulin était inondé le jour même de l'arrivée des Konstantin, tant mieux. Tant mieux si la station souffrait de pénurie ; il faudrait qu'Angelo Konstantin s'explique devant le Conseil. Cela provoquerait un débat auquel il pourrait participer et cela lui faisait terriblement envie.

Il méritait mieux que cela.

Finalement les moteurs démarrèrent, annonçant le décollage. Il se leva, sortit une bouteille et un verre du placard. L'équipage de la navette prit contact avec lui et il répondit qu'il n'avait besoin de rien. Il s'installa, attacha sa ceinture, et la navette décolla. Il se servit une bonne rasade, se donnant du courage en prévision du vol, qu'il détestait, but, le liquide ambré frémissant dans le verre sous l'effet conjugué de la crispation de son bras et des vibrations du vaisseau. En face de lui, serrés l'un contre l'autre, les Downers gémissaient.

2

PELL, CENTRE DE DÉTENTION, SECTEUR ROUGE UN ; 20/5/52 ; 0900 HEURES

Le prisonnier assis, immobile, autour de la table avec eux trois, regardait de préférence le superviseur des gardiens, les yeux fixant apparemment un point situé derrière lui. Damon posa une nouvelle fois le dossier sur la table et dévisagea l'homme, qui faisait tout son possible pour éviter son regard. Damon se rendit compte que cette entrevue le mettait très mal à l'aise... qu'elle était différente des interrogatoires de délinquants qui étaient le lot des Affaires Juridiques… cet homme, ce visage d'ange de tableau, cette humanité trop parfaite, aux cheveux blonds et aux yeux qui semblaient voir à travers les choses. Beau, ce mot lui vint à l'esprit. Il n'avait aucun défaut. Son expression était celle de l'innocence. Ce n'était ni un voleur ni un dur ; mais cet homme tuerait… si un tel homme pouvait tuer… pour des raisons politiques. Par devoir, parce qu'il appartenait à l'Union et eux pas. Sans haine. C'était troublant d'avoir entre les mains la vie ou la mort d'un tel homme. Cela avait pour effet de lui donner le choix, *à lui aussi*, un choix en miroir… pas par haine, mais par devoir, parce que, contrairement à cet homme, il n'appartenait pas à l'Union.

Nous sommes en guerre, se dit Damon, désespéré. *Avec lui, la guerre est venue ici.*

Un visage d'ange.

« Il est tranquille, n'est-ce pas ? » demanda Damon au superviseur.

— « Oui. »

— « J'ai entendu dire que c'est un bon joueur de midge. »

Cela les fit légèrement sursauter. Malgré l'interdiction, on jouait, au centre de détention, comme dans pratiquement toutes les permanences, pendant l'anti-jour. Damon eut un pâle sourire, quand le prisonnier regarda dans sa direction, déplacement à peine perceptible des yeux bleus… reprit son sérieux devant l'impassibilité du prisonnier.

« Je m'appelle Damon Konstantin, monsieur Talley, j'appartiens aux services juridiques de la station. Vous ne nous avez pas créé d'ennuis et nous vous en remercions. Nous ne sommes pas vos ennemis ; nous autoriserions l'accostage de la flotte de l'Union au même titre que celui d'un vaisseau de la Compagnie… en principe ; mais vous ne garantissez plus la neutralité des stations, d'après nos renseignements, de sorte que nous devons prendre des mesures en conséquence. Nous ne pouvons pas prendre le risque de vous laisser circuler. Rapatriement… Non. Nous avons reçu d'autres instructions. Notre propre sécurité. Vous comprenez. »

Pas de réponse.

« Votre avocat a fait valoir que l'exiguïté des lieux vous incommodait et que ces cellules ne sont pas prévues pour de longues périodes de détention. Il y a, à Q, des gens beaucoup plus dangereux pour la sécurité de la station que vous ne l'êtes vous-même ; il y a une grande différence entre un saboteur et un armscomper en uniforme qui a eu la malchance de se faire prendre du mauvais côté. Mais, ceci étant posé, il ne recommande pas votre libération, sauf à Q. Nous avons pris des dispositions. Nous pouvons mettre au point une identité qui vous protégera tout en nous permettant de savoir où vous êtes. Cette idée ne me plaît pas, mais elle semble réalisable. »

— « Qu'est-ce que Q ? demanda Talley d'une voix faible, inquiète, adressant un regard suppliant au superviseur et à son avocat, le vieux Jacoby, qui était assis au bout de la table. De quoi parlez-vous ? »

— « La Quarantaine. Le secteur isolé où nous avons installé les réfugiés. »

Les yeux de Talley allèrent nerveusement de l'un à l'autre.

« Non. Non. Je ne veux pas être mis avec eux. Je ne lui ai jamais demandé cela. Jamais ! »

Damon, mal à l'aise, fronça les sourcils.

« Un autre convoi arrive, monsieur Talley, un autre groupe de réfugiés. Nous avons prévu de vous mêler à eux, avec de faux papiers. Pour vous sortir d'ici. Ce serait toujours une détention, mais avec davantage d'espace, la possibilité de se déplacer, de vivre... comme on vit en Quarantaine. Cela occupe une bonne part de la station. Pas de réglementation... ouverte. Pas de cellules. M. Jacoby a raison : vous n'êtes pas plus dangereux que certains individus qui s'y trouvent. Moins, parce que nous saurions continuellement où vous êtes. »

Talley adressa un nouveau regard à son avocat. Secoua la tête, suppliant.

« Vous rejetez cette proposition », insista Damon, vexé. Toutes les solutions, toutes les dispositions, s'effondraient. « Ce n'est pas une prison, vous le comprenez bien. »

— « Mon visage... est connu. Mallory a dit... »

Il se retrancha dans le silence. Damon le regarda fixement, remarqua l'inquiétude fiévreuse, la sueur qui couvrait le visage de Talley.

« *Qu'a dit* Mallory ? »

— « Qu'elle me transférerait sur un autre vaisseau si je

ne me tenais pas tranquille. Je crois que j'ai compris ce que vous voulez: vous pensez qu'il y a des Unionistes, parmi eux, et qu'ils me contacteront quand vous m'aurez mis dans votre Quarantaine. N'est-ce pas? Mais je ne vivrai pas assez longtemps. Il y a des gens qui me connaissent. Des fonctionnaires de la station. La police. Ce sont eux qui ont pu embarquer sur les vaisseaux, n'est-ce pas? Et ils me reconnaîtront. Je ne resterai pas en vie une heure, si vous faites cela. J'ai entendu parler de ce qui se passait dans ces vaisseaux.»

— «*Mallory* vous l'a dit.»

— «Mallory me l'a dit.»

— «En revanche, indiqua Damon avec amertume, il y a des gens qui refuseraient d'embarquer sur un vaisseau de Mazian, des stationniers prêts à jurer que la survie d'un honnête homme n'y est pas tellement probable. Mais, d'après mes renseignements, vous n'avez pas souffert, pendant le trajet, pas vrai? Suffisamment à manger et pas de problèmes d'air? La vieille querelle entre les habitants des stations et ceux des vaisseaux: les passagers peuvent bien étouffer, du moment que le pont n'est pas touché. Mais vous avez eu un autre statut. *Vous*, vous avez eu droit à un traitement de faveur.»

— «Ce n'était pas tellement agréable, monsieur Konstantin.»

— «Et vous n'aviez pas le choix, pas vrai?»

— «Non.» La réponse fut rauque. Damon, soudain, regretta son agressivité, motivée par la méfiance, les bruits qui couraient à propos de la Flotte. Il eut honte du rôle qu'il était obligé de jouer. Que Pell était obligée de jouer. La guerre et les prisonniers de guerre. Il ne voulait pas participer à cela.

«Vous refusez la solution que nous vous proposons, souligna-t-il. C'est votre droit. Personne ne vous forcera. Nous ne voulons pas mettre votre vie en péril et c'est ce que nous ferions, si les choses sont telles que vous les décrivez. Alors, qu'allez-vous faire? Je suppose que vous voulez continuer à jouer avec les gardiens. La cellule est très petite. Vous a-t-on donné les bandes et l'appareil? Vous les avez?»

— «Je voudrais...» Les mots jaillirent comme la montée d'une nausée. «Je voudrais demander une Adaptation.»

Jacoby baissa les yeux et secoua la tête. Damon resta silencieux.

« Après l'Adaptation, je pourrais sortir, expliqua le prisonnier. Ensuite, je pourrais *faire* quelque chose. C'est ce que je demande. Un prisonnier a toujours cette solution, n'est-ce pas ? »

— « Votre camp fait subir ce traitement aux prisonniers, rappela Damon. Nous pas. »

— « Je le demande. Vous m'enfermez comme un criminel. Si j'avais tué quelqu'un, est-ce que je n'aurais pas le droit de le demander ? Si j'avais volé ou... »

— « Je crois que vous devriez passer un examen psychiatrique, si vous y tenez. »

— « N'y a-t-il pas un examen... avant l'Adaptation ? »

Damon se tourna vers Jacoby.

« Il est de plus en plus déprimé, indiqua Jacoby. Il m'a demandé plusieurs fois de présenter cette requête à la station, et je ne l'ai pas fait. »

— « Nous n'avons jamais demandé d'Adaptation pour des gens qui n'étaient pas condamnés. »

— « Avez-vous déjà eu, demanda le prisonnier, un détenu dans ma situation ? »

— « L'Union utilise le traitement, intervint le superviseur d'une voix grave, sans sourciller. Ces cellules sont minuscules, monsieur Konstantin. »

— « On ne peut pas *demander* à subir un tel traitement », déclara Damon.

— « *Moi*, je le demande, insista Talley. Je vous le demande. Je veux sortir d'ici. »

— « Cela résoudrait le problème », fit remarquer Jacoby.

— « J'aimerais connaître ses raisons. »

— « *Je veux sortir d'ici !* »

Damon se figea. Talley retint son souffle, penché sur la table, puis reprit son calme juste avant d'éclater en sanglots. L'Adaptation n'était pas une mesure punitive... n'avait pas été conçue en tant que telle. Ses avantages étaient doubles... altération du comportement en ce qui concernait les violents et effacement de l'ardoise pour les déséquilibrés. C'est la seconde éventualité, se dit-il, soutenant le regard trouble de Talley. Soudain, il éprouva une pitié immense pour cet homme qui était sain, qui semblait tout à fait sain. La station était en crise. Les événements se précipitaient et les individus s'y égaraient, étaient mis à l'écart. On avait un besoin urgent de cellules, au centre de détention, pour y enfermer de véritables délinquants, venus de la Quarantaine, qui en regorgeait. Il y avait pire que l'Adaptation. Etre enfermé à vie dans une pièce de deux mètres sur deux, par exemple.

« Demandez les documents au comp », décida-t-il, s'adressant au superviseur, et le superviseur transmit l'ordre par les coms. Jacoby, visiblement nerveux, fouillait dans ses papiers en évitant de regarder les autres. « Voilà ce que je vais faire, expliqua Damon à Talley, avec l'impression qu'ils partageaient le même cauchemar, je vais vous remettre les documents. Vous pourrez les examiner, ainsi que les explications qui vont avec. Si vous n'avez pas changé d'avis demain matin, nous les accepterons signés. Je veux également que vous rédigiez une demande indiquant que c'était votre idée et votre décision, que vous n'êtes pas claustrophobe et ne souffrez d'aucun dérangement... »

— « J'étais *armscomper* », coupa ironiquement Talley. Ce n'était pas, à bord des vaisseaux, un poste particulièrement spacieux.

« ... ou maladie qui pourraient vous pousser à faire ce choix. Vous n'avez donc pas de famille, de parents, quelqu'un qui pourrait vous persuader de renoncer s'il venait à connaître votre décision ? »

Les yeux réagirent, presque imperceptiblement.

« Avez-vous quelqu'un ? insista Damon, espérant avoir trouvé une faille, une raison de refuser. Qui ? »

— « Mort », fit Talley.

— « Si votre demande est une réaction à... »

— « Il y a longtemps ! » lança Talley, coupant court. Rien de plus.

Un visage d'ange. L'humanité sans défaut. Les labos d'incubation ? Cette idée lui vint d'un seul coup. Il avait toujours trouvé cela répugnant, les soldats fabriqués de l'Union. Le fait qu'il puisse s'agir d'un préjugé le tourmentait.

« Je n'ai pas vu la totalité de votre dossier, reconnut-il. Cette affaire a été traitée à d'autres échelons. On a cru avoir trouvé la solution. Puis elle m'est revenue. Avez-vous une famille, monsieur Talley ? »

— « Oui », répondit faiblement Talley, agressif, le faisant rougir de honte.

— « Où êtes-vous né ? »

— « A Cyteen. » La même voix plate. « J'ai déjà dit tout ça. J'avais des parents. Je suis *né*, monsieur Konstantin. Est-ce réellement pertinent ? »

— « Excusez-moi. Toutes mes excuses. Je veux que vous compreniez bien ceci : ce n'est pas définitif. Vous pourrez changer d'avis, jusqu'au début du traitement. Il vous suffira de dire : "Stop, je ne veux pas." Mais, à partir d'un certain point, vous ne serez plus à même de le faire. Vous comprenez... Vous n'en serez *plus* capable. Avez-vous connu des Adaptés ? »

— « Ils reprennent le dessus. »

— « Effectivement, ils reprennent le dessus. Je vous suivrai, monsieur Talley... Lieutenant Talley... dans la mesure de mes possibilités. Assurez-vous, ajouta-t-il à l'intention du superviseur, que s'il envoie un message, à n'importe quel stade du processus, il me soit trans-mis en urgence, de jour comme de nuit. Veillez à ce que tout le monde en soit bien conscient, jusqu'aux plantons. Je ne pense pas qu'il abusera de ce privilège. » Il se tourna vers Jacoby. « Etes-vous satisfait de votre client ? »

— « Il a raison de faire ce qu'il fait. Cela ne me plaît pas. Mais j'y assisterai. J'admets que cela résout les problèmes... peut-être au mieux. »

Le listing du comp arriva. Damon tendit les documents à Jacoby qui les examina. Jacoby marqua les endroits où il faudrait signer et passa la chemise à Talley. Talley la serra sur sa poitrine, comme un objet précieux.

« Monsieur Talley », fit Damon, se levant et tendant impulsivement la main, malgré le dégoût qu'il éprouvait. Le jeune armscomper se leva, la serra, et la reconnaissance qu'exprimèrent ses yeux soudain pleins de larmes fit basculer toutes les certitudes. « Est-il possible, demanda Damon, est-il *vraiment* possible que vous ayez des informations que vous vouliez oublier ? Est-ce pour cette raison que vous faites cela ? Je vous avertis qu'il est très probable qu'elles fassent surface pendant le traitement. Et elles ne nous intéressent pas, comprenez-vous bien ? Les problèmes militaires ne nous concernent pas. »

Ce n'était pas ça. Vraisemblablement pas. Ce n'était pas un officier supérieur, un responsable tel que lui-même, connaissant les signaux du comp, les codes d'accès, toutes choses que l'ennemi ne devait pas savoir. On n'avait rien trouvé de tel, chez cet homme… aucun renseignement précieux, ni ici ni à Russell.

« Non, dit Talley. Je ne sais rien. »

Damon hésita, tourmenté par sa conscience, l'impression que l'avocat de Talley, au moins lui, devrait protester, se montrer plus combatif, utiliser toutes les lenteurs de la procédure au profit de Talley. Mais cela le ferait rester en prison ; le priverait… d'espoir. On amenait au centre de détention des délinquants venus de la Quarantaine, beaucoup plus dangereux ; des hommes qui le reconnaîtraient, si Talley avait raison. L'Adaptation le sauvait, lui permettait de sortir ; lui donnerait la possibilité d'un travail, de sa liberté, une vie. Aucun individu sensé ne se vengerait sur un homme ayant subi un lavage de cerveau. Et le processus était humanitaire. Il avait été conçu dans cette optique.

« Talley… Voulez-vous porter plainte contre Mallory et le personnel du *Norvège* ? »

— « Non. »

— « Votre avocat est présent. Il en serait pris bonne note… si vous vouliez déposer une telle plainte. »

— « Non. »

Ce truc non plus ne marcherait pas. Aucun retard pour raison d'enquête. Damon hocha la tête, sortit de la pièce avec l'impression d'être sale. C'était une sorte de meurtre qu'il commettait, une assistance au suicide.

Et, cela, la Quarantaine en regorgeait.

3

PELL, SECTEUR ORANGE NEUF ; 20/5/52 ; 1900 HEURES

Kressich sursauta quand un craquement se produisit dans le hall, derrière la porte fermée, s'efforça de ne pas montrer sa terreur. Quelque chose brûlait, la fumée leur parvenant par le système de ventilation. Cela augmenta ses craintes, et celles de la cinquantaine de personnes massées avec lui dans cette partie du couloir. Dans le dock, la police et les émeutiers se tiraient toujours dessus. La violence faiblissait. Le groupe qui était avec lui, le reste des forces de sécurité de Russell, une poignée de stationniers d'élite, quelques jeunes gens et vieillards... ils avaient tenu le couloir contre les bandes.

« Un incendie », marmonna quelqu'un, au bord de la panique.

— « Des vieux vêtements, probablement », dit-il; *Ferme-la!* pensa-t-il. Il ne fallait pas que la peur gagne. En cas d'incendie, le poste de commandement de la station ferait sauter un secteur pour l'éteindre... la mort pour tout le monde. Ils n'étaient pas utiles à Pell. Des réfugiés tiraient sur la police de Pell avec des armes prises à des policiers morts. Tout avait commencé avec l'annonce de l'arrivée d'un nouveau convoi, d'autres vaisseaux, d'autres désespérés dans le peu d'espace dont ils disposaient; tout avait commencé dès que la nouvelle avait été connue... et qu'on avait exigé l'accélération de l'examen des papiers; raids sur les baraquements et bandes confisquant les papiers de ceux qui en avaient.

Brûlez tous les documents! Ce cri avait couru dans toute la Quarantaine dans l'espoir que, sans papiers, ils seraient tous admis. Ceux qui refusèrent de donner leurs papiers furent frappés et s'en trouvèrent dépossédés; et, aussi, de tous leurs objets de valeur. Les baraquements furent pillés. Les bandes de brutes qui avaient embarqué de force sur le *Griffin* et le *Hansford* s'assurèrent le soutien des désespérés, des jeunes, des désemparés et de ceux qui avaient peur.

Il y eut quelques instants de silence, dehors. Les ventilateurs s'étaient arrêtés; l'air devint vicié. Parmi ceux qui avaient vécu les pires moments du voyage, la panique se répandit, silencieuse et contenue; beaucoup mouraient.

Puis la lumière retrouva toute son intensité, et un courant d'air frais sortit des conduits. La porte s'ouvrit brusquement. Kressich se leva, se trouva confronté aux policiers de la station, et aux canons des fusils pointés. Parmi ses compagnons, il y avait des hommes armés de couteaux, de morceaux de tubes et de meubles, d'armes improvisées en tout genre. Il n'avait rien... Il leva précipitamment les bras.

« Non ! » supplia-t-il. Personne ne bougea, ni les policiers ni ses compagnons. « Je vous en prie. Nous n'avons pas participé. Nous avons seulement défendu ce secteur contre les émeutiers. Personne... nous n'avons rien fait. Nous sommes des victimes. »

Le chef des policiers, le visage rendu hagard par la fatigue, la suie et le sang, montra le mur d'un mouvement de son arme.

« Il faut que vous vous aligniez, expliqua Kressich à ses compagnons disparates, qui n'étaient pas du genre à comprendre de tels procédés, sauf les anciens policiers. Lâchez vos armes. » Ils s'alignèrent, même les vieux et les malades, et deux enfants.

Kressich s'aperçut qu'il tremblait, tandis qu'on le fouillait et, plus tard, appuyé contre la paroi du couloir, tandis que les policiers s'entretenaient mystérieusement à voix basse. L'un d'entre eux le prit par l'épaule, le fit se tourner. Un officier muni d'un bloc-notes alla de l'un à l'autre, demandant les identités.

« On nous a volé nos papiers, dit Kressich. C'est comme cela que tout a commencé. Les bandes volaient les papiers et les brûlaient. »

— « Nous sommes au courant, répliqua l'officier. Etes-vous responsable ? Quels sont vos nom et origine ? »

— « Vassily Kressich, Russell. »

— « Quelqu'un le connaît ? »

Plusieurs personnes confirmèrent.

« C'était un Conseiller de la Station Russell, affirma un jeune homme. J'appartenais aux Services de Sécurité. »

— « Nom ? »

Le jeune homme le donna. Nino Coledy. Kressich fouilla en vain ses souvenirs. Une par une, les questions furent répétées, contre-interrogatoire des identifications, identifications mutuelles, pas plus dignes de confiance que la parole de ceux qui les donnaient. Un homme muni d'un appareil photo entra et les photographia tous, alignés contre la cloison. Ils étaient dans un tourbillon de coms et de conversations.

« Vous êtes libres », dit enfin le chef des policiers, et ils partirent en file indienne ; mais, au moment où Kressich allait s'éloigner, l'officier le prit par le bras. « Vassily Kressich. Je transmettrai votre nom au Quartier Général. »

Il se demanda si c'était bien ou mal ; tout était porteur d'espoir. Tout valait mieux que ce qui existait en Quarantaine, la station gagnant du temps ; apparemment dans l'incapacité de les intégrer ou de les évacuer.

Il gagna le dock proprement dit, frappé par la désolation qui y régnait, morts gisant toujours dans leur sang, tas de produits inflammables fumant encore, meubles et objets empilés en vue d'être brûlés. Les policiers de la station étaient partout, armés de fusils, pas d'armes légères. Il resta dans le dock, près des policiers, n'osant pas retourner dans les couloirs, à cause des bandes de terroristes. On ne pouvait espérer que la police les ait tous arrêtés. Ils étaient beaucoup trop nombreux.

Finalement, la station mit en place un poste de distribution de nourriture et de boisson, à la limite du secteur, car l'eau avait été coupée pendant les événements, les cuisines pillées, tous les ustensiles transformés en armes. Les coms étaient hors d'usage ; il était impossible de transmettre l'étendue des dégâts ; et les équipes d'entretien refuseraient probablement d'entrer dans le secteur.

Assis sur le métal nu du dock, il mangea ce qu'on leur distribuait, en compagnie de petits groupes de réfugiés qui n'avaient pas plus que lui. Les gens se regardaient avec crainte.

« Nous resterons ici, répétait-on autour de lui. Maintenant, ils vont refuser de nous intégrer. »

Plus d'une fois, il surprit des murmures d'une autre nature, reconnut des individus qu'il avait vus dans les bandes d'émeutiers, qui avaient saccagé les baraquements sans que personne les dénonce. Personne ne l'osait. Ils étaient trop nombreux.

Il y avait, parmi eux, des Unionistes. Il était sûr que c'étaient eux, les agitateurs. La vérification systématique des papiers devait les terrifier. La guerre avait touché Pell. Elle était parmi eux et ils étaient comme les stationniers avaient toujours été, neutres et désarmés, louvoyant au milieu des assassins... mais ce n'était plus les stationniers contre les vaisseaux de guerre, coque métallique contre coque métallique ; on côtoyait physiquement le danger, ce jeune homme à l'épais sandwich, cette jeune femme au regard fixe, chargé de colère.

Le convoi arriva, sans escorte militaire. Les dockers, sous la protection d'importantes forces de police, procédèrent au débarquement. Les réfugiés furent admis, installés au mieux des possibilités, compte tenu des baraquements saccagés et de la jungle des couloirs. Les nouveaux venus restaient immobiles, leurs bagages à la main, jetant autour d'eux des regards empreints de terreur. Demain matin, se dit Kressich, on leur aura tout volé, ou pire. Des gens, autour de lui, pleuraient en silence, désespérés.

Au matin, il arriva encore plusieurs centaines de réfugiés ; et la panique s'installa parce qu'ils avaient faim, soif, et que le ravitaillement fourni par la station n'arrivait que trop lentement.

Un homme s'assit près de lui : Nino Coledy.

« On est une douzaine, dit Coledy. On pourrait remettre un peu d'ordre ; j'ai vu les survivants des émeutes. On ne donne pas de noms et ils coopèrent. On a de gros bras... On pourrait rétablir l'ordre, installer les gens dans les logements, ça permettrait d'avoir à boire et à manger... »

— « Qui ça, *on* ? »

Le visage de Coledy prit une expression grave.

« Vous étiez Conseiller. Vous nous représentez ; vous négociez. Nous, on vous protège. On obtient le ravitaillement. On se fait une place, ici. La station a besoin de ça. Tout le monde y trouvera son compte. »

Kressich réfléchit. C'était prendre le risque de se faire tuer. Il était trop vieux pour ça. Ils voulaient un homme de paille. Une bande de policiers voulait un homme de paille respectable. Mais refuser lui faisait peur.

« Il vous suffira de négocier, souligna Coledy.

— « D'accord », accepta-t-il ; puis, sa bouche prenant une expression de fermeté qui surprit Coledy chez ce vieil homme fatigué : « Commencez à rassembler vos hommes, je vais voir les forces de police ! »

Il le fit, prenant contact avec circonspection.

« Il y a eu une élection, dit-il. Je m'appelle Vassily Kressich, Conseiller du secteur Rouge un de la Station Russell. Il y a des membres de notre police parmi les réfugiés. Nous sommes disposés à rétablir l'ordre dans les couloirs, sans violence. Nous connaissons les visages. Vous pas. Si vous consultez vos supérieurs et obtenez leur accord, nous pourrons vous aider. »

Ils hésitèrent. Ils ne tenaient pas tellement à présenter cette requête. Finalement, un capitaine se décida et Kressich attendit, nerveux. Enfin, le capitaine hocha la tête.

« En cas de problème, prévint le capitaine, nous tirerons sans distinction. Mais nous ne tolérerons aucune exaction de votre part, Conseiller Kressich ; vous n'avez pas carte blanche. »

— « Soyez patient, capitaine », dit Kressich avant de s'éloigner, mortellement fatigué et effrayé. Coledy était là, avec quelques autres, l'attendant près du couloir d'accès de neuf. Quelques instants plus tard, d'autres les rejoignirent, plus inquiétants encore que les premiers. Ils lui faisaient peur. Il avait peur qu'ils l'abandonnent. Il se fichait de tout, à présent, sauf de vivre ; et de contrôler la force pour ne pas la subir. Il les regarda s'éloigner, persuadant les innocents par la terreur, intégrant les individus dangereux à leur groupe. Il savait ce qu'il avait fait. Cela le terrifiait. Il garda le silence, parce qu'il serait pris dans une deuxième émeute, si elle se produisait. *Ils* y veilleraient.

Il participa, usa de sa fonction, de son âge, du fait que son visage était connu ; cria des indications et les gens, respectueux, commencèrent à l'appeler : Conseiller Kressich. Il écouta leurs doléances, leurs craintes, leur colère, puis Coledy lui assigna un garde du corps chargé de protéger son précieux homme de paille.

Un peu plus tard, les docks étaient dégagés, les bandes légalisées obéissaient aux instructions et les honnêtes gens s'en remettaient à lui partout où il allait.

7

1

PELL ; 22/5/52

Jon Lukas retrouva, au Conseil, le siège que son fils, Vittorio, avait occupé pendant trois ans et s'assit, ironique. Il avait déjà dû résoudre un problème familial : il avait perdu trois pièces, sur les cinq de son logement, littéralement coupé en deux par le transfert d'une cloison, afin de loger deux cousins Jacoby et leurs correspondants de l'anti-jour, dont un avait des enfants qui frappaient contre la cloison et pleuraient. Des ouvriers avaient entassé ses meubles dans ce qui restait de son intimité... précédemment occupée par son fils, Vittorio, et sa dulcinée du moment. Quel retour ! Vittorio et lui s'étaient rapidement mis d'accord : la fille s'en alla et Vittorio resta, trouvant que la possession d'un appartement et d'un compte était plus importante, et de loin préférable au transfert à la base de Downbelow, qui cherchait activement de jeunes volontaires. Le travail physique, sous la pluie de Downbelow, n'était pas du goût de Vittorio. En tant qu'homme de paille, il avait été utile ; votant conformément aux instructions, dirigeant suivant les ordres, il avait au moins évité à la Société Lukas de sombrer dans le chaos, assez intelligent qu'il était pour résoudre les problèmes mineurs et demander conseil pour les questions importantes. Sa gestion des frais généraux était une autre histoire. Jon avait passé le plus clair de son temps, après s'être adapté à l'heure de la station, dans les bureaux de la société, à vérifier les livres, à interroger le personnel et à examiner les frais généraux.

A présent, il y avait une alerte, terrifiante et urgente ; il était venu, comme les autres Conseillers, en réponse à un message convoquant le Conseil en session extraordinaire. La fatigue lui faisait toujours battre le cœur. Il brancha l'unité et le micro de son bureau, écoutant le murmure discret des coms qui, pour le moment, occupait le Conseil, avec, sur les écrans du plafond, une succession d'images montrant des vaisseaux. Encore des ennuis. Il en avait entendu parler en venant de ses bureaux des docks. Il arrivait quelque chose.

« Quel est votre numéro ? » demandait Angelo sans obtenir de réponse.

« Que se passe-t-il ? » demanda-t-il à sa voisine, une déléguée du secteur Vert, Anna Morevy.

— « Un nouvel arrivage de réfugiés, et ils ne répondent pas. Le *Pacifique*. En provenance de la Station Espérance ; c'est tout ce que nous savons. Ils ne coopèrent pas. Mais c'est Sung. Qu'est-ce qu'on peut faire ? »

Les Conseillers arrivaient toujours, les gradins se remplissant rapidement. Il glissa son écouteur personnel dans l'oreille, brancha l'enregistrement, s'efforçant de se mettre au courant de la situation. Le convoi, sur le scan, était apparu beaucoup trop près, au-dessus du plan du Système. La voix du secrétaire du Conseil murmurait, résumant, lui proposant des images sur l'écran de son pupitre, pratiquement rien de plus que ce qui était transmis en direct.

Un huissier suivit la rangée supérieure, se pencha sur son épaule et lui tendit un mot manuscrit. *Heureux de votre retour*, lut-il, perplexe. *Vous êtes désigné, en remplacement d'Emilio Konstantin, au siège numéro dix. Votre expérience récente de Downbelow considérée comme importante. A. Konstantin.*

Son cœur se remit à battre, pour une raison différente. Il se leva, posa l'écouteur et débrancha les canaux, descendit l'allée, sous le regard de tous les Conseillers, jusqu'au siège vacant du Bureau du Conseil, la table au milieu des gradins, les sièges les plus influents. Il atteignit le fauteuil, s'installa dans le cuir souple et le bois sculpté, un des Dix de Pell, et, malgré lui, son triomphe le fit rougir… justice rendue, enfin, après des décennies. Les puissants Konstantin l'avaient écarté, avaient intrigué pour lui interdire l'accès des Dix, malgré ses efforts, son influence, ses mérites et, à présent, il était là.

Pas parce que Angelo avait changé d'idée, il en était

absolument sûr. Il y avait eu un vote. Il avait gagné la faveur du Conseil, conséquence logique de son séjour long et difficile sur Downbelow. Son action avait été appréciée par la majorité du Conseil.

Il croisa le regard d'Angelo, à l'extrémité de la table, Angelo, qui tenait l'écouteur à son oreille, le regardant sans chaleur, sans amour, sans joie. Angelo acceptait cette promotion parce qu'il y était obligé, c'était clair. Jon eut un sourire crispé, auquel les yeux ne participèrent pas, comme pour proposer son soutien. Angelo le lui rendit, également sans que ses yeux y participassent.

« Recommencez, dit Angelo dans les coms. Continuez d'émettre. Etablissez le contact avec Sung. »

L'assemblée était silencieuse, les rapports continuant d'arriver, bavardage du Commandement Central, progression lente des vaisseaux de transport ; mais le *Pacifique* accélérait, devenant indistinct sur l'image du scan fournie par le comp.

« Ici Sung, annonça une voix. Salutations à la Station Pell. Vos services pourront s'occuper des détails. »

— « Combien de réfugiés nous amenez-vous ? s'enquit Angelo. Combien de personnes y a-t-il dans ces vaisseaux, Capitaine Sung ? »

— « Neuf mille. »

Un murmure d'horreur emplit la salle.

— « Silence ! » ordonna Angelo ; le bruit altérait la réception. « Nous enregistrons : neuf mille personnes. Cela met nos installations en danger. Nous vous demandons de nous rejoindre ici, capitaine, dans la salle du Conseil. Nous avons eu des réfugiés de Russell, arrivés sans escorte dans des vaisseaux de transport ; et nous avons été obligés de les accepter. Pour des raisons humanitaires, il est impossible de refuser ces accostages. Nous vous demandons d'avertir l'Etat-Major de la Flotte des risques que présente une telle situation. Nous avons besoin d'assistance militaire, comprenez-vous, capitaine ? Nous demandons à vous rencontrer le plus rapidement possible. Nous sommes disposés à coopérer mais nous nous verrons bientôt dans l'obligation de prendre une décision extrêmement pénible. Nous demandons le soutien de la Flotte. Je répète : Viendrez-vous, capitaine ? »

Il y eut un silence, de l'autre côté. Les membres du

Conseil s'agitèrent, car les alarmes d'approche clignotaient, les écrans s'allumant et s'éteignant follement du fait qu'ils tentaient de suivre l'accélération du vaisseau.

« Il reste un convoi, indiqua la réponse, en provenance de Pan-Paris, sous le commandement de Kreshov, capitaine de l'*Atlantique*. Bonne chance, Station Pell. »

Le contact fut brutalement rompu. Le scan clignotait, l'immense vaisseau accélérant dans des proportions inadmissibles à proximité d'une station.

Jon n'avait jamais vu Angelo dans une telle colère. Le murmure, dans la salle du Conseil, devint assourdissant et, finalement, le micro rétablit un silence relatif. Le *Pacifique* fila à leur zénith, disconnectant les écrans. Quand ils se rallumèrent, il était passé, prenant une trajectoire non autorisée, leur abandonnant sa suite, transports avançant lentement, inexorablement, vers les docks. Quelque part, on demandait l'envoi de forces de sécurité dans le secteur de Quarantaine.

« Les réserves ! ordonna Angelo, par les coms, à un chef de secteur. Appelez tout le personnel de repos... peu importe combien de fois déjà il a été appelé. Maintenez l'ordre, même s'il vous faut tirer. Commandement Central, envoyez les équipages à leurs navettes, dirigez ces transports sur les docks concernés. Etablissez un cordon de moyen-courriers si nécessaire. »

Et, un peu plus tard, quand les sirènes se furent tues et qu'il ne resta plus que les rapports des transports qui gagnaient lentement la station :

« Il faut que nous agrandissions la Quarantaine, dit Angelo, regardant autour de lui. Et, malheureusement, nous allons devoir prendre ces deux niveaux du secteur Rouge... les intégrer à la Quarantaine... Immédiatement. » Un murmure attristé s'éleva des gradins et les objections présentées par les délégués du secteur Rouge clignotèrent aussitôt sur les écrans. C'était de pure forme. Personne ne soutint leur opposition de sorte qu'il n'y eut pas de vote. « Absolument, poursuivit Angelo, sans même les regarder. Nous ne pouvons ni déplacer d'autres résidents ni sacrifier les niveaux supérieurs du système de transport. Nous ne le pouvons pas. Comme nous ne pouvons pas obtenir l'assistance de la Flotte, il nous faut prendre d'autres mesures. Et nous devons évacuer une partie de la population, sur une grande échelle. Jon Lukas, nous nous excusons de la précipitation, mais nous aurions souhaité votre présence à la réunion d'hier. Ce projet que vous avez déposé... L'agrandissement de la station ne peut employer que des travailleurs absolument sûrs. A une certaine époque, vous aviez des plans détaillés concernant l'extension de la base de Downbelow. Où en sont-ils ? »

Jon battit des paupières, à la fois méfiant et rempli d'espoir, fronça les sourcils face à l'hameçon qu'Angelo lui présentait. Il se leva, ce qu'il n'était pas obligé de faire, mais il voulait voir les visages.

« Si j'avais été averti de la situation, j'aurais fait tout mon possible ; compte tenu des délais, je suis venu en toute hâte. En ce qui concerne la proposition, elle est tout à fait réalisable : il est possible de loger rapidement tous ces gens sur Downbelow, sans difficulté... sauf pour les personnes qui y seront logées. Les installations... après trois ans, je peux en parler... sont rudimentaires. Les Downers peuvent creuser des abris à peu près étanches ; il y a assez de compresseurs ; et les matériaux locaux peuvent en assurer l'étayage. Les Downers travaillent toujours plus efficacement ; ils ne sont pas gênés par les respirateurs ; mais les êtres humains, en grand nombre, peuvent les remplacer... travaux des champs, manufacture, défrichage, terrassement des dômes. Un personnel réduit suffirait à les diriger et à les surveiller. La détention ne pose aucun problème ; surtout en ce qui concerne les cas difficiles... sans respirateur, ils ne peuvent pas sortir. »

— « Monsieur Lukas. » Anton Eitel se leva, vieillard favorable à Angelo et toujours soucieux de faire le bien. « Monsieur Lukas, je présume que j'ai mal entendu. Il s'agit de citoyens libres. Il ne s'agit pas de mettre en place une colonie pénitentiaire. Il s'agit de réfugiés. Nous ne transformerons pas Downbelow en camp de travail. »

— « *Visitez la Quarantaine !* cria quelqu'un, depuis les gradins. Vous verrez comme ces secteurs ont été saccagés ! Nous y avions des logements, de beaux logements. Vandalisme et destruction. Ils démolissent tout. Ils ont attaqué nos forces de sécurité avec des morceaux de tubes et des couteaux de cuisine ; qui sait si nous avons récupéré tous les fusils, après l'émeute ? »

— « Il y a eu des meurtres ! cria un autre Conseiller. Ce sont des bandits ! »

— « Non ! » intervint une troisième voix, étrangère au Conseil. Les têtes se tournèrent vers l'homme fluet qui, Jon le constata, avait pris le siège qu'il avait lui-même libéré. Il se leva, individu nerveux, au visage creusé. « Je m'appelle Vassily Kressich. On m'a invité à sortir du secteur de Quarantaine. J'étais Conseiller à la Station Russell. Je représente la Quarantaine. Tout ce dont vous parlez est arrivé dans la panique, mais l'ordre règne, actuellement, et les bandits sont dans votre centre de détention. »

Jon prit une profonde inspiration.

« Bienvenue au Conseiller Kressich. Mais, pour le salut de la Quarantaine, il faut que la pression diminue. Il faut transférer la population. Il y a dix ans que la station attend le développement de Downbelow et nous disposons à présent de la main-d'œuvre qui nous permet de le faire sur une grande échelle. Ceux qui travaillent sont intégrés au système. Ils construisent ce dans quoi ils habiteront. N'êtes-vous pas de cet avis, monsieur ? »

— « Il nous faut des papiers en ordre. Nous refusons d'être transférés sans papiers. Cela nous est déjà arrivé une fois et voyez dans quelle situation nous sommes. Un nouveau transfert sans papiers en ordre ne pourra qu'aggraver notre situation, nous éloigner davantage de la possibilité d'établir un jour notre identité. Les gens que je représente ne l'accepteront pas. »

— « Est-ce une menace, monsieur Kressich ? » s'enquit Angelo.

L'homme paraissait sur le point de s'effondrer.

« Non, dit-il hâtivement. Non, monsieur. Je me contente d'exprimer l'opinion des gens que je représente. Leur désespoir. Il leur faut des papiers en règle. Toute autre solution revient à ce que disait le monsieur, tout à l'heure : un camp de travail au profit de Pell. Est-ce ce que vous voulez ? »

— « Monsieur Kressich, monsieur Kressich, le calma Angelo. L'assemblée acceptera-t-elle de procéder par ordre ? Vous serez entendu le moment venu, monsieur Kressich. Jon Lukas, voulez-vous poursuivre ? »

— « J'aurai des chiffres précis dès que j'aurai pu accéder au comp. Il faut que les clés me soient indiquées. Toutes les installations de Downbelow peuvent être étendues, oui. J'ai toujours les plans. Je disposerai dans quelques jours d'une analyse complète concernant les investissements et la main-d'œuvre. »

Angelo hocha la tête, le regarda, les sourcils froncés. Il ne devait pas être à son aise.

« Nous luttons pour notre survie, souligna Angelo. Manifestement, notre système de pressurisation arrivera tôt ou tard à saturation. Il faut réduire la charge. En outre, nous ne pouvons pas permettre que les réfugiés deviennent plus nombreux que les citoyens de Pell. De plus, il y a le problème des émeutes... ici et là. Mes excuses, monsieur Kressich. Il y a des réalités avec lesquelles nous devons faire, que nous n'avons pas choisies, ni vous, j'en suis convaincu. Nous ne pouvons sacrifier ni la station ni la base de Downbelow ; sinon, nous embarquons sur des transports à destination de la Terre, sans rien. C'est la troisième solution. »

— « Non ! » murmura l'ensemble des Conseillers.

Jon se rassit, silencieux, regardant fixement Angelo, conscient de la fragilité de l'équilibre et des menaces qui pesaient sur Pell. *Vous avez déjà perdu*, eut-il envie de dire, prenant la parole et présentant la situation telle qu'elle était. Il n'en fit rien. Il resta assis, les lèvres serrées. C'était une question de temps. La paix... leur donnerait peut-être une chance. Mais ce n'était pas ce qui se tramait, compte tenu de l'afflux des réfugiés. Tout l'Au-Delà s'écoulait dans deux directions, comme sur une ligne de partage des eaux, vers l'Union et vers eux ; et, compte tenu du mode de gouvernement adopté par Angelo, ils ne résisteraient pas.

Des années et des années de pouvoir des Konstantin, la théorie sociale des Konstantin, la célèbre « communauté juridique », qui dédaignait la sécurité, les écoutes, et refusait à présent d'appliquer la politique du poing serré vis-à-vis de la Quarantaine, dans l'espoir que les bonnes paroles ramèneraient une foule déchaînée à la raison. Il aurait également pu soulever ce problème. Il resta silencieux.

Il avait un mauvais goût dans la bouche, persuadé que le chaos dont le laxisme des Konstantin était responsable, au sein de la station, finirait par contaminer

Downbelow. Il n'entrevoyait pas le succès des plans qu'on lui demandait: Emilio Konstantin et sa femme seraient responsables des travaux, deux faibles, qui laisseraient les Downers prendre leurs aises avec les horaires, protégeraient leurs superstitions, leur permettraient cette apathie, cette nonchalance qui endommageaient le matériel et retardaient la construction. Et ce que ce couple ferait avec les gens issus de la Quarantaine offrait des perspectives encore moins encourageantes.

Il resta silencieux, estimant leurs chances et tirant des conclusions pessimistes.

2

« Elle ne peut pas s'en tirer », dit-il à Vittorio ce soir-là, à son fils Vittorio et à Dayin Jacoby, le seul membre de sa famille qui trouvait grâce à ses yeux. Il s'appuya contre le dossier de son fauteuil, but une gorgée du vin amer fabriqué sur Downbelow, dans son appartement où étaient entassés les meubles coûteux provenant des pièces condamnées. « Pell se désintègre. La politique laxiste d'Angelo conduit la station à sa perte et, en plus, nous risquons de nous faire trancher la gorge dans une émeute. La station meurt, vous comprenez ? Alors, attendons-nous tranquillement la fin ? »

Vittorio blêmit soudain, comme c'était son habitude quand la conversation devenait sérieuse. Dayin était d'une autre trempe. Il était morose et pensif.

« Il nous faut, reprit Jon d'une voix encore plus ferme, un contact. »

Dayin acquiesça.

« En période de crise, deux portes constituent une nécessité souhaitable. Et je suis sûr qu'il existe des portes au sein même de la station... ainsi que les clés capables de les ouvrir. »

— « A ton avis... Dans quelle mesure ces portes sont-elles compromises ? Et quelles sont-elles ? Ton cousin s'est occupé de nos transfuges. As-tu une idée ? »

— « Le marché noir des produits de réjuv et d'autres

médicaments. Il est en pleine expansion, ici, tu ne le sais donc pas ? Konstantin lui-même en use ; il y en a sur Downbelow. »

— « Ils sont légaux. »

— « Bien sûr ; ils sont *nécessaires*. Mais comment arrivent-ils ici ? Au bout du compte, ils viennent de l'Union ; les commerçants négocient ; les produits passent. Quelqu'un, quelque part, est en contact avec les fournisseurs... des commerçants... Peut-être même des habitants de la station. »

— « Alors, comment faire pour remonter la filière ? »

— « Je peux me renseigner. »

— « Je connais quelqu'un », intervint Vittorio, les faisant sursauter. Il se passa la langue sur les lèvres, déglutit péniblement. « Roseen. »

— « Ta pute ? »

— « Elle connaît le marché. Il y a un officier des Services de Sécurité... haut placé. Irréprochable, mais vendu au marché. Tu veux qu'on charge ou qu'on décharge quelque chose, tu veux qu'on ferme les yeux... il peut s'arranger. »

Jon regarda fixement son fils, ce produit d'un contrat d'un an, de son désir insensé d'avoir un fils. Après tout, il n'était pas surprenant que Vittorio sache ces choses. « Excellent ! fit-il sèchement. Tu m'expliqueras. Cela nous conduira peut-être quelque part. Dayin, nos affaires sur Viking... nous devrions y jeter un œil. »

— « Tu n'es pas sérieux. »

— « Je suis très sérieux. J'ai loué le *Hansford*. Son équipage est encore à l'hôpital. L'intérieur est dévasté, mais il fonctionne. Ils ont désespérément besoin d'argent. Et tu peux recruter un équipage... grâce aux contacts de Vittorio. Ce n'est pas la peine de tout lui dire, juste ce qui peut le motiver. »

— « Il est probable, certain même, que Viking sera le prochain point chaud. »

— « Un risque, pas vrai ? Les choses étant ce qu'elles sont, les vaisseaux de transport ont souvent des accidents. Il y en a qui disparaissent. Konstantin doit m'en parler ; mais j'en enverrai un... un acte de foi dans l'avenir de Viking. Une confirmation, un vote de confiance. » Il but du vin, tordant la bouche. « Il faudrait que tu partes rapidement, avant l'arrivée des réfugiés de

Viking. Tu prendras contact avec la filière, tu la remonteras aussi loin que possible. Quelles sont les chances de Pell, à présent, en dehors de l'Union ? La Compagnie ne nous aide pas. La Flotte nous crée des problèmes supplémentaires. Nous ne tiendrons pas toujours. Avec la politique des Konstantin, les émeutes ne tarderont pas et il est temps de relever la garde. Tu expliqueras ça à l'Union. Tu comprends... ils ont un allié ; nous avons... tout ce que peut nous rapporter cette association. Une deuxième porte, au pire. Si Pell tient, nous ne bougeons pas, c'est sans risque ; dans le cas contraire, nous sommes en position de force, pas vrai ? »

— « Et c'est moi qui vais risquer ma peau », souligna Dayin.

— « Tu préfères être ici quand les émeutes gagneront l'ensemble de la station ? Ne vaut-il pas mieux saisir la chance de faire quelques profits personnels avec une opposition reconnaissante... se remplir les poches ? Je suis sûr que tu ne laisseras pas passer cette chance ; et je suis sûr que tu la mérites. »

— « Généreux », fit Dayin avec amertume.

— « Ici, fit ressortir Jon, la vie ne sera pas plus drôle. Il est même possible qu'elle devienne très inconfortable. C'est un pari. Qu'est-ce qui n'en est pas un ? »

Dayin hocha la tête.

« Je vais voir si je peux réunir un équipage. »

— « J'en étais sûr. »

— « Tu fais trop confiance, Jon. »

— « Seulement à cette branche de la famille. Jamais aux Konstantin. Angelo aurait dû me laisser sur Downbelow. Il regrette probablement de n'avoir pas pu le faire. Mais le Conseil en a décidé autrement ; et cela valait peut-être mieux pour eux. Peut-être. »

8

PELL ; 23/5/52

Ils le firent asseoir. Ils étaient toujours courtois, l'appelaient toujours : *Monsieur Talley*, sans jamais lui donner son grade... habitude de civils ; à moins qu'ils ne tiennent à montrer que les Unionistes étaient toujours considérés comme des rebelles et, de ce fait, n'avaient pas de grade. Peut-être le haïssaient-ils, mais ils ne se départaient jamais de leur douceur, de leur gentillesse. Cela lui faisait peur parce qu'il ne pouvait croire à leur bonne foi.

On lui donna d'autres documents à remplir. Le médecin prit place en face de lui et tenta d'expliquer le processus en détail.

« Je ne veux pas savoir, dit-il. Je veux seulement signer les papiers. J'ai entendu cela pendant des journées entières. Ce n'est donc pas assez ? »

— « Vous n'avez pas répondu franchement aux tests, affirma le médecin. Vous avez menti et donné de fausses réponses pendant l'interrogatoire. Les instruments ont indiqué que vous mentiez. Ou que vous subissiez des pressions. Je vous ai demandé si vous subissiez une contrainte et les instruments ont montré que vous mentiez quand vous avez répondu que non. »

— « Donnez-moi le stylo. »

— « Est-ce que quelqu'un vous force ? Vos réponses sont enregistrées. »

— « Personne ne me force. »

— « C'est également un mensonge, monsieur Talley. »

— « Non. » Il tenta d'empêcher sa voix de trembler.

— « En général, nous nous occupons de délinquants qui ont également tendance à mentir. » Le médecin maintenait le stylo juste un peu trop loin. « Parfois de volontaires, très rarement. C'est une forme de suicide. Médicalement parlant, c'est votre droit, dans les limites de la législation ; dans la mesure où vous avez été défendu et où vous savez ce à quoi vous vous engagez. Si le traitement respecte le programme, vous devriez être à nouveau en état de fonctionner dans un mois. Indépendance légale six mois plus tard. Rétablissement total... vous devez savoir que votre aptitude à entretenir des relations sociales normales peut se trouver définitivement réduite ; on observe parfois d'autres séquelles psychologiques ou physiques... »

Il s'empara du stylo et signa les documents. Le médecin les prit et les examina. Finalement, il sortit un morceau de papier de sa poche, le poussa sur la table, une petite feuille froissée, pliée de nombreuses fois.

Il la déplia, découvrit un texte bref avec une demi-douzaine de signatures. *Votre compte, dans le comp de la station, se monte à cinquante crédits. Pour vos petits à-côtés.* Six gardiens du centre de détention avaient signé ; les hommes et les femmes avec qui il avait joué aux cartes. De leur propre poche. Ses yeux s'emplirent de larmes.

« Voulez-vous renoncer ? » demanda le médecin.

Il secoua la tête, plia le morceau de papier.

— « Puis-je le garder ? »

— « Nous le mettrons avec vos effets personnels. L'ensemble vous sera rendu à votre libération. »

— « Cela n'aura plus d'importance, n'est-ce pas ? »

— « Pas à ce moment-là, reconnut le médecin. Pas pendant quelque temps. »

Il rendit le morceau de papier.

« Je vais vous donner un calmant », dit le médecin qui appela un infirmier, lequel apporta une tasse de liquide bleu. Il la prit, but, ne perçut pas la moindre différence.

Le médecin poussa une feuille blanche vers lui, posa le stylo.

« Ecrivez vos impressions sur Pell, voulez-vous ? »

Il commença. On lui avait demandé des choses plus bizarres, pendant les tests. Il rédigea un paragraphe, son interrogatoire par les gardiens et, finalement, son sentiment sur la manière dont on l'avait traité. Les mots cessèrent d'être droits. Il n'écrivait pas sur le papier. Il avait dépassé le bord, était sur la table et ne pouvait retrouver son chemin. Les lettres se confondaient, formaient des nœuds.

Le médecin tendit le bras, lui prit le stylo, le dépossédant de tout objectif.

9

1

PELL ; 28/5/52

Damon examina le rapport qui se trouvait sur son bureau. Cette procédure ne lui était pas familière, la loi martiale qui avait été instituée en Quarantaine. Elle était simple et rapide, arrivait sur son bureau avec trois cassettes et un tas de documents condamnant cinq individus à l'Adaptation.

Il visionna les films, les dents serrées, les scènes d'émeute envahissant le grand écran mural, sursauta devant l'enregistrement d'un assassinat. Il n'y avait aucun doute sur la nature du délit et l'identification du coupable. Le flot de cas qui s'était abattu sur les Affaires Juridiques ne laissait pas le temps de la réflexion et n'autorisait pas les subtilités. Ils affrontaient une situation qui pouvait détruire la station, déclencher un cataclysme semblable à celui qui s'était abattu sur le *Hansford*. Quand le système de pressurisation était menacé, quand les hommes étaient assez fous pour allumer des feux de joie dans les docks d'une station... ou attaquer la police d'une station avec des couteaux de cuisine...

Il prit les dossiers en question, demanda l'impression des autorisations. Ce n'était pas juste car il s'agissait des cinq individus que les Services de Sécurité avaient pu arrêter, cinq sur une quantité innombrable de coupables. Mais ces cinq-là ne tueraient plus, ne menaceraient plus l'équilibre fragile d'une station qui abritait des milliers d'habitants. *Adaptation complète,* écrivit-il, ce qui signifiait restructuration de la personnalité. L'interrogatoire déterminerait l'innocence, le cas échéant. Une telle décision le rebutait, lui faisait peur. La loi martiale était beaucoup trop brutale. Son père s'était tourmenté une nuit entière, en prenant une telle décision après que ses services s'en étaient déchargés.

Un exemplaire était envoyé au service public de défense. On y interrogerait le prévenu, présenterait des objections si elles se justifiaient. Cette procédure également, compte tenu des circonstances, était restreinte. Elle ne pouvait être entreprise qu'en démontrant qu'il y avait erreur ; et les moyens de cette démonstration étaient en Quarantaine, inaccessibles. Les erreurs judiciaires étaient possibles. On condamnait sur la parole d'une police attaquée et au vu de films qui ne montraient pas ce qui avait précédé les faits. Il y avait cinq cents plaintes pour vols ou délits majeurs sur son bureau alors que, avant la mise en place de la Quarantaine, il en traitait deux ou trois par an. Le comp était saturé de demandes d'informations. L'établissement de papiers d'identité destinés à la Quarantaine avait pris des jours et, à présent, tout cela ne servait plus à rien. Les papiers avaient été volés et détruits dans des proportions telles, en Quarantaine, qu'aucun document ne pouvait plus être considéré comme valide. Les gens qui réclamaient étaient probablement des fraudeurs, et les moins honnêtes criaient plus fort que les autres. Les déclarations sur l'honneur étaient sans valeur quand la terreur régnait. Les gens étaient prêts à jurer n'importe quoi pour assurer leur sécurité. Même ceux qui étaient arrivés dans le calme avaient des papiers dont ils ne pouvaient démontrer l'authenticité : les Services de Sécurité confisquaient cartes et papiers pour éviter qu'ils soient volés, et autorisaient l'entrée de quelques individus, quand leur identité était indubitablement établie et qu'un habitant de la station acceptait de se porter garant... mais ce processus était lent, comparativement au rythme des arrivées ; et, quand il parvenait à son terme, la station ne pouvait loger les personnes concernées. C'était de la folie. Ils faisaient tout leur possible pour éviter l'urgence et la précipitation ; et la situation ne faisait qu'empirer.

« Tom. » Il dicta un message privé destiné à Tom Ushant, du service public de défense. « Si tu as le sentiment qu'une de ces affaires est douteuse, prends contact avec moi sans tenir compte de la procédure. Nous prononçons trop de condamnations en trop peu de temps ; les erreurs sont possibles. Il ne faut pas que nous en découvrions une après la mise en route du processus. »

Il n'attendait pas de réponse. Il en arriva cependant une.

« Damon, regarde le dossier de Talley, si tu n'as pas peur de perdre le sommeil. Russell a eu recours à l'Adaptation. »

— « Tu veux dire qu'il y est *déjà* passé ? »

— « Pas thérapeutiquement. On s'en est servi pour l'interroger. »

— « Je vais voir. »

Il coupa la communication, chercha le code d'accès, fit passer le dossier sur l'écran du comp. Les nombreuses pages de leur propre interrogatoire défilèrent sur l'écran, sans apporter d'éléments essentiels : nom et numéro du vaisseau, missions... un armscomper connaissait sa console et les objectifs sur lesquels il tirait, c'était pratiquement tout. Puis les souvenirs personnels... famille tuée dans un raid de la Flotte sur les mines du Système de Cyteen ; un frère, tué en service commandé... de quoi justifier la rancune. Elevé par la sœur de sa mère, sur Cyteen, une exploitation agricole... puis une école du gouvernement, formation approfondie de tech. Prétend tout ignorer de la politique, ne pas être révolté. Puis apparurent des pages de transcription, propos décousus, non condensés... qui laissèrent place à des choses douloureusement personnelles, le type de détails intimes qui faisaient surface pendant l'Adaptation, processus au cours duquel une part importante de la personnalité était mise à nu, examinée, triée. La peur d'être abandonné, c'était l'élément fondamental ; la peur d'être un fardeau pour sa famille, de mériter d'être abandonné : il éprouvait une culpabilité complexe face à la disparition de sa famille, avait continuellement peur que cela se reproduise, peur de s'attacher. Il aimait sa tante. *Elle s'occupait de moi*, avait-il dit à un moment donné. *Parfois, elle me serrait dans ses bras. Me serrait... m'aimait*. Il ne voulait pas la quitter. Mais l'Union avait ses exigences : l'Etat l'entretenait et, quand il en eut l'âge, l'Etat le prit. Ensuite, ce furent une formation approfondie dispensée par l'Etat, un enseignement par bandes, la préparation militaire et pas de permissions. Pendant quelque temps, il reçut des lettres de sa tante ; son oncle n'écrivit jamais. Il pensait que sa tante était morte, parce qu'elle n'écrivait plus depuis plusieurs années. *Elle aurait écrit*, croyait-il. *Elle m'aimait*. Mais, au fond, c'étaient la peur et le doute ; en fait, seul l'argent de l'Etat l'intéressait ; et la culpabilité, parce qu'il n'était pas rentré ; parce qu'il avait aussi mérité cette séparation. Il avait écrit à son oncle sans obtenir de réponse. Cela lui fit mal, bien qu'ils ne se soient jamais beaucoup aimés, son oncle et lui. Attitudes, convictions... une autre blessure, une amitié brisée ; une histoire d'amour avortée, les lettres ayant une nouvelle fois cessé d'arriver, et cette blessure se confondit aux autres. Un nouvel attachement, à un compagnon d'armes... une rupture douloureuse. Il tenta de se compromettre dans des proportions désespérées. *Elle me serrait dans ses bras*, répétait-il, solitude pathétique et secrète. Et d'autres choses.

Il y arriva enfin. La terreur du noir. Un cauchemar indistinct et répétitif : une pièce blanche. Un interrogatoire. Des drogues. Russell s'était servie de drogues, malgré l'interdiction de la Compagnie, malgré les droits de l'homme... voulait absolument des renseignements dont Talley ignorait tout. Ils l'avaient fait venir de la zone de Mariner... *De Mariner*... transféré à Russell au plus fort de la panique. La station, menacée, avait besoin d'informations ; avait utilisé les techniques d'Adaptation pendant l'interrogatoire. Damon posa la main sur sa bouche, regarda défiler la transcription décousue, l'estomac crispé. Il se sentait honteux, naïf. Il n'avait pas mis les rapports de Russell en doute, n'avait pas vérifié personnellement ; il avait d'autres problèmes en tête et des services chargés de ces questions ; il avait évité, il le reconnaissait, de s'occuper plus que nécessaire de cette affaire. Talley n'avait pas fait appel à lui. L'avait manœuvré. Il avait tenu bon, déjà détraqué par le traitement précédent, pour amener Pell à faire la seule chose susceptible de mettre un terme à son enfer psychologique. Talley l'avait regardé droit dans les yeux tout en organisant son suicide.

Le rapport défila... de l'interrogatoire sous les drogues au chaos de l'évacuation, avec les foules de stationniers d'un côté et la menace des militaires de l'autre.

Et ce que cela avait été, ce qui s'était passé pendant

le long voyage, prisonnier d'un des vaisseaux de Mazian...

Le *Norvège*... Et Mallory.

Il éteignit l'écran, regarda fixement la pile de documents, les condamnations inachevées. Quelques instants plus tard, il se remit au travail, les doigts engourdis quand il signa les autorisations.

Des hommes et des femmes avaient embarqué à Russell, des gens qui, comme Talley, étaient peut-être sains quand tout avait commencé. Ce qui était descendu de ces vaisseaux, ce qu'il y avait en Quarantaine... était de fait de gens ordinaires.

Il autorisait simplement la destruction d'existences telles que celle de Talley, qui étaient condamnées d'avance. La destruction d'hommes comme moi, se dit-il, qui ont franchi les limites du civilisé, dans un endroit où la civilisation n'a plus de sens.

La Flotte de Mazian... même les semblables de Mallory... devaient être différents au départ.

« Je ne présenterai pas d'objections », lui annonça Tom pendant un déjeuner où ils ne firent pratiquement que boire.

Et, après déjeuner, il gagna les petites installations d'Adaptation, dans le secteur Rouge, puis la zone de traitement. Il vit Josh Talley. Talley ne le vit pas, mais cela n'aurait peut-être pas eu d'importance. Talley se reposait, à cette heure-là, après avoir mangé. Le plateau était toujours sur la table et il avait bien mangé. Il était assis sur le lit, avec sur le visage une expression étrangement calme, comme si toutes les rides de la souffrance avaient été effacées.

2

Angelo regarda l'assistant, prit le rapport concernant le vaisseau qui était parti, examina les documents, leva la tête.

« Pourquoi le *Hansford* ? »

L'assistant, mal à l'aise, remua les pieds.

« Pardon, monsieur ? »

— « Deux douzaines de vaisseaux désœuvrés et c'est le *Hansford* qui obtient un contrat ? Dans l'état où il est ? Et avec quel équipage ? »

— « Je crois qu'un équipage a été engagé parmi les inactifs, monsieur. »

Angelo feuilleta le rapport.

« La Société Lukas. A destination de Viking avec un vaisseau endommagé, un équipage de fortune et Dayin Jacoby comme passager ? Appelez Jon Lukas. »

— « Monsieur, précisa l'assistant, le vaisseau est déjà parti. »

— « Je sais lire. Appelez Jon Lukas ! »

— « Bien, monsieur. »

L'assistant sortit. Quelques instants plus tard, l'écran de son bureau s'éclaira et Jon Lukas y apparut. Angelo respira profondément, se calma, montra le rapport à la caméra.

« Vous voyez ça ? »

— « Vous avez une question ? »

— « Que se passe-t-il ? »

— « Nous avons des affaires sur Viking. Des problèmes à régler. Devons-nous laisser nos intérêts s'enliser dans la panique et le désordre ? Ils ont besoin de notre appui. »

— « Avec le *Hansford* ? »

— « Nous avons pu engager ce vaisseau en dessous du prix. Questions économiques, Angelo. »

— « Est-ce tout ? »

— « Je ne suis pas certain de bien saisir votre pensée. »

— « Il n'était pas complètement chargé. Quelles marchandises avez-vous l'intention d'embarquer, à Viking ? »

— « Nous emportons tout ce que le *Hansford* peut emporter dans l'état où il est. Nous le remettrons en état là-bas, où les installations sont moins encombrées. Sa remise en état est le prix de la location, si vous tenez à le savoir. Ce qu'il transporte paiera la note ; nous aurons un chargement complet, au retour, marchandises essentielles. Je croyais que cela vous plairait. Dayin est à bord, chargé de superviser et de transmettre des instructions à notre siège de Viking. »

— « Vous ne sous-entendez pas, n'est-ce pas, que ce chargement complet comprend le personnel de la

Société Lukas... ou d'autres personnes ? Vous n'avez pas l'intention de vendre des passages au départ de Viking ? Vous ne fermerez pas les bureaux que vous avez dans cette station ? »

— « Ah, c'est cela qui vous inquiète ? »

— « C'est ce dont je dois m'inquiéter quand des vaisseaux s'en vont, sans cargaison susceptible de justifier leur départ, à destination d'une population que nous ne pourrons accueillir en cas de panique. Nous ne pouvons prendre le risque de laisser se répandre des bruits incontrôlés ou d'autoriser une société privée à évacuer ses employés, plongeant ainsi une autre station dans la panique. Vous comprenez ? »

— « J'ai évoqué ce problème avec Dayin. Je vous assure qu'il s'agit d'une mission de soutien. Le commerce doit continuer, n'est-ce pas, sinon nous serons étranglés. Et, avant nous, Viking. Les stations qui la ravitaillaient se sont effondrées. Laissez Viking s'enfoncer dans la pénurie et tous ses occupants arriveront ici sans y avoir été invités. Nous leur apportons de la nourriture et des produits chimiques ; rien qui puisse manquer à Pell... et les deux soutes utilisables du vaisseau sont pleines. Tous les vaisseaux qui partent sont-ils sujets à ces investigations ? Je peux vous fournir les livres de ma société, si vous voulez les voir. Cela ne me plaît pas du tout. Quels que soient vos sentiments personnels, Angelo, je crois que Dayin mérite des éloges, du fait qu'il accepte de partir malgré la situation. Cela ne mérite pas de fanfare, nous n'en avons pas demandé, mais je dois avouer que je ne m'attendais pas à des accusations. Voulez-vous les livres, Angelo ? »

— « Absolument pas. Merci, Jon, et acceptez mes excuses. Du moment que Dayin et le capitaine de votre vaisseau savent à quoi ils s'exposent. Tous les vaisseaux en partance feront l'objet d'une enquête, oui. Ma démarche n'avait rien de personnel. »

— « Je répondrai à toutes les questions, Angelo, du moment qu'elles s'appliquent à tout le monde. »

— « Merci, Jon. » Jon coupa la communication. Angelo fit de même, puis regarda fixement le rapport, le feuilleta, signa l'autorisation et la jeta dans la corbeille à courrier ; tous les bureaux étaient en retard. Tous. La

Quarantaine monopolisait trop d'heures de travail et de comp.

« Monsieur. » C'était son secrétaire, Mills. « Votre fils, monsieur. »

Il appuya sur l'acceptation d'appel, leva la tête avec surprise quand la porte s'ouvrit sur Damon.

« J'ai apporté personnellement les rapports de procédure », dit Damon. Il s'assit, appuya les deux bras sur le bureau. Les yeux de Damon paraissaient aussi fatigués qu'il se sentait lui-même, ce qui était considérable. « J'ai envoyé cinq hommes à l'Adaptation, ce matin. »

— « Cinq hommes, ce n'est pas un drame, dit Angelo d'une voix lasse. J'ai introduit un programme de loterie dans le comp pour déterminer qui partira et qui restera dans la station. Il y a encore eu une tempête, sur Downbelow, le moulin a été une nouvelle fois inondé et on vient juste de retrouver les corps des victimes de la dernière inondation. Les vaisseaux tirent sur leur longe, maintenant que la panique a diminué, il y en a un qui est parti et deux autres qui le feront demain matin. Si on apprend que Mazian a décidé de se réfugier à Pell, quelle sera la réaction des autres stations ? Que se passera-t-il quand elles paniqueront et débarqueront ici à pleins vaisseaux ? Et comment savoir s'il n'y a pas déjà des gens qui vendent des passages aux habitants effrayés ? Notre système de pressurisation est pratiquement saturé. » D'un geste las, il montra la pile de documents. « Nous allons militariser tous les vaisseaux de transport disponibles, en utilisant toutes les pressions financières dont nous disposons. »

— « Pour tirer sur les vaisseaux de réfugiés ? »

— « S'il se présente des vaisseaux que nous ne pouvons accueillir... oui. J'aimerais voir Elene, dans le courant de la journée ; elle a pris les premiers contacts avec les commerçants. Je n'ai pas la tête à plaindre cinq émeutiers, aujourd'hui. Pardonne-moi. »

Sa voix se brisa. Damon tendit le bras sur le bureau, lui prit le poignet, le serra, le lâcha.

« Emilio a besoin d'aide ? »

— « Il dit que non. Le moulin est dévasté. De la boue partout. »

— « Ils étaient tous morts ? »

Il acquiesça.

« Hier soir. Bennett Jacint et Ty Brown ; Wes Kyle hier après-midi... tout ce temps pour fouiller les rives et les roseaux. Emilio et Miliko disent que le moral est bon, malgré tout. Les Downers construisent des digues. Ils s'intéressent de plus en plus aux activités humaines ; j'ai ordonné d'en recruter de nouveaux pour la base et j'ai autorisé ceux qui ont une qualification à venir travailler dans la station : leur système de pressurisation est en parfait état et cela libère des techs que nous pouvons faire monter en grade. J'envoie à la base tous les volontaires qui acceptent de partir, même des dockers expérimentés ; ils connaissent le fonctionnement du matériel de construction. Ou bien ils sont en mesure d'apprendre. C'est une nouvelle époque. Moins prospère. » Il serra les lèvres, eut un long soupir. « Avez-vous pensé à la Terre, Elene et toi ? »

— « Pardon ? »

— « Toi, ton frère, Elene et Miliko... Réfléchis, veux-tu ? »

— « Non, répondit Damon. Abandonner et fuir ? Tu crois que c'en est à ce point ? »

— « Regarde les choses en face, Damon. La Terre ne nous a pas envoyé d'aide, seulement des observateurs. Ils envisagent de supprimer leur déficit, pas de nous envoyer des renforts ou des vaisseaux. Non. La situation ne fait qu'empirer. Mazian ne tiendra pas toujours. Les chantiers de construction de Mariner... étaient essentiels. Bientôt, ce sera Viking ; et tout ce dont l'Union pourra s'emparer. L'Union coupe la Flotte de son ravitaillement ; la Terre a déjà renoncé. Il ne nous reste plus rien, sauf la place de fuir. »

— « Les Etoiles Proches... Tu sais qu'on parle de rouvrir quelques stations... »

— « Un rêve. Nous n'en aurons pas l'occasion. Si la Flotte cède... l'Union tentera de s'en emparer, comme elle le fait avec nous, et aussi rapidement. Et, égoïstement, très égoïstement, j'aimerais que mes enfants soient en sécurité. »

Le visage de Damon était livide.

« Non. Il n'en est pas question. »

— « Ne sois pas chevaleresque. Je préfère ta sécurité à ton assistance. Les Konstantin vont vivre une période difficile, dans les années à venir. C'est le lavage de cerveau, si nous sommes pris. Tu te tourmentes à cause de tes assassins ; pense à Elene et à toi. C'est la solution de l'Union... des marionnettes dans les bureaux, des populations sorties des labos pour peupler la planète. Ils éventreront Downbelow et construiront. Le Ciel protège les Downers. Je coopérerai... toi aussi... pour éviter les pires excès à Pell ; mais ils ne se contenteront pas de cela. Et je ne veux pas que tu tombes entre leurs mains. Nous sommes des cibles. J'ai vécu toute mon existence dans cette position. Un acte égoïste... sauver mes fils, ce n'est sûrement pas trop demander. »

— « Qu'a dit Emilio ? »

— « Nous sommes toujours en discussion. »

— « Il a répondu non. Eh bien, moi aussi. »

— « Ta mère te verra. »

— « Est-ce que tu la fais partir ? »

Angelo fronça les sourcils.

« Tu sais bien que ce n'est pas possible. »

— « Oui, je le sais. Je ne partirai pas et ne crois pas qu'Emilio acceptera de fuir. Je ne lui en voudrai pas, s'il le fait, mais pas moi. »

— « Dans ce cas, tu ne comprends rien ! répliqua sèchement Angelo. Nous en reparlerons plus tard. »

— « Non ! déclara Damon. Si nous partions, la panique s'installerait ici. Tu le sais très bien. Tu sais très bien ce qui se passerait mais, de toute manière, je ne partirai pas. »

C'était vrai ; il savait que c'était vrai.

« Non ! » répéta Damon ; puis, ayant brièvement posé la main sur celle de son père, il se leva et sortit.

Angelo resta immobile, regardant le mur, les portraits posés sur une étagère, succession de silhouettes en tridi...

Alicia avant son accident ; Alicia jeune, et lui ; une succession de Damon et d'Emilio, de la petite enfance à l'âge adulte, aux épouses, aux espoirs de petits-enfants. Il regarda toutes les silhouettes rassemblées, toute cette succession d'âges, et se dit que les moments de bonheur seraient plus rares.

D'un côté, il était furieux contre ses garçons ; et, d'un autre... fier. Il avait fait d'eux ce qu'ils étaient.

Emilio, écrivit-il à la succession d'images et au fils qui se trouvait sur Downbelow, *ton frère te fait ses amitiés. Envoie-nous les Downers qualifiés dont tu peux te passer. Je t'envoie mille volontaires ; mets la nouvelle base en chantier, même s'il faut transporter le matériel à dos d'homme. Demande aux Downers de t'aider, procure-toi des produits agricoles. Ton père.*

Aux Services de Sécurité : *Envoyez les individus manifestement non violents. Nous allons les évacuer sur Downbelow.*

Il comprit, tout en la prenant, les conséquences de cette décision ; les plus dangereux resteraient sur Pell, près du cœur et du cerveau de la station. Transférer les réfractaires sur la planète et les soumettre à un régime spécial ; plusieurs personnes tenaient à cette solution. Mais la fragilité des accords conclus avec les indigènes, la susceptibilité des techs qu'il avait persuadés d'aller travailler dans la boue et des conditions rudimentaires… on ne pouvait pas transformer la base en colonie pénitentiaire. C'était la vie. C'était le corps de Pell, et il refusait de le violer, de détruire tous les rêves que son avenir avait engendrés.

Il était tard quand il envisagea d'organiser un accident qui aurait pour effet de dépressuriser la Quarantaine. C'était une idée innommable, une solution démente, de tuer des milliers d'innocents avec des indésirables… d'admettre tous les vaisseaux de réfugiés et d'avoir une série d'accidents, libérant ainsi Pell du fardeau, permettant à Pell de rester ce qu'elle avait toujours été. Damon perdait le sommeil à cause de cinq hommes. Lui, il envisageait le paroxysme de l'horreur.

C'était aussi pour cette raison qu'il voulait que ses fils quittent Pell. Il se disait parfois qu'il devrait appliquer les mesures que certains préconisaient, que c'était faiblesse de s'y refuser, qu'il mettait en danger le bon et l'homogène pour sauver une canaille dégénérée au sein de laquelle le meurtre et le viol étaient quotidiens.

Puis il réfléchit aux conséquences, à l'existence qu'il leur faudrait mener quand Pell serait devenue un État policier, et il s'y refusa car cela était contraire aux convictions de Pell.

« Monsieur, interrompit une voix avec la sécheresse des transmissions du Commandement Central. Monsieur, nous avons un arrivage. »

— « Passez-le-moi, » dit-il ; puis il avala péniblement sa salive quand les éléments apparurent sur son écran. Neuf vaisseaux. « Qui est-ce ? »

— « L'*Atlantique,* répondit la voix du poste de commandement. Monsieur, ils ont un convoi de huit transports. Ils demandent l'autorisation d'accoster. Ils affirment que la situation est difficile, à bord des vaisseaux. »

— « Refusée ! lança Angelo. Pas avant que nous ayons passé un accord. » Ils ne pouvaient accepter tout le monde ; c'était impossible ; pas un autre groupe comme celui de Mallory. « Appelez Kreshov sur l'*Atlantique.* Et passez-le-moi. »

La communication fut refusée, à l'autre bout. Le vaisseau de guerre ferait ce qu'il avait décidé. Ils ne pouvaient pas l'en empêcher.

Le convoi arriva, silencieux, lourd de la menace que constituait son chargement, et Angelo déclencha l'alerte des Services de Sécurité.

3

DOWNBELOW, BASE PRINCIPALE ; 28/5/52

La pluie tombait toujours, mais le tonnerre mourait. Tam-Utsa-Pitan regardait les humains aller et venir, les bras autour des genoux, ses pieds nus enfoncés dans la boue, l'eau dégoulinant lentement sur sa fourrure. Ce que faisaient les humains était pratiquement incompréhensible ; ce que construisaient les humains n'avait pratiquement aucune utilité, peut-être était-ce pour les dieux, peut-être étaient-ils fous ; mais les tombes... cette chose triste, les Hisas la comprenaient. Les larmes coulant derrière les masques, les Hisas les comprenaient. Elle regarda, se balançant légèrement, jusqu'au moment où les derniers humains partirent, où il ne resta plus que la boue et la pluie, dans cet endroit où les humains enterraient leurs morts.

Et, le moment venu, elle se leva et se dirigea vers cet

endroit de cylindres et de tombes, ses orteils nus s'enfonçant dans la boue. Ils avaient mis la terre sur Bennett Jacint et les deux autres. La pluie transformait l'endroit en fondrière, mais elle avait regardé ; elle ignorait tout des marques qui servaient aux humains à se désigner entre eux, mais elle en connaissait une.

Elle avait un long bâton, confectionné par l'Ancien. Elle avança sous la pluie, nue à l'exception des perles et des peaux qu'elle portait sur l'épaule, suspendues à une corde. Elle s'arrêta sur la tombe, prit le bâton à deux mains et l'enfonça profondément dans la boue molle ; dans toute la mesure du possible, elle orienta le visage-esprit vers le ciel et, sur ses projections, disposa les perles et les peaux, les arrangeant avec soin, malgré la violence de la pluie.

Des pas retentirent, près d'elle, le chuintement d'une respiration humaine. Elle se retourna et fit un bond sur le côté, se demandant comment un humain avait pu surprendre son ouïe, regarda fixement le visage masqué.

« Que fais-tu ? » s'enquit l'homme.

Elle se redressa, essuya ses mains boueuses sur ses cuisses. Etre nue, ainsi, la gênait car cela embarrassait les humains. Elle ne pouvait répondre à un humain. Il regarda le bâton-esprit, les offrandes... se tourna vers elle. Ce qu'elle voyait de son visage paraissait moins furieux que sa voix ne l'avait laissé supposer.

« Bennett ? » lui demanda l'homme.

Elle bafouilla un oui, toujours désemparée. Ses yeux s'emplirent de larmes, en entendant le nom, mais la pluie les emporta. La colère... elle éprouvait cela, aussi, parce que Bennett était mort et pas d'autres hommes.

« Je m'appelle Emilio Konstantin », dit-il, et elle se redressa aussitôt, la tension précédant le combat ou la fuite disparaissant d'elle-même. « Merci pour Bennett Jacint ; il te remercierait. »

— « Homme-Konstantin. » Elle changea radicalement d'attitude et le toucha, ce représentant géant d'une race de géants. « Aimer homme-Bennett, tous aimer homme-Bennett. Bon. Lui notre ami. Tous les Downers tristes. » Il lui posa la main sur l'épaule, cet homme-Konstantin imposant, et elle se retourna, passa les bras autour de lui et posa la tête contre sa poitrine, le serra solennellement contre elle, malgré le contact désagréable des vêtements jaunes et mouillés.

« Bonté Bennett rendre Lukas fous. Ami des Downers. Dommage lui parti. Très dommage, homme-Konstantin. »

— « Je sais, dit-il. Je sais ce qui se passait ici. »

— « Homme-Konstantin ami. » Elle leva le visage pour qu'il puisse le toucher, regarda sans crainte le masque étrange qui lui donnait pourtant un air terrifiant. « Aimer hommes bons. Downers travailler dur, travailler dur, dur pour Konstantin. Te donner présents. Plus jamais partir. »

Elle était sérieuse. Ils avaient appris à connaître les Lukas. On disait, au camp, qu'il fallait bien se conduire avec les Konstantin, qui avaient toujours été les meilleurs des humains, faisant plus de cadeaux que les Hisas ne pouvaient en donner.

« Comment t'appelles-tu ? demanda-t-il, lui caressant la joue. Comment t'appelons-nous ? »

Soudain, elle sourit, séduite par sa gentillesse, caressa sa fourrure luisante, qui était son orgueil, bien qu'elle soit présentement mouillée.

— « Les humains m'appellent Satin », répondit-elle, riant parce que son nom véritable lui appartenait, secret hisa, parce que Bennett lui avait donné celui-ci, en raison de son orgueil, ce nom et un morceau de tissu rouge qu'elle avait usé jusqu'à la corde mais qu'elle conservait précieusement avec ses présents-esprits.

— « Veux-tu rentrer avec moi ? demanda-t-il, pensant au camp des humains. Je voudrais te parler. »

Elle fut tentée, car c'était une faveur. Pourtant, malgré sa tristesse, elle pensa à son devoir, s'écarta et croisa les bras, désolée de renoncer à l'amour.

« Je reste », dit-elle.

— « Avec Bennett. »

— « Faire regarder le ciel à l'esprit, précisa-t-elle, montrant le bâton-esprit, expliquant une chose que les Hisas n'expliquaient pas. Regarder la patrie. »

— « Viens demain, dit-il. Il faut que je parle aux Hisas. »

Elle rejeta la tête en arrière, le regarda avec stupéfaction. Rares étaient les humains qui les appelaient par leur nom. C'était étrange à entendre.

« Amener d'autres ? »

— « Tous les Grands, s'ils acceptent de venir. Nous avons besoin de Hisas, Là-Haut, bons ouvriers, bon travail. Nous avons besoin de construire sur Downbelow, de place pour d'autres hommes. »

Elle tendit le bras vers les collines et la plaine qui s'étendait à l'infini.

« Il y a place. »

— « Mais les Grands ont leur mot à dire. »

Elle rit.

« Dire choses de l'esprit. Moi-Satin, donner tout ça à homme-Konstantin. Tout à nous. Je donne, tu prends. Tout le monde échange, beaucoup de bonnes choses ; tous contents. »

— « Venez demain », dit-il, puis il s'éloigna, silhouette imposante et étrange dans la pluie oblique. Satin-Tam-Utsa-Pitan s'assit sur les talons, la pluie lui martelant le dos et coulant sur son corps, et regarda la tombe sur laquelle la pluie formait des flaques.

Elle attendit. Finalement, d'autres arrivèrent, moins habitués aux hommes. Dalut-Hos-Me était de ceux-là, et ne partageait pas son optimisme les concernant ; mais il avait aimé Bennett.

Il y avait homme et homme. Les Hisas s'en étaient rendu compte.

Elle s'appuya contre Dalut-Hos-Me, Soleil-Entre-Les-Nuages, dans le soir obscur de leur longue veille et, par ce geste, lui fit plaisir. Cet hiver, il avait déposé des présents au pied de sa natte, dans l'espoir du printemps.

« Ils ont besoin de Hisas, Là-Haut, dit-elle. Je veux voir le Là-Haut. Je le veux. »

Elle n'avait cessé de le vouloir, depuis que Bennett lui en avait parlé. De cet endroit venaient les konstantins (les lukas aussi, mais elle écarta cette idée). Elle l'imaginait lumineux, plein de présents et de bonnes choses, comme tous les vaisseaux qui en venaient, leur apportant marchandises et bonnes idées. Bennett leur avait parlé d'un immense endroit de métal, tendant ses bras vers le Soleil, pour en boire la puissance, où des vaisseaux si énormes qu'ils ne pouvaient les imaginer allaient et venaient, tels des géants.

Tout aboutissait à cet endroit et s'en écoulait ; et, à présent, Bennett était parti, marquant une Epoque de son existence sous le Soleil. C'était une sorte de pèlerinage, ce voyage qu'elle désirait, pour marquer cette Epoque, comme lorsqu'on allait près des images de la plaine, comme lorsqu'on dormait dans l'ombre des images.

Ils avaient donné des images aux humains du Là-Haut, afin qu'elles les protègent. Pèlerinage était bien le mot qui convenait. Et l'Epoque concernait Bennett, qui avait fait ce voyage.

— « Pourquoi me dis-tu cela ? » demanda Dalut-Hos-Me.

— « Mon printemps sera là-bas, dans le Là-Haut. »

Il se serra contre elle. Elle sentait sa chaleur. Son bras l'entoura.

— « J'irai », dit-il.

C'était cruel, mais elle éprouvait le désir de son premier voyage ; et lui la désirait, d'un désir qui grandirait tandis que l'hiver gris s'écoulerait et qu'ils penseraient au printemps, aux vents chauds et à la fuite des nuages. Et Bennett, glacé dans la terre, aurait ri de son étrange rire humain et leur aurait souhaité d'être heureux.

Ainsi, toujours, les Hisas vagabondaient entre les printemps et les nids.

4

PELL, SECTEUR BLEU CINQ ; 28/5/52

Ils dînèrent à nouveau de surgelés. Ils étaient rentrés tard, abrutis par les problèmes de la journée... les réfugiés, le chaos. Damon mangea, leva la tête, prenant conscience du silence dans lequel il s'était enfermé, trouva Elene plongée dans un silence semblable... une habitude, dernièrement, entre eux. Cette idée le troubla et il tendit le bras, posant la main sur la sienne, qui se trouvait à côté de son assiette. Elle retourna la main, prit la sienne. Elle paraissait aussi fatiguée que lui. Elle avait travaillé de trop longues heures... plus que sa journée. C'était une sorte de remède... pour ne pas penser. Elle ne parlait jamais de l'*Estelle*. Elle ne parlait pratiquement plus. Peut-être, se dit-il, travaille-t-elle tellement qu'il n'y a plus grand-chose à dire.

« J'ai vu Talley, aujourd'hui, dit-il d'une voix rauque, cherchant à meubler le silence, à la distraire, même si le sujet était lugubre. Il paraissait... calme. Pas de douleur. Aucune douleur. »

Sa main se crispa.

« Dans ce cas, tu as bien fait, n'est-ce pas ? »

— « Je ne sais pas. Je ne crois pas qu'il y ait un moyen de le savoir. »

— « Il a demandé. »

— « Il a demandé », répéta-t-il en écho.

— « Tu t'es efforcé de faire au mieux. C'est tout ce que tu pouvais faire. »

— « Je t'aime. »

Elle sourit. Ses lèvres se mirent à trembler et elle dut cesser de sourire.

« Elene ? »

Elle écarta sa main.

« Crois-tu que nous parviendrons à tenir Pell ? »

— « As-tu peur du contraire ? »

— « J'ai peur que tu n'y croies pas. »

— « Qu'est-ce que tu as en tête ? »

— « Ce dont tu refuses de parler avec moi. »

— « Ne joue pas aux devinettes. Je ne suis pas doué. Je ne l'ai jamais été. »

— « Je veux un enfant. J'ai renoncé au traitement. Je crois que ce n'est pas ton cas. »

La chaleur lui monta au visage. Le temps d'un demi-battement de cœur, il envisagea de mentir.

« C'est vrai. Je trouvais que ce n'était pas le moment d'en parler. Pas encore. »

Elle serra les lèvres, contrariée.

« Je ne sais pas ce que tu veux, dit-il. Je ne le sais pas. Si Elene Quen veut un enfant, très bien. Demande. C'est d'accord. N'importe quoi. Mais j'espérais pouvoir savoir pourquoi. »

— « Je ne sais pas de quoi tu parles. »

— « Tu as beaucoup réfléchi. Je t'ai observée. Mais tu ne m'as pas fait part de tes réflexions. Qu'est-ce que tu veux ? Qu'est-ce que je dois faire ? Te mettre enceinte et te laisser partir ? Je t'aiderais, si je savais comment faire. Qu'est-ce que j'ai dit ? »

— « Je n'ai pas envie de me disputer. Je ne veux pas me disputer. Je t'ai dit ce que je voulais. »

— « *Pourquoi ?* »

Elle haussa les épaules.

« Je ne veux plus attendre. » Son front se plissa. Pour la première fois depuis des jours, il eut l'impression d'établir un contact avec ses yeux. Avec Elene telle qu'elle était. Avec sa tendresse.

« Tu te fais du souci, dit-elle. Je le vois bien. »

— « Parfois, je ne comprends pas tout ce que tu dis, je sais. »

— « Sur un vaisseau... c'est à moi de décider si je veux un enfant. Dans les vaisseaux, les familles sont plus unies sur certains plans, moins sur d'autres. Mais toi et ta famille... Je comprends cela. Je le respecte. »

— « C'est également ta patrie. Ton foyer. »

Elle eut un pâle sourire, une offrande peut-être.

« Alors, qu'est-ce que tu en penses ? »

Les services de planification de la station présentaient de graves objections, conseillaient de renoncer, *suppliaient* de renoncer. Ce n'était pas seulement la présence de la Quarantaine. La guerre approchait. Toutes les règles s'appliquaient d'abord aux Konstantin.

Il hocha simplement la tête.

« Alors, nous avons fini d'attendre. »

Ce fut comme la disparition d'une ombre. Le fantôme de l'*Estelle* quitta le petit appartement qu'ils avaient tiré dans le secteur Bleu cinq, exigu, auquel leurs meubles ne convenaient pas, où tout était en désordre. Tout d'un coup, ce fut leur foyer, l'entrée où la vaisselle était entassée dans les penderies et le salon qui, la nuit, devenait leur chambre, avec les malles empilées dans un coin, rotin de Downbelow, pleines de ce qui aurait dû aller dans les placards de l'entrée.

Ils étaient dans le lit qui, le jour, était un canapé. Et elle parlait, couchée entre ses bras, parla pour la première fois depuis des semaines, jusque tard dans la nuit, flot de souvenirs qu'elle n'avait jamais partagés, depuis qu'ils vivaient ensemble.

Il tenta d'imaginer ce qu'elle avait perdu, dans la disparition de l'*Estelle*: son vaisseau: elle l'appelait toujours ainsi. Fraternité, famille. Moralité de commerçant, disait un proverbe de stationnier; mais il ne se représentait pas Elene parmi les autres, commerçants tapageurs en bordée près des docks, prêts à passer la nuit avec n'importe qui. Il ne pourrait jamais le croire.

«Crois-le, dit-elle, son souffle lui caressant l'épaule. C'est ainsi que nous vivons. Comment pourrions-nous faire autrement? La consanguinité? Il y avait mes cousins, dans ce vaisseau.»

— «Tu étais différente», insista-t-il. Il se souvint du jour où il l'avait rencontrée... dans son bureau à propos des problèmes d'un cousin... toujours plus calme que les autres. Une conversation, une deuxième rencontre; une autre; un deuxième voyage... puis, de nouveau, Pell. Elle ne traînait jamais les bars avec ses cousins, n'était pas allée dans les repaires de commerçants; était venue le voir, avait passé avec lui son séjour dans la station. N'avait pas réembarqué. Les commerçants se mariaient rarement. Elene l'avait fait.

— «Non, dit-elle, *toi*, tu étais différent.»

— «Tu aurais accepté l'enfant de n'importe qui?» Cette idée le déconcertait. Il y avait des questions qu'il n'avait jamais posées à Elene, parce qu'il pensait connaître la réponse. Et Elene n'avait jamais parlé ainsi. Il entreprit, avec retard, de réviser tout ce qu'il croyait savoir; il fut blessé et lutta. C'était Elene; cette entité en qui il croyait toujours, à laquelle il faisait confiance.

— «Sinon, comment pourrions-nous en avoir? demanda-t-elle avec une simplicité étrange. Nous les aimons, tu ne crois pas? Ils appartiennent à l'ensemble du vaisseau. Mais, à présent, il n'y en a plus.» Soudain, elle pouvait en parler. Il perçut l'apaisement de la tension, un soupir contre sa peau. «Ils sont tous partis.»

— «Tu appelais Elt Quen papa; Tia James maman. Etait-ce le cas?»

— «Oui. Elle savait.» Et, un instant plus tard: «Elle avait quitté sa station pour partir avec lui. C'est rare.»

Elle ne le lui avait jamais demandé. Cette idée ne lui était jamais clairement venue. Demander à un Konstantin de quitter Pell... il se demanda s'il l'aurait fait, ressentit un profond malaise. *Je l'aurais fait,* se dit-il, *je l'aurais sans doute fait.*

« Cela aurait été difficile, reconnut-il à haute voix. Cela a été difficile pour toi. »

Elle hocha la tête, un mouvement contre son bras.

« Est-ce que tu regrettes, Elene ? »

Un petit mouvement de la tête.

« Il y a longtemps que nous aurions dû parler de ces choses, dit-il. Nous aurions dû. Nous aurions dû savoir qu'il fallait en parler. Toutes ces choses que nous ignorions. »

— « Elles te tourmentent ? »

Il la serra contre lui, l'embrassa à travers un voile de cheveux qu'il écarta. Pendant un instant, il envisagea de répondre non, décida de ne rien dire.

« Tu connais Pell. Te rends-tu compte que, en fait de vaisseaux, je ne connais que les navettes ? Que je n'ai jamais quitté cette station ? Il y a des choses que je ne sais même pas comment regarder, comment envisager. Est-ce que tu comprends ? »

— « Il y a également des choses que je ne sais pas comment te demander. »

— « Que demanderais-tu ?

— « Je viens de le faire. »

— « Je ne peux répondre ni oui ni non, Elene. Je ne sais pas si j'aurais pu quitter Pell. Je *t'aime,* mais je ne suis pas sûr que j'aurais pu le faire... après si peu de temps. Et *cela* me tourmente. Cela me tourmente parce que cette idée ne m'est jamais venue à l'esprit... et que je passe tout mon temps à essayer de trouver le moyen de te rendre heureuse sur Pell... »

— « Plus facile pour moi de rester un peu... que pour un Konstantin de s'arracher à Pell ; il est facile de s'arrêter, nous le faisons continuellement. Il n'y a que la disparition de l'*Estelle* que je n'avais pas prévue. Comme tu n'avais pas prévu ce qui arrive. Tu m'as répondu. »

— « Comment ai-je répondu ? »

— « En me disant ce qui te tourmente. »

Cela le déconcerta. *Nous le faisons continuellement.* Cela lui fit peur. Mais elle parla encore, serrée contre lui, pas seulement de choses concrètes... de sentiments intimes ; de l'enfance d'un commerçant ; la première fois qu'elle avait mis le pied dans une station, à douze ans, effrayée par les stationniers grossiers qui présumaient que tout ce qui descendait d'un vaisseau était bon à prendre. La mort d'un cousin, de nombreuses années plus tôt, sur Mariner, poignardé dans une querelle avec un stationnier, sans même comprendre la jalousie du stationnier, qui lui avait coûté la vie.

Et une chose incroyable... le fait que la disparition de son vaisseau avait touché Elene dans son orgueil; *l'orgueil*... cette idée le décontenança, de sorte que, pendant un long moment, il regarda fixement le plafond obscur, plongé dans ses réflexions.

Le *nom* avait souffert... une propriété au même titre que le vaisseau. Il avait été souillé, et trop anonymement pour qu'elle puisse se retourner contre un ennemi précis. Pendant quelques instants, il pensa à Mallory, à l'arrogance impérieuse d'une élite, à l'aristocratie du privilège. Des mondes fermés, repliés sur eux-mêmes, où personne ne possédait quoi que ce soit mais où tout le monde était propriétaire: le vaisseau et tous ceux qui y vivaient. Des commerçants capables de cracher au visage d'un chef de dock reculaient en grommelant quand un Mallory ou un Quen élevait la voix. La disparition de l'*Estelle* l'attristait. C'était naturel. Mais la honte aussi... de *n*'avoir *pas* été là quand il le fallait. Que Pell l'ait affectée aux services des docks, où la réputation des Quen pouvait lui servir; mais, à présent, il n'y avait plus rien derrière elle, rien qu'une réputation dont elle n'avait pas payé le prix. Un nom mort. Un vaisseau mort. Peut-être sentait-elle la pitié des autres commerçants. C'était le sommet de l'amertume.

Elle lui avait demandé quelque chose. Il avait refusé sans accepter la discussion. Sans voir.

« Notre premier enfant, murmura-t-il, tournant la tête afin de la regarder en face, s'appellera Quen. Tu entends, Elene? Pell a assez de Konstantin. Mon père sera déçu; mais il comprendra. Ma mère aussi. Je crois qu'il faut qu'il en soit ainsi. »

Elle se mit à pleurer, comme elle n'avait jamais pleuré, devant lui, sans lutter contre les sanglots. Elle le prit dans ses bras et resta ainsi jusqu'au matin.

10

1

STATION VIKING ; 5/6/52

Viking était en vue, étincelante dans la lumière d'une étoile en colère. Mines, industrie du métal et des minéraux... tels étaient ses moyens d'existence. Segust Ayres, depuis le pont du vaisseau de transport, regardait son image sur les écrans.

Et il y avait un problème. Le pont bourdonnait d'inquiétude transmise d'un poste à l'autre, sourcils froncés et regards troublés. Ayres se tourna brièvement vers ses trois compagnons. Ils s'en étaient également aperçus, semblaient mal à l'aise, s'efforçant de ne pas gêner les manœuvres qui envoyaient les officiers d'un poste à l'autre, supervisant les opérations.

Un autre vaisseau arrivait en même temps qu'eux. Ayres était assez averti pour l'avoir compris. Il approcha jusqu'au moment où il fut décelable sur les écrans, et les vaisseaux n'étaient pas censés être si proches les uns des autres, surtout près d'une station ; il était gros, avec de nombreuses plaques solaires.

« Il nous suit », dit le délégué Marsh.

Le vaisseau approcha encore et le capitaine du transport se leva, se dirigea vers eux.

« Nous avons des ennuis, annonça-t-il. On nous fait accoster sous escorte. Je ne connais pas le vaisseau qui nous accompagne. Probablement militaire. Franchement, je ne crois pas que nous soyons toujours dans l'espace de la Compagnie. »

— « Allez-vous fuir ? » demanda Ayres.

— « Non. Vous pouvez toujours me le demander, mais je n'ai pas l'intention de le faire. Vous ne comprenez pas. L'espace est étendu. Parfois, on a des surprises. Il est arrivé quelque chose, ici. Nous sommes tombés dessus.

Je leur demande de ne pas tirer. Nous accosterons pacifiquement. Et, si nous avons de la chance, ils nous laisseront partir. »

— « Vous pensez que l'Union est ici ? »

— « Il n'y a qu'eux et nous, monsieur. »

— « Et notre situation ? »

— « Très inconfortable, monsieur. Mais c'est un risque que vous avez pris. Je ne parierais pas que vous ne serez pas détenus. Non, monsieur. Désolé. »

Marsh voulut protester. Ayres leva la main.

« Non. Je propose d'aller tranquillement prendre un verre au foyer en attendant la suite des événements. Nous pourrons discuter. »

Les fusils rendaient Ayres nerveux. Escorté par des jeunes gens armés dans un dock semblable à celui de Pell, entassé parmi eux dans un ascenseur, ces jeunes révolutionnaires trop semblables, il se sentait légèrement oppressé et se faisait du souci pour ses compagnons qui étaient restés, sous bonne garde, près du vaisseau. Tous les soldats qu'il avait vus dans le dock de Viking sortaient du même moule, combinaison verte en guise d'uniforme, une mer verte dans le dock, où disparaissaient les rares civils présents. Des fusils partout. Et le vide, sur la courbe des autres docks, des distances désertes. Il n'y avait pas assez de gens. Beaucoup moins de résidents qu'à Pell, en dépit du fait que des transports avaient accosté tout autour de la station. Coincés, supposa-t-il ; commerçants que l'on traitait avec courtoisie... les soldats qui étaient entrés dans leur vaisseau s'étaient montrés d'une courtoisie glacée... mais il était probable que le vaisseau ne repartirait pas.

Ni celui qui les avait amenés ni les autres.

L'ascenseur s'arrêta dans les niveaux supérieurs.

« Sortez ! » ordonna le jeune capitaine lui indiquant, d'un mouvement de son fusil, de prendre à gauche. L'officier n'avait certainement pas plus de dix-huit ans. Les cheveux en brosse, hommes et femmes, ils semblaient tous avoir le même âge. Ils prirent position devant et derrière lui, escorte plus nombreuse que son âge et sa condition physique ne le justifiaient. Le couloir conduisant aux bureaux vitrés qui se trouvaient devant eux était bordé d'autres soldats semblables, fusils immobilisés dans une position précise. Tous dans les dix-huit ans, tous avec les cheveux en brosse, tous... séduisants. C'est ce qui retint son attention. Il se dégageait d'eux une fraîcheur étrange, comme si la beauté était morte, comme s'il n'y avait plus de différence entre l'ordinaire et le joli. Dans cet ensemble, une cicatrice, une imperfection du visage auraient semblé bizarres. Il n'y avait pas place, parmi eux, pour l'ordinaire. Hommes et femmes, les proportions étaient toutes dans le cadre d'une certaine tolérance, toutes similaires, bien que les couleurs et les traits fussent quelque peu différents. Comme des mannequins. Il se souvint des soldats couturés du *Norvège,* du capitaine aux cheveux gris du *Norvège,* le mauvais état de leur équipement, leur attitude, eux qui semblaient ignorer toute discipline. Crasse. Cicatrices. Age. Ceux-ci ignoraient de telles imperfections. De telles imprécisions.

Il frémit intérieurement, une boule glacée au creux de l'estomac tandis qu'il marchait au milieu des mannequins, traversait les bureaux, entrait dans une pièce et s'arrêtait devant une table à laquelle étaient assis des hommes et des femmes plus âgés. Il fut soulagé de se trouver confronté à des cheveux gris, des défauts, de l'embonpoint — follement soulagé.

« M. Ayres, annonça un mannequin, le fusil à la main. Représentant de la Compagnie. » Le mannequin avança, posa ses lettres de créance confisquées sur la table, devant le personnage qui en occupait le centre, une femme au corps lourd, aux cheveux gris. Elle les feuilleta, leva la tête, les sourcils légèrement froncés.

« M. Ayres... Ines Andilin, dit-elle. Surprise désagréable, n'est-ce pas ? Mais cela arrive. Allez-vous nous exprimer les protestations de la Compagnie concernant la confiscation de votre vaisseau ? Ne vous gênez pas. »

— « Non, citoyenne Andilin. C'est effectivement une surprise, mais pas une grosse. Je suis venu voir ce qu'il y avait à voir et j'ai beaucoup appris. »

— « Et qu'avez-vous appris, citoyen Ayres ? »

— « Citoyenne Andilin. » Il avança de quelques pas, autant que le lui permirent les visages inquiets et les armes pointées. « Je suis le deuxième secrétaire du Conseil de Sécurité de la Terre. Mes compagnons exercent de hautes responsabilités au sein de la Compagnie. Notre tournée d'inspection nous a permis de constater des désordres et, de la part de la Flotte de la Compagnie, un militarisme dont la Compagnie ne peut accepter la responsabilité. Ce que nous observons nous consterne. Nous désavouons Mazian ; nous ne souhaitons pas conserver des territoires dont les habitants ont décidé qu'ils voulaient être gouvernés autrement ; nous tenons à nous débarrasser d'un conflit pesant et d'une affaire déficitaire. Vous savez parfaitement bien que vous possédez ce territoire. La ligne est trop étendue ; il nous est parfaitement impossible de faire appliquer ce que les habitants de l'Au-Delà ne veulent pas ; et, en réalité, pourquoi nous en préoccuperions-nous ? Je ne considère pas comme une catastrophe le fait de vous rencontrer dans cette station. En fait, nous vous cherchions. »

Le Conseil parut hésiter ; les visages exprimèrent la perplexité.

« Nous sommes disposés, reprit Ayres d'une voix forte, à céder officiellement les territoires en question. Franchement, ce qui s'étend au-delà des limites actuelles ne nous intéresse pas. Le Directoire de la Compagnie a voté la dissolution de la section interstellaire de la Compagnie ; notre unique préoccupation est actuellement un désengagement dans l'ordre... notre retrait et la mise en place d'une frontière sûre, susceptible de garantir aux deux parties une marge de manœuvre raisonnable. »

Les têtes se penchèrent. Les membres du Conseil se consultèrent à voix basse. Les mannequins eux-mêmes, postés autour de la salle, parurent troublés.

« Nous sommes une autorité locale, dit finalement Andilin. Vous aurez la possibilité de présenter vos propositions à un niveau supérieur. Pouvez-vous tenir les Mazianni et garantir notre sécurité ? »

Ayres respira profondément.

« La Flotte de Mazian ? Non, si ses capitaines sont représentatifs. »

— « Vous venez de Pell ? »

— « Oui. »

— « Et vous prétendez avoir rencontré les capitaines de Mazian, n'est-ce pas ? »

Il fut un instant pris de court... il n'était pas accoutumé à ces dérapages. En outre, il ignorait pratiquement tout des distances que de telles nouvelles pouvaient franchir. Mais il se rendit rapidement compte que les commerçants savaient et qu'ils parleraient. Cacher des informations était complètement inutile ; dangereux même.

« J'ai rencontré, reconnut-il, le capitaine du *Norvège*, une certaine Mallory. »

Andilin inclina solennellement la tête.

« Signy Mallory. Un privilège rare. »

— « Ce n'est pas mon avis. La Compagnie rejette toute responsabilité concernant le *Norvège*. »

— « Désordre, mauvaise gestion ; refus de responsabilité... Pourtant, on dit que l'ordre est une des qualités de Pell. Vos déclarations me stupéfient. Que s'est-il passé ? »

— « Je ne suis pas votre Service de Renseignements. »

— « Néanmoins, vous désavouez Mazian et la Flotte. C'est un pas capital. »

— « Je ne renonce pas à la sécurité de Pell. C'est notre territoire. »

— « Dans ce cas, vous n'êtes pas disposé à céder *tous* les territoires en question. »

— « Par territoires en question, naturellement, nous entendons ceux qui s'étendent au-delà de Fargone. »

— « Ah. Et quel est votre prix, citoyen Ayres ? »

— « Une passation ordonnée des pouvoirs, certains accords garantissant la sécurité de nos intérêts. »

Le visage d'Andilin se détendit et elle rit.

« Vous voulez traiter avec *nous*. Vous renoncez à vos forces et vous voulez traiter avec *nous*. »

— « Une solution raisonnable à des problèmes communs. Aucun rapport digne de foi sur l'Au-Delà depuis dix ans. Une flotte que nous ne contrôlons plus, qui refuse nos directives dans une guerre qui consomme ce qui pourrait devenir un commerce rentable, et ce depuis beaucoup plus de dix ans. Voilà ce qui nous amène ici. »

Un silence de mort prit possession de la salle.

Finalement, Andilin hocha la tête, son menton devenant double.

« M. Ayres, nous allons vous envelopper dans du coton et vous envoyer gentiment, très, très gentiment, à Cyteen. En espérant de tout cœur que les autorités de la Terre ont enfin décidé de regarder la réalité en face. Une dernière question, sous une autre forme. Mallory était-elle seule à Pell ? »

— « Je ne peux pas répondre. »

— « Dans ce cas, vous n'avez pas encore désavoué la Flotte. »

— « Je conserve cette option en vue des négociations. »

Andilin fit la moue.

« Vous ne devez pas craindre de nous donner des informations importantes. Les commerçants ne nous cacheront rien. Au cas où il vous serait possible d'empêcher les Mazianni de réaliser les opérations en instance, je vous suggérerais d'essayer. Je vous suggérerais de démontrer le sérieux de votre proposition... au moins pour faire un geste de bonne volonté pendant la durée des négociations. »

— « Nous ne pouvons contrôler Mazian. »

— « Vous savez que vous allez perdre, affirma Andilin. Que vous avez, en fait, déjà perdu, et vous espérez pouvoir nous donner ce que nous avons déjà conquis... en échange de concessions. »

— « Il n'est pas de notre intérêt de poursuivre les hostilités, que l'issue en soit la victoire ou la défaite. Nous pensons que notre objectif initial était de démontrer que les étoiles constituent une affaire commerciale viable ; et, manifestement, vous êtes viables. Vous avez une économie avec laquelle il est possible de commercer, dans le cadre de relations économiques différentes de celles qui existaient auparavant et en évitant toute intervention dans l'Au-Delà. Nous pouvons nous entendre sur un itinéraire, un point de rencontre où vos vaisseaux et les nôtres pourront aller et venir en toute liberté. Ce que vous faites de votre côté ne nous intéresse pas ; organisez le développement de l'Au-Delà comme bon vous semble. De même, nous rapatrierons quelques transports afin de pouvoir démarrer ce commerce. Si nous parvenons à reprendre le contrôle de Conrad Mazian, nous rappellerons également ses vaisseaux. Je vous parle sans ambages. Nous poursuivons des objectifs tellement opposés que nous n'avons aucune raison de continuer les hostilités. Nous sommes prêts à reconnaître que vous êtes le gouvernement légitime des colonies. Je suis le négociateur et l'ambassadeur intérimaire, si les négociations réussissent. Nous n'estimons pas qu'il s'agit d'une défaite, puisqu'une majorité de colonies vous soutient; le fait que vous gouverniez ces régions en est la démonstration. Nous sommes prêts à reconnaître l'administration qui assume la charge du pouvoir... c'est ce que je me propose d'expliquer à votre gouvernement central; et nous sommes disposés, dans le même temps, à engager des négociations commerciales. Toutes les opérations militaires que nous sommes en mesure de contrôler seront annulées. Malheureusement... il ne nous est pas possible de les empêcher, nous pouvons seulement leur retirer notre soutien et notre approbation. »

— « Je suis administrateur régional, extérieur par conséquent à notre directoire central, mais je ne pense pas, monsieur l'*Ambassadeur*, que le Directoire refusera de négocier sur ces bases. Quoi qu'il en soit, de mon point de vue d'administrateur régional, il n'y a pas de raison de refuser. Je vous souhaite cordialement la bienvenue. »

— « La célérité... sauverait des vies. »

— « La célérité, effectivement. Les soldats vont vous conduire dans un appartement où vous serez en sécurité. Vos compagnons vous y rejoindront. »

— « Arrestation ? »

— « Exactement le contraire. Cette station a été récemment conquise et n'est pas encore parfaitement sûre. Nous ne voulons pas qu'il vous arrive malheur. Dans du coton, monsieur l'Ambassadeur. Vous pouvez aller où bon vous semble, mais avec une escorte; et, si je puis me permettre un conseil, reposez-vous. Vous partirez dès qu'un vaisseau sera disponible. Il n'est même pas certain que vous pourrez dormir toute la nuit. Etes-vous d'accord, monsieur ? »

— « D'accord », dit-il; puis Andilin appela le jeune officier et lui parla. Le jeune officier lui fit signe, de la main cette fois. Il se retira, répondant aux signes de tête courtois de tous les membres du Conseil, et sortit, un frisson glacé lui parcourant l'échine.

Des problèmes pratiques, se dit-il. Ce qu'il découvrait ne lui plaisait pas, les gardiens trop semblables, la froideur. Cela avait échappé au Conseil de Sécurité de la Terre, quand il avait donné ses instructions et préparé ses plans. L'absence de stations intermédiaires en direction de la Terre, depuis le démantèlement des bases des Etoiles Proches, rendait l'extension de la guerre logistiquement improbable, mais Mazian n'avait pas pu l'empêcher de s'étendre à l'ensemble de l'Au-Delà... avait aggravé la situation, entraîné une escalade dangereuse. La perspective de voir les forces de Mazian rouvrir les stations des Etoiles Proches, se retranchant ainsi derrière Pell, lui donnait envie de vomir du simple fait qu'il en envisageait toutes les conséquences.

Les Isolationnistes avaient eu leur chance... trop longtemps. A présent, il fallait prendre des décisions désagréables... le rapprochement avec cette Union; des accords, des frontières, des barrières... contenir son expansion.

S'il était impossible de tenir, la catastrophe serait imminente... l'Union pourrait rouvrir les stations abandonnées, en faire des bases. On construisait une flotte, à la Station Sol; il fallait gagner du temps. En attendant, Mazian serait offert aux canons de l'Union. Sol commanderait elle-même la prochaine étape de la résistance, Sol, pas cette créature sans tête que la Flotte de la Compagnie était devenue, refusant les ordres de la Compagnie, agissant suivant sa volonté propre.

Et, surtout, il fallait conserver Pell, conserver cette base-là.

Ayres alla où on le conduisit, s'installa dans l'appartement qu'on lui donna, plusieurs niveaux plus bas, lequel était très confortable; et le confort le rassura. Il se contraignit à s'asseoir, à attendre tranquillement ses compagnons, dont on lui annonça l'arrivée... et ils arrivèrent enfin, en groupe, agacés par la situation. Ayres congédia leur escorte, ferma la porte, indiqua des yeux la périphérie du compartiment, les mettant silencieusement en garde contre la liberté de leurs propos. Les autres — Ted Marsh, Karl Bela et Ramona Dias — comprirent et restèrent silencieux, tandis qu'il espérait qu'ils n'avaient pas déjà parlé.

Il était certain que, dans un secteur quelconque de la Station Viking, l'équipage d'un vaisseau de transport avait de gros problèmes. On disait que les commerçants pouvaient franchir les lignes, sans autre inconvénient que de se voir, de temps à autre, obligés de débarquer dans un port qu'ils n'avaient pas prévu de visiter ; ou bien, s'ils étaient arrêtés par un vaisseau de Mazian, de devoir se séparer d'une partie de leur cargaison ou d'un membre de leur équipage. Les commerçants vivaient dans ces conditions. Et les commerçants qui les avaient conduits à Viking resteraient en détention jusqu'au moment où ce qu'ils avaient vu à Pell et ici perdrait toute valeur militaire. Il espérait pour eux que tel serait le cas. Il ne pouvait rien faire.

Il ne dormit pas bien, cette nuit-là et, avant le matin, comme Andilin l'avait laissé entendre, on les tira du lit pour les embarquer sur un vaisseau à destination de l'intérieur du territoire de l'Union. On leur affirma qu'ils allaient à Cyteen, quartier général des rebelles. Les dés étaient jetés. Il était impossible de reculer.

2

PELL, CENTRE DE DÉTENTION, SECTEUR ROUGE ; 27/6/52

Il était revenu. Josh Talley regarda la fenêtre de sa chambre, y vit le visage qui s'y trouvait si souvent… dont il se souvenait, vaguement, comme il se souvenait de tous les événements récents, un homme qu'il avait rencontré et qui avait participé à tout ce qui lui était arrivé. Il soutint le regard, cette fois et, plus curieux qu'il ne l'aurait souhaité, quitta sa couchette, marchant avec difficulté à cause de sa faiblesse générale… gagna la fenêtre et examina le jeune homme de plus près. Il posa la main sur la fenêtre, plein d'espoir parce que les autres restaient loin de lui et qu'il vivait dans des limbes blancs, où tout était suspendu, où le contact était imprécis et toutes les odeurs fades, où les mots lui parvenaient de loin. Il dérivait dans ce blanc, insensible et isolé.

Sortez, disaient les médecins. *Sortez quand cela vous fait envie. Le monde est dehors. Vous pourrez venir quand vous serez prêt.*

C'était une sécurité semblable à celle d'un ventre. Il y prenait des forces. Naguère, il était allongé sur sa couchette, peu enclin à bouger, fatigué et les membres comme du plomb. Il était beaucoup, beaucoup plus fort; il eut envie de se lever et d'examiner cet inconnu. Il reprenait courage. A ce moment-là, il comprit qu'il guérissait, et cela ne fit qu'augmenter son courage.

L'homme bougea, derrière la vitre, tendit la main, la posa exactement en face de la sienne, qui était appuyée contre la fenêtre, et ses nerfs engourdis parurent reprendre vie, espérant le contact, espérant la sensation atténuée d'une autre main. L'univers existait de l'autre côté d'une plaque de plastique, offert à son contact, neuf, distinct, distant. Il fut hypnotisé par cette révélation. Il regarda les yeux sombres, le visage mince et jeune d'un homme en costume marron; et se demanda si c'était lui, lui, puisqu'il était sorti du ventre, que les mains correspondaient si parfaitement, se touchant sans se toucher.

Mais il était en blanc et ce n'était pas un miroir.

Ce n'était pas non plus son visage. Il se souvenait vaguement de son visage, mais c'était un souvenir d'enfance qu'il voyait, une vieille image de lui-même: il ne pouvait retrouver l'homme. Ce n'était pas une main d'enfant qu'il tendait; pas une main d'enfant qui était tendue vers lui, indépendante de sa volonté. Il lui était arrivé beaucoup de choses et il ne pouvait les organiser. Ne le voulait pas. Il se souvenait de la peur.

Le visage, derrière la fenêtre, lui sourit, un sourire esquissé, amical. Il le rendit, tendit l'autre bras pour toucher aussi le visage, ne rencontra que le plastique froid.

« Sortez », dit une voix venue du mur. Il se souvint qu'il le pouvait. Il hésita, mais l'inconnu insista. Il vit ses lèvres bouger au rythme des paroles qui venaient d'ailleurs.

Et, prudemment, il se dirigea vers la porte qui, d'après eux, était toujours ouverte.

Elle s'ouvrit. Tout d'un coup, il lui fallut affronter l'univers directement, physiquement. Il vit l'homme debout devant lui, lui rendant son regard ; et, s'il le touchait, ça ne serait pas du plastique froid ; et, si l'homme fronçait les sourcils, il ne pourrait pas se cacher.

« Josh Talley, dit le jeune homme, je suis Damon Konstantin. Vous souvenez-vous de moi ? »

Konstantin. Ce nom était synonyme de pouvoir. De Pell et de pouvoir. Ses autres sens refusaient de lui venir à l'esprit, sauf qu'ils avaient été ennemis et ne l'étaient plus. Tout avait été lavé, oublié. *Josh Talley.* L'homme le connaissait. Il se sentit personnellement commis à se souvenir de ce Damon, mais en fut incapable. Cela l'embarrassa.

« Comment vous sentez-vous ? » demanda Damon.

C'était compliqué. Il voulut résumer, échoua ; il aurait fallu qu'il rassemblât ses pensées, mais elles s'égaillaient dans toutes les directions.

« Voulez-vous quelque chose ? » demanda Damon.

— « Du pudding, répondit-il. Aux fruits. » C'était son plat préféré. Il en mangeait à tous les repas, sauf au petit déjeuner ; et on lui donnait ce qu'il demandait.

— « Des livres ? Voulez-vous des livres ? »

On ne lui en avait pas proposé.

— « Oui, dit-il, souriant parce qu'il se souvint qu'il aimait les livres. Merci. »

— « Vous souvenez-vous de moi ? » demanda Damon.

Josh secoua la tête.

« Je m'excuse, dit-il, désespéré. Nous nous sommes probablement rencontrés mais, voyez-vous, mes souvenirs ne sont pas clairs. J'ai dû vous rencontrer après mon arrivée. »

— « Il est normal d'oublier. On m'a dit que vous alliez très bien. Je suis venu vous voir plusieurs fois. »

— « Je m'en souviens. »

— « Vraiment ? Quand vous serez rétabli, il faudra me rendre visite, chez moi. Cela nous ferait plaisir, à ma femme et à moi. »

Il réfléchit et l'univers s'étendit, doubla, se multiplia, de sorte qu'il crut qu'il allait perdre l'équilibre.

« Est-ce que je la connais aussi ? »

— « Non. Mais elle vous connaît. Je lui ai parlé de vous. Elle dit qu'elle serait heureuse de vous recevoir. »

— « Comment s'appelle-t-elle ? »

— « Elene. Elene Quen. »

Il forma le nom avec les lèvres, pour qu'il ne s'échappe pas. C'était un nom de commerçant. Il n'avait pas pensé aux vaisseaux. A présent, il y pensait. Il se souvint du noir, des étoiles. Il regardait fixement le visage de Damon, pour ne pas perdre contact avec lui, cet élément de réalité dans un univers instable et blanc. S'il battait des paupières, il se retrouverait peut-être seul. Il se réveillerait peut-être dans sa chambre, dans son lit, sans rien à quoi se raccrocher. Il referma son esprit dessus, de toutes ses forces.

« Vous reviendrez, dit-il, même si j'oublie. Je vous en prie, venez et rappelez-moi. »

— « Vous vous souviendrez, affirma Damon. Mais je reviendrai si vous ne venez pas. »

Josh pleura, ce qui lui arrivait fréquemment, les larmes coulant sur son visage, simple débordement d'émotion, sans chagrin ni joie, seulement un intense soulagement. Une purification.

« Vous sentez-vous bien ? » demanda Damon.

— « Je suis fatigué, répondit-il, parce que ses jambes étaient faibles, du fait qu'il était resté longtemps debout, et qu'il lui fallait se remettre au lit pour ne pas succomber au vertige. Voulez-vous entrer ? »

— « Je n'y suis pas autorisé, dit Damon. Mais je vous enverrai les livres. »

Il avait déjà oublié les livres. Il hocha la tête, à la fois heureux et gêné.

« Rentrez », reprit Damon, soucieux de ne pas l'importuner. Josh fit demi-tour et retourna à l'intérieur.

La porte se referma. Il regagna son lit, victime d'un violent vertige. Il fallait qu'il marche davantage. Il ne fallait plus rester couché, marcher le ferait guérir plus vite.

Damon. Elene. Damon. Elene.

Il y avait un endroit, dehors, qui devenait réel à ses yeux, où, pour la première fois, il avait envie d'aller, un endroit à atteindre quand il serait rétabli.

Il regarda la fenêtre. Elle était vide. Pendant un instant terrifiant, il crut qu'il avait tout imaginé, que cela faisait partie du monde de rêve qui prenait forme dans cette blancheur, et qu'il avait tout créé. Mais il y avait des noms ; il y avait une substance et des détails distincts de lui ; c'était réel ou bien il devenait fou.

Les livres arrivèrent, quatre cassettes pour son appareil, et il les serra contre sa poitrine, se balançant de droite à gauche, souriant et riant, assis en tailleur sur le lit, parce que c'était *vrai*. Il avait touché l'extérieur et avait été touché par lui.

Il regarda autour de lui, et ce n'était qu'une pièce, avec des murs qui ne servaient plus à rien.

LIVRE DEUX

1

1

DOWNBELOW, BASE PRINCIPALE ; 2/9/52

Le ciel était clair, pour un matin, seulement quelques nuages effilochés en une ligne qui suivait l'horizon septentrional, de l'autre côté de la rivière. Cela laissait du temps ; en général il fallait une journée et demie aux nuages de l'horizon pour atteindre la base de Downbelow, et ils projetaient de profiter de cette éclaircie pour réduire l'inondation qui les avait coupés de la base quatre et, par voie de conséquence, de toutes celles qui se trouvaient au-delà. Ils espéraient que c'étaient les dernières tempêtes de l'hiver. Les bourgeons gonflaient, sur les arbres, et il faudrait bientôt éclaircir et repiquer les pousses de céréales, entassées par les inondations contre les treillis destinés à les retenir. La base principale sécherait en premier ; ensuite, ce seraient celles qui se trouvaient en aval. La rivière avait légèrement baissé ; c'était, du moins, ce qu'annonçait le moulin.

Emilio regarda la chenillette de ravitaillement s'engager sur la piste boueuse conduisant aux camps situés en aval, tourna le dos, prit le chemin difficile, nettement tracé, des dômes érigés en hauteur, parmi les collines, et dont le nombre avait été multiplié par deux, sans parler de ceux qui avaient été transférés en aval. Les cadences différentes des compresseurs se mêlaient, pouls inséparable de la présence de l'humanité sur Downbelow. Les pompes fonctionnaient, superposant leurs rythmes, chassant l'eau qui s'était infiltrée dans les dômes, malgré tous leurs efforts pour étanchéifier le sol, d'autres pompes étaient en action près de la digue du moulin et dans les champs. Elles ne s'arrêteraient que lorsque les troncs quadrillant les champs seraient au sec.

Le printemps. Du point de vue des indigènes, l'air embaumait certainement. Les humains ne s'en rendaient pratiquement pas compte, respirant en chuintements mouillés et irréguliers à travers les masques. Emilio aimait la caresse du soleil sur son dos et c'était tout l'agrément que cette journée pouvait lui apporter. Les Downers allaient et venaient, effectuant leur travail avec moins d'adresse que d'exubérance, préférant faire dix voyages rapides avec un fardeau léger plutôt qu'un seul trajet désagréable, lourdement chargés. Ils riaient, profitaient de toutes les occasions de lâcher les petits fardeaux qu'ils portaient pour jouer. Le fait qu'ils n'aient pas abandonné le travail avec l'arrivée manifeste du printemps le surprenait beaucoup. Pendant la première nuit sans nuages, leur bavardage, leur contemplation joyeuse du ciel étoilé, les discours qu'ils adressaient aux étoiles avaient empêché tout le camp de dormir ; lors de la première aube dégagée, ils avaient tendu les bras vers le soleil levant, crié, acclamé la venue de la lumière... mais, ce jour-là, les humains avaient aussi été d'humeur joyeuse, parce que c'était le premier indice de la fin de l'hiver. A présent, il faisait nettement plus chaud. Les femelles se montraient subtilement provocantes et les mâles se montraient frivoles ; on entendait souvent ce qui devait être des chants downers, dans les buissons et les arbres couverts de bourgeons des collines, trilles, bavardages, sifflements doux et sensuels.

Ce n'était pas encore aussi frivole que cela le deviendrait quand les arbres seraient en fleurs. Bientôt, les Hisas cesseraient complètement de s'intéresser au travail, prendraient le chemin de leurs errances, d'abord les femelles, les mâles suivant obstinément, jusqu'aux endroits où les humains n'allaient pas. Nombre de femelles de la troisième saison s'arrondiraient régulièrement pendant l'été... autant que l'autorisait la minceur des Hisas... mettraient au monde en hiver, à l'abri des tunnels des collines, de petits êtres tout en membres et en fourrure rousse qui courraient partout le printemps suivant ; mais les humains les voyaient rarement.

Il dépassa les jeux des Hisas, prit le chemin de pierres concassées conduisant au Quartier Général, dôme dominant tous les autres. Il entendit un crissement de pierres, derrière lui, se retourna, constata que Satin le suivait en boitillant, les bras écartés pour conserver son équilibre, pieds nus sur les pierres tranchantes, son visage espiègle crispé par la douleur sur ce chemin conçu pour les bottes des humains. Il sourit quand elle imita sa démarche. Elle s'arrêta, exceptionnellement soignée avec ses peaux soyeuses, ses perles et un haillon rouge de tissu synthétique.

« Navette arriver, homme-Konstantin. »

C'était vrai. La journée était claire, un atterrissage était prévu. Il lui avait promis, en dépit du raisonnable, en dépit de l'axiome selon lequel les couples formés sur la planète se révélaient instables au printemps, que son mâle et elle pourraient aller travailler dans la station. S'il y avait un Downer qui *avait* porté de lourdes charges, c'était Satin. Elle avait tout fait pour lui donner une bonne impression... *Regarde, homme-Konstantin, moi travailler bien.*

« Prête à partir », fit-il remarquer en la regardant. Elle montra les petits sacs mystérieux qui étaient suspendus sur sa personne, les caressa et eut un sourire ravi.

« Prête. » Puis son visage exprima la tristesse et elle lui ouvrit les bras. « Venue dire aimer, homme-Konstantin, toi et ton amie. »

Epouse. Les Hisas ne comprenaient pas le mariage.

« Entre », proposa-t-il, touché par ce geste. Ses yeux brillèrent de plaisir. On s'efforçait de dissuader les Hisas d'approcher du dôme du Quartier Général. Il était très rare qu'ils soient invités à y pénétrer. Il descendit les marches de bois, essuya ses bottes sur le paillasson, lui tint la porte et attendit qu'elle ait mis le respirateur qu'elle portait au cou avant d'ouvrir le sas intérieur.

Quelques humains levèrent la tête, regardèrent, sa présence faisant froncer quelques sourcils, se remirent au travail. De nombreux techs avaient leur bureau dans le dôme, isolé par de petites cloisons de rotin ; l'espace qu'il partageait avec Miliko se trouvait de l'autre côté, à l'endroit où le seul mur de l'immense dôme leur procurait un peu d'intimité, une pièce de trois mètres sur trois, au sol couvert d'une natte tressée, qui servait à la fois de bureau et de chambre. Il ouvrit la porte qui se trouvait près des placards et Satin le suivit à l'intérieur, regardant tout autour d'elle, comme si elle ne pouvait assimiler la moitié de ce qu'elle découvrait. *Pas habituée aux toits*, se dit-il, imaginant ce que devait ressentir un Downer brusquement débarqué dans la station. *Pas de vent, pas de soleil, seulement du métal; pauvre Satin.*

« Eh bien ! » s'écria Miliko, quittant des yeux les cartes dépliées sur le lit.

— « Amour », dit Satin qui avança en toute confiance, prit Miliko dans ses bras, la serra, joue contre joue malgré l'obstacle du respirateur.

— « Tu pars, » dit Miliko.

— « Aller dans ton pays, répondit-elle. Voir pays de Bennett. » Elle hésita, croisa timidement les mains dans le dos, se balança légèrement, son regard allant de l'un à l'autre. « Aimer homme-Bennett. Voir son pays. Remplir yeux avec son pays. Faire chaud, chaud aux yeux. »

Parfois, le parler des Downers était pratiquement incompréhensible; parfois, le sens jaillissait de leur bavardage avec une clarté stupéfiante. Emilio la regarda avec un léger sentiment de culpabilité car, depuis qu'ils entretenaient des relations avec les Downers, rares étaient ceux qui pouvaient prononcer plus de quelques mots dans leur langue chantante. Bennett était le meilleur.

Les Hisas aimaient les cadeaux. Il en trouva un, sur l'étagère proche du lit, un coquillage qu'il avait ramassé au bord de la rivière. Il le prit, le lui donna et ses yeux sombres brillèrent. Elle l'entoura de ses bras.

« Amour », annonça-t-elle.

— « Amour, Satin », répondit-il. Il la prit par les épaules, lui fit traverser la salle des bureaux, l'accompagna jusqu'au sas, manœuvra les portes. De l'autre côté de la paroi de plastique, elle retira son masque, lui sourit, fit signe de la main.

« Aller travailler », dit-elle. On attendait la navette. Un

humain n'aurait pas travaillé, le jour de son départ ; mais Satin s'en alla, claquant la porte fragile avec un enthousiasme impatient comme si, au dernier moment, quelqu'un pouvait changer d'avis.

Peut-être était-il injuste de lui supposer des motivations humaines. Peut-être était-ce simplement de la joie, de la gratitude. Les Downers ne comprenaient pas le sens de : salaire ; ils disaient : *cadeaux*.

Bennett Jacint les comprenait. Les Downers s'occupaient de sa tombe. Ils y déposaient des coquillages parfaits, des peaux, y dressaient des statues étranges et noueuses qui, à leurs yeux, étaient chargées de sens.

Il fit demi-tour, traversa le dôme, rejoignit Miliko dans leurs quartiers. Il quitta sa veste, la suspendit à une cheville, gardant le respirateur autour du cou, ornement qu'ils portaient tous du moment où ils s'habillaient, le matin, au moment où ils se déshabillaient, le soir.

« La station a envoyé le bulletin météo, lui apprit Miliko. Il y en aura encore une un ou deux jours après la prochaine. Une tempête est en train de se former en mer. »

Il jura ; pas de printemps. Elle déplaça les cartes pour lui faire une place sur le lit et il s'assit, examina les dégâts qu'elle avait entourés en rouge, zones d'inondation que la station pouvait leur indiquer, le long de la chaîne de points qui représentaient les camps qu'ils avaient installés, près de routes non pavées, simplement ouvertes.

« Oh, cela va être pire, indiqua Miliko, lui montrant les relevés topographiques. D'après le comp, il va tellement pleuvoir que les zones Bleues vont être une nouvelle fois inondées. Jusqu'à l'entrée de la base deux. Mais les fondations de la route devraient théoriquement y échapper. »

Emilio grogna, soupira.

« Espérons-le. »

La route était un point important ; les champs pouvaient rester inondés pendant des semaines sans poser de problèmes, sauf aux prévisions. Les céréales indigènes aimaient l'eau, en avaient besoin aux stades initiaux de leur développement. C'étaient les machines humaines et les humeurs humaines qui souffraient le plus.

«Ce sont les Downers qui ont raison, dit-il. Abandonner pendant les pluies de l'hiver, aller se promener quand les arbres fleurissent, faire l'amour, s'installer en hauteur et attendre que les céréales mûrissent.»

Miliko sourit, sans cesser d'annoter les cartes.

Il soupira, presque sans s'en rendre compte, tira vers lui la plaque de plastique qui lui servait de bureau et entreprit de mettre de l'ordre dans les attributions du personnel, réorganisant les priorités en fonction du matériel. Peut-être, se dit-il, peut-être les Downers, en échange de cadeaux supplémentaires, accepteront-ils de rester un peu plus longtemps, avant leur départ annuel. Il regrettait de perdre Satin et Dent-Bleue; ils l'avaient énormément aidé, n'hésitant pas à se fâcher pour persuader leurs compagnons, quand leur homme-Konstantin avait désespérément besoin de quelque chose. Mais cela fonctionnait dans les deux sens; Satin et Dent-Bleue voulaient partir; ils voulaient quelque chose qu'il était en son pouvoir de leur donner, et c'était leur tour d'être satisfaits, avant que vienne le printemps et qu'ils perdent toute retenue.

Ils dispersaient les hommes expérimentés et qualifiés, ainsi que les contingents en provenance de la Quarantaine, dans les bases construites en bordure de la route, s'efforçant de respecter des proportions qui n'exposeraient pas le personnel au risque des émeutes; essayaient de faire travailler les gens de la Quarantaine, tout en évitant qu'ils pensent qu'on se servait d'eux; s'efforçaient de maintenir le moral... seuls les volontaires partaient et la base principale devait garder les plus agités, dans ce dôme immense, de nombreuses fois agrandi et réparé, de sorte que *dôme* ne s'appliquait plus à lui... qui s'étendait irrégulièrement sur la colline suivante, source quotidienne de difficultés. Les ouvriers humains occupaient les dômes voisins; de bons abris, confortables... ils ne tenaient guère à être transférés aux puisards, ou dans les nouveaux camps, où la vie était plus difficile, au milieu des forêts, des terres inondées, des gens de la Quarantaine et des Hisas.

Les transmissions posaient un problème. Ils étaient reliés par les coms; mais c'était isolé, là-bas. Dans l'idéal, il aurait fallu des avions ; mais l'appareil fragile qui avait été construit quelques années plus tôt s'était écrasé sur le terrain d'atterrissage... les tempêtes de Downbelow ne convenaient pas à l'aviation légère. Défricher une piste pour les navettes... c'était au programme, au moins pour la base trois, mais il fallait négocier l'abattage des arbres avec les Downers, et c'était délicat. Compte tenu du niveau technologique atteint sur la planète, les chenillettes étaient encore le meilleur moyen de se déplacer, patient et lent comme l'était le rythme de l'existence sur Downbelow, du fait qu'elles ne craignaient ni la boue ni l'eau, progressant sous le regard émerveillé et ravi des Downers. Essence et céréales, bois et légumes d'hiver, poisson séché, tentative de domestication du *pitsu*, que les Downers chassaient... (*Vous mauvais*, avaient déclaré les Downers à ce propos, *leur faire chaud dans votre camp et les manger; pas bien.* Mais les Downers de la base un étaient devenus bergers et ils avaient tous appris à manger de la viande d'élevage. Lukas l'avait ordonné, et c'était un des projets de Lukas qui avait bien marché.) Les humains de Downbelow se débrouillaient bien, s'équipaient, se nourrissaient et nourrissaient la station, malgré l'augmentation de la population. Ce n'était pas tâche facile. Les usines de la station et les usines de Downbelow fonctionnaient sans interruption, en circuit fermé, pour produire tous les objets qu'ils avaient l'habitude d'importer, pour atteindre tous les quotas, non seulement pour eux-mêmes mais aussi pour une station surchargée, et pour stocker ce qu'ils pouvaient... tous les problèmes s'abattaient sur Downbelow, l'excès de population, le fardeau de gens accoutumés aux stations, réfugiés ou non, qui n'avaient jamais posé le pied sur une planète. Ils ne pouvaient plus compter sur le commerce qui avait constitué le Grand Cercle de Viking et de Mariner, d'Espérance et de Pan-Paris, de Russell, de Voyager et d'autres, chaque station subvenant aux besoins des autres. Les autres stations n'auraient pas pu s'en sortir seules ; elles ne disposaient pas de la planète vivante qui était nécessaire... une planète vivante et des bras pour la cultiver. D'autres projets étaient en route, à présent, les premières équipes commençant l'exploitation des richesses minières de la planète, qui avait longtemps été remise, reproduisant des matériaux que l'on trouvait déjà dans le Système de Pell... au cas où la situation empirerait encore. Des programmes massifs seraient lancés pendant l'été, quand les Downers seraient à nouveau disponibles ; développés à l'automne, quand les Downers se mettaient véritablement au travail, quand les vents froids leur faisaient penser à l'hiver et qu'ils paraissaient ne jamais se reposer, travaillant pour les humains et transportant des mousses moelleuses dans leurs tunnels des collines boisées.

Il faudrait que Downbelow change. Sa population humaine avait quadruplé. Il le regrettait ; Miliko aussi. Ils avaient déjà délimité des zones... les éternelles cartes de Miliko... des endroits que les humains ne devraient pas toucher, les beaux paysages, les sites dont ils connaissaient le caractère sacré, les endroits indispensables aux cycles des Hisas et de la faune.

Imposer cela au Conseil pendant leur génération, cette année même, avant que les pressions puissent s'exercer. Protéger ce qui devait subsister. Les pressions existaient déjà. La terre portait déjà des cicatrices, la fumée du moulin, les souches, les dômes disgracieux, les champs artificiellement imposés aux rives du cours d'eau, défrichés le long des routes boueuses. Ils avaient voulu embellir, faire des jardins, camoufler les routes et les dômes... mais ce n'était plus possible.

Ils n'accepteraient pas, Miliko et lui y étaient résolus, de nouveaux dommages. Ils aimaient Downbelow, le bon et le mauvais, les Hisas parfois exaspérants et la violence des tempêtes. Les humains pourraient toujours se réfugier dans les stations ; les couloirs antiseptiques et les meubles confortables ne disparaîtraient pas. Mais Miliko s'épanouissait, ici, et lui aussi ; ils faisaient agréablement l'amour, la nuit, avec la pluie martelant le dôme de plastique, avec les compresseurs bourdonnant dans le noir et les animaux nocturnes de Downbelow chantant follement, tout près. Ils aimaient le ciel qui changeait d'heure en heure, le bruit du vent dans l'herbe et les forêts, riaient des jeux des Downers et gouvernaient la planète, disposant du pouvoir de tout régler, sauf le temps.

Ils regrettaient leur foyer, leur famille et ce monde différent, plus diversifié ; mais ils disaient le contraire... ils avaient même parlé de construire un dôme pour eux seuls, à temps perdu, dans les années à venir, quand il serait possible de construire des habitations individuelles, espoir qui était plus proche un an plus tôt, quand la vie sur Downbelow était calme et facile, avant Mallory et les autres, avant la Quarantaine.

Maintenant, ils envisageaient simplement de survivre au niveau qu'ils avaient atteint. Déplaçaient la population sous bonne garde par peur de ce que cette population pourrait faire. Ouvraient de nouvelles bases avec un équipement rudimentaire, sans préparation. S'efforçaient de protéger en même temps la terre et les Downers, tout en feignant de croire que tout allait bien dans la station.

Il termina son planning, sortit et le donna au répartiteur, Ernst, qui était également comptable et informaticien... ils avaient tous une multitude d'emplois. Il regagna sa chambre-bureau, regarda Miliko et les cartes dépliées sur ses genoux.

« Tu veux déjeuner ? » demanda-t-il. Il avait l'intention d'aller au moulin, dans l'après-midi, espérait une bonne tasse de café et être le premier au four à micro-ondes, qui était un des luxes du dôme du Quartier Général... le temps de s'asseoir et de se détendre.

« J'ai presque terminé », dit-elle.

Une sonnerie retentit, trois coups brefs, désorganisant la journée. La navette arrivait en avance ; il l'attendait dans la soirée. Il secoua la tête.

« On a tout de même le temps de déjeuner », dit-il.

La navette se posa avant qu'ils aient terminé. Tous les responsables du Quartier Général étaient arrivés à la même conclusion et Ernst, le répartiteur, dirigeait les opérations entre deux bouchées de sandwich. C'était une dure journée pour tout le monde.

Emilio avala la dernière bouchée, termina son café et prit sa veste. Miliko mettait la sienne.

« On nous amène encore un morceau de Quarantaine », dit Jim Ernst depuis sa place ; et, un instant plus tard, assez fort pour que tous les occupants du dôme puissent entendre : « *Deux cents* personnes. Ils ont dû les entasser comme du poisson séché dans leur foutue soute. Navette, qu'est-ce qu'on est censés faire d'eux ? »

La réponse arriva, parasites et quelques mots intelligibles. Emilio secoua nerveusement la tête, rejoignit Jim Ernst et se pencha sur lui.

« Avertissez le dôme de Quarantaine qu'il leur faudra accepter de se serrer jusqu'à ce que nous puissions procéder à de nouveaux transferts. »

— « C'est l'heure du déjeuner », rappela Ernst. Par principe, ils évitaient d'annoncer les mauvaises nouvelles quand la Quarantaine était au complet. Ils étaient poussés par une hystérie irrationnelle.

« Tant pis », dit-il à Ernst, et Ernst transmit l'information.

Emilio mit son respirateur et sortit, suivi de près par Miliko.

La navette s'était posée, débarquant le matériel qu'ils avaient demandé à la station. L'essentiel des marchandises partait dans la direction opposée, caisses de produits récoltés sur Downbelow, entassés dans les dômes de stockage en attendant d'être embarqués pour Pell, dont ils assureraient la subsistance.

Les premiers passagers descendaient la rampe quand ils arrivèrent sur l'aire d'atterrissage, réfugiés en bleus, hagards, qui avaient probablement eu mortellement peur pendant le transfert, serrés dans une soute impropre à contenir un aussi grand nombre de personnes... arrivage de toute manière supérieur aux capacités d'accueil de Downbelow. Il y avait quelques volontaires apparemment moins démunis... perdants de la loterie ; ils se tenaient à l'écart. Mais les gardes de la navette, armés de fusils, regroupaient les gens de la Quarantaine. Il y avait des vieillards, au moins une douzaine de jeunes enfants, familles et lambeaux de familles, apparemment, types de réfugiés qui avaient du mal à survivre dans la Quarantaine de la station. Transfert humanitaire. Ces gens-là prenaient de la place, avaient besoin d'un compresseur et, compte tenu de leurs compétences, il était impossible de leur confier des travaux faciles, car ceux-ci nécessitaient un matériel complexe. Il fallait leur assigner des tâches manuelles, celles qu'ils étaient en mesure d'accomplir. Et les enfants... au moins, ils n'étaient pas trop jeunes pour travailler ou trop jeunes pour comprendre la nécessité de porter un masque ou d'apprendre à changer en hâte le cylindre d'un respirateur.

« Il n'y a pratiquement que des gens fragiles, dit Miliko. Quelle idée ton père se fait-il de nos conditions de vie ? »

Il haussa les épaules.

« Meilleures qu'en Quarantaine, je suppose. Plus faciles. J'espère que les nouveaux compresseurs sont arrivés : et les feuilles de plastique. »

— « Je parie qu'ils n'y sont pas », fit Miliko avec amertume.

Il y eut des cris, de l'autre côté de la colline, en direction de la base, des glapissements de Downers, ce qui n'était pas rare ; il regarda par-dessus son épaule, ne vit rien, ne s'inquiéta pas. Les réfugiés s'étaient arrêtés. Les gardes les poussaient.

Les cris continuèrent. Ce n'était pas normal. Il se retourna et Miliko aussi.

« Reste ici, dit-il, et prends les choses en main. »

Il s'engagea en courant sur le chemin, immédiatement sujet au vertige à cause des limites du respirateur. Il franchit le sommet, découvrant les dômes et, devant le dôme immense de la Quarantaine, une scène qui ressemblait à une bagarre, un cercle de Downers entourant des débordements humains, des groupes de gens sortant précipitamment du dôme. Respirant avec difficulté, il courut à toute vitesse, et un Downer se détacha du groupe, courant vers lui de toutes ses forces... Dent-Bleue : il le reconnaissait à sa couleur, un brun-roux extrêmement rare chez les adultes.

« Hommes-lukas, dit Dent-Bleue, se mettant à courir à ses côtés, sautillant et dansant d'inquiétude. Hommes-lukas tous fous. »

Cela ne nécessitait pas de traduction. Il comprit ce qui se passait quand il vit les gardiens... Bran Hale et ses hommes, chargés de surveiller les cultures ; un groupe de réfugiés criait et les gardiens avaient levé leurs armes. Hale et ses hommes s'étaient emparés d'un adolescent, lui avaient arraché son masque, de sorte qu'il suffoquait, cesserait de respirer si cela continuait. Ils gardaient l'adolescent en otage, un fusil pointé sur lui, menaçant les autres avec leurs armes, parmi les cris des réfugiés et des Downers qui se tenaient tout autour.

« Arrêtez ! cria Emilio. Reculez ! » Personne ne le regarda et il avança seul, Dent-Bleue renonçant à le suivre. Il poussa les hommes armés et dut pousser plus d'une fois, se rendant soudain compte qu'il n'avait pas de fusil, qu'il était seul et désarmé, qu'il n'y avait d'autres témoins que les réfugiés et les Downers.

Ils reculèrent. Il arracha l'adolescent à ceux qui le tenaient et le jeune garçon tomba ; il s'agenouilla, prenant conscience du fait que son dos était exposé, ramassa le respirateur et le mit sur le visage de l'adolescent, l'y maintenant. Quelques réfugiés voulurent approcher mais les hommes de Hale tirèrent à leurs pieds.

« Cessez ! » cria Emilio. Il se redressa, tremblant de tous ses membres, regarda la centaine de réfugiés qui se trouvaient dehors, les autres qui, massés à l'intérieur du dôme, tentaient de sortir, les dix hommes armés qui pointaient leurs fusils. Il tremblait de tous ses membres, craignant une émeute, pensant à Miliko qui se trouvait de l'autre côté de la colline, au risque de voir le groupe fondre sur lui. « Reculez ! cria-t-il aux réfugiés. Ne bougez plus ! » Il se tourna vers Bran Hale... jeune, taciturne, insolent. « Que s'est-il passé ? »

— « Il a voulu s'échapper, répondit Hale. Le masque est tombé pendant la lutte. Il voulait s'emparer d'une arme. »

— « Ce n'est pas vrai ! » crièrent les réfugiés dans une confusion de variantes, essayant de couvrir la voix de Hale.

— « C'est vrai ! affirma Hale. Ils ne veulent pas d'autres réfugiés dans le dôme. Il y a eu bagarre et ce fauteur de troubles a voulu s'enfuir. Nous l'avons pris. »

Les réfugiés protestèrent énergiquement. Une femme, au premier rang, pleurait.

Emilio regarda autour de lui, ayant lui-même du mal à respirer. A ses pieds, l'adolescent semblait reprendre connaissance, s'agitant et toussant. Les Downers se serraient les uns contre les autres, yeux noirs et graves.

« Dent-Bleue, dit-il, que s'est-il passé ? »

Les yeux de Dent-Bleue se posèrent sur les hommes de Bran Hale. Rien de plus.

« Mes yeux voient », dit une autre voix. Satin avança, rassemblant son courage, sautillant sous l'effet de la nervosité. Sa voix était stridente, cassante. « Hale pousser ami, dur avec fusil. Pousser méchant. »

Il y eut des cris, dans le camp de Hale, des cris de dérision ; d'autres dans le camp des réfugiés. Il exigea le silence. Ce n'était pas un mensonge. Il connaissait les Downers et il connaissait Hale. Ce n'était pas un mensonge.

« Ils ont pris son respirateur ? »

— « Pris », répondit Satin, serrant ensuite les lèvres. Ses yeux exprimaient la peur.

« Très bien. » Emilio respira profondément, soutint le regard dur de Bran Hale. « Il vaudrait mieux reprendre cette conversation dans mon bureau. »

— « Nous parlerons ici ! » exigea Hale. Il était au milieu des siens. Il avait l'avantage. Emilio ne baissa pas les yeux ; c'était tout ce qu'il pouvait faire, sans arme et sans soutien. « La parole d'un Downer, reprit Hale, n'est pas un témoignage. Vous ne m'insulterez pas sur la parole d'un Downer, monsieur Konstantin ; non, monsieur ! »

Il pouvait s'en aller, renoncer. Les responsables du Quartier Général et les employés ordinaires de la base voyaient certainement ce qui se passait. Peut-être avaient-ils vu, depuis leurs dômes, et préféraient-ils regarder ailleurs. Un accident pouvait arriver, ici, même à un Konstantin. Pendant longtemps, sur Downbelow, le pouvoir avait été exercé par Jon Lukas et les hommes choisis par lui. Il pouvait s'en aller, gagner le Quartier Général, demander de l'aide à la navette, si Hale le laissait faire ; et, pendant tout le reste de son existence, on saurait comment Emilio Konstantin réagissait face à la menace.

« Faites vos bagages, dit-il calmement. Et soyez dans la navette quand elle partira. Tous. »

— « Sur la parole d'une femelle downer ? » Hale perdit sa dignité, choisit de crier. Il pouvait se le permettre. Plusieurs armes étaient pointées sur *lui*.

« Partez, dit Emilio, sur ma parole. Soyez dans cette navette. Votre temps ici est terminé. »

Il vit la tension de Hale, l'hésitation de son regard. Quelqu'un bougea. Une arme tira, chuintant dans la boue. Un réfugié avait dévié le coup. Pendant quelques secondes, on fut au bord de l'émeute.

« Partez ! » répéta Emilio. Soudain, l'équilibre des pouvoirs bascula. Les jeunes réfugiés occupaient les premiers rangs avec leur chef, Wei. Hale regarda à droite et à gauche, reconsidéra la situation, adressa finalement un bref signe de tête à ses compagnons. Ils s'en allèrent. Emilio les regarda prendre dignement la direction de leurs quartiers, sans croire encore tout à fait que l'orage était passé. Près de lui, Dent-Bleue poussa un long soupir et Satin eut une sorte de hoquet. Ses muscles frémissaient d'un combat qui n'avait pas éclaté. Il entendit un bruit d'aspiration, le dôme s'affaissant quand le reste des réfugiés sortit, trois cents personnes enfonçant le sas. Il les regarda, seul en face d'eux.

« Vous logez les nouveaux venus dans votre dôme, et vous les logez sans protester et sans discuter. Nous allons construire de nouveaux abris ; vous et eux, le plus rapidement possible. Vous voulez qu'ils dorment dehors ? Il n'en est absolument pas question ! »

— « Bien, *monsieur* », répondit Wei après un bref silence. La femme qui pleurait avança. Emilio recula et elle se baissa pour aider l'adolescent, qui essayait de s'asseoir : sa mère, sans doute. D'autres aidèrent le jeune garçon à se relever. Cela provoqua beaucoup d'agitation.

Emilio prit le jeune garçon par le bras.

« Il faut que tu sois examiné par un médecin, dit-il. Deux hommes pour l'accompagner au Quartier Général. »

Ils hésitèrent. Les gardiens étaient censés les accompagner. Il se rendit alors compte qu'il n'y avait pas de gardiens. Il venait de renvoyer toutes les forces de sécurité de la base.

« Rentrez, dit-il aux autres. Remettez ce dôme en état ; je vous verrai plus tard. » Puis, profitant du fait qu'il avait leur attention : « Regardez autour de vous. Nous sommes sur une planète, bon sang ! Aidez-nous. Venez me voir en cas de difficulté. Je vous recevrai. Nous sommes tous à l'étroit. Venez voir mes quartiers si vous pensez le contraire ; je vous ferai visiter, si vous ne me croyez pas. Nous vivons ainsi parce que nous construisons. Aidez-nous à construire et la vie sera agréable, ici, pour tout le monde. »

Des regards effrayés étaient fixés sur lui... incrédules. Ils étaient arrivés dans des vaisseaux bondés, mourants ; ils avaient été en Quarantaine dans la station ; ils vivaient, ici, dans la boue et la surpopulation, sous la menace des fusils. Il soupira, laissant libre cours à sa colère.

« Allez ! dit-il. Dispersez-vous. Mettez-vous au travail. Faites de la place ! »

Ils bougèrent, l'adolescent et deux jeunes hommes vers le Quartier Général, le reste en direction du dôme. Les minces portes se fermèrent, en rythme cette fois, les enfermant à l'intérieur, un groupe après l'autre, jusqu'à ce qu'ils soient tous entrés, et les rides s'atténuèrent, au sommet du dôme, sous l'effet de l'action du compresseur.

Il prit conscience des bavardages et de l'agitation. Les Downers étaient toujours près de lui. Il tendit la main et toucha Dent-Bleue. Le Downer lui toucha la main, caresses de peau calleuse, sautilla sur place dans les derniers restes de l'agitation. De l'autre côté se tenait Satin, les bras serrés contre le corps, ses yeux noirs semblant plus sombres et plus grands.

Autour de lui, des Downers qui paraissaient tout aussi troublés. Querelle humaine, violence, comportements inconnus. Les Downers frappaient parfois, dans un instant de fureur, mais seulement pour se protéger. Il ne les avait jamais vus se quereller en groupes, n'avait jamais vu d'armes... leurs couteaux n'étaient que des outils et des instruments de chasse. Ils ne tuaient que le gibier. Qu'ont-ils pensé ? se demanda-t-il ; qu'ont-ils imaginé, face à cette scène, des humains pointant leurs armes sur d'autres humains ?

« Nous partir Là-Haut », dit Satin.

— « Oui, affirma-t-il. Vous partez. Vous avez bien fait, Satin, Dent-Bleue, vous tous, vous avez bien fait de me prévenir. »

Les Hisas se mirent à sautiller, poussèrent des exclamations de soulagement, comme s'ils avaient douté. Il s'aperçut soudain qu'il avait renvoyé Hale et ses hommes dans la même navette que... que la rancune des humains pouvait poser des problèmes.

« Je parlerai au responsable du vaisseau, leur dit-il. Vous ne serez pas dans la même partie du vaisseau, vous et Hale. Vous serez en sûreté, je vous le promets. »

— « Bon-bon-bon », souffla Satin, le serrant dans ses bras. Il lui caressa l'épaule, se retourna et reçut également l'accolade de Dent-Bleue, caressant sa fourrure rugueuse. Il les laissa et prit la direction du sommet de la colline, sur le chemin conduisant à l'aire d'atterrissage, s'arrêta en constatant que trois silhouettes s'y tenaient.

Miliko. Deux autres. Tous armés. Il éprouva un immense soulagement à l'idée que, finalement, il n'avait pas été complètement seul. Il leur fit un signe rassurant de la main, pressa le pas. Miliko arriva la première et il la serra dans ses bras. Les deux compagnons de Miliko les rejoignirent, deux gardiens de la navette.

« Je vous charge de ramener quelques personnes, annonça-t-il. Congédiées, et je présenterai une réclamation. Je ne veux pas qu'ils soient armés. J'envoie également des Downers et je ne veux pas que les deux groupes se rencontrent, sous aucun prétexte. »

— « Bien, monsieur. » Les deux gardiens ne firent aucun commentaire, ne présentèrent aucune objection.

« Vous pouvez disposer, dit-il. Conduisez les réfugiés ici ; tout est en ordre. »

Ils exécutèrent les ordres. Miliko garda le fusil qu'elle avait emprunté, resta près de lui, un bras autour de lui, qui la serrait également.

« La bande de Hale, dit-il. Je les ai renvoyés. »

— « Cela nous laisse sans gardiens. »

— « Le problème ne venait pas de la Quarantaine. Je vais mettre la station au courant. » Son estomac se contracta, le contrecoup s'abattant sur lui. « Je suppose qu'ils vous ont vus arriver au sommet. C'est ce qui les a fait changer d'avis. »

— « La station a été prévenue. J'étais sûre que c'était la Quarantaine. La navette a appelé le Commandement Central de la station. »

— « Allons annuler. » Il la vit tourner ; ils descendirent la pente en direction du dôme. Ses genoux tremblaient.

« Je n'y étais pas », dit-elle.

— « Où ? »

— « Au sommet de la colline. Quand nous sommes arrivés, il n'y avait plus que les Downers et les réfugiés. »

Il jura, stupéfait d'avoir remporté cette victoire.

« Nous sommes bel et bien débarrassés de Bran Hale », conclut-il.

Ils arrivèrent au passage entre les collines, franchirent la passerelle enjambant les canalisations d'eau et remontèrent en direction du Quartier Général. A l'intérieur, un médecin examinait l'adolescent et deux techs nerveux, armés de pistolets, surveillaient les deux réfugiés qui l'avaient accompagné. Emilio leur adressa un signe négatif de la tête. Ils rangèrent prudemment leurs armes, désapprouvant manifestement la situation.

Neutres, se dit Emilio. Ils se seraient rangés du côté du vainqueur, ils n'étaient pas prêts à l'aider. Il ne fut pas en colère, seulement déçu.

« Vous n'avez rien, monsieur ? » demanda Jim Ernst.

Il secoua la tête sans bouger, Miliko près de lui.

« Appelez la station », dit-il quelques instants plus tard. Annoncez que tout est rentré dans l'ordre. »

2

Ils se serrèrent l'un contre l'autre, dans l'espace obscur que les humains leur avaient attribué, dans le ventre vide et immense du vaisseau, un endroit où le bruit terrifiant des machines résonnait. Ils devaient porter leurs masques, premier inconvénient d'une série peut-être longue. Ils s'attachèrent aux poignées, comme les humains leur avaient indiqué de le faire, pour être en sécurité, et Satin se serra contre Dent-Bleue-Dalut-Hos-Me, détestant l'ambiance de l'endroit, le froid, l'inconvénient des respirateurs, effrayée surtout parce qu'on leur avait dit qu'ils devaient s'attacher pour être en sécurité. Elle n'avait pas imaginé les vaisseaux en termes de parois et de toits, ce qui lui faisait peur. Elle n'avait pas pensé que le vol des vaisseaux serait si violent qu'il serait capable de les écraser, mais semblable à l'envol des oiseaux, grandiose et exaltant. Elle frémit, le dos contre les coussins que les humains leur avaient donnés, frémit et tenta de s'en empêcher, se rendit compte que Dent-Bleue tremblait également.

« Nous pouvons rentrer », dit-il, car ce n'était pas sa décision.

Elle ne répondit pas, serra les dents pour ne pas crier que oui, qu'ils le devraient, qu'ils devraient appeler les humains et leur dire que deux Downers très petits et très malheureux avaient changé d'avis.

Puis il y eut le bruit des moteurs. Elle savait ce que c'était... elle l'avait entendu souvent. Elle *sentait*, à présent, une terreur dans ses os.

« Nous verrons Seigneur Soleil, dit-elle, à présent que c'était irrévocable. Nous verrons le pays de Bennett. »

Dent-Bleue la serra davantage.

« Bennett, répéta-t-il, un nom qui les réconfortait tous deux. Bennett Jacint. »

— « Nous verrons les images-esprits du Là-Haut », dit-elle.

— « Nous verrons Soleil. » Un poids immense s'abattit sur eux, l'impression de bouger et d'être écrasé en même temps. Il la serra si fort qu'il lui fit mal ; elle ne le serrait pas moins étroitement. Elle se dit soudain qu'ils seraient peut-être écrasés par cette puissance immense que les humains supportaient ; que les humains les avaient peut-être oubliés dans les profondeurs noires du vaisseau. Mais non, les Downers allaient et venaient ; les Hisas supportaient cette force immense, volaient, voyaient les merveilles qui habitaient le Là-Haut, allaient dans cet endroit où ils pouvaient regarder les étoiles de haut et Seigneur Soleil en face, emplissaient leurs yeux de bonnes choses.

C'était ce qui les attendait. C'était le printemps, et la chaleur était en eux ; et elle avait choisi le Voyage qu'elle ferait, plus long que tous les Voyages, et l'endroit plus élevé que tous les endroits élevés où elle passerait son premier printemps.

La pression diminua ; ils étaient toujours serrés l'un contre l'autre, percevaient toujours le mouvement. Le vol serait très long, on les avait avertis ; ils ne devaient pas se détacher avant qu'on soit venu leur dire qu'ils le pouvaient. Le konstantin leur avait expliqué quoi faire et qu'ils ne risqueraient rien. Satin se sentit de plus en plus rassurée, à mesure que la force diminuait, quand elle comprit qu'ils avaient survécu. Ils étaient en route. Ils *volaient*.

Elle serra le coquillage que Konstantin lui avait donné, le présent qui, à ses yeux, marquait l'Epoque, et elle portait le tissu rouge qui était son bien le plus précieux, le meilleur, l'honneur que Bennett lui-même lui avait fait en lui donnant un nom. Ces objets la rassuraient, ainsi que Dent-Bleue, qui lui plaisait de plus en plus, pour qui elle éprouvait une affection véritable, pas seulement la chaleur printanière de l'accouplement. Ce n'était pas le plus fort, ni le plus beau, mais il était rusé et plein de bon sens.

Pas tout à fait. Il fouilla dans un de ses sacs, en sortit une petite branche dont les bourgeons s'étaient ouverts... écarta son respirateur pour la sentir, la lui offrit. Ils emportaient le monde avec eux, les bords de la rivière, et des promesses.

Elle fut prise d'une chaleur qui la couvrit de sueur, malgré le froid. C'était étrange d'être si près de lui et de ne pouvoir partir, courir, exprimer cette nervosité qui la pousserait toujours plus loin, dans les contrées isolées où ne vivaient que les images. Ils voyageaient d'une manière différente et étrange, mais tout de même d'une manière que Seigneur Soleil pouvait voir, de sorte qu'il n'y avait rien à faire. Elle accepta les attentions de Dent-Bleue, nerveusement au début, puis de plus en plus facilement, car c'était dans l'ordre. Les jeux auxquels ils auraient joué dans la campagne, jusqu'au moment où il aurait été le seul mâle à oser la suivre jusqu'au bout... n'étaient pas nécessaires. Lui seul l'avait suivie aussi loin et il était là, et c'était dans l'ordre.

Le mouvement du vaisseau changea; terrifiés, ils se serrèrent un instant l'un contre l'autre, mais les hommes les avaient avertis et ils avaient entendu dire qu'il y avait une période de grande étrangeté. Ils rirent, s'unirent, cessèrent, frivoles et exaltés. Ils s'émerveillèrent parce que la petite branche flottait près d'eux, bougeait quand ils battaient des mains près d'elle. Elle tendit prudemment la main, s'en empara, rit à nouveau, la libéra.

« C'est ici que Soleil habite », conclut Dent-Bleue. Elle se dit que ce devait être ainsi, imagina le Soleil glissant majestueusement dans la lumière de sa puissance, et eux-mêmes nageant en son sein, en direction du Là-Haut, le pays de métal des humains, qui leur tendait les bras. Ils s'unirent, s'unirent à nouveau, en spasmes de joie.

Beaucoup, beaucoup plus tard, vint un autre changement, légères pressions sur leurs liens, très douces, et, finalement, ils perçurent à nouveau leur poids.

« Nous descendons », dit Satin, réfléchissant à haute voix. Mais ils restèrent immobiles, se souvenant de ce qu'on leur avait dit, qu'il fallait attendre qu'on vienne les prévenir.

Et il y eut une succession de chocs, de bruits terrifiants, de sorte qu'ils se serrèrent dans les bras l'un de l'autre ; mais, à présent, le sol était ferme. Le haut-parleur, au-dessus d'eux, transmettait des voix humaines donnant des indications, et elles ne semblaient pas effrayées, étaient semblables à toutes les voix humaines, pressées et sérieuses.

« Je crois que tout va bien », dit Dent-Bleue.

— « Il ne faut pas bouger », rappela-t-elle.

— « Ils vont nous oublier. »

— « Ils ne nous oublieront pas », déclara-t-elle, mais elle avait des doutes tellement cet endroit était obscur et isolé, avec juste une petite lumière au-dessus d'eux.

Il y eut un choc métallique assourdissant. La porte qui leur avait permis d'entrer s'ouvrit, et il n'y avait plus ni collines ni forêts, seulement un passage à armature apparente, semblable à une gorge, d'où jaillissait un courant d'air glacé.

Un homme arriva à l'intérieur, vêtu de marron, un mégaphone à la main.

« Venez ! » leur dit-il, et ils se dépêchèrent de se détacher. Satin se leva, s'aperçut que ses jambes tremblaient ; elle s'appuya contre Dent-Bleue, qui vacillait également.

L'homme leur donna des cadeaux, des chaînettes argentées.

« Vos numéros, dit-il. Portez-les toujours. » Il inscrivit

leurs noms et leur montra le passage. « Suivez-moi. Nous allons remplir les formalités. »

Ils le suivirent dans le passage effrayant, dans un endroit semblable au ventre du vaisseau dans lequel ils étaient venus, métallique et glacé mais immense. Satin regarda autour d'elle, frissonna.

— « Nous sommes dans un vaisseau plus grand, dit-elle. C'est un autre vaisseau. » Puis, à l'humain : « Homme, nous dans le Là-Haut ? »

— « C'est la station », répondit l'humain.

Un frisson glacé serra le cœur de Satin. Elle avait espéré un paysage, la chaleur de Soleil. Elle se persuada d'avoir à être patiente, que ces choses viendraient, que la beauté serait au rendez-vous.

3

PELL, SECTEUR BLEU CINQ ; 2/9/52

L'appartement était rangé, les objets entassés dans des paniers. Damon enfila sa veste, releva son col. Elene n'avait pas terminé de s'habiller, s'acharnant sur une taille qui, peut-être, prenait un peu d'ampleur. C'était la deuxième tenue qu'elle essayait. Celle-ci ne semblait pas lui convenir davantage. Il vint derrière elle, la prit doucement par la taille, rencontra ses yeux dans le miroir.

« Tu es très bien. Peu importe que cela se voie un peu. »

Elle regarda le couple qu'ils formaient dans le miroir, posa la main sur la sienne.

« A mon avis, je prends seulement du poids. »

— « Tu es magnifique », dit-il, espérant un sourire. Son visage resta inquiet. Il s'attarda un instant, la serrant parce qu'elle semblait en avoir envie.

« Est-ce que ça va ? » demanda-t-elle.

Elle en avait peut-être trop fait, avait soigné son apparence, s'était procuré des plats spéciaux… il se dit que la soirée la rendait nerveuse. Donc, l'effort particulier. Donc, tous ces petits détails agaçants.

« Est-ce que la visite de Talley te contrarie ? » Du bout des doigts, elle suivit lentement les siens.

— « Je ne crois pas. Mais je ne suis pas sûre de pouvoir parler avec lui. Je n'ai jamais reçu de soldat de l'Union. »

Il laissa tomber les bras, la regarda dans les yeux quand elle se retourna. Les préparatifs exténuants... la crainte de déplaire. Ce n'était pas de l'enthousiasme. C'était ce qui lui avait fait peur.

« C'était ton idée ; je t'ai demandé si cela ne t'ennuyait pas. Elene, si cela te gêne tant soit peu... »

— « Il pèse sur ta conscience depuis plus de trois mois. Ne tiens pas compte de mes scrupules. Je suis curieuse ; est-ce mal ? »

Il avait des soupçons... une volonté trop évidente de lui faire plaisir, ces comptes qu'Elene tenait ; reconnaissance peut-être ; ou bien une manière de lui dire qu'elle l'aimait. Il se souvint des longues soirées, Elene silencieuse à son bout de la table, lui au sien, l'*Estelle* étant son fardeau, le sien... les vies dont il était responsable. Un soir, il avait parlé de Talley, fini par écouter Elene ; et, quand l'occasion s'était présentée... ces gestes correspondaient bien à Elene : c'était le seul problème qu'il lui ait jamais apporté. Elle l'accepta, tenta de le résoudre, malgré les difficultés. Un soldat de l'Union. Il ne pouvait imaginer ce qu'elle ressentait. Il avait cru pouvoir.

« Ne fais pas cette tête, dit-elle. Je suis curieuse, je l'ai dit. Mais c'est le fait de le recevoir. Quoi dire ? Parler du passé ? *Est-il possible que nous nous soyons rencontrés, monsieur Talley ? Que nous nous soyons tiré dessus, peut-être ?* A moins que nous ne parlions famille... *Comment est la vôtre, monsieur Talley ?* Ou bien de l'hôpital. *Vous plaisez-vous, sur Pell, monsieur Talley ?* »

— « Elene... »

— « Tu as posé la question. »

— « Je voudrais avoir deviné ce que tu ressentais. »

— « Et toi, comment te sens-tu... franchement ? »

— « Gêné, avoua-t-il, s'appuyant contre la table. Mais, Elene... »

— « Si tu veux savoir ce que je ressens, je suis... mal à l'aise, seulement mal à l'aise. Il vient ici, il faudra que nous lui fassions la conversation et, franchement, je ne vois pas ce que je pourrais lui dire. » Elle se tourna vers le miroir et arrangea sa taille. « Mais tout cela, c'est ce que je *pense*. J'espère qu'il sera détendu et que nous passerons une soirée agréable. »

Il n'était pas difficile de l'imaginer autrement… longs silences.

« Il faut que j'aille le chercher, dit-il. Il doit m'attendre. » Puis, soudain moins préoccupé : « Pourquoi n'irions-nous pas au bar panoramique ? Peu importe ce que nous avons préparé ici ; cela facilitera le contact, puisque nous ne recevrons ni l'un ni l'autre. »

Son regard s'éclaira.

« Je vous retrouve là-bas ? Je garderai une table. Tout ce que nous avons peut être congelé. »

— « Parfait. » Il l'embrassa sur l'oreille, seul endroit accessible, lui serra brièvement la taille, sortit en hâte car il était en retard.

Le Service de Sécurité appela Talley et il apparut bientôt dans le couloir… costume neuf, tout neuf. Damon alla à sa rencontre, tendit la main. En la serrant, Talley eut un sourire différent, qui disparut rapidement.

« Votre sortie est déjà arrangée », annonça Damon ; puis il prit une petite pochette de plastique sur le bureau, la lui tendit. « Quand vous rentrerez, cela automatisera toutes les opérations. Ce sont vos papiers d'identité, votre carte de crédit et une fiche avec votre numéro de comp. Mémorisez le numéro de comp et détruisez la fiche. »

Talley regarda les papiers, visiblement ému.

« Je suis libéré ? » Manifestement, le personnel n'avait pas cru bon de le prévenir. Ses mains tremblaient, doigts minces courant sur les mots imprimés. Il les regarda fixement, assimilant lentement, jusqu'au moment où Damon lui toucha le bras, l'éloigna du bureau et l'entraîna dans le couloir.

« Vous avez l'air en forme », dit Damon. Leurs images étaient réfléchies par les portes du système de transport qui se trouvaient devant eux, l'ombre et la lumière, sa robustesse brune, la pâleur de Talley, comme des illusions. Soudain, il pensa à Elene, trouva la présence de Talley légèrement inquiétante, cette confrontation mettant tous ses défauts en évidence... pas seulement son apparence, mais le regard de l'intérieur, qui le fixait avec innocence... qui avait toujours été innocent.

Que pourrais-je lui dire? Echo aux questions troublantes d'Elene. *Désolé? Désolé de n'avoir pas pris la peine de lire votre dossier? Désolé de vous avoir exécuté... nous étions pressés par le temps? Pardonnez-moi... en général nous sommes plus prudents?*

Il ouvrit la porte et leurs regards se rencontrèrent quand Talley passa devant lui. Pas d'accusation, pas d'amertume. *Il ne se souvient pas. Il ne le peut pas.*

« Votre passe, expliqua Damon tandis qu'ils se dirigeaient vers l'ascenseur, est blanc. Vous voyez les cercles de couleur, près de cette porte? Il y en a un blanc. Votre carte est une clé. Quand il y a un cercle blanc, votre carte ou votre numéro vous permettent d'entrer. Le comp les acceptera. N'essayez pas aux endroits où il n'y a pas de cercle blanc. Vous déclencheriez l'alerte et les Services de Sécurité arriveraient à toute vitesse. Vous *connaissez* ce type de système, n'est-ce pas? »

— « Je comprends. »

— « Avez-vous oublié votre formation informatique? »

Quelques pas en silence.

« L'armscomp est une spécialisation. Mais je n'ai pas oublié toute la théorie. »

— « De quoi vous souvenez-vous? »

— « Devant une console... je me souviendrais probablement. »

— « Vous souvenez-vous de moi? »

Ils étaient arrivés à l'ascenseur. Damon appuya sur les boutons d'appel individuel, privilège du poste qu'il occupait; il ne voulait pas qu'ils soient mêlés à la foule. Il se retourna, se trouva confronté au regard trop ouvert de Talley. En général, les adultes battaient des paupières, bougeaient les yeux, regardaient à droite et à gauche, fixaient un détail ou un autre. Le regard de Talley restait fixe, comme celui d'un dément, d'un enfant ou d'un dieu sculpté.

« Je me souviens que vous avez déjà posé cette question, dit Talley. Vous êtes un Konstantin. Vous êtes propriétaires de Pell, n'est-ce pas? »

— « Pas propriétaires. Mais nous sommes ici depuis longtemps. »

— « Moi pas, n'est-ce pas ? »

Une légère inquiétude. *Comment est-ce,* se demanda Damon, un frisson lui parcourant le corps, *comment est-ce de savoir qu'on est privé de certains éléments de son cerveau ? Quelle vision a-t-on des choses ?*

« Nous nous sommes rencontrés quand vous êtes arrivé. Vous devez savoir... que j'ai donné l'accord relatif à votre Adaptation. Service des Affaires Juridiques. J'ai signé les autorisations. »

Il eut un léger recul. L'ascenseur arriva ; Damon passa le bras à l'intérieur pour immobiliser la porte.

« Vous m'avez donné les papiers », dit Talley. Il entra et Damon le suivit, laissant la porte se refermer. La cabine partit en direction du secteur Vert, qu'il avait programmé. « Vous veniez me voir. C'est vous qui veniez si souvent... n'est-ce pas ? »

Damon haussa les épaules.

« Je ne voulais pas ce qui est arrivé ; je ne pensais pas que c'était bien. Vous comprenez ? »

— « Attendez-vous quelque chose de moi ? » Le ton de sa voix était implicitement empressé... consentant au moins... quel que soit le domaine.

Damon soutint son regard.

« Le pardon, peut-être », dit-il, cynique.

— « C'est facile. »

— « Vraiment ? »

— « C'est pour cela que vous veniez ? C'est pour cela que vous me rendiez visite ? Que vous m'avez demandé de vous accompagner ce soir ? »

— « Que pensiez-vous ? »

Le regard innocent s'assombrit légèrement, parut se concentrer.

« Je n'ai aucun moyen de le savoir. C'est gentil d'être venu. »

— « Pensiez-vous que j'avais de mauvaises intentions ? »

— « J'ignore dans quelle mesure je me souviens. Je sais qu'il y a des trous. J'aurais pu vous rencontrer avant. Il est possible que ma mémoire me trompe. Peu importe. Vous ne m'avez rien fait, n'est-ce pas ? »

— « J'aurais pu empêcher l'opération. »

— « J'ai demandé l'Adaptation... n'est-ce pas ? Je crois que je l'ai demandée. »

— « Oui, vous l'avez demandée. »

— « Dans ce cas, j'ai au moins un souvenir exact. Ou bien c'est ce qu'on m'a dit. Je ne sais pas. Dois-je aller avec vous ? Ou bien était-ce tout ce que vous vouliez ? »

— « Vous préférez ne pas venir ? »

Une succession de battements de paupières.

« Je pensais... quand je n'allais pas très bien... que je vous connaissais peut-être. A ce moment-là, je n'avais aucun souvenir. J'étais content que vous veniez. C'était une présence... de l'autre côté des parois. Et les livres... merci pour les livres. J'étais très content de les avoir. »

— « Regardez-moi. »

Talley obéit, concentration immédiate, légère appréhension.

« Je veux que vous veniez. J'ai envie que vous veniez. C'est tout. »

— « A l'endroit dont vous avez parlé ? Pour rencontrer votre femme ? »

— « Pour rencontrer Elene. Et pour voir Pell. Son meilleur côté. »

— « Très bien. » Talley ne le quitta pas des yeux. Le regard vide, se dit-il... c'est un moyen de défense ; une retraite. Le regard direct faisait confiance. Pour un homme à la mémoire tronquée, la confiance était essentielle.

« Je vous connais, dit Damon. J'ai lu les rapports de l'hôpital. Je sais sur vous des choses que j'ignore sur mon propre frère. Il me semble équitable de vous le dire. »

— « Tout le monde les a lus. »

— « Comment cela... *tout le monde* ? »

— « Tous les gens que je connais. Les médecins... tous les employés du centre. »

Il réfléchit. Détesta l'idée qu'on puisse soumettre un individu à une telle épreuve.

« Les transcriptions seront expurgées. »

— « Comme moi. » Une ombre de sourire passa sur les lèvres de Talley — tristesse.

« Ce n'était pas une restructuration totale, dit Damon. Vous comprenez ? »

— « Je sais ce que l'on m'a dit. »

La cabine ralentit, s'arrêta à Vert un. Les portes s'ouvrirent sur un des couloirs les plus animés de Pell. D'autres passagers voulaient entrer; Damon prit Talley par le bras, l'entraîna. Leur présence fit tourner quelques têtes, dans la foule, le spectacle d'un inconnu à l'apparence bizarre, le visage d'un Konstantin… simple curiosité. Les murmures continuèrent. De la musique sortait du bar panoramique, notes aigrelettes, douces. Quelques Downers étaient dans le couloir, s'occupant des plantes qui y poussaient. Talley et lui suivirent le mouvement de la foule, anonymes.

Le couloir débouchait dans le bar panoramique, obscur, uniquement éclairé par les écrans immenses qui étaient ses murs: images des étoiles, du croissant de Downbelow, de l'embrasement du soleil, des docks filmés par les caméras extérieures. La musique était apaisante, enchantement d'électronique, d'harmonies et, parfois, de frémissements de basses, continuellement équilibrée au murmure de conversations s'élevant des tables qui occupaient le centre de la grande salle courbe. Les images changeaient avec la rotation de Pell, passant régulièrement d'un écran à l'autre. Seuls le plancher, les minuscules silhouettes humaines et les tables étaient dans l'obscurité.

« Quen-Konstantin », dit-il à la jeune femme du comptoir de l'entrée. Un serveur les conduisit immédiatement à la table réservée.

Mais Talley s'était arrêté. Damon regarda derrière lui, s'aperçut qu'il regardait les écrans avec une expression émerveillée.

« Josh », appela Damon et, comme il ne réagissait pas, il le prit doucement par le bras. « Par ici. » Parfois, les nouveaux venus au bar panoramique perdaient l'équilibre, étaient désorientés par la lente rotation des images qui semblaient engloutir les tables. Il lui tint le bras jusqu'à la table, une des meilleures du bord, d'où l'on voyait parfaitement les écrans.

Elene se leva à leur arrivée.

« Josh Talley, dit Damon. Elene Quen, ma femme. »

Elene battit des paupières. Talley laissait rarement indifférent. Lentement elle tendit la main, qu'il serra.

« Josh, n'est-ce pas ? Elene. » Elle s'assit et ils firent de même. Le serveur attendait. « Un autre », dit-elle.

— « Spécial, dit Damon, puis il se tourna vers Talley. Avez-vous une préférence ? Ou bien me faites-vous confiance ? »

Talley haussa les épaules, visiblement mal à l'aise.

« Deux », reprit Damon, et le serveur disparut. Il se tourna vers Elene. « Il y a foule, ce soir. »

— « Les gens ne fréquentent plus guère les docks », rappela Elene. C'était vrai ; les commerçants bloqués avaient investi quelques bars dont ils s'assuraient l'exclusivité, source continuelle de problèmes pour les forces de sécurité.

« On peut dîner, ici, proposa Damon, regardant Talley. Au moins de sandwiches. »

— « J'ai mangé », répondit-il d'une voix lointaine, capable de couper court à toute conversation.

— « Avez-vous, demanda Elene, vécu dans les stations ? »

Damon lui prit la main sous la table, mais Talley secoua la tête, tout à fait détendu.

« Seulement à Russell. »

— « Pell est la plus belle. » Elle longea l'abîme sans le regarder. *Un coup pour rien*, se dit Damon, se demandant si Elene le pensait effectivement. « Cela n'existe pas dans les autres. »

— « Quen… est un nom de commerçant. »

— « *Etait*. Ils ont été détruits à Mariner. »

Damon lui serra la main. Le regard de Talley s'emplit de compassion.

« Je suis désolé. »

— « Vous n'y êtes pour rien. Les commerçants sont la cible des deux camps. Manque de chance, c'est tout. »

— « Il ne se souvient pas », souffla Damon.

— « Vous souvenez-vous ? » demanda Elene.

Talley secoua légèrement la tête.

« Dans ce cas, dit Elene, c'est sans importance. Je suis heureuse que vous ayez pu venir. L'Interstellaire vous a rejeté ; et vous n'aviez qu'un dé de stationnier ? »

Damon resta perplexe mais Talley sourit vaguement, comme s'il s'agissait d'une plaisanterie qu'il comprenait.

« Je suppose. »

— « Il y a chance et chance, dit Elene, lui adressant un regard en coin et lui serrant la main. On peut gagner aux dés, dans les docks, mais ce bon vieil Interstellaire pipe les siens. Un tel homme porte chance. Il suffit de le toucher. Aux survivants, Josh Talley ! »

Ironie amère ? Ou bien tentative pour détendre l'atmosphère ? C'était de l'humour de commerçant, aussi impénétrable qu'une autre langue. Talley semblait plus détendu. Damon retira sa main et se carra dans son fauteuil.

« A-t-on abordé la question du travail, Josh ? »

— « Non. »

— « Vous êtes libre. Si vous ne pouvez pas travailler, la station vous entretiendra pendant quelque temps. Mais j'ai pris quelques dispositions, à tout hasard, afin que vous puissiez travailler le matin, le nombre d'heures que vous pourrez supporter, puis rentrer chez vous à midi, pendant le jour. Cela vous conviendrait-il ? »

Talley ne répondit pas, mais l'expression de son visage, partiellement éclairé par l'image du soleil… plus proche, à présent, à cause de la rotation… le voulait, s'y accrochait. Damon posa les bras sur la table, gêné à présent d'exposer les dispositions qu'il avait prises.

« Décevant ; peut-être. Vous avez une qualification supérieure. Récupération de petit matériel, enfin, c'est un travail… en attendant mieux. Je vous ai trouvé une chambre, dans l'ancien centre d'accueil des commerçants, une salle de bains mais pas de cuisine… nous sommes terriblement à l'étroit. La station garantit que votre salaire peut couvrir les dépenses relatives à votre nourriture et à votre logement. Comme vous n'avez pas de cuisine, votre carte est valable dans tous les restaurants, jusqu'à une certaine limite. Il faut payer ce qui dépasse… mais le comp tient continuellement à jour une liste de travaux à la tâche et vous pourrez vous inscrire si vous voulez des suppléments. En fin de compte, la station exigera une journée complète pour le logement et la nourriture, mais pas avant que vous soyez déclaré apte. Est-ce que cela vous va ? »

— « Je suis libre ? »

— « Absolument, oui. » Les consommations arrivèrent. Damon prit son mélange glacé de jus de fruits et d'alcool, regarda attentivement Talley goûter une des spécialités de Pell et réagir favorablement. Il but une gorgée.

« Vous n'êtes pas un stationnier », fit observer Elene après un silence. Talley regardait derrière eux, les murs, le lent ballet des étoiles. *On ne voit pas grand-chose, dans un vaisseau*, avait un jour dit Elene, essayant d'expliquer. *Ce n'est pas ce qu'on croit. C'est le fait d'être là ; le fonctionnement de la machine ; la sensation de se déplacer dans un élément qui peut vous surprendre à tout moment. C'est d'être de la taille d'un grain de poussière et de se déplacer tout de même dans tout ce vide, ce que les planètes ne peuvent pas faire, ni ce qui tourne autour d'elles. C'est cela et le fait de savoir que l'espace hostile est juste de l'autre côté du métal contre lequel on s'appuie. Vous, les stationniers, vous aimez les illusions. Un peuple de planète, de ciel bleu, vous ne savez pas ce qu'est la réalité.*

Il fut soudain glacé, dérouté, Elene et l'inconnu formant un groupe distinct. Sa femme et l'image divine qu'était Talley. Ce n'était pas de la jalousie. C'était une sensation de panique. Il but lentement. Observa Talley qui regardait les écrans comme un homme retrouvant le souffle.

Oubliez la station, avait-il entendu dans la voix d'Elene. *Vous ne vous y plairez jamais*. Comme si Talley et elle parlaient une langue qu'il ignorait, bien que les mots soient les mêmes. Comme si un commerçant dont l'Union avait détruit le vaisseau pouvait plaindre un soldat de l'Union qui avait perdu le sien et qui, comme elle, était enchaîné à une station. Damon tâtonna sous la table, trouva la main d'Elene, la serra dans la sienne.

« Je ne peux sans doute pas vous donner ce qui vous manque le plus, dit-il à Talley, résistant à la douleur, délibérément courtois. Pell ne vous retiendra pas toujours et si vous trouvez un commerçant qui accepte de vous prendre, quand vos papiers seront en règle... c'est une possibilité que vous réserve l'avenir. Mais suivez mon conseil, préparez-vous à un long séjour. Les choses ne s'arrangent pas et les commerçants ne font qu'aller aux mines et retour. »

— « Les équipages des long-courriers sont continuellement ivres, marmonna Elene. Pell manquera d'alcool avant de manquer de pain. Non, pas encore. Les choses vont s'arranger. Que Dieu nous vienne en aide, nous ne pourrons pas toujours garder tout ce que nous avons avalé ! »

— « Elene. »

— « N'est-il pas aussi à Pell ? demanda-t-elle. N'y sommes nous pas tous ? Son existence y est liée. »

— « Je ne ferai rien contre Pell », dit Talley. Il posa nerveusement la main sur la table. C'était un implant, cette aversion. Damon ne mentionna pas ce blocage psychologique ; il avait été introduit par hypnose mais n'en était pas moins réel. Talley était intelligent ; peut-être finirait-il même par deviner ce qui lui avait été fait.

« Je... (Talley bougea à nouveau la main) ne connais pas cet endroit. J'ai besoin d'aide. Parfois, je ne sais plus très bien comment je suis arrivé ici. Est-ce que je le savais ? »

Etrange correspondance d'informations. Damon le regarda avec inquiétude, craignant un instant que Talley se laisse glisser dans une hystérie gênante, hésitant sur la conduite à tenir dans un endroit public.

« J'ai les dossiers, dit-il, répondant à la question de Talley. C'est tout ce que je sais. »

— « Suis-je votre ennemi ? »

— « Je ne le crois pas. »

— « Je me souviens de Cyteen. »

— « Je ne suis pas vos associations d'idées, Josh. » Ses lèvres tremblèrent.

« Moi non plus. »

— « Vous avez dit que vous aviez besoin d'aide. En quoi, Josh ? »

— « Ici. La station. Vous n'arrêterez pas de venir... »

— « Vous voir ? Vous allez quitter l'hôpital. » Soudain, il prit conscience du fait que Talley le savait.

« Vous voulez savoir si je vous laisserai tomber après vous avoir trouvé du travail ? Non. Je vous appellerai la semaine prochaine, comptez sur moi. »

— « Je voudrais te demander, intervint Elene d'une voix douce, de programmer l'ordinateur pour que Josh puisse appeler chez nous. Les ennuis ne tiennent pas compte des heures de bureau et il y a des problèmes qui doivent être résolus rapidement. Nous sommes légalement vos tuteurs. Si vous ne pouvez pas joindre Damon, appelez mon bureau. »

Talley accepta d'un hochement de tête. Les écrans continuaient leur ronde vertigineuse. Ils restèrent un long moment silencieux, écoutèrent la musique, commandèrent un second verre.

« Ce serait bien, dit finalement Elene, si vous veniez dîner à la fin de la semaine… si vous preniez le risque de goûter ma cuisine. Nous pourrions jouer aux cartes. Vous jouez certainement aux cartes. »

Le regard de Talley dériva lentement vers *lui*, comme pour demander son approbation.

« C'est le soir des cartes, expliqua Damon. Une fois par mois, mon frère et sa femme étaient de repos en même temps que nous. Ils faisaient l'anti-jour… Transférés à Downbelow depuis la crise. Josh sait jouer », précisa-t-il à l'intention d'Elene.

— « Bien. »

— « Pas superstitieuse ? » dit Talley.

— « Nous ne jouerons pas d'argent », fit Elene.

— « Je viendrai. »

— « Très bien », conclut-elle ; et, quelques instants plus tard, Josh ferma à demi les yeux. Il luttait, retrouva rapidement le contrôle de soi. Toute tension l'avait quitté.

« Josh, dit Damon, croyez-vous qu'il vaudrait mieux que vous partiez ? »

— « Je ne sais pas », répondit-il, désespéré.

Damon se leva, et Elene aussi ; très prudemment, Talley s'écarta de la table et oscilla entre eux… pas les deux verres, se dit Damon, parce qu'ils n'étaient pas forts, mais les écrans et l'épuisement. Talley retrouva son équilibre dans le couloir, parut respirer plus librement dans la lumière et la stabilité. Trois Downers les regardaient, yeux ronds au-dessus des masques.

Ils l'accompagnèrent à l'ascenseur, allèrent avec lui au centre de Rouge, le confièrent à la garde des Services de Sécurité. C'était l'anti-jour et le gardien de service était un certain Muller.

« Veillez à ce qu'il soit bien installé », dit Damon. Derrière le bureau, Talley s'arrêta, se retourna et les regarda avec une intensité étrange, jusqu'au moment où le gardien l'entraîna dans le couloir.

Damon passa le bras autour de la taille d'Elene et ils prirent le chemin de chez eux.

« Tu as eu raison de le lui demander », dit-il.

— « Il est bizarre, dit Elene, mais qui pourrait s'en étonner ? » Elle franchit les portes derrière lui, le suivit dans le couloir où ils marchèrent main dans la main. « La guerre a des conséquences écœurantes, reprit-elle. Si les Quen avaient pu s'en sortir à Mariner... ce serait la même chose, l'autre côté du miroir, n'est-ce pas... ? pour les miens. Alors, que Dieu nous vienne en aide, que Dieu lui vienne en aide. Il pourrait très bien être des nôtres. »

Elle avait davantage bu que lui... devenait lugubre chaque fois qu'elle le faisait. Il pensa au bébé ; mais ce n'était pas le moment de la contrarier. Il lui serra la main, lui ébouriffa les cheveux et ils rentrèrent chez eux.

2

STATION CYTEEN, ZONE DE SÉCURITÉ ; 8/9/52

Marsh n'était pas encore arrivé, ni lui ni ses bagages. Ayres s'installa avec les autres, choisit une chambre parmi les quatre qui s'ouvraient, par des panneaux coulissants, sur la pièce centrale, l'ensemble n'étant qu'un assemblage de cloisons mobiles, blanches, sur des glissières argentées. Les meubles étaient sur glissières, peu nombreux, fonctionnels et inconfortables. C'était le quatrième changement d'appartement en dix jours, un appartement proche du précédent, pas sensiblement différent du précédent, pas moins surveillé par les jeunes mannequins, innombrables et armés, qui se tenaient dans les couloirs... le même que celui dans lequel ils avaient passé un mois, avant le début des déménagements.

Ils ne savaient pas, en fait, où ils étaient, s'ils étaient dans une station proche de la première ou bien en orbite autour de Cyteen. Leurs questions étaient systématiquement éludées. *Sécurité*, disait-on à propos des déménagements, et : *Patience*. Ayres gardait son calme, devant les autres délégués, comme devant les divers dignitaires et fonctionnaires, militaires et civils... s'il existait une différence au sein de l'Union... qui l'interrogeaient, interrogatoires et conversations individuels et en groupe. Il avait exposé les raisons et les conditions de leur proposition de paix de si nombreuses fois que les inflexions de sa voix étaient devenues automatiques, qu'il avait enregistré les réponses de ses compagnons aux mêmes questions ; que sa tirade était devenue effectivement une tirade, une fin en soi, un rôle qu'ils pourraient répéter inlassablement, jusqu'aux limites de la patience de leurs hôtes/enquêteurs. Si la négociation avait eu lieu sur Terre, ils auraient abandonné depuis longtemps, manifesté leur dégoût, appliqué d'autres tactiques ; ce n'était pas possible ici. Ils étaient vulnérables, ils faisaient ce qu'ils pouvaient. Ses compagnons se comportaient bien, dans cette situation désespérante... sauf Marsh. Marsh était nerveux, instable, tendu.

Et, bien entendu, les Unionistes réservaient à Marsh un traitement particulier. Quand il y avait une séance individuelle, Marsh restait absent plus longtemps ; à chaque déménagement, Marsh était arrivé le dernier. Bela et Dias n'avaient fait aucun commentaire ; ils n'en parlaient pas, ne tiraient aucune conclusion. Ayres ne souleva pas la question, s'asseyant dans un des fauteuils de la pièce commune et regardant, sur l'inévitable vid, la propagande dont les Unionistes meublaient leurs moments de loisir : qu'il s'agisse d'un circuit fermé ou de la vid de la station, elle dénotait des mentalités incroyablement tolérantes à l'ennui... histoires sans originalité, récits énumérant les atrocités prétendument commises par la Compagnie et la Flotte de la Compagnie.

Ils connaissaient tout cela par cœur. Ils avaient demandé les transcriptions de leurs entretiens avec les autorités, mais elles leur avaient été refusées. Le matériel d'enregistrement, même les blocs-notes, avait été subtilisé dans leurs bagages et leurs protestations avaient été transmises, puis oubliées. Ces gens piétinaient sans vergogne les conventions diplomatiques...

caractéristique, se dit Ayres, de la situation, d'une autorité assurée par des jeunes gens armés, aux yeux déments et toujours prêts à réciter le règlement. Ils lui faisaient très peur, ces jeunes, ces jeunes aux yeux déments, trop similaires. Des fanatiques, parce qu'ils ne savaient que ce qu'on leur enfonçait dans la tête. A coups de cassettes, probablement sous hypnose. *Ne discutez pas avec eux*, avait-il dit à ses compagnons. *Faites tout ce qu'ils demandent et présentez vos réclamations à leurs supérieurs.*

Il y avait longtemps qu'il ne suivait plus l'émission. Il leva la tête et regarda autour de lui : Dias, assise, regardait fixement l'écran, Bela jouait avec un jeu de logique qu'il s'était fabriqué. Discrètement, Ayres regarda sa montre, qu'il s'était efforcé de régler sur l'heure des Unionistes, laquelle n'était ni celle de la Terre, ni celle de Pell, ni le standard de la Compagnie. Une heure de retard, à présent. Une heure qu'ils étaient arrivés.

Il se mordit les lèvres, se concentra obstinément sur le contenu de l'écran, qui n'était qu'un anesthésique, même pas efficace, en plus : les calomnies, ils s'y étaient accoutumés. Cela était censé les contrarier : c'était un échec.

Finalement, on frappa à la porte. Elle s'ouvrit. Ted Marsh entra, portant ses deux sacs ; on aperçut deux jeunes gardiens, dans le couloir, armés. La porte se referma. Marsh traversa la pièce, les yeux baissés, mais les portes de toutes les chambres étaient fermées.

« Laquelle ? » Contraint de s'arrêter et de poser la question.

— « De l'autre côté », répondit Ayres. Marsh traversa lentement la pièce, posa ses sacs près de la porte indiquée. Ses cheveux bruns étaient en désordre, mèches minces sur les oreilles ; son col était froissé. Il s'arrangeait pour ne pas regarder les autres. Tous ses gestes étaient brefs et nerveux.

« Où étiez-vous ? » demanda sèchement Ayres, avant qu'il ait pu s'échapper.

Marsh lui adressa un bref regard.

« Erreur dans mon affectation ici. Leur ordinateur m'avait attribué une autre destination. »

Les autres avaient levé la tête, écoutaient. Marsh, en sueur, le regardait fixement.

L'accuser de mentir? Manifester de la pitié? Il y avait des micros dans toutes les pièces; ils en étaient sûrs. Il pouvait traiter Marsh de menteur et annoncer ainsi que le jeu avait atteint un autre niveau. C'était possible... son instinct s'y refusait... emmener l'homme dans la salle de bains et lui arracher la vérité dans la baignoire aussi efficacement que les tortionnaires de l'Union pouvaient le faire? Les nerfs d'Ayres ne valaient pas les leurs, si tel était le cas. Le bénéfice était discutable sur tous les plans.

Peut-être, lui soufflait la pitié, avait-on ordonné à Marsh de garder le silence. Peut-être Marsh avait-il envie de se confier à eux et s'imposait-il le silence qu'on lui avait ordonné de garder, souffrant dans sa loyauté. Il en doutait. Manifestement, les Unionistes avaient jeté leur dévolu sur lui... qui n'était pas un faible, mais le plus faible des quatre. Marsh lança un regard de côté, traîna ses sacs dans sa chambre et ferma la porte.

Ayres refusa d'échanger un regard avec les autres, l'enregistrement était probablement visuel, et continu. Il se tourna vers l'écran et regarda la vid.

C'était du temps qu'ils voulaient, gagner du temps par ces moyens ou par les négociations. Jusque-là, la pression était supportable. Ils discutaient quotidiennement avec l'Union, défilé de personnages officiels. L'Union acceptait le principe de leurs propositions, se prétendait intéressée, parlait et négociait, les envoyait devant une commission, chicanait sur des points de protocole. Sur le protocole alors qu'on leur volait leur matériel! On gagnait du temps des deux côtés et il aurait aimé savoir pourquoi, du leur.

Une opération militaire était probablement en train, quelque chose qui les mettrait en difficulté. On leur en jetterait le résultat au visage au moment critique, on leur demanderait des concessions supplémentaires.

Pell, naturellement. Pell constituait la concession la plus vraisemblable; et, bien entendu, inacceptable. La remise d'officiels de la Compagnie à la justice révolutionnaire de l'Union constituait un autre élément vraisemblable. Irréalisable, en fait, bien qu'il soit toujours possible de rédiger un document n'engageant à rien: proscription, par exemple. Il n'avait pas l'intention de signer la condamnation du personnel de la Flotte s'il était possible de l'éviter, mais il serait sans doute nécessaire de renoncer aux objections concernant les poursuites contre certains officiels de la station, considérés comme ennemis de l'Etat. De toute manière, l'Union ferait ce qu'elle voudrait. Et, compte tenu de la distance, ce qui se passerait ici n'aurait qu'un impact politique très réduit sur la Terre. Ce que les moyens d'information audiovisuels n'apportaient pas dans les salons, l'opinion publique ne pouvait s'y intéresser longtemps. Statistiquement, une majorité de l'électorat ne pouvait lire, ou bien ne lisait pas, les textes consacrés aux problèmes complexes ; pas d'images, pas de nouvelles ; pas de nouvelles, pas d'événements ; peu d'enthousiasme de la part de l'opinion publique, peu d'intérêt de la part des moyens d'information : politiquement, la Compagnie ne risquait rien. Et, surtout, ils ne pouvaient compromettre la majorité qu'ils avaient acquise sur d'autres problèmes, le demi-siècle de manœuvres prudentes, l'éviction des chefs isolationnistes... les sacrifices déjà consentis. D'autres étaient inévitables.

Il écouta les stupidités de la vid, analysa la propagande dans l'espoir d'y déceler des informations, écouta les reportages concernant les prétendus avantages dont les citoyens bénéficiaient grâce à l'Union, les vastes programmes de développement intérieur. Il aurait aimé connaître d'autres informations, l'étendue du territoire de l'Union dans la direction opposée à la Terre, le nombre de bases en sa possession, ce qui était arrivé aux stations conquises, si elle cherchait activement de nouveaux territoires ou bien si la guerre mobilisait effectivement toutes ses ressources... ces renseignements n'étaient pas disponibles. Tout comme il était impossible de savoir dans quelle mesure les labos d'incubation étaient développés, quelle proportion de la population ils produisaient ou à quel traitement ces individus étaient soumis. Mille fois, il maudit les réticences de la Flotte, surtout celles de Signy Mallory. Sans pouvoir décider si, au bout du compte, il avait bien fait d'écarter la Flotte de cette opération. Sans savoir ce qui se serait passé si la Flotte lui avait apporté son soutien. Ils étaient arrivés à destination, même si cela était cet ensemble de pièces blanches semblables à tous les ensembles de pièces blanches qu'ils avaient connus. Ils faisaient ce qu'ils devaient faire... sans la Flotte, qui aurait donné du poids à leurs exigences (mineur), ou bien aurait joué le rôle d'une troisième force aux réactions terriblement imprévisibles. L'entêtement de Pell n'avait rien arrangé ; Pell qui choisissait de se concilier la Flotte. Avec l'appui de la station, ils auraient peut-être pu influencer Mallory et ses semblables.

Ce qui revenait à se demander s'il était possible de persuader la Flotte, qui considérait ses intérêts comme primordiaux, de quoi que ce soit. Il serait tout à fait impossible de contrôler Mazian et ses semblables pendant le temps nécessaire à la préparation de la défense de la Terre. Il fallait tenir compte du fait qu'ils n'étaient pas *nés* sur Terre ; et qu'ils ne se souciaient pas du règlement, à en juger par leur apparence. Comme le personnel scientifique qui avait réagi à l'interdiction d'émigrer et au rappel sur Terre, autrefois... en s'enfonçant dans l'Au-Delà. Désertant, en fin de compte, au profit de l'Union. Ou comme les Konstantin qui régnaient depuis tellement longtemps sur leur petit empire qu'ils ne se sentaient pas responsables vis-à-vis de la Terre.

Et... cela le terrifiait lorsqu'il lui arrivait d'y penser. Il avait été surpris par la *différence*, surpris par la mentalité de l'Union, qui semblait s'écarter de la leur de telle sorte que son comportement n'était ni parallèle ni opposé au leur. L'Union essayait de les briser... ce jeu bizarre qu'elle jouait avec Marsh et qui était sûrement destiné à diviser pour régner. Par conséquent, il refusait de soutenir Marsh. Marsh, Bela et Dias n'avaient pas d'informations précises ; il ne s'agissait que de fonctionnaires de la Compagnie et ils ne détenaient aucune information dangereuse. Il avait renvoyé sur Terre les deux représentants qui, comme lui, en savaient trop ; afin qu'ils puissent expliquer que la Flotte ne pouvait être contrôlée et que les stations s'effondraient. C'était déjà cela. Ses compagnons et lui jouaient le jeu qui leur était imposé, gardaient un silence monastique en toutes circonstances, supportaient sans commentaires les déménagements et les contretemps destinés à les désorienter... tactique dont l'objectif était de les affaiblir et non, du moins Ayres l'espérait-il, à préparer leur arrestation et leur interrogatoire, éventualité beaucoup plus désagréable. Ils faisaient les gestes, espéraient qu'ils s'étaient rapprochés du succès.

Et Marsh allait et venait avec eux, assistait aux réunions, les regardait en privé avec une expression douloureuse, désespéré, privé de leur soutien moral... parce que poser des questions ou réconforter aurait ouvert une brèche dans le mur de silence qui était leur unique défense. *Pourquoi?* avait un jour écrit Ayres, sur le plateau de plastique de la table, près du bras de Marsh. Du bout d'un doigt couvert de sueur, certain qu'aucun objectif ne pourrait le percevoir. Et, n'ayant obtenu aucune réaction: *Quoi?* Marsh avait effacé les deux mots, sans rien écrire, et avait tourné la tête, les lèvres tremblantes, au bord de l'effondrement. Ayres n'avait pas répété la question.

Finalement il se leva, gagna la porte de Marsh, l'ouvrit sans frapper.

Marsh était assis sur son lit, tout habillé, les bras serrés sur la poitrine, regardant le mur, ou derrière.

Ayres s'approcha de lui, se pencha, lui parla à l'oreille:

« En quelques mots, souffla-t-il très doucement, se demandant si cela échapperait aux micros, que se passe-t-il, selon vous? Vous a-t-on interrogé? Répondez. »

Quelques instants passèrent. Marsh secoua lentement la tête.

« Répondez », insista Ayres.

— « Les retards sont toujours pour moi, répondit Marsh dans un murmure hésitant. Mes affectations ne sont jamais en ordre. Il y a toujours un problème. On me fait attendre pendant des heures. *C'est tout.* »

— « Je vous crois », dit Ayres. Il n'en était pas sûr, mais il le dit tout de même, puis donna quelques claques sur l'épaule de Marsh. Marsh éclata en sanglots, les larmes coulant sur son visage dont il tentait désespérément de contrôler l'expression. Les caméras probables... ils tenaient toujours compte des caméras dont ils soupçonnaient la présence.

Ayres fut soudain tourmenté par l'idée qu'ils torturaient Marsh au même titre que l'Union. Il sortit de la pièce, entra dans l'autre. Et, la colère bouillonnant en lui, il s'arrêta au milieu de la pièce, se tourna vers l'applique de cristal au motif complexe qu'il soupçonnait d'abriter le matériel de surveillance.

« Je proteste, dit-il sèchement, contre ce harcèlement délibéré et injustifié ! »

Puis il tourna le dos et reprit sa place devant la vid. Le silence reprit ses droits.

Le lendemain matin, il n'y eut aucune allusion à l'incident quand le programme de la journée arriva, apporté par un mannequin armé.

Réunion à 0800 heures, indiquait-il. La journée commençait tôt. Il n'y avait aucune autre information, ni ordre du jour ni endroit, ni même les indications concernant le repas, qui étaient en général mentionnées. Marsh sortit de sa chambre, le regard vide, comme s'il n'avait pas dormi.

« Il nous reste peu de temps pour le petit déjeuner », dit Ayres ; on le leur apportait en général à 0730 heures et il ne restait que quelques minutes.

La lumière de la porte s'alluma une deuxième fois. Elle fut ouverte de l'extérieur, pas le petit déjeuner mais un trio de mannequins.

« Ayres », dit l'un d'entre eux. Simplement, sans formule de politesse. « Venez ! »

Il ravala une réponse. Il était inutile de discuter avec eux ; il l'avait dit à ses amis. Il regarda les autres, alla chercher sa veste, jouant le même jeu, prenant son temps, irritant délibérément ceux qui l'attendaient. Quand il estima qu'il avait assez traîné pour s'être bien fait comprendre, il gagna la porte et l'escorte de jeunes gardiens.

Marsh, ne put-il s'empêcher de penser. *Quel jeu jouent-ils avec lui ?*

On l'escorta dans le couloir conduisant à l'ascenseur, dans l'ascenseur puis dans des halls dépourvus de signes et d'indications, dans des salles de conférences et des bureaux, ce qui mit provisoirement un terme à ses craintes. Ils entrèrent dans une pièce familière, pénétrèrent dans une des trois salles d'interrogatoire qu'ils utilisaient généralement. Un militaire, cette fois. L'homme aux cheveux argentés assis à la petite table ronde avait autant de métal, accroché au rabat de la poche de son uniforme noir, que tous les officiers qu'il avait rencontrés. Folie des décorations. Impossible de savoir, exactement, ce que représentaient les insignes... amusant, dans un sens, que l'Union soit parvenue à mettre au point un système aussi complexe de médailles et d'insignes, comme si cela était censé impressionner. Mais cela symbolisait l'autorité, et le pouvoir ; et ce n'était pas amusant du tout.

« Délégué Ayres », dit l'homme aux cheveux gris... gris à cause de la réjuv, produit très répandu ici, à en juger par la vigueur à peine ridée du visage... alors que la Terre ne connaissait que des substituts de qualité inférieure... se leva et tendit la main. Ayres la serra solennellement. « Seb Azov, annonça l'homme. Membre du Directoire. Ravi de vous rencontrer, monsieur. »

Le gouvernement central ; il savait que le Directoire était à présent une assemblée de trois cent douze membres ; il ignorait si cela était lié, dans une proportion quelconque, au nombre de stations et de planètes. Il se réunissait sur Cyteen, mais également ailleurs ; et il ignorait comment on en devenait membre. Cet homme était, de toute évidence, un militaire.

« Je regrette, dit Ayres froidement, que nos relations doivent commencer par une protestation, citoyen Azov, mais je refuse de parler tant que certains points n'auront pas été éclaircis. »

Azov leva des sourcils étonnés, s'assit.

« Quels points, monsieur ? »

— « Le harcèlement auquel un de mes compagnons se trouve soumis. »

— « Harcèlement, monsieur ? »

Il comprit qu'il était censé perdre contenance, céder à la nervosité ou à la colère. Il refusa les deux.

« Votre ordinateur semble éprouver des difficultés à localiser les affectations du délégué Marsh, ce qui est tout à fait remarquable, puisque nous sommes inévitablement logés ensemble. Je pense que vos compétences techniques sont supérieures à cela. Le fait que cet homme soit obligé d'attendre pendant des heures que de prétendues erreurs soient rectifiées ne peut s'appeler que harcèlement. J'affirme que ce harcèlement a pour but de nous épuiser afin de diminuer notre efficacité. J'attire votre attention sur d'autres tactiques, telles que l'incapacité dans laquelle se trouve votre personnel de nous fournir la possibilité de nous détendre, ou bien une salle de gymnastique, telles que l'insistance constante de votre personnel sur l'absence d'autorisations, telles que les réponses évasives de votre personnel lorsque nous demandons le nom de cette base. On nous a promis Cyteen. Comment pouvons-nous nous assurer que nous négocions avec des personnes compétentes et non avec des fonctionnaires de second rang n'ayant ni l'autorité ni le pouvoir de résoudre les problèmes graves qui motivent notre présence ici? Nous avons fait un long voyage, citoyen, pour mettre un terme à une situation pénible et dangereuse, et les personnes que nous avons rencontrées ne se sont pas montrées très coopératives. »

Ce n'était pas une improvisation. Il avait préparé ce discours en prévision d'une occasion, et le gros bonnet constituait une cible. Manifestement, l'attaque prit Azov de court. Ayres conserva une façade de fureur, son meilleur rôle car il était terrifié. Son cœur martelait ses côtes et il espérait qu'il n'avait pas visiblement changé de couleur.

« Il y sera remédié », dit Azov au bout d'un moment.

— « Je préférerais, répondit Ayres, un engagement plus ferme. »

Pendant quelques instants, Azov le regarda fixement.

« Croyez-moi sur parole, affirma-t-il sur un ton sans réplique, vous obtiendrez satisfaction. Voulez-vous vous asseoir, monsieur? Nous avons du travail. Acceptez mes excuses personnelles en ce qui concerne les tracasseries subies par le délégué Marsh; il y aura enquête et cela ne se reproduira pas. »

Il envisagea de sortir, envisagea de protester à nouveau, dévisagea l'homme qui se trouvait en face de lui et prit la chaise qui lui était proposée. Il crut discerner que les yeux d'Azov exprimaient un certain respect.

« Sur votre parole, monsieur », souligna Ayres.

— « Je regrette; je ne peux rien dire de plus pour le moment. Il y a une question urgente concernant les négociations; nous nous trouvons en face de ce que vous pourriez appeler… une situation. » Il appuya sur un bouton de la console intégrée à la table. « Voulez-vous faire entrer M. Jacoby ? »

Ayres se tourna vers la porte, lentement, ne trahissant aucune inquiétude, bien qu'il en éprouvât. La porte s'ouvrit; un homme en civil entra… des vêtements civils, pas les uniformes ou les costumes de coupe militaire qui caractérisaient tous les gens qu'il avait rencontrés.

« M. Segust Ayres. M. Dayin Jacoby, de la Station Pell. Je crois que vous vous connaissez. »

Ayres se leva, tendit la main avec une politesse froide, de plus en plus inquiet.

« C'est bien possible; pardonnez-moi, je ne me souviens pas de vous. »

— « Au Conseil, monsieur Ayres. » La main serra la sienne, s'écarta sans chaleur. Jacoby accepta la troisième chaise qui lui fut offerte d'un geste.

« Une conférence tripartite, murmura Azov. Votre partie, monsieur Ayres, revendique l'hégémonie sur Pell et les stations situées au-delà. Cela ne semble pas correspondre aux désirs des citoyens de cette station… et, d'après mes renseignements, vous êtes favorables à l'autodétermination. »

— « Cet homme, répondit Ayres sans regarder Jacoby, n'exerce aucune responsabilité importante, sur Pell, et n'est pas habilité à signer des accords. Je vous suggère de consulter M. Angelo Konstantin et de faire parvenir les demandes d'informations appropriées au Conseil de la station. Je ne connais pas cet homme et, en ce qui concerne son appartenance au Conseil, je ne puis attester la validité de ses affirmations. »

Azov sourit.

« Pell nous a fait une proposition que nous acceptons. Cela remet en question les propositions actuellement discutées puisque, sans Pell, vous revendiqueriez une île *au sein même* du territoire de l'Union… des stations qui, autant vous le dire, font déjà partie du territoire de l'Union, à la suite de décisions similaires. Par conséquent, vous n'avez aucun territoire dans l'Au-Delà. Aucun. »

Ayres resta assis, prenant conscience du fait que le sang quittait ses extrémités.

« Ce n'est pas une négociation de bonne foi. »

— « Votre Flotte est à présent dépourvue de toute base, monsieur. Nous l'en avons complètement coupée. Nous vous demandons un geste humanitaire ; il faut que vous l'informiez de ce fait et de l'alternative qui s'offre à elle. Il est inutile de sacrifier des vaisseaux et des vies pour défendre un territoire qui n'existe plus. Nous apprécierons votre coopération. »

— « Je suis scandalisé ! » s'écria Ayres.

— « C'est possible, acquiesça Azov. Mais pour sauver des vies, vous déciderez peut-être d'envoyer ce message. »

— « Pell n'a pas capitulé. Il est probable que la situation réelle ne correspond pas à ce que vous imaginiez, citoyen Azov, et, alors que vous souhaitez obtenir de meilleures conditions de notre part, alors que vous êtes intéressés par ce commerce dont nos deux parties profiteront, examinez ce que vous rejetez. »

— « La Terre est *une planète.* »

Il ne répondit pas. Il n'avait rien à dire. Il ne voulait pas discuter les attraits de la Terre.

« Il est aisé, reprit Azov, de résoudre le problème de Pell. Savez-vous à quel point les stations sont vulnérables ? Et quand les citoyens soutiennent ceux qui sont dehors, tout devient extrêmement simple. Pas de destruction ; tel n'est pas notre objectif. Mais la Flotte ne pourra fonctionner correctement sans base... et vous n'en avez aucune. Nous signerons les articles concernant l'institution d'un point de rencontre commun à Pell... mais entre nos mains, pas entre les vôtres. En fait, cela ne fait pas de différence... sauf en ce qui concerne le respect de la volonté des habitants... ce qui, selon vos dires, vous est très cher. »

C'était moins catastrophique que prévu ; mais la présentation n'y était pas étrangère.

« Il n'y a ici, dit-il, aucun représentant de la population de Pell, seulement un individu se prétendant porte-parole. J'aimerais voir ses lettres de créance. »

Azov prit la chemise à dos de cuir qui se trouvait devant lui.

« Ceci vous intéressera sans doute, monsieur : le document que vous nous avez soumis... signé par le gouvernement et le Directoire de l'Union, ainsi que le Conseil, exactement tel que vous l'avez rédigé... exception faite du contrôle des stations qui sont à présent entre nos mains et de quelques mots sans importance concernant le statut de Pell, les mots: "sous la direction de la Compagnie" ont été barrés, ici et dans l'accord commercial. Quelques petits mots. Tout le reste est de vous, exactement tel que cela nous a été soumis. Je crois savoir que vous êtes, compte tenu des distances, habilité à signer pour le compte de votre gouvernement et de la Compagnie.»

Le refus était sur ses lèvres. Il réfléchit, car il avait l'habitude d'analyser toutes ses impulsions.

«Sous réserve de ratification par mon gouvernement. L'absence de ces mots sera mal accueillie.»

— «J'espère que vous l'engagerez à accepter, monsieur, après réflexion.» Azov posa la chemise sur la table et la poussa vers lui. «Etudiez-le tranquillement. De notre point de vue, il est définitif. Toutes les garanties que vous désiriez, toutes les garanties, à parler franchement, que vous pouviez demander, compte tenu du fait que vos territoires n'existent pas.»

— «Franchement, j'en doute.»

— «Ah. C'est votre droit. Mais cela n'altère pas les faits, monsieur. Je vous suggère de vous satisfaire de ce que vous avez obtenu... un accord commercial qui profite à tout le monde et cicatrise une vieille blessure. Monsieur Ayres, en toute honnêteté, que pourriez-vous demander de plus? Que nous cédions ce que les citoyens de Pell sont disposés à nous donner?»

— «Ils ne sont pas représentés.»

— «Néanmoins il vous est impossible de vérifier, ce qui vous contraint à reconnaître les limites de votre contrôle et de votre hégémonie. D'après vous, le gouvernement terrestre dont vous êtes le représentant a subi de profonds changements et nous devons traiter avec vous en tant qu'entité nouvelle, sans tenir compte des griefs liés au passé. Cette entité nouvelle... a-t-elle l'intention de présenter des exigences supplémentaires, à présent que nous avons signé le document qu'elle nous a soumis? Je suis persuadé, monsieur, que votre puissance militaire est affaiblie... qu'il vous est impossible d'effectuer la moindre vérification, que vous avez été contraint de louer des vaisseaux de transport, à la merci des commerçants, pour arriver jusqu'ici. Qu'une attitude hostile ne profite pas à votre gouvernement. »

— « S'agit-il de menaces ? »

— « De simples réalités. Un gouvernement sans vaisseaux, incapable de contrôler son armée, sans ressources... n'est pas en mesure d'exiger que ses documents soient signés sans changements. Nous avons supprimé des clauses dépourvues de sens et quelques mots, remettant le gouvernement de Pell entre les mains d'une autorité choisie par les citoyens de Pell ; y a-t-il là matière à objection de la part des intérêts que vous représentez ? »

Ayres resta quelques instants immobile.

« Je dois consulter les autres membres de la délégation. Je ne souhaite pas le faire sous surveillance. »

— « Il n'y a pas de surveillance. »

— « Je suis convaincu du contraire. »

— « Une fois de plus, vous ne pouvez effectuer la moindre vérification. Vous devez faire au mieux. »

Ayres prit la chemise.

« Faites annuler toutes les réunions de la journée. Nous serons en conférence. »

— « Comme vous voulez. » Azov se leva, tendit la main. Jacoby resta assis, sans essayer de se montrer poli.

« Je ne promets pas de signer. »

— « Une conférence. Je comprends parfaitement bien. Suivez la procédure ; mais je vous suggère d'envisager les conséquences d'un refus. Actuellement, nous considérons que notre frontière est Pell. Nous vous laissons les Etoiles Proches que vous pourrez, si vous le souhaitez, développer. En cas d'échec de ce traité, nous fixerions nous-mêmes nos frontières et nous serions directement voisins. »

Son cœur battait très fort. On approchait d'un sujet qu'il n'avait pas la moindre intention d'aborder.

« En outre, reprit Azov, au cas où vous voudriez sauver vos soldats et récupérer les vaisseaux, nous avons inclus un document rédigé par nos soins. Sous réserve que vous acceptiez de tenter de rappeler la Flotte, et que vous lui ordonniez de se retirer dans les territoires dont vous acceptez les frontières par la signature de ce traité, nous abandonnerons toute poursuite contre elle et contre d'autres ennemis de l'Etat dont vous nous fournirez la liste. Nous lui permettrons de se retirer sous escorte et de vous raccompagner, bien que cela soit, de notre point de vue, extrêmement risqué. »

— « Nous ne sommes pas agressifs. »

— « Nous serions prêts à vous croire si vous ne refusiez pas de rappeler les vaisseaux qui attaquent actuellement nos citoyens. »

— « Je vous ai dit franchement que je ne dispose d'aucune autorité sur la Flotte et que je n'ai pas le pouvoir de la rappeler. »

— « Nous pensons que vous pourriez faire pression sur elle. Nous allons mettre à votre disposition le matériel nécessaire à la transmission d'un message... l'arrêt des hostilités suivra le cessez-le-feu de la Flotte. »

— « Nous réfléchirons à cette question. »

— « Monsieur. »

Ayres s'inclina, tourna les talons et sortit, retrouva les jeunes gardiens omniprésents qui l'escortèrent vers d'autres bureaux.

« L'autre réunion est annulée, dit-il. Nous regagnons mes quartiers. Mes compagnons aussi. »

— « Nous avons nos ordres », dit le chef, ce qui était apparemment tout ce qu'ils savaient dire. Cela ne s'arrangerait qu'en arrivant à l'endroit où devait se tenir la réunion de 0800 heures et que le groupe serait réuni, une nouvelle escorte étant alors chargée de les reconduire, longue attente, entre les deux, avant la confirmation des nouvelles instructions. C'était toujours la même chose, inefficacité destinée à rendre fou.

Sa main transpirait sur le cuir de la chemise qui lui avait été remise, la chemise contenant les documents signés par le gouvernement de l'Union. Pell: perdue. Une chance de récupérer au moins la Flotte et une proposition qui pourrait aboutir à sa destruction. Il craignait que les projets de l'Union soient à plus long terme que ce que la Terre imaginait. Le long terme. L'Union avait grandi avec. La Terre venait seulement de l'acquérir. Il se sentit transparent et vulnérable. *Nous savons que vous gagnez du temps*; il imaginait les pensées dissimulées par le visage large et viril d'Azov. *Nous savons que vous reculez l'échéance; et pourquoi; et, pour le moment, cela nous arrange également, un traité sans importance que nous dénoncerons à la première occasion.*

L'Union avait dévoré tout ce qu'elle pouvait digérer... provisoirement.

Ils ne pouvaient se permettre de débattre, ne pouvaient soulever les problèmes essentiels, sans une intimité dont ils ne disposaient probablement pas. Signer et rapporter le document. L'essentiel était dans sa tête. Ils avaient appris l'Au-Delà ; il était tout autour d'eux sous la forme de soldats au même visage et, virtuellement, au même esprit ; dans l'insolence du capitaine du *Norvège*, l'arrogance des Konstantin, les commerçants qui ne tenaient pas compte d'une guerre qui durait depuis des générations... attitudes que la Terre n'avait jamais comprises, ignorant que d'autres forces gouvernaient, ici, une logique différente.

Des générations qui n'avaient plus la poussière de la Terre sous leurs semelles.

Rentrer... en signant ce document dénué de sens que Mazian n'accepterait jamais, tout comme Mallory ne viendrait pas si on la sifflait... rentrer vivant, tel était l'essentiel, afin de communiquer son expérience. Dans ce but, il ferait le nécessaire : signer un mensonge et espérer.

3

1

PELL, BUREAU DU CHEF DE STATION, SECTEUR BLEU UN ; 9/9/52 ; 1100 HEURES

Le tribut quotidien de catastrophes touchait jusqu'à l'extérieur de la station. Angelo Konstantin appuya la tête sur sa main et étudia le document qui se trouvait devant lui. Un sas soufflé dans la mine du Centaure, sur la troisième lune de Pell IV... quatorze morts. Quatorze... il ne pouvait s'empêcher d'y penser... ouvriers expérimentés, sûrs. Il y avait, en Quarantaine, une humanité qui pourrissait dans sa crasse et il fallait qu'ils perdent de tels hommes. Absence de matériel, vieilles pièces, éléments qui auraient dû être remplacés et que l'on bricolait pour pouvoir continuer de travailler. Un simple sas cédait et quatorze hommes mouraient dans le vide. Il rédigea un mémo demandant la liste des techs de Pell qui pourraient remplacer les disparus ; les docks étaient pratiquement désœuvrés... encombrés de vaisseaux à toutes les places disponibles, mais avec un trafic pratiquement nul... et les hommes seraient mieux dans les mines, où leurs compétences pourraient se révéler utiles.

Tous les ouvriers transférés n'avaient pas nécessairement l'expérience des tâches qui leur étaient assignées. Un homme avait été tué, sur Downbelow, écrasé en essayant de faire sortir une chenillette de la boue où un camarade sans expérience l'avait enlisée. Il devait ajouter ses condoléances à celles qu'Emilio avait rédigées à l'intention de la famille.

Il y avait eu deux autres assassinats, en Quarantaine, et on avait trouvé un cadavre dérivant à proximité des docks. La victime avait apparemment été précipitée vivante dans l'espace. On accusait la Quarantaine. Les Services de Sécurité tentaient d'établir l'identité de la victime, mais le corps avait été mutilé.

Il y avait un autre type de problème, un procès entre deux familles habitant Pell depuis longtemps et qui partageaient un appartement en rotation d'anti-jour. Les occupants d'origine accusaient les nouveaux venus de dégradations et de transformations. Damon lui avait transmis le dossier à titre d'exemple d'une situation qui se développait. Il faudrait que le Conseil vote une réglementation définissant les responsabilités dans des circonstances semblables.

Un responsable de dock, récemment nommé, était à l'hôpital, laissé pour mort par l'équipage du *Janus*, un vaisseau de transport militarisé. Les équipages militarisés exigeaient d'être traités en commerçants et de pouvoir fréquenter les bars, contre la volonté de certaines autorités de la station qui tentaient de leur imposer une discipline militaire. Les os se ressouderaient ; les relations entre les fonctionnaires des docks et les équipages des vaisseaux de transport étaient extrêmement tendues. Tout fonctionnaire qui se serait risqué à partir en patrouille aurait cherché à se faire trancher la gorge. Les familles de commerçants n'aimaient pas avoir des étrangers à bord.

Aucun fonctionnaire de la station ne sera affecté sur les vaisseaux de la milice sans l'autorisation du capitaine du vaisseau en question, communiqua-t-il aux services de la milice. *Les vaisseaux patrouilleront sous les ordres du capitaine en titre jusqu'à ce que les problèmes soient résolus.*

Cela plongerait certains cercles dans l'inquiétude. Cela serait moins grave qu'une mutinerie, un vaisseau de transport contre la station qui tentait de lui dicter la conduite à tenir. Elene l'avait averti. Il avait là l'occasion de suivre son conseil, un cas urgent qui permettait au Chef de Station de négliger la volonté du Conseil, lequel tenait absolument à conserver sa mainmise sur les transports armés.

Il y avait d'innombrables problèmes moins graves. Il donna son autorisation quand cela s'avéra nécessaire, parfois après coup, couvrant la naïveté de superviseurs locaux, surtout dans les mines. Il remercia les subordonnés compétents qui avaient appris à dépister les surplus dissimulés par les autres services.

Il fallait effectuer des réparations en Quarantaine et les Services de Sécurité demandaient l'autorisation de faire évacuer par la force le secteur Orange, de trois à quarante, pendant la durée des travaux, ce qui signifiait le déplacement d'un baraquement de résidents. C'était urgent, mais pas catastrophique ; envoyer une équipe d'entretien sans évacuer la zone l'était. Il signa. Autorisé. Couper les canalisations de ce secteur présenterait des risques d'épidémie.

« Ilyko, un capitaine commerçant, pour vous, monsieur. »

Il soupira, enfonça brutalement le bouton de la console, faisant entrer la femme. La porte s'ouvrit sur une femme imposante, aux cheveux gris et au visage marqué par des années que la réjuv n'avait pu contenir. A moins qu'elle soit sur le déclin… les produits ne faisaient pas effet indéfiniment. Il montra un fauteuil ; le capitaine l'accepta avec reconnaissance. Elle avait demandé cet entretien une heure plus tôt, pendant l'approche du vaisseau. Elle venait du *Swan's Eye*, un porte-containers de Mariner. Il y connaissait des gens, mais pas cette femme. Elle était des leurs, à présent, militarisée ; le brassard bleu qu'elle portait à la manche l'indiquait.

« Quel est le message, demanda-t-il, et qui l'envoie ? »

La vieille femme fouilla sa veste et en sortit une enveloppe, se pencha lourdement pour la poser sur le bureau.

« Du *Hammer* des Olvig, répondit-elle. Parti de Viking. Ils nous ont contactés dans l'espace et nous ont remis ceci en main propre. Ils vont rester quelque temps en dehors de la portée du scan de la station... ils ont peur, monsieur. Ce qu'ils voient ne leur plaît pas du tout. »

— « Viking. » La nouvelle de cette catastrophe n'était pas récente. « Et, où sont-ils allés depuis ? »

— « Leur message apportera peut-être des précisions ; mais, d'après eux, ils ont eu des problèmes en quittant Viking. Ils ont sauté et sont restés dans le néant. C'est ce qu'ils disent. Et leur vaisseau est endommagé, c'est sûr, mais ils ont une cargaison. Nous n'avions pas cette chance, quand nous avons fui. Nous ne serions pas au service de la milice, n'est-ce pas, monsieur, pour payer les frais de dock. »

— « Vous savez ce qu'il y a là-dedans ? »

— « Je sais, répondit-elle. Il se prépare quelque chose. La pression s'accentue, monsieur Konstantin. À mon avis, le *Hammer* a essayé l'Union et ne s'en est pas trouvé très bien, finalement ; l'Union a voulu s'en emparer, apparemment, et il a pu fuir. Ils ont peur qu'il se passe la même chose ici. Ils voulaient que j'accoste avant eux et que je transmette le message, pour ne pas être mouillés. Imaginez leur position, si l'Union devinait qu'ils ont donné l'alerte. L'Union bouge. »

Angelo regarda la femme, visage rond et yeux noirs, profondément enfoncés. Hocha lentement la tête.

— « Vous savez ce qui arrivera, ici, si votre équipage parle, dans la station ou ailleurs. Nous aurions de gros problèmes... »

— « Nous sommes une famille, répondit-elle. Nous ne

parlons pas aux étrangers. » Les yeux noirs soutinrent son regard. « J'appartiens à la milice, monsieur Konstantin, parce que nous avons eu la malchance d'arriver sans cargaison et que vous nous avez fait payer ; parce qu'il n'y a pas d'autre endroit. Le *Swan's Eye* n'appartient pas à une société ; nous n'avons ni réserves ni crédit ici, contrairement à d'autres. Mais à quoi servira le crédit, hein, monsieur Konstantin, si Pell tombe ? Désormais, peu importe le compte en banque ; je veux du ravitaillement dans mes cales. »

— « Chantage, capitaine ? »

— « Nous partons en patrouille, mon équipage et moi, et nous surveillerons votre périmètre. Si nous trouvons des vaisseaux de l'Union, nous vous préviendrons immédiatement et nous sauterons. Un porte-containers ne peut pas jouer à cache-cache avec un auxiliaire et je n'ai pas l'intention de jouer les héroïnes. Je veux les mêmes avantages que les équipages de Pell, qui reçoivent de l'eau et du ravitaillement qui ne figurent pas sur les états. »

— « Vous prétendez qu'il y a des détournements ? »

— « Monsieur le Chef de Station, vous *savez* que tous les vaisseaux qui ont des intérêts dans la station profitent de ces détournements, et vous ne ferez rien contre ces combines, n'est-ce pas ? Combien de fonctionnaires de la station salissent leur uniforme en visitant personnellement les cales, hein ? Je suis franche et je demande que ma famille bénéficie des mêmes avantages que les autres. Du ravitaillement. Ensuite, je remplirai ma mission. »

— « Vous en aurez. » Il se tourna, le demanda en priorité. « Quittez la station dès que possible. »

Elle hocha la tête, quand il eut terminé et se tourna à nouveau vers elle.

« Bravo, monsieur Konstantin ! »

— « Où irez-vous, capitaine, si vous êtes obligée de sauter ? »

— « L'espace glacé. Il y a un endroit que je connais, dans le noir. Beaucoup de transports sont dans ce cas, le savez-vous, monsieur Konstantin ? De longues années de vaches maigres nous attendent, si la percée réussit. L'Union favorisera ceux qui étaient déjà de son côté. Baisser la tête et espérer qu'elle aura besoin de beaucoup de vaisseaux, si cela se produit. Les nouveaux territoires vont éclaircir ses rangs et elle en aura besoin. Ou bien gagner la Terre. Certains le feront. »

Angelo fronça les sourcils.

« Vous pensez vraiment que cela va arriver ? »

Elle haussa les épaules.

« Je sens le vent, monsieur le Chef de Station. Je ne resterai pas sur cette station pour un empire, si la ligne ne tient pas. »

— « Beaucoup de commerçants sont de cet avis ? »

— « Nous sommes prêts, répondit-elle d'une voix sourde, depuis cinquante ans. Demandez à Quen, monsieur le Chef de Station. Vous cherchez un refuge ? »

— « Non, capitaine. »

Elle s'appuya contre le dossier de son fauteuil et hocha lentement la tête.

« Mes compliments, monsieur le Chef de Station. Soyez assuré que nous ne sauterons pas sans avoir donné l'alerte, et croyez bien que tout le monde n'agira pas ainsi. »

— « Je sais que c'est un gros risque. Et vous avez votre ravitaillement, tout ce qu'il vous faut. Autre chose ? »

Elle secoua la tête, fléchit légèrement son corps lourd. Elle se leva, les pieds largement écartés.

« Bonne chance, dit-elle, tendant la main. Bonne chance. Tous les commerçants qui sont ici et non de l'autre côté de la ligne... ont choisi leur camp en connaissance de cause ; ceux qui se rencontrent encore dans le noir et se procurent votre ravitaillement au sein même de l'Union... ne le font pas seulement pour le profit. On ne fait pas de bénéfices, ici. Le savez-vous, monsieur le Chef de Station ? Ce serait plus facile de l'autre côté... dans un sens. »

Il prit la main puissante.

« Merci, capitaine. »

— « Bof », fit-elle, puis, haussant les épaules, elle sortit.

Il prit le message, l'ouvrit. C'était une note griffonnée. *Retour de l'Union. Vaisseaux de guerre en orbite à Viking, quatre, peut-être plus. On dit que Mazian est en fuite, qu'il a perdu des vaisseaux :* Egypte, France, Etats-Unis, *peut-*

être d'autres. Situation désespérée. Il n'y avait ni signature ni nom de vaisseau. Il examina le message pendant quelques instants, puis se leva, ouvrit le coffre et le mit à l'intérieur. Son estomac était contracté. Les témoins oculaires se trompent parfois. Il y avait parfois de fausses informations, des bruits répandus délibérément. Le vaisseau n'accosterait pas. Le *Hammer* observerait pendant quelque temps, accosterait peut-être, s'enfuirait peut-être ; toute tentative de le contraindre à accoster pour interroger l'équipage ferait mauvais effet sur les commerçants. Les transports faisaient le tour de Pell, espérant de la nourriture, de l'eau, consommant le ravitaillement de la station, utilisant tout le crédit des sociétés, qu'ils étaient obligés d'honorer par crainte des émeutes ; vieilles dettes à des stations disparues. Vivant sur le ravitaillement de la station plutôt que sur les précieuses réserves accumulées à bord... en prévision du jour où il leur faudrait fuir. Quelques vaisseaux *apportaient* du ravitaillement, exact ; mais la majorité en consommait.

Il appela son secrétariat.

« Je m'en vais, annonça-t-il. Je serai chez moi. En cas d'urgence, je reviendrai. »

— « Oui, monsieur », lui fut-il répondu. Il prit les documents les moins troublants, les glissa dans sa serviette, mit sa veste puis sortit, adressant un signe de tête poli à son secrétaire, aux fonctionnaires dont les bureaux étaient dans la même pièce, passa dans le couloir.

Il travaillait tard, depuis quelques jours ; méritait bien la possibilité de travailler tranquillement, d'étudier une serviette de documents sans être interrompu. Il y avait des problèmes, sur Downbelow : Emilio avait envoyé le tout à la station, avec un rapport incendiaire sur le personnel concerné et la politique qu'il représentait. Damon avait affecté les fauteurs de troubles aux mines... solution rapide à l'absence de main-d'œuvre. L'avocat de la défense avait déposé plainte auprès du service des Affaires Juridiques, exigeant la suppression du blâme inscrit aux états de service et la réintégration des personnes concernées. Puis l'affaire avait tourné à l'aigre. Jon Lukas avait fait des propositions, exigé ; finalement, ils avaient trouvé une solution. Actuellement il avait les dossiers de cinquante résidents de la Quarantaine, admis provisoirement. Il songea à s'arrêter prendre un verre au bar de la direction, à y examiner quelques documents, pour oublier les problèmes qui le tracassaient. Il avait un émetteur dans la poche, ne s'en séparait jamais, malgré les coms. Il y pensa.

Il rentra chez lui, gagnant à pied le secteur Bleu cent douze, ouvrit silencieusement la porte.

« Angelo ? »

Alicia était éveillée. Il posa sa veste et sa serviette sur la chaise proche de la porte.

« C'est moi, dit-il, souriant poliment à la vieille Downer qui sortit de la chambre d'Alicia et lui prit affectueusement la main… Bonne journée, Lily ? »

— « Bonne journée », répondit Lily avec un doux sourire. Elle ramassa sans bruit ce qu'il avait posé sur la chaise et il entra dans la chambre d'Alicia, se pencha sur son lit, l'embrassa. Alicia sourit, immobile comme elle l'était toujours dans les draps immaculés, avec Lily pour s'occuper d'elle, la retourner, l'aimer avec toute la dévotion de nombreuses années. Les murs étaient des écrans. Tout autour du lit, il y avait des images d'étoiles, comme s'ils étaient en plein espace ; les étoiles et, parfois, le soleil, les docks, les couloirs de Pell ; ou des images des forêts de Downbelow, de la base, de la famille, de toutes ces choses qui lui procuraient du plaisir. Lily s'occupait des machines.

« Damon est passé, murmura Alicia. Avec Elene. Pour le petit déjeuner. C'était bien. Elene paraît en pleine forme. Tellement heureuse. »

Ils passaient souvent, l'un ou l'autre… surtout depuis qu'Emilio et Miliko étaient loin. Il se souvint de sa surprise, une bande qu'il avait glissée dans la poche de sa veste, de peur d'oublier.

« J'ai reçu un message d'Emilio. Je vais te le passer. »

— « Angelo, quelque chose ne va pas ? »

Il s'immobilisa, secoua tristement la tête.

« Tu es fine, ma chérie. »

— « Je connais ton visage, mon chéri. De mauvaises nouvelles ? »

— « Pas d'Emilio. La situation s'améliore, sur Downbelow ; beaucoup. Les nouveaux camps sont en bonne voie. Les réfugiés ne leur posent aucun problème, la route a atteint la base deux et il y a beaucoup de volontaires pour le transfert. »

— « Je crois que je ne vois que le bon côté des rapports. Je regarde les couloirs. Je reçois cela aussi, Angelo. »

Il lui tourna tendrement la tête, afin qu'il lui soit plus facile de le regarder.

« La menace de guerre se précise, dit-il. Est-ce assez lugubre ? »

Ses beaux yeux... toujours beaux dans un visage pâle, creusé... étaient vifs et énergiques.

« Dans quelle mesure ? »

— « Les commerçants deviennent nerveux. Il n'y a rien d'imminent ; rien ne l'indique. Mais le moral m'inquiète. »

Elle bougea les yeux, montrant les murs.

« Tu me fais vivre dans un univers de beauté. Est-ce beau... dehors ? »

— « Pell n'a pas souffert. Il n'y a rien à craindre pour le moment. Tu sais que je ne peux pas te mentir. » Il s'assit au bord du lit, draps blancs et propres, lui prit la main. « La guerre a déjà menacé, pourtant nous sommes toujours ici. »

— « Est-ce grave ? »

— « J'ai reçu un capitaine, il y a quelques instants, qui m'a parlé de l'attitude des commerçants ; d'endroits, dans l'espace, où on peut se cacher et attendre. Je me suis dit, vois-tu, qu'il y a d'autres stations, dans un sens, qu'il n'y a pas que Pell ; des morceaux de roche dans des endroits improbables... des choses que les commerçants connaissent. Peut-être Mazian ; sûrement Mazian. Des endroits où les vaisseaux peuvent aller. Alors, si l'orage éclate... il existe des refuges, n'est-ce pas ? Si la situation devient insupportable, il nous restera une possibilité. »

— « Tu partirais ? »

Il secoua la tête.

« Jamais. Jamais. Mais il reste encore une chance de persuader les garçons, n'est-ce pas ? Nous avons réussi à en envoyer un sur Downbelow ; convaincs ton cadet ; convaincs Elene... c'est notre meilleur espoir. Elle a des amis là-bas ; elle sait et elle pourrait persuader Damon. » Il lui serra la main. Alicia Lukas-Konstantin avait besoin de Pell, avait besoin des machines, d'un matériel difficilement transportable dans un vaisseau. Elle était enchaînée à Pell et aux machines. Tout transfert de son entourage de métal et de spécialistes serait public, la catastrophe faisant les gros titres de la vid. Elle lui avait rappelé cela. *Je suis Pell,* avait-elle dit en riant, mais sans rire. Autrefois, elle était à ses côtés. Il ne partirait pas. Il ne l'envisageait pas, pas sans elle. En abandonnant ce que sa famille avait construit au fil des années, ce qu'ils avaient construit ensemble. « Ce n'est pas imminent », répéta-t-il. Mais il n'en était pas sûr.

2

PELL, DOCKS BLANCS, BUREAUX DE LA SOCIÉTÉ LUKAS ; 1100 HEURES

Jon Lukas rassembla les documents nécessaires, foudroya du regard les hommes massés dans son bureau. Les regarda un long moment, pour qu'ils comprennent bien. Il posa les documents au bord du bureau et Bran Hale les ramassa, puis les distribua aux autres.

« Nous vous remercions », dit Hale.

— « La Société Lukas n'a pas besoin de personnel. Vous comprenez. *Rendez-vous* utiles. C'est un service que je vous rends, une dette si vous voulez. J'aime la loyauté. »

— « Il n'y aura pas de problèmes », promit Hale.

— « Tenez-vous tranquilles. Votre mauvais caractère vous a coûté votre appartenance aux Services de Sécurité. Il faut que vous appreniez à vous tenir si vous voulez travailler pour moi. Je vous ai avertis. Je vous ai avertis quand nous étions sur Downbelow... »

— « Je m'en souviens, dit Hale. Mais on a été chassés, monsieur Lukas, pour des raisons personnelles. Konstantin n'attendait que l'occasion. Il applique une autre politique, démolit tout, désorganise tout ce que vous avez fait. Et nous avons essayé, monsieur. »

— « Je n'y peux rien, précisa Jon. Je n'y suis plus. Je ne commande pas. Et, maintenant, vous non plus. J'aurais préféré que Jacoby obtienne des sanctions moins lourdes, mais c'est ainsi. A présent, il faut que vous travailliez dans le privé. » Il se pencha sur le bureau. « Je pourrais avoir besoin de vous, dit-il calmement. Réfléchissez. Par conséquent, cela aurait pu être pire...Vous allez habiter la station, à présent, plus de boue, plus de maux de tête à cause de l'air. Vous travaillerez pour la société, quels que soient les travaux qui vous seront confiés, et vous vous servirez de votre tête. Vous vous débrouillerez très bien. »

— « Bien, monsieur », dit Hale.

— « Et, Lee... » Jon posa sur Lee Quale un regard égal et tranquille. « On vous demandera sans doute de faire du gardiennage, de temps en temps. Vous aurez sans doute une arme, dans ces cas-là. Et vous ne tirerez pas. Vous savez que vous êtes passé très près de l'Adaptation, à ce propos. »

— « Ce crétin a heurté le canon », marmonna Quale.

— « *Damon* Konstantin est directeur des Affaires Juridiques. Le frère d'Emilio, mon vieux. Angelo tire toutes les ficelles. S'il avait eu des preuves, il vous aurait envoyé au concasseur. Réfléchissez, la prochaine fois que vous croiserez un Konstantin. »

La porte s'ouvrit. Vittorio entra, sans tenir compte de son expression irritée. Vittorio s'arrêta près de son fauteuil, se pencha contre son oreille.

« Un homme est arrivé, souffla Vittorio. D'un vaisseau qui s'appelle le *Swan's Eye*. »

— « Je ne connais pas le *Swan's Eye*, répliqua-t-il sèchement. Qu'il attende ! »

— « Non, insista Vittorio, se penchant une deuxième fois. Ecoute, je ne suis pas certain qu'il ait une autorisation. »

— « Quelle autorisation ? »

— « *Des papiers*. Je ne suis pas sûr qu'il ait le droit d'être dans la station. Il est dehors. Je ne sais pas quoi faire de lui. »

Jon poussa un bref soupir, soudain glacé. Un bureau plein de témoins. Un dock.

« Fais-le entrer », dit-il. Puis, se tournant vers Hale et les autres : « Vous terminerez dehors. Remplissez les formulaires et donnez-les aux employés. Suivez leurs instructions. *Allez!* »

Il y eut des regards noirs, méfiants.

« Venez », dit Hale, poussant les autres dehors. Vittorio les suivit en hâte, disparut, laissant la porte ouverte.

Quelques instants plus tard, un individu habillé en commerçant entra et la ferma. Comme ça, tranquillement. Ni peur ni précipitation dans son geste. Comme s'il commandait. Un visage ordinaire, un homme d'une trentaine d'années, sans signe particulier. Il était froid et calme.

« Monsieur Jon Lukas ? » dit le nouveau venu.

— « C'est moi. »

Il regarda délibérément le plafond et les murs.

« Pas d'écoutes, précisa Jon, le souffle court. Vous venez ici sans vous cacher et vous avez peur des écoutes ? »

— « Il me faut une couverture. »

— « Comment vous appelez-vous ? Qui êtes-vous ? »

L'homme approcha, retira l'anneau d'or qu'il portait au doigt, sortit une carte d'identité de sa poche, posa les deux objets sur le bureau, devant lui.

Ils appartenaient à Dayin.

« Vous avez fait une proposition », dit l'homme.

Jon resta figé.

« Procurez-moi une couverture, monsieur Lukas. »

— « Qui êtes-vous ? »

— « Je suis venu sur le *Swan's Eye*. Le temps presse. Ils vont embarquer du ravitaillement et partir. »

— « Votre nom, mon vieux. Je ne traite pas avec les gens qui n'ont pas de nom. »

— « Donnez-m'en un. Un de vos hommes embarquera sur le *Swan's Eye*. Un otage, quelqu'un qui pourra traiter en votre nom, si besoin est. Vous avez un fils. »

— « Vittorio. »

— « Envoyez-le. »

— « On s'apercevra de son absence. »

Le nouveau venu le regarda fixement, froidement intraitable. Jon empocha la carte et l'anneau, tendit une main engourdie vers l'interphone.

— « Vittorio. »

La porte s'ouvrit. Vittorio entra, le regard chargé d'appréhension, laissa la porte se refermer derrière lui.

« Le vaisseau qui m'a amené, expliqua l'homme, va vous conduire, Vittorio Lukas, sur un vaisseau qui s'appelle le *Hammer* et qui se trouve à la périphérie ; et vous n'avez rien à craindre des équipages. Ils sont dignes de confiance. Le capitaine du *Swan's Eye* elle-même a tout intérêt à ce qu'il ne vous arrive rien... du fait qu'elle veut revoir sa famille. Vous serez parfaitement en sécurité. »

— « Fais ce qu'il dit ! » ordonna Jon. Le visage de Vittorio était livide.

— « *Partir ?* Comme ça ?

— « Tu seras en sécurité, souligna Jon. Tu seras parfaitement en sécurité... Plus en sécurité qu'ici, quand ce qui se prépare arrivera. Tes papiers, ta carte, ta clé. Donne-les-lui. Monte sur le *Swan's Eye* avec une livraison. N'aie pas l'air coupable et ne redescends pas. C'est simple. »

Vittorio le regarda fixement.

« Vous ne risquez rien, je vous l'affirme, insista l'inconnu. Vous allez là-bas et vous attendez bien tranquillement. Vous servirez de liaison dans le cadre de nos opérations. »

— « Nos ? »

— « Je suis persuadé que vous comprenez. »

Vittorio fouilla dans sa poche, donna tous ses papiers. Son visage exprimait une terreur muette.

« Numéro de comp », insista l'autre ; Vittorio l'écrivit sur le bloc du bureau.

« Parfait, dit Jon. Je t'assure que tu seras beaucoup mieux là-bas qu'ici. »

— « C'est ce que tu as dit à Dayin. »

— « Dayin Jacoby est en parfaite santé », indiqua l'inconnu.

— « Ne gâche pas tout, pesa Jon. Reprends tes esprits. Si tu fais des bêtises, nous serons tous bons pour l'Adaptation. C'est bien compris ? »

— « Oui, monsieur », répondit Vittorio dans un souffle. Jon lui indiqua la porte d'un signe de tête, le congédiant. Vittorio lui tendit une main hésitante. Il la serra pour la forme... incapable, même dans cette situation, de trouver ce fils à son goût. Peut-être furent-ils, un instant, plus proches du fait que Vittorio lui servait réellement à quelque chose.

« J'apprécie », dit-il, pensant qu'une formule de politesse pourrait atténuer la douleur. Vittorio hocha la tête.

— « Ce dock, précisa l'inconnu, examinant les papiers de Vittorio. Accostage deux. Et dépêchez-vous. »

Vittorio sortit. L'inconnu glissa les papiers et le numéro de comp dans sa poche.

« L'utilisation périodique du numéro devrait satisfaire le comp », estima l'homme.

— « Qui êtes-vous ? »

— « Jessad. Si vous voulez, répondit l'homme. Vittorio Lukas, je suppose, du point de vue du comp. Où habite-t-il ? »

— « Il vit avec moi », répondit Jon, souhaitant que tel ne soit pas le cas.

— « Quelqu'un d'autre ? Une femme, des amis qui n'auraient pas… »

— « Seulement nous deux. »

— « C'est bien ce qu'a dit Jacoby. Habiter chez vous… très pratique. Est-il dangereux de sortir dans cette tenue ? »

Jon s'assit au bord de son bureau, s'essuya le visage avec la main.

« Inutile de vous tourmenter, monsieur Lukas. »

— « Est-ce que… La flotte de l'Union arrive-t-elle ? »

— « Je suis ici pour prendre certaines dispositions. Je suis un consultant, monsieur Lukas. C'est le terme qui convient. Sacrifiable. Un homme, un vaisseau ou deux… peu de chose en regard du résultat. Mais j'ai envie de vivre, vous comprenez, et je n'ai pas l'intention d'être sacrifié… sans compensation. Simplement pour que vous ne soyez pas tenté de changer d'avis, monsieur Lukas. »

— « On vous a envoyé ici… sans soutien… »

— « Du soutien à revendre, quand il arrivera. Nous parlerons ce soir, chez vous. Je dépends entièrement de vous. J'ai cru comprendre que vous n'étiez pas très attaché à votre fils. »

La chaleur lui monta au visage.

« Cela ne vous regarde pas, monsieur Jessad. »

— « Non ? » Jessad le regarda lentement de la tête aux pieds. « Cela viendra, soyez-en sûr. Vous avez choisi d'être du côté du vainqueur. De rendre certains services… en échange d'une situation. Je suis chargé de vous juger. Professionnellement. Vous voyez ce que je veux dire. Mais vous aurez intérêt à suivre mes instructions, à ne rien faire sans me consulter. J'ai une certaine expérience de ce type de situations. J'ai appris que les écoutes sont interdites ; que Pell est intraitable sur ce point ; qu'il n'y a pas de matériel. »

— « C'est exact, dit Jon, avalant péniblement sa salive. C'est contraire à la loi. »

— « Très pratique. Je déteste être suivi par des caméras. Les vêtements, monsieur Lukas. Acceptables dans vos couloirs ? »

Jon se retourna, fouilla sur son bureau, trouva le formulaire approprié, le cœur battant. Si l'homme se faisait arrêter, s'il éveillait les soupçons, sa signature sur le document... mais il était déjà trop tard. Si le *Swan's Eye* était fouillé, si quelqu'un remarquait, au moment de son départ, que Vittorio n'en était pas redescendu...

« Tenez, dit-il, détachant le passe. Il ne faut le montrer à personne, sauf si vous vous faites arrêter par les Services de Sécurité. » Il appuya sur le bouton des coms et se pencha vers le micro. « Bran Hale est toujours ici ? Envoyez-le-moi. Seul. »

— « Monsieur Lukas, dit Jessad, nous n'avons besoin de personne d'autre. »

— « Vous m'avez demandé un conseil en ce qui concerne les couloirs. Suivez-le. Si vous êtes arrêté, vous devrez dire que vous êtes un commerçant qui s'est fait voler ses papiers. Vous allez signaler ce fait à l'administration et Hale vous escorte. Donnez-moi les papiers de Vittorio. Je m'en charge. Il ne faut pas que vous vous fassiez prendre avec, compte tenu de ce que vous direz. Je prendrai les dispositions nécessaires ce soir, une fois rentré chez moi. »

Jessad rendit les papiers en échange du passe.

« Et que fait-on des commerçants qui se sont fait voler leurs papiers ? »

— « On convoque toute leur famille et il y a beaucoup d'agitation. Vous pourriez finir en détention, et même en Adaptation si on en arrive là, monsieur Jessad. Mais les vols de papiers existent et cette couverture est meilleure que celle que vous proposiez. Si cela se produit, acceptez tout et faites-moi confiance. J'ai des vaisseaux. Dites que vous appartenez au *Sheba*. Je connais la famille. »

La porte s'ouvrit. Bran Hale s'arrêta sur le seuil et Jessad renonça à parler.

« Faites-moi confiance, répéta Jon, savourant sa victoire. Bran, j'ai besoin de vous. Conduisez cet homme chez moi. » Il chercha, dans sa poche, la clé réservée aux invités. « Conduisez-le et restez avec lui jusqu'à mon arrivée, voulez-vous ? Je serai peut-être long. Mettez-vous à l'aise. Et, si vous êtes contrôlés, il sait ce qu'il doit dire. Confirmez, compris ? »

Le regard de Hale se posa sur Jessad, revint à lui. Intelligent, Hale. Il acquiesça sans poser de questions.

« Monsieur Jessad, murmura Jon, cet homme va vous conduire, faites-lui confiance. »

Jessad eut un sourire crispé, tendit la main. Jon la serra, poignée de main sèche d'un homme aux nerfs d'acier. Hale indiqua la sortie et Jon resta debout près de son bureau, les regardant partir. Les employés du service étaient comme Hale, ils étaient dévoués à Lukas, dignes de confiance. Des hommes et des femmes qu'il avait choisis... et aucun ne figurait dans les livres de comptes des Konstantin, il y avait toujours veillé. Néanmoins, il était inquiet. S'éloignant de la porte, il gagna la desserte et se servit un verre car, malgré le calme de Jessad, ses mains tremblaient à cause de cette rencontre et des possibilités qu'elle recelait. Un agent de l'Union. C'était grotesque, un résultat disproportionné à l'intrigue montée avec Jacoby. Il avait fait une petite ouverture et quelqu'un avait fait monter les enjeux dans des proportions ridicules.

Les vaisseaux de l'Union arrivaient. Etaient tout près, puisqu'ils prenaient le risque énorme d'envoyer un homme tel que Jessad. Il reprit sa place derrière son bureau, le verre à la main, but à petites gorgées, s'efforçant d'organiser ses pensées. Il serait impossible de tromper le comp. Selon lui, la charade Jessad/Vittorio ne durerait que quelques jours et, s'il y avait le moindre problème, il serait immédiatement arrêté, pas Jessad, qui n'était pas dans le comp. Jessad était sacrifiable, dans les plans de l'Union, peut-être, mais *lui* l'était à plus forte raison.

Il but, s'efforçant de réfléchir.

Prit du papier, ayant soudain trouvé, d'autres formulaires, entama la procédure de réservation d'un moyen-courrier. Il y avait des équipages, employés par Lukas, qui ne parleraient pas, comme celui du *Sheba*, des hommes prêts à partir avec un fantôme, à falsifier les états, les listings d'hommes d'équipage et de passagers... l'étude des filières de marché noir avait fourni toutes sortes d'informations intéressantes que certains capitaines tenaient à cacher. Par conséquent, dans l'après-midi, un autre vaisseau partirait pour les mines et le numéro de comp de Vittorio changerait dans les archives de la station.

Une petite ride, un vaisseau parti ; personne ne s'intéressait aux moyen-courriers. Jusqu'aux mines et retour, un vaisseau incapable de poser le moindre problème de sécurité parce qu'il était lent, n'avait pas de capacité interstellaire et n'était pas armé. Peut-être Angelo poserait-il quelques questions, mais il savait quelles réponses donner. Il transmit l'instruction au comp, constata avec satisfaction que le comp avalait l'instruction et notifiait à la Société Lukas que tous les vaisseaux en partance devaient livrer du matériel aux mines, gratuitement. En temps ordinaire, l'obligation de transporter gratuitement du ravitaillement l'aurait mis hors de lui ; c'était révoltant. Il répondit : *Accepté, 1/4 chargement revenant à la station ; départ à 1700 heures.*

L'ordinateur s'en contenta. Il s'appuya contre le dossier de son fauteuil, poussant un long soupir de soulagement, son cœur retrouvant un rythme plus raisonnable. Le personnel ne posait aucun problème ; il connaissait ses meilleurs hommes.

Il se remit au travail, se faisant donner des noms par le comp, choisissant l'équipage, une famille de commerçants travaillant depuis longtemps pour la Société Lukas.

« Envoyez-moi les Kulin dès qu'ils arriveront, dit-il à son secrétaire par les coms. Un contrat les attend. Préparez-le et dépêchez-vous. Rassemblez tout ce que nous avions l'intention d'envoyer et expédiez ; ensuite, envoyez un docker chercher le matériel que la station nous fait transporter gratuitement, pas d'histoires, prenez tout ce qu'on vous donnera et revenez ici. Veillez à ce que les documents soient irréprochables et qu'il n'y ait pas d'accroc... absolument aucun accroc... dans les informations transmises au comp. C'est bien compris ? »

— « Oui, monsieur », lui fut-il répondu. Et, quelques instants plus tard : « J'ai contacté les Kulin. Ils arrivent et vous remercient, monsieur. »

L'*Annie* convenait parfaitement, c'était un vaisseau confortable, tout à fait adapté à la longue visite des intérêts miniers de la Société Lukas. Il avait fait de tels voyages, dans sa jeunesse, pour apprendre le métier. Alors, pourquoi pas Vittorio ? Il but, tripota les papiers étalés sur son bureau, nerveux.

3

PELL, CYLINDRE CENTRAL ; 9/9/52 ; 1200 HEURES

Josh se laissa tomber sur la natte, s'assit, tomba en arrière, dans la pesanteur réduite du gymnase. Damon se pencha sur lui, mains sur genoux nus, expression légèrement amusée sur le visage.

« Je suis claqué », dit Josh quand il put respirer ; ses flancs lui faisaient mal. « J'ai déjà fait du sport, mais pas autant. »

Damon s'agenouilla près de lui sur la natte, penché et le souffle court.

« De toute manière, vous vous débrouillez bien. Croyez-moi. » Il respira, chassa l'air doucement, sourit. « Besoin d'aide ? »

Josh grogna et roula sur le flanc, se souleva sur un bras, se leva péniblement, tremblant de tous ses membres et gêné devant les hommes et les femmes en meilleure forme qui les dépassaient, sur la piste abrupte qui faisait le tour du Cœur intérieur de Pell. C'était un endroit bondé, où résonnaient les cris des conversations. C'était la liberté et le pire que l'on puisse craindre était un peu de bonne humeur. Il aurait continué, s'il l'avait pu... il avait déjà couru trop longtemps, mais il détestait l'idée de devoir quitter cet endroit.

Ses genoux tremblaient et il avait mal au ventre.

« Venez », dit Damon, se levant avec aisance. Damon le prit par le bras et l'entraîna vers le vestiaire. « Prenons un bain de vapeur, au moins cela nous décontractera. J'ai encore un peu de temps avant de rentrer au bureau. »

Ils entrèrent dans la salle, où régnait un désordre joyeux, se déshabillèrent, jetèrent leurs vêtements dans le nettoyage communautaire. Il y avait des piles de serviettes, il suffisait de se servir. Damon lui en jeta deux, lui fit franchir une porte sur laquelle était indiqué : VAPEUR, l'entraîna sous une douche rapide puis dans une longue allée bordée de cabines envahies par la vapeur. Presque toutes les places étaient occupées. Ils en trouvèrent quelques-unes au bout de la rangée, en prirent une et s'assirent sur les bancs de bois. Toute cette eau gaspillée... Josh regarda Damon puiser de l'eau et s'en verser sur la tête, jeter le reste sur une plaque de métal chauffé de sorte que, bientôt, il disparut dans un nuage de vapeur. Josh s'aspergea de la même manière, s'essuya avec la serviette, le souffle court et pris de vertige, à cause de la chaleur.

« Ça va ? » lui demanda Damon.

Il acquiesça, soucieux de ne pas gâcher l'instant, soucieux comme chaque fois qu'il était avec Damon. Il tentait désespérément de conserver son équilibre, sur un fil tendu entre l'excès de confiance d'un côté et, de l'autre... la terreur de faire confiance. Il détestait être seul... n'avait jamais... parfois, des certitudes jaillissaient de sa mémoire en lambeaux, aussi nettes que la vérité... n'avait jamais aimé être seul. Damon se lasserait de lui. L'attrait de la nouveauté s'estomperait. Sa compagnie deviendrait insipide, avec le temps.

Alors, il serait seul, avec une moitié d'esprit et une liberté symbolique, dans cette prison qu'était Pell.

« Quelque chose vous tourmente ? »

— « Non. » Et, désespérément, pour changer de sujet, car Damon s'était plaint de devoir aller seul au gymnase : « Je pensais qu'Elene nous rejoindrait ici. »

— « Sa grossesse commence à l'alourdir un peu. Elle ne s'en sent pas capable. »

— « Oh. » Il battit des paupières, détourna les yeux. C'était un gage d'intimité, cette question ; il eut l'impression d'être un intrus... ignorant de ces choses. Les femmes, il pensait en avoir connu, mais pas des femmes enceintes, pas de relations... comme c'était le cas entre Damon et Elene... pleines de certitudes. Il se souvint d'une femme qu'il avait aimée. Plus âgée. Plus sèche. Un amour d'adolescent. C'était lui l'enfant. Il tenta d'en remonter les fils, mais ils étaient emmêlés. Il ne voulait pas penser à Elene sur ce plan. Ne le pouvait pas. Il se souvint des avertissements... altérations psychologiques, disaient-ils. Altérations...

« Josh... est-ce que ça va ? »

Il battit à nouveau des paupières, ce qui pourrait devenir un tic nerveux, s'il n'y prenait pas garde.

« Quelque chose vous ronge. »

Il répondit d'un geste las, peu désireux d'être entraîné dans une conversation.

« Je ne sais pas. »

— « Quelque chose vous inquiète. »

— « Rien. »

— « Vous n'avez pas confiance en moi ? »

Le battement de paupières troubla sa vision. La sueur lui tombait dans les yeux. Il s'épongea le visage.

« Très bien », dit Damon, comme si c'était le cas.

Il se leva, gagna la porte de la cabine de bois, n'importe quoi pour mettre de la distance entre eux. Son estomac se crispait.

« Josh. »

Un endroit obscur, clos... il pouvait fuir, échapper à cette proximité, à ce qu'elle exigeait de lui. Cela entraînerait son arrestation, son retour à l'hôpital, entre les murs blancs.

« Avez-vous peur ? » demanda Damon sans détour.

Ces mots, comme d'autres, firent presque mouche. Il eut un geste vague, mal à l'aise. Le bruit des autres voix parut prendre l'aspect du silence, grondement au sein duquel leur cabine était isolée.

« Qu'est-ce que vous pensez ? » demanda Damon. « Que je ne suis pas honnête avec vous ? »

— « Non. »

— « Que vous ne pouvez pas me faire confiance ? »

— « Non. »

— « Quoi alors ? »

Il était presque sur le point de vomir. Il s'était heurté à

cette barrière, pendant le conditionnement... Il savait ce que c'était.

« Je voudrais, dit Damon, que vous parliez. »

Il se retourna, le dos contre le bois de la paroi.

« Vous cesserez, dit-il d'une voix sourde, quand vous serez lassé du projet. »

— « Cesser quoi ? Avez-vous encore ces idées d'abandon ? »

— « Dans ce cas, qu'est-ce que vous voulez ? »

— « Vous croyez que vous êtes une curiosité, demanda Damon, ou quoi ? »

Il avala la bile qui lui était montée dans la gorge.

« Vous avez cette impression, n'est-ce pas, s'enquit Damon, vis-à-vis d'Elene et de moi ? »

— « Je ne veux pas le croire, se força-t-il finalement à dire. Mais je suis bien une curiosité. »

— « Non ! » déclara Damon.

Un muscle de son visage se mit à trembler. Il tendit le bras vers le banc, s'assit, tenta de faire cesser le tic. Il avait des cachets ; il n'en prenait plus. Il aurait dû continuer, pour être calme et ne plus penser. Pour quitter cet endroit, échapper à cette inquisition.

« Nous avons de l'affection pour vous, précisa Damon. Est-ce mal ? »

Il resta assis, paralysé, le cœur battant à tout rompre.

« Venez, dit Damon, se levant lourdement. La chaleur vous incommode. »

Josh se leva, constatant que ses genoux tremblaient, la vision troublée par la sueur, la température et la pesanteur réduite. Damon lui tendit la main. Il recula, suivit Damon dans l'allée, dans les douches situées à l'extrémité de la salle.

La brume fraîche lui éclaircit légèrement les idées ; il resta un peu plus longtemps que nécessaire dans la cabine, respira l'air frais, sortit un peu calmé, gagna le vestiaire enveloppé dans une serviette. Damon le suivait.

« Je m'excuse », dit-il à Damon, sans raison particulière.

— « Les réflexes », fit Damon. Il fronça intensément les sourcils, le prit par le bras avant qu'il ait pu se retourner. Josh recula, heurta le placard avec une violence telle que le bruit résonna.

Un endroit obscur. Un chaos de corps. Des mains sur lui. Il tenta d'en abstraire son esprit, s'appuya, frissonnant, contre le métal, regarda fixement le visage inquiet de Damon.

« Josh ? »

— « Je m'excuse, répéta-t-il. Je m'excuse. »

— « Vous paraissez sur le point de vous évanouir. Est-ce la chaleur ? »

— « Je ne sais pas, murmura-t-il. Je ne sais pas. » Il gagna le banc, s'assit, reprit son souffle. Quelques instants plus tard, il se sentit mieux. L'obscurité recula. « Je m'excuse. » Il était désespéré, convaincu que Damon ne le supporterait plus longtemps. Le désespoir s'épaissit. « Il vaudrait peut-être mieux que je retourne à l'hôpital. »

— « A ce point ? »

Il ne voulait pas penser à sa chambre, l'appartement nu du centre d'hébergement, les murs vides, tristes. Il connaissait des gens, à l'hôpital, des médecins qui le connaissaient, qui savaient quoi faire et dont les motivations se limitaient aux nécessités du service.

« Je vais appeler le bureau, décida Damon, et prévenir que je serai en retard. Je vais vous conduire à l'hôpital, si vous pensez que c'est nécessaire. »

Il se prit la tête entre les mains.

« Je ne sais pas pourquoi j'agis ainsi, dit-il. Je me souviens de quelque chose. Je ne sais pas quoi. Cela me donne un coup à l'estomac. »

Damon s'assit à califourchon sur le banc, s'assit simplement et attendit.

« Je crois deviner », dit finalement Damon, et il leva la tête, se souvenant avec inquiétude que Damon avait eu accès à la totalité de son dossier.

— « Qu'est-ce que vous devinez ? »

— « C'était peut-être un peu étroit, là-dedans. Les réfugiés, la panique, la foule. On n'oublie jamais. »

— « Mais je ne suis pas arrivé avec les réfugiés, dit-il. Je me souviens de cela. »

— « Quoi alors ? »

Un tic lui déforma le visage. Il se leva, entreprit de s'habiller et, un instant plus tard, Damon l'imita. Des gens allaient et venaient autour d'eux. Les cris de l'extérieur entraient dans la salle quand la porte s'ouvrait, les bruits habituels du gymnase.

« Voulez-vous réellement que je vous conduise à l'hôpital ? » demanda finalement Damon.

Il haussa les épaules, enfila sa veste.

« Non, ça ira. »

Il estima que c'était le cas, bien que sa peau soit encore glacée alors que ses vêtements auraient dû la réchauffer. Damon fronça les sourcils, montra la porte. Ils gagnèrent le hall froid, entrèrent dans l'ascenseur avec une demi-douzaine de personnes, tombèrent vertigineusement dans la pesanteur de l'anneau extérieur. Josh respira profondément, sortit en titubant, s'arrêta quand le flot des passants se mit à tournoyer autour de lui.

La main de Damon se referma sur son coude, le guida doucement vers un banc situé contre la paroi du couloir. Il fut content de s'asseoir, de se reposer un moment en regardant passer les gens. Ce n'était pas l'étage du bureau de Damon, mais c'était le secteur Vert. Des lambeaux de musique sortaient du bar panoramique, qui se trouvait à l'extrémité du couloir. Ils auraient dû descendre encore... s'étaient arrêtés, une idée de Damon. Près du chemin de l'hôpital, se dit-il. Ou simplement un endroit pour se reposer. Il ne bougea pas, reprenant son souffle.

« Le vertige », avoua-t-il.

— « Il serait peut-être préférable que vous passiez une visite. Je n'aurais pas dû vous emmener. »

— « Ce n'est pas l'exercice. » Il se pencha, posa la tête sur les mains, respira profondément, plusieurs fois de suite, se redressa. « Damon, les noms... Vous connaissez les noms qui figurent dans mon dossier. Où suis-je né ? »

— « A Cyteen. »

— « Le nom de ma mère... Le connaissez-vous ? »

Damon plissa le front.

« Non. Vous ne l'avez pas dit ; vous avez surtout parlé de votre tante. Elle s'appelait Maevis. »

Le visage de la femme lui revint en mémoire, chaud jaillissement de familiarité.

« Je me souviens. »

— « Aviez-vous oublié cela ? »

Le tic déforma une nouvelle fois son visage. Il tenta de ne pas admettre cela, tentative désespérée de normalité.

« Il m'est impossible de distinguer, comprenez-vous, entre les souvenirs et l'imagination, les rêves. Essayez de comprendre les choses quand vous ne voyez pas la différence et ne pouvez la voir. Elle s'appelait Maevis. »

— « Oui. Vous habitiez une ferme. »

Il hocha la tête, protégeant l'image d'une route ensoleillée, d'une clôture ternie... il était souvent sur cette route, dans ses rêves, pieds nus dans la poussière fine, une maison, un préfab et un dôme usagé... beaucoup d'autres, des champs à perte de vue, dorés sous le soleil, mûrs.

« Une plantation. Beaucoup plus grande qu'une ferme. J'y habitais... j'y ai habité jusqu'à l'époque où je suis allé à l'école militaire. Ensuite, je n'ai plus jamais vécu sur une planète... n'est-ce pas ? »

— « Vous n'en avez pas mentionné d'autre. »

Il resta quelques instants immobile, s'accrochant à l'image, passionné par elle, par ce souvenir chaud, beau et réel. Il tenta de se remémorer les détails. La taille du soleil dans le ciel, la couleur des crépuscules, la route poussiéreuse qui reliait les petites colonies entre elles. Une femme imposante et douce, un petit homme mince, inquiet, qui se plaignait continuellement du temps. Les pièces convenaient, se mettaient en place. Chez lui. C'était chez lui. Il en était très loin.

« Damon, dit-il, reprenant courage... car ce n'était plus simplement un rêve agréable. Vous n'avez pas de raison de me mentir, n'est-ce pas? Mais vous l'avez fait... quand je vous ai demandé la vérité, tout à l'heure... à propos du cauchemar. Pourquoi ? »

Damon parut gêné.

« J'ai peur, Damon. J'ai peur des mensonges. Comprenez-vous? J'ai peur d'autres choses, aussi. » Il bégayait sans pouvoir s'en empêcher, furieux contre lui-même, avec des muscles qui se contractaient convulsivement, une langue qui lui refusait ses services et l'esprit comme une passoire. « Donnez-moi des noms, Damon. Vous connaissez mon dossier. Je le sais. Dites-moi comment je suis arrivé sur Pell. »

— « Quand Russell s'est effondrée, comme tout le monde. »

— « Non. En commençant par Cyteen. Donnez-moi des noms. »

Damon posa le bras sur le dossier du banc, le regarda, les sourcils froncés.

« La première affectation que vous ayez mentionnée était un vaisseau : le *Kite*. Je ne sais pas pendant combien d'années ; il n'y en a peut-être pas eu d'autre. De la ferme, d'après ce que je sais, vous êtes allé à l'école militaire, mais je ne connais pas son nom, où vous avez reçu une formation d'armscomp. Il me semble que le vaisseau était très petit. »

— « Surveillance et reconnaissance », murmura-t-il, revoyant les consoles, l'intérieur minuscule du *Kite*, où l'équipage flottait en apesanteur. Une longue période... puis en patrouille ; des missions où ils étaient simplement chargés de regarder ce qu'il y avait à voir. Kitha... Kitha et Lee... Kitha qui ressemblait à une enfant... il lui vouait une affection particulière. Et Ulf. Il retrouva les visages, heureux de se souvenir d'eux. Ils étaient proches... dans tous les sens, car il n'y avait ni cabines ni intimité, sur ce type de vaisseau. Ils étaient ensemble... cela avait duré des années. Des années.

Morts, maintenant. Il eut l'impression de les perdre une deuxième fois.

Attention ! avait crié Kitha ; il avait crié aussi, comprenant qu'ils étaient dans un point aveugle ; une erreur d'Ulf. Il resta assis, impuissant, devant sa console, aucun canon ne pouvant détruire cette menace. Il voulut oublier.

« On m'a pris, dit-il. Quelqu'un m'a pris. »

— « Le *Tigris* vous a touchés, dit Damon. Un auxiliaire. Mais c'est un transport qui vous a localisé grâce au signal de votre capsule. »

— « Continuez. »

Damon resta quelques instants silencieux, comme s'il réfléchissait, comme s'il refusait de poursuivre. L'inquiétude s'empara de lui, son estomac se contracta.

« On vous a conduit dans une station, reprit finalement Damon, à bord du transport... sur une civière, mais indemne. Le choc, le froid, je suppose... votre pressurisation faiblissait et ils ont failli vous perdre. »

Il secoua la tête. Tout cela était vide, lointain et froid. Il se souvint des docks, des médecins ; des interrogatoires, des questions innombrables.

Des foules. Des foules hurlantes. Des docks et un gardien jeté sur le sol. Quelqu'un lui avait froidement tiré dans la tête tandis qu'il était à terre, étourdi. Des morts partout, piétinés, une marée de corps devant lui et des hommes autour de lui... des soldats en armures.

Ils ont des fusils ! cria quelqu'un. Et ce fut la panique.

« On vous a retrouvé sur Mariner, continua Damon. Après que la station eut explosé, en recherchant les survivants. »

— « Elene... »

— « On vous a interrogé à Russell, poursuivit Damon d'une voix douce, obstinément. Ils affrontaient... je ne sais quoi. Ils avaient peur, ils étaient pressés. Ils se sont servis de techniques illégales... comme l'Adaptation. Ils voulaient vous arracher des informations, des horaires, les mouvements des vaisseaux, tout ça. Mais vous ne pouviez pas les renseigner. Vous étiez sur Russell quand l'évacuation a commencé et on vous a transféré ici. Voilà ce qui s'est passé. »

Un ombilical obscur de la station au vaisseau. Des soldats armés.

« Dans un vaisseau de guerre », dit-il.

— « Le *Norvège.* »

Son estomac se noua. Mallory. Mallory et le *Norvège*. Graff. Il se souvint. L'honneur... y était mort. Il devint rien. Qui il était, ce qu'il était... ils ne s'en étaient pas souciés, ni les soldats ni l'équipage. Ce n'était même pas de la haine, mais de l'amertume, l'ennui, une cruauté où il ne comptait pas, créature vivante qui réagissait à la douleur, à la honte... hurlait quand l'horreur dépassait les bornes, comprenait que cela n'intéressait personne... cessait de hurler, ou de sentir, ou de lutter.

Tu veux qu'on t'envoie avec eux ? Il entendit jusqu'au ton de la voix de Mallory. *Tu le veux ?* Il ne le voulait pas. Il ne voulait rien, seulement cesser de sentir.

C'était la source des cauchemars, le noir, les silhouettes indistinctes, ce qui le réveillait au milieu de la nuit.

Il hocha lentement la tête, acceptant cela.

« Ici, on vous a mis en détention, poursuivit Damon. Vous étiez prisonnier ; Russell ; le *Norvège* ; ici. Si vous pensez que votre Adaptation n'a pas été correctement faite… non. Croyez-moi. Josh… »

Il était en sueur. S'en rendait compte.

« Ça va », dit-il, bien qu'il ait eu du mal, pendant quelques instants, à respirer. Son estomac se crispait convulsivement. La proximité, sentimentale ou physique, lui ferait cet effet ; il comprenait, à présent. Il tenta de se contrôler.

« Ne bougez pas », conseilla Damon qui se leva avant qu'il ait pu protester et entra dans une des boutiques du couloir. Il resta tranquillement là, la tête appuyée contre la paroi, son pouls ralentissant progressivement. Il s'aperçut que c'était la première fois qu'on le laissait seul, à l'exception du trajet entre son travail et sa chambre de l'ancien centre d'hébergement. Cela lui donna l'impression d'être nu. Il se demanda si les passants savaient qui il était. Cette idée lui fit peur.

Vous aurez quelques souvenirs, avait dit le médecin, quand il avait cessé de prendre les cachets. *Mais vous pourrez prendre de la distance par rapport à eux. Quelques* souvenirs.

Damon revint avec deux verres, s'assit et lui en offrit un. C'était du jus de fruits avec quelque chose, glacé et sucré, et cela lui fit du bien à l'estomac.

« Vous allez être en retard », rappela-t-il.

Damon haussa les épaules sans répondre.

« Je voudrais… » il bégaya et eut très honte… « vous inviter à dîner, Elene et vous. Je travaille, à présent. J'ai fait quelques heures supplémentaires. »

Damon l'examina quelques instants.

« Très bien. Je demanderai à Elene. »

Cela lui fit beaucoup de bien.

« Je voudrais, reprit-il, rentrer chez moi. Seul. »

— « Très bien. »

— « Il fallait que je sache… *de quoi* je me souviens. Je m'excuse. »

— « Vous m'inquiétez », dit Damon, et cela le toucha profondément.

— « Puis-je rentrer seul ? »

— « Quel soir, le dîner ? »

— « Choisissez, Elene et vous. Mon emploi du temps n'est pas chargé. »

Ce n'était pas très drôle. Damon se fit un devoir de sourire, termina son verre. Josh finit le sien et se leva. « Merci. »

— « Je parlerai à Elene. Je vous préviendrai demain. Ne vous tourmentez pas. Et appelez-moi en cas de besoin. »

Josh acquiesça, tourna les talons, s'éloigna dans la foule qui connaissait... peut-être... son visage. Comme celle des docks, dans son souvenir : la foule. Ce n'était pas pareil. C'était un autre monde et il y marchait, suivant sa partie de couloir comme si, soudain, elle lui appartenait... gagna l'ascenseur en compagnie de personnes nées sur Pell, attendit la cabine parmi eux, comme s'il était un citoyen ordinaire.

Elle arriva.

« Vert sept », dit-il quand la précipitation l'éloigna du tableau de commandes et quelqu'un prit la peine d'appuyer sur le bouton. Côte à côte dans la cabine. Il se sentait bien. Elle le déposa à son étage. Il s'excusa, se fraya un chemin entre les passagers, qui ne s'intéressaient pas à lui, se retrouva dans son couloir, près du centre d'hébergement.

« Talley », dit une voix qui le fit sursauter. Il tourna la tête, découvrit des agents des Services de Sécurité en uniforme. L'un d'entre eux lui adressa un signe de tête. Son cœur se mit à battre, se calma. Le visage était vaguement familier. « Vous habitez ici, à présent ? » demanda le gardien.

— « Oui », répondit-il ; puis, s'excusant : « Je ne me souviens pas bien... d'avant. Peut-être étiez-vous là quand je suis arrivé ? »

— « Exactement, dit le gardien. Content de voir que vous avez bien supporté le traitement. »

Il paraissait sincère.

— « Merci », dit Josh ; puis il poursuivit son chemin et les gardiens le leur. L'obscurité, qui avait progressé, recula.

Tout lui semblait être un rêve. *Mais je ne rêve pas,* se dit-il. *C'est arrivé.* Il passa devant le comptoir de l'entrée du centre, suivit le couloir jusqu'au numéro 18. Il introduisit sa carte. La porte coulissa et il entra dans son refuge, pièce nue, sans fenêtre... privilège rare, d'après ce que disait la vid du surpeuplement. Grâce à Damon.

En général, il allumait la vid, emplissant la pièce de voix, car les rêves s'appropriaient les silences.

Il s'assit sur le lit, resta simplement assis un moment dans le silence, sondant les rêves et les souvenirs comme des blessures partiellement cicatrisées. Le *Norvège*.

Signy Mallory.

Mallory.

4

PELL, DOCKS BLANCS, BUREAUX DE LA SOCIÉTÉ LUKAS ; 1830 HEURES ; 0630 HEURES, ANTI-JOUR : ANTI-AUBE

Il n'y eut pas de catastrophe. Jon resta dans son bureau, protégé par tous les autres bureaux, prit les appels normaux, s'occupa des rapports et des enregistrements relatifs aux entrepôts, s'efforçant, dans un coin surexcité de son cerveau, de définir la ligne de conduite à tenir si le pire se produisait.

Il resta plus tard que de coutume, jusqu'au moment où les lumières des docks se firent légèrement moins intenses, après le départ de l'essentiel de l'équipe de jour, alors que l'activité avait pratiquement cessé... juste quelques employés, dans les bureaux, pour prendre les coms et régler les affaires courantes en attendant l'arrivée de l'équipe de l'anti-jour. Le *Swan's Eye* était parti sans problème à 1446 ; l'*Annie* et les Kulin avaient pris l'espace, avec les papiers de Vittorio, à 1703, sans autres difficultés que les questions de la milice concernant le plan de vol et l'itinéraire. A ce moment-là, il avait respiré plus librement.

Et, quand l'*Annie* eut définitivement quitté les environs de la station, quand toute possibilité de protestation eut disparu, il prit sa veste, ferma et rentra chez lui.

Il utilisa sa carte pour ouvrir la porte, afin que le comp enregistre absolument tout... trouva Jessad et Hale assis face à face, en silence, dans le salon. Il y avait du café, odeur rassurante, après la tension de l'après-midi. Il se laissa tomber dans un troisième fauteuil, s'appuya contre le dossier, prenant possession de son appartement.

« J'aimerais bien un café », dit-il à Bran Hale. Hale fronça les sourcils, se leva et alla en chercher. Puis, à Jessad : « Un après-midi ennuyeux ? »

— « Agréablement ennuyeux, répondit Jessad d'une voix douce. Mais M. Hale a fait de son mieux pour me distraire. »

— « Des ennuis en chemin ? »

— « Aucun », répondit Hale depuis la cuisine. Il apporta le café et Jon but une gorgée, se rendit compte que Hale attendait.

Le congédier... et rester seul avec Jessad ? Il n'y tenait guère. Mais il ne tenait pas davantage à ce que Hale parle trop librement, ici ou ailleurs.

« J'apprécie votre discrétion », dit-il à Hale. Et, avec circonspection : « Vous savez qu'il se prépare quelque chose. Vous y trouverez votre compte, pas seulement financièrement. Veillez simplement à empêcher Lee Quale de parler. Je vous donnerai des détails dès que j'en aurai. Vittorio est parti. Dayin... a disparu. Il me faut un assistant sûr et intelligent. Vous comprenez, Bran ? »

Hale hocha la tête.

« Je vous verrai demain matin, dit-il très calmement. Merci. »

— « Vous ne risquez rien ici ? » demanda Hale.

— « S'il m'arrive quelque chose, dit-il, vous ferez le nécessaire, compris ? »

Hale acquiesça, sortit discrètement. Jon s'adossa, un peu rassuré, regarda son invité, qui était tranquillement assis en face de lui.

« Si je comprends bien, vous faites confiance à cet homme, dit Jessad, et vous avez l'intention de lui accorder une promotion. Soyez prudent dans le choix de vos alliés, monsieur Lukas. »

— « Je sais ce que je fais. » Il but une gorgée de café brûlant. « Mais je ne sais pas *qui* vous êtes, monsieur Jessad, si tel est bien votre nom. Je ne peux pas me permettre d'utiliser l'identité de mon fils. J'ai mis au point une autre couverture, pour lui. La visite des intérêts de la Société Lukas : un vaisseau à destination des mines, et ses papiers sont partis avec. »

Il s'attendait à des protestations. Il n'obtint qu'un plissement poli du front.

« Je ne m'y oppose pas. Mais il me faudra des papiers et je ne peux pas m'exposer à un interrogatoire en vue de les obtenir. »

— « On peut se procurer des papiers. C'est le moindre de nos problèmes. »

— « Et quel est le plus grave, monsieur Lukas ? »

— « Il me faut des informations. Où est Dayin ? »

— « En sécurité derrière les lignes. Inutile de vous inquiéter. Je ne suis qu'un imprévu... la concrétisation de la validité de la proposition. En cas d'erreur, je mourrai... et j'espère que tel ne sera pas le cas. »

— « Que me proposez-vous ? »

— « Pell, répondit Jessad d'une voix douce. Pell, monsieur Lukas. »

— « Et vous êtes prêt à me livrer la station ? »

Jessad secoua la tête.

« *Vous* allez nous la livrer, monsieur Lukas. Telle était la proposition. Je vous donnerai des indications. J'ai l'expérience... vous connaissez parfaitement la place. Vous me mettrez au courant de la situation. »

— « Et quelles sont mes garanties ? »

— « Mon approbation. »

— « Votre grade ? »

Jessad haussa les épaules.

« Non officiel. Il me faut des détails. Tout, depuis le ravitaillement jusqu'au déploiement des vaisseaux et les débats du Conseil... jusqu'au moindre détail du fonctionnement de vos services. »

— « Vous avez l'intention d'habiter mon appartement ? »

— « Je ne vois pas pourquoi j'irais ailleurs. Votre vie sociale s'en trouvera sans doute affectée. Mais existe-t-il un endroit plus sûr ? Ce Bran Hale... un homme discret ? »

— « Il travaillait pour moi, sur Downbelow. On l'a viré parce qu'il appliquait ma politique contre l'avis des Konstantin. Loyal. »

— « Digne de confiance ? »

— « Tout à fait. J'ai des doutes en ce qui concerne certains de ses hommes... au moins sur le plan du jugement. »

— « Dans ce cas, il faut être prudent. »

— « Je le suis. »

Jessad hocha pensivement la tête.

« Mais procurez-moi des papiers, monsieur Lukas. Je serai beaucoup plus en sécurité avec que sans. »

— « Et mon fils ? »

— « Inquiet ? Je croyais que vous ne l'aimiez pas. »

— « J'ai posé une question. »

— « Il y a un vaisseau, à bonne distance... un de ceux que nous avons capturés, enregistré au nom de la famille Olvig mais, en réalité, militaire. Les Olvig sont détenus... comme l'essentiel de l'équipage du *Swan's Eye*. Le vaisseau des Olvig, le *Hammer*, nous avertira à l'avance. Et il n'y a pas beaucoup de temps, monsieur Lukas. Tout d'abord... voulez-vous me montrer un plan de la station ? »

J'ai l'expérience. Un expert en la matière, un homme formé dans ce but. Une pensée effrayante le glaça : Viking était tombée de l'intérieur ; Mariner, en revanche... avait sauté. Sabotage. De l'intérieur. Un homme assez fou pour tuer la station où il se trouvait... ou qu'il allait quitter.

Il regarda le visage sans traits particuliers de Jessad, ses yeux absolument implacables, et se dit qu'un individu comparable s'était infiltré sur Mariner.

Puis la Flotte était arrivée et la station avait été délibérément détruite.

5

PELL, QUARANTAINE, ORANGE NEUF ; 1900 HEURES

Il y avait encore des gens dehors, une queue occupant tout le couloir neuf et débordant dans le dock. Vassily Kressich appuya la tête contre la paume de ses mains quand le client précédent s'éloigna, entraîné sans ménagement par un des hommes de Coledy, une femme qui avait crié, prétendant qu'on l'avait volée et accusant un membre de la bande de Coledy. Il avait mal à la tête ; il avait mal au dos. Il haïssait ces séances qui, néanmoins, avaient lieu tous les cinq jours. Cela permettait, au moins, de relâcher la pression, cette illusion que le Conseiller de la Quarantaine écoutait les problèmes, enregistrait les plaintes, essayait de faire quelque chose.

En ce qui concernait la plainte de la femme… aucun remède. Il connaissait l'individu qu'elle accusait. Elle avait probablement raison. Il demanderait à Nino Coledy de le calmer, cela éviterait peut-être pire à la femme. Elle était folle d'avoir protesté. Une hystérie étrange, peut-être, cet état qui s'emparait de tout le monde, où la colère était tout ce qui comptait. Il conduisait à l'autodestruction.

Un homme fut introduit. Redding, le suivant. Kressich, intérieurement, se crispa, s'appuya contre le dossier de son fauteuil, se prépara à cette rencontre hebdomadaire.

« Nous essayons toujours », dit-il à l'homme imposant.

— « J'ai payé, dit Redding. J'ai payé mon transfert. »

— « Les demandes d'affectation sur Downbelow ne comportent aucune garantie, monsieur Redding. La station choisit les individus dont elle a besoin. Je vous prie de poser votre nouvelle demande sur mon bureau, je la transmettrai. Tôt ou tard, il se présentera une occasion… »

— « Je veux partir ! »

— « *James !* » cria Kressich, cédant à la panique.

La Sécurité arriva immédiatement. Redding regarda sauvagement autour de lui et, provoquant la consternation de Kressich, porta la main à sa ceinture. Une courte lame brilla dans sa main, pas pointée sur la Sécurité… Redding ne s'intéressait pas à James… pointée sur *lui*.

Kressich projeta son fauteuil en arrière. James se jeta sur les épaules de Redding. Redding tomba à plat ventre sur le bureau, éparpillant les papiers, tentant de frapper Kressich qui se leva et se réfugia contre le mur. Des cris retentirent, dehors, la panique, et des gens envahirent la pièce.

Kressich recula tandis que la bataille s'approchait de lui. Redding heurta le mur. Nino Coledy arriva, avec d'autres. Redding fut projeté sur le sol, on fit reculer le flot de clients désespérés et furieux. Les gens agitaient des formulaires qu'ils espéraient remettre.

« C'est mon tour ! » glapit une femme, brandissant un document et essayant d'approcher du bureau. On la fit sortir avec les autres.

Redding était à terre, immobilisé par trois hommes. Un quatrième lui donna un coup de pied à la tête et il se calma.

Coledy avait le couteau ; il l'examina attentivement, le mit dans sa poche, un sourire éclairant son visage jeune et couturé.

« Pas question de le remettre à la police de la station », dit James.

— « Vous êtes blessé, monsieur Kressich ? » demanda Coledy.

— « Non. » Il ne tint pas compte des bleus, regagna son bureau. On criait encore, dehors. Il traîna le fauteuil jusqu'au bureau, s'assit, les jambes tremblantes. « Il a dit qu'il avait payé, fit-il, sachant parfaitement bien ce qui se passait, que Coledy faisait payer les formulaires en fonction de l'offre et de la demande. Il a un mauvais dossier et la station refuse le transfert. Pourquoi le faites-vous payer ? »

Le regard de Coledy se posa lentement sur l'homme à terre, revint sur Kressich.

« Eh bien, son dossier est mauvais chez nous, et c'est plus grave. Emmenez-le. Conduisez-le dans le couloir, de l'autre côté. »

— « Je ne peux plus voir personne, gémit Kressich, la tête entre les mains. Renvoyez-les. »

Coledy sortit dans le couloir.

— « Dégagez ! »

Kressich l'entendit hurler, couvrant les cris, les protestations, les sanglots. Les hommes de Coledy les chassèrent... armés, dans certains cas, de barres métalliques. La foule se dispersa et Coledy revint dans le bureau. On faisait sortir Redding par l'autre porte, le bousculant pour le faire marcher, car il reprenait ses esprits, saignant de la tempe, une tache rouge dissimulant ses traits.

Ils vont le tuer, se dit Kressich. Pendant les heures calmes, un corps serait déposé dans un endroit où la station le découvrirait. Redding le savait certainement. Il se débattit à nouveau, mais on le poussa dehors et la porte se referma.

« Nettoie ça ! » ordonna Coledy à un de ses hommes, et celui-ci chercha quelque chose pour éponger le plancher. Coledy s'assit au bord du bureau.

Kressich chercha dessous, sortit une des bouteilles de vin que Coledy lui fournissait. Des verres. Il en servit deux, but une gorgée de vin downer dans l'espoir de réchauffer ses membres tremblants, de calmer les élancements douloureux qui lui traversaient la poitrine.

« Je suis trop vieux pour ça », gémit-il.

— « Vous n'avez rien à craindre de Redding », affirma Coledy, prenant son verre.

— « Il ne faut pas créer de telles situations ! dit sèchement Kressich. Je sais ce que vous faites. Mais ne vendez pas de passes quand je suis dans l'incapacité de les obtenir. »

Coledy eut un sourire ironique, une expression extrêmement désagréable.

« Redding en aurait demandé un tôt ou tard. Comme ça, il a payé ce privilège. »

— « Je ne veux rien savoir », dit Kressich d'une voix sourde. Il but une longue gorgée de vin. « Ne me donnez pas de détails. »

— « Il vaudrait mieux que vous retourniez chez vous, monsieur Kressich. Nous veillerons sur vous. Jusqu'à ce que le problème soit réglé. »

Il termina tranquillement son vin. Un des jeunes gens de la bande de Coledy avait ramassé les papiers éparpillés par la bagarre et en avait fait un tas sur le bureau. Kressich se leva, les genoux encore tremblants, évitant de regarder la traînée de sang qui maculait le tapis.

Coledy et quatre de ses hommes l'escortèrent, le faisant passer par la porte qu'avaient empruntée Redding et ses gardiens. Ils suivirent le couloir jusqu'au secteur où il avait un petit appartement, et il utilisa sa clé manuelle... le comp avait été débranché et seules les commandes manuelles fonctionnaient.

« Je n'ai pas besoin de vous ! » dit-il sèchement. Coledy lui adressa un sourire ironique et moqueur, fit une parodie de révérence.

« Je vous verrai plus tard », dit Coledy.

Kressich entra, ferma manuellement la porte, resta debout derrière, luttant contre la nausée. Finalement il s'assit et resta quelques instants immobile.

La démence prenait possession de la Quarantaine. Les passes, qui donnaient à certains l'espoir de quitter la Quarantaine, ne faisaient qu'augmenter le désespoir de ceux qui n'en obtenaient pas. Les plus turbulents restaient, de sorte que la température de l'ensemble montait. Les bandes gouvernaient. Ceux qui n'appartenaient pas aux organisations étaient perdus... homme ou femme, personne ne pouvait se promener dans les couloirs sans bénéficier d'une protection ; et la protection se vendait... contre de la nourriture, des services, des corps... toutes les monnaies concevables. Les drogues... médicales ou pas, entraient ; le vin aussi ; les métaux précieux... tout ce qui avait de la valeur passait de la Quarantaine à la station. Les gardiens des postes de contrôle faisaient des bénéfices.

Et Coledy vendait les demandes de transfert sur Downbelow. Vendait même le droit de faire la queue pour les remettre. Et tout ce qui rapportait à Coledy et à sa police. Les bandes de protection devaient obtenir l'aval de Coledy.

Il n'y avait que l'espoir faiblissant de Downbelow et ceux qui étaient rejetés ou ajournés perdaient la raison, persuadés que les dossiers de la station contenaient des mensonges, qu'ils étaient sur une liste noire qui les empêcherait toujours de quitter la Quarantaine. Le nombre de suicides augmentait ; d'autres se livraient à des excès, dans les baraquements qui devinrent le marché de tous les vices. D'autres commettaient les crimes dont ils craignaient peut-être d'être accusés ; et d'autres devenaient les victimes.

« On les tue, là-bas ! avait crié un jeune homme, rejeté. Ils ne vont pas sur Downbelow ; on les fait sortir d'ici pour les tuer, voilà où ils vont. Ils ne prennent pas des ouvriers, ils ne prennent pas les jeunes, ils prennent les vieux et les enfants, puis ils s'en débarrassent ! »

— « Ta gueule ! » avaient crié les autres, et le jeune

homme avait été sauvagement battu par trois autres avant que Coledy ait pu intervenir ; mais d'autres pleuraient, sans quitter la queue, leur formulaire de demande à la main.

Lui ne pouvait pas demander à partir. Il craignait que Coledy soit mis au courant, s'il faisait une demande. Les gardiens faisaient des affaires avec Coledy et il avait trop peur. Il avait son vin du marché noir, il avait sa sécurité, il était protégé par les hommes de Coledy, de sorte que, s'il arrivait malheur à quelqu'un, ce ne serait pas à Vassily Kressich, du moins tant que Coledy ne le soupçonnerait pas de chercher à le doubler.

Son action était utile, il s'en persuadait. Tant qu'il resterait en Quarantaine, tant qu'il recevrait les doléances, tant que sa position lui permettrait de s'opposer aux pires excès. Coledy ne permettait pas tout. Dans certains cas, les hommes de Coledy y regardaient à deux fois avant d'agir, car ils étaient soucieux de leur image de marque. Il maintenait un semblant d'ordre dans la Quarantaine. Sauvait quelques vies. Maintenait la Quarantaine légèrement en deçà de ce qu'elle aurait été sans son influence.

Et *il* pouvait sortir... il avait cet espoir, toujours, si la situation devenait véritablement insupportable, quand la crise inévitable se produirait... il pourrait demander l'asile. Il pourrait sortir. On ne l'enverrait pas à la mort. Non.

Finalement il se leva, chercha la bouteille de vin qu'il avait à la cuisine, s'en servit un quart, essayant de ne pas penser à ce qui était arrivé, à ce qui arriverait.

Au matin, Redding serait mort. Il ne pouvait le regretter, ne voyait que le regard fou de l'homme à plat ventre sur le bureau, éparpillant les papiers, tentant de le frapper avec son couteau... *lui*, pas les hommes de Coledy.

Comme si c'était lui l'ennemi.

Il frémit et but son vin.

6

PELL, QUARTIERS DES DOWNERS ; 2300 HEURES

Changement d'équipe. Satin étendit ses muscles douloureux en entrant dans la salle faiblement éclairée, quitta son masque et se lava soigneusement dans l'eau fraîche du bassin installé à leur intention. Dent-Bleue (jamais loin, de jour comme de nuit) s'accroupit sur sa natte, lui posant la main sur l'épaule, la tête contre la sienne. Ils étaient fatigués, très fatigués, car il y avait eu un gros chargement à faire, ce jour-là, et bien que les énormes machines fassent l'essentiel du travail, c'étaient les muscles des Downers qui installaient les charges sur les machines et les humains qui criaient. Elle prit son autre main et la retourna, posa les lèvres sur les endroits écorchés, se pencha vers lui et lui lécha la joue, à l'endroit où le masque avait abîmé la fourrure.

« Hommes-lukas ! » gronda Dent-Bleue. Il regardait droit devant lui et son visage exprimait la colère. Ils avaient travaillé pour les hommes de Lukas, ce jour-là, les responsables de l'incident qui s'était produit à la base. Satin avait mal aux mains et aux épaules, mais c'était Dent-Bleue qui l'inquiétait, l'expression de ses yeux. Il en fallait beaucoup pour mettre Dent-Bleue réellement en colère. Il avait tendance à beaucoup réfléchir et, tandis qu'il réfléchissait, ne trouvait pas l'occasion de se mettre en colère mais, cette fois, elle avait l'impression qu'il faisait les deux et, s'il perdait son calme, il souffrirait, parmi les humains, au milieu des hommes-lukas. Elle caressa sa toison rugueuse, la nettoya jusqu'à ce qu'il paraisse plus calme.

« Mange, dit-elle. Viens manger. »

Il se tourna vers elle, lui posa les lèvres sur la joue, lissa la fourrure avec la langue et lui passa le bras autour des épaules...

« Je viens », dit-il, et ils se levèrent, empruntèrent le

tunnel métallique conduisant à la grande salle où il y avait toujours à manger. Les jeunes qui étaient responsables de la cuisine les servirent généreusement et ils allèrent manger dans un coin tranquille. Dent-Bleue retrouva enfin sa bonne humeur, avec le ventre plein, suça avec satisfaction ses doigts couverts de porridge. Un autre mâle entra, se fit servir et s'assit près d'eux. Le Gros, un jeune qui leur sourit aimablement, engloutit sa part de porridge et alla en chercher une autre.

Ils aimaient bien Le Gros, qui n'avait pas quitté Downbelow depuis très longtemps et venait des rives de la même rivière, bien que d'un autre camp et d'autres collines. D'autres arrivèrent, quand Le Gros revint, de plus en plus nombreux, arc de cercle de chaleur tourné vers le coin qu'ils occupaient. Il n'y avait pratiquement que des travailleurs saisonniers, qui venaient dans le Là-Haut et retournaient sur Downbelow, travaillant de leurs mains et ne connaissant pas bien les machines ; ceux-là se montraient chaleureux avec eux. Il y avait d'autres Hisas, outre cette réunion d'amis, les travailleurs permanents, qui ne leur parlaient pas beaucoup, qui restaient entre eux, à l'écart, qui restaient assis, le regard fixe, comme si leur long séjour parmi les humains les avait transformés. Ils étaient presque tous âgés. Ils connaissaient le mystère des machines, arpentaient les tunnels et savaient les secrets des endroits obscurs. Ils se tenaient toujours à l'écart.

« Parle de Bennett », demanda Le Gros, car, comme tous ceux qui allaient et venaient, quel que soit le camp auquel ils appartinssent, il était passé par le camp des humains, avait connu Bennett Jacint ; on avait beaucoup pleuré, dans le Là-Haut, en apprenant la mort de Bennett Jacint.

« Je parle », dit Satin, car, tout récemment arrivée, elle avait l'exclusivité de ce récit, parmi d'autres récits que les Hisas racontaient, et elle en trouvait rapidement le ton. Chaque soir, depuis leur arrivée, la conversation n'avait pas roulé sur les faits et gestes des Hisas, car leur existence ne changeait jamais, mais sur les faits et gestes des Konstantin, la manière dont Emilio et son amie Miliko avaient rendu le sourire aux Hisas... et sur Bennett, l'ami mort des Hisas. Parmi tous ceux qui avaient raconté cette histoire, dans le Là-Haut, elle seule avait *vu*, et on lui demandait inlassablement de raconter.

« Il est allé au moulin, dit-elle lorsqu'elle arriva à cet épisode du récit, et il dit aux Hisas qui y sont : Non, non, fuyez, les humains vont faire, les humains vont travailler pour que la rivière ne prenne pas de Hisas. Et il travaille de ses propres mains, sans jamais crier, non, il aime les Hisas. Nous lui donnons un nom... j'ai donné, parce qu'il m'a donné un nom humain et mon bon esprit. Je l'appelle : Vient-De-La-Lumière. »

Un murmure s'éleva, à ce moment-là, de satisfaction, pas de censure, bien qu'il s'agisse d'un mot-esprit de soleil lui-même. Les Hisas frissonnèrent, les bras serrés contre la poitrine, comme chaque fois qu'elle disait cela.

« Et les Hisas n'abandonnent pas homme-Bennett, non, non. Ils travaillent avec lui pour sauver le moulin. Puis, Vieille Rivière, elle se met en colère contre les humains et les Hisas, toujours en colère, mais surtout parce que les hommes-lukas dénudent ses rives et prennent son eau. Et nous disons à homme-Bennett qu'il doit se méfier de Vieille Rivière, et il nous entend et revient ; mais nous, les Hisas, nous travaillons, pour que le moulin ne soit pas perdu et que Bennett ne soit pas triste. Vieille Rivière, elle monte et emporte les poteaux ; et nous crions : Vite, vite, revenez, aux Hisas qui travaillent. Moi-Satin, je travaille, je *vois*. » Elle se frappa la poitrine et toucha Dent-Bleue, embellissant le récit. « Dent-Bleue et Satin, nous voyons, nous courons aider les Hisas, et Bennett et ses amis, tous, tous nous courons les aider. Mais Vieille Rivière, elle les mange et nous arrivons trop tard, bien trop tard. Le moulin casse, ssst ! Et Bennett tend les bras vers les Hisas, emporté par Vieille Rivière. Elle l'emporte aussi, avec ses amis. Nous crions, nous pleurons, nous supplions Vieille Rivière de rendre Bennett ; mais elle le prend tout de même. Elle rend tous les Hisas, mais elle prend homme-Bennett et ses amis. Nos yeux sont pleins de cela. Il meurt. Il meurt en tendant les bras aux Hisas, son bon cœur le fait mourir et Vieille Rivière, méchante, le mange. Les humains le trouvent et le mettent en terre. Je plante le bâton-esprit sur lui et je lui apporte des présents. Je viens ici, et mon ami Dent-Bleue vient, parce que l'Epoque est venue. Je viens ici en pèlerinage, parce que c'est le pays d'homme-Bennett. »

Il y eut un murmure d'approbation, un balancement des corps qui les entouraient. Les larmes brillaient dans les yeux.

Puis un événement étrange et effrayant se produisit, car quelques Hisas bizarres du Là-Haut avaient pris place derrière la foule, se balançant et regardant.

« Il aime, dit l'un d'entre eux, figeant tous les auditeurs. Il aime les Hisas. »

— « Vrai », reconnut-elle. Une boule gonfla dans sa gorge car un des inconnus bizarres admettait qu'ils avaient écouté le fardeau de son cœur. Elle chercha, parmi ses sacs, ses présents-esprits. Elle sortit le morceau de tissu rouge, le tenant entre ses doigts tendres. « Voici mon présent-esprit, mon nom il m'a donné. »

Nouveaux balancements et murmure d'approbation.

« Comment t'appelles-tu, Conteuse ? »

Elle serra son présent-esprit contre sa poitrine et regarda l'inconnu qui avait posé la question, respira profondément. Conteuse. Un tel honneur, de la part d'un Ancien inconnu, la fit frissonner de plaisir.

« Je m'appelle Ciel-La-Voit. Les humains m'appellent Satin. » Elle tendit une main caressante vers Dent-Bleue.

« Je m'appelle Soleil-Entre-Les-Nuages, dit Dent-Bleue. Je suis l'ami de Ciel-La-Voit. »

L'Ancien se balança et tous les Hisas étranges s'étaient réunis, provoquant un murmure respectueux parmi les autres, qui s'écartèrent, dégageant l'espace qui se trouvait entre eux et elle.

« Nous t'entendons parler de ce Vient-De-La-Lumière, de cet homme-Bennett. Bon, bon, était cet humain et bon que tu lui aies apporté des présents. Nous bénissons ton voyage, et respectons ton pèlerinage, Ciel-La-Voit. Tes paroles nous font chaud, font chaud à nos yeux. Longtemps nous avons attendu. »

Elle se pencha, respectueuse de l'âge de celui qui parlait, de sa courtoisie. Le murmure des autres grandit.

« C'est l'Ancien, lui souffla Le Gros à l'oreille. Il ne nous *parle* pas. »

L'Ancien cracha, lissa dédaigneusement sa fourrure.

« La Conteuse parle bien. Son voyage marque une Epoque. Elle marche les yeux ouverts, pas seulement les mains. »

— « Ah », murmurèrent les autres, stupéfaits, et Satin resta figée.

— « Nous louons Bennett Jacint, dit l'Ancien. Ce que nous avons entendu nous fait chaud. »

— « Homme-Bennett est *notre* humain, dit Le Gros avec fermeté. L'humain de Downbelow : il m'a envoyé ici. »

— « Il nous aimait », dit un autre. Et un autre encore :

— « Nous l'aimions tous. »

— « Il nous défendait contre les lukas », dit Satin. Et homme-Konstantin est son ami, il m'a envoyée ici pour mon printemps, en pèlerinage ; nous nous sommes rencontrés sur la tombe de Bennett. Je viens voir Seigneur Soleil, sa face, le Là-Haut. Mais, Ancien, nous ne voyons que des machines, pas la lumière. Nous travaillons dur, dur. Nous n'avons pas les fleurs des collines, mon ami et moi, non, mais nous espérons toujours. Bennett dit que c'est bien, ici, que c'est beau ; il dit que Soleil est tout près. Nous espérons voir, Ancien. Nous avons demandé les images du Là-Haut, et personne ne les a vues. On dit que les humains les cachent. Mais nous espérons toujours, Ancien. »

Il y eut un long silence, l'Ancien se balançant de droite à gauche. Finalement il s'immobilisa, leva une main osseuse.

« Ciel-La-Voit, ce que tu espères est ici. *Nous* le voyons. Les images sont dans un endroit où se réunissent les Anciens des humains, et nous les avons vues. Soleil brille sur cet endroit, oui, c'est vrai. Ton homme-Bennett ne t'a pas trompée. Mais il y a ici des choses qui te feront froid aux os, Conteuse. Nous ne disons pas ces secrets. Les Hisas de Downbelow les comprendraient-ils ? Comment les supporteraient-ils ? Leurs yeux ne voient pas. Mais cet homme-Bennett t'a fait chaud aux yeux et t'a appelée. Ah, longtemps nous avons attendu, longtemps, longtemps, et tu nous fais chaud au cœur et nous te souhaitons la bienvenue.

» Ssst ! Le Là-Haut n'est pas tel qu'il semble. Les images de la plaine, nous nous en souvenons. Je les ai vues. J'ai dormi près d'elles et rêvé des rêves. Mais les images du Là-Haut... elles ne sont pas pour nos rêves. Tu nous parles de Bennett Jacint, et nous te parlons, Conteuse, d'une des nôtres que tu ne vois pas; les humains l'appellent Lily. Elle s'appelle : Soleil-Lui-Sourit, et c'est la Grande Ancienne, car elle est beaucoup plus âgée que moi. Les images que nous avons données aux humains sont devenues des images humaines et, près d'elle, une humaine rêve dans les endroits secrets du Là-Haut, dans un endroit plein de lumière. Seigneur Soleil lui rend visite... elle ne bouge jamais, non, car le rêve est beau. Elle est couchée dans la lumière, Soleil lui fait chaud aux yeux ; les étoiles dansent pour elle ; elle voit tout le Là-Haut sur ses murs, peut-être nous regarde-t-elle en ce moment. La Grande Ancienne s'occupe d'elle, l'aime, cette personne sacrée. Bon, bon est son amour, et elle nous rêve tous, tout le Là-Haut, et son visage sourit à jamais à Seigneur Soleil. Elle nous appartient. Nous l'appelons : Soleil-Son-Ami. »

— « Ah », murmura le groupe, stupéfié par cette nouvelle... une humaine accouplée à Soleil.

— « *Ah*, murmura Satin en même temps que les autres, s'entoura de ses bras et frémit, se pencha. Verrons-nous cette bonne humaine ? »

— « Non ! répondit sèchement l'Ancien. Seule Lily va là-bas. Et moi. Une fois. Une fois, je l'ai vue. »

Satin recula, profondément déçue.

« Peut-être que cette humaine n'existe pas », dit Dent-Bleue.

Les oreilles de l'Ancien se rabattirent sur son crâne et le groupe retint son souffle.

« C'est une Epoque, reprit Satin, et mon Voyage. Nous venons de très loin, Ancien, et nous ne pouvons pas voir les images, et nous ne pouvons pas voir la Rêveuse ; nous n'avons pas encore trouvé la face de Soleil. »

Les lèvres de l'Ancien se crispèrent et se détendirent plusieurs fois de suite.

« Venez. Nous montrerons. Cette nuit, vous venez ; la nuit prochaine, d'autres... si vous n'avez pas peur. Nous montrerons un endroit. Les humains le désertent brièvement. *Une heure*. Temps humain. Je sais ce que cela fait. Vous venez ? »

Dent-Bleue ne dit pas un mot.

« Viens », dit Satin ; et, percevant sa réticence, elle le

tira par le bras. D'autres refusèrent. Ils n'étaient pas assez audacieux... ne faisaient pas assez confiance à l'Ancien inconnu.

L'Ancien se leva, et deux de ses compagnons avec lui. Satin et Dent-Bleue se levèrent également, plus lentement.

« Je viens aussi », annonça Le Gros, mais ses compagnons ne se joignirent pas à lui.

L'Ancien les regarda d'un air bizarrement goguenard, leur fit signe de le suivre, les entraînant dans les tunnels, de plus en plus loin, dans des tunnels où les Hisas pouvaient aller sans masque, des endroits obscurs où il fallait escalader de minces barreaux métalliques et où les Hisas eux-mêmes devaient marcher courbés.

« Il est fou, lui souffla finalement Dent-Bleue à l'oreille, essoufflé. Et nous sommes fous de suivre cet Ancien dérangé. Ils sont tous bizarres, ceux qui vivent ici depuis longtemps. »

Elle ne répondit pas, n'ayant d'autre argument que son désir. Elle avait peur, mais elle suivait, et Dent-Bleue la suivait. Le Gros traînait derrière eux. Ils soufflaient quand il leur fallait parcourir une longue distance pliés en deux, ou bien grimper longtemps. C'était la force de la folie qui animait l'Ancien et ses deux compagnons, comme s'ils étaient accoutumés à ces trajets et savaient où ils allaient.

Ou peut-être... cette idée lui glaça le sang... s'agissait-il d'une plaisanterie étrange de l'Ancien qui projetait de les abandonner dans les profondeurs de l'obscurité, où ils erreraient et mourraient, pour donner une leçon aux autres.

Et, au moment même où elle fut convaincue du bien-fondé de cette peur, l'Ancien et ses compagnons s'arrêtèrent et mirent leurs masques, indiquant qu'ils allaient entrer dans un endroit où il faudrait respirer de l'air humain. Satin mit rapidement le sien puis Dent-Bleue et Le Gros firent de même juste à temps car la porte qui se trouvait derrière eux se ferma tandis que celle qui se trouvait devant s'ouvrit sur une salle éclairée, blanc du sol et vert des plantes, quelques humains allant et venant dans l'immense pièce déserte... rien de comparable aux docks. Tout était propreté et lumière, ainsi qu'une zone d'obscurité, derrière eux, où l'Ancien souhaitait les conduire.

Satin sentit la main de Dent-Bleue se glisser dans la sienne, et Le Gros resta près d'eux tandis qu'ils pénétraient dans une obscurité plus étendue que la zone de lumière qu'ils venaient de quitter, où il n'y avait pas de parois, seulement le ciel.

Les étoiles tournaient autour d'eux, leur mouvement leur donnant le vertige, étoiles magiques qui changeaient d'un endroit à l'autre, plus nettes et plus lumineuses que sur Downbelow. Satin lâcha la main qui la retenait et avança, émerveillée, regardant autour d'elle.

Et, soudain, la lumière apparut, un disque immense et embrasé, parsemé de taches noires, projetant des langues de feu.

« Soleil », psalmodia l'Ancien.

Il n'y avait ni lumière ni bleu, seulement le noir, les étoiles et cet embrasement terriblement proche. Satin trembla.

« Il fait noir, objecta Dent-Bleue. Comment peut-il faire nuit en présence de Soleil ? »

— « Toutes les étoiles sont la famille de Seigneur Soleil, expliqua l'Ancien. Telle est la vérité. L'éclat est une illusion. Telle est la vérité. Seigneur Soleil brille dans le noir et il est gros, si gros que nous sommes poussière. Il est terrifiant et ses feux font peur au noir. Telle est la vérité. Ciel-La-Voit, voici le ciel tel qu'il est ; voici ton nom. Les étoiles sont comme Seigneur Soleil, mais loin, très loin. Nous avons appris cela. Vois ! Les murs nous montrent le Là-Haut, et les grands vaisseaux, l'extérieur des docks. Et voici Downbelow. Nous la regardons à présent. »

— « Où est le camp des humains ? demanda Le Gros. Où est Vieille Rivière ? »

— « Le monde est rond, comme un œuf, et une partie tourne le dos à Soleil ; sur ce côté-là, il fait nuit. Peut-être, en regardant attentivement, verrez-vous Vieille Rivière ; je crois. Mais jamais le camp des humains. Il est trop petit, sur la face de Downbelow. »

Le Gros, les bras serrés contre le corps, frissonna.

Mais Satin avança parmi les tables, jusqu'à l'endroit dégagé, où Soleil brillait dans sa vérité, prenant le dessus sur le noir… il était terrifiant, orange, comme le feu, et emplissant tout de la terreur qu'il répandait.

Elle songea à la Rêveuse qui s'appelait : Soleil-Son-Ami, dont les yeux étaient à jamais réchauffés par ce spectacle, et les poils se dressèrent sur sa nuque.

Et elle écarta les bras, tourna sur elle-même, englobant Soleil et sa famille lointaine, perdue en eux, car elle était arrivée au bout de son Voyage. Elle s'emplit les yeux de ce spectacle, sous le regard de Soleil, et elle ne serait plus jamais la même, jamais.

4

A BORD DU *NORVÈGE*, POINT ZÉRO ESPACE DE L'UNION ; 10/9/52

Point Omicron.

Le *Norvège* ne fut pas le premier vaisseau qui apparut à proximité de ce morceau de roche et de glace de la taille d'une planète, visible seulement quand il cachait les étoiles. D'autres l'avaient précédé à ce rendez-vous sans soleil. Omicron était un vagabond, un morceau de débris entre les étoiles, mais sa position était calculable et sa masse permettait d'orienter un saut dans sa direction… un endroit aussi isolé que possible, découvert inopinément par Sung, du *Pacifique*, et devenu depuis le lieu de rendez-vous de la Flotte. C'était un de ces endroits que les vaisseaux sub luminiques craignaient, que les autres vaisseaux, épris de discrétion… chérissaient et gardaient secrets.

Les détecteurs percevaient des mouvements, présence de plusieurs vaisseaux, transmissions jaillies du noir éternel. Les ordinateurs s'entretinrent et ils approchèrent ; et les yeux de Signy Mallory allaient d'un élément de télémétrie à l'autre, luttant contre l'hypnose qui prenait facilement le dessus, après le saut et les drogues nécessaires. Elle imprima au *Norvège* sa vitesse maximale en espace réel, fonçant sur les signaux et quittant la zone de saut, avec l'impression d'avoir quelque chose sur les talons, fit confiance à la précision de l'équipage et prit le cap alors que le vaisseau filait déjà, pendant les quelques minutes tremblotantes qui serraient la gorge, de transit près de *C*, où ils ne disposaient que d'approximations.

Elle coupa les moteurs, décélérant rapidement, ce qui n'avait rien d'agréable, la télémétrie déréglée par la vitesse et le cerveau humain déréglé par les drogues tentant de calculer une position précise ; surestimer la décélération pouvait précipiter le *Norvège* contre la roche ou contre un autre vaisseau.

« Tout est en ordre, ils sont tous là sauf l'*Europe* et le *Libye* », annoncèrent les coms.

Une grande réussite de navigation, le fait d'avoir localisé Omicron avec une telle précision, d'arriver en plein scan, exactement dans la zone de saut, après avoir sauté près de Russell, très loin. Une mauvaise estimation et ils seraient arrivés dans la zone de saut en même temps qu'un autre vaisseau, une catastrophe.

« Bon travail, dit-elle à tous les postes, regardant les chiffres que Graff transmettait sur son écran : deux minutes d'écart mais la distance exacte ; on ne peut guère faire mieux, compte tenu de notre point de départ. Signaux bien reçus. Soyez prêts ! »

Elle prit son cap par rapport à Omicron, vérifia les informations ; une demi-heure plus tard, elle reçut un signal du *Libye*, qui venait d'arriver. L'*Europe* sortit un quart d'heure plus tard, sur un autre plan.

Alors, c'était bien ça. Ils étaient au même endroit, en même temps, ce qui ne s'était pas produit depuis le début des opérations. Bien qu'il soit peu probable que l'Union les attaque en force, ils étaient nerveux.

L'ordinateur de l'*Europe* envoya des signaux. On leur attribua un secteur, pour mettre en panne. Signy s'appuya contre le dossier, retira l'écouteur qu'elle avait dans l'oreille, détacha son harnais et se leva, tandis que Graff gagnait le poste qu'elle venait de quitter. Ils n'avaient pas les mêmes inconvénients que d'autres : le *Norvège* était un vaisseau de jour... son commandement principal suivant les horaires actuellement appliqués. D'autres, l'*Atlantique*, l'*Afrique*, le *Libye*, étaient d'antijour, de sorte que les moments des attaques n'étaient jamais prévisibles, de sorte que l'on pouvait toujours disposer de vaisseaux animés par leur équipage principal. Mais, à présent, ils étaient tous de jour, synchronisation qu'ils n'avaient jamais expérimentée, et les capitaines d'anti-jour en faisaient les frais, sauts et changements d'horaires combinés.

« A toi ! » dit-elle à Graff, et elle s'éloigna dans l'allée, touchant une épaule ici et là, se dirigea vers son recoin du couloir... le dépassa. Elle gagna les quartiers de l'équipage, regarda à l'intérieur, équipes de l'anti-jour, bourrées de drogues pour dormir malgré le saut. Quelques-uns, opposés à ce procédé, étaient rassemblés au mess de l'équipage, certainement pas aussi en forme qu'ils le paraissaient.

« Tout est en ordre ! leur annonça-t-elle. Tout le monde va bien ? »

Ils l'affirmèrent. A présent ils pourraient prendre des somnifères, dormiraient tranquillement et paisiblement. Elle les laissa faire, emprunta l'ascenseur conduisant à la partie extérieure du vaisseau, où se trouvaient les quartiers des soldats, suivit le couloir principal, derrière les vestiaires, s'arrêta dans une succession de chambrées où elle interrompit des groupes d'hommes et de femmes assis, échangeant leurs conceptions de ce qui les attendait... regards coupables et surpris, soldats se levant d'un bond, troublés de se trouver exposés à son regard, récupération frénétique d'un vêtement quelconque, dissimulation d'un objet ou d'un autre qui pourrait lui déplaire ; elle n'était pas ainsi, mais l'équipage et les soldats avaient d'étranges réticences. Ici aussi, quelques-uns dormaient, drogués, inconscients sur leurs couchettes ; mais ce n'était pas le cas de la majorité... on jouait, dans beaucoup de compartiments, tandis que le vaisseau se confiait aux hasards de l'espace, tandis que chair et vaisseau semblaient se dissoudre, et la partie continuait de l'autre côté de ce moment longtemps prolongé.

« Il n'y aura pas grand-chose à faire, disait-elle chaque fois. Nous sommes en formation et nous sommes stables ; reposez-vous, mais soyez toujours prêts à passer à l'action. Aucune raison de penser qu'il y aura des problèmes, mais il ne faut pas prendre de risques. »

Di Janz la rejoignit dans le couloir principal après sa

troisième visite, la salua, l'accompagna dans son domaine réservé, apparemment content de sa présence parmi ses troupes. Les soldats se figeaient au garde-à-vous sur leur passage. Le mieux, se dit-elle, est de mener cette prétendue inspection à son terme, juste pour leur faire bien comprendre que le Commandement ne les a pas oubliés. Ce qui venait était le type d'opération que les soldats redoutaient, une attaque conduite par plusieurs vaisseaux, ce qui augmentait les risques d'être touché. Et les soldats devaient vivre cela en aveugles, serrés dans la petite zone de sécurité que pouvait leur attribuer la structure interne du vaisseau. Il n'en existait pas de plus courageux lorsqu'il fallait affronter le feu, aborder un transport arrêté, effectuer un raid à terre ; et ils supportaient très bien les opérations habituelles, le *Norvège* attaquant seul, frapper et fuir. Mais ils étaient nerveux... elle s'en était rendu compte en écoutant les conversations à voix basse des coms ouvertes... toujours ouvertes : une tradition du *Norvège*, afin que tout le monde sache ce qui se passait, jusqu'au plus petit soldat. Ils obéissaient, obéiraient, mais cette nouvelle phase de la guerre blessait leur orgueil, car ils ne serviraient à rien. C'était important d'être là, à ce moment, de faire un geste. Ecœurés comme ils l'étaient, avec le saut et les drogues, ils étaient au plus bas et elle vit les regards s'éclairer sous l'effet d'une parole, d'une claque sur l'épaule en passant. Elle connaissait les noms, tous, les appelait successivement par leur nom. Il y avait Mahler, qu'elle avait choisi parmi les réfugiés de Russell, qui semblait très calme et plutôt effrayé ; Kee, pris sur un vaisseau de commerce ; Di était arrivé de nombreuses années plus tôt, de la même manière. Beaucoup, beaucoup d'autres. Quelques-uns avaient subi un traitement de réjuv, comme elle, la connaissaient depuis des années... connaissaient également l'enjeu, comme elle, comme tout le monde. Dommage que cette phase capitale ne soit pas la leur, ne puisse pas l'être.

Elle entra dans les limbes obscurs de la soute avant, le long de la bordure du cylindre, dans le monde étrange des équipages des auxiliaires, un endroit où elle se sentait chez elle, souvenir d'une autre époque, où elle avait ses quartiers dans un endroit semblable, ce secteur étonnant où les équipages des vaisseaux de combat inter-Systèmes, les mécaniciens, les équipes de réparations vivaient dans leur monde à eux. Il y avait là un autre poste de commandement, dans le bon sens, actuellement, en rotation, le plafond en bas après l'accostage. Deux des huit équipages étaient là, celui de Quevedo et celui d'Almarshad, de l'*Odin* et du *Thor*; quatre étaient de repos; deux étaient en apesanteur dans la structure... ou dans leurs vaisseaux, parce que faire sortir les équipages du cylindre rotatif, par l'ascenseur spécial, prenait le temps d'une rotation de la coque et qu'on ne disposerait pas de ce temps en cas de problème. Sauter en apesanteur... elle se souvenait très bien de cette expérience. Ce n'était pas la manière la plus agréable de voyager, mais il fallait bien que quelqu'un le fasse. Ils n'avaient pas l'intention de déployer les auxiliaires à Omicron, sinon il y aurait eu deux autres équipages dans la boîte, comme on disait, dans cet exil.

« Tout va bien, dit-elle à ceux qui étaient de permanence. Reposez-vous, détendez-vous, ne buvez pas ; nous devons être prêts à toute éventualité tant que nous serons ici. Je ne sais ni quand nous recevrons l'ordre de partir ni de combien de temps nous disposerons. Il faudra peut-être faire vite, mais c'est peu probable. A mon avis, nous ne sauterons pas avant d'avoir pu prendre du repos. Nous avons l'initiative de cette opération, pas l'Union. »

Personne ne discuta. Elle regagna le niveau principal, prit au plus court par le couloir numéro un, les jambes toujours engourdies, mais l'effet des drogues allant en s'atténuant. Elle entra dans son bureau/cabine, fit les cent pas pendant quelques instants, finit par s'allonger sur sa couchette et se reposer, fermant les yeux et faisant refluer la tension, l'énergie nerveuse que le saut provoquait toujours en elle parce que, en général, il précédait le combat, la prise rapide de décisions, tuer ou mourir.

Se reposer un peu ; dormir si possible. C'était impossible. Elle fut contente quand la convocation arriva.

Cela lui fit une impression étrange de se retrouver dans les couloirs de l'*Europe*, plus étrange encore de rencontrer tous les autres dans la salle du Conseil du vaisseau-amiral... bizarre et troublant, cette réunion de tous les capitaines qui travaillaient ensemble, sans se rencontrer, depuis de nombreuses années, qui évitaient soigneusement de s'approcher les uns des autres, sauf à l'occasion de brefs rendez-vous destinés à la transmission directe des ordres. Depuis quelques années, il était improbable que Mazian lui-même sache exactement où se trouvait l'ensemble de sa Flotte, si tels ou tels vaisseaux avaient survécu aux missions qui leur avaient été confiées... ou quelles missions démentes ils entreprenaient en solo. C'était moins une Flotte qu'une guérilla, se cachant, frappant, disparaissant.

A présent, ils n'étaient plus que dix, les survivants des opérations... elle ; Tom Edger, de l'*Australie*, mince et morose ; Mika Kreshov, de l'*Atlantique*, colosse perpétuellement ironique ; Carlo Mendez, du *Pôle Nord*, petit, brun et effacé. Il y avait Chenel, du *Libye*, qui avait subi un traitement de réjuv... ses cheveux étaient devenus complètement blancs depuis leur dernière rencontre, un an plus tôt ; il y avait Porey, de l'*Afrique*, un Noir incroyablement laid... la Flotte ne disposait pas de service de chirurgie esthétique, en cas de blessure. Keu, de l'*Inde*, onctueux et sûr de lui ; Sung, du *Pacifique*, tout efficacité ; Kant, du *Thibet*, de la même trempe que Sung.

Et Conrad Mazian. Les cheveux argentés à cause de la réjuv, un homme grand et élégant, vêtu de bleu foncé, qui posa les bras sur la table et regarda successivement tous les membres de son auditoire. C'était un effet ; peut-être ce regard ouvert était-il signe d'affection. Le sens du spectacle et Mazian étaient inséparables ; c'était ce qui le faisait vivre. Le connaissant et connaissant son caractère, Signy éprouva néanmoins le même enthousiasme qu'autrefois.

Pas de préliminaires, pas de discours de bienvenue, seulement ce regard et un signe de tête.

« Les dossiers sont devant vous, dit Mazian. Secrets : les codes et les coordonnées sont dedans. Emportez-les et informez vos responsables, mais ne communiquez aucune information d'un vaisseau à l'autre. Programmez vos comps pour les alternatives A, B, C et ainsi de suite, et appliquez-les en fonction de la situation. Mais nous n'avons pas l'intention d'utiliser ces alternatives. Tout est soigneusement organisé. Schématique... »

Il projeta une image sur l'écran qui se trouvait devant eux, leur montra la zone familière de leurs opérations récentes, opérations qui, en évacuant le personnel essentiel et en désorganisant complètement les stations, laissait une seule station intacte, comme la partie étroite d'un entonnoir dirigé vers Pell, vers la chaîne clairsemée des Etoiles Proches. Une station. Viking. Signy avait compris depuis longtemps, une tactique vieille comme le monde, vieille comme la guerre, à laquelle l'Union ne pouvait résister car elle ne pouvait permettre le vide du pouvoir, ne pouvait laisser le désordre s'installer sur les stations qu'elle avait conquises, dépouillées de leurs techniciens, directeurs, services de sécurité, délibérément laissées à l'abandon. L'Union avait commencé la conquête des stations. Alors ils avaient enfoncé des stations dans la gorge de l'Union ; l'Union avait dû s'y installer pour ne pas les perdre, fournir des techs et du personnel qualifié pour remplacer ceux qui avaient été évacués. Et des vaisseaux pour les garder, rapidement, l'une après l'autre. Malgré sa puissance énorme, l'Union avait du mal à digérer ce qu'elle avait dû ingurgiter.

Elle avait dû prendre Viking telle quelle avec toutes les complications internes d'une station jamais évacuée... la prendre tout de même parce que, en enfonçant une succession rapide de stations dans le gosier de l'Union, ils lui imposaient le rythme et la direction des mouvements de ses vaisseaux et de son personnel.

Viking était la dernière.

Centrale par rapport aux autres, entourée de désolation, de stations luttant pour survivre.

« Tout indique, dit calmement Mazian, qu'ils ont décidé de fortifier Viking ; un choix logique : Viking est la seule qui ait un comp aux mémoires intactes, la seule où ils aient eu la possibilité d'arrêter tous les dissidents, toute la résistance, où ils aient pu appliquer leurs méthodes policières et ficher tout le monde, immédiatement. Maintenant, tout est calme, bien nettoyé, prêt à recevoir leur base : nous leur avons laissé le temps de s'installer ; nous détruisons Viking et nous frappons les autres, qui ne tiennent que par un fil en termes de viabilité... et il n'y aura plus qu'un grand vide entre nous et Fargone ; entre Pell et l'Union. Nous rendrons l'expansion difficile, coûteuse ; nous pousserons le fauve vers d'autres territoires de chasse... pendant que c'est encore possible. Vos instructions personnelles sont dans vos dossiers. Il sera peut-être nécessaire d'improviser les petits détails, en fonction de ce que vous trouverez dans vos secteurs respectifs. Le *Norvège*, le *Libye*, l'*Inde*, unité un ; l'*Europe*, le *Thibet*, le *Pacifique*, deux ; le *Pôle Nord*, l'*Atlantique*, l'*Afrique*, trois ; l'*Australie* est chargé d'une mission particulière. Si nous avons de la chance, nous n'aurons rien à craindre sur nos arrières, mais toutes les éventualités sont envisagées. Cette séance va être longue, c'est pourquoi je vous ai laissés vous reposer. Nous allons simuler jusqu'à ce qu'il n'y ait plus de questions. »

Signy soupira silencieusement, ouvrit le dossier et, dans le silence que Mazian leur accorda, examina les opérations telles qu'elles étaient présentées, ses lèvres serrées devenant de plus en plus fines. Inutile de répéter : ils connaissaient ce qui les attendait, variations sur des thèmes qu'ils avaient tous exploités individuellement. Mais la navigation exigerait toute leur compétence, une attaque massive, pas de synchronisation des arrivées, mais une succession, la catastrophe si les vaisseaux étaient trop proches les uns des autres, si une masse quelconque, un vaisseau ennemi, par exemple, se trouvait à proximité. Il leur faudrait sortir assez près de Viking pour que l'ennemi n'ait pas le choix, à la limite du désastre. La présence d'un vaisseau ennemi à un endroit où, statistiquement, il n'aurait pas dû être, des vaisseaux déployés en une formation inhabituelle autour de la station... autant d'éventualités. Ils tenaient également compte des positions des planètes et des satellites du Système à la date de leur arrivée, afin de se cacher derrière quand cela était possible. Jaillir en espace réel avec les nerfs encore engourdis, concentrer des esprits embrumés sur l'action et localiser immédiatement les amis et les ennemis, coordonner une attaque si précisément que certains sortiraient devant Viking et d'autres derrière, arriver de tous les côtés à la fois, en partant du même point...

Ils avaient un avantage sur les nouveaux vaisseaux, très minces, de l'Union, le matériel moderne, les jeunes équipages frais émoulus, formés par hypnose et connaissant toutes les réponses. La Flotte avait de l'expérience, pouvait manœuvrer ses vaisseaux rapiécés avec une précision que le matériel perfectionné de l'Union n'avait pas encore égalée, avec une audace que l'Union, conservatrice et soucieuse du respect du règlement, décourageait chez ses capitaines.

Ils perdraient peut-être un vaisseau, dans ce type d'opération, peut-être plus d'un, en arrivant trop près, en se détruisant mutuellement. Cela se produirait probablement. Ils comptaient sur la chance de Mazian... C'était leur avantage, de faire ce qu'aucun être équilibré ne prendrait le risque de faire, et la surprise était leur arme.

Les schématiques apparurent, l'un après l'autre. Ils discutèrent, pour l'essentiel écoutèrent et acceptèrent, car rares étaient les points de désaccord. Ils mangèrent ensemble, regagnèrent la salle de conférences, eurent une dernière discussion.

« Un jour de repos, annonça Mazian. Nous partirons à l'aube, après-demain. Programmez les comps ; vérifiez et revérifiez. »

Ils acquiescèrent, se séparèrent, chacun regagnant son vaisseau, et les « Au revoir » eurent une saveur particulière... car, lors de leur prochaine rencontre, ils seraient moins nombreux.

« On se retrouve en enfer », marmonna Chenel, et Porey eut un sourire ironique.

Une journée pour programmer le comp ; et le rendez-vous en perspective.

5

STATION CYTEEN, ZONE DE SÉCURITÉ ; 14/9/52

Ayres s'éveilla, se demandant ce qui l'avait réveillé, dans le silence de leur appartement. Marsh était rentré... leur plus récente frayeur, quand il ne les avait pas rejoints après le gymnase. Ayres était victime de la tension. Il se rendit compte que, depuis quelque temps, il dormait crispé, car il avait mal aux épaules, les mains serrées et la sueur perlant sur son visage sans qu'il puisse déterminer pourquoi.

La guerre des nerfs n'avait pas cessé. Azov avait obtenu ce qu'il voulait : un message rappelant Mazian. Ils ergotaient à présent sur quelques points d'accords annexes concernant l'avenir de Pell, que Jacoby se proposait de livrer à l'Union. Ils pouvaient aller au gymnase, mais devaient assister à d'interminables conférences et subissaient des brimades, tout comme par le passé. Tout se passait comme si la requête présentée à Azov n'avait fait qu'aggraver la situation, car Azov resta invisible pendant cinq jours... parti, selon les subalternes, et les difficultés qu'il leur fallait supporter semblaient teintées de méchanceté.

Quelqu'un s'agitait dehors. Des pas étouffés. La porte glissa sans avertissement. La silhouette de Dias apparut dans l'encadrement.

« Segust, dit-elle, venez. Il faut que vous veniez. C'est Marsh ! »

Il se leva, prit son peignoir, puis suivit Dias. Karl Bela sortait également de sa chambre, contiguë à la sienne. La chambre de Marsh se trouvait de l'autre côté du salon près de celle de Dias, et la porte était ouverte.

Marsh était pendu, tournant doucement, avec une ceinture fixée à un crochet destiné à une lampe amovible. Le visage était horrible. Ayres resta un instant figé, puis tira près du corps la chaise qui avait glissé, monta dessus et tenta de décrocher le mort. Ils n'avaient pas de couteau, n'avaient rien pour couper la ceinture. Elle avait mordu dans le cou de Marsh et il ne pouvait la décrocher tout en soutenant le corps. Bela et Dias essayèrent de l'aider, en tenant les genoux, mais cela ne servit à rien.

« Il faut que nous appelions la Sécurité », dit Dias.

Ayres descendit de la chaise, le souffle court, les dévisagea.

« J'aurais dû l'empêcher, reprit Dias. Je ne dormais pas. Je l'entendais bouger, il s'agitait beaucoup. Puis des bruits étranges. Cela a cessé d'un seul coup et, un moment plus tard, je suis finalement allée voir. »

Ayres secoua la tête, regarda Bela puis gagna rapidement le salon, la console des coms située près de la porte, et appela la Sécurité.

« Nous avons un mort, dit-il. Passez-moi un responsable. »

— « Votre demande sera transmise, lui fut-il répondu. La Sécurité arrive. »

La communication fut coupée, pas plus informative que d'habitude.

Ayres s'assit, la tête entre les mains, s'efforçant de ne pas penser au cadavre horrible de Marsh, qui tournait lentement sur lui-même dans le compartiment voisin. C'était prévisible ; il avait craint pire, que Marsh craque entre les mains de ses bourreaux. Un homme courageux, dans un sens ; il n'avait pas cédé. Ayres tenta de se convaincre que c'était bien le cas.

La culpabilité, peut-être. Les remords l'avaient peut-être poussé au suicide.

Dias et Bela s'assirent également, attendirent avec lui, visages figés et graves, cheveux en désordre. Il tenta de se peigner avec les doigts.

Les yeux de Marsh. Il ne voulait pas y penser.

Un long moment s'écoula.

« Qu'est-ce qu'ils attendent ? » demanda Bela, et Ayres eut la présence d'esprit d'adresser un regard dur à Bela, lui reprochant cette manifestation d'humanité. C'était la vieille guerre ; elle continuait malgré cela, surtout après cela.

« Nous devrions peut-être retourner nous coucher », avança Dias.

En d'autres circonstances, ailleurs, une suggestion démente. Là, c'était le bon sens. Ils avaient besoin de repos. On s'arrangeait systématiquement pour les en priver. Encore un peu plus, et ils seraient tous comme Marsh.

« Ils seront certainement en retard, admit-il. C'est le plus sage. »

Tranquillement, comme si c'était une réaction parfaitement normale, chacun se retira dans sa chambre. Ayres quitta son peignoir et le posa sur la chaise proche du lit, se disant une fois de plus qu'il était fier de ses compagnons, qui tenaient bien le coup, et qu'il haïssait… *haïssait* l'Union. Il n'était pas là pour haïr, mais pour obtenir des résultats. Marsh, au moins, était maintenant libre. Il se demanda ce que l'Union faisait de ses morts. Elle les broyait, peut-être, pour en faire de l'engrais. Cela n'aurait pas été surprenant, de la part d'une telle société. Economique. Pauvre Marsh.

Tout indiquait que l'Union était perverse. A peine se fut-il mis au lit, eut-il réduit l'activité de son esprit à un niveau empêchant toute réflexion cohérente, fermé les yeux dans l'espoir de s'endormir, que la porte s'ouvrit, qu'un bruit de bottes retentit dans le salon, que sa porte glissa brutalement et que des soldats armés apparurent dans l'encadrement, se découpant en ombres chinoises devant la lumière.

Avec un calme étudié, il se leva.

« Habillez-vous ! » dit un soldat.

Il obéit. Il ne pouvait pas discuter avec les mannequins.

« Ayres », dit le soldat, agitant son fusil. On les avait conduits dans les bureaux, Dias, Bela et lui, où ils étaient restés assis pendant une heure sur un banc inconfortable, attendant un responsable dont on leur avait promis la venue. « Ayres ! » répéta le soldat, durement cette fois, indiquant qu'il devait se lever et le suivre.

Il obéit, quittant Dias et Bela avec une légère appréhension. On va les tourmenter, se dit-il, peut-être même les accuser d'avoir tué Marsh. Ou alors, ce serait lui.

Seulement une autre technique destinée à briser leur résistance, probablement. Peut-être prenait-il la place de Marsh ; c'était lui que l'on séparait des autres.

On le fit sortir du bureau, marcher dans le couloir au milieu d'une escouade de soldats, l'entraînant de plus en plus loin des bureaux, des endroits connus, dans un ascenseur, dans un autre couloir. Il ne protesta pas. S'il s'arrêtait, on le porterait ; on ne pouvait pas discuter avec de tels individus et il était trop âgé pour se résoudre à être traîné.

C'étaient les docks... les *docks*, bourrés de militaires, d'unités innombrables de soldats en armes, et des vaisseaux que l'on chargeait.

« Non », dit-il, oubliant sa ligne de conduite, mais le

canon d'un fusil s'abattit sur ses épaules et le poussa, de sorte qu'il traversa le pont laid et utilitaire, gravit la rampe et l'ombilical qui reliait le vaisseau au dock. Puis l'intérieur; l'air y était plus froid que dans les docks.

Ils passèrent trois couloirs, un ascenseur, de nombreuses portes. La porte située à l'extrémité était ouverte, il en sortait de la lumière, et on le fit entrer, parmi l'acier et le plastique des meubles du vaisseau, formes courbes, chaises au dessin étrange, bancs fixes, parois aux courbes beaucoup plus prononcées que dans les stations, angles bizarres et encombrement. Il trébucha, par manque d'habitude, regarda avec étonnement l'homme assis à la table.

Dayin Jacoby se leva et le salua.

« Que se passe-t-il ? » demanda-t-il à Jacoby.

— « Je n'en ai pas la moindre idée, répondit Jacoby, et il paraissait sincère. On m'a réveillé au milieu de la nuit et on m'a conduit ici. J'attends ici depuis une demi-heure. »

— « Qui est responsable, ici? demanda Ayres aux mannequins. Prévenez-le que je veux le voir. »

Ils ne réagirent pas, restèrent là, leurs armes toutes pointées suivant le même angle. Ayres s'assit lentement, comme Jacoby l'avait fait. Il avait peur. Peut-être Jacoby était-il dans le même cas. Il s'enferma dans son silence familier, ne trouvant, de toute manière, rien à dire à un traître. Aucune conversation polie n'était possible.

Le vaisseau bougea, fracas résonnant dans la coque, les couloirs, et rompant leur tranquillité. Les soldats saisirent les poignées, pendant un inconfortable moment d'apesanteur. Dégagé de la pesanteur de la station, le vaisseau n'établissait pas immédiatement la sienne, car il fallait que ses systèmes prennent le relais. Les vêtements flottaient désagréablement, les estomacs se crispaient; ils eurent l'impression qu'ils allaient tomber mais la chute, quand elle se produisit, fut lente et rassurante.

« Nous sommes partis, marmonna Jacoby. Eh bien, nous y sommes. »

Ayres ne répondit pas, pensant avec terreur à Dias et à Bela, abandonnés. *Abandonnés.*

Un officier vêtu de noir apparut sur le seuil, puis un autre derrière lui.

Azov.

« Rompez ! » ordonna Azov aux mannequins qui s'en allèrent en ordre et en silence. Ayres et Jacoby se levèrent en même temps.

« Que se passe-t-il ? demanda Ayres sans préambule. Que faisons-nous ici ? »

— « Citoyen Ayres, répondit Azov, nous exécutons des manœuvres défensives. »

— « Et mes compagnons ? »

— « Ils sont en sécurité, monsieur Ayres. Vous nous avez fourni le message que nous désirions ; il se révélera peut-être utile et c'est pourquoi vous êtes ici. Vos quartiers sont tout près, dans ce couloir même. Ayez l'amabilité de ne pas les quitter. »

— « Que se passe-t-il ? » répéta-t-il, mais l'autre officier le prit par le bras et l'entraîna vers la porte. Il s'accrocha à l'encadrement et résista, se tournant vers Azov. « Que se passe-t-il ? »

— « Nous nous préparons, répondit Azov, à transmettre votre message à Mazian. Et votre présence nous semble nécessaire… si d'autres problèmes se présentaient. L'attaque est proche ; je crois savoir où elle se produira et elle sera d'importance. Mazian n'abandonne pas des stations pour rien ; et nous allons, monsieur Ayres, prendre position à l'endroit où il nous contraint à le faire… au point stratégique, pour ainsi dire. Il ne nous a pas laissé le choix et il le sait ; mais, bien entendu, il faut espérer qu'il admettra que vous disposez du pouvoir de le rappeler. Au cas où vous voudriez préparer un deuxième message, plus impérieux, le matériel nécessaire sera mis à votre disposition. »

— « Et censuré par vos experts. »

Azov eut un sourire tendu.

« Voulez-vous que la Flotte reste intacte ? Franchement, je doute que vous puissiez la récupérer. Je ne crois pas que Mazian tiendra compte de votre message ; mais, comme il se trouvera privé de base, vous aurez peut-être un rôle humanitaire à jouer. »

Ayres ne répondit pas. Le silence lui semblait toujours

être l'attitude la plus sage. L'autre officier le prit par le bras et l'entraîna dans le couloir, le fit entrer dans un compartiment nu, meublé en plastique, puis ferma la porte à clé.

Il fit quelques instants les cent pas, malgré l'exiguïté de la cabine. Plus tard, la fatigue le contraignit à capituler et il s'assit. Je me suis mal débrouillé, se dit-il. Dias et Bela sont... où... ? dans un vaisseau ou toujours à la station, et je ne sais pas de quelle station il s'agissait. Tout peut arriver. Il frissonna, se rendant brusquement compte qu'ils étaient perdus, que les soldats et les vaisseaux se dirigeaient vers Pell et Mazian... car Jacoby était là. Un autre rôle humanitaire. Il avait été stupide de jouer pour rester en vie, pour rentrer sur Terre. Cela semblait de moins en moins probable. Ils étaient sur le point de tout perdre.

« Un accord de paix a été signé, avait-il dit dans la déclaration qu'il avait permis à l'Union d'enregistrer, sans les codes essentiels. Segust Ayres, délégué du Conseil de Sécurité et mandaté par l'Earth Company et le Conseil de Sécurité, demande à la Flotte de prendre contact en vue de négociations. »

C'était le pire moment pour lancer une bataille d'envergure. La Terre avait besoin de Mazian à l'endroit où il se trouvait, avec tous ses vaisseaux, frappant continuellement l'Union, la désorganisant, l'empêchant pratiquement de prendre l'offensive en direction de la Terre.

Mazian était devenu fou... contre les ressources immenses de l'Union, de lancer ses quelques vaisseaux, de s'engager sur une grande échelle et de *perdre*. Si la Flotte disparaissait, la Terre cesserait d'un seul coup de disposer du temps qu'il était venu gagner. Sans Mazian, sans Pell, tout s'effondrait.

Et le message qu'il avait rédigé ne provoquerait-il pas une action irréfléchie, n'interromprait-il pas des manœuvres déjà entreprises, compromettant davantage encore les chances de succès de Mazian ?

Il se leva, fit à nouveau les cent pas sur le plancher courbe de ce qui semblait être son ultime prison. Un deuxième message, alors. Une exigence inacceptable. Si l'Union était aussi imbue d'elle-même que les mannequins, aussi stupidement convaincue de sa puissance, elle l'estimerait peut-être conforme à ses exigences.

« Envisageons la fusion des intérêts de la Compagnie avec ceux de l'Union au terme d'accords commerciaux, composa-t-il mentalement. Négociations très avancées; à titre de gage de bonne volonté, cessez toute opération militaire; cessez le feu et acceptez trêve. Attendez nouvelles instructions. »

Trahison... de forcer Mazian à reculer, à recourir à la résistance sporadique dont la Terre avait besoin à ce stade. C'était le seul espoir.

LIVRE TROIS

1

1

PRÈS DE PELL ; 4/10/52 ; 1145 HEURES

Pell.

Le *Norvège* était dans la Flotte, dont la masse apparut d'un seul coup dans l'espace réel. Les coms et le scan entrèrent aussitôt en action, cherchant le point qui était le géant, le *Thibet*, qui avait sauté en éclaireur, dans cette retraite.

« Affirmatif », indiquèrent les coms au poste de commandement, avec une rapidité réconfortante. Le *Thibet* était à l'endroit prévu, intact, sonde qu'aucune activité hostile n'avait endommagée. Il y avait des vaisseaux dans tout le Système, commerce, sommations rapidement étouffées de la part de certains éléments d'une soi-disant milice. Un vaisseau de transport, pris de panique, avait sauté à l'arrivée du *Thibet*, et c'était une mauvaise nouvelle. L'Union n'avait pas besoin de savoir ce qui se passait ; mais on pouvait espérer que telle n'était pas actuellement la destination préférée des commerçants.

Et, quelques instants plus tard, la confirmation fut transmise par l'*Europe*, le quartier général du vaisseau-amiral : ils étaient en sécurité et aucune action n'était envisagée.

« Je capte les coms de Pell, à présent, transmit Graff, depuis son poste de contrôle, sans cesser d'écouter. Apparemment, tout est en ordre. »

Signy tendit la main vers le tableau de commandes,

transmit ses instructions aux capitaines des auxiliaires. Fixés à la coque du *Norvège*, comme autant de parasites, ils ne s'éjectèrent pas. Les coms recevaient d'innombrables identifications de la part des vaisseaux de la milice qui s'écartaient frénétiquement de leur chemin car ils pénétraient dangereusement vite dans le Système, hors du plan de celui-ci. La Flotte elle-même était terriblement nerveuse, du fait qu'elle fuyait en groupe, arrivait sans garantie dans cette région dont elle espérait avoir encore la maîtrise.

Ils étaient neuf, à présent. Le *Libye* de Chenel était débris et vapeur ; l'*Inde* de Keu avait perdu deux de ses quatre auxiliaires.

Ils battaient en retraite, fuyaient depuis le désastre de Viking à la recherche d'un endroit où respirer. Ils avaient tous des cicatrices ; une des plaques solaires du *Norvège* traînait un nuage de viscères métalliques, si elle était toujours là après le saut. Il y avait des morts, à bord, trois techs qui se trouvaient dans cette section. Ils n'avaient pas eu le temps de les évacuer, pas même celui de nettoyer, ils avaient fui, sauvé le vaisseau, la Flotte, ce qu'il restait de la puissance de la Compagnie. Les témoins rouges clignotaient toujours, sur le tableau de commandes de Signy. Elle ordonna aux services d'entretien d'évacuer les cadavres, ce qu'il en restait.

Là aussi, il aurait pu y avoir une embuscade... il n'y en avait pas eu, n'y en aurait pas. Elle fixait les témoins, regardait le tableau de commandes, les drogues atténuant encore l'acuité de ses sens, engourdissant les doigts qui reprenaient le contrôle du *Norvège* au comp de synchronisation. Ils s'étaient à peine engagés, à Viking, avaient tourné les talons et fui... sur l'ordre de Mazian. Elle ne posait pas de questions, respectait le génie stratégique de l'homme... depuis des années. Ils avaient perdu un vaisseau, et il les avait fait décrocher, après des mois de préparation, après des manœuvres qui avaient duré quatre mois et coûté des vies.

Il avait décroché dans une bataille qui leur nouait encore les nerfs, dans une bataille qu'ils auraient pu remporter.

Elle n'avait pas le courage de tourner la tête et d'affronter le regard de Graff, celui de Di, les visages de tous ceux qui se trouvaient sur le pont ; et elle ne pouvait leur donner aucune réponse. Elle n'en avait aucune. Mazian avait une autre idée... quelque chose. Elle s'efforçait de croire qu'il avait une raison sensée de renoncer.

Repartir rapidement, recommencer. Réorganiser. Mais, cette fois, ils avaient été coupés de leur ravitaillement, avaient abandonné toutes les stations qui leur fournissaient des marchandises.

Peut-être les nerfs de Mazian avaient-ils lâché. Elle se persuadait du contraire, mais savait parfaitement bien quels mouvements elle aurait préconisés, ce qu'elle aurait fait, si elle avait eu la charge de commander la Flotte. Etait persuadée que n'importe quel capitaine aurait fait mieux. Tout avait fonctionné conformément aux prévisions. Et Mazian avait renoncé. Mazian qu'ils adoraient.

Elle avait du sang dans la bouche. Elle s'était mordu la lèvre.

« Instructions d'approche de Pell via l'*Europe* », annoncèrent les coms.

« Graff, dit-elle, à toi ! » Elle concentra son attention sur les écrans et le canal d'urgence dont elle avait l'écouteur dans l'oreille, en communication directe avec Mazian qui déciderait peut-être, finalement, de l'utiliser, qui déciderait peut-être de communiquer avec la Flotte, ce qu'il n'avait pas fait depuis que ses ordres les avaient arrachés à une bataille qu'ils n'avaient pas perdue.

C'était une approche de routine, tout était routine. Elle reçut l'accord via les coms de Mazian, transmit l'ordre aux capitaines des auxiliaires, déployant les unités de combat du *Norvège* comme les autres vaisseaux libéraient les leurs, sous la responsabilité des équipages de soutien. Les auxiliaires surveilleraient la milice, abattraient ceux qui tenteraient de fuir, puis reviendraient s'arrimer quand les immenses vaisseaux auraient accosté.

Les coms de Pell transmettaient continuellement ; lentement, suppliait la station, il y avait foule autour de Pell. Mazian resta silencieux.

2

PELL, DOCK BLEU ; 1200 HEURES

Mazian... Mazian en personne, et pas l'Union, pas un autre convoi. Toute la Flotte arrivait.

La nouvelle se répandit dans les couloirs de la station à la vitesse des informations incontrôlées, dans les bureaux de la station et les petits petits rassemblements des docks, en Quarantaine aussi, car il y avait des fuites aux barrages et les écrans retransmettaient les événements. La panique avait pris le dessus, quand on avait cru qu'il s'agissait de l'Union... une autre forme de panique s'était installée quand on avait appris exactement ce qui se passait.

Alternativement, Damon regardait les écrans et faisait les cent pas dans le poste de commandement du dock Bleu. Elene était là, assise au tableau de commandes des coms, un écouteur dans l'oreille et les sourcils froncés, se disputant avec quelqu'un. La panique s'était emparée des commerçants ; ceux qui étaient militarisés étaient sur le point de fuir, craignant d'être contraints, équipages et vaisseaux, de servir sous les ordres de la Flotte. D'autres redoutaient la confiscation des provisions, des armes, du matériel et du personnel. Ces craintes et ces réclamations l'inquiétaient ; il leur parlait, quand il pouvait leur donner des assurances. Le service des Affaires Juridiques était censé empêcher de telles réquisitions par ses arrêts de suspension, ses ordonnances, ses arrêtés. Des arrêtés... contre Mazian. Les commerçants savaient ce que cela valait. Il fit nerveusement les cent pas, gagna finalement les coms et appela les Services de Sécurité sur un autre canal.

« Dean, dit-il au responsable, appelle l'équipe d'anti-jour. Si nous ne pouvons pas renoncer à surveiller la Quarantaine, nous ne pouvons pas non plus nous dispenser de garder les docks des transports. Mettez des gens aux points stratégiques. Donnez des uniformes aux administratifs si nécessaire. Mobilisation générale ; protégez les docks et veillez à faire évacuer tous les Downers. »

— « Vos services autorisent cela ? »

— « Exactement. » Il y eut une hésitation, à l'autre bout ; il aurait dû y avoir des papiers, contresignés par les services centraux. Le Chef de Station pouvait faire cela ; les services du Chef de Station faisaient tout leur possible pour mettre de l'ordre dans la situation. Son père, aux coms, s'efforçait de retarder l'arrivée de la Flotte.

« Envoyez-moi les papiers signés dès que possible, dit Dean Gihan. Je fais le nécessaire. »

Damon poussa un bref soupir, coupa la communication, fit quelques pas, s'arrêta derrière le fauteuil d'Elene, s'appuyant contre le dossier. Elle s'adossa, pendant un instant d'accalmie, se tourna à demi et lui toucha la main. Son visage était blanc, quand il était entré dans la pièce. Elle avait repris des couleurs et son calme. Les techs s'affairaient, donnant des instructions détaillées aux équipes de dockers, préparant l'évacuation des vaisseaux de commerce, qui serait bientôt ordonnée par le Commandement Central de la station, afin de recevoir la Flotte. Le chaos… il n'y avait pas seulement les transports des docks, il y avait une centaine de vaisseaux de commerce en orbite permanente, près de la station, autour de Downbelow, nuage de vaisseaux à la dérive qui n'avaient pas la place d'accoster. Neuf vaisseaux énormes arrivaient par là-dessus, chassant des transports qui iraient grossir le nuage. Les coms de Mazian émettaient un flot ininterrompu de recommandations et de questions, refusant toujours de préciser ce qu'il voulait, où il avait l'intention d'accoster, s'il avait même l'intention d'accoster.

Maintenant, nous ? Le cauchemar était sur eux. L'évacuation. Sa grossesse ne permettait pas d'entreprendre un voyage difficile pour une destination inconnue, avec un saut… vers une ancienne station des Etoiles Proches, vers Sol, la Terre ? Il pensa au *Hansford*. Pensa à Elene… là-dedans.

A ce qu'étaient devenus des gens civilisés au départ.

« Peut-être bien qu'on a gagné », dit un tech. Il battit des paupières, se rendit compte que c'était également une possibilité, mais pas dans le domaine du possible... ils savaient bien, au fond, que c'était impossible, que l'Union était devenue trop puissante, que la Flotte pouvait leur donner quelques années, comme elle l'avait fait jusqu'ici, mais pas la victoire, jamais. Seule la retraite pouvait justifier l'arrivée simultanée de tous les vaisseaux.

Il examina leurs chances, si Pell refusait l'évacuation ; devinait ce qui attendait les Konstantin entre les mains de l'Union. Les militaires ne lui permettraient pas de rester. Il posa la main sur l'épaule d'Elene, le cœur battant à tout rompre, envisageant pour la première fois la possibilité qu'ils soient séparés, qu'il les perde, elle et l'enfant. Il serait embarqué en état d'arrestation, s'il y avait évacuation, comme cela était arrivé dans les autres stations, pour soustraire les responsables à l'Union, les gens embarquant sur les vaisseaux qu'ils pouvaient atteindre. Son père... sa mère... Pell était leur vie ; était *la* vie pour sa mère... et Miliko et Emilio. Il eut envie de vomir, stationnier, héritier de plusieurs générations de stationniers, qui n'avait jamais demandé la guerre.

Pour Elene, pour Pell, pour tous leurs rêves, il se serait battu.

Mais il ne savait pas par quoi commencer.

3

LE *NORVÈGE* ; 1300 HEURES

Signy avait les images, à présent, l'anneau de la Station Pell, la lune au loin, le joyau lumineux de Downbelow, dans un écrin de nuages. Ils avaient depuis longtemps réduit leur vitesse, approchaient avec une lenteur irréelle comparativement à la vitesse à laquelle ils étaient arrivés, tandis que la surface lisse de la station devenait le chaos d'angles qu'elle était en réalité.

Toutes les places du côté visible étaient occupées par des transports, accostés ou en alerte. Le scan était un fourmillement incroyable et ils avançaient lentement parce que les vaisseaux peu maniables mettaient du temps à dégager leur route. Tous les vaisseaux de commerce qui n'étaient pas tombés entre les mains de l'Union devaient être là, à la station, en formation, plus loin, ou bien flottant dans l'espace juste à la limite du Système. Graff était toujours aux commandes, et c'était une tâche ennuyeuse. Concentration et circulation sans précédent. Le chaos, en fait. Elle eut peur, quand elle analysa la tension croissante des muscles de son ventre. La colère était tombée et elle avait peur, avec un abandon qu'elle n'était pas accoutumée à ressentir... le désir qu'un individu très sage, autrefois, ait fait d'autres choix, ce qui aurait évité à tout le monde ce moment, cet endroit et les décisions qu'il était encore possible de prendre.

« Le *Pôle Nord* et le *Thibet* n'accosteront pas, annonça l'*Europe*. « Ils se chargeront des patrouilles. »

C'était absolument nécessaire ; et Signy aurait aimé que cette mission lui fût confiée. Des choix difficiles les attendaient. Elle n'aimait guère l'idée d'une nouvelle opération comme celle de la Station Russell, où la panique des civs avait précédé le démantèlement de la station par les militaires ; les docks envahis par la foule... son équipage en avait assez. Elle aussi, et elle hésitait à lâcher des soldats dans une station quand ils étaient dans des dispositions qui étaient à présent celles des siens.

Un autre message arriva. La Station Pell indiquait qu'elle avait fait évacuer des transports et pourrait accueillir les vaisseaux de guerre en une seule fois ; en outre, ils n'auraient pas de voisins immédiats. Les transports évacués traverseraient la formation de vaisseaux en orbite dans la direction opposée à leur entrée dans cette formation. La voix de Mazian intervint, grave et dure, répétant que, même si cela risquait de désorganiser la formation de vaisseaux en orbite autour de Pell, la Flotte tirerait sans sommation sur tout vaisseau tentant de sauter.

La station accusa réception ; c'était tout ce qu'elle pouvait faire.

4

PELL, QUARANTAINE ; 1300 HEURES

Rien ne fonctionnait. Dans la Quarantaine, c'était apparemment toujours le cas. Vassily Kressich appuya sur des boutons complètement morts, appuya à nouveau, frappa sur l'unité de coms avec la paume de la main, sans pour autant obtenir une réponse du Commandement Central de la station. Il fit les cent pas dans son petit appartement. Les pannes le mettaient en rage, le faisaient presque pleurer. Cela arrivait quotidiennement ; l'eau, les ventilateurs, les coms, la vid, le ravitaillement, la pénurie qui mettait continuellement en relief la misère de son existence, la pourriture, la pression des corps, la violence insensée des gens rendus fous par la surpopulation et l'incertitude. Il avait l'appartement. Il avait ses affaires ; il entretenait méticuleusement le tout, nettoyait souvent et systématiquement. L'odeur de la Quarantaine lui collait à la peau, bien qu'il se lavât souvent et qu'il fermât soigneusement la porte dans l'espoir de faire échec à la puanteur envahissante. C'était une odeur antiseptique, désinfectants bon marché, et les produits chimiques avec lesquels la station luttait contre la maladie, la surpopulation, assurait le fonctionnement de la pressurisation.

Il marcha de long en large, essaya une nouvelle fois les coms, à tout hasard, mais elles ne fonctionnaient toujours pas. Il y avait du bruit, dans le couloir ; il espéra que Nino Coledy et ses gars rétabliraient l'ordre… l'espérait. Il y avait des jours où il ne pouvait quitter la Quarantaine, quand il se produisait des troubles, que les portes se fermaient hermétiquement et que son passe du Conseil lui-même ne suffisait pas à faire une exception. Il savait où il aurait dû être… dehors, rétablissant l'ordre, supervisant Coledy, s'efforçant d'empêcher la police de la Quarantaine de commettre des excès.

Et il ne pouvait sortir. Ses muscles se crispaient à l'idée d'affronter la foule, les cris, la haine, la laideur de la Quarantaine... du sang, des spectacles qui l'empêchaient de dormir. Il rêvait de Redding. D'autres. De gens qu'il avait connus, dont on retrouvait le cadavre dans les couloirs, ou dans l'espace. Il savait que sa lâcheté lui serait, au bout du compte, fatale. Il la combattait, sachant où elle conduisait, convaincu que le moindre indice de faiblesse entraînerait sa mort... et, dans ces conditions, il y avait des jours où il était difficile de sortir dans les couloirs, où il n'en avait pas le courage. Il n'était pas différent des autres ; et, disposant d'un refuge, il ne voulait pas en sortir, ne voulait même pas entreprendre le bref trajet conduisant au poste de garde et aux portes.

Ils le tueraient, Coledy ou une bande rivale. Ou quelqu'un d'autre, sans aucune raison. Un jour, dans la folie des rumeurs qui balayaient la Quarantaine, on le tuerait, quelqu'un dont la demande avait été refusée, quelqu'un qui haïssait l'autorité et voyait en lui son symbole. Son estomac se nouait, à présent, chaque fois qu'il ouvrait la porte de son appartement. Il y avait des questions, dehors, et il ne pouvait donner aucune réponse ; il y avait des exigences et il ne pouvait les satisfaire ; des regards, et il ne pouvait les soutenir. S'il sortait ce jour-là, il lui faudrait revenir et, à ce moment-là, le désordre serait peut-être pire ; il ne pouvait pas rester plus de quelques heures à l'extérieur de la Quarantaine. Il avait essayé, testé son crédit... finalement trouvé le courage de demander des papiers, demandé son transfert, plusieurs jours après les derniers désordres... demandé, sachant que Coledy serait peut-être mis au courant ; demandé, sachant que cela lui coûterait peut-être la vie. Et ils avaient refusé. Le Conseil puissant et respectable dont il était membre... avait refusé de l'entendre. Selon Angelo Konstantin, il était trop utile là où il se trouvait ; il l'avait, en privé, prié de rester là où il était. Il n'avait rien ajouté, de peur que l'affaire devienne véritablement publique, ce qui aurait abrégé son existence.

Il était courageux, brave, autrefois. Il le pensait, du moins, avant le voyage ; avant la guerre ; quand il y avait

Jen et Romy. Il avait été deux fois pris à partie par la foule, assommé une fois. Redding avait tenté de le tuer et ne serait pas le dernier. Il était fatigué, malade, et la réjuv n'avait aucune action sur lui ; il soupçonnait la qualité de ce qu'il s'était procuré, soupçonnait que la tension le tuait. Il avait vu son visage acquérir de nouvelles rides, une expression vide et désespérée ; il n'était plus l'homme qu'il était un an plus tôt. Sa santé était devenue une obsession, connaissant la qualité des soins médicaux qu'il était possible d'obtenir en Quarantaine, où les médicaments étaient volés et probablement frelatés, où il dépendait de la largesse de Coledy pour les produits pharmaceutiques, le vin et la nourriture. Il ne pensait plus à son foyer, ne pleurait plus les siens, ne pensait plus à l'avenir. Il n'y avait qu'aujourd'hui, aussi horrible qu'hier ; et s'il lui restait un désir, c'était d'obtenir l'assurance qu'il ne serait pas pire.

Il essaya à nouveau les coms et, cette fois, le témoin rouge ne s'alluma même pas. Les vandales démolissaient le matériel aussi vite que leurs équipes d'entretien le réparaient... leurs équipes. Il fallait attendre les ouvriers de Pell pendant plusieurs jours, et certains appareils restaient inutilisables. Dans ses cauchemars, c'était l'issue qu'il envisageait, le sabotage d'un élément vital par un dément considérant que le suicide individuel ne suffisait pas, tout le secteur exposé au vide.

C'était possible.

A l'occasion d'une crise.

A tout moment.

Il fit les cent pas de plus en plus vite, les bras serrés sur l'estomac, qui lui faisait continuellement mal quand il était tendu. La douleur augmenta, balayant les autres peurs.

Finalement il rassembla son courage, mit sa veste, sans armes contrairement à la majorité des occupants de la Quarantaine car il serait fouillé au poste de contrôle. Il lutta contre la nausée, la main posée sur la poignée de la porte, trouva finalement le courage de sortir dans le couloir obscur, aux parois couvertes de graffiti. Il ferma la porte à clé derrière lui. Il n'avait pas encore été cambriolé mais s'attendait à l'être, malgré la protection de Coledy ; tout le monde se faisait cambrioler. Il était plus prudent de ne pas avoir grand-chose ; on savait qu'il possédait beaucoup de choses. S'il était en sécurité, c'était que ce qu'il avait appartenait à Coledy, aux yeux de ses hommes, et *lui* aussi... Si sa demande de transfert était connue...

Traverser le hall et passer devant les gardiens... les hommes de Coledy. Il s'engagea dans le dock, dans la foule qui empestait la sueur, les vêtements sales et les désinfectants. Des mains crasseuses s'abattirent sur lui, les gens lui demandant ce qui se passait dans la station proprement dite.

« Je ne sais pas, je ne sais pas encore ; les coms ne fonctionnent pas. Je vais aux nouvelles. Je poserai la question, monsieur, je poserai la question. »

Il répéta cela inlassablement, échappant successivement à de nombreuses paires de mains, à de nombreux questionneurs dont certains étaient complètement livrés à la folie des drogues. Il ne courut pas ; courir, c'était céder à la panique, la panique c'était la violence, la violence c'était la mort ; et les portes étaient devant lui, la sécurité, un endroit que la Quarantaine ne pouvait toucher, où personne ne pouvait pénétrer sans le précieux passe qu'il avait.

« C'est Mazian », disait-on dans le dock de la Quarantaine. Et aussi : « Ils se replient. Pell se replie et nous abandonne. »

« Conseiller Kressich. » Une main s'abattit brutalement sur son bras. Une pression l'obligea à se retourner. Il se trouva confronté à Sax Chambers, un des hommes de Coledy, perçut une menace dans l'étreinte qui lui meurtrissait le bras. « Vous allez où, Conseiller ? »

— « De l'autre côté », répondit-il, le souffle coupé. Ils savaient. Son estomac lui fit mal. « Le Conseil va se réunir d'urgence. Préviens Coledy. Il vaut mieux que j'y sois. Impossible de dire ce que le Conseil décidera, autrement. »

Sax ne répondit pas... resta un instant complètement immobile. L'intimidation était un de ses talents. Il se contenta de fixer Kressich assez longtemps pour lui rappeler qu'il avait également d'autres talents. Puis il le lâcha et Kressich s'éloigna.

Ne pas courir. Il ne fallait pas courir. Il ne fallait pas regarder en arrière. Il ne fallait pas qu'il montre sa terreur. Il était calme, extérieurement, mais il avait l'estomac noué.

Une foule était massée près des portes. Il s'y fraya un chemin, lui ordonna de reculer. Les gens obéirent, lugubres, et il ouvrit la porte avec son passe, franchit le seuil puis referma rapidement le battant avant qu'ils aient trouvé le courage de le suivre. Pendant quelques instants, il fut seul sur la rampe, l'accès étroit, dans une lumière intense et la puanteur estompée de la Quarantaine. Il s'adossa contre la paroi, tremblant, l'estomac contracté. Un peu plus tard il descendit la rampe et appuya sur le bouton d'appel des gardiens postés à l'extérieur de la Quarantaine.

Le bouton fonctionnait. Les gardiens ouvrirent, acceptèrent sa carte et enregistrèrent sa présence dans Pell proprement dite. Il passa à la décontamination et un gardien l'accompagna, routine chaque fois que le Conseiller de la Quarantaine pénétrait dans la station, jusqu'à la limite de la zone limitrophe; ensuite, il put continuer seul.

Il remit de l'ordre dans ses vêtements, tout en marchant, s'efforçant de chasser de ses pensées la puanteur et le souvenir de la Quarantaine. Mais les sonneries d'alarme retentissaient, les lampes rouges clignotaient dans tous les couloirs, les Services de Sécurité et la police étaient partout. De ce côté-là non plus, il n'y avait pas de paix.

5

PELL, COMMANDEMENT CENTRAL, SERVICE DES COMS ; 1300 HEURES

Les tableaux de commandes des coms étaient allumés d'un bout à l'autre, bloqués par des appels venus en même temps de tous les secteurs de la station. L'utilisation privée avait été coupée automatiquement ; le rouge clignotait partout, incitant des résidents à ne pas bouger.

Tout le monde ne suivait pas ces instructions. Certains halls, dont les écrans transmettaient les images, étaient déserts; d'autres étaient pleins d'habitants effrayés. Ce que montrait l'écran de la Quarantaine était pire.

«Appelez la Sécurité! ordonna Jon Lukas, les yeux fixés sur les écrans. Bleu trois.» Le chef de division se pencha sur le tableau de commandes et donna des instructions au répartiteur. Jon gagna le tableau central, derrière le chef de service débordé. On avait demandé à tous les membres du Conseil de gagner tous les postes d'urgence accessibles, pour donner des instructions, pas pour faire le travail. Il était tout près, avait couru, gagnant ce poste malgré le chaos qui régnait dehors. Hale... Il espérait de tout son cœur que Hale avait exécuté ses ordres à la lettre et était resté dans son appartement, avec Jessad. Il constata la confusion qui régnait dans le service, alla d'un tableau de commandes à l'autre, regarda sur les écrans le désordre qui régnait dans les halls. Le chef des coms tentait de contacter les services du Chef de Station mais ne pouvait obtenir la communication; tenta d'y parvenir par les coms du Commandement Central, n'obtint que: CANAL OCCUPÉ sur l'écran.

Le chef jura, accepta les protestations de ses subordonnés, débordé par la situation.

«Que se passe-t-il?» demanda Jon. Comme l'homme ne répondait pas, tentant de résoudre le problème d'un subordonné, il attendit. «Que faites-vous?»

— «Conseiller Lukas, répondit le chef d'une voix tendue, nous sommes débordés. Nous n'avons pas le temps.»

— «Vous n'y arrivez pas.»

— «Non, monsieur, nous n'y arrivons pas. Tous les canaux sont occupés. Excusez-moi.»

— «Laissez tomber, dit-il quand le superviseur se pencha à nouveau sur le tableau de commandes et, comme il levait les yeux sur lui, stupéfait: Donnez-moi l'appel général.»

— «Il me faut une autorisation», dit le chef des coms. Derrière lui, de nombreux témoins rouges se mirent à clignoter. «J'ai besoin d'une autorisation, monsieur le Conseiller. Elle doit émaner du Chef de Station. »

— « *Obéissez !* »

L'homme hésita, regarda autour de lui comme si une solution pouvait venir d'ailleurs. Jon le prit par l'épaule, le força à se tourner vers le tableau de commandes tandis que d'autres témoins se mettaient à clignoter.

« Dépêchez-vous ! » ordonna Jon, et le chef brancha un canal interne, puis un micro.

« Appel général numéro un, annonça-t-il, et il eut confirmation immédiatement. Appel général sur la vid et les coms. » L'écran principal du centre des coms s'éclaira, caméra branchée.

Jon respira profondément, entra dans le champ. L'image était retransmise partout et, surtout, dans son appartement où se trouvait un nommé Jessad.

« Ici le Conseiller Jon Lukas, dit-il à l'ensemble de Pell, passant sur tous les canaux, publics et privés, des postes chargés de diriger l'accostage des vaisseaux aux baraquements de la Quarantaine, dans toutes les zones résidentielles de la station. J'ai une communication à faire. La Flotte qui se trouve actuellement à proximité de la station est bien celle de Mazian ; les opérations d'accostage se déroulent normalement. Notre station n'est pas en danger, mais elle restera en alerte rouge jusqu'à la fin des opérations. Le fonctionnement des coms et des autres services sera facilité si les citoyens évitent toute communication, sauf en cas de nécessité extrême. Tous les secteurs de la station sont sûrs et il n'y a eu ni dégâts ni problèmes. Les appels seront enregistrés et le non-respect de ces instructions officielles entraînera des sanctions. Toutes les équipes de Downers doivent rejoindre leurs quartiers d'habitation et attendre les instructions. N'approchez pas des docks. Tous les responsables doivent rester à leur poste. Si vous pouvez résoudre les problèmes sans appeler le Commandement Central, faites-le. Pour le moment, nos contacts avec la Flotte se limitent à l'accostage ; dès que nous aurons d'autres informations, nous les rendrons publiques. Restez près de vos récepteurs ; ils constituent la meilleure source d'informations exactes. »

Il sortit du champ. Sur le tableau de commandes, le

témoin de la caméra s'éteignit. Il regarda autour de lui, constata que l'encombrement des tableaux avait nettement diminué, du fait que l'attention avait été provisoirement détournée. Quelques appels arrivèrent aussitôt, vraisemblablement nécessaires et urgents ; la majorité ne revint pas. Il poussa un long soupir, se demandant, dans un coin de son esprit, ce qui se passait peut-être dans son appartement ou, pire, à l'extérieur... espérant que Jessad y était, craignant en même temps qu'on l'y trouve. *Mazian*. Les militaires, qui entreprendraient peut-être de vérifier les archives, de poser des questions précises. Et si l'on découvrait qu'il protégeait Jessad...

« Monsieur. » C'était le chef des coms. Le troisième écran en partant de la gauche était allumé. Angelo Konstantin, furieux et cramoisi. Jon appuya sur le bouton.

« Tenez-vous-en aux procédures ! » cracha Angelo, coupant immédiatement. L'écran s'éteignit et Jon resta immobile, les poings serrés, se demandant si c'était parce qu'il avait pris Angelo en défaut ou bien si c'était qu'Angelo ne savait plus où donner de la tête.

Je m'en fiche, se dit-il dans un accès de haine, le sang battant dans ses veines. Mazian pouvait évacuer tous ceux qui accepteraient. Ensuite, l'Union viendrait... aurait besoin de ceux qui connaissaient la station. On pourrait s'arranger ; son marché avec Jessad était un avantage. Ce n'était pas le moment d'hésiter. Il était impliqué et la retraite était coupée...

Le premier pas... devenir visible, une voix rassurante et s'assurer que Jessad était au courant. Etre connu, veiller à ce que son visage soit familier à toute la station. Tel était l'avantage que les Konstantin avaient toujours eu, le monopole des apparitions publiques, l'élégance. Angelo avait l'air d'un patriarche énergique ; pas lui. Il n'avait pas la manière, le sens inné de l'autorité. Mais l'habileté... il n'en manquait pas ; et quand son cœur fut calmé, face à la menace que représentait le désordre, il s'aperçut que le désordre était un avantage ; comme tout ce qui jouait contre les Konstantin.

Mais Jessad... il se souvint de Mariner, qui était morte quand Mazian y avait pris la situation en main. Une seule chose les protégeait, à présent... le fait que Jessad ne pouvait compter que sur lui et Hale, puisqu'il n'avait pas encore créé de réseau ; pour le moment, Jessad était son prisonnier, il était *obligé* de lui faire confiance parce qu'il ne pouvait se risquer dans les couloirs sans papiers... ne pouvait se risquer à sortir alors que Mazian arrivait.

Il soupira, constatant avec satisfaction l'étendue de son pouvoir. Sa position était excellente. Jessad pouvait lui apporter des assurances... sinon qui se préoccuperait d'un autre cadavre jeté dans l'espace, un autre cadavre sans papiers comme on en trouvait parfois à proximité de la Quarantaine ? Il n'avait jamais tué mais avait compris, au moment même où il avait accepté la présence de Jessad, que cela serait peut-être nécessaire.

2

LE *NORVÈGE* ; 1400 HEURES

Faire accoster un aussi grand nombre de vaisseaux était une opération très longue : le *Pacifique* d'abord, puis l'*Afrique*, l'*Atlantique*, l'*Inde*. Le *Norvège* reçut l'autorisation et Signy, du poste de commandement du pont, la transmit à Graff qui s'occupait des commandes. Le *Norvège* avança avec impatience, ayant attendu longtemps ; ouvrit les accès permettant aux dockers de Pell de fixer les ombilicaux tandis que l'*Australie* amorçait sa manœuvre ; termina son accostage alors que l'*Europe*, super-vaisseau, arrivait, dédaignant l'assistance que la station avait proposée.

« Apparemment, tout est calme, annonça Graff. Tout est tranquille, sur le dock. Les forces de sécurité de la station sont nombreuses. Aucun signe de panique chez les civs. Ils ont fait respecter l'ordre. »

C'était une bonne nouvelle. Signy se détendit un peu, espérant que le bon sens l'emporterait, du moins pendant que la Flotte réglerait ses affaires.

« Message, annoncèrent les coms. Salut du Chef de Station de Pell à la Flotte : Bienvenue à bord et prière de venir au Conseil le plus rapidement possible. »

«L'*Europe* répondra», marmonna-t-elle, et, quelques instants plus tard, l'officier des coms de l'*Europe* le fit effectivement, demandant un délai.

«Tous les capitaines, entendit-elle enfin sur le canal d'urgence qu'elle écoutait depuis des heures, de la voix grave de Mazian en personne, sont convoqués immédiatement dans la salle de conférences. Laissez vos lieutenants en charge des affaires courantes et venez.»

«Graff!» Elle se leva d'un bond. «A toi. Di, une escorte de dix hommes, et vite!»

Les coms de l'*Europe* transmettaient un déluge d'instructions: déploiement de cinquante soldats de chaque vaisseau sur le dock, en tenue de combat; transmission du commandement de la Flotte à Jan Meyis, second de l'*Australie*, pendant l'intérim; quatre auxiliaires des vaisseaux ayant accosté devaient demander leurs instructions d'approche au Commandement Central de la station et s'arrimer. A présent, ces détails étaient du ressort de Graff. Mazian avait quelque chose à leur dire, des explications longtemps attendues.

Elle gagna son bureau, s'attarda seulement le temps de glisser une arme dans la poche de sa veste, prit rapidement l'ascenseur, puis le couloir d'accès, parmi les soldats que Graff envoyait en hâte sur le dock... en tenue de combat depuis le début de l'approche, arriva au sas alors que l'écho de la voix de Graff résonnait encore dans les couloirs métalliques du *Norvège*. Di était avec eux et son escorte s'attacha à ses pas quand elle sortit.

Le dock tout entier leur appartenait. Ils sortirent au même moment que les détachements des autres vaisseaux et la Sécurité de la station recula précipitamment devant la progression irrésistible des soldats qui savaient exactement quel périmètre ils voulaient occuper. Les dockers allaient et venaient, ne sachant pas très bien ce que l'on attendait d'eux.

«Au travail! cria Di Janz. Installez ces tubes!»

Et ils obéirent immédiatement... rien à craindre de leur côté, ils étaient trop près et trop vulnérables face aux soldats. Signy regardait les hommes armés des Services de Sécurité, derrière les câbles, leur attitude, et l'enchevêtrement obscur de câbles et de grues qui aurait très bien pu abriter un tireur embusqué. Son détachement l'entoura, sous les ordres de Bihan. Elle les entraîna, marchant rapidement, le long des accostages, où une foule d'ombilicaux, de grues et de rampes s'étendait aussi loin que le regard pouvait porter, sur la courbe ascendante du dock, comme les reflets d'un miroir rompus seulement par l'arche d'un sas de secteur et l'horizon courbe... au-delà, des vaisseaux de commerce. Les soldats marchèrent à couvert entre le *Norvège* et l'*Europe*. Elle suivait Tom Edger, de l'*Australie*, et son escorte. Les autres capitaines devaient être derrière elle, arrivant aussi vite que possible.

Elle rejoignit Edger sur la rampe d'accès de l'*Europe*; ils montèrent ensemble. Keu, de l'*Inde*, les rejoignit après le tube à armature, près de l'ascenseur et Porey, de l'*Afrique*, le suivait de près. Ils ne parlèrent pas, chacun s'étant retranché dans le silence, peut-être à cause des mêmes pensées et de la même colère. Aucune spéculation. Ils ne conservèrent que deux gardes chacun, s'entassèrent dans l'ascenseur et montèrent en silence, suivirent les couloirs conduisant à la salle de conférences, leurs pas résonnant dans ces couloirs plus grands que ceux du *Norvège*, tout paraissant plus gros. Déserts: seuls quelques soldats de l'*Europe*, rigides, montaient la garde.

La salle de conférences était également vide, pas trace de Mazian, seulement l'éclairage puissant leur indiquant qu'ils étaient invités à prendre place autour de la table ronde.

« Attendez ici! » ordonna Signy à son escorte tandis que les autres entraient. Ils s'assirent par ordre d'ancienneté, Tom Edger d'abord, puis elle, trois sièges vides et Keu, puis Porey. Sung, du *Pacifique*, arriva, prenant le neuvième siège. Kreshov, de l'*Atlantique*, arriva à son tour et prit le quatrième, près de Signy.

« Où est-il? » demanda finalement Kreshov, à bout de patience. Signy haussa les épaules et croisa les bras sur la table, fixant Sung sans le voir. La précipitation... puis l'attente. Frustrés de la bataille, longtemps privés d'explications... et, à présent, attendre à nouveau pour en connaître les raisons. Elle concentra son attention sur le visage de Sung, sur ce masque classique, ridé, qui ne laissait jamais transparaître l'impatience; mais le regard était sombre. Les nerfs, se rappela-t-elle. Ils étaient exténués, avaient été arrachés au combat, avaient sauté pour trouver ceci. L'heure n'était pas aux jugements profonds, lourds de conséquences.

Enfin, Mazian entra, tranquillement, passa près d'eux et prit sa place à l'extrémité de la table, le visage défait, aussi hagard que ses subordonnés. La défaite ? Signy se le demandait, comme un nœud au creux de l'estomac, quelque chose qu'elle ne pouvait digérer. Puis il leva la tête, elle constata qu'il avait les lèvres légèrement serrées et comprit que ce n'était pas cela... respira péniblement, soudain oppressée par la colère. Elle connaissait cette expression, un masque... Conrad Mazian jouait des rôles, mettait ses apparitions en scène comme il mettait en scène les batailles et les embuscades, jouait tour à tour le raffiné et la brute. C'était l'humilité, son visage le plus faux, vêtements simples, aucune médaille ; les cheveux, cet argent de la réjuv, étaient immaculés, le visage mince, le regard tragique... les yeux surtout mentaient, habiles comme ceux d'un acteur. Elle observa le jeu des expressions, la fluidité merveilleuse qui aurait séduit un saint. Il avait décidé de les tromper. Elle serra les lèvres.

« Vous allez bien ? leur demanda-t-il. Tous ? »

— « *Pourquoi* nous sommes-nous repliés ? demanda-t-elle sans préambule, surprit le regard de ces yeux, la colère soudaine qu'ils exprimèrent. Qu'est-ce qui ne peut pas être dit sur les coms ? » Elle ne posait jamais de questions ; de toute sa carrière, elle ne s'était jamais opposée à un ordre de Mazian. Elle le fit, alors, et vit son expression passer de la colère à une sorte d'affection.

« Très bien, dit-il. Très bien. » Il regarda la pièce du coin de l'œil... une fois de plus, il y avait des sièges vides. Ils étaient neuf et deux étaient en patrouille. Le regard se posa tour à tour sur chacun d'entre eux. « Il y a quelque chose que vous devez entendre, reprit Mazian. Quelque chose dont il faudra tenir compte. » Il manipula les boutons du tableau de commandes situé devant lui, alluma les écrans des quatre murs, identiques. Signy regarda les schématiques qui leur avaient été communiqués au point Omicron, un goût de bile dans la bouche, regarda le champ s'étendre, la taille des étoiles familières diminuant en fonction de l'échelle. Ce territoire n'appartenait plus à la Compagnie ; il ne leur appartenait plus ; à part Pell. Sur une vue plus large, ils découvrirent les Etoiles Proches. Pas Sol. Mais il était possible de le situer, à présent. Elle savait très bien où le trouver, si l'échelle augmentait encore. L'image se figea, cessa de grandir.

— « Qu'est-ce que c'est ? » s'enquit Kreshov.

Mazian se contenta de les laisser regarder.

Longtemps.

« Qu'est-ce que c'est ? » répéta Kreshov.

Signy soupira ; cela demandait un effort conscient, dans ce silence. Le temps semblait s'être arrêté, tandis que Mazian leur montrait, dans un silence de mort, ce qui était déjà gravé dans leur mémoire.

Ils avaient perdu. Ils avaient gouverné, autrefois, mais à présent, ils avaient perdu.

— « A partir d'une planète vivante, dit Mazian, presque dans un souffle, à partir d'une planète vivante, l'humanité est allée aussi loin que nous irons jamais. Une mince bande d'espace, très loin de ce que l'Union possède... les Etoiles Proches ; Pell... et les Etoiles Proches. Défendable et, compte tenu du surpeuplement de Pell... possible. »

— « Et fuir à nouveau ? » demanda Porey.

Un muscle tressauta sur le visage de Mazian. Signy s'aperçut que son cœur battait fort et qu'elle avait les paumes couvertes de sueur. La fin était proche... la fin de tout.

« Ecoutez, fit Mazian, laissant tomber le masque. *Ecoutez !* »

Il enfonça brutalement un autre bouton. Une voix s'éleva, lointaine, enregistrée. Elle la connaissait, connaissait les inflexions étrangères... la connaissait.

« Capitaine Conrad Mazian, commença l'enregistrement, ici Segust Ayres, deuxième secrétaire du Conseil de Sécurité, autorisation code Omar série trois, représentant le Conseil et la Compagnie ; cessez le feu. Cessez le feu. Les négociations de paix sont en cours. En signe de bonne volonté, nous vous demandons de cesser toute opération et d'attendre les ordres. Il s'agit là d'une directive de la Compagnie. Tout est mis en œuvre pour assurer la sécurité du personnel de la Compagnie, civil et militaire, pendant ces négociations. Je répète : Capitaine

Conrad Mazian, ici Segust Ayres, deuxième secrétaire... »

La voix fut brusquement coupée par l'action d'un bouton. Le silence s'installa. Les visages exprimaient la consternation.

« La guerre est finie, souffla Mazian. La guerre est *finie*, est-ce que vous comprenez ? »

Le sang de Signy se glaça. Tout autour d'eux, il y avait l'image de ce qu'ils avaient perdu, la situation qui leur était imposée.

« La Compagnie s'est finalement décidée à agir, reprit Mazian. Pour leur livrer... ceci. » Il leva le bras vers les écrans, un geste qui englobait tout l'univers. « J'ai enregistré ce message relayé par le vaisseau-amiral de l'Union, *ce message*. Par le vaisseau-amiral de Seb Azov. Est-ce que vous comprenez ? La désignation du code est valide. Mallory, ces représentants de la Compagnie qui voulaient que vous les conduisiez... voilà ce qu'ils nous ont fait. »

Elle retint son souffle. Elle était glacée.

« Si je les avais pris à bord... »

— « Vous n'auriez pas pu les arrêter, vous comprenez ? Les hommes de la Compagnie ne décident pas seuls. La décision était déjà prise. Si vous les aviez arrêtés, vous n'auriez rien empêché... seulement retardé. »

— « Jusqu'au moment où la situation aurait été différente », répliqua-t-elle. Elle soutint le regard pâle de Mazian, se souvint de toutes les paroles qu'elle avait échangées avec Ayres, de chaque geste, de chaque intonation. Elle l'avait laissé partir, et voilà ce qu'il avait fait.

« Apparemment, ils ont trouvé un vaisseau, dit Mazian. La question est : Quel accord ont-ils conclu, en premier lieu, à Pell... et qu'ont-ils exactement cédé à l'Union ? Il est également possible que ces soi-disant négociateurs ne soient pas intacts. Après un lavage de cerveau, ils signeraient et diraient tout ce que demanderait l'Union, connaissant les codes de la Compagnie... et impossible de savoir ce qu'ils auront dit, impossible de savoir quels codes, quelles informations, ce qu'ils ont accepté, dans quelle mesure ils ont cédé ; nos codes internes, non, mais nous ignorons ce qu'il en est en ce qui concerne les codes de Pell... tout ce qui pourrait permettre à l'Union de s'installer ici. C'est *pourquoi* nous nous sommes repliés. Des mois de préparation ; oui ; des stations sacrifiées ; des vaisseaux et des amis sacrifiés ; des souffrances humaines immenses... tout cela, pour rien. Mais je devais prendre une décision rapide. La Flotte est intacte ; Pell aussi ; bien ou pas, voilà ce que nous avons. Nous aurions pu vaincre, à Viking ; et nous aurions pu y rester bloqués, perdre Pell... source de tout ravitaillement. C'est pour cela que nous nous sommes repliés.

Il n'y eut pas un bruit, pas un mouvement. Soudain, tout devenait clair.

« Voilà ce que je ne pouvais pas dire sur les coms, reprit Mazian. C'est à vous de choisir. Nous sommes à Pell et nous avons le choix. Estimons-nous que ce sont les représentants de la Compagnie qui ont envoyé cela... en connaissance de cause ? Sans y être contraints ? Que la Terre nous soutient toujours... ? Il y a un doute. Mais... mes amis, cela compte-t-il vraiment ? »

— « Comment cela ? » demanda Sung.

— « Regardez la carte, mes amis, regardez-la bien. Ici... Ici, il y a une planète. Pell. Et une puissance peut-elle survivre sans ? Qu'est-ce que la Terre... sans ça ? C'est à vous de choisir : suivre des instructions qui émanent *peut-être* de la Compagnie ou bien tenir ici, accumuler des ressources, prendre des initiatives. L'*Europe* reste, quels que soient les ordres. Si d'autres prennent la même décision, l'Union y regardera à deux fois avant de fourrer son nez ici. Ses équipages n'ont pas l'expérience des nôtres ; ici, nous avons du ravitaillement ; nous avons des ressources. Mais décidez, je ne vous force à rien : restez ou bien faites ce que vous jugerez nécessaire. Et quand l'Histoire écrira ce qui sera arrivé à la Compagnie, ici, elle pourra écrire ce qui lui plaira à propos de Conrad Mazian. *Moi,* j'ai choisi. »

— « Nous sommes deux », dit Edger.

— « Trois », dit Signy, en même temps que les autres.

Mazian, lentement, les regarda l'un après l'autre, hocha la tête.

« Dans ce cas, nous tenons cette position, mais il faut la prendre. Peut-être serons-nous aidés, peut-être pas. Nous verrons... Et nous ne sommes pas encore tous d'accord. Sung, il faut que vous rendiez personnellement visite au *Pôle Nord* et au *Thibet* afin de leur exposer la situation. Faites-le dans vos propres termes. Et s'il y a un nombre suffisant d'opposants au sein des équipages, ou parmi les soldats, nous leur donnerons notre bénédiction et nous les laisserons partir, nous réquisitionnerons un vaisseau de commerce et nous les évacuerons. Je laisse ce soin aux capitaines. »

— « Il n'y aura pas d'opposants », affirma Keu.

— « *S'il* y en a, dit Mazian. La station, à présent... nous y installerons notre propre Service de Sécurité, installerons notre personnel aux postes clés. Une demi-heure vous suffit pour informer votre état-major. Quelle que soit notre décision finale, il faut absolument que nous tenions Pell avant d'entreprendre quoi que ce soit, réquisitionner un vaisseau pour les opposants ou tenir. »

— « Décidé ? » demanda Kreshov dans le silence qui se prolongeait.

— « Décidé ! » fit Mazian, les congédiant.

Signy se leva, immédiatement derrière Sung, passa devant le Service de Sécurité qui gardait la porte de Mazian, fit signe à ses deux hommes d'escorte et partit, consciente d'être suivie de près. L'incertitude pesait toujours sur sa conscience. Elle avait appartenu à la Compagnie toute sa vie... l'avait maudite, avait haï sa politique et son aveuglement... mais elle se sentit soudain nue, du fait qu'elle en était sortie.

Timidité, se dit-elle pour se rassurer. Elle aimait l'histoire, accordait du prix à ses leçons. Les pires atrocités commençaient avec les demi-mesures, avec les excuses, les compromis avec le mauvais camp, le refus d'assumer ce qui avait été fait. L'espace et ses exigences étaient des absolus ; et le compromis que la Compagnie était venue chercher dans l'Au-Delà ne durerait qu'aussi longtemps qu'il servirait le plus fort... et c'était l'Union.

Ce qu'ils faisaient servait mieux la Terre que les compromis des représentants de la Compagnie. Elle tenta de s'en convaincre.

3

1

PELL, SECTEUR BLANC DEUX; 1530 HEURES

Les signaux d'alerte devaient toujours clignoter, dans le couloir. Le centre de récupération travaillait toujours. Le contremaître arpentait les allées, entre les machines, et sa présence faisait taire toutes les conversations. Josh garda prudemment la tête baissée, démonta la coque de plastique d'un petit moteur usé, la posa sur un plateau afin de l'examiner plus tard, mit les fixations dans un autre plateau, classa les pièces en diverses catégories, réutilisation ou recyclage, en fonction de l'usure et du type.

Depuis le premier avis, l'écran du mur était resté silencieux. Aucune conversation ne fut autorisée, après le murmure de consternation provoqué par la nouvelle. Josh ne regardait pas l'écran, ni le policier de la station posté à la porte. Il s'était écoulé plus de trois heures, depuis le moment où son équipe aurait dû quitter l'atelier. On aurait dû tous les renvoyer, tous ceux qui étaient à temps partiel. D'autres ouvriers auraient dû arriver. Il était là depuis plus de six heures. Il n'y avait pas de repas prévus. Finalement, le contremaître avait fait apporter des sandwiches et à boire. Son verre était toujours sur l'établi, devant lui. Il n'y toucha pas, désireux de paraître complètement absorbé dans son travail.

Le contremaître s'arrêta un instant derrière lui. Il ne réagit pas, ne changea pas le rythme de ses gestes. Il entendit le contremaître s'éloigner, ne leva pas la tête.

On ne le traitait pas différemment des autres. Il se disait que c'était son esprit troublé qui l'amenait à croire qu'on le surveillait plus particulièrement. Leur travail était soigneusement supervisé. Sa voisine, une jeune fille grave, aux mouvements lents, et extrêmement attentive, faisait la tâche la plus complexe dont elle était capable, et la nature n'avait pas été généreuse avec elle. Beaucoup d'employés du centre de récupération appartenaient à cette catégorie. Quelques-uns y entraient jeunes, espérant peut-être s'élever dans la hiérarchie des qualifications, acquérir une formation mécanique élémentaire et monter, accéder aux professions techniques de fabrication. Et il y en avait d'autres, dont la nervosité indiquait qu'ils étaient là pour d'autres raisons, concentration obsessionnelle... bizarre d'observer les symptômes chez les autres.

Mais, contrairement à eux, il n'avait commis aucun délit et peut-être, pour cette raison, lui faisait-on moins confiance. Il chérissait son travail, qui lui occupait l'esprit, qui lui procurait l'indépendance... tout comme, pensait-il, sa voisine grave chérissait sa place. Au début, désireux de montrer son habileté, il avait travaillé avec une célérité fiévreuse; puis il s'était aperçu que cela contrariait sa voisine et cela lui avait fait de la peine parce qu'elle ne pouvait pas faire mieux, ne le pourrait jamais. Il avait alors renoncé à manifester aussi clairement son efficacité. C'était assez pour survivre. Pendant longtemps, cela avait paru suffisant.

Mais, à présent, il avait envie de vomir et regrettait d'avoir mangé tout son sandwich; toutefois, même sur ce plan, il n'avait pas voulu paraître différent des autres.

La guerre était arrivée à Pell. Les Mazianni. La Flotte était là.

Le *Norvège*, et Mallory.

Il refusait certaines pensées. Quand le noir s'abattait sur lui, il se concentrait sur son travail et chassait les souvenirs. Seulement... *la guerre*... Quelqu'un, près de lui, parlait à voix basse de l'évacuation de la station.

Ce n'était pas possible. Cela ne pouvait pas arriver.

Damon! se dit-il, souhaitant pouvoir se lever et partir, aller au bureau, être rassuré. Mais rien ne pouvait le rassurer et il n'osait pas essayer.

La Flotte de Mazian. La loi martiale.

Elle en faisait partie.

Il craquerait sans doute, s'il ne faisait pas attention; l'équilibre de son esprit était fragile, et il le savait. Peut-être le fait même d'avoir demandé cet oubli était-il dément, et l'Adaptation n'avait-elle fait qu'augmenter le déséquilibre. Il se méfiait de tout ce qu'il ressentait et, par conséquent, s'efforçait de ressentir le moins possible.

« Repos ! annonça le contremaître. Dix minutes de pause. »

Il continua de travailler, comme pendant les pauses précédentes. Sa voisine aussi.

2

LE *NORVÈGE* ; 1520 HEURES

« Nous tenons Pell ! annonça Signy à son équipage et aux soldats, ceux qui étaient avec elle sur le pont et ceux qui étaient répartis dans tout le vaisseau. Notre décision... celle de Mazian, la mienne, celle des autres capitaines... est de tenir Pell. Les représentants de la Compagnie ont signé un traité avec l'Union... ont cédé tout l'Au-Delà et nous ont demandé de rester à l'écart pendant qu'ils le faisaient ; ils ont livré nos codes à l'Union. C'est pour cela que nous avons renoncé à l'attaque... pour cela que nous nous sommes repliés. Impossible de savoir si nos codes ont été communiqués. » Elle leur laissa le temps d'assimiler, regarda les visages lugubres qui l'entouraient, consciente de l'ensemble du vaisseau et de tous ses auditeurs. « Pell... les Etoiles Proches, toute la limite de l'Au-Delà... voilà ce qu'il nous reste. Nous n'exécuterons pas cet ordre de la Compagnie ; nous n'accepterons pas de nous rendre, quelles que soient les conditions. Nous avons cassé la laisse et, cette fois, nous combattrons à notre manière. Nous avons une planète et une station ; et c'est de *cela* que l'Au-Delà est parti. Nous pouvons reconstruire les stations des Etoiles Proches, tout ce qu'il y avait entre ici et le Soleil. Nous pouvons le faire. La Compagnie n'est peut-être pas assez intelligente pour percevoir la nécessité d'un tampon entre elle et l'Union, mais elle y viendra, croyez-moi, elle y viendra et elle aura au moins l'intelligence de ne pas nous provoquer. Pell est *notre planète,* à présent. Nous avons neuf vaisseaux pour la défendre. Nous n'appartenons plus à la Compagnie. Nous sommes la Flotte de Mazian et Pell *nous* appartient. Des avis contraires ? »

Elle en avait prévu quelques-uns, bien qu'elle connût son personnel comme sa famille... car certains auraient peut-être une opinion différente, pourraient y réfléchir à deux fois. Il n'y avait pas de raison.

Soudain, des acclamations retentirent sur le pont des soldats, trouvèrent un écho, tous les canaux étant ouverts. Sur le pont, les gens s'embrassaient, souriaient. Graff la serra dans ses bras ; Tiho, l'armscomper, aussi ; et les officiers qui étaient avec elle depuis toujours. Quelques-uns pleuraient. Il y avait des larmes dans les yeux de Graff. Pas dans les siens ; il y en aurait peut-être eu, si elle ne s'était pas sentie coupable... toujours, irrationnellement, l'habitude d'une loyauté usée jusqu'à la corde. Elle serra une deuxième fois Graff dans ses bras, se dégagea, regarda autour d'elle.

« Préparez-vous ! » dit-elle. Les coms transmettaient dans tout le vaisseau. « Nous allons prendre le Commandement Central avant que la station ait pu comprendre ce qui lui arrive. Di, dépêche ! »

Graff donna des ordres. Elle entendit également Di, dans les couloirs des soldats, écho personnalisé. Le pont bourdonna soudain d'activité, les techs se bousculant dans les allées étroites en rejoignant leurs postes.

« Dix minutes ! cria-t-elle. Tenue de combat, tous les soldats disponibles ! »

On criait également, ailleurs, les soldats ayant commencé de s'équiper avant même que l'ordre en ait été officiellement donné. Les ordres retentirent dans les couloirs. Signy gagna son petit bureau/chambre, mit un casque et une armure, préférant la sécurité à la liberté de mouvement. Cinq minutes. Elle entendait Di compter, sur les coms, qui transmettaient également un chaos d'instructions données par les divers postes de commandement. Sans importance. L'équipage et les soldats auraient pu faire le travail les yeux fermés. Tous de la même famille. Ceux qui ne s'adaptaient pas ne tardaient pas à avoir un accident et les autres étaient soudés comme des frères, des enfants, des amants.

Elle sortit précipitamment, glissant son arme dans l'étui de son armure, prit l'ascenseur ; les soldats qui couraient dans le couloir se collaient aux parois, dès qu'ils la reconnaissaient, pour lui faire place, de sorte qu'elle gagna rapidement l'avant, sa place.

« Signy ! criaient-ils, transportés de joie. Bravo, *Signy* ! »

Ils étaient ressuscités, et s'en rendaient compte.

3

CONSEIL DE PELL, SECTEUR BLEU UN

« Non ! dit immédiatement Angelo. *Non*, n'essayez pas de les arrêter. Reculez. Repliez immédiatement vos forces ! »

Le Commandement Central de la station accusa réception et se mit au travail. Les écrans de la salle du Conseil commencèrent à refléter les nouvelles instructions ; la voix étouffée de l'état-major de la Sécurité commentait. Angelo s'appuya contre le dossier de son fauteuil, devant la table centrale de la salle, au milieu des gradins partiellement occupés, des murmures effrayés de ceux qui avaient réussi à venir. Il appuya le menton sur les poings et examina les rapports qui se succédaient rapidement sur les écrans, les vues des docks envahis par des soldats en armures. Certains membres du Conseil avaient trop attendu, n'avaient pu quitter les secteurs où ils travaillaient ou bien avaient rejoint un poste d'urgence. Damon et Elene entrèrent, cherchant un refuge, essoufflés, hésitèrent sur le seuil. Angelo fit signe à son fils et à sa belle-fille, usant d'un privilège qui lui était personnel, et ils approchèrent, prirent deux fauteuils vacants autour de la table.

« Nous avons dû quitter le dock en hâte, dit Damon à voix basse. Nous avons tout juste eu le temps de prendre l'ascenseur. »

Aussitôt après, Jon Lukas et ses amis vinrent s'installer, les amis sur les gradins et Jon à la table. Deux Jacoby se présentèrent, les cheveux en désordre et le visage luisant de sueur. Ce n'était pas un Conseil ; c'était un refuge.

Sur les écrans, la situation empirait, les soldats se dirigeant vers le Cœur de la station, la Sécurité tentant de suivre les événements à distance, passant en hâte d'une caméra à l'autre, dans une succession rapide d'images.

« Le personnel voudrait savoir s'il faut fermer les portes du Commandement Central », demanda un Conseiller depuis le seuil.

— « Contre des fusils ? » Angelo se passa la langue sur les lèvres, secoua lentement la tête, fixant le défilement des images.

« Appelez Mazian, demanda Dee, récemment arrivé. Protestez ! »

— « Je l'ai fait. Je n'ai pas de réponse. Je suppose qu'il est avec eux. »

Désordres en Quarantaine, annonça un écran. *Trois morts ; de nombreux blessés...*

« Monsieur. » Un appel interrompit le message. « Ils attaquent les portes de la Quarantaine, ils essaient de les enfoncer. Devons-nous tirer ? »

— « N'ouvrez pas ! lança Angelo, le cœur battant parce que la démence remplaçait rapidement l'ordre. Négatif, ne tirez que si les portes cèdent. Qu'est-ce que vous voulez... les laisser sortir ? »

— « Non, monsieur. »

— « Dans ce cas, tenez-vous tranquilles. » La communication fut coupée. Il s'essuya le visage, écœuré.

« Je vais aller voir », proposa Damon, se levant.

— « Tu n'iras nulle part ! décida Angelo. Je ne veux pas que tu te mêles de cela. »

« Monsieur. » Une voix impatiente, à côté de lui, une présence venue des gradins. « Monsieur... »

Kressich.

« *Monsieur* », insista Kressich.

« Les coms de la Quarantaine sont en panne, annonça l'état-major de la Sécurité. Ils les ont encore démolies. Nous pouvons nous arranger. Les haut-parleurs des docks sont certainement intacts. »

Angelo regarda Kressich, individu hagard, grisonnant, qui l'était devenu davantage au fil des mois.

« Vous entendez ? »

— « Ils ont peur, expliqua Kressich, que vous les abandonniez ici et que vous laissiez la Flotte les livrer à l'Union. »

— « Nous ne connaissons pas les intentions de la Flotte, monsieur Kressich, mais si la foule enfonce les portes et envahit nos docks, il ne nous restera plus qu'à tirer. Je vous suggère de prendre contact avec ce secteur quand un canal aura été établi et, s'ils n'ont pas cassé tous les haut-parleurs, de leur expliquer clairement la situation. »

— « Nous savons que nous sommes des parias, quoi qu'il arrive, répliqua Kressich, tremblant de tous ses membres. Nous avons demandé, demandé inlassablement d'accélérer les vérifications, d'établir les identités, de régler nos dossiers, de faire plus vite. A présent, il est trop tard, n'est-ce pas ? »

— « Pas nécessairement, monsieur Kressich. »

— « Vous vous occuperez d'abord de vos ressortissants, vous les ferez embarquer dans les vaisseaux disponibles. Vous prendrez nos vaisseaux. »

— « Monsieur Kressich... »

— « Le travail a avancé, intervint Jon Lukas. *Certaines* personnes ont sans doute des papiers en règle. Il faut en tenir compte, monsieur. »

Kressich resta silencieux, le regard incertain, le visage terreux. Ses lèvres tremblèrent et le tremblement gagna son menton, ses mains posées l'une sur l'autre.

Stupéfiant, se dit Angelo avec amertume, *comme on en vient aisément aux intérêts particuliers ; et comme il le fait à bon escient.*

Félicitations, Jon.

Facile de résoudre le problème des réfugiés de la Quarantaine. Proposer des papiers en règle aux chefs et négocier avec eux. En fait, cette proposition avait déjà été présentée.

« Ils ont pris Bleu trois », murmura Damon. Angelo se tourna vers les écrans où le flot de soldats en armures et les sentinelles prenant position dans les couloirs étaient devenus un processus mécanique et rapide.

« Mazian, dit Jon. Mazian en personne. »

Angelo fixa l'homme aux cheveux argentés qui marchait en tête, estimant mentalement le temps qu'il faudrait à cette marée militaire pour gravir les rampes d'urgence conduisant à leur niveau, aux portes mêmes du Conseil.

En attendant, il tenait encore la station.

4

SECTEUR BLEU UN ; NUMÉRO 0475

Les images changèrent. Lily, nerveuse, se leva et hésita : un pas vers les boutons de la boîte, un pas vers la Rêveuse, dont le regard était troublé.

Finalement, elle se décida à tendre la main vers la boîte, pour changer le rêve.

« Non ! » dit sèchement la Rêveuse, et elle tourna la tête, vit la douleur... les beaux yeux noirs dans le visage pâle, les draps très blancs, tout était clair en elle, sauf les yeux qui regardaient les images des couloirs. Lily revint près d'elle, s'interposa entre le rêve et la Rêveuse, lissa l'oreiller.

« Je te tourne », proposa-t-elle.

— « Non. »

Elle caressa le front très, très tendrement.

« Dal-Tes-Elan, amour, amour. »

— « Ce sont des soldats, dit Soleil-Son-Ami, d'une voix si douce et si tranquille qu'elle répandait la paix. Hommes-avec-fusils, Lily. Des ennuis. Je ne sais pas ce qui peut arriver. »

— « Rêver eux partis », supplia Lily.

— « Je n'en ai pas le pouvoir, Lily. Mais, regarde, ils ne se servent pas de leurs fusils. Personne n'est blessé. »

Lily frissonna, ne s'éloigna pas. De temps en temps, sur les murs changeants, apparaissait la face de Soleil, rassurante, et les étoiles dansaient et la face du monde brillait comme un croissant de lune. Et la file d'hommes-à-coquilles grandit, emplissant tous les chemins de la station.

5

PELL, SALLE DU CONSEIL

Il n'y avait pas de résistance. Signy n'avait pas sorti son arme, bien qu'elle eût gardé la main dessus. Mazian non plus, ni Kreshov, ni Keu. L'intimidation était le rôle des soldats, fusils levés et sécurité ôtée. Ils avaient tiré une salve de semonce, dans le dock, rien depuis. Ils progressaient rapidement, sans laisser le temps de réfléchir à ceux qu'ils rencontraient, leur attitude indiquant qu'il n'y avait aucune discussion possible. Et rares étaient ceux qui s'étaient attardés dans ces secteurs. Signy se dit qu'Angelo Konstantin avait donné des instructions... la seule solution intelligente.

Ils changèrent de niveau, gravissant la rampe qui conduisait au hall principal. Les bottes résonnaient dans le silence ; les appels des soldats qui, derrière eux, prenaient position à intervalles réguliers dans les couloirs, résonnaient également. Quittant la rampe d'urgence, ils entrèrent dans la zone du Commandement Central de la station ; les soldats entrèrent également, conduits par les officiers, fusils baissés, tandis que d'autres détachements s'engageaient dans les couloirs latéraux pour occuper les bureaux : ici, pas question de tirer. Ils avancèrent dans le couloir principal, passèrent de la froideur du métal et du plastique aux nattes qui étouffaient les bruits, entrèrent dans la salle aux sculptures étranges, dont les yeux ne paraissaient pas moins surpris que la fois précédente.

Et les visages humains, le petit groupe rassemblé dans l'antichambre de la salle du Conseil, avaient tous des yeux ronds.

Les soldats traversèrent, poussèrent les portes sculptées pour les ouvrir. Ils laissèrent les portes revenir et un soldat prit position de chaque côté, comme une statue, tourné vers l'intérieur, le fusil levé. Les Conseillers, à l'intérieur, dans une salle loin d'être pleine, se levèrent et se tournèrent vers les fusils quand Signy, Mazian et les autres entrèrent. Leur attitude était digne, sinon insolente.

« Capitaine Mazian, dit Angelo Konstantin, puis-je vous proposer de vous asseoir et de discuter avec nous… vous et vos capitaines ? »

Mazian resta un instant immobile. Signy était entre lui et Keu, Kreshov de l'autre côté, regardant les visages. Pas tout le Conseil, pas même la moitié.

« Nous n'abuserons pas de votre temps, dit Mazian. Vous nous avez demandé de venir, nous voici. »

Personne n'avait bougé, ni pour s'asseoir ni pour changer de position.

« Nous aimerions que vous nous expliquiez, dit Konstantin, cette… opération. »

— « Loi martiale, répliqua Mazian, pour la durée de l'alerte. Et des questions… des questions directes, monsieur Konstantin, concernant les accords que vous avez passés avec certains représentants de la Compagnie. L'entente… avec l'Union et la transmission d'informations secrètes aux Services de Renseignements de l'Union. Trahison, monsieur Konstantin. »

Dans toute la pièce, les visages blêmirent.

« Cette entente n'existe pas, affirma Konstantin. Il n'existe rien de tel, capitaine. Notre station est neutre. Nous sommes une station de la Compagnie, mais nous ne voulons ni être entraînés dans des opérations militaires ni servir de base. »

— « Et cette… milice… dont vous vous entourez ? »

— « Parfois, il est nécessaire de défendre sa neutralité, capitaine. Le Capitaine Mallory nous a personnellement mis en garde contre les vaisseaux de réfugiés dépourvus d'escorte. »

— « Vous prétendez ignorer que des informations ont été communiquées à l'Union par des représentants de la Compagnie. Vous n'êtes pas impliqués dans les accords, arrangements ou concessions faits par ces agents avec l'ennemi ? »

Il y eut un lourd silence.

« Nous ignorons tout de tels accords. Si des accords devaient être signés, Pell n'en a pas été informée ; et, si nous l'avions été, nous n'y aurions pas été favorables. »

— «*A présent,* vous êtes informés, souligna Mazian. Les informations ont été transmises, y compris des codes et des signaux qui portent préjudice à la sécurité de votre station. Vous avez été livrés à l'Union, monsieur le Chef de Station, par la Compagnie. La Terre renonce aux intérêts qu'elle a ici. Vous en faites partie. Nous aussi. Nous n'acceptons pas cette situation. En raison de ce qui a déjà été abandonné, d'autres stations ont été perdues. Vous êtes la frontière. Compte tenu des forces dont nous disposons, Pell est à la fois nécessaire et défendable. Est-ce que vous me comprenez bien ? »

— « Vous pouvez compter sur ma collaboration », affirma Konstantin.

— « Accès à vos dossiers. Tous les problèmes de sécurité devront être mis en attente et reportés sur la Quarantaine. »

Le regard de Konstantin chercha celui de Signy, l'abandonna.

« Nous avons appliqué toutes les directives proposées par le Capitaine Mallory. Scrupuleusement. »

— « Il faudra que mon personnel puisse accéder immédiatement à tous les secteurs de votre station, à tous les dossiers, à toutes les machines, à tous les appartements, si la situation l'exige. Je préférerais retirer l'essentiel de mes forces et laisser la responsabilité aux vôtres si vous comprenez bien ceci : s'il y a des problèmes de sécurité, s'il y a des fuites, si un vaisseau quitte la formation ou si un ordre quelconque n'est pas appliqué, nous avons nos procédures et elles nous autorisent à faire feu. Est-ce bien clair ? »

— « Effectivement, dit Konstantin, très clair. »

— « Mon personnel sera libre de ses déplacements, monsieur Konstantin, et il tirera s'il l'estime nécessaire ; et s'il nous faut tirer pour protéger l'un des nôtres, nous le ferons, monsieur Konstantin, sans la moindre hésitation. Mais cela n'arrivera pas. Vos Services de Sécurité *y veilleront*... vos Services de Sécurité avec l'aide des nôtres. C'est à vous de décider. »

Konstantin serra les dents.

« Ainsi, la situation est claire, Capitaine Mazian, nous admettons que vous soyez obligé de protéger votre personnel et notre station. Nous collaborerons ; nous espérons que vous collaborerez. Désormais, quand j'enverrai un message, il *arrivera.* »

— « Absolument », répondit tranquillement Mazian. Il regarda à droite et à gauche, bougea enfin, en direction des portes, tandis que Signy et les autres restaient face au Conseil. « Capitaine Keu, dit-il, réglez les détails avec le Conseil. Capitaine Mallory, prenez le contrôle du Commandement Central. Capitaine Kreshov, vérifiez les dossiers et les procédures du Service de Sécurité. »

— « Il me faudra quelqu'un qui soit au courant », fit ressortir Kreshov.

— « Le directeur de la Sécurité vous aidera, intervint Konstantin. Je vais donner des instructions. »

— « Moi aussi », dit Signy, les yeux fixés sur un visage familier de la table centrale, celui du jeune Konstantin. L'expression du jeune homme changea sous ce regard et la jeune femme qui se trouvait près de lui prit sa main.

« Capitaine », dit-il.

— « Damon Konstantin... vous-même, si vous voulez. Vous pourrez m'aider. »

Mazian s'en alla, avec une partie de l'escorte, pour inspecter le secteur ou, plus probablement, superviser d'autres opérations, l'occupation d'autres sections, comme le Cœur et les machines. Jan Meyis, le second de l'*Australie,* avait été chargé de cette mission délicate. Keu s'attribua un fauteuil à la table du Conseil, prenant possession de l'assemblée ; Kreshov sortit sur les talons de Mazian.

« Venez », dit Signy, et Damon adressa un regard à son père, les lèvres serrées, contrarié de devoir quitter la jeune femme assise près de lui. Signy se dit que sa compagnie ne leur plaisait guère. Elle attendit, puis gagna la porte avec lui, prenant deux de ses soldats en escorte : Kuhn et Dektin.

« Le Commandement Central », indiqua-t-elle à Konstantin, et il lui montra le chemin par lequel elle était arrivée, avec une courtoisie incongrue et naturelle.

Pas un mot de sa part ; son visage était dur et impénétrable.

« Votre femme ? » s'enquit Signy. Elle aimait connaître... les personnages importants. « Qui ? »

— « Ma femme. »

— « Qui ? »

— « Elene Quen. »

Cela l'étonna.

« Une famille de la station ? »

— « Les Quen. De l'*Estelle*. Elle m'a épousé et est restée ici. »

— « Il a disparu. Vous le savez. »

— « Nous le savons. »

— « Terrible. Des enfants ? »

Il ne répondit pas immédiatement.

« En route. »

— « Ah. » La femme lui avait semblé un peu grosse. « Vous êtes deux frères Konstantin, n'est-ce pas ? »

— « Oui. »

— « Où est votre frère ? »

— « Sur Downbelow. » Son expression était de plus en plus inquiète.

« Il n'y a pas de raison de s'inquiéter. »

— « Je ne m'inquiète pas. »

Elle sourit, se moquant de lui.

« Vos forces ont-elles également débarqué sur Downbelow ? » demanda-t-il.

Elle ne cessa pas de sourire, sans répondre.

« Si je me souviens bien, vous êtes des Affaires Juridiques. »

— « Oui. »

— « Par conséquent vous devez connaître pratiquement tous les accès au comp concernant les dossiers individuels, n'est-ce pas ? »

Il lui adressa un regard qui n'était pas effrayé. Furieux. Elle regarda, devant elle, le couloir où les soldats gardaient les pièces vitrées du Commandement Central.

« Votre collaboration nous est acquise », lui rappela-t-elle.

— « Est-il vrai que l'on nous a cédés ? »

Elle souriait toujours, constatant une fois de plus que les Konstantin, contrairement à d'autres, ne perdaient pas la tête, connaissaient leur valeur et celle de Pell.

« Faites-moi confiance », dit-elle avec ironie. POSTE CENTRAL DE COMMANDEMENT, indiquait un signe, surmonté d'une flèche ; un autre : COMMUNICATIONS ; BLEU UN 01-0122. « Il faudra enlever ces panneaux. Partout. »

— « Impossible. »

— « Et les couleurs aussi. »

— « La station est trop vaste... les résidents eux-mêmes pourraient se perdre dans les couloirs... ils se ressemblent tous et, sans les couleurs... »

— « C'est pareil dans mon vaisseau, monsieur Konstantin, nous ne marquons pas les couloirs à l'intention des intrus. »

— « Il y a des enfants dans cette station. Sans les couleurs... »

— « Ils apprendront ! coupa-t-elle. Toutes les indications doivent disparaître. »

Le poste de Commandement Central était devant eux... occupé par les soldats. Les fusils se tournèrent nerveusement vers eux quand ils entrèrent, puis reprirent leur position précédente. Elle regarda le poste de commandement, les innombrables rangées de tableaux de commandes, les techniciens et les fonctionnaires de la station qui y travaillaient. Sa présence rassura manifestement les soldats. Les civs parurent également rassurés... par la présence du jeune Konstantin, se dit-elle ; c'était pour cette raison qu'elle l'avait amené.

« Très bien, dit Signy aux soldats et aux civs. Nous sommes parvenus à un accord avec le Chef de Station et le Conseil. Nous n'évacuons pas Pell. La Flotte en fera sa base et ne l'abandonnera pas. L'Union ne s'installera pas ici. »

Un murmure courut parmi les civs, qui s'adressèrent discrètement des regards de soulagement. D'otages, ils devenaient soudain alliés. Les soldats avaient mis l'arme au pied.

« *Mallory*, murmurait-on d'un bout à l'autre de la salle. C'est Mallory. » Sur ce ton qui n'était pas amour... ni mépris.

« Faites-moi visiter », dit-elle à Damon Konstantin.

Il fit le tour du Commandement Central avec elle, indiquant calmement les postes, présentant le personnel qui s'en occupait, visages et noms dont une majorité resterait gravée dans son souvenir ; c'était un de ses points forts, quand elle y mettait de la bonne volonté. Elle s'arrêta un instant et regarda autour d'elle, les écrans, le globe de Downbelow, parsemé de points rouges et verts.

« Des bases ? » s'enquit-elle.

— « Nous avons plusieurs sites auxiliaires, expliqua-t-il, car il nous faut absorber et nourrir ce que vous nous avez laissé. »

— « La Quarantaine ? » Elle regarda également l'écran de ce secteur, marée humaine déchaînée, essayant d'enfoncer des portes fermées. Fumée. Débris. « Que faites-vous d'eux ? »

— « Vous ne nous avez pas fourni de solution ! » répliqua-t-il. Rares étaient ceux qui lui répondaient sur ce ton. Cela l'amusa.

Elle écouta, regarda le complexe immense, les écrans innombrables, les tableaux de commandes regroupant des fonctions inconnues dans les vaisseaux. C'était le commerce, le maintien d'une orbite vieille de plusieurs siècles, le contrôle des biens et des fabrications, de la population interne et extérieure, indigène et humaine... une colonie grouillante de vie. Elle regarda cela en respirant lentement, avec l'impression de le posséder. C'était pour conserver cela qu'ils s'étaient battus.

Sans avertissement, les coms transmirent une déclaration du Conseil.

« ... nous assurons aux habitants, disait Angelo Konstantin, sur fond de salle du Conseil, que la station ne sera pas évacuée. La Flotte est ici pour assurer notre protection... »

Leur patrie.

Il ne restait plus qu'à y mettre de l'ordre.

4

DOWNBELOW, BASE PRINCIPALE ; 1600 HEURES, STANDARD DE LA STATION, AUBE LOCALE*

Le matin était proche, une ligne rouge à l'horizon. Emilio était dehors, respirant régulièrement malgré le masque, vêtu d'une veste épaisse parce que les nuits

* Les variations saisonnières du jour et la période de rotation, distinctes du standard (terrestre) de la station entraînent un écart qui croît quotidiennement ; les périodes de synchronisme entre la planète et la station sont rares.

étaient toujours froides, à ces latitude et altitude. Les files marchaient dans le noir, en silence, silhouettes courbées et pressées, semblables à des insectes sauvant des œufs de l'inondation, s'éloignant des dômes de stockage.

Les ouvriers humains dormaient toujours, ceux de la Quarantaine et les autres. Seuls quelques responsables participaient à l'opération. Il les voyait, ici et là, dans le paysage de dômes et de collines, ombres nettement plus grandes que les autres.

Une petite silhouette essoufflée s'approcha de lui, reprit son souffle.

« Oui ? Oui, toi m'appeler, homme-Konstantin ? »

— « Bondissant ? »

— « Moi Bondissant. » Une voix essoufflée et un large sourire. « Bon coureur, homme-Konstantin. »

Il posa la main sur une épaule osseuse, couverte de fourrure, sentit un bras tentaculaire s'enrouler autour du sien. Il sortit un morceau de papier de sa poche, le mit dans la main calleuse du Hisa.

« Alors, cours, dit-il. Porte cela à tous les camps humains, laisse leurs yeux voir, tu comprends ? Et préviens tous les Hisas. Préviens-les tous, de la rivière à la plaine ; dis-leur d'envoyer des messagers, même aux Hisas qui ne viennent pas dans les camps des humains. Dis-leur de se méfier des hommes, de ne pas faire confiance aux inconnus. Explique-leur ce que nous faisons ici. Regarder, regarder, mais n'approcher que s'ils connaissent l'appel. Le Hisa comprend-il ? »

— « Lukas arriver, dit le Hisa. Oui. Compris, homme-Konstantin. Moi *Bondissant*. Moi vent. Personne rattraper. »

— « Va, dit-il. Cours, Bondissant ! »

Des bras durs le serrèrent, avec cette puissance décontractée, effrayante, des Hisas. L'ombre partit dans le noir, s'éloigna, courut...

La nouvelle était partie. On ne pouvait plus l'arrêter, pas aussi facilement.

Il resta immobile, regardant les silhouettes humaines debout à flanc de colline. Il avait donné des instructions à son personnel et refusé toute explication, désireux de dégager leur responsabilité. Les dômes de stockage étaient pratiquement vides, à présent, les provisions qu'ils contenaient ayant été transportées dans la nature. La nouvelle filait le long de la rivière, suivant une méthode sans aucun rapport avec les transmissions modernes, de sorte qu'il serait impossible de l'enregistrer, la nouvelle filait de toute la vitesse d'un Hisa et aucun ordre de la station ou de ceux qui la tenaient ne pourrait l'arrêter. D'un camp à l'autre, humains et Hisas, partout où les Hisas se rencontraient.

Une idée lui vint à l'esprit... jamais, peut-être, les hommes n'avaient donné aux Hisas une raison de parler ainsi à leurs congénères ; ils ignoraient la guerre, les tribus éparpillées n'étaient pas unies, pourtant, bizarrement, la nouvelle de l'arrivée de l'Homme avait circulé. Et, à présent, les humains transmettaient un message par ce réseau étrange. Il l'imagina progressant le long de la rivière, dans la campagne, par rencontres fortuites et organisées, quelle que soit l'idée que le peuple tendre, étonné, des Hisas se fasse de l'organisation.

Et, partout où il y aurait contact, les Hisas voleraient, eux qui ignoraient le vol ; abandonneraient leur travail, eux qui ignoraient tout des salaires et de la révolte.

Il eut froid, malgré les nombreuses couches de vêtements qui le protégeaient de la brise glacée. Contrairement à Bondissant, il ne pouvait partir en courant. Etant un Konstantin et un humain, il attendit, tandis que l'aube faisait apparaître les silhouettes des travailleurs chargés, tandis que les humains des autres dômes découvraient en s'éveillant le pillage systématique des réserves et du matériel, tandis que son personnel regardait sans réagir. Les lumières s'allumèrent, dans les dômes transparents... les gens sortirent, de plus en plus nombreux, stupéfaits.

Une sirène retentit. Il regarda le ciel, ne vit que les dernières étoiles, mais les coms avaient eu vent de quelque chose. Et une présence fit rouler des pierres, près de lui, un bras mince lui entoura la taille. Il serra Miliko contre lui, chérissant ce contact.

Un cri s'éleva, de l'autre côté de la crête ; des bras se tendirent vers le ciel. La lumière du vaisseau était visible dans le ciel pâle... trop tôt à leur goût.

« Fine Mouche ! » appela-t-il, et elle vint, petite femelle avec une marque blanche sur le bras, séquelle d'une brûlure ; elle vint, chargée et le souffle court. « Maintenant, cachez-vous», dit-il, et elle rejoignit la file, prévenant ses compagnons.

— «Où iront-ils? demanda Miliko. L'ont-ils dit?»

— «Ils savent, répondit-il. Ils sont seuls à savoir.» Il la serra plus étroitement, à cause du vent. «Et leur retour... tout dépendra de qui le leur demandera.»

— «S'ils nous emmènent...»

— «Nous faisons de notre mieux. Mais ils n'accepteront pas les ordres d'inconnus.»

La lumière du vaisseau était plus vive, intense. Ce n'était pas une de leurs navettes, mais un appareil plus gros, plus inquiétant.

Militaire, se dit Emilio; la navette d'un vaisseau.

«Monsieur Konstantin!» Un homme arriva en courant, s'arrêta, les bras écartés, désorienté. «Est-ce que c'est vrai? Est-il vrai que Mazian est là-haut?»

— «On nous a informés que c'était le cas. Nous ne savons pas ce qui se passe, là-haut; apparemment, tout est calme. Pas d'affolement; transmettez... nous gardons la tête froide, nous attendons les événements. Il ne faut pas mentionner les provisions manquantes; il ne le faut pas, compris? Nous n'accepterons pas que la Flotte nous dépouille puis s'en aille en laissant la station mourir de faim; voilà la situation. Faites passer le mot. Et n'obéissez qu'à Miliko et moi, compris?»

— «Bien», souffla l'homme et, congédié, il partit en courant transmettre les instructions.

— «Il faudrait informer la Quarantaine», dit Miliko.

Il acquiesça, en prit le chemin, descendant la pente sur laquelle il se trouvait. De l'autre côté de la colline, des lumières s'allumèrent, le balisage de la piste d'atterrissage. Miliko et lui s'engagèrent sur le chemin de la Quarantaine, y trouvèrent Wei.

«La Flotte est là-haut», dit Emilio. Et, comme un murmure de frayeur s'était immédiatement élevé: «Nous essayons de garder la nourriture pour la station et pour nous; nous essayons d'empêcher la Flotte de prendre le contrôle de la base. Vous n'avez rien vu. Vous n'avez rien entendu. Vous êtes sourds, aveugles et vous n'avez aucune responsabilité; c'est moi qui les assume.»

Un murmure courut dans la foule, employés ordinaires et réfugiés. Il fit demi-tour et, en compagnie de

Miliko, prit le chemin du terrain d'atterrissage; une foule d'employés, d'ouvriers... de réfugiés aussi, les suivit : personne ne les arrêta. Il n'y avait plus de gardiens, ni ici ni dans les autres camps; les réfugiés travaillaient dans les mêmes conditions que les autres ouvriers. Cela n'allait pas sans discussions, sans difficultés; mais ils étaient moins dangereux que ce qui leur tombait dessus, exigerait des provisions pour des vaisseaux bourrés de soldats et, peut-être, de nouvelles recrues.

Le vaisseau descendit dans un grondement de tonnerre, se posa sur la piste, l'occupant complètement, et, sur la colline, ils se bouchèrent les oreilles et tournèrent le dos à son souffle empesté jusqu'à ce que les moteurs se soient tus. Il resta là sous le soleil levant, étranger et inélégant, porteur de guerre. Le sas s'ouvrit, une de ses mâchoires s'abattant sur le sol, et des soldats en armures posèrent le pied sur la terre de la planète tandis qu'eux étaient en ligne au flanc de la colline, sans armures et sans armes. Les soldats prirent position, pointèrent leurs fusils. Un officier descendit la rampe, dans la lumière, un homme à la peau sombre, portant un masque mais pas de casque.

« C'est Porey, souffla Miliko. C'est Porey en personne. »

Le fardeau reposait sur ses épaules : il lui fallait descendre, réagir à la menace, lâcher la main de Miliko : mais elle ne lâcha pas la sienne. Ils descendirent ensemble à la rencontre de ce capitaine de légende... s'arrêtèrent à portée de voix, intimidés par la proximité des fusils.

« Qui commande cette base ? » demanda Porey.

— « Emilio Konstantin et Miliko Dee, capitaine. »

— « C'est vous ? »

— « Oui, capitaine. »

— « Sachez que la loi martiale est décrétée. Toutes les réserves de la base sont réquisitionnées. Tout gouvernement civil, humain ou indigène, est suspendu. Il nous faut immédiatement les dossiers du matériel, du personnel et des provisions. »

Ironique, Emilio tendit son bras libre vers les dômes, les dômes vides. Il était sûr que cela ne plairait pas à Porey. Certains registres, tenus manuellement, avaient également disparu. Il avait peur, pour lui, pour Miliko... pour les hommes et les femmes de cette base et des autres ; et, surtout, pour les Hisas, qui ne connaissaient pas la guerre.

« Vous resterez ici, reprit Porey, et nous fournirez toute l'assistance nécessaire. »

Emilio eut un sourire tendu et serra la main de Miliko. C'était une arrestation, purement et simplement. Le message de son père, au milieu de la nuit, lui avait donné du temps. Autour de lui, il y avait des ouvriers qui n'avaient pas demandé à être mis dans une telle situation, que l'on avait arbitrairement affectés ici. Il comptait moins sur leur silence que sur la célérité des Hisas. En outre, les militaires lui imposeraient peut-être d'autres contraintes. Il pensa à sa famille, dans la station, à l'évacuation possible de Pell, aux hommes de Mazian ruinant délibérément Downbelow avant de se replier, détruisant tout ce qui pourrait profiter à l'Union, engageant de force dans la Flotte tous les individus valides. Ils donneraient des fusils même aux Hisas, si cela leur fournissait des vies à jeter en pâture à l'Union.

« Nous allons discuter la question, répondit-il, capitaine. »

— « Les armes seront remises à mes soldats. Le personnel sera fouillé. »

— « Je propose une réunion, capitaine. »

Porey eut un geste bref.

« Faites-les monter ! »

Les soldats se dirigèrent vers eux. La main de Miliko serra la sienne. Il prit l'initiative et ils avancèrent d'eux-mêmes, se laissèrent fouiller, gravirent la rampe et entrèrent dans l'intérieur illuminé du vaisseau, où Porey attendait.

Emilio s'arrêta en haut de la rampe, Miliko près de lui.

« Nous sommes responsables de cette base, dit-il. Je n'ai pas l'intention d'ameuter les foules. Je satisferai tous les besoins raisonnables de vos forces. »

— « Vous menacez, monsieur Konstantin. »

— « Je présente les faits, capitaine. Dites ce que vous voulez. Je connais cette planète. L'intervention des militaires dans un système préexistant gaspillerait un temps précieux à s'organiser, et cette intervention pourrait se révéler destructrice. »

Il regarda Porey dans les yeux, constata qu'il détestait qu'on lui résiste. C'était un homme dangereux.

« Mes officiers vont vous accompagner, déclara Porey. Donnez-leur les dossiers. »

5

1

PELL, SECTEUR BLANC DEUX ; 1700 HEURES

La police était arrivée, des hommes calmes qui restèrent près de la porte et parlèrent avec le contremaître. Josh les regarda sans lever la tête, ses doigts déplaçant avec précision la pièce qu'il démontait. Sa jeune voisine s'était immobilisée, lui donna un coup de coude dans les côtes.

« Hé, dit-elle. Hé, c'est *la police* ! »

Cinq hommes. Josh ne tint pas compte des coups de coude dans les côtes et elle frappa plus fort.

Au-dessus d'eux, l'écran des coms s'alluma. La lumière attira son regard et il fixa un instant une nouvelle déclaration, annonçant que l'accès au secteur Vert était partiellement rétabli. Il rentra la tête dans les épaules et se remit au travail.

« Ils regardent par ici », précisa la jeune fille.

Effectivement. Ils faisaient des gestes dans cette direction. Josh risqua un regard, baissa à nouveau la tête, risqua un autre coup d'œil, car des soldats étaient entrés, en armures. Des soldats de la Compagnie. Des Mazianni.

« Regarde ! » insista la jeune fille.

Il se remit au travail. La voix onctueuse du Commandement Central continuait, sur les coms, affirmant qu'il n'y avait aucun danger. Il cessa de le croire.

Des pas dans l'allée, venant de l'autre côté, les pas lourds de nombreux hommes. Ils arrivèrent près de lui, s'arrêtèrent derrière lui. Il travailla jusqu'au bout, espérant follement. *Damon*, pensa-t-il, souhaita-t-il. *Damon !*

Une main se posa sur son épaule, le fit se retourner. Il regarda le visage du contremaître, sans le voir, les policiers de la station et un soldat en armure, portant l'insigne de la Flotte de Mazian.

« Monsieur Talley, dit un policier, voulez-vous nous accompagner, je vous prie. »

Il s'aperçut que la clé qu'il avait à la main pouvait devenir une arme, la posa soigneusement sur l'établi, s'essuya les mains sur ses bleus et se leva.

« Où vas-tu ? » demanda sa voisine. Il ne connaissait pas son nom. Son visage sans grâce exprimait le désespoir. « Où vas-tu ? »

Il ne répondit pas, il ne le savait pas. Un policier le prit par le bras, l'entraîna dans l'allée, le conduisit jusqu'à la porte de l'atelier. Tout le monde le regardait.

« Silence ! » lança le contremaître.

Un murmure s'était élevé. Les policiers et les soldats le conduisirent dans le couloir et s'arrêtèrent là. La porte fut fermée et un officier, portant seulement une cuirasse, le fit se tourner face au mur et le fouilla.

L'homme prit ses papiers dans sa poche. Il se retourna quand on l'y autorisa, s'adossa à la paroi, regardant l'officier examiner les papiers. *Atlantique*, indiquaient leurs insignes. Une terreur incontrôlable lui rongeait les entrailles. Les soldats de la Compagnie avaient ses papiers et ils étaient l'unique garantie de son innocence, la preuve de ce qu'il avait subi, qu'il n'était pas dangereux. Il tendit la main vers eux et l'officier les mit hors de portée. Les Mazianni. L'obscurité revint. Il baissa le bras, se souvenant d'autres rencontres, le cœur battant à tout rompre.

« J'ai un passe, dit-il, s'efforçant de lutter contre le tic qui lui déformait le visage lorsqu'il était troublé. Il est avec les papiers. Je travaille ici, vous voyez. C'est ici que je suis censé être. »

— « Le matin seulement. »

— « On nous a tous gardés, expliqua-t-il. On ne nous a pas laissés partir. Vérifiez les autres. Nous sommes tous de l'équipe du matin. »

— « Vous allez nous accompagner », dit un soldat.

— « Demandez à Damon Konstantin. Il vous expliquera. Je le connais. Il vous dira que je n'ai rien à me reprocher. »

Cela les fit réfléchir.

« Je prends note », acquiesça l'officier.

— « Il dit peut-être vrai, intervint un policier de la station. J'ai entendu parler de cela. C'est un cas spécial. »

— « Nous avons des ordres. Le comp a fourni son nom ; il faut vérifier. Enfermez-le dans votre centre de détention, sinon nous l'enfermerons dans le nôtre. »

Josh ouvrit la bouche pour indiquer sa préférence.

« Nous nous chargeons de lui », dit le policier sans lui laisser le temps de parler.

— « Mes papiers », dit Josh. Il bégayait, rouge de honte. Il ne contrôlait pas encore les réactions violentes. Il tendit une main suppliante vers ses papiers, et elle tremblait visiblement. « S'il vous plaît. »

L'officier les plia soigneusement et les glissa dans l'étui qu'il portait à la ceinture.

« Il n'en a pas besoin. Il ne va nulle part. Emmenez-le et mettez-le à l'ombre ; soyez prêts à nous le livrer en cas de besoin, compris ? On le transférera peut-être en Quarantaine, mais pas avant que le Quartier Général ait examiné son cas. »

— « Compris ! » fit sèchement le policier. Il prit Josh par le bras, l'entraîna dans le couloir. Les soldats suivirent, prirent une autre direction à la première intersection.

Mais il y avait des Mazianni dans tous les couloirs. Il se sentait glacé, vulnérable... fut soulagé quand les policiers s'arrêtèrent devant un ascenseur et le firent entrer dans la cabine ; pendant le trajet qui les conduisit au secteur Rouge un, ils ne furent pas accompagnés par les soldats.

« Je vous en prie, appelez Damon Konstantin, demanda-t-il. Ou Elene Quen. Ou leurs services. Je connais les numéros. »

L'essentiel du trajet s'effectua en silence.

« Nous enverrons notre rapport par les circuits normaux », dit finalement un policier, sans le regarder.

L'ascenseur s'arrêta à Rouge un. Zone de sécurité. Il sortit entre eux, franchit la cloison vitrée, arriva au bureau d'accueil. Il y avait également des soldats dans ce service, en armures et armés, et un flot de panique prit possession de son corps car il avait espéré que cet endroit serait encore sous le contrôle de la station.

« Je vous en prie », dit-il pendant les formalités d'entrée. Il connaissait le jeune officier ; il avait été détenu à cet endroit. *Il s'en souvenait*. Il se pencha sur lui, baissa la voix, désespéré. « Je vous en prie, appelez les Konstantin. Dites-leur que je suis ici. »

Il n'obtint pas de réponse, seulement un regard embarrassé, fuyant le sien. Ils avaient peur, tous les stationniers… les soldats armés les terrifiaient. Les soldats l'emmenèrent, le poussèrent dans le couloir des cellules, l'enfermèrent, pièce blanche et nue, ne contenant que des sanitaires et un banc blanc scellé dans la paroi. Ils prirent toutefois le temps de le fouiller, l'obligeant à se déshabiller cette fois, puis le laissèrent avec ses vêtements par terre.

Il s'habilla, se laissa finalement tomber sur le banc, y posa également les pieds et mit la tête sur les genoux, fatigué parce qu'il avait travaillé longtemps, et rongé par la peur.

2

LE *HAMMER*, VAISSEAU DE COMMERCE ; ESPACE INTERSTELLAIRE ; 1700 HEURES

Vittorio Lukas se leva et suivit la courbe du pont crasseux du *Hammer*, hésita quand l'homme qui le surveillait continuellement leva son bâton. On ne le laissait pas approcher des commandes ; dans ce petit cylindre rotatif à la courbe abrupte… la masse sans élégance du *Hammer* contenait essentiellement une soute en apesanteur, à l'arrière… il y avait une ligne, sur le plancher, en ruban adhésif, qui délimitait sa prison. Il n'avait pas encore expérimenté ce qui se passerait s'il la franchissait sans y avoir été invité ; il n'avait pas l'intention de s'y risquer. Il pouvait circuler dans pratiquement tout le cylindre… les quartiers de l'équipage, où il dormait ; la minuscule salle de réunion... et cette partie du poste de pilotage. De là, il voyait un écran et le scan, par-dessus l'épaule du tech ; il s'attarda, les fixant, regardant le dos des hommes et des femmes vêtus comme des commerçants et qui n'étaient pas des commerçants, l'estomac douloureux à cause des drogues et des nerfs tendus par le saut. Il avait vomi pratiquement toute la journée.

Le capitaine, debout, regardant les écrans, le vit et lui fit signe d'approcher. Vittorio hésita ; à la deuxième invitation, il pénétra dans la zone interdite, sans accorder un regard à l'homme au bâton. Il ne protesta pas quand le capitaine lui posa une main amicale sur l'épaule, et regarda attentivement le scan ; apparemment prospère, cet homme... il aurait pu passer pour un homme d'affaires de Pell... encourageait son équipage plutôt qu'il ne lui donnait des ordres. Il était bien traité, avec politesse même. C'était sa situation et ce qu'elle représentait qui le terrifiait. *Lâche*, aurait dit son père d'un air méprisant. C'était vrai. C'était ce qu'il était. Ni l'endroit ni la compagnie ne lui convenaient.

« Nous rentrerons bientôt », dit l'homme... Il s'appelait Blass, Abe Blass. « Nous n'avons fait qu'un petit saut, juste assez pour échapper à Mazian. Détendez-vous, monsieur Lukas. Votre estomac ne vous fait plus de misères ? »

Il ne répondit pas. L'allusion à son malaise lui contracta les entrailles.

« Aucun problème, monsieur Lukas, dit Blass d'une voix douce, la main toujours sur son épaule. Absolument aucun, monsieur Lukas. L'arrivée de Mazian ne nous dérange pas. »

Il regarda l'homme.

« Et si la Flotte nous repère, quand nous reviendrons ? »

— « Nous pourrons toujours sauter, répondit Blass. Le *Swan's Eye* sera toujours à son poste ; et Ilyko ne parlera pas ; elle connaît son intérêt. Restez bien tranquille, monsieur Lukas. Apparemment, vous ne nous faites toujours pas confiance. »

— « Si mon père est compromis, sur Pell... »

— « C'est peu vraisemblable. Jessad sait ce qu'il fait.

Croyez-moi. Tout est organisé. Et l'Union prend soin de ses amis. » Blass lui donna quelques claques sur l'épaule. « Vous vous débrouillez très bien, pour un premier saut. Acceptez le conseil d'un vieux de la vieille et ne vous tourmentez pas. Détendez-vous. Allez m'attendre dans la salle de réunion, je vous rejoindrai dès que nous aurons calculé notre itinéraire. »

— « Bien », murmura-t-il ; puis il obéit, passant devant le gardien et suivant la courbe du pont jusqu'à la salle de réunion déserte. Il s'assit sur une combinaison de banc/table, posa les bras sur le plateau, avala péniblement sa salive.

La nausée n'était pas seulement due au saut. Il était terrifié. *Il faut devenir un homme,* entendait-il son père dire. Il cédait au désespoir. Il était ce qu'il était et sa place n'était pas ici, avec Abe Blass et ces gens lugubres, tous semblables. Son père l'avait sacrifié. S'il avait été ambitieux, il aurait essayé de marquer des points, de se concilier les bonnes grâces de l'Union. Il ne le faisait pas. Il connaissait ses possibilités et ses limites, et il avait envie de Roseen, de son confort, d'un verre qu'il ne pouvait se permettre parce qu'il était bourré de drogues.

L'opération n'aurait pas de succès ; il serait obligé de se réfugier dans l'Union, où tout le monde marchait au pas, et ce serait la fin de tout ce qu'il connaissait. Les changements lui faisaient peur. Ce qu'il avait, à Pell, lui suffisait. Il ne demandait pas grand-chose à la vie, ni aux gens, et l'idée d'être ainsi au milieu du néant... lui donnait des cauchemars.

Mais il n'avait pas le choix. Son père y avait veillé.

Blass arriva enfin, s'assit, déplia solennellement des cartes sur la table et lui donna des explications, comme si la mission dépendait de lui. Il regarda le diagramme et tenta de comprendre la raison d'être de ces déplacements dans le néant, alors qu'il ne savait même pas où ils se trouvaient... en réalité, nulle part.

« Vous ne devriez pas vous inquiéter, insista Blass. Je vous assure que vous êtes plus en sécurité ici que dans la station. »

— « Vous êtes un officier supérieur de l'Union, dit-il, n'est-ce pas ? Autrement... on ne vous aurait pas envoyé. »

Blass haussa les épaules.

« Le *Hammer* et le *Swan's Eye*... Les seuls vaisseaux que vous ayez dans le secteur de Pell ? »

Blass haussa une nouvelle fois les épaules. Telle fut sa réponse.

6

1

ACCÈS D'ENTRETIEN BLANC ; 9/10/42 ; 1200 HEURES

Les hommes étaient venus et étaient partis depuis longtemps, des hommes-à-coquilles, avec des fusils. Satin frissonna, se dissimula dans l'ombre du monte-charge. Beaucoup avaient fui quand les lukas avaient pris les choses en main, d'autres encore avaient fui quand les inconnus étaient arrivés, par les passages que les Hisas pouvaient utiliser, les passages étroits, les tunnels obscurs où les Hisas pouvaient respirer sans masque alors que les hommes ne le pouvaient pas. Les hommes du Là-Haut connaissaient ces passages mais ne les avaient pas encore montrés aux étrangers, et les Hisas étaient en sécurité, bien que quelques-uns fussent en train de pleurer, dans le noir, en bas, tout en bas, afin que les hommes ne puissent pas les entendre.

Il n'y avait pas d'espoir. Satin fit la moue, recula et s'accroupit, attendit que l'air ait changé, gagna le refuge de l'obscurité. Des mains se posèrent sur elle. Cela sentait le mâle. Elle siffla sa désapprobation, chercha l'odeur de celui qui était à elle. Ses bras l'entourèrent. Elle posa une tête fatiguée sur une épaule dure, réconfortant tout en étant réconfortée. Dent-Bleue ne posa pas de questions. Il savait que les nouvelles n'étaient pas bonnes, car il l'avait dit quand elle avait insisté pour aller voir.

Il y avait des problèmes, de gros problèmes. Les lukas

prenaient la parole et donnaient des ordres, les inconnus menaçaient. L'Ancien n'était pas là... Ses compagnons non plus, ils s'occupaient de leurs affaires, de la protection de choses importantes, supposait Satin. Menaient à bien des tâches ordonnées par des humains importants, et peut-être des tâches qui concernaient les Hisas.

Mais ils avaient désobéi, ne s'étaient pas présentés aux contremaîtres, pas plus que les Anciens, qui, eux aussi, détestaient les lukas.

« Rentrons-nous ? » demanda finalement quelqu'un.

Ils auraient des ennuis, s'ils rentraient après avoir fui. Les hommes se mettraient en colère, et les hommes avaient des fusils.

« Non », dit-elle, et, comme des protestations s'élevaient, Dent-Bleue tourna la tête et dit d'une voix rogue :

« Réfléchissez ! Si nous allons là-bas, les hommes y seront peut-être. Gros ennuis. »

— « Faim », protesta un autre.

Personne ne répondit.

Les hommes leur retireraient peut-être leur amitié, à cause de ce qu'ils avaient fait. Ils s'en rendaient compte. Et, sans cette amitié, ils resteraient à jamais sur Downbelow. Satin pensa aux prairies de Downbelow, aux nuages immatériels sur lesquels elle croyait, autrefois, qu'il était possible de s'asseoir, à la pluie, au ciel bleu, aux feuilles gris-vert-bleu, aux fleurs, aux mousses accueillantes... et, surtout, à l'air qui était celui de sa patrie. Dent-Bleue en rêvait, peut-être, à présent que la chaleur de son printemps était passée et qu'elle n'avait pas donné la vie, étant jeune, dans sa première saison d'adulte. Dent-Bleue, à présent, avait une vision plus claire des choses. Parfois, il regrettait le monde. Parfois c'était elle. Mais être là-bas, toujours et à jamais...

Ciel-La-Voit, tel était son nom ; et elle avait vu la vérité. Le bleu était faux, une tenture semblable à une couverture ; la vérité était des immensités obscures et la face de Seigneur Soleil brillant dans le noir. La vérité serait toujours suspendue au-dessus d'eux. Sans la gentillesse des humains, ils retourneraient sur Downbelow, sans espoir, à jamais privés du ciel. Il n'y avait plus de patrie, à présent qu'ils avaient vu Soleil.

« Les lukas partiront un jour », lui murmura Dent-Bleue à l'oreille.

Elle appuya le visage contre lui, essayant d'oublier qu'elle avait faim et soif, sans répondre.

« Les fusils, dit une voix. Ils vont tirer et nous serons perdus à jamais. »

— « Pas si nous restons ici, dit Dent-Bleue, et si nous faisons comme je dis. »

— « Ce ne sont pas nos humains, intervint Le Gros, d'une voix grave. Ils font mal à nos humains, ceux-là. »

— « C'est un combat entre humains, répliqua Dent-Bleue. Les Hisas ne sont pas concernés. »

Une pensée lui vint à l'esprit. Satin leva la tête.

« Konstantin. Les konstantins se battent. Nous trouverons les konstantins, nous leur demanderons quoi faire. Trouver les konstantins, trouver les Anciens aussi, près de la Maison de Soleil. »

— « Demander à Soleil-Son-Ami ! s'écria un autre. Elle doit savoir. »

— « Où est Soleil-Son-Ami ? »

Il y eut un silence. Personne ne savait. Les Anciens gardaient ce secret.

« Moi, je la trouverai. » C'était Le Gros. Il s'approcha d'eux, lui posa la main sur l'épaule dans le noir. « Je connais beaucoup d'endroits. Venez, venez. »

Elle soupira, embrassa sans conviction la joue de Dent-Bleue.

« Viens ! » décida soudain Dent-Bleue, la prenant par la main. Le Gros était parti devant, pas précipités dans le noir. Ils suivirent et d'autres les imitèrent, dans les couloirs obscurs, par des échelles et des endroits étroits, où il y avait parfois de la lumière et, le plus souvent, aucune. Quelques-uns abandonnèrent car ils passèrent parmi les tubes, dans des endroits glacés et d'autres qui brûlaient leurs pieds nus, et près de machines qui rugissaient avec une puissance terrifiante.

Dent-Bleue prenait parfois la tête, lui lâchant la main ; de temps en temps, Le Gros le poussait et passait devant lui. En fait, Satin pensait que Dent-Bleue ne savait pas où il allait, qu'il ne connaissait pas le chemin conduisant à Soleil-Son-Ami ; ils étaient allés dans la Maison de Soleil et, comme sur la planète, elle avait l'impression de connaître intuitivement le chemin... vers le haut; elle pensait que ce devait être à gauche... mais, parfois, les tunnels ne tournaient pas à gauche; et ils étaient tortueux. Les deux mâles avançaient, guidant alternativement, puis il vint un moment où ils trébuchèrent, essoufflés, et où d'autres furent distancés; et, finalement, celui qui se trouvait derrière elle lui prit la main, suppliant... mais Le Gros et Dent-Bleue avançaient toujours et elle risquait de les perdre. Elle abandonna leur dernier partisan et continua, tentant de les dépasser.

« Assez », supplia-t-elle quand elle les eut rejoints sur les marches métalliques. Assez, retournons. Vous êtes perdus. »

Le Gros n'écouta pas. Le souffle court, il continua de monter; elle s'accrocha à Dent-Bleue qui grogna d'un air mécontent et suivit Le Gros. Folie. La folie s'était emparée d'eux.

« Vous ne me montrez *rien* », gémit-elle. Elle sauta sur place, désespérée, s'élança à leur suite, essoufflée, essayant de les raisonner, eux qui n'étaient plus sensibles à la raison. Ils dépassèrent des panneaux et des portes qui leur auraient permis de gagner l'extérieur; ils n'en tinrent pas compte... mais, finalement, ils arrivèrent à un endroit où il leur fallut choisir, où une lampe bleue était allumée au-dessus d'une porte; où il y avait des échelles dans tous les sens, vers le haut, vers le bas et dans trois autres directions.

« Ici, annonça Le Gros après une hésitation, touchant les boutons de la porte. C'est par ici. »

— « Non », gémit Satin.

— « Non », protesta Dent-Bleue, retrouvant peut-être son bon sens; mais Le Gros appuya sur un bouton et entra dans le sas lorsque la porte s'ouvrit.

« Reviens ! » cria Dent-Bleue, et ils tentèrent de le retenir, lui que la rivalité rendait fou, qui faisait cela pour elle et pour aucune autre raison. Ils le suivirent; la porte se ferma derrière eux. La deuxième porte s'ouvrit, Le Gros ayant appuyé sur les boutons quand ils l'eurent rejoint et il y eut une lumière... aveuglante.

Et, soudain, les fusils tirèrent et Le Gros tomba avec une odeur de brûlé. Il hurla et glapit horriblement, Dent-Bleue pivota sur lui-même et appuya sur le bouton de l'autre porte, son bras puissant l'entraînant quand la porte s'ouvrit et qu'ils furent pris dans un violent courant d'air. Des voix d'hommes couvrirent le gémissement des sirènes, étouffées quand la porte se referma. Ils gagnèrent les échelles et s'enfuirent, s'enfuirent à l'aveuglette dans les tunnels obscurs, au plus profond du noir. Ils quittèrent leurs masques, mais l'air avait un parfum étrange. Finalement ils s'arrêtèrent, frissonnants et couverts de sueur. Dent-Bleue se balançait et gémissait de douleur dans le noir et Satin chercha la blessure, trouva ses doigts pressés contre son bras. Elle lécha la blessure, qui était fiévreuse et brûlée, fit de son mieux pour calmer la douleur, le serra contre elle dans l'espoir d'apaiser la rage qui le faisait trembler. Ils étaient perdus, perdus dans les tunnels obscurs ; et Le Gros avait trouvé une mort horrible et Dent-Bleue, assis, soufflait de douleur et de colère, les muscles contractés et agité de frissons. Mais, quelques instants plus tard, il se secoua, lui lécha la joue, frémit quand elle le serra dans ses bras.

« Oh, rentrons chez nous, souffla-t-il. Oh, rentrons chez nous, Tam-Utsa-Pitan, et cessons de fréquenter les humains. Plus de machines, plus de champs, plus de travail, seulement les Hisas, toujours et toujours. Rentrons chez nous. »

Elle ne répondit pas. Elle était responsable du désastre, car elle avait émis l'idée, car Le Gros la désirait et Dent-Bleue avait relevé le défi, comme s'ils étaient dans les collines. Son désastre, sa faute. A présent, Dent-Bleue lui-même envisageait d'abandonner son rêve, n'avait pas envie d'aller plus loin. Ses yeux s'emplirent de larmes ; doute, solitude, regrets. A présent, ils étaient dans une situation plus difficile car, pour retrouver leur chemin, il leur faudrait monter jusqu'aux endroits des hommes, ouvrir une porte, demander de l'aide, et ils avaient vu ce qu'il en coûtait. Ils se serrèrent l'un contre l'autre et ne bougèrent plus.

2

COMMANDEMENT CENTRAL ; 2300 HEURES

Mallory paraissait fatiguée ; le regard vide, elle arpentait les allées du poste de commandement, les innombrables trajets possibles, tandis que ses soldats montaient la garde. Damon la regardait, appuyé contre un tableau de commandes, affamé et fatigué ; mais il se disait que ce n'était rien en comparaison de ce que devait ressentir le personnel de la Flotte qui avait vécu un saut puis s'était attaché à ces ennuyeuses tâches de police ; les employés, jamais relevés, avaient l'air hagard, murmuraient de timides protestations... mais les soldats ne pouvaient se faire remplacer.

« Allez-vous passer la nuit ici ? » lui demanda-t-il.

Elle lui adressa un regard glacé, ne répondit pas, continua de faire les cent pas.

Il l'observait depuis plusieurs heures, présence inquiétante. Elle avait une manière de se déplacer qui ne faisait pas de bruit, sans vanité, mais, peut-être, avec la certitude inconsciente que tout le monde s'écarterait devant elle. C'était ce qui se passait. Les techs qui devaient se lever ne le faisaient que lorsque Mallory arpentait une autre allée. Elle n'avait pas menacé... parlait peu, surtout aux soldats, de sujets qu'ils étaient seuls à connaître. Elle était calme et, de temps en temps, quand la fatigue était moins sensible, agréable. Mais, de toute évidence, la menace était là. La plupart des habitants de la station n'avaient jamais vu de près le matériel que possédaient Mallory et ses soldats ; n'avaient jamais touché un fusil, et auraient été incapables de définir ce qu'ils voyaient. Il dénombra trois modèles différents dans cette unique section : le pistolet léger, le pistolet à canon long, le fusil lourd, tous en plastique noir et symétries inquiétantes ; l'armure, qui diffusait la chaleur projetée par ces armes... cela donnait aux soldats l'apparence mécanique de leurs armes ;

il ne s'agissait plus d'êtres humains. Lorsqu'ils étaient là, il était impossible de se détendre.

Un tech se leva, de l'autre côté de la salle, regarda par-dessus son épaule, comme pour voir si les fusils avaient bougé... s'engagea dans l'allée comme si elle était minée. Lui donna un message imprimé, s'en alla aussitôt. Damon garda le message à la main, sans le lire, conscient du regard de Mallory. Elle s'était arrêtée. Il ne savait comment se soustraire à son attention, déplia le morceau de papier, lut.

PSSCIA / PACPAKONSTANTINDAMON / AUI-I-I-I / 1030 / 4/10/52/2136-J/0936A-J / DÉBUT / PAPIERS TALLEY CONFISQUÉS ET TALLEY ARRÊTÉ SUR ORDRE FLOTTE / SERVICE SEC DONNE CHOIX ENTRE DÉTENTION LOCALE OU INTERVENTION MILITAIRE / TALLEY DÉTENU ICI / TALLEY DEMANDE MESSAGE ENVOYÉ FAMILLE KONSTANTIN / ACCOMPLI / DEMANDONS INSTRUCTIONS / DEMANDONS CLARIFICATION SITUATION / SAUNDERSREDONESECCOM / FINFINFIN.

Il leva la tête, le cœur battant, partagé entre le soulagement et l'inquiétude. Mallory le regardait dans les yeux, le visage exprimant la curiosité et un intérêt chargé de défi. Elle se dirigea vers lui. Il envisagea de mentir carrément, espérant qu'elle n'insisterait pas pour voir le message, n'en ferait pas une affaire. Il récapitula ce qu'il savait d'elle et conclut que tel ne serait pas le cas.

« Un de mes amis a des ennuis, dit-il. Il faut que j'aille l'aider. »

— « Des ennuis avec nous ? »

Il envisagea une nouvelle fois de mentir.

« C'est-à-dire ? »

Elle tendit la main. Il ne donna pas le message.

« Je peux peut-être vous aider. » Ses yeux étaient glacés et sa main resta tendue, paume vers le haut. « Devons-nous supposer, questionna-t-elle, face à sa réticence, qu'il s'agit d'une affaire gênante pour la station ? Ou bien devons-nous faire d'autres suppositions ? »

Il donna le papier pendant qu'il en était encore temps.

Elle le lut, parut un instant troublée et, progressivement, l'expression de son visage changea.

« Talley, dit-elle. Josh Talley ? »

Il acquiesça, et elle fit la moue.

« Un ami des Konstantin. Comme les choses changent ! »

— « Il est Adapté. »

Les paupières battirent.

« Sur sa demande, précisa-t-il. Quelle autre solution lui avait laissée Russell ? »

Elle ne le quitta pas des yeux et il aurait voulu pouvoir regarder ailleurs, être ailleurs. On parlait, pendant l'Adaptation. Cela créait, entre Pell et elle, une intimité qu'il ne souhaitait pas... que, de toute évidence, elle ne souhaitait pas... les dossiers de la station.

« Comment va-t-il ? » demanda-t-elle.

Cette simple question lui parut étrangement écœurante et il se contenta de la regarder fixement.

« L'amitié, fit-elle. L'amitié entre deux pôles tellement opposés ! Ou bien est-ce du paternalisme ? Il a demandé l'Adaptation et vous la lui avez fournie ; vous avez terminé ce que Russell avait commencé... Je perçois des sensibilités troublées, n'ai-je pas raison ? »

— « Nous ne sommes pas Russell. »

Un sourire que ses yeux démentaient.

« Heureux le monde, monsieur Konstantin, où l'on peut encore être scandalisé. Et où il existe une Quarantaine... dans la même station. Côte à côte et administrées par vos services. A moins que ça ne soit de la compassion qui a mal tourné. Je soupçonne que ce sont les demi-mesures qui ont créé cet enfer. L'exercice de votre sensibilité. Votre raison personnelle d'être scandalisé, ce soldat de l'Union ? Votre justification morale... ou bien votre opinion sur la guerre, monsieur Konstantin ? »

— « Je veux qu'il soit libéré. Je veux qu'on lui rende ses papiers. Il n'appartient plus à aucun camp. »

Personne ne parlait à Mallory sur ce ton ; personne. Au bout d'un long moment, elle rompit le contact de leurs regards, le congédiant, hochant lentement la tête.

« Vous vous portez responsable ? »

— « Je serai responsable. »

— « Dans ce cas... Non. Non, monsieur Konstantin,

ne partez pas. Il est inutile que vous vous déplaciez personnellement. Je vais le faire libérer par les canaux de la Flotte, le renvoyer chez lui... sur la foi de vos déclarations. »

— « Vous pouvez voir les dossiers, si vous le voulez. »

— « Je suis certaine qu'ils ne contiennent rien de neuf. » Elle leva la main, adressant un signe à quelqu'un qui se trouvait derrière lui, un geste bref. Un frisson lui parcourut l'échine car il se rendit soudain compte qu'un fusil avait été pointé sur son dos. Elle gagna le tableau de commandes des coms, se pencha sur le tech, brancha le canal de la Flotte.

« Ici Mallory. Libérez Joshua Talley, qui se trouve au centre de détention de la station, et rendez-lui ses papiers. Informez les autorités concernées, Flotte et station. Terminé. »

Une voix impersonnelle, indifférente, accusa réception.

« Puis-je, demanda Damon, puis-je l'appeler ? Il aura besoin d'instructions précises... »

« Monsieur, interrompit un tech, se tournant vers lui. Monsieur... »

Il adressa un bref regard au visage inquiet.

« Un Downer a été abattu, monsieur, à Vert quatre. »

Il eut le souffle coupé. Pendant un instant, son esprit refusa de fonctionner.

« Il est *mort*, monsieur. »

Il secoua la tête, pris de nausées, se tourna et foudroya Mallory du regard.

« Ils sont inoffensifs. Aucun Downer n'a jamais levé la main sur un être humain, sauf pour s'échapper, dans un moment de panique. *Jamais !* »

Mallory haussa les épaules.

« De toute manière, il n'y a plus rien à faire, monsieur Konstantin. Occupez-vous de vos affaires. Quelqu'un a tiré à mauvais escient ; nos hommes avaient l'ordre de ne pas tirer. C'est notre affaire, pas la vôtre. Notre personnel s'en occupera. »

— « Ce sont des *gens*, capitaine. »

— « Nous tirons aussi sur les gens, répondit-elle sans se démonter. Occupez-vous de vos affaires. Ce problème entre dans le cadre de la loi martiale et je le réglerai. »

Il resta immobile. Tous les employés du poste de commandement étaient tournés vers eux et des témoins négligés clignotaient sur les tableaux de commandes.

« Remettez-vous au travail ! ordonna-t-il sèchement, et les employés se retournèrent immédiatement. Envoyez un médecin dans le secteur en question. »

— « Vous abusez de ma patience », le prévint Mallory.

— « Ce sont des citoyens. »

— « Vous accordez facilement votre citoyenneté, monsieur Konstantin. »

— « Ecoutez... la violence les terrifie. Si vous voulez désorganiser complètement la station, capitaine, faites peur aux Downers. »

Elle examina ce point, hocha finalement la tête, sans rancœur.

« Si vous pouvez redresser la situation, monsieur Konstantin, faites-le. Et allez où bon vous semble. »

Comme ça. *Allez.* Il s'en alla, regarda brièvement Mallory, avec terreur, car elle pouvait se permettre de négliger un affrontement public. Il avait perdu, avait cédé à la colère... et, *Allez,* avait-elle dit, comme si son orgueil ne comptait pas.

Il s'éloigna, avec l'impression troublante d'avoir fait quelque chose de désespérément dangereux.

« *Laissez passer Damon Konstantin* », annonça la voix de Mallory dans les couloirs, et les soldats, qui avançaient dans l'intention de l'arrêter, renoncèrent.

3

ACCÈS D'ENTRETIEN VERT ; 4/10/52 ; 2330 HEURES

Il courut, sortant de l'ascenseur à Vert quatre, ses papiers et sa carte à la main, les montra à un soldat zélé qui voulait lui barrer le chemin, passa. Les soldats, massés devant lui, empêchaient de voir. Il arriva en courant, fut brutalement saisi, montra sa carte et se fraya un chemin au milieu des soldats.

« Damon ! » Il entendit la voix d'Elene avant de la voir,

pivota sur lui-même, trouva ses bras dans la foule de soldats en armures, la serra contre lui.

« C'est un temporaire, dit-elle, un mâle qui s'appelle Le Gros. Mort. »

— « Ne reste pas ici », dit-il, se méfiant des réactions des soldats. Il regarda derrière elle. Il y avait beaucoup de sang, par terre, devant l'accès. On avait mis le corps du Downer dans un sac et sur une civière. Elene, le tenant par le bras, ne semblait pas avoir la moindre intention de partir.

« Il a été coincé dans la porte, expliqua-t-elle. Mais il était sans doute déjà mort... Lieutenant Vanars, de l'*Inde*, souffla-t-elle, car un jeune officier se dirigeait vers eux. Responsable de l'unité. »

— « Que s'est-il passé ? demanda Damon au lieutenant. Que s'est-il passé ici ? »

— « Monsieur Konstantin ? Une erreur regrettable. Le Downer est sorti brusquement. »

— « Ici, c'est *Pell*, lieutenant, il y a des civils partout. Il faudra fournir à la station un rapport complet sur cet incident. »

— « En vue d'assurer la sécurité de votre station, monsieur Konstantin, je vous conseille de réviser vos procédures de sécurité. Vos ouvriers ont forcé le sas. C'est *cela* qui a coupé le Downer en deux, quand le panneau de sécurité s'est refermé ; on a ouvert la porte intérieure à contretemps. Où vont ces tunnels ? Partout ? »

— « Ils se sont enfuis, intervint Elene. Ils sont partis. Il s'agit probablement de temporaires qui ne connaissent pas bien les tunnels. Ils ne sortiront plus, à présent, ils auront peur des fusils. Ils vont se cacher et se laisser mourir. »

— « Ordonnez-leur de sortir ! » dit Vanars.

— « Vous ne comprenez pas les Downers », répliqua Damon.

— « Faites-les sortir des tunnels. Fermez les accès ! »

— « L'entretien de Pell est fait par ces tunnels, lieutenant ; et les Downers *vivent* dans ce réseau, avec leur propre système atmosphérique. On ne peut pas fermer les tunnels. J'y vais, dit-il à Elene. Ils m'écouteront peut-être. »

Elle se mordit la lèvre.

« Je resterai ici, dit-elle, jusqu'à ton retour. »

Il aurait pu présenter des objections. Ce n'était pas leur place. Il adressa un bref regard à Vanars.

« J'en aurai peut-être pour longtemps. Pell ne peut pas se passer des Downers. Ils ont peur et ils peuvent accéder à des endroits où ils mourront et poseront de gros problèmes. *Si* j'ai des ennuis, contactez les autorités de la station, n'envoyez pas de soldats ; nous les connaissons. Si on tire à nouveau en leur présence, nous n'aurons sans doute plus de système d'entretien, lieutenant. Notre système de pressurisation et le leur sont liés, et l'équilibre est délicat. »

Vanars ne répondit pas. Ne réagit pas. Il était impossible de deviner si la raison avait un sens pour lui et pour les autres. Il serra la main d'Elene, s'éloigna, se fraya un chemin entre les soldats en armures, s'efforça de ne pas marcher dans la flaque de sang quand il ouvrit le sas.

La porte s'ouvrit, se referma derrière lui, le cycle commençant automatiquement. Il prit le matériel respiratoire qui était toujours suspendu à la paroi droite de ce type de sas, le mit avant que les effets devinssent gênants. Sa respiration prit le bruit sifflant qu'il associait inconsciemment à la présence des Downers, résonnant dans la cabine métallique. Il ouvrit la porte intérieure et l'écho retentit dans l'immensité des profondeurs. Il y avait une faible lumière bleue, à l'endroit où il se trouvait, mais il ouvrit le placard proche de la porte et y prit une lampe. Le rayon puissant révéla un enchevêtrement métallique.

« Downers ! » cria-t-il, sa voix résonnant lugubrement. Il prit conscience du froid quand il franchit le seuil et laissa la porte se refermer, s'immobilisa sur la plateforme d'où partaient de nombreux escaliers. « Downers ! C'est Damon Konstantin ! M'entendez-vous ? »

Les échos moururent lentement, dans les profondeurs.

« Downers ! »

Un gémissement sortit du noir, puis une lamentation qui lui fit dresser les cheveux sur la nuque. Colère ?

Il avança, serrant la lampe dans une main et la mince rampe dans l'autre, s'arrêta et écouta.

« Downers ? »

Quelque chose bougea dans les profondeurs obscures.

Des pas légers résonnant doucement sur le métal, tout en bas.

« Konstantin ? dit une voix mal assurée. Homme-Konstantin ? »

— « C'est Damon Konstantin ! cria-t-il. Remontez, s'il vous plaît. Pas de fusils. Pas de risque. »

Il resta immobile, perçut le léger frémissement de l'armature sur laquelle on marchait, dans les profondeurs obscures. Il entendit respirer et ses yeux aperçurent la lumière, tout en bas, miroitement semblable à une illusion. Il crut voir de la fourrure, un autre miroitement d'yeux, montant par étapes. Il resta parfaitement immobile, seul, vulnérable dans ces espaces obscurs. Ils n'étaient pas dangereux... mais on ne leur avait jamais tiré dessus.

Ils arrivèrent, plus distincts dans la lumière de sa lampe, exténués et gravissant péniblement le dernier étage, le souffle court, celui qui était blessé et l'autre, les yeux agrandis par la terreur.

« Homme-Konstantin, dit ce dernier, les lèvres frémissantes. Aider, aider, aider. »

Ils tendirent les bras, suppliants. Il posa la lampe sur le treillage métallique sur lequel ils se tenaient et les accueillit comme des enfants, toucha très doucement le mâle, car le pauvre avait le bras couvert de sang et montrait les dents en une grimace inquiétante.

« Très bien, assura-t-il. Vous ne risquez rien, vous ne risquez plus rien. Je vais vous faire sortir. »

— « Peur, homme-Konstantin. » La femelle caressa l'épaule de son mâle et ses grands yeux sombres allèrent alternativement de l'un à l'autre. « Tous cachés, pas trouver chemin. »

— « Je ne comprends pas. »

— « Plus, plus de nous, très faim, très peur. S'il te plaît, toi aider. »

— « Appelle-les. »

Elle toucha le mâle, manifestement très inquiète. Le mâle lui dit quelque chose, la poussa, et elle tendit le bras, toucha Damon.

« J'attendrai, assura Damon. J'attendrai ici. Tout va bien. »

— « Amour », dit-elle dans un souffle, puis elle s'éloigna, le métal des marches résonnant sous ses pas, disparaissant immédiatement dans le noir. Un moment plus tard, des glapissements et des trilles retentirent dans le noir, multipliés par l'écho ; des voix s'élevèrent d'autres endroits, mâles et femelles, graves et stridentes, de sorte que toutes les profondeurs obscures parurent prises de folie. Un cri strident s'éleva près de lui, le mâle appelant quelqu'un.

Ils arrivèrent dans le silence qui suivit, pas résonnant sur le métal, tout en bas, rares appels qui éveillaient de puissants échos, gémissements qui le faisaient frissonner. La femelle revint en courant, toucha l'épaule de son mâle, lui prit les mains.

« Moi Satin. Faire lui bien, homme-Konstantin. »

— « Il faudra qu'ils passent le sas par petits groupes, tu comprends ? Attention au sas. »

— « Moi savoir sas, répondit-elle. Faire attention. Va, va, moi amener autres. »

Elle redescendait déjà. Damon passa le bras autour du mâle et le fit entrer dans le sas, lui mit son masque parce qu'il était sous l'effet du choc et grimaçait de douleur, mais il ne tenta ni de mordre ni de frapper. La deuxième porte s'ouvrit, sur un déluge de lumière, des hommes armés, et le Downer sursauta dans le cercle de son bras, montra les dents et cracha, céda à une pression rassurante. Elene était là, se frayant un chemin parmi les soldats, tendant les bras pour leur venir en aide.

« Faites reculer vos hommes ! lança sèchement Damon, aveuglé par la lumière et incapable de distinguer Vanars. Dégagez ! Cessez d'agiter vos fusils dans leur direction. » Il fit asseoir le Downer par terre, au pied de la paroi, tandis qu'Elene appelait le médecin. « Faites reculer ces soldats ! répéta Damon. Laissez-nous faire ! »

Un ordre fut donné. Il constata avec soulagement que les soldats de l'*Inde* reculaient et le Downer se calma, finit par accepter de confier son bras au médecin, qui s'agenouilla près de lui. L'air sentait le Downer en sueur, effrayé, odeur forte et musquée.

« Il s'appelle Dent-Bleue », annonça le médecin, vérifiant la plaque. Il prit quelques notes rapides, puis entreprit de soigner la blessure. « Brûlure et hémorragie. Sans gravité, le choc mis à part. »

— « Boire », demanda Dent-Bleue, tendant la main vers la trousse. Le médecin l'écarta et promit de lui donner de l'eau quand il pourrait s'en procurer.

Le sas s'ouvrit, déversant une douzaine de Downers. Damon se leva, lisant la panique dans leurs regards.

« Moi Konstantin », dit-il immédiatement, car le nom comptait pour les Downers. Il avança les bras tendus, accepta l'accolade de Downers en sueur, désorientés, douces pressions de bras puissants, couverts de fourrure. Elene les accueillit de la même manière et, quelques instants plus tard, un autre groupe sortit du sas, formant une foule qui bloquait le couloir et dépassait en nombre les soldats qui se tenaient à l'extrémité. Les Downers jetaient des regards inquiets dans cette direction, mais restaient en groupe. Un autre sas plein et la femelle de Dent-Bleue, parlant avec animation jusqu'au moment où elle l'eut trouvé. Vanars approcha, pas particulièrement fier au milieu de ce flot de fourrure brune.

« Vous êtes prié de les conduire le plus rapidement possible dans un endroit sûr ! » annonça-t-il.

— « Utilisez vos coms pour nous dégager le passage via les rampes d'urgence, via quatre à neuf jusqu'aux docks, dit Damon. On peut accéder à leurs quartiers depuis cet endroit ; nous les accompagnerons. C'est le chemin le plus sûr et le plus rapide. »

Il n'attendit pas les commentaires de Vanars, fit signe aux Downers.

« Venez », dit-il, et ils se turent, se mirent en marche. Dent-Bleue, le bras bandé, se leva précipitamment et dit quelque chose aux autres. Satin ajouta sa voix et, soudain, une sorte d'allégresse s'empara des Downers. Il partit, tenant Elene par la main, et les Downers les entourèrent, avec l'accompagnement bizarre des bruits des respirateurs, marchant joyeusement et rapidement. Les quelques sentinelles qu'ils dépassèrent restèrent parfaitement immobiles, soudain en minorité, et les Downers bavardaient de plus en plus librement quand ils atteignirent l'extrémité du couloir et s'engagèrent dans la large rampe en spirale sur laquelle donnaient des portes permettant d'accéder aux neuf niveaux. Un bras s'enroula autour du bras gauche de Damon, tandis qu'ils descendaient ; il regarda, s'aperçut que c'était

Dent-Bleue, et Satin était avec lui, de sorte qu'ils étaient quatre de front sur la rampe, compagnie bizarre... cinq, car un autre Downer avait pris Elene par la main. Satin cria quelque chose. Une acclamation répondit. Elle reprit la parole, sa voix résonnant dans les hauteurs et les profondeurs ; et, à nouveau, l'acclamation retentit, tout le monde sautant sans cesser de marcher. Quelqu'un cria, à l'arrière ; et les autres répondirent ; et une nouvelle fois. Damon serra la main d'Elene, à la fois ému et inquiété par ce comportement, mais les Downers étaient heureux de marcher à ses côtés et leurs cris ressemblaient de plus en plus à une chanson de marche.

Ils entrèrent dans Vert neuf, suivirent le long couloir... pénétrèrent dans le dock en poussant de grands cris, éveillant de multiples échos. La ligne de soldats qui gardait les accès aux vaisseaux s'agita nerveusement, mais sans plus.

« Restez près de moi ! ordonna gravement Damon à ses compagnons, et ils obéirent, suivirent l'horizon courbe en direction de leurs quartiers, jusqu'au moment où il fallut se séparer. Allez, leur dit-il. Allez et soyez prudents. Ne faites pas peur aux hommes-avec-fusils. »

Il croyait qu'ils partiraient en courant, s'éparpillant librement comme ils avaient commencé à le faire autour de lui. Mais, un par un, ils voulurent leur donner l'accolade, à Elene et à lui, avec une douceur tendre, de sorte que les adieux se prolongèrent.

Finalement, Satin et Dent-Bleue, qui les serrèrent dans leurs bras.

« Amour », dit Dent-Bleue.

— « Amour », dit Satin à son tour.

Pas un mot, pas une question sur le mort.

« Le Gros était perdu, leur dit Damon, bien que la blessure de Dent-Bleue prouvât qu'ils avaient participé à l'affaire. Mort. »

Satin dansa d'un pied sur l'autre, acquiesçant solennellement.

« Toi le renvoyer chez lui, homme-Konstantin. »

— « J'enverrai », promit-il. Des humains mouraient et ne justifiaient pas le transport. Ils n'avaient pas de lien étroit avec ce sol, avec le sol en général, éprouvaient un désir vague et désespéré d'être ensevelis, mais pas si cela posait des problèmes. Cela posait des problèmes, mais le fait d'avoir été assassiné loin de chez soi aussi. « J'y veillerai. »

— « Amour », dit-elle solennellement, puis elle le serra une deuxième fois dans ses bras, posa tout doucement la main sur le ventre d'Elene, et s'en alla en compagnie de Dent-Bleue, courut quelques instants plus tard vers le sas conduisant à leurs tunnels.

Elene resta immobile, la main sur le ventre, le regardant avec stupéfaction.

« Comment a-t-elle deviné ? » demanda-t-elle avec un rire étonné. Cela le troublait également.

— « Cela se voit un peu », dit-il.

— « Pour eux ? »

— « Ils ne grossissent pas », expliqua-t-il. Puis regardant, derrière elle, les docks et les soldats : « Viens. Je n'aime pas cet endroit. »

Elle regarda également les soldats et les groupes mêlés qui parsemaient l'horizon courbe des docks, près des bars et des restaurants. Des commerçants, gardant les militaires à l'œil, dans un dock qui leur avait été retiré.

« Cet endroit appartient aux commerçants depuis que Pell existe, rappela-t-elle, les bars, les auberges. Il y a des établissements qui ferment et cela ne plaira pas aux soldats de Mazian. Les équipages des transports et ceux de Mazian… dans un bar, dans une auberge… il faudra que la police de la station soit très vigilante, quand des soldats seront en permission. »

— « Viens, dit-il, la prenant par le bras. Je ne veux pas que tu sois mêlée à tout ceci. Venir ici, marcher dans le couloir avec les Downers… »

— « Et toi, répliqua-t-elle, où étais-tu ? *Dans* les tunnels. »

— « Je les connais. »

— « Eh bien, je connais les docks. »

— « Alors, que faisais-tu là-haut ? »

— « J'étais ici quand l'appel est arrivé ; j'ai demandé un passe à Keu et je l'ai obtenu, j'ai demandé à son lieutenant de collaborer avec les services des docks ; je faisais mon travail, merci ; et, quand l'appel est arrivé par les coms de la Flotte, j'ai envoyé Vanars là-haut avant que quelqu'un d'autre se fasse tirer dessus. »

Il la serra tendrement contre lui, entra avec elle dans Bleu neuf, nouveau spectacle affligeant de soldats répartis dans les couloirs déserts.

« Josh », fit-il soudain, lui lâchant le bras.

— « Quoi ? »

Il ne ralentit pas, se dirigea vers l'ascenseur, sortit ses papiers de sa poche, mais les soldats étaient ceux de l'*Inde* et ils leur firent signe de passer.

« Josh a été arrêté. Mallory sait qu'il est ici et où il est. »

— « Que vas-tu faire ? »

— « Mallory a accepté de le libérer. On l'a peut-être déjà relâché. Il faut que je demande au comp où il se trouve, s'il est toujours au centre de détention ou s'il est rentré chez lui. »

— « Il pourrait dormir chez nous. »

Il ne répondit pas, réfléchissant.

« Pourrons-nous dormir tranquilles autrement ? » demanda-t-elle.

— « De toute manière, avec lui, nous ne dormirons pas davantage. Nous serons les uns sur les autres, dans cet appartement. Autant qu'il dorme dans le même lit que nous. »

— « Ça ne serait pas la première fois. Et cela durera peut-être plus d'une nuit. S'ils lui mettent la main dessus... »

— « Elene, la station peut toujours protester. Il y a des choses, dans cette affaire, des choses personnelles que Josh... »

— « Des secrets ? »

— « Des choses qui ne supportent pas la lumière. Des choses que Mallory ne veut pas voir sortir, tu comprends ? Elle est dangereuse. J'ai rencontré beaucoup d'assassins qui avaient la tête moins froide. »

— « Capitaine de la Flotte. Ils sont tous pareils, Damon. Demande à n'importe quel commerçant. Tu sais, ils sont probablement de la même famille qu'eux, du point de vue des stations, mais ils ne rompraient pas leur formation pour saluer leur mère, non. Ce que la Flotte prend... elle le garde. Je connais mieux la Flotte que toi. Crois-moi, si nous voulons faire quelque chose, il faut le faire. Tout de suite. »

— « Si nous l'emmenons avec nous, cela apparaîtra dans les dossiers de la Flotte… »

— « Je crois que je sais ce que tu *veux* faire. »

Elle était entêtée. Il réfléchit, s'arrêta devant l'ascenseur, le doigt sur le bouton.

« Je crois que nous devrions aller le chercher », dit-il.

— « C'est bien ce que je pensais », répliqua-t-elle.

7

1

PELL, SECTEUR BLANC QUATRE ; 2230 HEURES

Jon Lukas marchait nerveusement dans les couloirs déserts, malgré le passe que Keu avait donné à tous les membres du Conseil. On leur avait promis que les soldats seraient progressivement retirés à partir de l'aube. Forcément, se dit-il, il avait déjà fallu établir un roulement pour leur permettre de se reposer, les équipages de la Flotte, sans armures, montant la garde à leur place. Tout était calme ; il ne fut arrêté qu'une fois, en sortant de l'ascenseur, gagna la porte de son appartement, ouvrit avec sa carte.

Le salon était désert. Son cœur se mit à battre à la pensée que son hôte indésirable était sorti ; mais Bran Hale apparut dans l'entrée de la cuisine et sembla soulagé de le voir.

« Ça va », dit Hale, et Jessad sortit avec deux des hommes de Hale.

— « Il était temps, fit Jessad. On commençait à s'ennuyer. »

— « Il y a peu de chances pour que ça change, dit Jon d'un air maussade. Il faut que tout le monde passe la nuit ici : Hale, Daniels, Clay… je ne veux pas qu'une troupe de visiteurs quitte mon appartement sous le nez des soldats. Demain matin, ils seront partis. »

— « La Flotte ? » demanda Hale.

— « Les soldats qui surveillent les couloirs. » Jon gagna la cuisine, examina la bouteille, qui était pleine quand il était parti, et où il ne restait plus que deux doigts de liquide. Il se servit un verre, but une gorgée en soupirant, les yeux brûlants à cause de la fatigue. Il se dirigea vers son fauteuil préféré et s'y laissa tomber tandis que Jessad s'installait en face de lui, de l'autre côté de la table basse, et que Hale et ses hommes fouillaient les placards à la recherche d'une autre bouteille. « Je suis content que vous ayez été prudent, dit-il à Jessad. J'étais inquiet. »

Jessad eut un sourire sournois.

« Je n'en doute pas. Peut-être même avez-vous envisagé des solutions. Peut-être les envisagez-vous toujours. Devons-nous en parler ? »

Jon fronça les sourcils, regarda discrètement Hale et ses hommes.

« J'ai davantage confiance en eux qu'en vous, c'est un fait. »

— « Vous avez probablement pensé à vous débarrasser de moi, dit Jessad. Et je ne serais pas surpris si, actuellement, vous étiez plus préoccupé par le *où* que par le *si*. Vous pourriez vous en tirer. Vous vous en tireriez certainement. »

Cette franchise le troubla.

« Comme vous abordez vous-même le sujet, je suppose que vous avez une contre-proposition. »

Le sourire resta.

« Un : actuellement, je ne suis pas dangereux ; vous déciderez sans doute de réfléchir. Deux : la présence de Mazian ne me dérange pas. »

— « Pourquoi ? »

— « Parce que cette éventualité a été envisagée. »

Jon porta le verre à ses lèvres et but une gorgée brûlante.

« Comment ? »

— « Quand on saute à destination de l'espace interstellaire, monsieur Lukas, il y a trois moyens sûrs de le faire : ne pas mettre trop de puissance dans le saut... lorsqu'on se trouve dans une région que l'on connaît très très bien ; utiliser la gravité d'une étoile ; ou bien, lorsqu'on est très fort, utiliser la masse d'un point zéro.

Beaucoup de saloperies, dans la région de Pell, le saviez-vous ? Pas très grosses, mais assez grosses. »

— « Que voulez-vous dire ? »

— « La Flotte de l'Union, monsieur Lukas. Croyez-vous que c'est sans raison que tous les vaisseaux de Mazian sont réunis pour la première fois depuis plusieurs décennies ? Pell est tout ce qu'il leur reste ; et la Flotte de l'Union est là, tout comme elle m'a envoyé en éclaireur, sachant qu'ils viendraient. »

Hale et ses hommes s'étaient rassemblés, sur le canapé et derrière. Jon imagina mentalement la situation : Pell devenant zone de combat, le pire des scénarios.

« Et que nous arrivera-t-il quand on aura compris qu'il est impossible de déloger Mazian ? »

— « Il est possible de chasser Mazian. Et, quand cela sera fait, il n'aura plus de base. Il sera vaincu ; et nous aurons la *paix*, monsieur Lukas, avec tous ses avantages. C'est pour cela que je suis ici. »

— « Je vous écoute. »

— « Les officiels devront être évacués. Les *Konstantin* seront évacués. Vous prendrez leur place. En avez-vous le courage, monsieur Lukas, malgré la parenté ? D'après ce que je sais, il y a des liens familiaux ; vous-même, la femme de Konstantin... »

Jon serra les lèvres, troublé comme chaque fois qu'il pensait à Alicia telle qu'elle était devenue. Il ne le supportait pas. N'avait jamais pu le digérer. Ce n'était pas une vie, cette dépendance vis-à-vis des machines. Pas une vie. Il s'essuya le visage.

« Nous ne nous parlons pas, ma sœur et moi. Depuis des années. Elle est invalide ; Dayin a dû vous le dire. »

— « Je suis au courant. Je parle de son mari, de ses fils. Aurez-vous le courage, monsieur Lukas ? »

— « Le courage, oui, si le plan est valable. »

— « Il y a, dans cette station, un nommé Kressich. »

Il respira lentement, le verre à la main, sur l'accoudoir du fauteuil.

« Vassily Kressich, Conseiller élu de la Quarantaine. Comment le connaissez-vous ? »

— « Dayin Jacoby nous a indiqué son nom... et sa fonction ; et nous avons des dossiers. Ce Kressich quitte la Quarantaine quand le Conseil se réunit. A-t-il un passe qui le lui permette, ou bien y a-t-il une inspection visuelle ? »

— « Les deux. Il y a des gardiens. »

— « Est-il possible de soudoyer ceux qui s'occupent de l'inspection ? »

— « Dans certains cas, oui. Mais les stationniers, monsieur Je-Ne-Sais-Qui, n'ont pas l'habitude de jouer avec la sécurité de la station dans laquelle ils vivent. On peut faire passer des drogues et de l'alcool dans la Quarantaine ; mais un homme... la conscience d'un gardien à propos d'une livraison d'alcool et son instinct de conservation sont deux choses distinctes. »

— « Dans ce cas, il faudra que notre rencontre soit brève, n'est-ce pas ? »

— « Pas *ici*. »

— « C'est à vous de décider. Peut-être pourrait-on me prêter des papiers. Je suis sûr, compte tenu de la fidélité de vos employés, qu'il est possible de trouver une solution, un appartement proche de la Quarantaine... »

— « De quoi voulez-vous lui parler ? Et qu'attendez-vous de Kressich ? C'est un homme brisé. »

— « Combien d'employés avez-vous, en tout, demanda Jessad, qui soient aussi dévoués et dignes de confiance que ceux-ci ? Des individus qui prendraient des risques, qui tueraient ? Nous aurons besoin d'eux. »

Jon adressa un bref regard à Bran Hale, le souffle court. Se tourna à nouveau vers Jessad.

« Eh bien, je vous affirme que ce n'est pas le genre de Kressich. »

— « Kressich a des contacts. Sans, pourrait-il tenir ce monstre qu'est devenue la Quarantaine ? »

2

PELL, SECTEUR VERT SEPT, CENTRE D'ACCUEIL DES COMMERÇANTS ; 2241 HEURES

Les coms sonnèrent. Le témoin était allumé, on l'appelait. Josh le regarda depuis l'autre extrémité de la pièce, cessa de faire les cent pas. On l'avait libéré. *Rentrez chez vous*, lui avait-on dit, et il était parti, dans les couloirs surveillés par la police et les Mazianni. Ils savaient où il était. Et, à présent, quelqu'un l'appelait, peu après son arrivée.

Le correspondant insistait ; le témoin rouge ne cessait pas de clignoter. Il n'avait pas envie de répondre mais peut-être le centre de détention voulait-il s'assurer qu'il était bien rentré. Ne pas répondre lui faisait peur. Il traversa la pièce, appuya sur le bouton.

« Josh Talley », dit-il dans le micro.

— « Josh. Josh, c'est Damon. Content de vous entendre. Est-ce que ça va ? »

Il s'appuya contre le mur, reprit son souffle.

« Josh ? »

— « Ça va. Damon, vous savez ce qui s'est passé. »

— « Je le sais. J'ai eu votre message. Je suis personnellement responsable de vous. Vous habiterez chez moi à partir de ce soir. Préparez vos affaires. Je viens vous chercher. »

— « Non, Damon. *Non*, restez en dehors de cela. »

— « Nous en avons parlé ; tout est arrangé. Ne discutez pas. »

— « Il ne faut pas, Damon. Ce sera dans les dossiers... »

— « Nous sommes légalement vos tuteurs, de toute manière, Josh. C'est *déjà* dans les dossiers. »

— « Il ne faut pas. »

— « Nous arrivons. »

La communication fut coupée. Il s'essuya le visage. La boule qu'il avait dans l'estomac lui était montée à la gorge. Il ne voyait pas les murs, rien de ce qui l'entourait. Tout était métallique, et Signy Mallory, visage jeune et chevelure d'argent, et des yeux morts, âgés. Damon, Elene et l'enfant qu'ils voulaient... ils étaient prêts à tout risquer. Pour lui.

Il n'avait pas d'arme. Il lui en fallait une s'ils devaient se trouver seul à seule, comme dans sa cabine. Il était mort à l'intérieur, à cette époque. Existait en haïssant l'existence. Le même type de paralysie l'attirait, à présent... ne rien faire, accepter, profiter de la protection offerte ; c'était toujours plus facile. Il n'avait pas menacé Mallory, n'ayant pas de raison de lutter.

Il s'écarta de la paroi, fouilla dans sa poche pour s'assurer que ses papiers s'y trouvaient bien. Il sortit dans le couloir, passa devant le bureau vide de l'entrée du centre d'accueil, passa dans le hall où se tenaient les gardiens. Un policier se dirigea vers lui. Il regarda frénétiquement l'extrémité du couloir, où se tenait un soldat.

« *Vous!* » cria-t-il, faisant voler en éclats le silence du couloir désert. Le policier et le soldat réagirent, le soldat avec une brusquerie telle qu'il faillit appuyer sur la détente. Josh avala péniblement sa salive, leva les bras. « Je veux vous parler. »

Le fusil bougea. Il avança, les mains toujours levées, vers le soldat en armure et la gueule noire du canon.

« Stop! ordonna le soldat. Que voulez-vous ? » L'insigne était celui de l'*Atlantique*.

— « Mallory, du *Norvège*, dit-il. Nous sommes amis. Dites-lui que Josh Talley voudrait la voir. Tout de suite. »

Le soldat eut un regard incrédule, puis sarcastique. Mais il posa le canon de son arme dans le creux du bras et appuya sur le bouton de ses coms.

« Je vais transmettre à l'officier de service du *Norvège*, dit-il. Vous irez, de toute manière... pour votre affaire si elle vous connaît effectivement, pour interrogatoire dans le cas contraire. »

— « Elle me recevra », assura-t-il.

Le soldat prit son micro et présenta la demande. La réponse ne quitta pas l'enceinte de son casque, mais il battit des paupières.

« Vérifiez, dans ce cas », dit-il au *Norvège*. Et, un instant plus tard : « Commandement Central. Compris. Terminé. » Il raccrocha le micro à sa ceinture, fit signe avec le canon de son arme. « Allez au bout du couloir et montez la rampe. Le soldat qui est là-bas va vous conduire jusqu'à Mallory. »

Il partit, marchant rapidement car il se disait que Damon et Elene ne tarderaient plus à arriver au centre d'accueil.

On le fouilla. Naturellement, ce n'était pas surprenant. Il s'y soumit, pour la troisième fois de la journée et, cette fois, cela ne le gêna pas. Il était glacé, à l'intérieur, et les choses extérieures ne le touchaient pas. Il remit de l'ordre dans ses vêtements et gravit la rampe avec son escorte, passant devant les sentinelles postées à tous les étages. À Vert deux, ils prirent un ascenseur qui les déposa en Bleu un. On ne lui avait même pas demandé ses papiers, on les avait à peine regardés, comme pour s'assurer simplement que le portefeuille ne contenait bien que des papiers.

Ils firent quelques mètres dans le couloir au plancher recouvert d'une moquette. L'air empestait les produits chimiques. Des ouvriers effaçaient les panneaux indicateurs. La salle vitrée, plus loin, pleine de matériel électronique et où quelques techs allaient et venaient, était particulièrement bien gardée. Les soldats du *Norvège*. Ils ouvrirent la porte et le firent entrer, avec son escorte, dans le poste de Commandement Central de la station, parmi les allées de techs affairés.

Mallory, assise à l'extrémité d'un tableau de commandes, se leva à son arrivée, lui adressa un sourire glacé, le visage farouche.

« Eh bien ? » fit-elle.

Il croyait que sa présence ne l'affecterait pas. Il s'était trompé. Son estomac se crispa.

« Je veux retourner, dit-il, sur le *Norvège*. »

— « Vraiment ? »

— « Je ne suis pas un stationnier ; je ne suis pas à ma place ici. Qui d'autre voudrait de moi ? »

Mallory le regarda sans répondre. Son genou gauche se mit à trembler ; il aurait voulu pouvoir s'asseoir. Ils tireraient au moindre mouvement ; il en était convaincu.

Le tic menaçait son expression, tordit le coin de sa bouche quand elle tourna un instant la tête, avant de le regarder à nouveau. Elle rit, sèchement.

« C'est Konstantin qui t'envoie ? »

— « Non. »

— « Tu as été Adapté. Exact ? »

Il eut peur de bégayer. Il hocha la tête.

« Et Konstantin se porte garant de ta bonne conduite. »

Tout marchait de travers.

« Personne n'est garant de moi, dit-il, trébuchant sur les mots. Je veux un vaisseau. Si je ne peux avoir que le *Norvège*, j'accepte. » Il dut la regarder en face, dans des yeux où passaient des pensées imaginées, des choses qui ne seraient pas dites ici, devant les soldats.

— « Vous l'avez fouillé ? » demanda-t-elle aux gardiens.

— « Oui, capitaine. »

Elle réfléchit un long moment, sans un sourire, sans joie.

« Où habites-tu ? »

— « J'ai une chambre dans l'ancien centre d'accueil. »

— « Fournie par les Konstantin ? »

— « Je travaille. Je paie le loyer. »

— « Qu'est-ce que tu fais ? »

— « Petite récupération. »

Une expression de surprise, de dérision.

« Alors, je veux en sortir, reprit-il. Je me suis dit que tu me devais bien ça. »

Il se passa quelque chose, des mouvements derrière lui, qui cessèrent. Mallory rit, un rire fatigué, las, et fit signe à quelqu'un.

« Konstantin. Entrez. Venez chercher votre ami. »

Josh se retourna. Damon et Elene étaient là, cramoisis, contrariés et hors d'haleine. Ils l'avaient suivi.

« S'il a des problèmes, dit Damon, sa place est à l'hôpital. » Il approcha et posa la main sur l'épaule de Josh. « Venez. Venez, Josh. »

— « Il n'a pas de problèmes, dit Mallory. Il est venu pour me tuer. Emmenez votre ami, monsieur Konstantin. Et surveillez-le bien, sinon je m'en occuperai à ma manière. »

Il y eut un bref silence.

« Ne craignez rien », dit Damon un instant plus tard.

Ses doigts s'enfoncèrent dans l'épaule de Josh. « Venez. *Venez !* »

Josh bougea, marcha entre lui et Elene, passa devant les gardiens, puis devant les ouvriers du long couloir qui sentait les produits chimiques ; les portes du poste de commandement se fermèrent derrière eux. Ils ne parlèrent pas. Damon le prit par le coude, le fit entrer dans l'ascenseur qui les déposa un instant plus tard à cinq. Il y avait encore des gardiens, dans les couloirs, et des policiers de la station. Ils entrèrent sans avoir été arrêtés dans les couloirs résidentiels, s'immobilisèrent devant la porte de Damon. Ils le poussèrent à l'intérieur et fermèrent la porte. Il ne bougea pas tandis que Damon et Elene allumaient la lumière, quittaient leurs vestes.

« Je vais envoyer chercher vos vêtements, dit Damon. Allons, mettez-vous à l'aise. »

Ce n'était pas l'accueil qu'il méritait. Il prit un fauteuil de cuir, gêné par ses vêtements de travail couverts de cambouis. Elene lui apporta une boisson glacée et il but une gorgée sans en sentir le goût.

Damon s'assit sur le bras du fauteuil voisin. Sa mauvaise humeur était visible. Josh trouva cela naturel, regarda ses pieds.

« Vous nous avez fait courir partout ! lança Damon. Je ne sais pas comment vous avez fait pour nous échapper, mais vous avez réussi. »

— « J'ai demandé à y aller. »

Quelle que soit la réponse qui vint aux lèvres de Damon, il la ravala. Elene vint s'asseoir sur le canapé, en face de lui.

« Alors, qu'aviez-vous dans la tête ? » demanda Damon d'une voix calme.

— « Vous n'auriez pas dû vous mêler de cela. Je ne voulais pas que vous y soyez mêlés. »

— « Alors, vous avez fui ? »

Il haussa les épaules.

« Josh... Aviez-vous l'intention de la tuer ? »

— « Un jour ou l'autre. »

Ils ne trouvèrent rien à dire. Finalement, Damon secoua la tête, regarda ailleurs, et Elene vint derrière le fauteuil de Josh, lui posa doucement la main sur l'épaule.

« Ça n'a pas marché, dit enfin Josh, butant sur les

mots. Tout est allé de travers. A présent, elle doit croire que c'est vous qui m'avez envoyé. Je suis désolé. Désolé. »

La main d'Elene lui caressa les cheveux, se posa à nouveau sur son épaule. Damon le fixait comme s'il ne l'avait jamais vu.

« N'envisagez jamais plus une telle action », dit-il.

— « Je ne voulais pas que vous ayez des ennuis. Je ne voulais pas que vous me preniez chez vous. Imaginez ce qu'ils doivent penser... vous, avec moi. »

— « Vous pensez que Mazian peut gouverner notre station du jour au lendemain ? Et vous pensez qu'un capitaine de la Flotte s'exposera à des difficultés avec les Konstantin, dont la coopération est nécessaire à Mazian... pour une vengeance personnelle ? »

Il réfléchit. Cela se tenait, dans la mesure où il voulait le croire et, par conséquent, il se méfia.

« Cela n'arrivera pas, reprit Damon. Alors, n'y pensez plus. Aucun soldat n'entrera dans cet appartement, vous pouvez en être sûr. Contentez-vous de ne pas leur donner des raisons d'essayer. Et ce n'en était pas loin. Vous comprenez ? Le pire que vous puissiez faire, c'est leur fournir un prétexte. Josh, c'est sur l'ordre de Mallory que vous avez été libéré. Je le lui ai demandé. Elle l'a fait une deuxième fois, il y a quelques instants... à titre de faveur. Ne comptez pas sur une troisième. »

Il hocha la tête, secoué.

« Avez-vous mangé ? »

Il réfléchit, troublé, se souvint finalement du sandwich, se rendit compte que l'absence de nourriture était une des raisons de son malaise.

« Je n'ai pas dîné », dit-il.

— « Je vais vous donner des vêtements, ils vous iront. Lavez-vous, détendez-vous. Demain matin, nous irons chercher chez vous ce dont vous aurez besoin. »

— « Combien de temps vais-je rester ici ? » demanda-t-il, regardant Elene puis Damon. C'était un petit appartement. Il était conscient du dérangement. « Je vais vous gêner. »

— « Vous resterez jusqu'à ce qu'il n'y ait plus de risques, répondit Damon. Si nous devons prendre d'autres dispositions, nous le ferons. En attendant, je vais entreprendre une révision de vos papiers, ou trouver une raison quelconque de vous garder quelques jours dans mon bureau. »

— « Je ne retournerai pas à l'atelier ? »

— « Quand les problèmes seront réglés. En attendant, nous ne vous perdrons pas de vue. Nous leur ferons comprendre qu'il faudrait créer un incident majeur pour vous atteindre. Je mettrai mon père au courant, de sorte qu'aucun service ne puisse être pris par surprise. Mais, je vous en prie, tenez-vous tranquille. »

— « D'accord », répondit-il. Damon montra le couloir d'un signe de tête. Il se leva, suivit Damon, et Damon sortit une brassée de vêtements d'un placard. Il alla dans la salle de bains, prit un bain et se sentit mieux, lavé du souvenir de la cellule, enfila le peignoir souple que Damon lui avait prêté, sortit dans l'arôme du dîner.

Ils mangèrent, serrés autour de la table, parlèrent de ce que chacun avait vu dans son secteur. Finalement, il prit le dessus sur l'angoisse, à présent qu'il était entré dans le cauchemar et qu'il n'y était plus seul.

Il choisit le coin opposé de la cuisine, se fit une couchette par terre, avec la quantité stupéfiante de draps et de couvertures qu'Elene le força à accepter. *Nous trouverons un lit de camp, demain,* promit-elle. *Un hamac, au moins.* Il se coucha, les entendit se coucher dans le salon, et il se sentit en sécurité, croyant enfin ce que Damon lui avait dit... qu'il était dans un refuge où la Flotte de Mazian elle-même ne pourrait pénétrer.

8

DOWNBELOW, NAVETTE DE L'*AFRIQUE*, BASE PRINCIPALE ; 2400 HEURES, J ; 1200 HEURES, A-J ; JOUR

Emilio s'appuya contre le dossier de sa chaise et fixa résolument le visage sarcastique de Porey, tandis que le capitaine couvert de cicatrices notait quelques indications sur le listing qui se trouvait devant lui, avant de le pousser dans sa direction. Emilio le prit, feuilleta la demande de ravitaillement, hocha lentement la tête.

« Il faudra un peu de temps », dit-il.

— « Pour le moment, dit Porey, je me contente de transmettre les rapports et d'agir conformément aux instructions. Vous ne coopérez pas, vous et votre personnel. Continuez tant que vous voudrez. »

Ils étaient dans la petite salle commune du vaisseau de Porey, pont plat, inadapté aux vols prolongés. Porey avait goûté l'air de Downbelow, celui de leurs dômes, ainsi que la poussière et la boue, s'était réfugié, dégoûté, dans son vaisseau, l'appelant au lieu de se rendre au dôme principal. Et cela lui aurait parfaitement convenu, s'il avait également retiré les soldats ; mais il ne l'avait pas fait. *Ils* étaient toujours dehors, masqués et armés. Les ouvriers et les réfugiés cultivaient les champs sous la menace des fusils.

« Je reçois également des instructions, dit Emilio, et je m'y conforme. Le mieux que nous puissions faire, capitaine, c'est de reconnaître que les deux camps sont conscients de la situation et que votre demande sera satisfaite, puisqu'elle est raisonnable. Nous devons tous deux obéir aux ordres. »

Un homme raisonnable aurait compris. Pas Porey. Il conserva simplement son expression sarcastique. Peut-être était-il furieux d'avoir été envoyé sur Downbelow ; peut-être était-ce sa manière d'être. Il avait vraisemblablement besoin de sommeil ; la brièveté des tours de garde pris par les soldats indiquait qu'ils avaient besoin de repos, et l'équipage de Porey avait fait l'essentiel du travail, pas Porey... l'équipage d'anti-jour, peut-être.

« Prenez votre temps », répéta Porey, et il était évident qu'il n'oublierait pas le temps en question, le jour où il lui serait possible d'agir à sa guise.

— « Avec votre permission », dit Emilio, qui n'obtint pas de réponse, se levant et sortant. Les gardiens le laissèrent passer, dans le petit couloir, puis dans l'ascenseur conduisant à la soute du vaisseau, où l'ascenseur faisait office de sas, enfin dans l'atmosphère de Downbelow. Il mit son masque, descendit la rampe dans le vent frais.

Les autres camps n'étaient pas encore occupés. Il supposait que les militaires y renonçaient faute de soldats ;

en outre, il n'y avait pas d'aire d'atterrissage, dans ces endroits. En ce qui concernait le ravitaillement demandé par Porey, il supposait qu'il pourrait réunir la quantité demandée ; cela les priverait, cela priverait la station, certainement, mais leur réticence et les dômes vides avaient vraisemblablement maintenu les exigences de la Flotte dans les limites du supportable.

Situation meilleure, indiquait le dernier message de son père. *Aucun projet d'évacuation. Flotte envisage rester en permanence à Pell.*

Ce n'était pas la meilleure nouvelle. Ce n'était pas la pire. Toute sa vie, il avait considéré la guerre comme une dette qu'il faudrait payer un jour, qu'une génération quelconque devrait payer. Que Pell ne pourrait conserver indéfiniment sa neutralité. Pendant le séjour des représentants de la Compagnie il avait espéré, sans trop y croire, qu'une force extérieure accepterait peut-être d'intervenir. Ce n'était pas le cas. Ils avaient Mazian, à la place, qui perdait la guerre que la Terre ne voulait pas financer, qui ne pouvait protéger une station qui pourrait décider de le financer, qui ignorait tout de Pell et ne se souciait pas des équilibres fragiles de Downbelow.

Où sont les Downers ? avaient demandé les soldats. *Ils ont peur des étrangers,* avait-il répondu. Ils ne se montraient pas. Il ne pensait pas qu'ils le feraient. Il fourra la demande de ravitaillement dans la poche de sa veste, s'engagea sur le chemin qui gravissait la colline. Il voyait les soldats répartis parmi les dômes, fusils en évidence ; voyait les ouvriers, au loin, dans les champs, tous, obligés de travailler sans considération d'horaires, de santé ou d'âge. Il y avait des soldats au moulin et à la station de pompage. Ils interrogeaient les ouvriers sur les taux de production. Jusque-là, cela n'avait pas entamé la version officielle, à savoir que la station absorbait ce qu'ils produisaient. Il y avait tous ces vaisseaux, là-haut, tous ces commerçants en orbite autour de la station. Il était peu probable que Mazian entreprenne de réquisitionner leurs provisions... ils étaient trop nombreux.

Mais Mazian, se disait-il continuellement, n'avait pas échappé à l'Union pendant si longtemps pour se laisser manœuvrer par Emilio Konstantin. Aucune chance.

Il descendit, passa le pont sur le ruisseau, remonta vers le Quartier Général. Il vit la porte s'ouvrir, vit Miliko sortir, l'attendre, ses cheveux noirs flottant au vent, les bras croisés à cause du froid. Elle avait voulu l'accompagner au vaisseau, car le fait qu'il voie Porey seul, sans témoins, lui faisait peur. Il l'en avait dissuadée. Elle vint à sa rencontre, descendant la colline, et il lui fit signe, indiquant que la situation était aussi bonne qu'on pouvait l'espérer.

Ils gouvernaient toujours Downbelow.

9

PELL, SECTEUR BLEU UN ; 5/10/52 ; 0900 HEURES

Un soldat était en faction au croisement. Jon Lukas hésita, mais c'était le meilleur moyen d'attirer l'attention. Le soldat porta la main à son arme. Jon avança nerveusement, sa carte à la main, la montra, et le soldat, stature imposante, peau mate, la prit et la regarda en fronçant les sourcils.

« C'est un passe du Conseil, expliqua Jon. Sans restriction d'accès. »

— « Bien, monsieur », dit le soldat. Jon reprit sa carte, s'engagea dans le couloir, avec l'impression que le soldat le regardait toujours. « Monsieur. »

Il se retourna.

« M. Konstantin est à son bureau, monsieur. »

— « Sa femme est ma sœur. »

Il y eut un instant de silence.

« Bien, monsieur », fit tranquillement le soldat avant de reprendre son immobilité de statue. Jon tourna les talons et s'éloigna.

Angelo se débrouille bien, se dit-il avec amertume, pas de surpopulation, ici, il ne touche pas à *son* espace vital. Toute l'extrémité du couloir quatre appartenait à Angelo.

Et à Alicia.

Il s'arrêta devant la porte, hésita, l'estomac noué. Il

était venu jusque-là. Il y avait, au croisement, un soldat qui poserait des questions, chercherait à connaître les raisons de ce comportement étrange. Il était impossible de reculer. Il appuya sur le bouton, attendit.

« Qui ? demanda une voix grêle qui le prit au dépourvu. Qui être là ? »

— « Lukas, répondit-il. Jon Lukas. »

La porte s'ouvrit. Une Downer frêle, au pelage gris, leva sur lui des yeux entourés de rides.

« Moi Lily », dit-elle.

Il passa devant elle, entra et regarda le salon faiblement éclairé, les meubles coûteux, le luxe, l'espace. Lily resta un instant immobile, inquiète, laissa la porte se refermer. Il pivota, le regard attiré par la lumière, aperçut une pièce, un dallage blanc, avec l'illusion de fenêtres donnant sur l'espace.

« Tu viens voir elle ? » demanda Lily.

— « Dis-lui que je suis ici. »

— « Moi dire. » La vieille Downer s'inclina, sortit d'une démarche énergique, courbée. L'endroit était silencieux, mortellement calme. Il attendit dans le salon obscur, ne sachant que faire de ses mains, l'estomac de plus en plus contracté.

On parlait, dans la pièce. « Jon », entendit-il à un moment donné. La voix d'Alicia. Au moins, c'était une voix humaine. Il frissonna, physiquement mal à l'aise. Il n'était jamais venu. Jamais. Avait vu Alicia sur un écran, minuscule enveloppe blanchie que les machines maintenaient en vie. Il était venu. Il ne savait pas pourquoi... et savait. Pour savoir la vérité... pour savoir... s'il aurait le courage de sacrifier Alicia ; si c'était une existence qui valait la peine d'être vécue. Toutes ces années... les images, les images froides, transmises, il parvenait à les supporter, mais être dans la même pièce, la regarder en face, être obligé de lui parler...

Lily revint, les mains croisées, s'inclina.

« Toi venir. Toi venir maintenant. »

Il avança. Fit la moitié du chemin conduisant à la pièce au dallage blanc, la pièce stérile, silencieuse, puis son estomac se crispa.

Soudain, il fit demi-tour et prit la direction de la porte.

« Toi venir ? fit Lily, d'une voix étonnée qui le poursuivit. Toi venir, monsieur ? »

Il appuya sur le bouton et sortit, laissa la porte se fermer derrière lui, respira l'air plus frais, plus vif, du couloir.

Il s'éloigna rapidement de cet endroit, des Konstantin.

« Monsieur Lukas ? » dit le soldat en faction, quand il arriva au croisement, le regard inquisiteur malgré la politesse.

— « Elle dort », dit-il ; il avala sa salive, continua de marcher, essayant à chaque pas de chasser cet appartement et cette pièce blanche de son esprit. Il se souvenait d'une enfant, d'une jeune fille, de quelqu'un d'autre. Cela devait rester ainsi.

10

1

PELL, SECTEUR BLEU UN, SALLE DU CONSEIL ; 6/10/52 ; 1400 HEURES

Le Conseil s'ajourna tôt, ayant adopté toutes les mesures qu'il devait adopter, Keu de l'*Inde*, sinistre, assistant à toutes les délibérations, son immobilité de marbre pesant comme une chape sur les débats. Au troisième jour de cette crise, Mazian avait présenté ses exigences et obtenu satisfaction.

Kressich ramassa ses notes, quitta le dernier gradin et descendit dans la fosse centrale de la salle, près des fauteuils disposés autour de la table, y fut bloqué par un flot de Conseillers allant en sens inverse, regarda avec inquiétude Angelo Konstantin qui s'entretenait avec Nguyen, Landgraf et quelques autres Conseillers. Keu, assis, écoutait, son visage de bronze faisant penser à un masque. Il avait peur de Keu... peur d'exposer son problème devant lui.

Néanmoins il avança, se fraya obstinément un chemin

vers la tête de la table, dans l'entourage immédiat de Konstantin où il se savait indésirable du fait qu'il était le représentant de la Quarantaine, le symbole de problèmes que personne n'avait le temps de résoudre. Il attendit que Konstantin ait terminé de parler avec les autres, le fixa intensément afin que Konstantin s'aperçoive qu'il voulait capter son attention.

Finalement, Konstantin le remarqua, renonça provisoirement à son intention évidente de partir en compagnie de Keu, qui s'était déjà levé.

« Monsieur, dit Kressich. Monsieur Konstantin. » Il sortit de son dossier une feuille de papier préparée à l'avance, la tendit à Konstantin. « Je travaille pratiquement sans matériel, monsieur Konstantin. Le comp et l'imprimante ne sont pas accessibles, dans mon secteur. Vous le savez. La situation... » Il se passa la langue sur les lèvres, troublé par les sourcils froncés de Konstantin. « Mon bureau a été attaqué, hier soir. S'il vous plaît, monsieur. Pouvons-nous affirmer à nos administrés... que les affectations sur Downbelow vont continuer ? »

— « Les négociations sont en cours, monsieur Kressich. La station met tout en œuvre pour revenir à une situation normale ; mais les programmes sont modifiés ; les priorités et les instructions sont modifiées. »

— « C'est le seul espoir. » Il évita le regard de Keu, garda les yeux fixés sur Konstantin. « Sans cela... ils n'ont plus d'espoir. Les gens veulent aller sur Downbelow. Entrer dans la Flotte. Ils veulent sortir de la Quarantaine. Mais il faut que les demandes soient acceptées. Il faut qu'ils voient qu'il y a un espoir de sortir. Je vous en prie, monsieur. »

— « La nature de ceci ? » demanda Konstantin, regardant la feuille de papier.

— « Une résolution que je n'ai pas pu soumettre à l'examen du Conseil, faute de matériel. J'espère que vos services... »

— « Concernant les demandes ? »

— « Exactement, monsieur. »

— « Les discussions sont en cours ! » interrompit sèchement Keu.

— « Nous ferons notre possible, promit Konstantin, ajoutant le document à ceux qu'il avait déjà. Je ne peux pas mettre cette affaire sur le tapis, monsieur Kressich.

Vous comprenez. Pas avant que les problèmes fondamentaux soient réglés à un autre niveau. Je dois attendre, et je vous demande instamment de ne pas soulever cette question demain, quoique, naturellement, vous ayez la possibilité de le faire. Un débat public pourrait porter préjudice aux négociations. Vous avez l'expérience des affaires ; vous me comprenez. Mais, je vous en prie, si nous pouvions soulever cette question lors d'une prochaine réunion… bien entendu, je vais demander à mes services d'imprimer et de faire distribuer cette résolution, ainsi que d'autres suivant vos besoins. Vous comprenez ma position, monsieur. »

— « Oui, monsieur, accorda-t-il, le cœur serré. Merci. »

Il s'en alla. Il avait espéré, vaguement. Il avait également espéré pouvoir demander l'aide de la station, sa sécurité, sa protection. Il ne voulait pas de la protection de Keu. N'osait pas la demander. Mallory, Sung, Kreshov leur avaient donné la mesure de la compassion de la Flotte. Les soldats entreraient ; commenceraient par démanteler l'organisation de Coledy ; sa sécurité ; son unique protection.

Il pénétra dans le foyer de la salle du Conseil, sous le regard fixe, moqueur et émerveillé des statues de Downbelow, franchit les portes vitrées donnant sur le couloir et, sans être inquiété par les gardiens, se dirigea vers l'ascenseur qui le déposerait à Bleu neuf, d'où il retournerait en Quarantaine.

La circulation était pratiquement normale, à présent, dans les couloirs de la station, moins intense que d'habitude, mais les résidents avaient repris le travail et se déplaçaient librement, bien que prudemment ; personne ne s'attardait.

Quelqu'un le bouscula en le croisant. Une main prit la sienne, y glissa une carte. Il s'arrêta, croyant avoir aperçu un homme, un visage qu'il n'avait pas pris la peine de regarder. Terrorisé, il se contraignit à ne pas regarder derrière lui. Il feignit de ranger les papiers de son dossier, continua de marcher et, un peu plus loin, regarda la carte : Vert neuf 0434. Une adresse. Il poursuivit son chemin, laissant pendre la main qui tenait la carte, le cœur lui martelant les côtes.

Il pouvait ne pas en tenir compte, regagner la Quarantaine. Il pouvait rendre la carte, prétendre qu'il l'avait trouvée, ou bien dire la vérité : que quelqu'un voulait le contacter secrètement. La politique. Forcément. Une personne prête à prendre des risques voulait voir le Conseiller de la Quarantaine. Un piège... ou un espoir, un trafic d'influence. Une personne qui pourrait peut-être supprimer les obstacles.

Il pouvait aller à Vert neuf ; il suffisait d'une fausse manœuvre avec les boutons de l'ascenseur. Il s'arrêta devant le tableau de commandes, seul, programma Vert et resta devant le panneau afin que personne ne puisse remarquer que le Vert était allumé. La cabine arriva ; les portes s'ouvrirent. Il entra et une femme s'y précipita au dernier moment, programma Vert deux sur le tableau de commandes intérieur. Les portes se fermèrent ; il lui adressa un regard furtif quand la cabine s'ébranla, détourna rapidement les yeux. La cabine parcourut un secteur à l'horizontale, puis descendit. Elle sortit à deux ; il resta et d'autres passagers entrèrent, aucun visage connu. Elle s'arrêta à six, à sept, prit d'autres personnes. A huit, deux passagers sortirent ; neuf : il descendit avec quatre personnes, prit la direction des docks, serrant la carte dans une main couverte de sueur. Il passa devant plusieurs soldats, qui surveillaient la circulation. Personne ne remarquerait un individu ordinaire marchant dans un couloir, s'arrêtant devant une porte, entrant avec sa carte. C'était un comportement parfaitement naturel. Le croisement de quatre était proche. Il n'y avait pas de gardien. Il ralentit, réfléchissant désespérément, le cœur battant plus vite ; il envisagea de continuer sans s'arrêter.

Un passant le prit par la manche et le poussa brusquement.

« Venez ! » dit l'homme, l'entraînant dans le couloir. Il ne résista pas, se méfiant des couteaux, un instinct né en Quarantaine. Bien sûr, l'individu qui lui avait donné la carte était également descendu... ou bien avait des complices. Il avança mécaniquement, gagna la porte. Quand on l'eut lâché, le passant ayant poursuivi son chemin, il se servit de la carte.

Il entra. C'était un petit appartement, avec un lit défait et des vêtements partout. Un homme sortit du renfoncement qui tenait lieu de cuisine, un homme ordinaire d'une trentaine d'années.

« Qui êtes-vous ? » demanda l'homme.

Cela le désorienta. Il voulut glisser la carte dans sa poche, mais l'homme tendit impérieusement la main. Il la rendit.

« Votre nom ? » demanda l'homme.

— « Kressich. » Et, désespérément : « Je dois... On m'attend. »

— « Dans ce cas, je ne vous retarderai pas. Vous êtes de Russell, monsieur Kressich, n'est-ce pas ? »

— « Je croyais que vous ne me connaissiez pas. »

— « Une femme : Jen Justin ; un fils : Romy. »

Il tendit le bras vers un fauteuil encombré, s'appuya, le cœur gonflé.

« De quoi parlez-vous ? »

— « Mes renseignements sont-ils exacts, Vassily Kressich ? »

Il acquiesça.

« La confiance que les citoyens de la Quarantaine ont placée en vous... représente leurs intérêts. Vous êtes, bien entendu, une personnalité dont ils respectent les initiatives... en ce qui concerne leurs intérêts. »

— « Venez-en au fait. »

— « Votre circonscription se trouve dans une situation difficile... problèmes de papiers. Et quand la Sécurité militaire se fera plus serrée, ce qui va se produire du fait que Mazian commande... je me demande bien, monsieur Kressich, quel genre de mesure sera appliquée. Vous vous êtes tous opposés à l'Union d'une manière ou d'une autre, bien entendu, par aversion sincère, par intérêt ou par nécessité. Alors, quelle était *votre* raison ? »

— « Où avez-vous eu cette information ? »

— « Sources officielles. Je sais sur vous des choses que vous n'avez jamais dites au comp de cette station. J'ai fait des recherches. Quoi qu'il en soit, monsieur Kressich, j'ai vu votre femme et votre fils. Cela vous intéresse-t-il ? »

Il acquiesça, incapable de faire davantage. Il s'appuya au fauteuil, le souffle court.

« Ils vont bien. Dans une station dont je connais le nom... où je les ai vus. A moins qu'ils n'aient été transférés. L'Union a pris conscience de leur valeur potentielle, connaissant le nom de l'homme qui représente une part importante de la population de Pell. L'ordinateur les a trouvés, et ils ne disparaîtront plus. Aimeriez-vous les revoir, monsieur Kressich ? »

— « Qu'attendez-vous de moi ? »

— « Un peu de votre temps. Quelques préparatifs en vue de l'avenir. Vous pouvez protéger votre famille, vous-même, vos administrés qui sont des parias, sous la botte de Mazian. Mazian pourrait-il vous aider à retrouver votre famille ? Pourrait-il vous conduire auprès d'elle ? Et il y a certainement d'autres familles séparées, qui regrettent peut-être une décision trop rapide, une décision prise sous la contrainte exercée par Mazian, qui comprendront peut-être... que l'intérêt bien compris de l'habitant de l'Au-Delà est l'Au-Delà lui-même. »

— « Vous appartenez à l'Union », dit Kressich, pour lever ses derniers doutes.

— « Monsieur Kressich, j'appartiens à l'Au-Delà. Pas vous ? »

Il s'assit sur le bras du fauteuil car ses genoux ne le soutenaient plus.

« Qu'est-ce que vous voulez ? »

— « Il y a certainement un pouvoir, dans la Quarantaine, une structure que vous connaissez. Un homme tel que vous a sans doute... des contacts. »

— « Effectivement. »

— « Et de l'influence ? »

— « Et de l'influence. »

— « Tôt ou tard, vous serez entre les mains de l'Union ; c'est inévitable... si Mazian ne prend pas les mesures qu'il applique généralement. Savez-vous ce qu'il fera, s'il décide de rester ici ? Pensez-vous qu'il acceptera la présence de la Quarantaine près de ses vaisseaux ? Non, monsieur Kressich, d'un côté vous êtes une main-d'œuvre à bon marché, de l'autre une gêne. Tout dépend de la situation. Et, compte tenu des événements, vous serez bientôt une charge inutile. Comment puis-je vous contacter, monsieur Kressich ? »

— « Vous m'avez contacté aujourd'hui. »

— « Où est votre bureau ? »

— « Orange neuf 1001. »

— « Y a-t-il des coms ? »

— « Celles de la station. Il n'y a que la station qui

puisse m'appeler. Et elles tombent en panne. Chaque fois que je veux appeler, je dois passer par le central des coms ; c'est exprès. On ne peut pas... il est impossible de m'appeler. Et c'est toujours en panne. »

— « La Quarantaine est portée à l'émeute, n'est-ce pas ? »

Il acquiesça.

« Le Conseiller de la Quarantaine pourrait-il... en organiser une ? »

Il acquiesça une deuxième fois. La sueur coulait sur ses joues, ses flancs.

« Pouvez-vous me faire quitter Pell ? »

— « Quand vous aurez fait ce que je vous demande, je vous promets un passage, monsieur Kressich. Rassemblez vos forces. Je ne veux même pas savoir qui les compose. Mais tenez-vous prêt. Mon message contiendra le mot *Vassily*. C'est tout. Seulement ce mot. Et, quand ce message arrivera, il faudra qu'il se produise immédiatement des désordres graves. Ensuite, vous pourrez envisager de revoir votre famille. »

— « Qui êtes-vous ? »

— « Partez, à présent. Vous n'avez pas perdu plus de dix minutes. Vous les rattraperez. Dépêchez-vous, monsieur Kressich. »

Il se leva, jeta un coup d'œil derrière lui, sortit en hâte, l'air du couloir paraissant froid sur son visage. Personne ne l'arrêta, personne ne fit attention à lui. Il suivit le flot du couloir principal et décida que, si on lui demandait d'expliquer son retard, il dirait qu'il avait parlé à Konstantin, à d'autres Conseillers ; qu'il avait eu un malaise et s'était arrêté dans une salle de repos. Konstantin lui-même pourrait affirmer qu'il était contrarié, en quittant le Conseil. Il s'essuya le visage avec la main, sa vision se troublant, entra dans le dock Vert, continua son chemin, pénétra dans le secteur Bleu, se dirigeant vers la séparation.

On frappa à la porte. Hale ouvrit et Jon, crispé, se retourna sans quitter la cuisine, poussa un long soupir de soulagement quand Jessad entra, la porte se refermant derrière lui.

« Aucun problème, dit Jessad. Ils recouvrent les signes,

vous savez ? Ils se préparent à défendre la station. Il est difficile de se diriger. »

— « Kressich ? »

— « Aucun problème. » Jessad quitta sa veste et la jeta à Keifer, un des hommes de Hale, qui venait de sortir de la chambre. Keifer tâta aussitôt la poche de la veste, récupérant ses papiers avec un soulagement compréhensible.

« Vous n'avez pas été arrêté ? » demanda-t-il.

— « Non, répondit Jessad. Je suis allé directement chez vous, je suis entré, j'ai envoyé votre compagnon porter la carte... aucun accroc. »

— « Il a accepté ? » s'enquit Jon.

— « Bien sûr. » Jessad était différent, comme s'il savourait encore l'action, ses yeux, généralement ternes, pétillant de bonne humeur. Il gagna le bar et se servit un verre.

« Mes vêtements », protesta Keifer.

Jessad rit, but une gorgée, puis posa le verre et quitta sa chemise. « A présent, il a regagné la Quarantaine. Et nous la contrôlons. »

2

L'*UNITÉ*, VAISSEAU DE L'UNION, DANS LA FLOTTE DE L'UNION ; ESPACE

Ayres s'assit à la table du mess, sans faire attention aux gardiens, se prit la tête entre les mains et s'efforça de retrouver son équilibre. Il resta quelques instants dans cette position, puis se leva, se dirigea vers le distributeur d'eau fixé à la paroi, mal assuré sur ses jambes. Il se mouilla les doigts et se passa de l'eau froide sur le visage, prit un verre en carton et but, espérant que cela lui ferait du bien à l'estomac.

Quelqu'un entra dans la pièce. Il leva la tête, eut aussitôt un air contrarié parce que c'était Dayin Jacoby, qui prit place à l'unique table. Il n'y serait pas retourné, mais ses jambes ne l'auraient pas soutenu longtemps. Il supportait mal les sauts. Jacoby en souffrait moins et cela ne plaidait pas pour lui.

« Le moment approche, dit Jacoby. Je crois savoir où nous sommes. »

Ayres s'assit, se contraignit à fixer son regard. Les drogues formaient une sorte de brume.

« Vous pouvez être fier de vous. »

— « Mazian... sera là ? »

— « On ne me fait pas de confidences. Mais il est probable qu'il y sera. Sommes-nous enregistrés ? »

— « Je l'ignore. Quelle importance ? Le fait est, monsieur Ayres, que la Compagnie ne peut conserver Pell, puisqu'elle ne peut la protéger. Vous avez eu votre chance, et elle est passée. Et Pell ne veut pas de Mazian. Plutôt l'Union que Mazian. »

— « Dites cela à mes compagnons. »

— « Pell, reprit Jacoby, se penchant sur la table, mérite mieux que ce que la Compagnie peut lui donner. Mieux que ce que Mazian lui donnera, c'est certain. Je défends *notre* intérêt, monsieur Ayres, et nous traitons en fonction de cela. »

— « Vous auriez pu traiter avec nous. »

— « Nous l'avons fait... pendant des siècles. »

Ayres se mordit la lèvre, refusant de poursuivre cette conversation plus avant. Les drogues qu'il devait prendre, pendant le saut... obscurcissaient sa pensée. Il avait déjà parlé, alors qu'il avait résolu de ne pas le faire. Ils voulaient obtenir quelque chose, sinon ils ne l'auraient pas libéré et ne l'auraient pas admis à cet étage. Il appuya la tête sur sa main et tenta de sortir de la brume pendant qu'il en était encore temps.

« Nous sommes sur le point de commencer les opérations, insista Jacoby. Vous le savez. »

Jacoby essayait de lui faire peur. La terreur l'avait laissé prostré, pendant la dernière manœuvre. Il avait subi deux sauts, à présent, et ses entrailles lui semblaient complètement retournées. Il refusait d'en envisager un troisième.

« Je crois qu'ils ont décidé de vous parler, reprit Jacoby, d'un message destiné à Pell, expliquant que la Terre a signé un traité ; que la Terre reconnaît aux citoyens de Pell le droit de choisir leur propre gouvernement. Ce genre de chose. »

Il regarda fixement Jacoby, se demandant pour la première fois où étaient le bien et le mal. Jacoby était originaire de Pell. Quels que soient les intérêts de la Terre, il n'était certainement pas sage de s'aliéner un homme qui, bien qu'il souhaitât personnellement le contraire, pourrait bien devenir une personnalité importante du gouvernement de Pell.

«Vous ne pouvez guère vous désintéresser, reprit Jacoby, des accords concernant Pell elle-même. Si la Terre ne veut pas être isolée... et vous vous déclarez prêt à commercer... il faudra passer par Pell, monsieur Ayres. De votre point de vue, nous occupons une position capitale.»

— «J'en suis parfaitement conscient. Nous en parlerons quand vous tiendrez Pell. Pour le moment, c'est Angelo Konstantin qui gouverne Pell et, jusqu'ici, je n'ai pas la preuve du contraire.»

— «Traitez tout de suite, insista Jacoby, et l'accord se fera. Le parti que je représente peut vous assurer la garantie de vos intérêts. Depuis chez nous, monsieur Ayres, on peut sauter directement jusqu'à la Terre, votre patrie. La prise de Pell, un bref séjour en attendant que vos compagnons vous y rejoignent, et vous rentrerez chez vous dans un vaisseau qu'il sera aisé d'engager à Pell; ou bien des difficultés... de nombreuses difficultés résultant d'un siège long et pénible. Des dégâts... peut-être la destruction de la station. Je ne souhaite pas cela; et vous non plus, sans doute. Vous ne manquez pas d'humanité, monsieur Ayres. Et, je vous en supplie, ne mettez pas Pell en danger. Dites simplement la vérité. Faites-leur comprendre qu'il y a un traité et qu'ils doivent choisir l'Union. La Terre les a abandonnés.»

— «Vous travaillez pour l'Union. Totalement.»

— «Je veux que ma station survive, monsieur Ayres. Des milliers et des milliers de personnes... pourraient mourir. Imaginez-vous ce que c'est que d'être l'otage de Mazian? Il ne tiendra pas toujours, mais il peut tout détruire.» Ayres contemplait sa main, sachant qu'il ne pouvait réfléchir correctement dans l'état où il était, sachant que l'essentiel de ce qu'on lui avait dit, pendant son séjour, était faux.

«Nous devrions peut-être travailler ensemble, monsieur Jacoby, si cela peut mettre un terme à cette affaire sans effusion de sang supplémentaire. »

Jacoby battit des paupières, peut-être surpris.

« Probablement, dit Ayres. Nous sommes réalistes, monsieur Jacoby... vous, du moins, j'en suis persuadé. L'autodétermination est une manière convenable d'exprimer la dernière solution possible, n'est-ce pas ? Je comprends vos raisons. Pell ne peut se défendre. La neutralité des stations... ce qui signifie que vous vous rangez aux côtés du vainqueur. »

— « Vous avez compris, monsieur Ayres. »

— « Alors, moi aussi, dit-il. L'ordre, dans l'Au-Delà, profite au commerce et c'est l'intérêt de la Compagnie. L'indépendance était inévitable, dans ces régions. Elle vient seulement alors que la Terre n'est pas encore prête à l'accepter. Cela serait fait depuis longtemps, sans l'aveuglement des idéologies. Un avenir meilleur, monsieur Jacoby, est possible. Puissions-nous le voir. »

Jamais il n'avait menti avec autant d'aplomb. Il s'appuya contre le dossier de sa chaise, les effets du saut et la terreur lui donnant la nausée.

« Monsieur Ayres. »

Il se tourna vers la porte. C'était Azov. L'officier de l'Union entra, resplendissant de noir et d'argent.

« Nous sommes enregistrés », fit observer Ayres avec amertume.

— « Je ne me fais pas d'idées sur votre affection, monsieur Ayres. Seulement sur votre bon sens. »

— « Je ferai votre enregistrement. »

Azov secoua la tête.

« Nous serons annoncés, dit-il, mais d'une autre manière. Nous ne pouvons pas espérer que les vaisseaux de Mazian auront tous accosté. Nous vous avons emmené d'abord à cause des Mazianni ; ensuite parce que, dans la prise de la Station Pell, il sera utile d'avoir une voix dont l'autorité est connue. »

Il acquiesça d'un air las.

« Si cela peut sauver des vies. »

Azov se contenta de le fixer. Fronça finalement les sourcils.

« Prenez le temps de retrouver votre équilibre, messieurs. Et de réfléchir à ce que vous pouvez faire pour Pell. »

Ayres regarda Jacoby, tandis qu'Azov sortait, et s'aperçut que Jacoby connaissait également l'inquiétude.
« Des doutes ? » demanda-t-il sèchement.
— « Ma famille est dans la station », répondit Jacoby.

LIVRE QUATRE

1

1

PELL ; 10/10/52 ; 1100 HEURES

La station était plus calme. Des plaintes étaient déposées auprès des Affaires Juridiques et cela indiquait nettement que la tension diminuait. Il arrivait de nombreuses plaintes concernant les actes des militaires, des menaces de procès, des protestations indignées de la part des commerçants des docks qui s'estimaient lésés par le couvre-feu. Le *Finity's End*, un vaisseau de commerce, protestait contre la disparition d'un jeune homme, qui était la cause d'une grande inquiétude car on craignait que les militaires ne l'aient engagé de force. En fait, le jeune homme était certainement dans un centre d'accueil, avec une belle quelconque. Le comp vérifiait systématiquement les cartes, ce qui n'était pas facile car les passes des commerçants n'étaient pas aussi souvent utilisés que les cartes des résidents.

Damon conservait l'espoir de le retrouver sain et sauf, refusait de s'inquiéter avant la fin des recherches ; il avait eu de nombreuses requêtes semblables sur son bureau, et s'était aperçu ensuite que le jeune commerçant s'était brouillé avec sa famille ou bien était trop ivre pour regarder la vid. Le problème concernait davantage la Sécurité, à ce niveau, mais la Sécurité était débordée, son personnel, hagard et nerveux, assurant de nombreux tours de garde. Les Affaires Juridiques pouvaient prendre le temps d'appuyer sur les boutons du comp et se charger d'une partie du travail administratif. Un autre assassinat en Quarantaine. C'était déprimant et ils ne pouvaient qu'enregistrer ce fait. Il y avait un rapport concernant un gardien suspendu, accusé d'avoir fait passer une caisse de vin downer en Quarantaine. Un officier avait décidé que ce problème ne pouvait attendre, alors qu'il y avait gros à parier que les trafics étaient nombreux. Le gardien payait pour l'exemple.

Trois auditions ajournées étaient prévues pour l'après-midi. Elles le seraient probablement une nouvelle fois parce que le Conseil se réunissait et que les Affaires Juridiques devaient y participer. Il décida de s'entendre sur ce point avec l'avocat de la défense, envoya un message à cet effet, décidant de consacrer l'après-midi à l'examen de plaintes dont les niveaux inférieurs ne pouvaient s'occuper.

Et, ayant réglé cette question, il fit pivoter son fauteuil et regarda Josh, qui lisait tranquillement un livre sur l'unité auxiliaire, s'efforçant de ne pas laisser paraître son ennui.

« Hé ! » lança Damon. Josh se tourna vers lui. « Déjeuner ? Nous aurions même le temps d'aller au gymnase. »

— « On peut y aller ? »

— « C'est ouvert. »

Josh éteignit la machine.

Damon se leva, laissant tout en attente, traversa la pièce et prit sa veste, tâtant les poches pour être absolument certain qu'il avait ses papiers. Les soldats de Mazian étaient encore de garde ici et là, toujours aussi peu sensibles à la raison.

Josh mit également sa veste... ils faisaient à peu près la même taille et elle était empruntée. Les prêts, Josh les acceptait, sinon les dons, augmentant sa petite garde-robe afin de pouvoir aller et venir dans les bureaux sans attirer l'attention. Damon laissa le doigt sur le bouton de la porte, demandant à son secrétariat d'ajourner les appels pendant deux heures.

« Retour à une heure », lui rappela son secrétaire avant de prendre un appel. Damon fit signe à Josh de le suivre dans le couloir.

« Une demi-heure au gymnase, annonça Damon, puis un sandwich au bar panoramique. J'ai faim. »

— « Très bien », acquiesça Josh. Il regarda nerveusement autour de lui. Damon fit de même, mal à l'aise. Il y avait encore très peu de circulation dans les couloirs. Les gens n'avaient pas confiance. Quelques soldats étaient de faction, au loin.

« Les soldats devraient se retirer, dit-il à Josh, à la fin de la semaine. Nos Services de Sécurité ont repris le contrôle du secteur Blanc ; le secteur Vert dans deux jours, sans doute. Soyez patient. Nous travaillons sur ce problème. »

— « De toute manière, ils feront ce qu'ils veulent », fit Josh d'un air sombre.

— « Ha ! Mallory a-t-elle réussi, malgré tout ? »

Une ombre passa sur le visage de Josh.

« Je ne sais pas. Même en réfléchissant, je ne comprends pas. »

— « Faites-moi confiance. » Ils avaient atteint l'ascenseur, seuls. Un soldat se tenait au coin d'un autre couloir, présence notée du coin de l'œil, rien d'extraordinaire. Il programma le code du Cœur. « J'ai tout de même reçu une bonne nouvelle, ce matin. Mon frère a appelé ; il paraît que les choses s'arrangent. »

— « Tant mieux », murmura Josh.

Soudain, le soldat bougea. Se dirigea vers eux. Damon se retourna. D'autres, postés à l'extrémité du couloir, arrivèrent également, courant presque.

« Annulez ! ordonna sèchement le premier soldat, s'arrêtant près d'eux. On nous appelle. »

— « Je peux vous obtenir une priorité », dit Damon... pour se débarrasser d'eux. Ce mouvement était signe de problèmes ; il les imagina écartant les stationniers à d'autres niveaux.

— « Allez-y ! »

Il sortit sa carte de sa poche, la glissa dans la fente et coda sa priorité ; les témoins rouges s'allumèrent. Les autres soldats arrivèrent en même temps que la cabine et des épaules blindées les bousculèrent quand les soldats s'entassèrent à l'intérieur, les laissant là. La cabine s'en alla, directe jusqu'à la destination qu'ils avaient programmée. Il ne restait plus un soldat dans le couloir. Damon regarda Josh, dont le visage était pâle et calme.

« Elene ? » demanda Josh.

— « Il faut que je descende, dit-il. Venez avec moi. S'il se passe quelque chose, il est probable que les docks seront touchés. Il faut que j'aille voir. »

L'ascenseur n'arrivait pas. Il attendit un bon moment, utilisa finalement une deuxième fois sa carte, une deuxième priorité ; les témoins rouges s'allumèrent, indiquant l'appel prioritaire d'une cabine, puis clignotèrent, indiquant qu'elles étaient toutes occupées. Il abattit le poing contre la paroi, regarda à nouveau Josh. C'était un long trajet à pied ; plus facile d'attendre qu'une cabine se libère... plus rapide, au bout du compte.

Il gagna l'unité de coms la plus proche, programma sa priorité, tandis que Josh attendait devant les portes de l'ascenseur.

« Retenez la cabine, s'il en arrive une, dit-il à Josh, appuyant sur le bouton. Coms central, ici Damon Konstantin en urgence. Les soldats décrochent en hâte. Que se passe-t-il ? »

Il y eut un long silence.

« Monsieur Konstantin, répondit une voix, il s'agit d'une unité publique de coms. »

— « Pas en ce moment, central. Que se passe-t-il ? »

— « Alerte générale. Postes d'urgence, s'il vous plaît. »

— « Que se passe-t-il ? »

Les coms avaient coupé. Une sirène retentit. Des lumières rouges se mirent à clignoter. Les gens sortirent des bureaux, se regardèrent comme s'ils espéraient qu'il s'agissait d'un exercice, ou d'une erreur. Son secrétaire était dehors, au bout du couloir.

« Rentrez ! cria-t-il. Fermez ces portes ! » Les gens reculèrent, regagnèrent leurs bureaux. Les témoins rouges, près de l'épaule de Josh, clignotaient toujours, indiquant qu'aucune cabine n'était disponible : toutes les cabines du système devaient se trouver sur les docks.

« Venez », dit-il à Josh, montrant l'extrémité du couloir. Josh parut hésiter et il le rejoignit, le prit par le bras. « Venez ! »

Il y avait d'autres personnes, dans le couloir, plus loin. Il lança un ordre, les obligeant à s'écarter sans leur en vouloir... les Konstantin n'étaient pas la seule famille éparpillée aux quatre coins de la station, il y avait des enfants dans les écoles et les nurseries, des gens dans les hôpitaux. Quelques-uns coururent devant eux, refusant d'obéir. Un agent de la Sécurité leur ordonna également de s'arrêter ; en vain, porta la main à son arme.

« Laissez-les faire ! fit sèchement Damon. Laissez-les tranquilles ! »

— « Bien. » La grimace de panique disparut, sur le visage du policier. « Monsieur, je ne reçois rien sur les coms. »

— « Laissez votre arme dans son étui. Ce sont les soldats qui vous ont appris ces réflexes ? Restez à votre poste. Calmez les gens. Aidez-les si possible. Il y a une alerte. Mais ce n'est peut-être qu'un exercice. Restez calme ! »

— « Bien, monsieur. »

Ils reprirent le chemin de la rampe d'urgence, dans le couloir silencieux... sans courir ; un Konstantin ne pouvait courir, provoquer la panique. Il marcha, luttant contre la panique qui l'envahissait lui-même.

« Pas le temps, marmonna Josh. Au moment où l'alerte se déclenche, les vaisseaux sont sur nous. Si Mazian s'est fait prendre sur les docks... »

— « Nous avons la milice et deux vaisseaux, autour de la station », précisa Damon, puis il se souvint de qui était Josh. Il s'interrompit, lui adressa un regard désespéré, découvrit un visage aussi inquiet que le sien. « Venez », fit-il.

Ils atteignirent la rampe d'urgence, entendirent des cris, puissants, quand ils poussèrent les portes. Des gens descendaient en courant.

« Ne courez pas ! » cria Damon à ceux qui passaient devant lui, et ils obéirent, pendant quelques tours, mais le nombre augmenta et, soudain, d'autres personnes arrivèrent, le bruit devint plus fort, on se remit à courir... le système de transport bloqué partout, tous les étages se déversant dans la spirale.

« Du calme ! » cria Damon, prenant les gens par l'épaule et essayant de les ralentir, mais le flot accélérait, les gens se cognant les uns contre les autres, hommes, femmes et enfants, impossible même d'en sortir. Des gens, massés aux portes, essayaient de descendre.

« Les docks ! » cria-t-on.

Cela se répandit comme une traînée de poudre, avec les signaux rouges allumés partout, la terreur latente qui pesait sur Pell depuis l'arrivée des soldats... que cela arriverait un jour, que la station était attaquée, que l'évacuation commençait. La foule descendait et il était impossible de l'arrêter.

2

LE *NORVÈGE* ; 1105 HEURES

CFX / KNIGHT / 189-8989-687 / CALMECALMECALME / SCORPIONDOUZE / ZÉROZÉROZÉRO / FINFINFIN

Signy accusa réception et se tourna vers Graff, avec un grand geste du bras.

« Maintenant ! »

Graff transmit et la sirène résonna dans tout le vaisseau. Les témoins s'allumèrent, jusque dans le dock. Les soldats qui se trouvaient dehors terminèrent de décrocher les ombilicaux.

« Nous ne pouvons pas les prendre », dit Signy, répondant à un appel nerveux de Di Janz. Cela lui faisait mal au cœur d'abandonner des hommes. « Ils ne risquent rien. »

« Ombilicaux décrochés ! » cria Di Janz. C'était un départ immédiat ordonné par l'*Europe* qui avait abandonné ses soldats, s'éloignant déjà. Le *Pacifique* partait. L'auxiliaire du *Thibet* arrivait, derrière les ondes du premier message, indiquant par sa présence ce que le *Thibet* avait déjà transmis ; et ce qui se passait à la limite du Système de Pell était aussi vieux que le signal en vitesse-lumière qui l'annonçait : des vaisseaux étaient arrivés une bonne demi-heure plus tôt. Les témoins du tableau de commandes du *Norvège* étaient au vert, clignotant régulièrement, et Signy largua les amarres, alors que les soldats qui avaient réussi à embarquer n'avaient pas encore atteint les zones de sécurité. Le *Norvège* resta quelques instants en apesanteur, sous la faible poussée des fusées directionnelles et de largage, roula sur lui-même et lança la propulsion principale avec une marge qui devait être à la limite de la sphère de sécurité de l'*Australie* et déclencha probablement tous les systèmes d'alarme de Pell. La pesanteur augmenta, le cylindre intérieur, en synchronisation de combat, tournant pour compenser les pressions : la pesanteur tour à tour forte et faible.

Ils acquirent leur stabilité, avec un amas de vaisseaux de transport sur le plan inférieur ; l'*Europe* et le *Pacifique* étaient devant eux ; l'*Australie* les suivait. L'*Atlantique* partirait d'une seconde à l'autre ; Keu, de l'*Inde*, était dans la station et rejoignait son vaisseau ; Porey, de l'*Afrique*, était sur la planète. L'*Afrique* prendrait l'espace sous les ordres de son lieutenant, rejoint un peu plus tard par la navette de Porey, jouant au mieux le rôle d'arrière-garde.

Ils étaient confrontés à l'inévitable. L'auxiliaire avait quelques minutes de retard sur le message du *Thibet*, une confirmation. Ils recevaient son message, à présent ; et d'autres indications du *Thibet* lui-même, puis du *Pôle Nord*, ainsi que les messages d'alerte des vaisseaux de la milice qui se trouvaient sur le chemin des agresseurs. Le *Thibet* était engagé, tentant d'obliger la flotte ennemie à ralentir afin de pouvoir l'attaquer. Le *Pôle Nord* manœuvrait. Les vaisseaux de transport de la milice changeaient de direction, appareils lents, conçus pour de petits trajets, immobiles comparativement à la vitesse de la flotte adverse. Ils la ralentiraient, s'ils en avaient le courage. *Si*.

« L'auxiliaire a fait demi-tour », annonça l'opérateur du scan. Elle le constata sur l'écran. L'auxiliaire avait capté leur bien-reçu quelques minutes plus tôt, avait viré ; l'image du scan leur parvenait, à présent. Le comp du longscan avait calculé l'arc et le tech du comp avait déduit le reste... la brume jaune proche de la ligne rouge de l'approche était la nouvelle estimation de la position de l'auxiliaire ; l'ancienne estimation prit une teinte bleu pâle, indiquant simplement qu'il était tout de même nécessaire de surveiller cette approche. Ils allaient droit dessus tandis que l'auxiliaire était obligé de s'écarter. Ils étaient tous ensemble, sur la même ligne.

Signy se mordit la lèvre, ordonnant aux responsables du scan et des coms de se mettre à l'écoute de l'ensemble de la sphère, nerveuse parce que Mazian ne leur avait donné qu'un seul vecteur. *Allez,* se dit-elle, pressentant une catastrophe, *pas comme à Viking. Donne-nous le choix, mon vieux!*

CFX / KNIGHT / 189-90 0-687 / NEUFNEUFNEUF / SPHINX DEUXDEUXDEUX / TRIPLET / DOUBLET / QUARTET / FORMATION / FIN.

De nouveaux ordres. De nouveaux vecteurs étaient attribués aux derniers vaisseaux. Le *Pacifique*, l'*Atlantique* et l'*Australie* changèrent de trajectoires, mouvement lent en une formation destinée à défendre le Système.

3

PELL, BUREAUX DU CHEF DE STATION

TRANSPORT *HAMMER* A *ECS* A PROXIMITÉ / ALERTEALERTE ALERTE / VAISSEAUX UNION EN VUE / DOUZE DANS NOTRE SECTEUR / ALLONS SAUTER / ALERTEALERTEALERTE...

SWAN'S EYE A TOUS LES VAISSEAUX / FUYEZFUYEZFUYEZ...

ECS THIBET A TOUS LES VAISSEAUX / RELAYEZ...

Depuis plus d'une heure, proliférant dans le Système, relayé par les coms de tous les vaisseaux qui recevaient, et continuant, comme dans une maison de fous. Angelo se pencha sur le clavier de l'ordinateur et appela les docks, où la brusquerie du départ en masse n'avait pas laissé le temps aux équipes d'urgence d'arriver: les équipages militaires s'étaient débrouillés seuls, à leur manière, libérant tous les vaisseaux pratiquement en même temps. Le Commandement Central était débordé, et la pesanteur risquait de se trouver déséquilibrée, si les systèmes ne parvenaient pas à absorber ce départ massif. Il y avait déjà des instabilités sensibles. Les coms étaient bloquées. Et, depuis presque deux heures, depuis que le message leur était parvenu, la situation avait évolué, à la limite du Système Solaire.

Il y avait encore des soldats dans les docks. La majorité était déjà à bord des vaisseaux ; une partie n'avait pu les rejoindre à temps et les canaux militaires, dans la station, transmettaient des messages incompréhensibles, des voix furieuses. Pourquoi avaient-ils renoncé à embarquer ceux qui pouvaient arriver à temps, alors qu'une bataille allait avoir lieu... la conclusion logique était que la Flotte était parfaitement libre d'abandonner la station. Les ordres de Mazian...

Emilio, pensa-t-il soudain. Sur la carte de Downbelow, sur l'écran de gauche, clignotait un point qui était la navette de Porey. Il ne pouvait pas appeler ; personne ne le pouvait... les ordres de Mazian... silence des coms. *Restez en formation,* demandait le poste de contrôle du trafic aux commerçants en orbite ; c'était tout ce qu'il pouvait dire. Un déluge de protestations venait des commerçants arrivés dans les docks, succession trop rapide pour que les opérateurs puissent demander le silence à tout le monde.

C'était forcément l'Union. *Prévu,* avait dit Mazian, pendant leur brève communication. Depuis des jours, les capitaines ne s'éloignaient pas des vaisseaux, les troupes y étaient cantonnées dans l'inconfort, pas par égard vis-à-vis de la station ; pas parce qu'ils avaient demandé que les soldats quittent les couloirs.

Préparatifs du départ. Malgré toutes les promesses, préparatifs du départ.

Il tendit la main vers le bouton des coms, dans l'intention d'appeler Alicia, qui devait suivre tout cela sur ses écrans.

« Monsieur. » Mills, son secrétaire, apparut sur l'écran. « La Sécurité vous demande au central des coms. Il y a des problèmes dans le secteur Vert. »

— « Quels problèmes ? »

— « Des foules, monsieur. »

Il se leva, prit sa veste.

« Monsieur... »

Il se retourna. La porte du bureau s'ouvrit brusquement, Mills tentant de s'opposer à l'entrée de Jon Lukas et d'un de ses hommes.

« Monsieur... dit Mills, je m'excuse. M. Lukas a insisté... je lui ai dit... »

Angelo fronça les sourcils contrarié par cette intrusion, espéra aussitôt de l'aide. Jon était capable, sinon désintéressé.

« J'ai besoin d'aide », dit-il, et il battit des paupières, inquiet, quand l'homme qui l'accompagnait glissa soudain la main sous sa veste, que l'acier brilla. Mills ne vit rien... Angelo cria quand l'homme frappa Mills, recula précipitamment quand l'homme se jeta sur lui. Hale, il reconnut soudain le visage.

Mills hurla, en sang, glissant contre l'encadrement de la porte ; il y eut des cris, dans le bureau extérieur ; le coup atteignit son but, choc paralysant. Angelo tendit la main vers celle qui l'avait frappé, toucha l'arme fichée dans sa poitrine, fixa Jon d'un air incrédule... fixa la haine. Il n'y avait personne sur le seuil.

Il perdit connaissance, en même temps que son sang.

4

QUARANTAINE

« *Vassily*, dit la voix dans les coms. Vassily, m'entendez-vous ? »

Kressich, à son bureau, resta paralysé. Ce fut Coledy, tassé sur lui-même et impatient, qui tendit le bras et appuya sur le bouton.

« J'écoute », dit Kressich, bien qu'il eût la gorge nouée. Il regarda Coledy. Un bourdonnement de voix lui parvenait, en provenance des docks où, dans la foule effrayée, l'émeute couvait déjà.

« Protégez-le ! ordonna Coledy à James, qui commandait les cinq hommes postés dehors. Protégez-le bien ! »

Et Coledy s'en alla. Ils avaient attendu, traînant autour des coms, toujours présents, rassemblés ici dans la confusion. A présent, le moment était venu. Quelques instants plus tard, le bruit de la foule se fit plus intense, un grondement sourd, bestial, qui fit trembler les parois.

Kressich se cacha le visage dans les mains, resta un long moment dans cette position, ne souhaitant pas savoir.

« Les portes ! cria-t-on finalement, dehors. Les portes sont ouvertes ! »

5

VERT NEUF

Ils couraient en trébuchant, hors d'haleine, heurtant leurs voisins, une marée de gens pris de panique, rougie par les lumières de l'alarme. La sirène retentissait toujours ; la pesanteur n'était pas uniforme, les systèmes de la station n'ayant pas encore retrouvé leur stabilité.

« C'est les docks », souffla Damon, un voile devant les yeux. Un coureur le heurta et il l'écarta, se fraya un chemin, Josh sur ses talons, vers l'endroit où la rampe donnait sur le neuf.

« Mazian a fichu le camp ! » Le reste ne comptait pas. Des hurlements s'élevèrent, la foule fit demi-tour, l'obligeant à s'arrêter. D'un seul coup, tout le monde se mit à courir en sens inverse, les gens fuyant. Il y eut des cris inarticulés, des gens les heurtèrent avec violence.

« *Damon !* » cria Josh, derrière lui. Cela ne servait à rien. Ils furent tous projetés contre ceux qui les suivaient. Des rayons zébrèrent l'air, au-dessus d'eux, et toute la masse frémit, hurla. Damon tendit les bras pour se protéger, pour ne pas être étouffé… les côtes furent durement comprimées.

Puis l'arrière de la foule fit demi-tour, fuyant dans la panique, cherchant une issue ; et la foule compacte devint un flot irrésistible. Il tenta de lutter, ayant sa destination propre. Une main se referma sur son bras et Josh le rejoignit, trébucha dans une foule démente qui courait aveuglément, et ils essayèrent de lutter contre le courant.

De nouveaux coups de feu. Un homme tomba; pas seulement un... touchés. Les rayons pénétraient dans la foule.

« Cessez le feu! cria Damon, qui avait toujours une muraille de corps devant lui, une muraille qui diminuait comme sous l'action d'une faux. Ne tirez plus! »

Quelqu'un le prit par-derrière, le tira au moment où le feu traversa. Il fut atteint par le bord d'un rayon et sursauta sous l'effet de la douleur, cherchant à garder son équilibre dans la déroute... c'était Josh qui, près de lui, l'entraînait dans sa fuite. Le dos d'un homme explosa, moins d'un mètre devant eux, et l'homme tomba sous les pieds des autres.

« Par ici! » cria Josh, le tirant vers la gauche, dans un couloir latéral où s'engouffrait une partie des fuyards. Il suivit, cette direction en valant bien une autre... vit un moyen de revenir sur ses pas, redoublant d'efforts pour atteindre les docks, courant dans un labyrinthe de couloirs secondaires afin de rejoindre le neuf.

Ils franchirent trois intersections, des fuyards affolés s'éparpillant dans toutes les directions, à chaque intersection de couloirs, trébuchant dans la pesanteur instable. Puis des hurlements retentirent, devant eux.

« Attention! » cria Josh, le retenant. Il reprit son souffle, pivota, s'engagea sur la courbe vertigineuse du couloir, qui conduisait certainement à une paroi sans issue: la limite du secteur.

Pas sans issue. Il y avait un moyen. Josh cria et tenta de le retenir quand il vit le cul-de-sac.

« *Venez!* » dit sèchement Damon, et, prenant Josh par la manche, il courut jusqu'à la paroi qui parut descendre de l'horizon courbe, cloison lisse, ornée de motifs colorés et, en bas à droite, la porte d'un sas donnant sur les tunnels des Downers.

Il s'appuya contre la cloison, sortit fiévreusement sa carte, l'enfonça dans la fente. La porte s'ouvrit, dans une bouffée d'air insalubre, et il tira Josh à l'intérieur, dans le noir total et un froid paralysant.

La porte se referma. L'échange de l'air commença et Josh fut pris de panique; Damon s'empara des masques du renfoncement, en jeta un à Josh, en mit un autre sur son visage et respira péniblement, tremblant si fort qu'il eut du mal à ajuster l'appareil.

« Où allons-nous ? demanda Josh d'une voix transformée par le masque. Et maintenant ? »

Il y avait une lampe dans le renfoncement. Il la prit, l'alluma. Il tendit le bras vers l'interrupteur de la porte intérieure, l'ouvrit, bruit qui provoqua de nombreux échos. Le faisceau de la lampe révéla des passerelles. Ils étaient sur une grille et un escalier descendait dans un tube. La pesanteur diminua, vertigineusement. Il s'accrocha à la balustrade.

Elene... Elene devait être au cœur de la mêlée ; elle se mettrait à l'abri, fermerait les portes des bureaux... il le fallait. Il ne pouvait pas y arriver par là ; il lui fallait trouver de l'aide, atteindre un endroit où il pourrait demander aux forces de sécurité d'établir un front et d'arrêter l'émeute. Monter. Gagner les étages supérieurs ; c'était le secteur Blanc, de l'autre côté de cette cloison. Il tenta de trouver un accès, mais le faisceau de la lampe n'en révéla aucun. Il n'y avait pas de correspondance directe, sauf les docks, sauf le premier étage. Il se souvint... systèmes complexes de sas... Les Downers savaient où, pas lui. Gagner le central, se dit-il ; gagner un couloir supérieur et atteindre les coms. La désorganisation était totale, la pesanteur n'était pas stable... la Flotte était partie ; les commerçants peut-être aussi, rompant leur stabilité, et le Commandement Central ne faisait rien. Il se passait des choses très graves.

Il se retourna, trébucha quand la pesanteur augmenta jusqu'à l'écœurement, saisit une rampe inclinée et se mit à grimper.

Josh suivit.

6

DOCK VERT

Le Commandement Central ne répondait pas ; l'unité portative ne répondait que : ATTENDEZ, sur fond de parasites. Elene coupa le contact d'un coup de pouce, jeta un coup d'œil désespéré aux lignes de soldats qui tenaient l'entrée de Vert neuf.

« Messager ! » appela-t-elle. Un jeune homme arriva à toute vitesse. Il ne restait plus que ça, puisque les coms étaient en panne. « Fais le tour de tous les vaisseaux, l'un après l'autre, aussi loin que possible. Dis-leur de ne pas bouger. Dis-leur... tu sais ce qu'il faut leur dire. Dis-leur qu'on se bat, dans l'espace, et qu'ils vont se jeter dans la gueule du loup s'ils partent. Va ! »

Le scan était peut-être en panne. Elle avait compris que le black-out était le fait de la Flotte ; mais l'*Inde* et l'*Afrique* étaient partis, laissant des soldats chargés de tenir le dock, des soldats qu'ils n'avaient pas la place d'accueillir ; et le signal était toujours interrompu. Impossible de savoir qui commandait les soldats laissés en arrière, ou quels messages les soldats avaient reçus par l'intermédiaire de leurs propres coms. Ils formaient une véritable muraille aux entrées de Bleu neuf et de Vert neuf... une muraille de soldats face aux horizons courbes des docks, de chaque côté, les armes pointées et prêtes, défendant leur carré. Ils ne lui faisaient pas moins peur que l'ennemi qui arrivait. Ils avaient tiré sur la foule, *tué* des gens ; on tirait encore, sporadiquement. Le personnel se composait de douze personnes et six étaient absentes... isolées par le black-out des coms. Les autres supervisaient les équipes de dockers qui vérifiaient les ombilicaux et, surtout, les sas ; les systèmes de secours devaient assurer l'étanchéité de tout le secteur... si le personnel de contrôle Bleu avait pu s'organiser : il y avait des circuits qui ne fonctionnaient pas, l'ensemble du système étant bloqué par une priorité. Les variations de pesanteur sévissaient encore de temps en temps ; il fallait transférer les masses fluides des réservoirs aussi vite que les tubes pouvaient être libérés, n'importe quoi dans les réservoirs, partout, pour compenser ; la station avait des propulseurs de stabilisation ; peut-être fonctionnaient-ils. C'était terrifiant, compte tenu de la taille des docks, ces variations de poids, l'impression inquiétante qu'un flux d'une ou deux gravités pouvait s'abattre inopinément sur eux.

« Madame Quen ! »

Elle se retourna. Le messager n'avait pas pu passer : un soldat stupide avait dû l'en empêcher. Elle le rejoignit en hâte, en direction d'une ligne de soldats qui soudain, sans raison apparente, hésitait, se tournant vers eux, les armes pointées.

Un rugissement s'éleva derrière elle. Elle regarda l'horizon courbe, vit une vague indistincte de coureurs dévalant cette pente apparemment verticale, derrière l'arche séparant les secteurs. *Une émeute !*

« Le sas ! » cria-t-elle dans son unité de coms inutile, toujours en panne. Les soldats avançaient ; elle était entre eux et leur cible. Elle courut vers l'autre extrémité, l'enchevêtrement de câbles, le cœur battant, regardant derrière elle la ligne de soldats qui progressait, réduisant leur périmètre, passant devant elle, certains d'entre eux se mettant à couvert parmi les câbles. Elle alluma l'unité portative et essaya désespérément d'appeler son bureau : « *Fermez !* »

Mais la foule avait dépassé le poste de contrôle de Bleu, devait être à l'intérieur. Le grondement de la foule s'enfla, une marée déferlant sur eux, s'étendant jusqu'au-delà de l'horizon, une masse infinie. Elle prit soudainement conscience de l'expression des visages, pas la panique mais la haine ; et des armes… des morceaux de tubes, des matraques…

Les soldats tirèrent. Il y eut des hurlements quand le premier rang fut fauché. Elle resta immobile, paralysée, à moins de vingt mètres de l'arrière des soldats, vit la foule avancer toujours, piétinant ses morts.

La Quarantaine. La Quarantaine était dehors. Ils avançaient, agitant leurs armes et hurlant, leur grondement lointain devenant assourdissant, innombrables.

Elle pivota sur elle-même, s'enfuit, trébuchant dans le flot, derrière le personnel des docks qui fuyait également, et quelques Downers qui, pris dans les querelles des hommes, cherchaient un abri.

Le bruit s'enfla derrière elle.

Elle accéléra, se tenant le ventre dans l'espoir d'amortir les chocs. Des hurlements s'élevèrent derrière elle, couvrant à peine le vacarme. Ils enfonceraient les lignes de soldats, prendraient les armes… y parviendraient du simple fait qu'ils étaient très nombreux. Elle regarda derrière elle… s'aperçut que Vert neuf vomissait quelques fuyards, passant derrière les soldats. Leurs visages exprimaient la panique. Elle reprit son souffle et continua, malgré une douleur sourde au niveau du bassin, trottant lorsqu'il le fallait, vacillant dans les augmentations de pesanteur. Des fuyards la dépassèrent, quelques-uns d'abord, puis de plus en plus, flot qui la bousculait quand elle passa l'arche du secteur Blanc ; et, à l'horizon, devant elle, une marée sortant des accès de neuf, des milliers et des milliers de personnes au sommet de la courbe de l'horizon, courant vers le dock des vaisseaux de commerce, rugissement qui se mêlait aux autres, hommes et femmes hurlant et se bousculant.

Des hommes de plus en plus nombreux la dépassèrent... couverts de sang, puants, brandissant des armes, hurlant. Elle reçut un coup dans le dos, tomba sur un genou, et l'homme continua de courir. Un autre la heurta... trébucha, poursuivit son chemin. Elle se releva péniblement, le bras endolori, tenta de gagner les câbles, l'abri des poutrelles et des câbles... on tira, devant elle, de l'intérieur du tube d'accès à un vaisseau.

« Quen ! » cria quelqu'un. Elle ne put localiser l'appel, regarda autour d'elle, tenta de résister à la marée humaine, et trébucha dans la cohue.

« Quen ! » Elle regarda à nouveau autour d'elle ; une main la prit par le bras et la tira, une arme fit feu près de sa tête. Deux autres mains s'emparèrent d'elle, l'entraînèrent dans la cohue... un coup lui effleura la tête et elle vacilla, se laissa tirer par les hommes qui tentaient de l'entraîner vers l'enchevêtrement de câbles. Il y eut des cris et des coups de feu ; d'autres bras se tendirent pour s'emparer d'eux et elle se prépara à lutter, croyant qu'il s'agissait de la foule, mais la muraille de corps l'absorba, ainsi que les hommes qui étaient avec elle, des commerçants apparemment.

« Reculez ! hurla quelqu'un. Reculez ! Ils sont passés ! » Ils se dirigeaient vers une rampe, un sas ouvert, un tube à armature, glacé, où brillait une lumière blanc-jaune, l'accès d'un vaisseau.

« Je n'embarque pas ! » protesta-t-elle, mais elle n'avait plus la force de crier et la foule était partout. Ils l'entraînèrent dans le tube et ceux qui tenaient l'entrée les rejoignirent précipitamment quand ils atteignirent le sas, l'ouvrant rapidement. Ils s'y entassèrent tandis que les derniers défenseurs arrivaient. La porte se referma avec un chuintement et elle ferma les yeux... par miracle, la porte n'avait pris aucun membre.

Le sas intérieur s'ouvrit dans le couloir d'un ascenseur. Deux hommes imposants poussèrent les autres et la soutinrent tandis qu'une voix tonnait des ordres sur les coms. Son ventre lui faisait mal ; ses cuisses étaient douloureuses ; elle s'appuya contre la paroi et se reposa jusqu'au moment où l'un d'entre eux lui toucha l'épaule, un homme imposant, à la main douce.

« Ça va, dit-elle. Ça va. »

La tension de la course diminuait... elle écarta les cheveux qui lui tombaient sur le visage, regarda les hommes, ces deux hommes qui étaient avec elle dans la foule, l'entraînant, repoussant les émeutiers ; elle les connaissait, ainsi que l'insigne qu'ils portaient : noir, sans rien ; le *Finity's End*. Le vaisseau qui avait perdu un fils dans la station ; les hommes qu'elle avait reçus le matin même. Retournant à leur vaisseau, peut-être... et ils s'étaient détournés de leur chemin pour arracher une Quen à la foule déchaînée.

« Merci, souffla-t-elle. Le capitaine... s'il vous plaît, il faut que je lui parle, vite ! »

Pas d'objections. Le colosse... Tom, c'était son nom, lui passa le bras autour des épaules, l'aida à marcher. Son cousin ouvrit la porte de l'ascenseur et appuya sur le bouton qui se trouvait à l'intérieur. Ils entrèrent dans un grand poste de commandement, encombré à cause de l'absence de rotation. La salle principale et le pont étaient en bas, le pont à l'avant, et les deux hommes l'entraînèrent dans cette direction... mieux, à présent, beaucoup mieux. Elle marchait sans aide, entra sur le pont, parmi les rangées d'appareils et l'équipage rassemblé. Neihart. La famille s'appelait Neihart ; basée à Viking. Les aînés étaient sur le pont ; quelques jeunes aussi... les enfants devaient être cachés en haut, loin de tout ceci. Elle reconnut Wes Neihart, capitaine de la famille, ridé et aux cheveux argentés, le visage triste.

« Quen, » dit-il.

— « Capitaine. » Elle prit la main tendue, refusa le fauteuil proposé, s'appuya contre le dossier et lui fit face. « La Quarantaine s'est échappée ; les coms ne fonctionnent plus. S'il vous plaît, contactez les autres vaisseaux... passez le mot... je ne sais pas ce qui se passe au Commandement Central, mais Pell a de graves difficultés. »

— « Nous ne prendrons pas de passagers ! déclara Neihart. Nous avons vu le résultat. Vous aussi. Ne nous le demandez pas. »

— « Ecoutez. L'Union est là. Nous formons une carapace... autour de la station. Il faut que nous restions. Acceptez-vous de me prêter les coms ? »

Elle parlait pour Pell, l'avait déjà fait, avec ce capitaine et avec tous les autres ; mais c'était son matériel, pas Pell, et elle était une mendiante sans vaisseau.

« Privilège du Chef de Dock, céda-t-il soudain, montrant les tableaux de commandes. Les coms sont à vous. »

Elle eut un signe de tête reconnaissant, se laissa conduire jusqu'au tableau de commandes le plus proche, se laissa tomber dans le fauteuil avec une crampe dans le bas du ventre, posa la main à cet endroit... *Pas le bébé*, pria-t-elle. Son bras était engourdi, son dos à l'endroit où elle avait reçu un coup. Un voile lui passa devant les yeux quand elle tendit la main vers le casque, et elle battit des paupières pour le chasser, s'efforçant de fixer ses pensées autant que sa vision. Elle brancha le circuit inter-vaisseaux.

« A tous les vaisseaux, enregistrez et relayez : Ici les docks de Pell, Elene Quen, à bord du *Finity's End* des Neihart, dock Blanc. Je demande à tous les vaisseaux de fermer les sas et de ne pas, je répète, négatif, de ne pas admettre de stationniers à bord. Pell n'évacue pas. Faites passer le message à l'extérieur si vos haut-parleurs fonctionnent ; les coms de la station ne marchent pas. Aux vaisseaux des docks : Si vous pouvez sans risques détacher vos amarres de l'intérieur, faites-le ; mais ne quittez pas les docks. Aux vaisseaux en formation : Restez en formation. La station va compenser et rétablir sa stabilité. Je répète, Pell n'évacue pas. Une opération militaire se déroule dans le Système. Il ne servirait à rien d'évacuer la station. Je vous prie de faire passer le message suivant à l'extérieur, si possible : Attention. Le Chef de Dock demande à tous les Services de Sécurité de la station de tout faire pour rétablir l'ordre dans les secteurs où ils se trouvent. N'essayez pas de gagner le Commandement Central. Restez où vous êtes. Citoyens de Pell, vous êtes exposés à un grave danger d'émeute. Construisez des barricades à toutes les entrées de neuf, à toutes les limites des secteurs et préparez-vous à les défendre pour stopper la progression des foules déchaînées. La Quarantaine est ouverte. Si vous vous dispersez, vous aiderez les émeutiers et mettrez votre vie en danger. Défendez les barricades. Vous pourrez tenir votre station secteur par secteur. Les coms de la station restent silencieuses à cause de l'opération militaire et les variations de pesanteur sont dues au départ précipité des vaisseaux militaires. La stabilité sera rétablie dès que possible. Aux réfugiés de la Quarantaine : Je vous demande de contribuer à la défense des barricades au même titre que les citoyens de Pell. La station négociera avec vous en ce qui concerne votre situation ; votre coopération, dans cette crise, vous assurera de la reconnaissance de Pell et les cas seront examinés favorablement une fois l'ordre rétabli. Restez où vous êtes, défendez vos secteurs et n'oubliez pas que vos vies dépendent également du bon fonctionnement de la station. A tous les commerçants : Je vous prie de collaborer avec moi. Si vous avez des informations, transmettez-les au *Finity's End*. Ce vaisseau tiendra lieu de quartier général des docks pendant la durée de l'alerte. Prévenez les autres vaisseaux et passez les messages nécessaires sur les circuits extérieurs. J'attends vos appels. »

Les messages arrivèrent : demandes désespérées d'informations supplémentaires, exigences, menaces de partir immédiatement. Tout autour d'elle, l'équipage du *Finity's End* se préparait au départ.

D'un instant à l'autre, espérait-elle, d'un instant à l'autre, les coms seraient rétablies, le Commandement Central de la station donnerait des instructions claires et précises, apportant des nouvelles du central... de Damon qui y était peut-être, ou peut-être pas. Pas, espérait-elle, dans les couloirs ravagés par la Quarantaine. Midi... le pire moment... avec l'essentiel de la population de Pell en dehors des bureaux et des boutiques, dans les couloirs...

Le dock Bleu était son affectation d'urgence. Il aurait sans doute essayé de s'y rendre ; avait probablement essayé. Elle le connaissait. Les larmes lui montèrent aux yeux. Elle serra le poing, sur le bras du fauteuil, tenta de chasser de ses pensées le reste de douleur qui lui crispait encore le ventre.

« Sas du secteur Blanc fermé ! » annonça le *Sita*, qui était bien placé. D'autres vaisseaux annoncèrent la fermeture d'autres sas ; Pell s'était segmentée en vue de sa défense, premier élément indiquant que la station avait encore la volonté de le faire.

« Quelque chose sur le scan ! s'écria fiévreusement, derrière elle, un homme d'équipage. C'est peut-être un transport qui a quitté la formation. Je ne sais pas. »

Elle s'essuya le visage et tenta de prendre en compte tous les éléments dont elle disposait.

« Ne bougez pas, dit-elle. Si nous cassons les ombilicaux, il y aura des milliers de morts. Fermez le sas manuellement. Ne cassez pas, ne cassez pas les connexions ! »

— « Il faut du temps, dit quelqu'un. Nous n'en aurons peut-être pas assez. »

— « Alors, commencez dès maintenant ! » fit-elle.

7

PELL, SECTEUR BLEU UN, COMMANDEMENT CENTRAL

Les témoins rouges étaient moins nombreux, sur les tableaux de commandes. Jon Lukas allait d'un poste à l'autre et regardait les mains des techs, le scan, les multiples activités qu'il leur fallait encore surveiller. Hale montait la garde derrière les vitres, dans le central des coms, avec Daniels ; Clay était là, à une extrémité de la salle, Lee Quale à l'autre, ainsi que d'autres membres du service de sécurité de la Société Lukas, aucun de celui de la station. Les techs et les directeurs ne posaient pas de questions, débordés par les urgences qu'il fallait résoudre sans relâche.

La peur planait sur la pièce, plus intense que celle que

provoquait l'attaque. La présence des armes, la durée du black-out... Ils savent, se disait Jon, ils savent bien qu'il y a quelque chose d'anormal dans le silence d'Angelo Konstantin, dans le fait que ni les Konstantin ni leurs lieutenants ne soient arrivés jusqu'ici.

Un tech lui donna un message puis regagna rapidement sa place, sans affronter son regard. C'était une nouvelle demande transmise par la base de Downbelow. C'était un problème qui pouvait attendre. Pour le moment, ils tenaient le Commandement Central, les bureaux, et il n'avait pas l'intention de répondre. Il valait mieux qu'Emilio pense que les coms restaient silencieuses sur l'ordre des militaires.

Sur les écrans, le scan révélait une absence inquiétante d'activité. Ils restaient là. Attendaient. Il fit une nouvelle fois le tour de la salle, leva brusquement la tête quand la porte s'ouvrit. Tous les techs se figèrent, oubliant leur travail, les bras au-dessus de leurs commandes, à la vue du groupe qui entra, des civils, les armes pointées, suivis d'autres.

Jessad, deux des hommes de Hale et un agent de la Sécurité couvert de sang, un des leurs.

« Nous tenons le secteur », annonça Jessad.

« Monsieur. » Un directeur se leva. « Conseiller Lukas... Que se passe-t-il ? »

« Faites-le tenir tranquille ! » ordonna sèchement Jessad, et le directeur crispa les mains sur le dossier de son fauteuil, adressant à Jon un regard chargé d'appréhension.

« Angelo Konstantin est mort, dit Jon, scrutant les visages effrayés. Tué pendant l'émeute, avec tous ses collaborateurs. Les assassins ont pris les bureaux. Au travail. Nous n'avons pas terminé ! »

Les visages se tournèrent, les dos se tournèrent, les techs s'efforçant de se rendre invisibles par leur efficacité. Personne ne parla. Leur soumission lui donna du courage. Il commença un nouveau tour de salle, s'arrêta au milieu.

« Continuez votre travail et écoutez ! dit-il d'une voix forte. Le personnel de la Société Lukas tient ce secteur. Ailleurs, la situation est telle que vous la voyez sur les écrans. Nous allons rétablir les coms, uniquement pour les déclarations transmises d'ici, et seulement les déclarations visées par moi. Actuellement, il n'y a pas d'autre autorité, dans cette station, que la Société Lukas et je n'hésiterai pas à abattre ceux qui mettraient sa sécurité en danger. J'ai, sous mes ordres, des hommes qui se chargeront de ce travail. Est-ce bien clair ? »

Il n'y eut pas de commentaires, personne même ne tourna la tête. Peut-être étaient-ils provisoirement d'accord, du fait que les systèmes de Pell étaient dans un équilibre précaire et que la Quarantaine ravageait les docks.

Il respira plus calmement et se tourna vers Jessad, qui lui adressa un signe de tête satisfait et rassurant.

8

PELL, LES TUNNELS DES DOWNERS

L'enchevêtrement d'escaliers s'étendait devant et derrière, un labyrinthe de tubes en haut et en bas, et il faisait terriblement froid. Damon dirigea le faisceau de sa lampe ici et là, tendit la main vers la rampe, se laissa tomber sur la grille, Josh faisant de même près de lui, dans le bruit fort, pénible, des respirateurs. Il avait mal à la tête. Pas assez d'air, pas assez rapidement compte tenu de l'effort ; et le labyrinthe dans lequel ils étaient... ramifié. Il y avait une logique : les angles étaient précis ; il fallait compter. Il essayait de s'y retrouver.

« Sommes-nous perdus ? » demanda Josh entre les hoquets.

Il secoua la tête, dirigea le faisceau vers le haut, la direction qu'ils devaient prendre. Démente, cette tentative, mais ils étaient vivants, entiers. « L'étage suivant, dit-il, devrait être deux. Je pense... nous sortirons... nous jetterons un coup d'œil, pour voir ce qui se passe... »

Josh acquiesça. Les variations de pesanteur avaient cessé. Ils entendaient toujours du bruit sans pouvoir déterminer, dans ce labyrinthe, d'où il venait exactement. Des cris étouffés. Un grondement puissant qui, à son avis, devait être la fermeture des grands sas. La situation semblait meilleure ; il l'espérait... bougea, faisant résonner le métal, tendit une nouvelle fois la main vers la rampe et se remit à monter, la dernière escalade. Il se faisait beaucoup de souci pour Elene, pour tout ce qu'il avait abandonné en prenant ce chemin... Quels que soient les risques, il serait obligé de sortir.

Il y eut un craquement de parasites. Il retentit dans les tunnels, résonna.

« Les coms », dit-il. Tout rentrait dans l'ordre.

« Avis général. La pesanteur est pratiquement stabilisée. Nous demandons à tous les citoyens de rester où ils sont et de ne pas tenter de changer de secteur. Il n'y a toujours aucune nouvelle de la Flotte et nous n'en attendons pas pour le moment. Le scan est vide. Nous ne prévoyons pas d'opérations militaires à proximité de la station... Nous avons le regret de vous annoncer la mort d'Angelo Konstantin, tué par les émeutiers, et la disparition brutale d'autres membres de sa famille. Si certains d'entre eux ont pu se cacher, nous leur demandons de contacter le Commandement Central de la station le plus rapidement possible ; tous les parents des Konstantin, ou toute personne sachant où ils se trouvent, appelez immédiatement le Commandement Central. Le Conseiller Jon Lukas exerce la fonction de Chef de Station par intérim jusqu'au rétablissement de l'ordre. Vous êtes priés de collaborer sans réserve avec le personnel de la Société Lukas qui est chargé de la sécurité jusqu'à la fin de l'alerte. »

Damon se laissa tomber sur les marches. Un froid plus glacé que celui du métal avait pris possession de lui. Il ne pouvait plus respirer. Il se rendit compte qu'il pleurait, ses larmes estompant la lumière et gênant sa respiration.

« Avis général, répétèrent les coms. La pesanteur est pratiquement stabilisée. Nous demandons à tous les citoyens... »

Une main se posa sur son épaule, le fit se tourner.

« Damon ? » dit Josh, couvrant le bruit.

Il était paralysé. Tout était dénué de sens.

« Mort, fit-il, frissonnant. Ô Seigneur... »

Josh le dévisagea, lui prit la lampe. Damon se leva

péniblement, entreprenant la dernière escalade qui conduisait à l'accès qu'il connaissait.

Josh le retint violemment, le plaqua à la paroi.

« N'y allez pas ! supplia Josh. Damon, n'y allez pas maintenant ! »

Les cauchemars paranoïaques de Josh. Son visage avait cette expression. Damon resta immobile, son esprit vagabondant dans toutes les directions, sans direction précise. *Elene.*

« Mon père... ma mère... c'est Bleu un. Nos gardiens étaient à Bleu un. Nos gardiens personnels. »

Josh resta silencieux.

Il tenta de réfléchir. Il ne trouvait rien. Les soldats avaient quitté les couloirs ; la Flotte était partie. Des meurtres... dans le secteur de Pell le mieux gardé...

Il se tourna de l'autre côté, dans la direction d'où ils venaient, ses mains tremblant si fort qu'il pouvait à peine tenir la rampe. Josh l'éclaira, lui prit le coude pour l'arrêter. Ils se retourna, regarda le visage masqué, creusé par la lumière, de Josh.

« Où ? » demanda Josh.

— « Je ne sais pas qui commande, là-haut. On dit que c'est mon oncle. Je ne sais pas. » Il tendit la main vers la lampe, la prit. Josh la céda à contrecœur et il se remit à redescendre, aussi rapidement que possible sur les marches étroites, Josh suivant désespérément.

Redescendre. C'était facile. Il filait à la limite du souffle et de l'équilibre, jusqu'au moment où il fut pris de vertige, le faisceau de la lampe balayant follement les structures et les tunnels. Il glissa, se ressaisit, continua sa descente.

« Damon ! » protesta Josh.

Il n'avait pas la force de discuter. Il continua jusqu'à ce que le manque d'air lui fasse un voile devant les yeux, se laissa tomber sur les marches, s'efforçant d'extraire du respirateur assez d'air pour ne pas s'évanouir. Il sentit que Josh s'appuyait contre lui, entendit son halètement.

« Les docks, dit Damon. Il faut y aller... les vaisseaux. Elene y sera certainement. »

— « On ne peut pas y accéder. »

Il regarda Josh, se rendit compte qu'il entraînait une autre existence dans cette aventure. Mais il n'avait pas le choix. Il se leva, reprit la descente, percevant les vibrations produites par les pas de Josh, derrière lui.

Les vaisseaux seraient fermés. Elene y serait, ou bien serait enfermée dans son bureau. Ou morte. Si les soldats l'avaient frappée... si, pour une raison quelconque... on sabotait la station avant l'arrivée de l'Union...

Mais Jon Lukas était censé tenir le central des coms. Les militaires avaient-ils échoué ? Jon avait-il réussi à protéger le poste de Commandement Central ?

Il perdit le compte des fois où ils s'arrêtèrent pour reprendre leur souffle, des étages qu'ils dépassèrent. *Descendre*. Finalement, il arriva au fond, une grille soudain plus étendue, ne comprit où il se trouvait qu'au moment où, cherchant un escalier avec le faisceau de sa lampe, il n'en trouva aucun. Il s'engagea sur la passerelle, aperçut le faible éclat d'une lampe bleue, il y en avait au-dessus des accès. Il l'atteignit, appuya sur le bouton ; la porte glissa avec un chuintement et Josh le suivit dans la lumière plus intense du sas. La porte se ferma et l'échange d'air commença. Il retira son masque et respira profondément l'air froid et légèrement vicié. Il avait mal à la tête. Derrière une brume, il regarda le visage couvert de sueur de Josh, portant la marque du masque, désemparé.

« Restez ici, dit-il, pris de pitié. Restez ici. Si je parviens à me faire entendre, je reviendrai ; sinon... il vous faudra décider vous-même. »

Josh resta immobile, les yeux vides.

Damon se tourna vers la porte, calma sa respiration, se frotta les yeux, appuya finalement sur le bouton commandant l'ouverture de la porte. La lumière l'aveugla ; il y avait des cris, des hurlements, une odeur de fumée. *La pressurisation*, pensa-t-il avec un frisson... Le sas donnait sur un couloir mineur et il sortit, se mit à courir, entendit un bruit de course, derrière lui, se retourna.

« Rentrez ! cria-t-il à Josh. Restez là ! »

Il n'avait pas le temps de discuter avec lui. Il courut dans le couloir... il devait s'agir du secteur Vert ; le neuf devait être dans cette direction... toutes les indications étaient effacées. On se battait, devant lui, des gens couraient dans les couloirs ; quelques-uns avaient des morceaux de tubes et il y avait un corps par terre… il l'évita, continua sa course. Les émeutiers qu'il rencontra ne ressemblaient pas à Pell… sales, barbus… il comprit brusquement d'où ils venaient, courut de toutes ses forces, sortit du couloir et tourna, s'approcha autant que possible des docks sans emprunter le couloir principal. Finalement, il fut obligé de le prendre, évita un émeutier parmi d'autres émeutiers. Il y avait d'autres corps, par terre, et des pillards partout. Il se fraya un chemin parmi des hommes armés de morceaux de tubes, de couteaux et, même, de pistolets…

L'entrée du dock était fermée. Il le constata, s'écarta maladroitement quand un pillard voulut le frapper avec un tube, simplement parce qu'il était dans son chemin.

L'agresseur fut entraîné par son élan dans un demi-cercle qui le projeta contre la paroi, avec Josh qui lui cogna la tête contre la cloison et s'empara du tube.

Damon pivota sur lui-même et courut vers les portes fermées… fouillant dans sa poche à la recherche de sa carte.

«*Konstantin!*» cria quelqu'un, derrière lui.

Il se retourna, regarda fixement l'homme, l'arme pointée sur lui. Un morceau de tube jaillit de nulle part et toucha l'homme puis les pillards se jetèrent sur l'arme, foule en délire. Pris de panique, il se retourna, enfonça sa carte dans la fente ; la porte glissa, découvrant le dock et d'autres pillards. Il courut, respirant l'air froid, vers le secteur Blanc, où d'autres grandes portes étaient fermées, les portes des docks, deux étages de hauteur et étanches. Il trébucha, exténué, reprit son équilibre et gravit la courbe qui y conduisait, entendant des pas derrière lui et espérant que c'était Josh. Une égratignure au flanc, qu'il n'avait pas sentie, se mit à lui faire mal… Devant, des boutiques pillées, aux portes noires, ouvertes, puis il atteignit la paroi proche des portes immenses, s'appuya contre le petit sas réservé au personnel, enfonça sa carte dans la fente.

Elle ne fonctionnait plus. Pas de réaction. Il la poussa plus fort, pensant qu'elle n'avait peut-être pas fait contact, l'introduisit une deuxième fois. Le sas était débranché. Les boutons auraient au moins dû s'allumer, lui donnant la possibilité de composer un code de priorité, ou bien le témoin de danger.

« Damon ! » Josh arriva à son tour près de la porte, le prit par l'épaule, le fit pivoter. Des gens avançaient derrière eux, trente, cinquante, venant de tous les coins du dock... de Vert neuf, toujours plus nombreux.

« Ils savent que vous avez ouvert la porte, dit Josh. Ils savent que vous en avez la possibilité. »

Il les regarda. Retira brutalement sa carte de la fente. Inutile. Annulée ; le Commandement Central avait annulé sa carte.

« *Damon !* »

Il s'accrocha à Josh et se mit à courir, et la foule suivit avec un rugissement. Il courut vers les portes ouvertes, vers les boutiques... franchit le seuil obscur de la première. A l'intérieur, il pivota sur lui-même, appuya sur le bouton de la porte. Heureusement, il fonctionnait.

Les premiers pillards arrivèrent, donnèrent des coups de poing dans la porte. Des visages paniqués se pressèrent contre le plastique, des tubes le martelèrent, laissant des traces ; c'était une fermeture de sécurité, comme toutes celles des boutiques des docks... étanche, sans fenêtre à l'exception de ce cercle à double épaisseur.

« Cela tiendra », dit Josh.

— « Je ne crois pas, dit Damon, que nous pourrons sortir. Je ne crois pas que nous pourrons sortir avant qu'on vienne nous chercher. »

Josh le regarda, de l'autre côté de la porte, pâle dans la lumière qui venait d'elle.

« Ils ont annulé ma carte, expliqua Damon. Elle a cessé de fonctionner. Ceux qui tiennent le Commandement Central de la station ont annulé ma carte. » Il regarda le plastique, où les entailles devenaient plus profondes. « Je crois que nous sommes pris au piège. »

Le martèlement continua. La folie continuait, dehors, pas des assassins, aucun désir raisonné de prendre des otages, simplement des gens désespérés cherchant à exorciser leur désespoir. Des gens de la Quarantaine avec deux stationniers à portée de main. Les rayures augmentèrent, sur le plastique, estompant presque complètement les visages, les mains et les armes. Ils avaient une toute petite chance de casser la porte.

Et, s'ils y réussissaient, il n'y aurait pas besoin d'assassins.

2

1

LE *NORVÈGE* ; 1300 HEURES

C'était un jeu de patience, à présent, sonder et disparaître. Des fantômes. Mais très dense, au-delà des limites du Système. Le *Thibet* et le *Pôle Nord* avaient perdu le contact avec l'ennemi ; l'Union avait fait demi-tour, détruisant un des auxiliaires du *Thibet*... et en perdant un. Mais c'était loin d'être terminé. Le flot des coms continuait, calme et tranquille, en provenance des deux vaisseaux. Signy se mordait la lèvre, les yeux fixés sur les écrans, tandis que Graff s'occupait des manœuvres. Le *Norvège* tenait la position, avec le reste de la Flotte... ayant perdu de la vitesse, dérivait, assez près des masses de Pell IV et III, ainsi que de l'étoile elle-même. Arrêtés. Ils avaient refusé de sortir. Ils devaient à présent utiliser la masse pour se protéger d'une sortie à l'intérieur. Il était peu probable que l'Union ait recours au saut pour entrer... ce n'était pas son style... mais ils prenaient leurs précautions, cibles immobiles qu'ils étaient. Si l'attente se prolongeait, l'état-major de l'Union, malgré son conservatisme, examinerait sans doute la sphère de son scan, pour chercher un nouvel angle d'attaque, après avoir fait des sondages : des loups autour du feu et eux-mêmes essayant de rester dans la lumière. Visibles, complètement immobiles et vulnérables. L'Union avait de l'espace, pouvait prendre de l'élan, arriver trop vite pour qu'il soit possible de la contrer.

Et, depuis quelque temps, de mauvaises nouvelles arrivaient de Pell, silence rompu, rumeurs de graves désordres.

De Mazian... un silence persistant, que l'un d'entre eux osa rompre par une question. *Allez,* se dit-elle, *donne-nous l'autorisation de les poursuivre!* Les auxiliaires étaient déployés autour du *Norvège*, comme ceux des autres vaisseaux, vingt-sept auxiliaires, sept vaisseaux; et trente-deux vaisseaux de la milice bouchant les trous de la formation... dans certains cas, impossibles à distinguer, sur le longscan, des auxiliaires. Tant que la Flotte resterait immobile, sans se trahir par la vitesse et des manœuvres serrées, il serait impossible de déterminer, en regardant le scan, si ces vaisseaux lents, immobiles, n'étaient pas, en réalité, des vaisseaux de guerre déguisant leurs mouvements. L'auxiliaire du *Thibet* avait regagné sa place; le *Thibet* et le *Pôle Nord* avaient sept auxiliaires et étaient entourés par onze miliciens, petits vaisseaux incapables de fuir, devenus braves par nécessité; ils ne pouvaient s'écarter... de sorte qu'ils faisaient partie de l'écran. Comme si on pouvait être sûr que l'attaque viendrait de cette direction. L'Union avait tâté le terrain. Sondé avant de fuir hors de portée. C'était probablement Azov. Un des plus anciens de l'Union; un des meilleurs. Touche légère et esquive. Il avait déjà eu plus d'un capitaine qui ne méritait pas de mourir de cette manière.

Les nerfs frémissaient. Les techs du pont la regardaient de temps en temps. Le silence régnait à l'intérieur comme entre les vaisseaux, un malaise contagieux.

Un tech des coms se tourna vers elle.

« La situation s'aggrave, à Pell », dit-il. Un murmure s'éleva parmi les autres.

— « Occupez-vous de vos affaires! fit-elle sèchement, s'adressant à tous. Ils peuvent arriver de n'importe quel côté. Oubliez Pell, sinon vous serez pris par surprise, compris? Je ferai jeter dans l'espace tout homme qui rêvasse! »

Puis à Graff:

« Etat d'alerte! »

Les témoins bleus s'allumèrent. Cela les réveillerait. Un témoin clignota devant elle, indiquant que le tableau de commandes de l'armscomp était allumé, que l'armscomper et ses assistants étaient prêts.

Elle tendit le bras vers le tableau de commandes du

comp, tapa le code d'une instruction enregistrée. Le viseur du *Norvège* se mit en quête de l'étoile de référence en question, repéra sa position et enregistra les données. Au cas où. Au cas où il se produirait un événement non prévu par leurs plans, où Mazian, qui recevait également des nouvelles de Pell, songerait à fuir ; leur rayon de contact direct était pointé sur l'*Europe* et l'*Europe* n'avait toujours rien à dire. Mazian réfléchissait ; ou bien décidait, laissant à ses capitaines le soin de prendre les précautions. Elle tapa un code à l'intention du tableau de commandes du tech de saut, bien qu'il ait déjà déduit les implications de la décision précédente. Le tableau s'alluma, flot d'énergie supplémentaire dans les moniteurs des plaques solaires, leurs options ne se trouvant plus limitées à celles de l'espace réel. Si la Flotte quittait le secteur de Pell, il était probable que tous les vaisseaux n'arriveraient pas à l'endroit convenu, le point zéro le plus proche. Qu'ils ne formeraient plus une Flotte, qu'il n'y aurait plus rien entre l'Union et Sol.

Les nouvelles en provenance de Pell étaient vraiment lugubres.

2

PELL, LES TUNNELS DES DOWNERS

Des hommes-avec-fusils. On entendait toujours des cris, dehors, des combats terrifiants. Satin frissonna quand un coup violent ébranla la paroi, trembla, ne comprenant pas pourquoi une telle chose se produisait... sachant seulement que les lukas en étaient responsables ; les lukas donnaient des ordres, gouvernaient le Là-Haut. Dent-Bleue la serra contre lui, murmura, l'encouragea et elle suivit, aussi silencieuse que les autres. Le bruissement des pieds nus des Hisas était au-dessus, au-dessous. Ils avançaient dans le noir, flot régulier. Ils évitaient toute lumière, qui aurait pu conduire les hommes jusqu'à eux.

Il y en avait devant eux, et derrière. L'Ancien en personne les guidait, le Hisa étrange qui était venu des endroits secrets et leur avait ordonné de le suivre sans leur expliquer pourquoi. Quelques-uns avaient hésité, redoutant ces Hisas étranges ; mais il y avait des fusils, derrière eux, des humains fous, et ils ne tarderaient pas à venir.

Une voix humaine résonna, tout en bas, dans les tunnels. Dent-Bleue grogna et accéléra, grimpa plus vite, et Satin mit toutes ses forces dans l'escalade, en sueur, la fourrure humide et les mains glissant sur la rampe, aux endroits où d'autres mains l'avaient serrée.

« Vite ! » souffla une voix hisa à un étage, haut, tout en haut, dans les endroits obscurs du Là-Haut, et des mains les tirèrent dans une autre escalade, vers une faible lumière devant laquelle se découpait la silhouette du Hisa qui les attendait. Un sas. Satin mit son masque et se dirigea vers les portes, prit Dent-Bleue par la main, de peur de le perdre dans l'endroit inconnu où les conduisait l'Ancien.

Ils entrèrent dans le sas. Ils s'y entassèrent avec d'autres et la porte intérieure s'ouvrit sur une masse de corps hisas, des mains qui se tendirent et les firent sortir en hâte, d'autres Hisas, leur tournant le dos, les protégeant de ce qui se passait plus loin.

Ils avaient des armes, des morceaux de tubes, comme les hommes. Satin fut stupéfaite, tendit le bras derrière elle à la recherche de Dent-Bleue, pour être sûre qu'il était bien dans cette foule mécontente, dans la lumière blanche des humains. Il n'y avait que des Hisas dans le couloir. Ils étaient massés dans le couloir jusqu'aux portes fermées de l'extrémité. Il y avait du sang, sur une paroi, une odeur que les masques empêchaient de percevoir. Satin lança un regard désemparé dans la direction où la cohue les entraînait, sentit une main douce qui n'était pas celle de Dent-Bleue se refermer sur son bras et la guider. Ils franchirent la porte d'un appartement humain, immense et faiblement éclairé, puis la porte se ferma, apportant le silence.

« Chut ! » firent leurs guides. Elle regarda autour d'elle, prise de panique, si Dent-Bleue était toujours avec elle, et il lui prit la main. Ils traversèrent nerveusement, en compagnie de leurs guides âgés, cette spacieuse pièce humaine, très, très prudemment, par peur et à cause du respect dû aux armes et à la fureur qui faisaient rage dehors. D'autres, des Anciens, sortirent des ombres et vinrent à leur rencontre.

« Conteuse », dit un Ancien, la touchant pour la saluer.

Des bras la serrèrent ; d'autres sortirent d'une pièce très, très lumineuse et la serrèrent dans leurs bras, ainsi que Dent-Bleue, et cet honneur lui donna le vertige. « Viens », dirent-ils, la conduisant, et ils entrèrent dans un endroit illuminé, une pièce sans murs, avec un lit blanc, une humaine endormie et une très vieille Hisa accroupie près d'elle. Le noir et les étoiles étaient tout autour, des murs qui n'en étaient pas et, tout d'un coup, Seigneur Soleil posant son regard sur la pièce, sur eux et sur la Rêveuse.

« Ah », souffla Satin, atterrée, mais la vieille Hisa se leva, ouvrit les bras.

— « La Conteuse », disait l'Ancien, et la doyenne des Anciens quitta un instant la Rêveuse pour lui donner l'accolade.

— « Bien, bien », dit tendrement la doyenne des Anciens.

— « Lily », appela la Rêveuse, et la doyenne des Anciens se retourna, s'agenouilla près du lit, caressa sa chevelure grisonnante. Des yeux merveilleux se tournèrent vers eux, lumineux dans un visage blanc et impassible, son corps enveloppé de blanc ; tout était blanc sauf la Hisa qui s'appelait Lily et le noir qui s'étendait tout autour d'eux, insondable, parsemé d'étoiles. Soleil avait disparu. Il n'y avait qu'eux.

« Lily, répéta la Rêveuse, qui sont-ils ? »

Elle, la Rêveuse, la regardait et Lily lui fit signe. Satin s'agenouilla, Dent-Bleue près d'elle, regarda avec révérence dans la chaleur des yeux de la Rêveuse, la Rêveuse du Là-Haut, la maîtresse de Soleil qui dansait sur ses murs.

« Amour, souffla Satin. Amour, Soleil-Son-Ami. »

— « Amour, souffla la Rêveuse à son tour. Comment est-ce, dehors ? Y a-t-il du danger ? »

— « Nous en sécurité, dit l'Ancien avec fermeté. Tous les Hisas en sécurité ici. Hommes-avec-fusils rester loin. »

— « Ils sont morts. » Les yeux magnifiques s'emplirent

de larmes, cherchèrent Lily. « Par la faute de Jon. Angelo... Damon... Emilio peut-être... mais pas moi, pas encore... Lily, ne me quitte pas. »

Lily fit très, très doucement, passa le bras autour de la Rêveuse et posa sa joue grisonnante contre la chevelure grisonnante de la Rêveuse.

« Non, dit-elle. Amour, pas moment partir, non, non, non. Rêve qu'ils partent, les hommes-avec-fusils. Downers tous rester. Rêve à Seigneur Soleil. Nous tes mains et pieds, nous beaucoup, nous forts, nous rapides. »

Les murs avaient changé. Ils montraient à présent la violence, les combats des hommes et, terrifiés, ils se serrèrent les uns contre les autres. Cela passa et seule la Rêveuse ne parut pas affectée.

« Lily. Le Là-Haut risque de mourir. Il aura besoin des Hisas, quand les combats seront finis, il aura besoin de vous, comprenez-vous ? Soyez forts. Tenez cet endroit. Restez près de moi. »

— « Nous battre, nous battre hommes venir ici. »

— « *Vivez.* Ils n'oseront pas vous tuer, vous comprenez ? Les hommes ont besoin des Hisas. Ils ne viendront pas ici. » La passion assombrit les yeux lumineux, qui reprirent bientôt leur tendresse. Soleil était de retour, sa face impressionnante occupant tout un mur, faisant taire les colères. Il se réfléchit dans les yeux de la Rêveuse, déposa un peu de sa couleur sur sa blancheur.

« Ah », souffla Satin, se balançant de droite à gauche. D'autres l'imitèrent, dans le même mouvement, avec un doux gémissement d'admiration.

« Elle Satin, dit l'Ancien à la Rêveuse. Dent-Bleue son ami. Amis d'homme-Bennett, lui mort. »

— « De Downbelow, dit la Rêveuse. Emilio vous a envoyés dans le Là-Haut. »

— « Homme-Konstantin ton ami ? Amour, tous, tous les Downers. Homme-Bennett lui ami. »

— « Oui. Il l'était. »

— « Elle dire, intervint l'Ancien, puis dans la langue des Hisas... Conteuse, Ciel-La-Voit, raconte l'histoire à la Rêveuse, fais briller ses yeux et réchauffe ses rêves ; chante dans son rêve. »

La chaleur lui monta au visage et la peur lui serra la

gorge, car elle était très humble, ne faisait que de petites chansons et raconter une histoire avec des mots humains... en présence de la Rêveuse et de Seigneur Soleil, avec toutes les étoiles autour, devenir une partie du rêve...

« Fais-le », insista Dent-Bleue. Sa confiance lui fit chaud au cœur.

« Moi Ciel-La-Voit, commença-t-elle, venir de Downbelow, dire homme-Bennett, dire homme-Konstantin, chanter choses hisas. Fais choses hisas, Soleil-Son-Ami, comme Bennett faire rêver. Fais lui vivre, fais lui marcher avec les Hisas, ah. Amour pour toi, amour pour lui, Soleil sourit à lui. Longtemps, longtemps, nous rêver rêves hisas. Bennett nous faire voir rêves humains, nous montrer la vérité, nous dire Soleil tenir le Là-Haut, tenir Downbelow dans ses bras, et le Là-Haut tendre bras à Soleil, nous dire vaisseaux aller et venir, gros, *gros*, aller et venir, apporter hommes du noir. Faire nos yeux grands, faire nos rêves grands, faire nous rêver comme humains, Soleil-Son-Ami. Cette chose Bennett nous donner ; et donner sa vie. Lui nous dire bonnes choses du Là-Haut, faire nos yeux chauds par désir voir bonnes choses. Nous venus. Nous voir. Si grand, si noir, nous voir sourire de Soleil dans le noir, faire le rêve pour Downbelow, le ciel bleu. Bennett nous faire voir, nous faire venir, nous donner nouveaux rêves.

» Ah ! Moi, Satin, dire temps humains venir. Avant humains, pas temps, seulement rêve. Nous attendre et pas savoir quoi attendre. Nous voir humains et nous venir dans le Là-Haut. Ah ! temps Bennett venir, temps froid, et Vieille Rivière tranquille... »

Les beaux yeux sombres étaient fixés sur elle, intéressés, concentrés sur les mots comme si elle avait le talent des vieux chanteurs. Elle tissait la vérité de son mieux, rendant cela vrai, plutôt que les événements terrifiants qui se déroulaient ailleurs, le faisant de plus en plus vrai, afin que la Rêveuse puisse en faire une vérité, afin que, dans le cercle des cycles, cette vérité puisse revenir comme le font les fleurs, et les pluies, et tout ce qui dure.

3

PELL, COMMANDEMENT CENTRAL DE LA STATION

Les tableaux de commandes s'étaient stabilisés. Le Commandement Central de la station s'était adapté à la permanence de la panique, visible dans l'attention fiévreuse accordée aux détails, le refus des techs de s'intéresser aux allées et venues de plus en plus nombreuses d'hommes armés.

Jon arpentait les allées, tendu, désapprouvant tout mouvement injustifié.

« Un nouvel appel du *Finity's End*, annonça un tech. Elene Quen, demandant des informations. »

— « Refusé ! »

— « Monsieur... »

— « Refusé ! Dites-leur de ne pas bouger et d'attendre. Plus aucun appel non autorisé. Serait-il raisonnable de transmettre des informations susceptibles d'aider l'ennemi ? »

Le tech se remit au travail, s'efforçant visiblement d'oublier les armes.

Quen. La femme de Damon, avec les commerçants, posant déjà des problèmes, exigeant et refusant de sortir. L'information avait déjà circulé et la Flotte avait dû la capter, par l'intermédiaire des transports en orbite autour de la station. Mazian savait, à présent, ce qui s'était passé. Quen avec les commerçants et Damon dans le dock du secteur Vert ; les Downers massés autour d'Alicia, bloquant le croisement du couloir quatre de ce secteur. Rien ne s'opposait à ce qu'elle conserve sa garde de Downers : la porte du secteur était fermée. Il croisa les mains dans le dos et s'efforça de paraître calme.

Un mouvement lui attira le regard, près de la porte. Jessad revenait après une brève absence, restait immobile, une convocation silencieuse. Jon se dirigea vers lui, détestant la sobriété lugubre de Jessad.

« Des progrès ? » demanda-t-il à Jessad, sortant.

— « On a trouvé M. Kressich, répondit Jessad. Il est ici avec une escorte ; veut une conférence. »

Jon eut un sourire sarcastique, regarda dans le couloir où Kressich attendait, entouré d'hommes de main et d'une quantité égale de membres de leur propre Sécurité.

« La situation n'a pas évolué en Bleu un quatre, reprit Jessad. Les Downers y sont toujours. Nous tenons la porte ; nous pourrions dépressuriser. »

— « Nous avons besoin d'eux, dit Jon, tendu. Laissez tomber. »

— « A cause *d'elle* ? Les demi-mesures, monsieur Lukas... »

— « Nous avons besoin *des Downers* ; ils sont de son côté. Laissez tomber, je vous dis. Ce sont Damon et Quen qui posent des problèmes. Que faites-vous, sur ce plan ? »

— « Il est impossible de monter sur le vaisseau ; elle ne sort pas et ils n'ouvrent pas. Quant à lui, nous savons où il est. Nous travaillons la question. »

— « Que voulez-vous dire ? »

— « Les hommes de Kressich, fit sèchement Jessad. Il faut que nous allions là-bas, vous comprenez ? Reprenez-vous et parlez-lui ; promettez-lui n'importe quoi. Les foules lui obéissent. Il tire les ficelles. Allez-y. »

Jon regarda le groupe qui se tenait dans le couloir, les pensées filant dans toutes les directions : Kressich, Mazian, les commerçants... l'Union. Il fallait que la Flotte de l'Union arrive vite, il le fallait.

« Que voulez-vous dire par : Il faut que nous y allions ? Savez-vous où il est, ou pas ? »

— « Pas exactement, reconnut Jessad. Si nous lâchons la foule, il sera impossible de l'identifier. Et il *faut* que nous sachions. Croyez-moi. Parlez à Kressich. Et dépêchez-vous, monsieur Lukas. »

Il leva la tête, croisa le regard de Kressich, fit un signe et le groupe approcha... Kressich toujours aussi gris et mal en point. Mais les hommes qui l'entouraient étaient une autre affaire : jeunes, arrogants, sûrs d'eux.

« Le Conseiller veut sa part », dit l'un d'entre eux, petit noiraud, avec une cicatrice sur le visage.

— « Vous parlez à sa place ? »

— « M. Nino Coledy ! indiqua Kressich, la brutalité de sa réponse et un regard plus dur que ceux dont Kressich était coutumier au Conseil le prenant au dépourvu. Je vous conseille de l'écouter, monsieur Lukas, monsieur Jessad. Monsieur Coledy commande la Sécurité de la Quarantaine. Nous avons nos propres forces et nous pouvons rétablir l'ordre quand vous le demanderez. Etes-vous prêts ? »

Jon adressa un regard troublé à Jessad, n'obtint rien ; Jessad n'avait rien à dire.

« Si vous pouvez arrêter les émeutes… Faites-le. »

— « Oui, dit calmement Jessad. Le calme, actuellement, nous serait utile. Bienvenue dans notre Conseil, monsieur Kressich, monsieur Coledy. »

— « Donnez-moi les coms, dit Coledy. Avis général. »

— « Allez-y », dit Jessad.

Jon respira profondément, des questions lui venant soudain aux lèvres, quel jeu Jessad jouait-il, amenant ces deux individus dans le cercle intérieur ; *les hommes* de Jessad, comme Hale et ses compagnons étaient-ils les siens ? Il ravala ses questions, ravala sa colère, se souvenant de ce qui se passait, de la fragilité de la situation.

« Venez », dit-il, guidant, conduisant Coledy jusqu'au premier tableau de commandes des coms. Le scan était visible, de cet endroit, Mazian tenait toujours. C'était trop espérer que Mazian soit facilement battu. Beaucoup trop. La Flotte avait quadrillé la zone… les vaisseaux de Mazian, ici et là parmi le halo aux multiples niveaux qui était les transports en orbite autour de Pell. « Ecartez-vous », dit-il à un tech, le chassa, installa Coledy à sa place et appuya lui-même sur le bouton. Le visage de Bran Hale apparut sur l'écran. « J'ai un appel que vous devez transmettre, annonça-t-il à Hale. Priorité absolue. »

— « Bien », fit Hale.

« Monsieur Lukas ! » cria quelqu'un, couvrant le bourdonnement du Commandement Central. Il leva la tête : l'alerte de collision clignotait sur les écrans du scan.

« Où est-ce ? » s'écria-t-il. Le scan n'avait rien de précis. Une brume jaune indiquait que quelque chose arrivait, vite. Le comp déclencha les sirènes d'alerte. Il y eut des cris, des jurons étouffés et les techs se précipitèrent vers les tableaux de commandes.

«*Monsieur Lukas!*» cria une voix désespérée.

4

LE *FINITY'S END*

«Scan!» cria une voix angoissée. Elene vit l'éclair lumineux, adressa un regard désespéré à Neihart.

«Nous partons, dit Neihart, évitant ses yeux. *Allez!*»

Le mot fut transmis d'un vaisseau à l'autre. Elene se crispa en prévision de la secousse... Trop tard pour regagner le dock, beaucoup trop tard; les ombilicaux étaient fermés depuis longtemps, les vaisseaux ne tenant plus que par les grappins.

Une seconde secousse. Ils avaient décroché, s'éloignant lentement de la station, suivis par toute la rangée de vaisseaux de commerce encore arrimés, dans le sens inverse de la rotation, le long de la bordure; alors que la moindre erreur dans la fermeture interne pouvait rompre un ombilical, dépressuriser des secteurs entiers des docks. Elle resta immobile, éprouvant les sensations familières qu'elle avait cru ne plus jamais ressentir, libre, flottant comme le vaisseau, s'éloignant de ce qui venait sur eux; et l'impression qu'on lui arrachait une partie d'elle-même.

Un deuxième envahisseur arriva... passa au zénith, satura le scan, déclenchant les alarmes... disparut en direction de la Flotte. Ils étaient vivants, s'éloignant à la petite vitesse qui était la leur, sur une trajectoire prévue, dans la direction de tous ceux qui décrochaient. Elle croisa les bras sur son ventre et regarda les écrans du poste de commandement du *Finity's End*, pensant à Damon, à tout ce qu'elle laissait.

Mort, peut-être; on disait qu'Angelo était mort; Alicia peut-être; peut-être Damon... peut-être... elle se concentrait sur cette pensée, s'efforçant de l'accepter sainement, s'il fallait l'accepter, s'il était nécessaire d'en tirer vengeance. Elle respirait profondément, pensant à l'*Estelle* et à sa famille. Epargnée pour la deuxième fois. En même temps Quen et Konstantin, des noms qui comptaient dans l'Au-Delà ; des noms que l'Union apprendrait à détester, dont elle lui donnerait l'occasion de se souvenir.

« Partons ! » dit-elle à Neihart, glacée et furieuse ; et quand il la regarda, apparemment déconcerté par ce changement d'attitude : « Partons. Préparez-vous à sauter. Faites passer le mot. Le Point de Matteo. Faites passer le mot dans tout le Système. Nous partons, malgré la Flotte ! »

Elle était Quen, et Konstantin, et Neihart agit. Le *Finity's End* dépassa la station et continua, transmettant des instructions à tous les commerçants du Système. Mazian, l'Union, Pell... personne ne pouvait les arrêter.

Les instruments se brouillèrent devant ses yeux, redevinrent nets quand elle battit des paupières.

« Après le Point de Matteo, dit-elle à Neihart, nous sauterons à nouveau. Il y en aura d'autres... dans l'espace interstellaire. Des gens qui en ont assez, qui n'ont pas voulu venir à Pell. Nous les trouverons. »

— « Aucune chance de retrouver les vôtres, Quen. »

— « Non, admit-elle, secouant la tête. Pas les miens. Ils sont partis. Mais je connais les coordonnées. Comme nous tous. Je vous ai aidés, ravitaillés et je n'ai jamais refusé ce que vous demandiez. »

— « Les commerçants le savent. »

— « La Flotte connaît certainement ces endroits. Alors, nous resterons ensemble, capitaine. Nous nous déplacerons ensemble. »

Neihart fronça les sourcils. Ce n'était guère dans les habitudes des commerçants... rester ensemble, sauf à l'occasion d'une bordée dans les docks.

« Un de nos garçons se trouve sur un des vaisseaux de Mazian », rappela-t-il.

— « J'ai un mari sur Pell, répliqua-t-elle. Il ne nous reste plus qu'à régler nos comptes. »

Neihart réfléchit un instant, acquiesça enfin.

« Les Neihart sont avec vous. »

Elle s'appuya contre le dossier du fauteuil, regarda l'écran qui se trouvait devant elle. Le scan donnait une image, l'Union dans le Système, ombres mouvantes sur l'écran. C'était un cauchemar. Comme à Mariner, où l'*Estelle* et tous les Quen étaient morts, restant trop longtemps arrimées à une station condamnée... où la Flotte n'avait pas rempli correctement sa fonction, ou bien où ils avaient été frappés de l'intérieur. C'était la même situation... mais, cette fois, les commerçants n'attendaient pas tranquillement.

Elle regardait, décidée à regarder le scan jusqu'à la fin, pour tout voir jusqu'au moment où la station mourrait ou bien jusqu'au moment où ils atteindraient le point de saut, l'un ou l'autre.

Damon, se disait-elle, maudissant Mazian, Mazian davantage que l'Union parce qu'il était responsable de la situation.

5

PELL, DOCK VERT

Une nouvelle fois, l'équilibre de la pesanteur fut rompu. Damon, surpris, tendit le bras vers le mur et Josh s'accrocha à lui, mais ce fut un flux mineur, malgré les hurlements de panique qui s'élevèrent, de l'autre côté de la porte rayée. Damon s'adossa à la paroi et secoua la tête d'un air las.

Josh ne posa pas de questions. Ce n'était pas nécessaire. Les vaisseaux avaient quitté la bordure. On entendait les sirènes... une brèche, peut-être. Néanmoins, le fait que l'on entendît les sirènes était rassurant. Il y avait encore de l'air dans le dock.

« Ils partent », dit Damon d'une voix rauque. Elene était partie avec ces vaisseaux ; il voulait le croire. C'était le bon sens. Elene aurait agi avec bon sens ; elle avait des amis, des gens qui la connaissaient, qui l'auraient aidée du fait que lui-même ne l'avait pas pu. Elle était partie... reviendrait peut-être quand l'ordre serait rétabli... s'il l'était jamais. S'il était vivant. Il ne pensait pas qu'il vivrait. Peut-être Downbelow était-elle en sécurité ; peut-être Elene... dans ces vaisseaux. Son espoir était avec eux. S'il se trompait... il ne voulait pas savoir.

Nouveau déséquilibre de la pesanteur. Les hurlements et les coups contre la porte avaient cessé. Le dock, compte tenu de sa taille, n'était pas sûr en cas de crise de la pesanteur. Tout individu sain d'esprit s'était sans doute réfugié dans des espaces plus réduits.

« Si les commerçants sont partis, dit Josh d'une voix faible, c'est qu'ils ont vu quelque chose... qu'ils savent quelque chose. Je pense que Mazian doit être débordé. »

Damon le regarda, pensant aux vaisseaux de l'Union... au fait que Josh était un soldat de l'Union.

« Que se passe-t-il ? Avez-*vous* une idée ? »

Le visage de Josh était couvert de sueur, luisait dans la lumière de la porte rayée. Il s'appuya contre la paroi, regarda le plafond.

« Mazian est capable de tout ; on ne peut rien prédire. Tout à fait improbable que l'Union tente de détruire la station. Ce sont les tirs mal dirigés qui m'inquiètent. »

— « Nous pouvons absorber de nombreux tirs. Nous perdrons sans doute des sections, mais tant que le Cœur fournira de l'énergie, nous pourrons circonvenir les dégâts. »

— « Avec la Quarantaine dans les couloirs ? » souligna Josh d'une voix rauque.

Un nouveau flux s'abattit sur eux, leur tordant l'estomac. Damon avala sa salive, soudain pris de nausées.

« Pour le moment, nous n'avons pas à nous soucier de la Quarantaine. Il faut que nous prenions le risque ; il nous faut essayer de sortir d'ici. »

— « Pour aller où ? Faire quoi ? »

Il émit un grognement grave, paralysé, simplement paralysé. Il attendit un nouveau flux de pesanteur ; il se révéla moins puissant. On rétablissait l'équilibre. Les pompes, malgré tout, avaient tenu, les moteurs fonctionnaient. Il reprit son souffle.

« Une bonne chose. Les vaisseaux ne nous feront plus ce coup. Je ne sais pas combien de fois nous pourrions rétablir la situation. »

— « Ils nous attendent peut-être dehors », avança Josh.

Il y avait pensé. Il leva la main, appuya sur le bouton. Il ne se passa rien. Fermée, la porte s'était fermée à clé. Il sortit sa carte de sa poche, hésita, la glissa dans la fente, et les boutons ne s'allumèrent pas. Si le Commandement Central voulait savoir où il se trouvait, il venait de lui fournir l'information. Il le savait.

« Apparemment, nous restons », conclut Josh.

Les sirènes s'étaient tues. Damon approcha, regarda par la fenêtre rayée, essayant de voir malgré les entailles et la diffraction de la lumière. Quelque chose bougea, de l'autre côté du dock, une silhouette furtive, une autre. Les coms se mirent à émettre des parasites, comme si on essayait de les remettre en marche, puis redevinrent silencieuses.

6

LE *NORVÈGE*

Les transports de la milice s'éparpillèrent, cauchemar immobile. L'un d'entre eux explosa comme un soleil minuscule, s'embrasa sur la vid tandis que les coms transmettaient un crachotement de parasites. La grêle de particules devint incandescente sur la trajectoire du *Norvège* et les gros morceaux résonnèrent contre la coque, hurlement de matière projetée à grande vitesse.

Pas de manœuvres compliquées : droit sur les objectifs et l'armscomp taillant dans la masse. Un auxiliaire de l'Union disparut dans les mêmes conditions que le transport, et les quatre auxiliaires du *Norvège* se lancèrent sur un vecteur concerté avec le *Norvège*, tirèrent, barrage qui toucha un vaisseau de l'Union suivant une trajectoire parallèle à la leur, pendant un bref instant.

« Descendez-le ! » cria Signy à l'armscomper quand le feu cessa ; il reprit alors qu'elle parlait encore, se concentrant en plein sur la trajectoire de la fuite du vaisseau. Ils forcèrent l'Union à manœuvrer, à ralentir pour survivre. Un rugissement de joie s'éleva, couvert par celui des sirènes quand le pilote automatique prit le contrôle, lançant la masse du vaisseau dans une courbe serrée, le comp agissant sur le comp plus rapidement que le cerveau humain, à de telles vitesses... Elle reprit les commandes et suivit un vecteur parallèle à la proie. L'armscomp tira une autre salve, en plein dans le ventre du vaisseau et, quel que soit le résultat, le scan montra un espace parsemé de brumes.

« Bien ! cria le tireur dans les coms. Touché... ! »

Il y eut des gémissements quand le *Norvège* roula partiellement sur lui-même, changea de direction. Des transports passèrent près d'eux, fuyant, apparemment figés en plein espace : *ils* bougeaient, se glissaient dans les interstices de cette poursuite figée et suivaient les vaisseaux de l'Union, les obligeant à changer continuellement de direction, les empêchant de prendre l'élan nécessaire à la retraite.

Feinter et frapper : comme leur entrée... un vaisseau pour les attirer, l'attaque sur un autre vecteur. Le *Thibet* et le *Pôle Nord* se chargeaient de l'interception, depuis le moment où l'image du scan leur était parvenue : le longscan venait de réviser leur position, les indiquant beaucoup plus près, estimant qu'ils pousseraient leur vitesse.

L'Union bougea. Le scan lui était parvenu au même moment ; changea de vecteur, passant dans le barrage de feu du *Norvège*, de l'*Atlantique*, de l'*Australie*... L'Union perdit des auxiliaires, subit des dégâts, se dirigeant vers la bordure malgré les tirs, se dirigeant vers le *Thibet* et le *Pôle Nord*. Un juron retentit sur les coms, la voix de Mazian criant une kyrielle d'obscénités. Douze vaisseaux sur les quatorze qui étaient arrivés, dans un nuage d'auxiliaires et d'appareils légers, s'éloignaient de la station et se dirigeaient vers leurs deux éclaireurs, qui étaient seuls et aveuglés par la distance.

« Attaquons leurs arrières ! » fit la voix grave de Porey dans les coms.

— « Négatif, négatif ! répondit sèchement Mazian. Tenez vos positions ! » Le comp les maintenait toujours en synchronisation; le signal maître de l'*Europe* les entraînait à contrecœur à la suite de Mazian. Ils virent la Flotte de l'Union sortir de leur zone de feu, se dirigeant vers le *Thibet* et le *Pôle Nord*. Derrière eux, un flot d'énergie les atteignit; des parasites qui disparurent...

« Je l'ai eu ! » annoncèrent les coms.

Le *Pacifique* avait dû achever le vaisseau de l'Union touché quelques minutes plus tôt. Il pouvait se passer d'autres événements, dans le Système, qu'ils ne percevraient pas forcément. Ils pourraient perdre Pell. Un seul coup suffirait pour détruire la station, si telle était l'intention de l'Union.

Signy serra le poing, s'essuya le front, passa le relais à Graff qui prit aussitôt les commandes... ils ralentissaient, manœuvrant en même temps que Mazian.

« Négatif », répéta Mazian. Un lourd silence pesait sur le *Norvège*.

« Ils n'ont aucune chance, marmonna Graff, trop fort. Ils auraient dû revenir plus tôt... auraient dû revenir... »

— « Regrets inutiles, monsieur Graff. Prenez les choses comme elles viennent. » Signy brancha les coms générales. « Nous ne pouvons pas sortir du Système. Si c'est une feinte, un seul vaisseau pourrait aller détruire Pell. Nous ne pouvons pas les aider... nous ne pouvons pas risquer plus de vaisseaux que ceux que nous sommes déjà sur le point de perdre. Ils ont une solution... Ils ont encore la place de fuir. »

Peut-être, se dit-elle, peut-être, à l'instant où leur scan se concentra sur eux et où le longscan indiqua ce qu'ils faisaient... demi-tour et saut. Si les techs des scans du *Thibet* et du *Pôle Nord* introduisaient les bonnes informations dans le longscan, si leurs écrans ne montraient pas Mazian et la Flotte arrivant sur les talons de l'Union, s'ils n'interprétaient pas mal la manœuvre...

La Flotte ralentit encore. Les transports disparaissaient de l'écran du scan, leur fuite lente ayant atteint la vitesse de saut. Ils s'en allaient, la vie de Pell s'écoulant dans l'espace interstellaire.

Elle était parfaitement consciente du facteur temps, la vitesse de l'Union, la prolifération de son image, la vélocité croissante du *Thibet* et du *Pôle Nord*. Maintenant, le

Thibet devait comprendre que l'Union était sur lui. Si son scan lui disait la vérité...

Leur propre scan montra le passé pendant un instant, puis rétablit le contact, le longscan ayant épuisé les hypothèses. Tête à tête, brume jaune, avec des lignes rouges dans le brouillard, ce que percevait le scan.

Plus près. La ligne rouge atteignit le point critique... continua. Tout droit. Signy, immobile, regardait, tout le monde regardait. Son poing était serré et elle se retenait de frapper quelque chose, le tableau de commandes, le bras du fauteuil, n'importe quoi.

Cela arriva; ils le virent arriver, ce qui était *déjà* arrivé, la défense futile, l'assaut irrésistible. Deux vaisseaux. Sept auxiliaires. En quarante ans et plus, jamais la Flotte n'avait perdu des vaisseaux d'une manière aussi lamentable.

Le *Thibet* éperonné... Kant fit sauter son vaisseau à proximité de la masse de ses ennemis, emporta deux de ses auxiliaires et un vaisseau de l'Union dans l'oubli... il y eut soudain un vide sur l'écran du scan... des acclamations lugubres, après cela; et à nouveau quand le *Pôle Nord* et ses auxiliaires se jetèrent sur la Flotte de l'Union...

Il atteignit presque le trou de Kant. Puis cette image devint des fragments d'images. Le signal du comp du *Pôle Nord*, qui avait commencé d'émettre, cessa brusquement.

Signy n'avait pas applaudi, s'était contentée de hocher la tête, sans s'adresser à personne en particulier, se souvenant des hommes et des femmes de ces vaisseaux, de noms connus... méprisant la situation qu'ils devaient affronter. Le longscan retrouva sa stabilité, la question ayant trouvé une réponse. Les images restantes, qui étaient l'Union, continuèrent leur fuite, sautèrent, disparurent des écrans. L'Union reviendrait, avec des renforts, tôt ou tard, ayant simplement fait venir d'autres vaisseaux. La Flotte avait gagné, avait tenu, mais elle ne comportait plus que sept vaisseaux; sept.

Et la même chose se produirait la fois suivante, et la suivante encore. L'Union pouvait sacrifier des vaisseaux. Les vaisseaux de l'Union patrouillaient aux limites du Système et ils n'osaient pas les poursuivre. *Nous avons perdu*, se dit-elle intérieurement, s'adressant à Mazian. *Tu le sais ? Nous avons perdu.*

« Pell... la voix tranquille de Mazian, sur les coms... est victime d'émeutes. Nous ignorons quelle est la situation. Nous sommes confrontés à des désordres. Restez en formation. Nous ne pouvons pas repousser une autre attaque. »

Mais, soudain, des témoins clignotèrent sur les tableaux de commandes du *Norvège* ; toute une section retrouva son indépendance. Le *Norvège* n'était plus synchronisé au comp. Des ordres arrivèrent sur les écrans, envoyés par le comp.

... PRENDRE BASE.

Elle était libérée. L'*Afrique* aussi. Deux vaisseaux, chargés de reprendre la station tandis que les autres conservaient leur périmètre et la place de manœuvrer.

Elle brancha les coms générales.

« Di, tenue de combat ! Il faut que nous prenions un accostage, tous les soldats disponibles. Les équipes d'anti-jour seront chargées de garder les docks. Nous allons chercher les soldats que nous avons dû laisser. »

Un cri retentit sur cette ligne, voix multiples de soldats furieux, frustrés qui étaient à nouveau utiles, dans un domaine qu'ils affectionnaient.

« Graff ! » lança-t-elle.

Ils virèrent sec, bien que les soldats soient en train de se préparer, et filèrent directement sur la station. L'*Afrique* de Porey quitta la formation dans leur sillage.

7

PELL, COMMANDEMENT CENTRAL

« ... nous donner accès aux docks, dit la voix de Mallory sur les coms, et ouvrir les portes du Commandement Central, sinon, nous tirerons sur la station. »

Collision, indiquèrent les écrans. Blêmes, les techs restèrent figés à leurs postes et Jon crispa les mains sur le dossier d'un fauteuil des coms, paralysé en comprenant que des vaisseaux filaient droit sur Pell.

« Monsieur ! » hurla quelqu'un.

La vid les suivait, masses luisantes emplissant l'écran, monstres se jetant sur eux, un voile noir, enfin, qui se déchira et dépassa les caméras installées sur et sous la station. Les tableaux de commandes émirent des parasites et les sirènes se déclenchèrent quand les vaisseaux frôlèrent leur surface. Une vid tomba en panne et une alerte se déclencha, mugissement annonçant un risque de dépressurisation.

Jon pivota sur lui-même, chercha Jessad, qui était près de la porte. Il n'y avait que Kressich, la bouche ouverte, dans le mugissement des sirènes.

« Nous attendons une réponse », dit une autre voix, grave, sur les coms.

Jessad, parti. Jessad, ou un autre, avait échoué, à Mariner, et la station était morte.

« Trouvez Jessad ! cria Jon à un des hommes de Hale. Allez le chercher ! Amenez-le ! »

« Ils reviennent ! » cria un tech.

Jon se retourna brusquement, regarda les écrans, voulut parler et fit de grands gestes.

« Une ligne ! » cria-t-il, et un tech lui passa un micro. Il avala sa salive, regardant sur la vid les mastodontes qui approchaient. « Vous avez l'accès ! cria-t-il dans le micro, s'efforçant de contrôler sa voix. Je répète : Ici Lukas, Chef de la Station Pell. Vous avez l'accès. »

— « Répétez à nouveau, répliqua la voix de Mallory. Qui êtes-vous ? »

— « Jon Lukas, Chef de Station par intérim. Angelo Konstantin est mort. Nous avons besoin de votre aide. »

Il y eut un silence, à l'autre bout. Le scan évolua, les énormes vaisseaux changeant de trajectoire et réduisant leur vitesse de façon perceptible.

« Nos auxiliaires vont accoster, déclara la voix de Mallory. Enregistrez-vous, Station Pell ? Les auxiliaires vont accoster et assureront les opérations d'accostage des vaisseaux. Vos équipes les assisteront puis se retireront, sinon nous tirerons. Au moindre problème, nous trouerons votre carcasse. »

— « Nous avons des émeutes, dit Jon. Les réfugiés ont quitté la Quarantaine. »

— « Enregistrez-vous mes instructions, monsieur Lukas ? »

— « Pell enregistre. Comprenez-vous notre problème ? Nous ne pouvons pas garantir qu'il n'y aura pas de difficultés. Nous avons des docks fermés. Nous acceptons l'assistance de vos soldats. Les émeutes ont fait de gros dégâts. Nous sommes prêts à coopérer. »

Il y eut une longue hésitation. D'autres points étaient apparus, sur le scan, les auxiliaires protégeant les vaisseaux.

« Nous enregistrons, dit Mallory. Nous accosterons avec des soldats. Faites accoster mon auxiliaire numéro un, sinon nous ferons un trou pour permettre à nos soldats d'entrer et nous ferons exploser successivement tous les secteurs, pas de survivants. Vous avez le choix. »

— « Nous enregistrons. » Jon s'essuya le visage. Les sirènes s'étaient tues. Il régnait un silence de mort dans le poste de Commandement Central. « Laissez-moi le temps d'envoyer les forces de sécurité disponibles dans les docks les plus sûrs. Terminé. »

— « Vous avez une demi-heure, monsieur Lukas. »

Il tourna le dos aux coms, fit signe à un de ses gardes, qui se tenait près de la porte.

« Pell enregistre. Une demi-heure. Nous allons dégager un dock. »

— « Bleu et Vert, monsieur Lukas. Veillez-y. »

— « Docks Bleu et Vert, répéta-t-il d'une voix rauque. Nous ferons de notre mieux. »

Mallory coupa la communication. Il se déplaça, se mit en contact avec le central des coms.

« Hale ! s'écria-t-il. Hale ! »

Le visage de Hale apparut.

« Annonce générale. Toutes les forces de sécurité dans les docks. Les docks Bleu et Vert doivent être prêts à fonctionner. »

— « Compris », dit Hale avant de couper.

Jon traversa rapidement la salle, se dirigeant vers la porte, où se tenait Kressich.

« Lancez un nouvel appel. Demandez à tous ces gens que vous prétendez contrôler de se tenir tranquilles. Compris ? »

Kressich acquiesça. Son regard était vague, pas tout à fait sain. Jon le prit par le bras et le traîna jusqu'au tableau de commandes des coms, tandis que le tech s'écartait de leur chemin. Il fit asseoir Kressich, lui donna le micro, écouta Kressich appeler ses lieutenants par leurs noms, leur demandant de dégager les docks en question. La panique continuait dans les couloirs, où les caméras fonctionnaient toujours. Il y avait une foule déchaînée et de la fumée dans neuf Vert; et, comme l'air est attiré par le vide, des foules prises de panique envahiraient tout ce qu'ils parviendraient à dégager.

«Alerte générale! lança Jon au chef du poste un. Envoyez la sirène d'apesanteur.»

La femme pivota, ouvrit un placard fermé à clé, appuya sur un bouton. Un bourdonnement se fit entendre, différent et plus pressant que toutes les sirènes qui avaient résonné dans les couloirs de Pell.

«Trouvez un endroit sûr, disait une voix à intervalles réguliers. Evitez les grands espaces. Gagnez le compartiment le plus proche et trouvez la poignée de sécurité. En cas de diminution importante de la pesanteur, regardez les flèches d'orientation et conformez-vous à elles quand la station se stabilisera... Trouvez un endroit sûr...»

La panique, dans les couloirs, devint une fuite éperdue, martèlements contre les portes, hurlements.

«Coupez la pesanteur! ordonna Jon au coordonnateur. Et que la variation soit sensible.»

Les instructions clignotèrent. Pour la troisième fois, la station fut déstabilisée. Le couloir neuf de Vert se vida du fait que les gens se précipitaient vers les espaces plus réduits, même les couloirs secondaires. Jon appela à nouveau Hale.

«Envoyez des hommes. Dégagez les docks; j'ai préparé le terrain, à vous de jouer!»

— «Bien», fit Hale avant de couper à nouveau. Jon pivota sur lui-même, regarda distraitement les techs, Lee Quale qui se tenait à la poignée proche de la porte. Il fit signe à Quale, le prit par la manche et le tira vers lui, quand il arriva.

«Le travail inachevé, dit-il, dans le dock Vert. Allez le terminer, compris? Le *terminer*!»

— «Bien, monsieur», souffla Quale; puis il s'éloigna... vraisemblablement conscient du fait que sa vie dépendait du succès.

L'Union gagnerait peut-être. En attendant, ils se retrancheraient derrière la neutralité de la station, tenteraient de protéger l'acquis. Jon arpenta l'allée, s'accrochant aux fauteuils et aux placards quand la pesanteur augmentait, s'efforçant d'empêcher la panique de prendre possession du Commandement Central. Il avait Pell. Il tenait déjà ce que l'Union lui avait promis, et le conserverait sous Mazian comme sous l'Union, s'il restait prudent ; et il l'avait été, nettement au-delà des recommandations de Jessad. Il n'y avait plus un seul témoin vivant, dans les services d'Angelo, ni aux Affaires Juridiques, quoique les résultats n'aient guère été appréciables. Seulement Alicia... qui ne savait rien, ne faisait de mal à personne, n'avait pas de voix, et ses fils...

Il jeta un regard par-dessus son épaule, regretta soudain Kressich, Kressich et les deux hommes qui étaient censés le protéger. La désertion des siens le mit en fureur ; celle de Kressich... le soulagea. Kressich disparaîtrait dans les hordes de la Quarantaine, effrayé et inaccessible.

Mais Jessad... S'ils ne l'avaient pas eu, s'il était libre, près d'un élément essentiel...

Sur le scan, les auxiliaires approchaient. Pell disposait encore d'un peu de temps, avant l'arrivée des soldats de Mazian. Un tech lui tendit les identifications des vaisseaux qui arrivaient : Mallory et Porey, les deux exécuteurs de Mazian. On savait qu'ils étaient implacables et que cela leur plaisait. L'un ou l'autre ou bien l'un et l'autre. Ce n'était pas une bonne nouvelle.

Couvert de sueur, il attendit.

8

PELL, DOCK VERT

Il se passait quelque chose, dehors. Damon traversa la boutique obscure, au plancher couvert de détritus, et s'appuya contre la paroi, essayant une fois de plus de voir à travers la vitre rayée, sursauta quand l'explosion rouge d'un coup de feu déforma les rayures. Il y eut des hurlements mêlés aux grincements de machines mises en marche.

« Quels qu'ils soient, à présent, ceux qui sont dehors viennent par ici, et ils sont armés. » Il recula, prudemment à cause de la pesanteur réduite. Josh se baissa, ramassa une barre métallique qui avait soutenu un étalage effondré, la lui tendit. Damon la prit et Josh en ramassa une autre. Il retourna près de la porte et Josh prit position de l'autre côté, le dos collé à la paroi. Il n'y avait aucun bruit, de l'autre côté, des cris nombreux, au loin. Damon risqua un œil, la lumière venant de l'autre côté, recula précipitamment en apercevant des silhouettes humaines, près de la porte rayée.

La porte s'ouvrit, une carte ayant été introduite à l'extérieur, une personne ayant une priorité. Deux hommes se précipitèrent à l'intérieur, l'arme au poing. Damon abattit sa barre métallique sur une tête, les yeux dans le vague à cause de l'horreur, et Josh frappa également. Les hommes tombèrent bizarrement, dans la faible pesanteur, et un pistolet rebondit sur le sol. Josh le ramassa, tira deux fois pour être sûr et un agresseur sursauta, mourant.

« Prenez l'arme ! » fit sèchement Josh, et Damon se baissa, poussa péniblement le corps, trouva le plastique étrange de la crosse dans une main morte. Josh, à genoux, retourna l'autre corps et entreprit de le déshabiller. « Les vêtements, dit-il. Les cartes. Des identités qui fonctionnent. »

Damon posa l'arme, ravala son dégoût, déshabilla le cadavre, quitta son costume, enfila maladroitement la combinaison ensanglantée... les couloirs devaient être pleins d'hommes aux vêtements tachés de sang. Il fouilla les poches à la recherche d'une carte, y trouva les papiers, trouva la carte à l'endroit où la main gauche du cadavre l'avait laissée tomber. Il orienta le portefeuille vers la lumière. *Lee Anton Quale... Société Lukas...*

Quale. Quale, de la mutinerie de Downbelow... et employé par Jon Lukas ; employé par Jon Lukas et Jon contrôlait le comp... quand les portes de la Quarantaine avaient été ouvertes, quand les Konstantin avaient été assassinés dans le secteur le mieux surveillé de la station… quand sa carte avait été annulée et que les assassins savaient où le trouver… Jon était bien là-haut.

« Venez, Damon ! »

Il se leva, recula quand Josh, utilisant son arme, brûla le visage de Quale jusqu'à le rendre méconnaissable, celui de l'autre cadavre ensuite. Le visage de Josh était couvert de sueur, luisant dans la lumière de la porte, figé par l'horreur, mais les réactions étaient bonnes, celles d'un homme sûr de pouvoir se fier à ses instincts. Il prit la direction du dock et Damon courut derrière lui, ralentit immédiatement car les docks étaient pratiquement vides. Le sas du dock Blanc était en place ; le sas du dock Vert était caché derrière l'horizon. Ils traversèrent prudemment devant le sas énorme de Blanc, arrivèrent au matériel de manutention, avancèrent à couvert, tandis que l'horizon se déroulait en bas, découvrant des groupes d'hommes affairés autour des machines d'accostage, se déplaçant lentement et prudemment dans la faible pesanteur. Cadavres, papiers et débris étaient éparpillés dans tout le dock, dans des endroits découverts qu'il serait difficile d'atteindre sans être vu.

« Assez de cartes, dit Josh, pour nous fournir beaucoup de noms. »

— « Pour tous les sas sans clé vocale », murmura Damon. Les yeux fixés sur les ouvriers et sur les gardes qui se tenaient à l'entrée de Vert neuf, visibles à cette distance… il s'approcha prudemment du premier cadavre, espérant que c'était bien un cadavre et non une personne assommée ou un simulateur. Il s'agenouilla, les yeux toujours fixés sur les ouvriers, fouilla les poches, se procura une carte et des papiers supplémentaires. Il les empocha et s'approcha du cadavre suivant, tandis que Josh en détroussait d'autres. Puis ses nerfs lâchèrent et il courut se mettre à couvert, où Josh le rejoignit immédiatement. Ils entrèrent plus avant dans le dock.

« Le sas de Bleu est ouvert », dit-il quand cette arche sortit de l'horizon. Il entretint brièvement l'espoir insensé de rester caché, de gagner le secteur Bleu quand la circulation aurait retrouvé son cours normal dans les couloirs, de se rendre à Bleu un et de poser des questions sous la menace de son arme. C'était un rêve. Ils ne vivraient pas assez longtemps. Il en était persuadé.

« Damon. »

Il suivit des yeux la direction indiquée par Josh, en haut et derrière les câbles du matériel de manutention, le premier accostage de Vert ; une lumière verte. Un vaisseau approchait, Mazian ou l'Union, impossible de le savoir. Les coms tonnèrent des instructions dans le vide. Le vaisseau approchait du cône, rapidement.

« Venez », souffla Josh, le tirant par le bras, qui voulait absolument tenter de gagner Vert neuf.

— « La pesanteur ne disparaît pas, dit-il, résistant à Josh. Ne voyez-vous pas que c'est un piège ? Le Commandement Central dégage les couloirs pour que les forces puissent les investir. Les vaisseaux n'accosteraient pas si la pesanteur était complètement instable ; ils ne prendraient pas ce risque avec un gros vaisseau. Si nous gagnons les couloirs, nous nous jetterons dans la gueule du loup. Non. Ne bougeons pas. »

« ECS 501 », annoncèrent les haut-parleurs, et son cœur se mit à battre plus fort.

« Un des auxiliaires de Mallory, marmonna Josh. Mallory. L'Union a reculé. »

Il regarda Josh, la haine qui animait ce visage d'ange hagard... la disparition de l'espoir.

Les minutes passèrent. Le vaisseau accosta. Les équipes du dock fixèrent les ombilicaux, introduisirent les connexions. L'étanchéité des jointures fut assurée dans un sifflement qui résonna dans l'immensité vide. Des machines grincèrent et cognèrent, derrière, le sas entra en action et l'équipe du dock battit rapidement en retraite.

Une poignée d'hommes sortit de la périphérie obscure des machines, sans armures... deux d'entre eux courant prendre position de l'autre côté, les fusils levés. On entendit d'autres bruits de course et les coms annoncèrent que le *Norvège* lui-même arrivait.

« Baissez la tête », souffla Josh, et Damon bougea lentement, s'agenouilla près de la fixation d'un réservoir mobile, derrière lequel Josh était caché, tenta de voir ce qui se passait plus loin, mais il y avait un enchevêtrement d'ombilicaux dans le champ. Les hommes de Mallory s'occupaient de l'accostage; mais Jon Lukas devait toujours tenir le Commandement Central, coopérant avec Mazian et, sous la pression de l'attaque de l'Union, Mazian choisirait l'efficacité au détriment de la justice. Sortir se présenter aux soldats armés et nerveux de la Compagnie, porter une accusation de meurtre et de conspiration alors que Jon Lukas régnait sur le Commandement Central et que Mazian était préoccupé par l'Union?

«Je pourrais aller les voir», dit-il, doutant de ses conclusions.

— «Ils vous avaleraient vivant, souligna Josh. Vous n'avez *rien* à leur offrir.»

Il regarda le visage de Josh. De l'homme doux qui était sorti de l'Adaptation... il ne restait rien sauf, peut-être, la douleur. *Mettez-moi devant le tableau de commandes d'un comp,* avait un jour dit Josh, *et je me souviendrai du comp*; placé dans la guerre, il avait d'autres instincts. Les mains fines de Josh serraient l'arme entre ses genoux et ses yeux scrutaient l'arche du dock, à l'endroit où le *Norvège* accostait. Son visage était pâle et tendu. Il était capable de tout. Damon serra la crosse de son arme dans la main droite, changea la position des doigts, glissa l'index sur la détente. Un soldat de l'Union Adapté... dont l'Adaptation s'estompait, qui haïssait, dont l'éclatement se poursuivrait peut-être. C'était un jour pour tuer quand les morts, tout autour, étaient si nombreux qu'il était impossible de les compter, quand il n'y avait plus ni règles, ni famille, ni amis. La guerre avait touché Pell et, toute sa vie, il avait été naïf. Josh était dangereux... avait été formé dans ce but... et ce qu'on avait fait à son esprit n'y pouvait rien changer.

Les coms annoncèrent l'arrivée; il y eut le choc sonore du contact. Josh avala péniblement sa salive, les yeux fixes. Damon tendit le bras gauche, posa la main sur le bras de Josh.

«Non. Ne faites rien, vous entendez? Vous n'avez pas la moindre chance.»

— «Je n'en ai pas l'intention, répondit Josh sans le regarder. Mais ayez le même bon sens.»

Il laissa retomber son bras armé, le doigt quittant lentement la détente, un goût de bile dans la bouche. Le

Norvège avait accosté, à présent, second choc des amarres et des jointures, sas fixé dans un sifflement.

Des soldats envahirent le dock, en formation, dans une cacophonie d'ordres, prirent position à la place des hommes d'équipage armés, silhouettes en armures, toutes semblables et implacables. Et, soudain, une autre silhouette apparut au sommet de la courbe, un cri, et d'autres soldats sortirent des boutiques et des bureaux, des bars et des auberges, les soldats abandonnés, rejoignant leurs camarades de la Flotte, portant leurs blessés et leurs morts. L'euphorie altéra l'ordre impeccable des lignes qui les accueillirent, il y eut des accolades et des acclamations. Damon se colla aux machines qui le dissimulaient et Josh fit de même.

Un officier cria des ordres et les soldats, en formation, se dirigèrent vers l'entrée de Vert neuf, et, tandis que quelques-uns la gardaient, les autres s'y engagèrent.

Damon recula, s'enfonçant dans l'ombre, et Josh le suivit. Des cris leur parvinrent, les échos d'un mégaphone ; *Dégagez le couloir !* Soudain, il y eut d'autres cris, des hurlements et des coups de feu. Damon appuya la tête contre les machines et écouta, les yeux fermés, sentit une ou deux fois Josh sursauter à ces bruits à présent familiers, sans savoir s'il en faisait autant.

Elle meurt, se dit-il avec le calme de l'épuisement, se rendant compte qu'il pleurait. Finalement, il frissonna. Quoi que l'on puisse dire, Mazian *n*'avait *pas* gagné ; il était absolument impossible que les vaisseaux de la Compagnie, inférieurs en nombre, aient définitivement battu l'Union. Ce n'était qu'une escarmouche, un délai de grâce. Il y en aurait d'autres, jusqu'au jour où il n'y aurait plus de Flotte et plus de Compagnie, et ce qu'il resterait de Pell tomberait entre d'autres mains. Le saut avait supprimé la raison d'être des grandes stations stellaires. Il y avait des planètes, à présent, et l'ordre des priorités avait changé. Les militaires l'avaient constaté. Pas les Konstantin. Pas son père, qui croyait à une conception qui n'était ni celle de la Compagnie ni celle de l'Union, mais celle de Pell... qui se faisait un devoir de protéger la planète autour de laquelle elle orbitait, qui refusait les précautions en son sein, qui faisait passer la confiance avant la sécurité, qui essayait de se mentir et de croire que les valeurs de Pell pouvaient survivre en cette époque troublée.

Il y avait ceux qui pouvaient changer de camp, jouer le jeu de n'importe quelle politique. Jon Lukas était de ceux-là ; l'avait démontré. Si Mazian savait juger les hommes, il comprendrait certainement qui était Jon Lukas et le récompenserait suivant ses mérites. Mais Mazian n'avait pas besoin d'hommes honnêtes, seulement d'hommes prêts à lui obéir et à imposer sa loi.

Et Jon tirerait son épingle du jeu, quel que soit le vainqueur. C'était l'entêtement de sa propre mère, ce refus de mourir ; le sien, peut-être, qui *ne* cherchait *pas* à entrer en contact avec son oncle, quoi qu'il ait fait. Peut-être Pell avait-elle besoin d'un gouverneur, à présent, capable de changer de camp pour survivre, abandonnant ce qu'il fallait abandonner.

Mais, lui, il ne le pouvait pas. Si Jon avait été devant lui... la haine... une haine d'une telle dimension était une expérience nouvelle. Une haine désespérée... comme celle de Josh... mais il y aurait la vengeance, s'il vivait. Pas pour faire du mal à Pell. Mais pour empêcher Jon Lukas de dormir tranquille. Tant qu'un Konstantin serait libre, les maîtres de Pell ne seraient pas en sécurité. Mazian, l'Union, Jon Lukas... aucun ne posséderait Pell avant d'avoir mis la main sur lui ; et il avait les moyens de rendre cette tâche difficile, le plus longtemps possible.

3

DOWNBELOW, BASE PRINCIPALE ; 1300 HEURES

Il n'y avait toujours pas de réponse. Emilio pressa la main de Miliko contre son épaule, restant penché sur Ernst et les coms, tandis que les autres membres du personnel étaient massés autour d'eux. Pas un mot de la Flotte ; Porey et ses hommes étaient partis précipitamment, dans un silence qui se prolongea encore une heure.

« Laissez tomber, dit-il à Ernst et, quand un murmure s'éleva parmi le personnel : Nous ne savons même pas qui commande, là-haut. Pas de panique, compris ? Je ne veux pas d'affolement. Si vous voulez rester autour de la base principale et attendre l'arrivée de l'Union, très bien. Je ne m'y opposerai pas. Mais nous ne savons rien. Si Mazian a perdu, il décidera peut-être de supprimer ces installations, vous comprenez ? Il pourrait les détruire pour les rendre inutilisables. Restez ici si vous voulez. Moi, j'ai d'autres idées. »

— « Nous ne pouvons pas fuir assez loin, dit une femme. Nous ne pouvons pas vivre dehors. »

— « Ici, nos chances ne sont pas meilleures », fit remarquer Miliko.

Le murmure tendit vers la panique.

« Ecoutez-moi, reprit Emilio. Ecoutez. Je ne crois pas qu'il leur sera facile d'atterrir dans la campagne, sauf s'ils disposent d'un matériel dont nous ignorons tout. Et ils vont peut-être essayer de détruire cet endroit ; c'est peut-être ce qu'ils feront de toute manière, et je préférerais être à couvert. Miliko et moi, nous prenons la route. Nous ne travaillerons pas pour l'Union, si elle tient la station. Et nous n'attendrons pas Porey, s'il devait revenir. »

Le murmure fut plus faible, cette fois, davantage effrayé que paniqué.

« Monsieur, dit Jim Ernst, voulez-vous que je reste près des coms ? »

— « Vous avez envie de rester ? »

— « Non », répondit Ernst.

Emilio hocha lentement la tête, regarda son auditoire.

« Nous pouvons emporter les compresseurs portatifs, le dôme démontable... nous installer dans un endroit sûr. Nous pouvons survivre dans la nature. Les nouvelles bases le font. Nous aussi, nous le pouvons. »

Les gens acquiescèrent d'un air las. Il leur était trop difficile de prendre la mesure de ce qui leur arrivait. Il était dans la même situation, et le savait.

« Prévenez les bases installées au bord de la route, décida-t-il. Qu'elles emballent leur matériel ou qu'elles restent, comme elles veulent. Je ne force personne à venir avec nous. Nous nous sommes déjà assurés que l'Union ne mettra pas la main sur les Downers. A présent, nous devons nous assurer qu'elle ne mettra pas la main sur nous. Nous avons de la nourriture dans les stocks d'urgence dont nous n'avons pas parlé à Porey ; nous prendrons les coms portatives ; nous retirerons les pièces essentielles des machines que nous ne pouvons pas emporter... et nous prendrons la route jusque dans la forêt, avec les camions aussi loin que les camions iront, puis nous cacherons le matériel lourd et le transporterons petit à petit jusqu'à nos nouvelles installations. Ils détruiront peut-être la route et les camions, mais toute autre solution exigera une longue préparation. Ceux qui veulent rester ici et travailler pour la nouvelle direction... ou pour Porey s'il revient, faites-le. Je ne peux pas vous en empêcher et je n'ai pas l'intention de le faire. »

Il y eut un silence. Puis quelques personnes quittèrent le groupe et commencèrent d'emballer leurs effets personnels. De nombreuses autres les imitèrent. Son cœur battait très fort. Il poussa Miliko vers leurs quartiers, afin qu'elle rassemble le peu d'effets personnels qu'ils pourraient emporter. Cela pourrait se passer autrement. Ils pouvaient se mettre d'accord. Ils pouvaient les livrer, Miliko et lui, aux nouveaux maîtres, si la situation se dégradait à ce point, marquer des points auprès de l'opposition. Ils pouvaient le faire. Ils étaient assez nombreux... et la Quarantaine, et les ouvriers...

De sa famille... aucune nouvelle. Son père aurait envoyé un message, s'il l'avait pu. S'il l'avait pu.

« Fais vite ! dit-il à Miliko. La nouvelle se répand partout. » Il glissa un des rares pistolets de la base dans sa poche et prit sa veste la plus épaisse ; il réunit une boîte de cylindres destinés aux respirateurs, un bidon et une hachette. Miliko arriva avec le couteau et deux couvertures roulées puis ils sortirent, dans la confusion du personnel qui roulait des couvertures dans les allées. Il les enjambèrent.

« Arrêtez la pompe ! dit-il à un homme. Retirez le contacteur. » Il donna d'autres instructions et les gens s'éparpillèrent, en direction des camions ou des machines qu'il fallait saboter. « Dépêchez-vous ! cria-t-il. Nous partons dans un quart d'heure. »

— « La Quarantaine, lui rappela Miliko. Que faisons-nous des réfugiés ? »

— « On leur propose le même choix. Va l'exposer aux ouvriers, s'ils ne sont pas déjà prévenus. » Ils franchirent la porte du sas, puis la seconde et gravirent les marches, dans le chaos nocturne, où les gens couraient aussi vite que le permettaient les respirateurs. Le moteur d'une chenillette démarra.

« Sois prudente ! » cria-t-il à Miliko quand leurs chemins se séparèrent. Il descendit le chemin de pierres concassées, remonta jusqu'au sommet de la colline de la Quarantaine, où le dôme irrégulier, rapiécé, émettait une faible lumière jaune, où les réfugiés attendaient, dehors, habillés, comme si, cette nuit-là, ils n'avaient pas dormi davantage que les autres.

« Konstantin ! » cria quelqu'un, et la nouvelle se répandit comme une traînée de poudre dans le dôme. Il continua son chemin, s'arrêta au milieu d'eux, le cœur au bord des lèvres.

« Allez, faites sortir tout le monde ! » cria-t-il. Et ils sortirent, dans un murmure grandissant, fermant leurs vestes et ajustant leurs masques. Quelques instants plus tard, le dôme s'affaissa et de l'air sortit du sas, courant chaud, et un flot de corps qui l'entoura. « Nous partons ! annonça-t-il. Nous n'avons aucune nouvelle de la station et il est possible que l'Union l'ait prise ; nous ne le savons pas. » Il y eut des cris désespérés, mais quelques personnes exigèrent le silence. « Nous ne le savons pas, comme je l'ai dit. Nous avons davantage de chance que la station ; nous sommes sur une planète, avec de la nourriture ; et, si nous sommes prudents, de l'air. Ceux qui ont vécu ici savent ce qu'il faut faire... même à l'air libre. Vous avez le même choix que nous. Cela ne sera pas facile et je ne le recommanderais ni aux vieillards, ni aux jeunes enfants, mais je ne suis pas certain qu'ils seront en sécurité ici. Il est possible qu'ils décident que ce n'est pas la peine de nous poursuivre. Voilà. Nous ne saboterons pas les machines nécessaires à votre survie. La base est à vous, si vous voulez ; mais vous pouvez venir avec nous. Nous partons... peu importe où nous allons ; sauf si vous venez avec nous. Et, si vous venez, c'est dans les mêmes conditions. Tout de suite. Immédiatement ! »

Il y eut un silence de mort. Il était terrifié. C'était une folie d'être venu seul. Le reste du camp ne pourrait rien faire, s'ils cédaient à la panique.

Quelqu'un, derrière, ouvrit la porte du dôme et, tout d'un coup, il y eut un murmure de voix, un reflux dans le dôme, quelqu'un criant qu'il faudrait des couvertures, qu'il faudrait tous les cylindres disponibles, une femme gémissant qu'elle ne pouvait pas marcher. Il resta immobile, tandis que tous les réfugiés regagnaient le dôme, puis se retourna et regarda les autres dômes, d'où des hommes et des femmes sortaient avec une hâte calculée, portant des couvertures et d'autres objets, flot se dirigeant vers le passage entre les collines, où les moteurs ronronnaient et les lampes frontales lançaient des éclairs. Les camions étaient prêts. Il prit cette direction, de plus en plus vite, s'engagea dans le chaos qui bouillonnait autour des véhicules. On chargeait le dôme démontable et du plastique de rechange ; un employé lui montra une check-list, aussi calmement que s'il s'était agi d'un transport de routine. Des gens essayaient de mettre leurs affaires dans les camions et les membres du personnel s'y opposaient, puis les réfugiés arrivèrent, certains étant plus chargés que possible sur Downbelow.

« Les camions sont réservés au matériel indispensable ! cria Emilio. Tous les gens bien portants marchent ; les vieux et les malades prendront place sur les chargements, et les objets lourds s'il reste de la place... mais vous partagez les charges, compris ? Tout le monde doit porter quelque chose. Qui est incapable de marcher ? »

Des appels s'élevèrent parmi les réfugiés, qui poussèrent devant eux les enfants les plus fragiles et les vieillards. Ils crièrent qu'il y en avait d'autres, des cris annonçant la panique.

« Du calme ! Nous leur trouverons de la place. Nous n'irons pas vite. A un kilomètre d'ici, la route entre dans la forêt et il est peu probable que les soldats nous y suivent. »

Miliko le rejoignit. Il sentit sa main sur son bras, passa le bras autour d'elle, la serra contre lui. Il était un peu engourdi ; tout homme en a le droit quand son univers s'écroule autour de lui. Ils étaient prisonniers, dans la station. Ou morts. Il envisagea cette possibilité, s'obligeant à l'examiner. Il avait l'estomac contracté, tremblait d'une colère qu'il maintenait dans cet endroit insensible, loin de sa pensée. Il avait envie de frapper quelqu'un... et il n'avait personne sous la main.

On chargea l'unité de coms. Ernst supervisa son installation sur le plateau du camion et, entre les batteries d'urgence et le générateur portatif, ils avaient cette source d'informations... s'il en venait.

Finalement, les gens qui seraient transportés, et assez de place pour des couvertures roulées et des sacs, un nid protecteur. Les gens couraient, essoufflés, mais ils semblaient moins affolés. Deux heures encore, avant l'aube. Les lumières étaient encore allumées, sur les batteries, les dômes émettant une lueur jaune. Mais il manquait un bruit, dans le ronronnement des moteurs des chenillettes. Les compresseurs s'étaient tus. Le pouls ne battait plus.

« Allons-y ! » cria-t-il quand tout parut être en ordre, et les véhicules s'ébranlèrent, lentement, patiemment, sur la route.

Ils suivirent, colonne qui prit la forme de la route parallèle à la rivière. Ils passèrent devant le moulin et entrèrent dans la forêt, les arbres et les collines cachant le côté droit du paysage nocturne. L'exode donnait une impression d'irréalité, les phares des camions éclairant les roseaux, le sommet des arbres, le flanc des collines et les troncs des arbres, avec des silhouettes humaines avançant lentement, le chœur étrange des chuintements des respirateurs, dans le ronronnement des moteurs. Il n'y avait pas de plaintes, et c'était le plus étrange, pas d'objections, comme si la folie s'était emparée d'eux et qu'ils l'acceptaient. Ils avaient eu un avant-goût des méthodes de gouvernement de Mazian.

Les herbes bougèrent, près de la route, ligne tortueuse dans les roseaux. Les feuilles bougèrent dans les buissons proches de la route, du côté des collines. Miliko montra ces mouvements, que d'autres avaient remarqués, tendant le bras et murmurant avec inquiétude.

Le cœur d'Emilio se gonfla. Il prit la main de Miliko et la serra, s'éloigna et s'engagea dans les hautes herbes, sous les arbres, tandis que les camions et la colonne poursuivaient leur chemin.

« Hisas ! appela-t-il. Hisas, c'est Emilio Konstantin. Est-ce que vous nous voyez ? »

Ils vinrent, une poignée avançant timidement dans la lumière. L'un d'entre eux avança, les mains tendues, et il fit de même. Le Downer lui donna une accolade énergique.

« Amour, dit le jeune mâle. Toi promener, homme-Konstantin ? »

— « Bondissant ? Es-tu Bondissant ? »

— « Moi Bondissant, homme-Konstantin. » Le visage creusé d'ombres se leva vers lui, la faible lumière des camions, à présent arrêtés, se réfléchissant sur un sourire aux dents acérées. « Moi revenir vite, vite, vite regarder vous. Tous nos yeux sur vous, protéger. »

— « Amour, Bondissant, amour. »

Le Hisa sauta d'un pied sur l'autre, dansant presque de joie.

« Toi promener ? »

— « Nous fuyons. Le Là-Haut est en danger, Bondissant, des hommes-avec-fusils. Ils viendront peut-être sur Downbelow. Nous fuyons, comme les Hisas, vieux, jeunes, les faibles aussi, Bondissant. Nous cherchons un endroit sûr. »

Bondissant se tourna vers ses compagnons, cria quelque chose qui fit toute la gamme, s'adressant à ceux qui étaient cachés dans la forêt et dans les arbres. Puis la main étrange, puissante, de Bondissant glissa dans la sienne et le Hisa le ramena sur la route, où la colonne s'était arrêtée, ceux qui se trouvaient à l'arrière avançant pour voir ce qu'il se passait.

« Monsieur Konstantin ! cria un employé, depuis un camion, d'une voix nerveuse, n'est-il pas dangereux de les laisser nous accompagner ? »

— « Aucun danger », répondit-il. Puis, aux autres : « Réjouissez-vous ! Les Hisas sont de retour. Les Downers savent qui est bienvenu sur Downbelow, et qui ne l'est pas, n'est-ce pas ? Ils nous ont surveillés continuellement, s'assurant que nous ne risquions rien. Vous tous ! cria-t-il aux masses invisibles qui se tenaient au loin, ils sont revenus pour vous, comprenez-vous ? Les Hisas connaissent toutes les cachettes et ils sont prêts à nous aider, entendez-vous ? »

Il y eut un murmure de désarroi.

« Jamais un Downer n'a frappé un homme ! » cria-t-il dans le noir, couvrant le ronronnement patient des moteurs. Il serra plus étroitement la main de Bondissant, avança parmi eux, et Miliko glissa la main sous son coude, de l'autre côté. Les camions repartirent et ils marchèrent, du même pas lent. Les Hisas se joignirent à la colonne, marchant dans les roseaux qui bordaient la route. Quelques humains s'écartaient d'eux. D'autres acceptaient de toucher la main tendue, même des réfugiés, suivant l'exemple des anciens, qui y étaient accoutumés.

« Ils ne sont pas dangereux ! cria un ouvrier. Laissez-les aller où ils veulent. »

« Bondissant, dit-il, il nous faut un endroit sûr… allez trouver les humains de tous les camps et conduisez-les dans des endroits sûrs. »

— « Toi vouloir sécurité, toi vouloir aide ; venir, venir. »

La main puissante resta dans la sienne, petite, comme s'ils étaient père et fils ; mais, malgré la taille et la jeunesse, c'était le contraire… mais les humains étaient comme des enfants, à présent, suivant une route bien connue en direction d'un endroit humain bien connu, mais ils ne reviendraient pas, ne reviendraient peut-être jamais… Il le savait.

« Venir notre endroit, dit Bondissant. Toi protéger nous ; nous rêver hommes mauvais partis et eux partir ; et vous venir, maintenant, nous rêver. Pas rêve hisa, pas rêve humain ; rêve commun. Venir endroit du rêve. »

Il ne comprit pas ce bavardage. Il y avait des endroits où les humains n'étaient jamais allés. Des endroits de rêve… c'était déjà un rêve, cette fuite commune des humains et des Hisas dans la nuit, dans la disparition de tout ce qui avait fait Downbelow.

Ils avaient sauvé les Downers ; et, pendant les longues années du pouvoir de l'Union, quand viendraient des humains totalement indifférents aux Hisas… il y aurait, parmi les Hisas, des humains capables de les avertir et de les protéger. C'était ce qu'il fallait faire.

« Ils viendront un jour, dit-il à Miliko. Ils abattront les arbres, construiront leurs usines, canaliseront la rivière et tout le reste. C'est ainsi que cela se passe, n'est-ce pas ? Si nous les laissons faire. » Il balança la main de Bondissant, regarda le petit visage tendu. « Nous allons avertir les autres camps, il faut conduire tous les humains dans la forêt, avec nous, pour longtemps ; longue marche. Besoin d'eau, de nourriture. »

— « Hisas trouver, fit Bondissant avec un sourire, soupçonnant une bonne plaisanterie partagée par les humains et les Hisas. Vous pas bien cacher nourriture. »

Ils n'avaient pas de suite dans les idées... prétendait-on. Peut-être le jeu arriverait-il à son terme quand les humains n'auraient plus de cadeaux. Peut-être cesseraient-ils d'admirer les humains et s'en iraient-ils. Peut-être pas. Les Hisas n'étaient plus ce qu'ils étaient à l'arrivée des humains.

Ni les humains, sur Downbelow.

4

LE *HAMMER*, VAISSEAU DE TRANSPORT, ESPACE INTERSTELLAIRE ; 1900 HEURES

Vittorio se servit un verre, le deuxième depuis l'arrivée de la Flotte de l'Union éprouvée par la bataille. Les choses ne s'étaient pas déroulées comme elles auraient dû. Le silence s'était abattu sur le *Hammer*, le silence amer d'un équipage qui réchauffait un ennemi dans son sein, un témoin de l'humiliation de sa patrie. Il ne soutenait aucun regard, n'exprimait aucune opinion... voulait seulement s'anesthésier avec toute la célérité requise, afin qu'on ne puisse rien lui reprocher. Il ne voulait donner ni conseils ni opinion.

Il était manifestement un otage ; son père l'avait voulu ainsi. Et, finalement, il se dit que son père avait peut-être trompé tout le monde, qu'il n'était peut-être plus qu'un otage sans raison d'être... qu'il n'était peut-être qu'une carte qu'il était à présent nécessaire de jouer.

Mon père me hait, avait-il essayé d'expliquer; mais ils avaient haussé les épaules, considérant cela comme dénué d'intérêt. Ils ne prenaient pas les décisions. C'était le rôle de Jessad. Et où était Jessad, à présent?

Il avait appris que le vaisseau devait recevoir un visiteur, un personnage important.

Jessad en personne, pour exposer son échec et disposer d'un bagage humain encombrant?

Il avait terminé son verre quand l'agitation de l'équipage et un choc contre la coque annoncèrent le contact. De nombreuses machines entrèrent en action et l'ascenseur se mit en marche, claquement quand la cabine entra en synchronisation avec le cylindre rotatif. Quelqu'un arrivait. Il resta immobile, son verre devant lui, regrettant de ne pas être plus ivre. La courbe du pont cachait la sortie de l'ascenseur, de l'autre côté du poste de commandement. Il ne pouvait voir ce qui se passait, remarqua simplement que tous les membres de l'équipage du *Hammer* n'étaient pas à leur poste. Il leva la tête, soudain décontenancé, quand il s'aperçut qu'ils venaient derrière lui, derrière son dos, par le mess et les quartiers de l'équipage.

Blass, capitaine du *Hammer*. Deux hommes d'équipage, de nombreux militaires et quelques individus en civil, derrière eux. Vittorio se leva péniblement et les dévisagea. Un officier dont la chevelure était blanchie par la réjuv, resplendissant d'argent et galons. Et *Dayin*. Dayin Jacoby.

« Vittorio Lukas, annonça Blass. Capitaine Seb Azov, commandant en chef de la Flotte; M. Jacoby, de votre station, et M. Segust Ayres, de l'Earth Company. »

— « Du Conseil de Sécurité », corrigea ce dernier.

Azov s'assit à la table et les deux autres s'installèrent sur les bancs. Vittorio se rassit, les mains paralysées sur le plateau de la table. Il était entouré d'un abîme alcoolique qui allait et venait. Il s'efforçait d'avoir l'air naturel. Ils étaient venus le voir... lui... et il ne pouvait servir à personne.

« L'opération est commencée, monsieur Lukas, dit Azov. Nous avons éliminé deux des vaisseaux de Mazian. Il ne sera pas facile de les déloger; ils restent à proximité de la station. Nous avons demandé des vaisseaux supplémentaires ; mais nous avons chassé les vaisseaux de transport, tous les long-courriers. Il ne reste plus que les moyen-courriers de Pell, qui servent de camouflage.

— « Qu'attendez-vous de moi ? » demanda Vittorio.

— « Monsieur Lukas, vous connaissez les commerçants basés sur la station... vous avez dirigé la Société Lukas, au moins dans une certaine mesure... et vous connaissez ces vaisseaux. »

Il acquiesça, inquiet.

« Votre vaisseau, le *Hammer*, monsieur Lukas, va regagner le secteur de Pell et, en ce qui concerne les commerçants, vous serez le responsable des coms du *Hammer*... pas sous votre véritable nom, bien entendu, on vous donnera le dossier de la famille du *Hammer*, que vous étudierez très attentivement. Vous vous ferez passer pour un de ses membres. Mais, au cas où le *Hammer* devrait répondre aux questions de la milice ou de Mazian, votre vie dépendrait de votre intelligence et de votre imagination. Le *Hammer* expliquera aux commerçants restants que le meilleur moyen de survivre est de gagner les limites du Système et de ne pas se mêler de cette affaire, de rester à l'écart et de suspendre tout commerce avec Pell. Nous voulons être débarrassés de ces vaisseaux, monsieur Lukas ; et il ne faudrait pas que les commerçants apprennent que nous avons pris le contrôle du *Hammer* et du *Swan's Eye*. Nous ne voulons pas que cela soit connu, avez-vous bien compris ? »

Les équipages de ces vaisseaux, se dit-il, ne retrouveront jamais la liberté, pas sans Adaptation. Il songea alors que sa propre mémoire constituait aussi un danger pour l'Union, qu'il ne fallait pas que les commerçants puissent apprendre que l'Union avait violé leur neutralité, alors qu'elle prétendait que c'était uniquement le fait de Mazian. Qu'elle avait réquisitionné non seulement du personnel, mais des vaisseaux et des noms... surtout des noms, la foi et la personnalité de ces gens. Il tripota le verre vide qui se trouvait devant lui, prit conscience de ce qu'il faisait et cessa immédiatement, s'efforçant de paraître sobre et sensé.

« Cela correspond à mon intérêt, dit-il. Sur Pell, mon avenir est loin d'être assuré. »

— « Comment cela, monsieur Lukas ? »

— « Je nourris l'espoir d'une carrière au sein de l'Union, Capitaine Azov. » Il regarda le visage impassible d'Azov, espérant que sa voix reflétait le calme qu'il s'efforçait de conserver. « Les relations entre mon père et moi ne sont pas... chaleureuses, de sorte qu'il n'a pas hésité à me confier à vous. J'ai eu le temps de réfléchir. Tout le temps. Je préfère m'entendre directement avec l'Union. »

— « Pell perd tous ses amis, fit remarquer Azov d'une voix douce, adressant un bref regard à M. Ayres. A présent, les indifférents désertent. La volonté des gouvernés, monsieur l'Ambassadeur. »

Ayres regarda Azov, en coin.

« Nous avons accepté cette situation. Le but de ma mission n'a jamais été de faire obstacle à la volonté des habitants de ces régions. Mais la sécurité de la Station Pell m'inquiète. Nous parlons de milliers de vies, capitaine. »

— « Le siège, monsieur Ayres. Nous coupons leur ravitaillement et gênons leur fonctionnement jusqu'à ce que la situation devienne inconfortable. » Azov se tourna vers Vittorio, le dévisagea pendant un instant. « Monsieur Lukas... nous devons leur couper tout accès aux mines et à Downbelow. Frapper sur la planète... possible, onéreux, militairement, et finalement peu efficace. Par conséquent, nous procédons par étapes. Mazian tient Pell ; il ne laissera que des ruines s'il est vaincu, détruira Downbelow et la station elle-même, se repliera sur les Etoiles Proches... vers la Terre. Voulez-vous que votre précieuse planète mère serve de base aux Mazianni, monsieur Ayres ? »

Ayres lui adressa un regard trouble.

« Et il en est capable, reprit Azov sans quitter Vittorio des yeux, un regard glacé, pénétrant. Monsieur Lukas, tel est votre devoir. Obtenir des informations... dissuader les commerçants de ravitailler la station. Comprenez-vous ? Pensez-vous que ce soit dans vos possibilités ? »

— « Oui, capitaine. »

Azov acquiesça.

« Vous comprendrez, monsieur Lukas, que vous devez nous excuser, à présent, M. Jacoby et vous. »

Il hésita, légèrement pris de vertige, comprit vaguement qu'il s'agissait d'un ordre et que le regard gris d'Azov n'accepterait aucune contre-proposition. Il se leva. Dayin passa en s'excusant devant Ayres, et cela laissa Blass, Azov et Ayres seuls. Le capitaine du *Hammer* allait recevoir des instructions dont il aurait bien voulu connaître la nature.

Des vaisseaux avaient disparu. Azov n'avait pas dit toute la vérité. Il avait entendu l'équipage parler. Des vaisseaux n'étaient pas rentrés. Et c'était *là-dedans* qu'on allait les envoyer.

Il s'arrêta quand la courbe eut caché les autres, regarda Dayin, se laissa tomber sur le banc de la table du mess de l'équipage.

« Ça va ? » demanda-t-il à Dayin, pour qui il n'avait jamais eu beaucoup d'affection ; mais un visage familier faisait plaisir, dans cet endroit glacé, dans ces circonstances.

Dayin hocha la tête.

« Et toi ? » Il était rare qu'il obtienne une telle considération de la part de son oncle Dayin.

« Bien. »

Dayin s'assit en face de lui.

« La vérité ? demanda Vittorio. Combien de vaisseaux ont-ils perdus ? »

— « De gros dégâts, répondit Dayin. Apparemment, Mazian leur a fait du mal. Je sais que des vaisseaux manquent à l'appel. Le *Victoire* et l'*Endurance*, je crois. »

— « Mais l'Union peut en construire d'autres. Elle en fait venir d'autres. Combien de temps tout cela durera-t-il ? »

Dayin secoua la tête, regarda le plafond avec insistance. Les ventilateurs fonctionnaient, étouffant les conversations mais ne les protégeant pas de l'enregistrement.

« Ils l'ont coincé, dit alors Dayin. Et ils peuvent recevoir du ravitaillement indéfiniment, mais Mazian est pris au piège. Ce qu'Azov a dit était la vérité. Il leur a fait du mal, beaucoup de mal, mais ils lui en ont fait davantage. »

— « Et nous ? »
— « Je préfère être ici qu'à Pell, honnêtement. »
Vittorio eut un rire amer. Son regard se brouilla, une douleur brutale dans la gorge, qui ne disparaissait jamais complètement, et il secoua la tête.
« Je suis sérieux, dit-il, au cas où ils seraient écoutés. Je donnerai le meilleur de moi-même à l'Union ; je n'ai jamais eu de meilleure occasion. »
Dayin le regarda bizarrement, fronça les sourcils, comprenant peut-être ses intentions. Pour la première fois en vingt-cinq ans il se sentait proche de quelqu'un. Que ce soit Dayin qui avait trente ans de plus que lui et une expérience différente... cela l'étonna. Mais un bref séjour dans l'interstellaire nouait parfois des amitiés improbables, se dit-il ; peut-être Dayin avait-il déjà choisi et Pell n'était plus leur patrie.

5

1

PELL, DOCK VERT ; 2000 HEURES, J ; 0800 HEURES, A-J

Le feu toucha la paroi. Damon se tassa dans le coin qu'ils occupaient, résista un très bref instant quand Josh le prit par le bras, se leva et l'entraîna dans sa fuite, suivit, dans la foule affolée et hurlante que Vert neuf déversait dans le dock. Un homme fut touché, roula par terre à leurs pieds, et ils sautèrent par-dessus le corps, continuèrent dans la direction où les soldats les poussaient.
Habitants de la station, réfugiés évadés... il n'y avait pas de différence. Ils coururent, les rayons touchant les structures et les boutiques, explosions silencieuses dans un chaos de hurlements, coups tirés sur l'armature et non sur la coque vulnérable de la station proprement dite. On tirait au-dessus des têtes, à présent que la foule bougeait, et ils coururent jusqu'à ce que les plus faibles

ralentissent. Damon s'arrêta en même temps que Josh, constata qu'ils étaient dans le dock Blanc, hésitant tous deux parmi les quelques fuyards qui couraient encore, les quelques personnes qui, dans leur terreur, semblaient croire qu'on tirait toujours. Il vit un abri parmi les boutiques de la paroi intérieure, prit cette direction, suivi par Josh, trouva le renfoncement de l'entrée d'un bar fermé à cause des émeutiers, un endroit où s'asseoir tranquillement, en dehors de la trajectoire des rayons.

Il y avait plusieurs cadavres dans le dock, devant eux, nouveaux ou anciens, il ne savait pas. C'était devenu un spectacle ordinaire, ces dernières heures. Il y eut quelques actes de violence, pendant le temps qu'ils passèrent assis contre la porte... bagarres entre des stationniers et des individus qui devaient être des réfugiés. Mais, en majorité, les gens erraient, appelant parfois des noms, parents cherchant des enfants, amis ou amants tentant de se retrouver. Parfois, il y eut des retrouvailles... et une fois, une fois, un homme identifia un cadavre, cria et sanglota. Damon posa le front sur les bras. Finalement, quelques hommes emmenèrent le malheureux.

Et, finalement, les militaires envoyèrent des détachements de soldats en armures qui formèrent des équipes puis leur ordonnèrent de ramasser les morts et de les évacuer. Damon et Josh se tassèrent contre la porte et échappèrent à cette corvée; les soldats ne prenaient que les actifs et les nerveux.

Enfin, les Downers sortirent de leurs cachettes, timidement, à pas de loup et jetant des regards effrayés tout autour d'eux. Ils prirent sur eux de nettoyer le dock, effaçant les traces de mort, fidèles à leurs tâches habituelles de propreté et d'ordre. Damon reprit un peu espoir en les voyant; c'était la première bonne chose depuis de nombreuses heures, le fait que les gentils Downers se soient remis au service de Pell.

Il dormit un peu, comme les autres personnes réfugiées dans le dock, comme Josh près de lui, appuyé contre l'encadrement de la porte. De temps en temps, les coms annonçant que le travail reprenait, ou bien que de la nourriture serait distribuée dans tous les secteurs, le réveillèrent.

De la nourriture. Cette pensée se mit à l'obséder. Il

n'en parla pas, les bras autour de ses genoux levés et les membres faibles à cause de la faim; de la faiblesse, pensait-il, regrettant un petit déjeuner négligé, l'absence de déjeuner et de dîner... il n'était pas accoutumé à la faim. C'était, pour lui, un repas sauté pendant une journée particulièrement chargée. Un inconvénient. Une gêne. A présent, c'était autre chose. Cela mettait la résistance dans une autre perspective; lui troublait l'esprit; découvrait de nouveaux horizons de désespoir. S'ils risquaient d'être reconnus et arrêtés, ce serait en faisant la queue pour obtenir à manger; mais c'était cela ou mourir de faim. Leur immobilité elle-même devint suspecte quand l'odeur de la nourriture envahit le dock et que tout le monde bougea, quand les chariots arrivèrent, poussés par des Downers. Les gens se jetèrent sur les chariots, criant et s'emparant de leur contenu; mais les soldats arrivèrent et l'ordre fut rapidement rétabli. Les chariots, ayant perdu une partie de leur chargement, approchèrent. Ils se levèrent, sans pour autant quitter leur renfoncement.

« Je vais y aller, dit finalement Josh. Ne bougez pas. Je dirai que vous êtes blessé. Je demanderai deux rations. »

Damon secoua la tête. C'était un courage pervers, de risquer le tout pour le tout, couvert de sueur, dépeigné, vêtu d'une combinaison sale et tachée de sang. S'il ne pouvait pas traverser le dock de peur d'être assassiné ou reconnu par un soldat, il deviendrait fou. Au moins, ils ne semblaient pas demander les papiers d'identité. Il en avait trois jeux, plus les siens, qu'il n'osait pas présenter; Josh en avait deux jeux, mais les photos ne correspondaient pas.

Une action simple, traverser sous l'œil d'un gardien, prendre un sandwich froid et un gobelet de boisson aux fruits tiède, puis s'éloigner; mais il regagna l'entrée du bar avec un sentiment de triomphe, s'y accroupit pour manger, tandis que Josh le rejoignait... mangea et but, ces actes ordinaires lui donnant l'impression que l'essentiel du cauchemar était terminé et qu'il se trouvait plongé dans une réalité étrange et nouvelle où la méfiance animale était plus nécessaire que les sentiments humains.

Puis le gazouillis strident de la langue des Downers, celui qui poussait le chariot s'adressant à ses congénères, qui se trouvaient de l'autre côté du dock. Damon fut stupéfait ; les Downers, en général, n'osaient pas parler quand tout était silencieux autour d'eux ; cela étonna également le soldat qui leva son arme et regarda autour de lui. Mais il n'y avait rien, seulement des gens silencieux, effrayés, et des Downers solennels, aux yeux ronds, qui, s'étant un instant immobilisés, reprenaient leur travail. Damon termina son sandwich tandis que le chariot s'éloignait sur la courbe ascendante du dock, en direction du secteur Vert.

Un Downer arriva près d'eux, traînant une caisse dans laquelle il entassait les containers en plastique. Josh parut inquiet quand le Downer tendit la main, donna les sacs en plastique ; Damon jeta le sien dans la caisse, parut terrifié quand le Downer lui posa doucement la main sur le bras.

« Toi homme-Konstantin. »

— « Va-t'en, souffla-t-il d'une voix rauque. Downer, ne dis pas mon nom. Ils me tueront s'ils me voient. Tais-toi et va-t'en, vite. »

— « Moi *Dent-Bleue*. Dent-Bleue, homme-Konstantin. »

— « Dent-Bleue. » Il se souvint. Les tunnels. Le Downer blessé. La pression des doigts puissants du Downer se fit plus intense.

— « Downer Lily envoyer nous de la part Soleil-Son-Ami, toi appeler 'Licia. Elle envoyer nous calmer les lukas, pas venir chez elle. Amour, homme-Konstantin. 'Licia, elle bien, Downers tout autour, protéger elle. Nous conduire toi ; toi vouloir ? »

Pendant quelques instants, le souffle lui manqua.

« Vivante ? Elle est vivante ? »

— « 'Licia, elle bien. Envoyez toi venir, faire toi bien avec elle. »

Il essaya de réfléchir, s'accrocha à la main couverte de fourrure et regarda les grands yeux noirs, souhaitant beaucoup plus que ce que le langage simpliste des Downers pouvait exprimer. Il secoua la tête.

« Non, non. Il serait dangereux pour elle que nous y allions. Hommes-avec-fusils, tu comprends, Dent-Bleue ? Hommes me chercher. Dis-lui... dis-lui que je vais bien. Dis-lui que je me cache, dis-lui qu'Elene est partie avec les vaisseaux. Nous allons bien. A-t-elle besoin de moi, Dent-Bleue ? Besoin ? »

— « Bien chez elle. Downers avec elle, tous Downers du Là-Haut. Lily avec elle. Satin avec elle. Tous. Tous. »

— « Dis-lui... dis-lui que je l'aime. Dis-lui que je vais bien et Elene aussi. Amour, Dent-Bleue. »

Des bras bruns l'entourèrent. Il serra le Downer contre lui avec ferveur, puis Dent-Bleue s'éloigna comme une ombre, ramassa rapidement les papiers gras qui se trouvaient près d'eux, s'éloigna. Damon regarda autour de lui, de peur qu'ils aient été vus, ne rencontra que le regard curieux de Josh. Il tourna la tête, s'essuya les yeux sur le bras posé sur son genou. La paralysie s'estompa ; il recommença à avoir peur, à avoir une raison d'avoir peur, un des siens en danger.

« Votre mère, dit Josh. Est-ce d'elle qu'il parlait ? »

Il acquiesça sans commentaires.

« Je suis content, » fit Josh avec gravité.

Il acquiesça une deuxième fois. Cligna des yeux, s'efforçant de réfléchir, avec l'impression que son cerveau était soumis à des coups successifs, de sorte qu'il s'engourdissait complètement.

« Damon. »

Il leva la tête, suivit la direction du regard de Josh. Des groupes de soldats sortaient de l'horizon, du dock Vert, en formation et apparemment décidés. Tranquillement, avec nonchalance, il se leva, épousseta ses vêtements, tourna le dos au dock pour couvrir Josh tandis qu'il se levait. Très tranquillement, ils partirent dans la direction opposée.

« Apparemment, ils ont l'intention de mettre de l'ordre », dit Josh.

— « Nous ne risquons rien », affirma Damon. Ils n'étaient pas les seuls à partir. Le couloir neuf de Blanc n'était pas très loin. Ils partirent en compagnie de gens qui semblaient avoir la même motivation, trouvèrent des toilettes publiques à côté d'un bar proche du coin de neuf Blanc ; Josh y entra et il le suivit. Ils en firent usage et sortirent, d'un pas normal. On avait posté des gardiens à l'intersection du couloir et du dock, mais ils ne faisaient rien, se contentaient de surveiller. Il continua dans le couloir neuf, s'arrêta à une cabine publique de coms.

« Cachez-moi », dit-il, et Josh s'appuya obligeamment contre la paroi, entre eux et l'entrée de neuf, où se tenaient les gardiens. « Nous allons voir quelles cartes nous avons, le nombre de crédits, qui étaient les propriétaires. Je n'ai pas besoin d'utiliser ma priorité, seulement les numéros d'enregistrement. »

— « Je suis sûr d'une chose, dit Josh. Je n'ai pas l'air d'un citoyen de Pell. Et votre visage... »

— « Personne ne veut se faire remarquer ; personne ne peut nous dénoncer sans se faire remarquer. C'est notre meilleur espoir ; tout le monde tient à rester dans l'ombre. » Il introduisit la première carte et composa le code. Altener, Leslie : 789,90 crédits dans le comp ; marié, un enfant. Employé de bureau, concession d'habillement. Il mit cette carte dans sa poche gauche, inutilisable du fait qu'il ne voulait pas spolier les survivants. Lee Anton Quale, célibataire, carte délivrée par la Société Lukas, accès limités, 8 967,89 crédits... une somme extraordinaire, compte tenu de son statut. William Teal, marié, pas d'enfants, chef de manutension, 4 567,67 crédits, accès aux entrepôts.

« Voyons les vôtres », dit-il à Josh. Josh les lui donna et il introduisit la première, fiévreusement, se demandant si une telle succession de demandes de renseignements, depuis une cabine publique, ne mettrait pas le comp en alerte. Cecil Sazony, célibataire, 456,78 crédits, machiniste et manœuvre, accès aux baraquements ; Louis Diban, récemment divorcé après cinq ans de mariage, aucune personne à charge, 3 421,56 crédits, contremaître aux docks. Il mit les cartes dans sa poche et s'éloigna, suivi par Josh qui le rejoignit bientôt, tournant dans un couloir latéral puis prenant une nouvelle fois à droite. Il y avait un débarras, à cet endroit ; tous les docks étaient semblables au niveau des couloirs centraux et il y avait nécessairement, dans les environs, un débarras destiné au matériel d'entretien. Il trouva la porte en question, qui ne portait aucune indication, l'ouvrit avec la carte du contremaître et alluma la lumière. La ventilation fonctionnait ; il y avait du papier, des produits d'entretien et des outils. Il entra, suivi par Josh, et ferma la porte.

« Une cachette, dit-il, glissant la carte dans sa poche et se disant que ce serait sans doute la plus utile. Nous restons ici, sortons quelque temps pendant l'anti-jour. Deux de nos cartes appartenaient à des gens de l'anti-jour, avec accès aux docks. Asseyez-vous. La lumière va s'éteindre dans quelques instants. Impossible de la conserver... le comp s'apercevra que la lumière d'un débarras est allumée, l'éteindra automatiquement... très économique. »

— « Sommes-nous en sécurité, ici ? »

Damon eut un rire amer, s'appuya contre la paroi, les jambes pliées pour permettre à Josh de s'asseoir en face de lui. Il tâta sa poche, afin de s'assurer que l'arme s'y trouvait toujours. Il soupira.

« Il n'y a pas d'endroit sûr. »

Fatigué, le visage d'ange, couvert de cambouis, les cheveux collés, Josh paraissait terrifié, bien que ses instincts les aient sauvés, lorsqu'on leur avait tiré dessus. A eux deux, le premier connaissant les accès et le deuxième ayant les bons réflexes, ils posaient un problème difficile à Mazian.

« On vous a déjà tiré dessus, dit-il. Pas seulement dans un vaisseau... de près. Le savez-vous ? »

— « Je ne me souviens pas. »

— « Vraiment ? »

— « Je vous le dis. »

— « Je connais la station. Chaque trou, chaque passage ; et si les navettes repartent, si les vaisseaux retournent aux mines, grâce aux cartes, nous pourrons gagner les docks, nous joindre à une équipe de manutention, monter sur un vaisseau... »

— « Pour aller où ? »

— « Sur Downbelow. Ou aux mines. Dans ces endroits-là, on ne pose pas de questions. » C'était un rêve qu'il avait échafaudé pour les réconforter. « Peut-être Mazian décidera-t-il qu'il ne peut pas tenir la station. Peut-être qu'il partira. »

— « Il la détruira, en ce cas. Il détruira la station, et les installations de Downbelow avec. Laisserait-il à l'Union une base qui pourrait servir contre lui ? »

Damon fronça les sourcils, bien qu'il connût la vérité. « Avez-vous une meilleure suggestion ? »

— « Non. »

— « Je pourrais me livrer, négocier mon retour au pouvoir, évacuer la station… »

— « Vous y croyez ? »

— « Non », répondit-il. Il avait déjà calculé ses chances. « Non. »

La lumière s'éteignit. Le comp l'avait coupée. Seule la ventilation continua de fonctionner.

2

PELL, COMMANDEMENT CENTRAL ; 1200 HEURES, J ; 0930 HEURES, A-J

« Mais ce n'est pas la peine, dit Porey d'une voix douce, une expression implacable sur son visage noir, couvert de cicatrices, il est inutile que vous restiez, monsieur Lukas. Vous avez fait votre devoir de citoyen. A présent, rentrez chez vous. Un de mes hommes va vous accompagner. »

Jon jeta un regard circulaire dans la salle de contrôle, sur les soldats qui y avaient pris position, ayant ôté la sécurité de leurs armes, et ne quittaient pas des yeux la nouvelle équipe de techs chargés de surveiller les tableaux de commandes, les autres étant sous bonne garde pour la nuit. Il se leva, dans l'intention de donner des instructions au chef des coms, s'immobilisa lorsqu'un soldat bougea légèrement, grincement creux d'armure, arme pointée.

« Monsieur Lukas, reprit Porey, il arrive que l'on soit abattu pour avoir ignoré un ordre. »

— « Je suis fatigué, dit-il nerveusement. Je suis heureux de partir, capitaine. Je n'ai pas besoin d'escorte. »

Porey fit un signe. Un soldat posté près de la porte s'écarta poliment, l'attendit. Jon sortit, suivi par le soldat qui le rejoignit bientôt et marcha à ses côtés, compagnon indésirable. Ils passèrent devant d'autres soldats qui montaient la garde dans les couloirs silencieux, portant les marques de l'émeute, du secteur Bleu.

D'autres vaisseaux de la Flotte accostaient. Ils s'étaient approchés, avaient finalement décidé d'accoster, ce qui lui semblait stupide du point de vue stratégique, un risque qu'il ne comprenait pas. Le risque de Mazian. Le sien, à présent. Pas celui de Pell, parce que Mazian était de retour.

Peut-être... il avait du mal à le croire... peut-être l'Union avait-elle été sévèrement battue. Peut-être n'avait-on pas tout dit. Peut-être l'Union avait-elle besoin de temps. Cela l'inquiétait, l'idée que Mazian puisse rester longtemps.

Soudain, des soldats sortirent de l'ascenseur du couloir Bleu un, des soldats qui avaient un insigne différent. Ils l'arrêtèrent, présentèrent un document à son escorte.

« Suivez-nous ! » ordonna l'un d'entre eux.

— « Le capitaine Porey m'a demandé... » protesta-t-il, mais on le poussa avec le canon d'un fusil, puis on l'entraîna vers l'ascenseur. *Europe,* indiquaient les insignes. Des soldats de l'*Europe*. Mazian était arrivé.

« Où allons-nous ? » demanda-t-il, cédant à la panique. Ils avaient abandonné le soldat de l'*Afrique*. « Où allons-nous ? »

Il n'y eut pas de réponse. Ils étaient délibérément grossiers. Ils savaient où ils allaient... et ses soupçons se confirmèrent quand, une fois la cabine arrêtée, on le poussa dans le couloir neuf Vert, en direction du dock, puis vers l'accès éclairé d'un vaisseau.

Il n'était jamais entré dans un vaisseau de guerre. C'était aussi étroit que l'intérieur d'un transport, malgré la taille extérieure. Cela le rendit claustrophobe. Les armes des soldats qui le suivaient ne le rassuraient pas et chaque fois qu'il hésitait, pour tourner à gauche, pour entrer dans un ascenseur, ils le poussaient avec le canon. Il était malade de peur.

Ils savent, se disait-il. Il tentait de se persuader que c'était la politesse militaire, que Mazian voulait rencontrer le nouveau Chef de Station, que Mazian voulait l'impressionner ou lui montrer sa puissance. Mais, à cet endroit, ils pouvaient faire ce qui leur plaisait. Ils pouvaient l'évacuer dans un vide-ordures et rien ne le distinguerait plus des centaines de cadavres qui dérivaient, nuisance gelée, autour de la station, que les unités spécialisées rassembleraient et éloigneraient. Aucune différence. Il tenta de reprendre son calme, persuadé qu'il survivrait grâce à lui, maintenant ou jamais.

On lui fit quitter l'ascenseur dans un couloir où des soldats montaient la garde, puis on le conduisit dans une grande pièce déserte où se trouvait une table ronde. On le fit asseoir dans un fauteuil. Les soldats attendirent avec lui, le fusil posé dans le creux du coude.

Mazian entra, les traits tirés et vêtu de bleu sombre. Jon se leva respectueusement; Conrad Mazian lui fit signe de se rasseoir. D'autres personnes entrèrent et prirent place autour de la table, les officiers de l'*Europe*, aucun capitaine. Jon les regarda tour à tour.

« Chef de Station par intérim, fit tranquillement Mazian. Monsieur Lukas, qu'est-il arrivé à Angelo Konstantin ? »

— « Mort, répondit Jon, s'efforçant de tout réprimer, sauf l'innocence. Les émeutiers se sont introduits dans les bureaux de la station. Ils l'ont tué, avec tout son personnel. »

Mazian se contenta de le fixer, parfaitement impassible. Il se mit à transpirer.

« Nous pensons, reprit Jon, croyant deviner les pensées du capitaine, qu'il y a eu complot... l'attaque des bureaux, l'ouverture des portes de la Quarantaine, cela semblait organisé. Nous enquêtons. »

— « Qu'avez-vous découvert ? »

— « Rien, pour le moment. Nous pensons que des agents de l'Union ont réussi à pénétrer dans la station en se faisant passer pour des réfugiés. Quelques-uns ont réussi, et ils avaient des amis ou de la famille en Quarantaine. Néanmoins, nous nous demandons bien comment le contact a été établi. Nous pensons que les gardiens faisaient partie du complot... connivence liée au marché noir. »

— « Mais vous n'avez rien découvert ? »

— « Rien encore. »

— « Et il est peu probable que vous trouviez rapidement, n'est-ce pas, monsieur Lukas ? »

Son cœur se mit à battre très vite. Il s'efforça de ne pas trahir sa panique ; espéra qu'il avait réussi.

« Je vous prie d'excuser cette situation, capitaine, mais nous avons eu beaucoup de travail, avec les émeutes, les dégâts causés à la station... puis l'exécution des ordres du Capitaine Mallory et... »

— « Oui. Bravo, le moyen que vous avez utilisé pour dégager les couloirs ; mais c'était déjà plus calme, à ce moment-là, n'est-ce pas ? D'après ce que j'ai compris, des habitants de la Quarantaine ont eu accès au Commandement Central. »

Jon avait du mal à respirer. Il y eut un long silence. Aucun mot ne lui venait à l'esprit. Mazian fit signe à un des gardiens de la porte.

« Nous étions en pleine crise, dit Jon, n'importe quoi pour combler ce silence terrifiant. J'ai peut-être agi arbitrairement, mais l'occasion de contrôler une situation dangereuse s'est présentée. Oui, je me suis servi du Conseiller de ce secteur qui, à mon avis, n'était pas impliqué dans les désordres... une voix rassurante... il n'y avait personne d'autre au... »

— « Où se trouve votre fils, monsieur Lukas ? »

Il fut pris de court.

« Où se trouve votre fils ? »

— « Aux mines. Je l'ai envoyé visiter les mines. Est-ce qu'il va bien ? Avez-vous de ses nouvelles ? »

— « Pourquoi l'avez-vous envoyé là-bas, monsieur Lukas ? »

— « Franchement, pour lui faire quitter la station. »

— « Pourquoi ? »

— « Parce qu'il a dirigé nos services, pendant que j'étais stationné sur Downbelow. Après trois ans, il y avait des problèmes de fidélité, d'autorité et de canaux de communication, au sein de nos services. J'ai pensé qu'une brève absence serait salutaire et j'avais besoin, dans nos bureaux des mines, d'une personne capable de prendre les choses en main, si les communications se trouvaient interrompues. Une décision politique. Pour des raisons internes et de sécurité. »

— « N'était-ce pas pour équilibrer la présence d'un certain Jessad dans la station ? »

Son cœur faillit s'arrêter. Il secoua calmement la tête.

« Je ne sais pas de quoi vous parlez, Capitaine Mazian.

Si vous vouliez bien me communiquer votre source d'information... »

Mazian fit un signe et quelqu'un entra dans la pièce. Jon regarda et vit Bran Hale, qui évita ses yeux.

« Vous connaissez-vous ? » demanda Mazian.

— « Cet individu, dit Jon, a été chassé de Downbelow pour mauvaise gestion et mutinerie. Je l'ai engagé en raison de sa conduite antérieure. Apparemment, je n'ai pas bien placé ma confiance. »

— « M. Hale a pris contact avec l'*Afrique* dans l'intention de s'engager... et prétendant détenir certaines informations. Mais vous niez purement et simplement connaître ce Jessad. »

— « M. Hale a parfaitement le droit de parler de ses relations. C'est une machination. »

— « Et un certain Kressich, Conseiller de la Quarantaine ? »

— « M. Kressich, comme je l'ai expliqué, est venu au Commandement Central. »

— « Et ce Jessad aussi. »

— « Peut-être s'agissait-il d'un des gardes du corps de Kressich. Je n'ai pas demandé comment ils s'appelaient. »

— « Monsieur Hale ? »

Bran Hale fit la moue.

« Je maintiens mes propos, capitaine. »

Mazian acquiesça lentement, sortit tranquillement son arme. Jon recula vivement et les hommes qui se tenaient derrière lui le plaquèrent sur son fauteuil. Il fixa l'arme, paralysé.

« Où est Jessad ? Comment êtes-vous entré en contact avec lui ? Où s'est-il caché ? »

— « Les inventions de Hale... »

La sécurité de l'arme fut dégagée.

« J'ai été menacé, souffla Jon. Forcé de coopérer sous la menace. Ils se sont emparés d'un membre de ma famille. »

— « Ainsi, vous leur avez donné votre fils. »

— « Je n'avais pas le choix. »

— « Hale, dit Mazian, vos compagnons, vous-même et M. Lukas pouvez passer dans le compartiment voisin. Et nous rédigerons un procès-verbal. Nous allons vous laisser régler dans l'intimité le différend qui vous oppose à M. Lukas, ensuite, vous nous le ramènerez. »

— « Non ! s'écria Jon. Non. Je vais vous donner les informations, tout ce que je sais. »

Mazian le congédia d'un geste de la main. Jon tenta de s'accrocher à la table. Les hommes qui se tenaient derrière lui le forcèrent à se lever. Il résista mais ils le traînèrent dans le couloir. Les hommes de Hale s'y trouvaient.

« Ils vous serviront de la même manière ! cria Jon en direction de la pièce où se trouvaient toujours les officiers de l'*Europe*. Engagez-le et il vous servira de la même manière. Il ment ! »

Hale lui saisit le bras, le projeta dans la pièce qui leur était réservée. Les autres suivirent. La porte fut fermée.

« Vous êtes fou, dit Jon. Vous êtes fou, Hale. »

— « Vous avez perdu », fit Hale.

3

LE *FINITY'S END* ; ESPACE INTERSTELLAIRE ; 2200 HEURES, J ; 1000 HEURES, A-J

Le clignotement des témoins, le bruit des ventilateurs, le grésillement occasionnel des coms... tout cela avait une familiarité irréelle, comme si Pell n'avait jamais existé, comme si c'était à nouveau l'*Estelle* et que les gens qui l'entouraient, en se retournant, révéleraient des visages familiers, connus depuis l'enfance. Elene traversa le poste de pilotage affairé du *Finity's End* et se glissa dans un coin, sous une console en surplomb, d'où elle pouvait voir le scan. Les drogues engourdissaient encore ses sens. Elle se posa la main sur le ventre, victime d'une nausée à laquelle elle n'était plus habituée. Le saut n'avait pas fait de mal à l'enfant... ne lui en ferait pas. Les commerçants l'avaient prouvé de nombreuses fois ; des femmes robustes et accoutumées dès l'enfance aux pressions ; c'étaient principalement les nerfs, et les drogues n'étaient pas très fortes. Elle ne le perdrait pas, ne voulait même pas y penser. Quelques instants plus tard, l'accélération de son pouls, provoquée par le bref trajet dans le poste de pilotage, diminua et les haut-le-cœur cessèrent. Elle vit un autre point apparaître sur le scan. Les vaisseaux de transport gagnaient le point zéro en courant sur leur élan, comme ils avaient quitté Pell, cherchant à conserver un maximum de vitesse, en rentrant dans l'espace réel, afin de conserver une avance suffisante sur leurs suivants, qui arrivaient par vagues successives. Il suffisait d'un mauvais calcul, d'un imbécile trop pressé, arrivant dans l'espace réel trop près du point, et deux vaisseaux cesseraient d'exister, éparpillés un peu partout. Cette mort lui avait toujours semblé particulièrement désagréable. Pendant quelques minutes encore, ce destin peu enviable serait une possibilité parfaitement vraisemblable.

Mais ils étaient de plus en plus nombreux, à présent, gagnant ce refuge dans un ordre relatif. Ils avaient peut-être perdu quelques vaisseaux, en traversant la zone de combat ; elle l'ignorait.

Elle fut à nouveau prise de nausées. Elles allaient et venaient. Elle avala plusieurs fois de suite sa salive, décidée à les ignorer, adressa un regard larmoyant à Neihart, qui avait abandonné les commandes du vaisseau à son fils et se dirigeait vers elle.

« J'ai une proposition, dit-elle, entre deux gorgées de salive. Confiez-moi à nouveau les coms. Impossible de partir d'ici. Regardez ce qui nous suit, capitaine. Pratiquement tous les vaisseaux qui effectuaient des transports pour les stations de la Compagnie. Cela fait une quantité, n'est-ce pas ? Et, si nous le voulons, nous pouvons aller plus loin. »

— « Qu'avez-vous dans l'idée ? »

— « De défendre et de protéger nos intérêts. De nous poser les questions de fond avant de nous disperser. Nous avons perdu les stations que nous servions. Alors, laisserons-nous l'Union nous engloutir, nous dicter... parce que nous sommes démodés, comparativement à leurs beaux petits vaisseaux d'Etat ? Et cela pourrait leur venir à l'idée, si nous allions les supplier de nous accorder le droit de travailler pour leurs stations. Mais, tant que la situation n'est pas stabilisée, nous avons encore le pouvoir de décider et je suis prête à parier que certains soi-disant commerçants de l'Union voient également ce qui se prépare, aussi nettement que nous. Nous pouvons cesser tout commerce... avec toutes les planètes, toutes les stations... nous pouvons les obliger à fermer. Depuis un demi-siècle, on nous bouscule, Neihart, depuis un demi-siècle, tous les vaisseaux de guerre qui ne sont pas d'humeur à respecter notre neutralité nous tirent dessus. Et qu'obtenons-nous, quand les militaires prennent le pouvoir ? Voulez-vous me laisser les coms ? »

Neihart réfléchit un long moment.

« Si cela tourne mal, Quen, tout le monde saura quel vaisseau a pris la tête du mouvement. Nous risquons de gros ennuis. »

— « Je sais, fit Elene d'une voix rauque. Mais je vous le demande tout de même. »

— « Les coms sont à vous. »

4

PELL, DOCK BLEU, A BORD DU *NORVÈGE* ; 2400 HEURES, J ; 1200 HEURES, A-J

Signy se retourna nerveusement, heurta un corps endormi, une épaule, un bras inerte. Pendant un instant, dans la confusion du demi-sommeil, elle ne sut pas qui c'était. Graff, décida-t-elle finalement, Graff. Elle s'appuya à nouveau confortablement contre lui. Ils avaient terminé leur service en même temps. Pendant quelques instants, elle regarda la paroi obscure, la rangée de placards, dans la lumière sourde de la lampe... détestant les images qui apparaissaient derrière ses paupières fermées, le souvenir de la puanteur de la mort, qu'elle ne pouvait chasser.

Ils tenaient Pell. L'*Atlantique* et le *Pacifique* patrouillaient avec tous les auxiliaires de la Flotte, de sorte qu'ils pouvaient prendre le risque de dormir. Elle aurait voulu que le *Norvège* soit en patrouille. Di Janz, malheureusement pour lui, était responsable des docks, dormant dans l'accès avant, quand il pouvait dormir. Les soldats étaient éparpillés dans les docks, de mauvaise humeur. Dix-sept blessés et neuf tués, dans l'émeute de la Quarantaine, ce qui n'améliorait pas leur attitude. Ils monteraient la garde par équipes successives, et cela continuerait. En ce qui concernait la suite, elle ne faisait aucun projet. Quand les vaisseaux de l'Union arriveraient, ils arriveraient, la Flotte réagirait comme elle l'avait déjà fait dans des circonstances semblables… tirerait sur les cibles accessibles et s'efforcerait de protéger aussi longtemps que possible les options restantes. La décision de Mazian, pas la sienne.

Elle ferma finalement les yeux, poussa un soupir délibérément calme. Graff bougea légèrement, s'immobilisa, présence rassurante dans le noir.

5

PELL, SECTEUR BLEU UN, NUMÉRO 0475 ; 2400 HEURES, J ; 1200 HEURES, A-J

« Elle dormir », dit Lily. Satin respira profondément et se prit les genoux dans les bras. Ils avaient fait plaisir à Soleil-Son-Ami ; la Rêveuse avait pleuré de joie en entendant la nouvelle apportée par Dent-Bleue : homme-Konstantin et son ami étaient en vie… tellement, tellement impressionnant, les larmes sur ce visage impassible. Le cœur de tous les Hisas avait saigné, jusqu'au moment où ils avaient compris que c'était de bonheur… et la chaleur s'était installée dans les yeux noirs et intenses, de sorte qu'ils s'étaient tous approchés pour la voir. *Amour*, avait soufflé la Rêveuse, *amour, pour vous tous*. Puis : *Protégez-le.*

Ensuite, elle avait souri et fermé les yeux.

— « Soleil-Entre-Les-Nuages », dit Satin, poussant Dent-Bleue qui se nettoyait consciencieusement, essayant en vain de remettre de l'ordre dans sa toison, par égard pour l'endroit. Il se tourna vers elle. « Va, et surveille toi-même ce jeune homme-Konstantin. Les Hisas du Là-Haut sont une chose ; mais tu es un chasseur de Downbelow, rapide et rusé. Surveille-le, va ! »

Dent-Bleue regarda l'Ancien et Lily d'un air incertain.

« Bien, déclara Lily. Bonnes mains fortes. Va ! »

Il se leva d'un air méfiant, jeune mâle, mais les autres s'écartèrent ; Satin le regarda avec fierté, car les Anciens eux-mêmes reconnaissaient sa valeur. Et c'était justice car son ami avait beaucoup de bon sens. Il toucha les Anciens, la toucha, puis se fraya tranquillement un chemin vers la porte.

Et la Rêveuse dormait, protégée par eux, bien que les humains se soient une nouvelle fois battus contre les humains et que le monde stable du Là-Haut ait été ballotté comme une feuille sur la poitrine de Rivière. Soleil la regardait et les étoiles brillaient tout autour d'eux.

6

DOWNBELOW ; 11/10/52 ; JOUR

Les camions avançaient péniblement dans l'espace dégagé, dômes abandonnés, affaissés, enclos déserts et, surtout, le silence des compresseurs, qui symbolisait le départ des habitants. La base un. Le camp le plus important après la base principale. Les portes des sas battaient, rythmiquement, dans un léger courant d'air. La colonne fatiguée s'étirait, à présent, tout le monde regardant cette désolation, et Emilio lui-même regardait, le cœur serré, ce camp dont il avait voulu la construction. Apparemment, il ne restait plus personne. Il se demanda quelle distance ils avaient parcourue et comment ils allaient.

« Les Hisas les surveillaient ? » demanda-t-il à Bondissant qui, alors que pratiquement tous les Hisas étaient partis, restait avec la colonne, près de lui et de Miliko.

— « Nos yeux voir », répondit Bondissant, ce qui n'était pas aussi précis qu'il l'aurait souhaité.

« Monsieur Konstantin ! » Un homme arriva de l'arrière, s'arrêta près d'eux, un réfugié. « Monsieur Konstantin, il faut que nous nous reposions. »

— « Après le camp, promit-il. Il ne faut pas rester à découvert plus longtemps que nécessaire, compris ? Après le camp. »

L'homme s'arrêta, laissant la colonne défiler jusqu'à ce que ses compagnons l'aient rejoint. Emilio exerça une pression fatiguée sur l'épaule de Miliko, accéléra le pas pour rattraper les deux chenillettes qui se trouvaient en tête de la colonne ; il en dépassa une dans la clairière, rejoignit la deuxième à l'entrée de l'autre route, fit signe au chauffeur et lui indiqua de faire halte cinq cents mètres plus loin. Puis il s'arrêta, laissant passer la colonne jusqu'à ce que Miliko l'ait rejoint. Il était persuadé que les vieillards et les enfants devaient être à bout de forces. Le simple fait de marcher aussi longtemps avec les respirateurs était épuisant. Ils s'arrêtaient continuellement et les demandes de repos étaient de plus en plus fréquentes.

Ils se dispersaient et les traînards étaient de plus en plus nombreux. Il attira Miliko sur le côté et regarda la colonne passer.

« Repos devant, disait-il à chaque groupe. Avancez jusque-là. » Finalement, l'arrière de la colonne apparut, file irrégulière de marcheurs. Les vieillards, patients et obstinés, et deux membres du personnel qui fermaient la marche. « Quelqu'un derrière ? » demanda-t-il ; et ils secouèrent la tête.

Et, soudain, un homme arriva de la tête de la colonne, courant, heurtant les autres marcheurs, tandis que la file bouillonnait de questions. Emilio se mit à courir à sa rencontre, Miliko derrière lui.

« Les coms fonctionnent », hoqueta le messager, et Emilio continua de courir sur l'accotement en pente, dans les virages bordés d'arbres, jusqu'au moment où apparurent les camions et les gens massés autour. Il contourna les arbres et se fraya un chemin dans la foule, qui s'écarta pour le laisser passer, jusqu'au camion de tête, où Jim Ernst se tenait près des coms et du générateur. Il grimpa sur le plateau, parmi les bagages, les ballots et les vieillards qui n'avaient pas marché, gagna l'endroit où se trouvait Ernst, s'immobilisa quand Ernst se tourna vers lui, tenant d'une main l'écouteur contre son oreille et avec, dans les yeux, une expression qui ne promettait que de la douleur.

« Mort, dit Ernst. Votre père... une émeute dans la station. »

— « Ma mère et mon frère ? »

— « Aucune nouvelle. Aucune nouvelle des autres victimes. Les militaires émettent. La Flotte de Mazian. Ils veulent entrer en contact avec nous. Dois-je répondre ? »

Secoué, il soupira, conscient du silence des premiers rangs de la foule, des regards, de la poignée de réfugiés âgés qui se trouvaient sur le camion lui-même et le regardaient avec des yeux aussi solennels que ceux des statues hisas.

Quelqu'un monta sur le camion, se dirigea vers lui, jeta les bras autour de lui. Miliko. Il lui en fut reconnaissant... frissonna légèrement à cause de l'épuisement et du choc. Il s'y attendait. Ce n'était qu'une confirmation.

« Non, dit-il. Ne répondez pas. » Un murmure s'éleva dans la foule ; il se tourna vers elle. « Aucune nouvelle des autres victimes ! cria-t-il, s'empressant de le couvrir. Ernst, dites-leur ce que vous avez capté. »

Ernst se leva, expliqua. Il serra Miliko contre lui. Les parents de Miliko étaient là-haut, sa sœur, ses cousins, ses oncles et ses tantes. Les Dee étaient peut-être en vie, ou morts sans que les dépêches les aient mentionnés : il y avait davantage d'espoir pour les Dee. Ils étaient moins connus que les Konstantin.

La Flotte avait pris le pouvoir, imposé la loi martiale, la Quarantaine... Ernst hésita, continua obstinément, devant tous les visages levés vers lui... la Quarantaine s'était révoltée, était sortie de son secteur, détruisant tout sur son passage, faisant de nombreuses victimes aussi bien parmi les résidents que parmi les réfugiés.

Un vieux réfugié pleurait. Peut-être, se dit Emilio, se font-ils également du souci pour les leurs.

Il regarda les rangées de visages solennels, son personnel, les ouvriers, les réfugiés, quelques Hisas. Personne ne bougeait. Personne ne parlait. Il n'y avait que le vent dans les feuilles et le bruissement de la rivière, derrière les arbres.

« Ainsi, ils vont venir ici, dit-il, forçant sa voix au calme, ils vont revenir, nous demander de faire pousser des récoltes pour eux, de faire fonctionner le moulin et les puits ; et la Compagnie et l'Union vont combattre, mais ce n'est plus Pell, entre leurs mains, quand ce que nous produisons peut être pris pour remplir leurs soutes. Quand notre Flotte nous force à travailler sous la menace des fusils... qu'arrivera-t-il quand ce sera l'Union ? Que se passera-t-il quand ils voudront de plus en plus de travail et que nous ne contrôlerons plus ce qui se produit sur Downbelow ? Rentrez si vous voulez ; travaillez pour Porey jusqu'à l'arrivée de l'Union. Mais, *moi*, je continue. »

— « Jusqu'où, monsieur ? » C'était le jeune homme, il avait oublié son nom, celui que Hale avait brutalisé, le jour de la mutinerie. Sa mère était près de lui, dans le cercle de son bras. Ce n'était pas un défi, mais une simple question.

« Je ne sais pas, reconnut-il. Où les Hisas nous conduiront, s'il existe un endroit sûr. Pour nous y installer. Pour nous y installer et y vivre. Cultiver pour nous-mêmes. »

Un murmure courut dans la foule. La peur... était toujours présente dans l'esprit de ceux qui ne connaissaient pas Downbelow, la peur de la nature, d'un endroit où l'homme était minoritaire. Les gens qui ne se préoccupaient pas des Hisas, dans la station, avaient peur d'eux dans la nature, où les hommes étaient dépendants alors que les Hisas ne l'étaient pas. Un respirateur perdu, une panne... on pouvait en mourir, sur Downbelow. Le cimetière de la base principale avait grandi en même temps que le camp.

« Les Hisas, répéta-t-il, n'ont jamais fait de mal aux humains. Et malgré ce que nous avons fait, en dépit du fait que nous sommes étrangers ici. » Il descendit du camion, posa le pied dans les ornières de la route, leva les bras vers Miliko, certain qu'elle était de son côté. Elle descendit, ne posant aucune question. « Nous pouvons vous installer dans ce camp, dit-il. Nous pouvons faire cela pour vous, pour ceux qui sont prêts à prendre le risque de collaborer avec Porey. Nous pouvons mettre les compresseurs en marche. »

— « Monsieur Konstantin. »

Il leva la tête. C'était une très vieille femme installée sur le plateau du camion.

« Monsieur Konstantin, je suis trop âgée pour travailler autant. Je ne veux pas rester. »

— « Nous continuons tous ! » déclara une voix masculine.

— « Est-ce que quelqu'un retourne ? demanda un des porte-parole de la Quarantaine. Faut-il renvoyer un camion ? »

Il y eut un silence. Les têtes furent secouées. Emilio les regarda, simplement fatigué.

« Bondissant ! cria-t-il, se tournant vers les Hisas qui se tenaient à la lisière de la forêt. Où est Bondissant, j'ai besoin de lui. »

Bondissant vint, sortant des arbres, sur la pente de la colline.

« Vous venir ! cria Bondissant, montrant la colline et les arbres. Venir tous maintenant. »

— « Bondissant, nous sommes fatigués. Et nous avons besoin de ce qui se trouve sur les camions. Si nous prenons cette direction, nous serons obligés d'abandonner les camions et tout le monde ne peut pas marcher. Il y a des malades, Bondissant. »

— « Nous porter malades, beaucoup, beaucoup de Hisas. Nous voler bonnes choses sur camions, bien nous apprendre, homme-Konstantin. Nous voler pour vous. Vous venir. »

Il regarda les autres, les visages consternés et hésitants.

Ils étaient entourés de Hisas. Ils sortirent de la forêt, de plus en plus nombreux, même avec des jeunes, que les humains ne voyaient pratiquement jamais. C'était une preuve de confiance. Tout le monde le sentit, sans doute, car il n'y eut pas de protestations. Ils aidèrent les vieux et les malades à descendre des camions. De jeunes Hisas leur firent des sièges de leurs bras puissants ; d'autres déchargèrent les provisions et le matériel.

« Et s'ils utilisent le scan pour nous rechercher ? murmura Miliko avec inquiétude. Il faut que nous nous mettions à couvert, et vite. »

— « Il faudrait un scan très sensible pour distinguer

les humains des Hisas. Ils ne jugeront peut-être pas utile de nous poursuivre... pour le moment.»

Bondissant le rejoignit, lui prit la main, plissa le nez, ce qui était la manière des Hisas de faire un clin d'œil.

«Toi venir.»

Ils n'étaient pas en état de marcher longtemps, bien que la nouvelle leur ait donné les forces de la terreur. Après avoir gravi une colline, puis être descendus parmi les arbres et les fougères, ils étaient tous essoufflés et les Hisas devaient porter de nouveaux fuyards incapables de marcher. Un peu plus tard, les Hisas eux-mêmes ralentirent le pas. Finalement, quand il leur fallut porter de trop nombreux humains, les Hisas eux-mêmes décidèrent d'une halte et s'allongèrent dans les fougères pour y dormir.

«A couvert, insista Emilio auprès de Bondissant. Les vaisseaux vont nous voir, pas bien, Bondissant.»

— «Dormir maintenant», répondit Bondissant, s'allongeant, et rien n'aurait pu le faire se lever. Emilio, assis, le fixa désespérément, regarda le flanc de la colline où humains et Hisas se couchaient à l'endroit même où ils avaient laissé tomber leurs fardeaux, quelques-uns enveloppés dans leur couverture, d'autres trop fatigués pour prendre cette peine. Il utilisa la sienne comme oreiller, s'allongea sur celle de Miliko, la serra contre lui, sous le soleil oblique entre les feuilles. Bondissant se glissa près d'eux, passa un bras autour de lui. Il se laissa aller, dormit du sommeil sain de l'épuisement.

Bondissant le secouait, quand il s'éveilla et Miliko était assise, les bras autour des genoux; un léger brouillard mouillait les feuilles, il était tard, il y avait des nuages et la pluie menaçait.

«Emilio, je crois que tu devrais te réveiller. Je crois que c'est un Hisa très important.»

Il roula sur l'autre bras, se mit à genoux, plissant les yeux dans la brume froide, tandis que les autres humains s'éveillaient tout autour de lui. Il y avait des Anciens qui étaient sortis d'entre les arbres, trois Hisas dont la fourrure était parsemée de blanc. Il se leva, s'inclina devant eux, ce qui semblait correct puisqu'il s'agissait de leur terre et de leur forêt.

Bondissant s'inclina, sautilla, parut plus réservé qu'il ne l'aurait souhaité.

« Eux pas parler langue humains, expliqua Bondissant. Eux dire venir. »

— « Nous venons, répondit-il. Miliko, réveille tout le monde. »

Elle s'éloigna, parla doucement à ceux qui dormaient encore, et la nouvelle circula parmi tous les humains rassemblés au flanc de la colline, fuyards mouillés ramassant leurs fardeaux. D'autres Hisas arrivaient. La forêt semblait grouiller, chaque tronc semblant dissimuler un corps brun et agile.

Les Anciens s'éloignèrent dans les bois. Bondissant attendit que tout le monde fût prêt puis donna le signal du départ et Emilio prit la couverture roulée de Miliko sur l'épaule et suivit.

Dès qu'un humain semblait boiter, tandis qu'ils marchaient dans les feuilles humides et les branches mouillées, les Hisas l'aidaient, les Hisas le prenaient par la main et bavardaient joyeusement, même ceux qui ne comprenaient pas la langue des humains; derrière eux, d'autres arrivèrent, les voleurs hisas, portant le dôme démontable, les compresseurs, les générateurs, la nourriture, tout ce qu'ils avaient pu prendre sur les camions, quoiqu'ils ne pussent guère en percevoir l'utilité, comme une horde brune d'insectes nécrophages.

La nuit tomba mais ils ne cessèrent pas de marcher, se reposant lorsqu'il le fallait, s'éparpillant dans la forêt, mais les Hisas les guidaient, de sorte que personne ne pouvait s'égarer, et se serraient contre eux lorsqu'ils s'arrêtaient, si bien que le froid ne les incommodait pas trop.

Puis il y eut un puissant coup de tonnerre qui n'avait aucun rapport avec la pluie.

« Un atterrissage. » La nouvelle se répandit. Les Hisas ne posèrent pas de questions. Leurs oreilles exercées devaient les avoir prévenus depuis longtemps.

Porey était de retour. Ce serait probablement Porey. Pendant quelque temps, il visiterait la base déserte et enverrait des messages furieux à Mazian. Il lui faudrait analyser les informations du scan, décider de la conduite à suivre, obtenir l'accord de Mazian... du temps gagné.

Se reposer et marcher, se reposer et marcher, et, chaque fois qu'ils faiblissaient, les Downers, tendrement, les touchaient, les encourageaient, les persuadaient. Il faisait froid quand ils s'arrêtaient, et humide, mais il ne plut pas ; et le matin fut une joie, la première apparition de la lumière entre les arbres, que les Downers accueillirent avec des sifflements, des bavardages et un enthousiasme renouvelé.

Et, soudain, ils sortirent des arbres, et le jour se leva, au sommet d'une colline dominant une plaine immense. L'étendue se déroula devant eux quand ils dépassèrent le sommet de la petite éminence et les Hisas continuèrent leur chemin, sortant des arbres, s'engageant dans cette large vallée... ce sanctuaire, constata Emilio, soudain très troublé, cette zone dont les Hisas avaient toujours voulu conserver l'exclusivité, interdite aux hommes, étendue immense leur appartenant à jamais.

« Non », protesta Emilio, cherchant Bondissant des yeux. Il lui adressa un geste suppliant, et le jeune Hisa approcha d'une démarche joyeuse. « Non, Bondissant, il ne faut pas que nous allions à découvert. Il ne faut pas. Tu n'as pas entendu ? Hommes-avec-fusils venus avec vaisseau ; leurs yeux vont voir. »

— « Anciens dire venir », déclara Bondissant sans ralentir, comme si cela mettait un terme à la discussion. Déjà, la descente commençait, les Hisas sortant de la forêt comme une marée brune, emportant avec eux les humains et les bagages des humains, suivis par des humains de plus en plus nombreux, vers la pâleur accueillante de la plaine ensoleillée.

« Bondissant ! » Emilio s'arrêta, Miliko près de lui. « Les hommes-avec-fusils vont nous trouver, ici. Tu comprends, Bondissant ? »

— « Moi comprendre. Voir nous tous, Hisas, humains. Nous voir eux aussi. »

— « Nous ne pouvons pas aller là-bas. Ils vont nous *tuer*, tu comprends ? »

— « *Eux* dire venir. »

Les Anciens. Bondissant lui tourna le dos et continua de descendre, se retourna sans cesser de marcher, lui fit signe.

Il fit un pas, un deuxième, certain que c'était de la

folie, certain que les Hisas et les humains avaient chacun leur manière d'agir. Les Hisas n'avaient jamais levé la main sur les envahisseurs de leur planète, s'étaient assis, avaient regardé, et c'était ce qu'ils allaient faire à présent. Les humains avaient demandé l'aide des Hisas et les Hisas la leur accordaient à leur manière.

« Je vais leur parler, dit-il à Miliko. Je parlerai à leurs Anciens, je leur expliquerai. Nous ne pouvons pas les offenser, mais ils écouteront... Bondissant, Bondissant, attends ! »

Mais Bondissant ne ralentit pas. Les Hisas avançaient toujours, dévalant la longue pente couverte d'herbe conduisant à la plaine. Au centre de celle-ci, à l'endroit où une rivière semblait couler, il y avait une sorte de poing rocheux dressé et un cercle dénudé, une ombre, et il comprit soudain que c'était un cercle de corps autour de l'objet.

« Tous les Hisas de la rivière doivent être ici, dit Miliko. C'est une sorte de lieu de rassemblement. Une sorte de sanctuaire. »

— « Mazian ne le respectera pas ; l'Union non plus, d'ailleurs. » Il imagina le massacre, le désastre, les Hisas subissant l'attaque, assis et sans défense. C'était à cause des Downers, grâce à leur gentillesse, que Pell était ce qu'elle était. Autrefois, la nouvelle de l'existence d'une autre forme de vie avait terrifié les humains de la Terre. On avait parlé, alors, de fermer les colonies, de peur de faire d'autres découvertes... mais il n'y avait pas eu de terreur sur Downbelow, jamais, parce que les Hisas étaient allés, les mains nues, à la rencontre des humains, et que leur confiance était contagieuse.

« Il faut que nous les persuadions de quitter cet endroit », dit-il.

— « Je suis avec toi », fit Miliko.

— « Aider toi ? » demanda un Hisa, touchant la main de Miliko, car elle boitait et s'appuyait sur Emilio. Ils secouèrent la tête et continuèrent ensemble, derrière le flot, à présent, car la plupart des autres avaient accéléré, pris dans la folie générale, même les vieillards, portés par les Hisas.

Ils se reposèrent, dans leur longue descente, tandis que le soleil passait au zénith, marchèrent, se reposèrent, marchèrent encore, tandis que le soleil descendait dans le ciel et brillait derrière les collines basses, rondes. Le cylindre de son masque tomba en panne, encrassé par l'humidité et les moisissures de la forêt, mauvais augure pour les autres. Il suffoqua, en chercha un nouveau, retint son souffle en faisant l'échange puis remit son masque. Ils marchaient, lentement à présent, dans la plaine.

Au loin se dressait la masse indisctincte en forme de poisson, une colonne irrégulière fichée dans un océan de Hisas... et pas seulement de Hisas. Il y avait également des humains, qui se levèrent et vinrent à leur rencontre quand ils arrivèrent. Ito, de la base deux, était là, avec son personnel et ses ouvriers ; et Jones, de la base un, avec les siens, qui tendirent la main, qui semblaient tout aussi désorientés qu'eux.

« Ils nous ont dit de venir ici, expliqua Ito. Ils ont dit que vous viendriez. »

— « La station est tombée », dit-il ; et le flot continuait, se dirigeant vers le centre, les Hisas les poussant, poussant surtout Miliko et lui. « Nous n'avons plus de solutions, Ito. Mazian est au pouvoir... cette semaine. Je ne peux rien dire en ce qui concerne la semaine prochaine. »

Ito s'arrêta, et Jones aussi, restant avec les leurs ; il y avait d'autres humains, des centaines et des centaines, réunis ici, qui restaient solennellement debout, comme paralysés. Il rencontra Deacon, des équipes des puits ; et Macdonald de la base trois ; Herbert et Tausch de la quatre ; mais les Hisas l'entraînèrent et il serra la main de Miliko, afin de ne pas se trouver séparé d'elle dans la foule. A présent, ils étaient entourés de Hisas, seulement de Hisas. La colonne était toute proche, et ce n'était pas une colonne mais un ensemble d'images comme celles que les Hisas avaient données à la station, formes trapues, rondes, et plus élancées, corps aux multiples visages hisas, bouches surprises et ouvertes, grands yeux à jamais tournés vers le ciel.

Les Hisas les avaient sculptées et elles étaient anciennes. Une stupéfaction respectueuse s'empara de lui. Miliko ralentit finalement, regardant simplement, et il fit de même, au milieu des Hisas, avec l'impression d'être perdu, petit, étranger, devant cette haute pierre séculaire.

« Vous venir », invita une voix hisa. C'était Bondissant qui le prit par la main et le conduisit au pied même des images.

Les Anciens s'y trouvaient, des Hisas très âgés, au visage et aux épaules argentés, qui étaient assis parmi de petits bâtons fichés dans la terre, des bâtons avec des visages sculptés et ornés de perles. Emilio hésita, peu désireux de pénétrer dans le cercle ; mais Bondissant les conduisit aux pieds mêmes des Anciens.

« Vous asseoir », dit Bondissant. Emilio fit sa révérence, Miliko la sienne, puis ils s'assirent en tailleur devant les quatre Anciens. Bondissant prit la parole, dans la langue jacassante des Hisas et obtint une réponse du plus frêle des quatre.

Et, tout doucement, cet Ancien tendit le bras, s'appuyant sur une main, puis toucha d'abord Miliko et, ensuite, lui, comme pour les bénir.

« Vous bien venir ici, dit Bondissant, traduisant peut-être. Vous chaud venir ici. »

— « Bondissant, remercie-les. Remercie-les beaucoup. Mais dis-leur que le danger vient du Là-Haut. Que les yeux du Là-Haut regardent cet endroit, que les hommes-avec-fusils pourraient venir et faire le mal. »

Bondissant parla. Quatre paires d'yeux âgés les regardèrent avec la même impassibilité. Un Ancien répondit.

« Vaisseau venir du Là-Haut, nous ici, dit Bondissant. Venir, voir, partir. »

— « Vous êtes en danger. Je t'en prie, fais-leur comprendre. »

Bondissant traduisit. Le Doyen leva la main vers les images qui les dominaient et répondit.

« Endroit hisa. Nuit venir. Nous dormir, rêver eux partis, rêver eux partis. »

Un autre Ancien prit la parole. Il y eut un nom humain, dans ses propos : Bennett ; et un autre : Lukas.

« Bennett, répétèrent ceux qui se trouvaient tout près. Bennett. Bennett. Bennett... »

Le murmure dépassa les limites du cercle, passa comme le vent sur l'immense rassemblement.

« Nous voler nourriture, dit Bondissant avec un sourire hisa. Nous apprendre bien voler. Nous voler vous, faire bien. »

— « Les fusils, protesta Miliko. Les fusils, Bondissant. »

— « Vous bien. » Bondissant se tut, écoutant les propos d'un Ancien. « Donner noms : appeler toi Lui-Revenir ; appeler toi Elle-Tendre-Mains. To-He-Me ; Mihan-Tisar. Toi esprit bon. Vous bien ici. Homme-Bennett apprendre nous rêver rêves humains ; à présent, nous apprendre vous rêves hisas. Nous, amour, amour, To-He-Me, Mihan-Tisar. »

Il ne trouva rien à répondre, regarda simplement les images immenses dont les yeux ronds fixaient le ciel, regarda la foule qui semblait s'étendre jusqu'à l'horizon, et, pendant un instant, il crut que c'était possible, que cet endroit propre à inspirer le respect intimiderait peut-être l'ennemi.

Les Anciens commencèrent une mélopée que les premiers rangs reprirent et qui se propagea rapidement. Les corps se balancèrent sur son rythme.

« Bennett... » incantait inlassablement la foule.

« Lui nous apprendre rêver rêves humains... appeler toi : Lui-Revenir. »

Emilio frissonna, passa le bras autour des épaules de Miliko, dans ce murmure paralysant qui était comme la caresse d'un marteau sur le bronze, le soupir d'un instrument gigantesque, emplissant les cieux crépusculaires.

Le soleil se coucha enfin. La disparition de la lumière apporta le froid, et le soupir de gorges innombrables interrompant la mélopée. Puis l'apparition des étoiles apporta des bras tendus, des cris étouffés.

« Elle s'appeler : Elle-Vient-D'abord », dit Bondissant, puis il nomma successivement les étoiles, à mesure que les yeux perçants des Hisas les apercevaient et qu'ils les saluaient comme des amis revenus. Marchent-Ensemble ; Vient-Au-Printemps ; Elle-Toujours-Danser...

La mélopée reprit, en mineur, et les corps se balancèrent.

L'épuisement prit le dessus. Le regard de Miliko se voila ; il essaya de la soutenir, de rester lui-même éveillé, mais les Hisas s'assoupissaient également et Bondissant les toucha, leur faisant comprendre qu'ils pouvaient dormir.

Il dormit, s'éveilla et constata qu'on avait déposé à

boire et à manger près d'eux. Il écarta le masque pour boire et manger, mangea et respira alternativement. Plus loin, les rares fuyards éveillés bougeaient parmi la multitude endormie et, malgré la paix rêveuse de l'heure, vaquaient à leurs besoins. Il prit conscience des siens, se fraya un chemin dans la foule innombrable, parmi les humains endormis et au-delà, où les Hisas avaient creusé des tranchées destinées aux besoins naturels. Il resta un moment à la lisière du camp, jusqu'au moment où d'autres arrivèrent et qu'il prit conscience du temps, les yeux fixés sur les images, le ciel étoilé et la foule endormie.

La solution des Hisas. Rester ici, s'asseoir sous les cieux, en disant aux cieux et aux Dieux... voyez-nous. Nous espérons. Il se crut fou ; et cessa d'avoir peur, pour lui et pour Miliko. Ils attendaient un rêve, tous ; et si les hommes braquaient leurs armes sur les doux rêveurs de Downbelow, il n'y aurait plus aucun espoir. C'était ainsi que les Hisas les avaient conquis, au commencement... avec leurs mains nues.

Il rejoignit Miliko, Bondissant et les Anciens, persuadé, malgré tout, qu'ils ne risquaient rien, sur un plan qui n'avait aucun rapport avec la vie et la mort, que cet endroit était là depuis l'aube des temps, s'y trouvait déjà avant l'arrivée des hommes, les yeux tournés vers les cieux.

Il s'installa près de Miliko, s'allongea, regarda les étoiles et réfléchit à ses possibilités.

Et, au matin, le vaisseau se posa.

Il n'y eut pas de panique, parmi les dizaines de milliers de Hisas. Il n'y en eut pas parmi les humains qui se trouvaient au milieu d'eux. Emilio se leva, serrant la main de Miliko dans la sienne, regarda le vaisseau se poser, une navette, de l'autre côté de la vallée où il put trouver un espace dégagé.

« Il faut que j'aille leur parler », dit-il aux Anciens par l'entremise de Bondissant.

— « Pas parler, répondit le Doyen par le même intermédiaire. Attendre, rêver. »

— « Je me demande, fit tranquillement remarquer Miliko, s'ils veulent réellement prendre tout Downbelow, compte tenu de ce qui se passe dans la station. »

D'autres humains s'étaient levés. Emilio et Miliko

s'assirent puis, d'un bout à l'autre du rassemblement, tout le monde s'assit, attendit.

Puis, au bout d'un long moment, un mégaphone se fit entendre.

«*Il y a des humains ici!* tonna une voix métallique dans la plaine. *Nous appartenons à l'*Afrique. *Nous prions le responsable d'avancer et de se faire connaître!*»

«N'y va pas, supplia Miliko quand il voulut se lever. Ils pourraient tirer.»

— «Ils pourraient tirer si nous ne répondions pas. En plein dans la foule. Ils nous tiennent.»

«*Emilio Konstantin est-il ici? J'ai une communication à lui faire!*»

«Nous savons de quoi il s'agit, marmonna-t-il, et, comme Miliko voulait se lever, il lui saisit les bras. Miliko... je vais te demander quelque chose.»

— «Non.»

— «Reste ici. Je vais y aller; c'est ce qu'ils veulent... que la base fonctionne. Je vais laisser ceux qui supporteraient mal la dictature de Porey; la majorité. Il faut que tu restes ici et que tu t'occupes des autres.»

— «Une mauvaise raison.»

— «Non. Et oui. Pour diriger tout cela. Pour combattre si la guerre éclatait vraiment. Pour rester avec les Hisas et les protéger, pour empêcher les étrangers de s'installer sur cette planète. A qui d'autre pourrais-je faire confiance? Qui les Hisas comprendraient-ils aussi bien que toi et moi? Le reste du personnel?» Il secoua la tête, la regarda dans les yeux. «C'est une manière de combattre. Celle des Hisas. Et je rentrerai, si c'est ce qu'ils demandent. Crois-tu que j'aie envie de t'abandonner? Mais qui d'autre pourrait le faire? Fais-le pour moi.»

— «Je comprends», répondit-elle d'une voix rauque. Il se leva, elle aussi, puis le serra et l'embrassa si longtemps que partir lui parut plus difficile. Mais elle le lâcha. Il sortit son arme de sa poche, la lui donna. Il entendit le bruit du mégaphone; on les appelait, on répétait le message.

«Je veux des volontaires! cria-t-il, se tournant vers la foule. Faites passer le mot.»

L'appel fut transmis. Ils arrivèrent, des limites du rassemblement, appartenant à une base ou à l'autre, à la base principale aussi. Cela prit du temps. Les soldats qui avaient avancé, de l'autre côté, jusqu'à portée de voix, attendaient car ils avaient certainement vu les mouvements et que le temps et la force étaient de leur côté.

Il demanda à son personnel de tourner le dos à cette direction et de s'approcher, car ils étaient certainement observés. Les Hisas qui se trouvaient à proximité levèrent la tête, les yeux ronds et pleins d'intérêt.

« Ils veulent de la main-d'œuvre, dit-il, et des machines en état de marche. C'est pour cela qu'ils sont ici. Des bras vigoureux. Du ravitaillement à fournir. Il est probable qu'ils ne s'intéressent qu'à la base principale, parce que les autres ne peuvent leur être d'aucune utilité. Je ne crois pas que nous puissions demander aux réfugiés de rentrer et d'accepter ce que Porey nous a fait endurer avant notre départ. C'est une question de temps, de tenir le coup, d'avoir assez d'hommes pour empêcher tout mouvement contre Downbelow... ou peut-être seulement de survie. Vous me comprenez. Je pense qu'ils veulent du ravitaillement pour leurs vaisseaux et des provisions pour la station ; leur fournir cela... c'est sauver l'essentiel. Nous attendons que la situation se soit décantée, dans la station, et nous sauvons ce que nous pouvons sauver. Je veux les hommes les plus robustes de chaque unité, les plus résistants, ceux qui peuvent supporter beaucoup de choses, travailler dur et garder leur calme... le travail des champs, s'ils ne connaissent pas autre chose. Peut-être l'engagement de force. Je ne sais pas. Il me faut une soixantaine d'hommes de chaque base, et tout ce qu'ils pourront emporter, je suppose. »

— « Vous venez ? »

Il acquiesça. A contrecœur, Jones et d'autres membres du personnel hochèrent la tête.

— « Je viens », dit Ito ; tous les autres responsables des bases s'étaient portés volontaires. Il secoua la tête.

— « Non, dit-il. Les femmes restent toutes ici, sous le commandement de Miliko. Toutes. Pas de discussion. Allez passer le mot. Une soixantaine de volontaires par base. Dépêchez-vous ! Ils vont se lasser d'attendre. »

Ils se dispersèrent en courant.

« *Konstantin !* » répéta la voix métallique. Il se tourna

vers elle, aperçut les silhouettes en armures de l'autre côté du rassemblement. Il se dit qu'ils avaient du matériel optique et le voyaient très nettement. «*Nous perdons patience!*»

Il prit le temps d'embrasser une dernière fois Miliko, entendit Bondissant qui traduisait à l'intention des Anciens. Il traversa le camp en direction des soldats. D'autres se mirent en marche, parmi les Hisas assis, le rejoignant.

Et pas seulement des membres du personnel et des ouvriers. Des réfugiés se présentèrent, au même titre que les résidents. Il atteignit la lisière du rassemblement et s'aperçut que Bondissant le suivait, avec une troupe de jeunes mâles vigoureux.

«Vous n'êtes pas obligés de venir», dit-il.

— «Amis», répondit Bondissant. Les réfugiés ne répondirent pas mais ils ne semblaient pas décidés à reculer.

— «Merci», dit-il.

Ils voyaient nettement les soldats, à présent, se tenant à l'extrême limite du rassemblement. Des soldats de l'*Afrique*, effectivement; il distinguait les lettres.

«*Konstantin,* dit l'officier dans le mégaphone, *qui a saboté la base?*»

— «J'en ai donné l'ordre! cria-t-il. Comment pouvais-je savoir que l'Union ne débarquerait pas ici? C'est réparable. J'ai les pièces. Je présume que vous voulez que nous revenions.»

— «*Que se passe-t-il, ici, Konstantin?*»

— «Lieu sacré. Sanctuaire. Vous verrez sur les cartes que c'est zone interdite. J'ai une équipe. Nous sommes prêts à rentrer, à réparer les machines. Nous laissons nos malades avec les Hisas. Ouvrons la base principale jusqu'à ce que nous soyons sûrs que l'attaque a bien été endiguée, là-haut. Les autres bases sont expérimentales et agricoles; elles ne produisent rien qui puisse vous servir. Mon équipe est assez nombreuse pour faire fonctionner la base principale.»

— «*Vous posez encore des conditions, Konstantin?*»

— «Conduisez-nous à la base et nous vous fournirons du ravitaillement; nous veillerons à vous donner ce dont vous avez besoin, rapidement et sans difficulté. Ainsi, chacun y trouvera son intérêt. Les ouvriers hisas nous aideront. Vous aurez tout ce que vous voulez. »

— « *Réunissez les pièces manquantes, monsieur Konstantin !* »

Il se tourna, fit un signe de la main. Un de ses subordonnés, Haynes, partit en sens inverse, emmenant quatre hommes.

« *S'il manque quoi que ce soit, ne comptez pas sur notre clémence, monsieur Konstantin !* »

Il ne bougea pas. Son personnel avait entendu. Cela suffisait. Il resta face au détachement, dix hommes armés, et la navette qui se dressait derrière, hérissée d'armes dont certaines étaient pointées dans sa direction ; d'autres soldats se tenaient à l'entrée de la soute. Le silence s'installa. Peut-être était-il censé demander des nouvelles, succomber au choc en apprenant le meurtre, la mort de sa famille. Il lui tardait de savoir, mais il ne voulait pas demander. Il ne bougea pas.

« *Monsieur Konstantin, votre père est mort ; votre frère est porté disparu ; votre mère est vivante, dans une zone de sécurité soigneusement gardée. Le Capitaine Mazian transmet ses regrets.* »

Il devint rouge de colère, furieux d'être ainsi tourmenté. Il avait demandé aux volontaires de rester maîtres d'eux-mêmes. Il resta d'une immobilité de marbre, attendant le retour de Haynes et des autres.

« *Avez-vous compris, monsieur Konstantin ?* »

— « Mes compliments, répondit-il, au Capitaine Mazian et au Capitaine Porey. »

Ensuite, ce fut le silence. Ils attendirent. Finalement, Haynes et les autres revinrent avec une grande quantité de matériel.

« Bondissant, dit-il, se tournant vers le jeune Hisa qui se tenait près de lui avec ses compagnons, il vaut mieux que vous alliez à la base à pied, si vous devez venir. Les hommes aller dans le vaisseau. Compris ? Hommes-avec-fusils sont là. Hisas marcher. »

— « Aller vite », dit Bondissant.

« *Avancez, Konstantin !* »

Il avança, calmement, devant les autres. Les soldats s'écartèrent, les gardant sous la menace de leurs armes. Et, doucement d'abord, comme une brise, un murmure, une mélopée s'éleva de la multitude qui entourait la colonne.

Elle s'enfla jusqu'à faire vibrer l'air. Emilio regarda derrière lui, craignant la réaction des soldats. Ils restèrent immobiles, leur arme à la main. Il était impossible qu'ils ne se sentent pas, soudain, très inférieurs en nombre, malgré leurs armures et leurs fusils.

La mélopée continua, lancinante, un élément dans lequel ils se déplaçaient. Des milliers de Hisas se balançaient sur son rythme, comme ils s'étaient balancés sous le ciel nocturne.

Lui-Revenir. *Lui-Revenir.*

Ils l'entendaient encore en arrivant au vaisseau, dont la soute était largement ouverte, et que d'autres soldats les entourèrent. C'était un bruit à faire frémir le Là-Haut, quand les messages seraient transmis... qui écorcherait sans doute les oreilles des nouveaux maîtres. Il fut porté par son pouvoir, pensant à Miliko, à sa famille assassinée... Ce qu'il avait perdu était perdu et il allait les mains nues, comme les Hisas étaient venus, au-devant des envahisseurs.

LIVRE CINQ

1

PELL, DOCK BLEU ; A BORD DE L'*ECS I EUROPE* ; 29/11/52

Signy s'appuya contre le dossier de son fauteuil, dans la salle de conférences de l'*Europe*, ferma un instant les yeux, posa les pieds sur le fauteuil voisin. La tranquillité fut brève. Tom Edger arriva, avec Edi Porey, et ils prirent place autour de la table. Elle ouvrit un œil, puis l'autre, les bras toujours croisés sur le ventre. Edger s'était assis derrière elle, Porey dans le fauteuil voisin où elle avait posé les pieds. Elle accepta les politesses avec lassitude, posa les pieds par terre et se pencha sur la table, regardant fixement la paroi opposée, n'ayant aucune envie de faire la conversation. Keu entra et s'assit, Mika Kreshov arriva sur ses talons, prit place entre Porey et elle. Sung, du *Pacifique,* était toujours en patrouille, avec les malheureux capitaines des auxiliaires de tous les vaisseaux sous ses ordres, continuellement de service, accostant en groupes pour changer d'équipage. Ils ne baisseraient pas leur garde, quelle que soit la durée du siège. Ils n'avaient pas de nouvelles des vaisseaux de l'Union dont ils devinaient la présence. Il y avait un vaisseau, un point qui s'appelait : le *Hammer,* un transport qui n'en était selon toute probabilité pas un, et qui restait à la limite du Système, émettant de la propagande... et, du fait que c'était un long-courrier, il pouvait sauter avant qu'ils aient pu amener un vaisseau à portée de tir. Un appareil d'observation. Ils le savaient. Il y en avait peut-être un autre, le *Swan's Eye,* un transport, comme le *Hammer,* qui ne transportait rien du tout ; et un troisième dont ils ignoraient le nom, un fantôme qui apparaissait et disparaissait sur le long-scan, et qui pouvait très bien être un vaisseau de guerre de l'Union... ou plusieurs. Les moyen-courriers qui se trouvaient encore dans le Système faisaient fonctionner les mines, restaient loin de Pell et loin de ce qui se passait à la limite du Système, commerçants désespérés s'occupant de leurs intérêts en faisant comme si toute cette sale affaire n'existait pas, l'absence des long-courriers, la Flotte tapie à la limite du Système, les vaisseaux d'observation qui les surveillaient, tout.

La station faisait de même, retournant partiellement à la normale dans plusieurs secteurs, où les soldats en permission croisaient ceux qui étaient de garde. Le commandement de la Flotte avait été obligé d'accorder des permissions. Il n'était pas question de garder les soldats et les équipages enfermés pendant des mois, à quelques mètres des luxes de Pell, alors que l'espace, sur les vaisseaux, était extrêmement réduit pendant les séjours prolongés aux docks.

Et cela n'allait pas sans problèmes.

Mazian entra, impeccable comme de coutume. Il s'assit. Il posa des feuilles de papier devant lui... regarda autour de lui. Il regarda Signy en dernier, et plus longtemps.

« Capitaine Mallory, je crois qu'il faudrait commencer par votre rapport. »

Elle prit calmement les papiers qui se trouvaient devant elle, se leva puisqu'elle en avait la possibilité.

« Le 28/11/52, à 2314 heures, j'ai pénétré dans le numéro 0878 Bleu de cette station, numéro résidentiel d'un secteur réservé, agissant sur la foi d'une rumeur qui avait atteint mes services en compagnie du commandant de mes soldats, le Major Dison Janz, et de vingt hommes armés appartenant à mes unités. J'y ai trouvé le Lieutenant Benjamin Goforth et le Sergent Bila Mysos, appartenant tous deux à l'*Europe*, ainsi que quatorze individus, appartenant tous aux troupes de la Flotte, qui occupaient cet appartement de quatre pièces. Il y avait de la drogue et de l'alcool. Les soldats et les officiers ont protesté verbalement contre notre entrée et notre intrusion, mais les soldats Mila Erton et Tomas Centia étaient intoxiqués à un degré tel qu'ils n'ont pas été en mesure d'identifier l'autorité. J'ai ordonné une perquisition pendant laquelle on a découvert quatre autres individus : un homme de vingt-quatre ans, un homme de trente et un ans, un homme de vingt-neuf ans et une femme de dix-neuf ans, tous civils, tous pratiquement nus et portant des traces de sévices et de brûlures, enfermés dans une pièce. Dans la deuxième pièce, il y avait des caisses d'alcool et de produits pharmaceutiques provenant des stocks de la station et étiquetées à cet effet ; il y avait également une caisse contenant cent trente bijoux et une quatrième où nous avons découvert cent cinquante-huit jeux de papiers d'identité et de cartes de crédit. Il y avait également une liste, que j'ai ajoutée à mon rapport, récapitulant des objets de valeur et cent deux hommes d'équipage et soldats de la Flotte, autres que ceux qui étaient présents sur les lieux, certains objets de valeur correspondant à des noms. J'ai présenté ces découvertes au Lieutenant Goforth et lui ai demandé des explications. Ses paroles ont été : "Si tu veux ta part, c'est la peine de faire ce cirque. Qu'est-ce que tu veux ?" Moi : "Lieutenant Goforth, vous êtes en état d'arrestation ; vos complices et vous serez remis à vos capitaines respectifs et punis ; ceci est enregistré et la bande sera fournie à l'accusation." Le lieutenant Goforth : "Sale pute ! Saleté de pute. Dis ce que tu veux." A ce moment-là, j'ai renoncé à toute discussion avec le Lieutenant Goforth et lui ai tiré dans le ventre. La bande montrera que ses compagnons ont immédiatement cessé de protester. Mes soldats les ont arrêtés sans autre incident et les ont remis à l'*Europe*, où ils sont actuellement détenus. Le lieutenant Goforth est mort sur les lieux, après avoir passé des aveux complets, qui sont joints au rapport. J'ai ordonné de faire porter le contenu de l'appartement sur l'*Europe*, ce qui a été exécuté. J'ai fait libérer les civils, après avoir soigneusement vérifié les identités, en les avertissant qu'ils seraient arrêtés s'ils racontaient ce qui leur était arrivé. J'ai rendu l'appartement aux services de la station après qu'il eut été complètement vidé. Fin du rapport. Appendices à suivre. »

Mazian n'avait pas cessé de froncer les sourcils.

« Selon vous, le Lieutenant Goforth était-il intoxiqué ? »

— « Selon moi, il avait bu. »

Il agita légèrement la main, lui demandant ainsi de s'asseoir. Elle obéit, s'appuya contre le dossier, une expression sarcastique sur le visage.

« Vous avez négligé de préciser la raison de cette exécution. Je préférerais que vous le fassiez, afin que les choses soient bien claires. »

— « Il s'agit d'un refus d'accepter une arrestation, notifiée non seulement par un capitaine des troupes, mais aussi par un Capitaine de la Flotte. Sa réaction a été publique. La mienne aussi. »

Mazian hocha lentement la tête, toujours morose.

« J'aimais bien le Lieutenant Goforth ; et, dans la tradition de la Flotte, Capitaine Mallory, il est tacitement entendu que les soldats ne sont pas soumis à la discipline, plus stricte, des équipages. Cette exécution, capitaine, place une lourde charge sur les épaules des autres capitaines qui se voient dans l'obligation d'aligner leurs décisions sur ce châtiment extrême. Vous les contraignez à appliquer la même rigueur vis-à-vis de leurs soldats et de leurs équipages… ou bien à s'y opposer publiquement en congédiant les soldats avec la réprimande que mériteraient normalement de telles activités ; et, de ce fait, de paraître laxistes. »

— « Le problème, Capitaine, est un refus d'obéissance. »

— « Accordé, et c'est en ces termes que la plainte sera enregistrée. Les soldats convaincus en cour martiale d'avoir participé à ce refus se verront appliquer les peines les plus sévères ; les autres répondront d'accusations moins graves et seront congédiés. »

— « Mise en cause volontaire de la sécurité et participation à une situation hasardeuse. Le nouveau système de cartes progresse, Capitaine, mais les anciennes sont toujours valables dans de nombreux secteurs de la station et les occupants de cet appartement étaient directement impliqués dans le marché noir d'identités, au détriment de la mission qui m'a été confiée. »

Il y eut des murmures de protestation et la mauvaise humeur de Mazian devint plus visible.

« Vous avez été confrontée à une situation immédiate et votre réaction était peut-être la seule possible. Mais je voudrais vous faire remarquer, Capitaine Mallory, qu'il existe d'autres interprétations qui affectent le moral de notre Flotte : le fait qu'aucun membre du personnel du *Norvège* n'ait été arrêté, et le fait qu'il n'y en ait aucun sur la liste incriminée. On pourrait imaginer que cette rumeur vous a délibérément été communiquée, par des intérêts rivaux quelconques, au sein même de votre équipage. »

— « Le personnel du *Norvège* n'est pas impliqué dans cette affaire. »

— « Vous avez agi en dehors du cadre de vos responsabilités. La sécurité interne est l'affaire du Capitaine Keu. Pourquoi n'a-t-il pas été informé avant la descente ? »

— « Parce que plusieurs soldats de l'*Inde* étaient impliqués. » Elle regarda le visage fermé de Keu, puis les autres, revint enfin à Mazian. « L'opération ne me paraissait pas importante. »

— « Pourtant, votre personnel a échappé au coup de filet. »

— « Il n'était pas impliqué, Capitaine. »

Pendant quelques instants, le silence fut complet.

« Vous êtes pure et dure, n'est-ce pas ? »

Elle se pencha, les bras sur la table, et soutint le regard de Mazian.

« Je n'autorise pas mes soldats à passer la nuit dans la station et je tiens une comptabilité précise de leurs allées et venues. Je savais où ils se trouvaient. Et le personnel du *Norvège* n'est pas impliqué dans ce marché noir. Puisqu'on me demande des explications, je voudrais préciser un point : j'étais opposée au système de permissions tel qu'il a été proposé et j'aimerais que cette politique soit révisée. Les soldats sont surchargés de travail d'un côté, bénéficient de permissions trop longues de l'autre... de service jusqu'à ce qu'ils tombent de fatigue, en permission jusqu'à ce qu'ils tombent ivres morts... telle est la politique actuelle, que je n'ai pas appliquée à mon personnel. La durée des tours de garde reste dans la limite du raisonnable et les permissions restent limitées aux zones que mes officiers peuvent surveiller directement, pendant les brèves périodes où elles sont accordées. Et le personnel du *Norvège* ne s'est pas trouvé impliqué dans cette affaire. »

Mazian la foudroya du regard. Elle constata que ses narines frémissaient.

« Tout cela remonte très loin, Mallory. Vous avez toujours été un tyran assoiffé de sang. C'est comme cela qu'on vous appelle. Vous le savez. »

— « C'est bien possible. »

— « Vous avez abattu vos propres soldats, à Eridu. Ordonné à une unité d'ouvrir le feu sur l'autre. »

— « Le *Norvège* a ses critères. »

Mazian respira bruyamment.

« Les autres vaisseaux aussi, capitaine. Votre politique est peut-être adaptée au *Norvège*, mais chaque commandement a ses exigences propres. Travailler en indépendants est une tâche à laquelle nous excellons ; nous le faisons depuis trop longtemps. A présent, il est de mon devoir de souder à nouveau la Flotte et de la rendre viable. Je suis confronté à l'entêtement indépendant qui a poussé le *Thibet* et le *Pôle Nord* à rester où ils étaient au lieu de se replier, comme le bon sens l'exigeait. Deux vaisseaux détruits, Mallory. A présent, vous me confrontez à une situation où un vaisseau se distingue des autres et met, de son propre chef, un terme à une activité, manifestement illicite, dans laquelle sont impliqués tous les autres équipages de la Flotte. On raconte que cette liste comportait une deuxième page, le savez-vous ? Qu'elle a été détruite. Ce problème affecte le moral. Vous en rendez-vous compte ? »

— « J'ai conscience du problème ; je regrette ; je nie qu'il y ait eu une deuxième page et je n'admets pas que ce soit la jalousie qui ait poussé mes hommes à m'informer de la situation. Cela les présente sous un jour que je n'accepte pas ! »

— « Désormais, les soldats du *Norvège* auront les mêmes horaires que le reste de la Flotte. »

Elle se laissa aller contre le dossier de son siège.

« Je mets en évidence une politique qui conduit à la mutinerie et on m'ordonne de l'appliquer ? »

— « La force destructrice à laquelle la Flotte est exposée, Mallory, n'est pas la petite quantité de marché noir qui persistera inévitablement, qui existe objectivement chaque fois que les soldats sont autorisés à quitter les vaisseaux, mais le fait qu'un officier et un vaisseau soient convaincus de leur bon droit et se posent en rivaux des autres. Sécession. Nous ne pouvons pas nous le permettre, Mallory, et tant que je commanderai, je ne le tolérerai pas. Cette Flotte n'a qu'un seul commandant en chef... ou bien voulez-vous prendre la tête de l'opposition ? »

— « J'accepte l'ordre », marmonna-t-elle. L'orgueil de Mazian, l'orgueil hypersensible de Mazian. On arrivait à la limite qu'il ne fallait pas franchir, quand ses yeux prenaient cette expression. Son estomac se contracta et elle eut une envie dévastatrice de casser quelque chose. Elle se carra tranquillement dans son fauteuil.

« Il y a effectivement un problème de moral, reprit Mazian, plus calme, s'adossant également avec un de ces gestes alanguis, théâtraux par lesquels il écartait ce qu'il avait décidé de ne pas discuter. Il serait injuste que le *Norvège* en porte seul la responsabilité. Pardonnez-moi. Je reconnais que vous êtes dans le vrai... mais nous nous trouvons confrontés à une situation difficile. L'Union est là. Nous le savons. Pell le sait. Les soldats le savent certainement mais ils ne sont pas aussi bien informés que nous et cela leur porte sur les nerfs. Ils prennent leur plaisir où ils le peuvent. La situation à laquelle ils sont confrontés, dans la station, est loin d'être satisfaisante : pénurie, marché noir et, surtout, hostilité des civils. Ils ne sont pas au courant des mesures que nous prenons pour pallier ces problèmes. Et, même s'ils l'étaient, il y aurait toujours la flotte de l'Union, qui nous observe et attend le moment d'attaquer ; nous connaissons la présence d'un vaisseau espion de l'Union, mais nous ne pouvons rien faire. Les docks eux-mêmes ne fonctionnent pas normalement. Nous commençons à nous entre-déchirer... et n'est-ce pas exactement ce qu'espère l'Union, que nous allons pourrir de l'intérieur si elle nous enferme ici ? Elle ne veut pas nous affronter à découvert ; c'est coûteux, même si elle parvient à nous chasser. Et elle ne tient pas à ce que nous nous dispersions et reprenions les opérations de guérilla... parce qu'il y a Cyteen, n'est-ce pas ; il y a sa capitale, très vulnérable si l'un d'entre nous décidait de l'attaquer à tout prix. Elle sait ce qui l'attend, si nous parvenons à partir. Alors elle gagne du temps. Elle nous maintient dans l'incertitude. Elle espère que nous resterons ici, bien que la situation soit sans espoir, et elle nous laisse relativement en paix, afin que nous ayons intérêt à ne pas bouger. C'est un pari ; il est probable qu'elle rassemble ses forces, du fait qu'elle sait où nous sommes. Et elle a raison... nous avons besoin de repos et d'un refuge. C'est, du point de vue des soldats, ce qui peut arriver de pire mais comment faire autrement ? Nous avons un problème. Et je propose de donner à vos soldats désœuvrés un avant-goût des ennuis, quelque chose qui les réveillera et les persuadera que les opérations ne sont pas terminées. Nous allons nous procurer le ravitaillement qui fait défaut à Pell. Les moyen-courriers qui se tiennent prudemment à l'écart... ne peuvent fuir. Et les mines possèdent d'autres matériaux, le ravitaillement qui leur permet de survivre. Nous allons envoyer un deuxième vaisseau en patrouille. »

— « Après ce qui est arrivé au *Pôle Nord...* » marmonna Kreshov.

— « Avec toute la prudence nécessaire. Tous les vaisseaux de la station seront prêts à partir et il faudra autant que possible rester à couvert. Il y a une trajectoire qui peut conduire un vaisseau aux mines sans l'obliger à rester longtemps à découvert. Kreshov, compte tenu de votre sens admirable de la prudence, ce sera votre mission. Procurez-vous le ravitaillement qui nous est nécessaire et n'hésitez pas à vous faire respecter, en cas de besoin. Quelques actions agressives de votre part satisferont vos soldats et amélioreront le moral. »

Signy se mordit la lèvre, nerveusement, se pencha finalement sur la table.

« Je me porte volontaire. Laissez Kreshov en dehors du coup. »

— « Non, répondit Mazian, levant aussitôt une main apaisante. Sans discrimination, loin de là. Ce que vous faites ici est vital et vous effectuez de l'excellent travail. L'*Atlantique* se chargera de la patrouille. Il ramènera quelques transports dans le droit chemin et rétablira le trafic de la station. Abattez-en un, Mika, si nécessaire. Vous comprenez. Et payez avec des titres de la Compagnie. »

Tout le monde se mit à rire. Signy resta grave.

« Capitaine Mallory, dit Mazian, vous semblez contrariée. »

— « Les exécutions me dépriment, dit-elle cyniquement, la piraterie aussi. »

— « Un autre débat politique ? »

— « Avant d'entreprendre des opérations de grande envergure de ce type, j'aimerais que l'on s'attache à tenter d'enrôler les moyen-courriers, pas à les abattre. Ils étaient avec nous contre l'Union. »

— « Ils ne pouvaient pas fuir. Cela fait une grosse différence, Mallory. »

— « Il ne faudrait pas oublier... les vaisseaux qui étaient avec nous. Ces vaisseaux devraient faire l'objet d'un traitement particulier. »

Mazian n'était pas d'humeur à écouter ses raisonnements, pas ce jour-là. Le rouge lui était monté aux joues et son regard était noir.

« Permettez-moi de donner mes instructions, chère amie. Ce point a été pris en considération. Tous les transports de cette catégorie obtiendront des privilèges particuliers lorsqu'ils auront accosté dans les docks de la station ; et nous présumons que les vaisseaux de cette catégorie ne compteront pas parmi ceux qui refuseront l'ordre d'accoster. »

Elle acquiesça, prit soin de chasser tout mécontentement de son visage. Il était dangereux de prendre le premier rôle à Mazian. Il était terriblement orgueilleux. Cela nuisait parfois à ses autres qualités. Il agissait intelligemment. L'avait toujours fait. Mais, parfois, la colère durait... longtemps.

« Je voudrais faire remarquer, intervint la voix grave de Porey, contrairement aux espoirs du Capitaine Mallory concernant la collaboration des habitants, que le fonctionnement de Downbelow pose un problème. Emilio Konstantin fait claquer ses doigts et les ouvriers font ses quatre volontés. Cela nous permet d'obtenir le ravitaillement dont nous avons besoin, et nous nous en accommodons. Mais il attend. Il se contente d'attendre ; et il sait que, pour le moment, il est nécessaire. Si nous amenons les moyen-courriers à la station, nous risquons d'avoir d'autres Konstantin, mais ils seront ici, avec nous, amarrés à côté de nos vaisseaux. »

— « Il est peu probable qu'ils mettent Pell en péril. »

— « Et s'il y a des Unionistes, parmi eux ? Nous savons très bien que l'Union est infiltrée dans le milieu des commerçants. »

— « C'est un point qui mérite réflexion, concéda Mazian. J'y ai réfléchi... et c'est une des raisons, Capitaine Mallory, qui m'ont fait hésiter à agir énergiquement pour recruter ces vaisseaux. Il y a des problèmes potentiels. Mais nous avons besoin de ravitaillement et certaines denrées n'existent pas ailleurs. Nous devons faire avec ce que nous avons. »

— « Eh bien, il faut faire un exemple, dit Kreshov. Descendre ce salaud ! Il ne nous apportera, de toute manière, que des ennuis. »

— « Actuellement, dit tranquillement Porey, Konstantin et son équipe travaillent dix-huit heures par jour... du travail efficace, rapide, bien fait et sans accroc. Nous n'obtiendrons pas cela par d'autres méthodes. On s'occupera de lui quand il ne sera plus indispensable. »

— « Le sait-il ? »

Porey haussa les épaules.

« Je vais vous dire ce qui fait marcher M. Konstantin. Nous tenons une plaine où sont rassemblés de nombreux Downers et tous les autres humains de Downbelow. Une seule cible. Et il le sait. »

Mazian hocha la tête.

« Konstantin est un problème minime. Nous avons des soucis plus graves. Et c'est la deuxième question en suspens. Si nous pouvions nous abstenir d'une deuxième descente chez nos hommes... je préférerais que nous nous concentrions sur les allées et venues des éléments subversifs et du personnel fugitif au sein même de la station. »

Signy rougit. Elle força sa voix au calme.

« Le nouveau système est mis en place aussi rapidement que possible. M. Lukas coopère. Nous avons identifié et carté 14 947 personnes à ce jour. Cela implique un système de cartes complètement rénové, de nouveaux codes individuels et l'ouverture vocale de certaines installations. J'aimerais pouvoir faire mieux, mais les unités de Pell ne le permettent pas. Si elles le permettaient, nous n'aurions pas eu de tels problèmes de sécurité. »

— « Et les chances d'avoir carté ce Jessad ? »

— « Pratiquement inexistantes. Presque tous les fugitifs gagnent les secteurs incontrôlés, où les cartes volées fonctionnent encore... pour le moment. Nous mettrons la main sur eux. Nous avons un portrait-robot de Jessad et des photos des autres. A mon avis, l'opération sera terminée dans une semaine. »

— « Mais toutes les zones sensibles sont sûres ? »

— « Les systèmes de protection du Commandement Central de Pell sont risibles. J'ai recommandé quelques transformations. »

Mazian hocha la tête.

« Quand nous pourrons dégager les équipes qui réparent actuellement les dégâts. Sécurité du personnel ? »

— « La seule exception est la présence des Downers dans la zone isolée de Bleu un quatre. La veuve de Konstantin. La sœur de Lukas. Elle est complètement invalide et les Downers acceptent de coopérer en échange de sa protection. »

— « C'est une brèche », souligna Mazian.

— « Je suis en contact avec elle par les coms. Elle accepte d'envoyer les Downers aux endroits où ils sont nécessaires. Pour le moment, elle est utile, comme son frère. »

— « Puisque c'est ainsi, fit Mazian. Mêmes conditions. »

Il y eut des détails, des statistiques, des questions ennuyeuses qui auraient pu être traitées par le comp. Signy supporta tout cela d'un air morose, avec la migraine et une pression sanguine qui lui gonflait les veines des mains, tout en prenant des notes précises et fournissant elle-même des statistiques.

Nourriture ; eau ; pièces de rechange... ils prenaient un chargement complet, chaque vaisseau se préparant à fuir si la situation l'exigeait. Réparations des avaries importantes et remises en état qui avaient été longtemps retardées à cause de la préparation des opérations. Révision complète, tout en conservant la Flotte aussi mobile que possible.

Le matériel présentait des difficultés insolubles. Au fil

des semaines, l'espoir que quelques long-courriers audacieux reviendraient diminua. Ils avaient sept vaisseaux, tenant une station et une planète, avec seulement les moyen-courriers pour les ravitailler, avec pour seule source de produits manufacturés... les réserves que ces vaisseaux conservaient pour leur propre usage.

Ils étaient coincés, assiégés, abandonnés par les commerçants, les long-courriers qui allaient et venaient librement aux pires moments de la guerre. Ne pouvaient plus espérer atteindre les stations des Etoiles Proches... dont il ne restait pratiquement rien, désactivées, vides, probablement instables... restées trop longtemps sans entretien. Les vaisseaux de guerre ne pouvaient assurer seuls le transport des matériaux lourds. Sans les commerçants, Pell était la seule nation en état de marche qui leur restait, en dehors de Sol elle-même.

Des pensées désagréables lui vinrent à l'esprit pendant cette réunion, comme il lui en venait régulièrement à l'esprit depuis que l'opération concernant Pell commençait à tourner mal. Elle leva de temps en temps la tête, regardant Mazian, le visage mince et préoccupé de Tom Edger. L'*Australie* d'Edger faisait plus souvent équipe avec l'*Europe* que les autres vaisseaux... une vieille, vieille équipe. Du point de vue de l'ancienneté, Edger venait en deuxième position, comme elle venait en troisième ; mais il y avait un abîme entre le deuxième rang et le troisième. Edger ne prenait jamais la parole au Conseil. Il n'avait jamais rien à dire. Edger parlait avec Mazian, en privé, conseillant, le pouvoir occulte, pour ainsi dire ; elle s'en doutait depuis longtemps. Si une des personnes présentes dans la salle connaissait la pensée de Mazian, c'était bien Edger.

La seule station, à l'exception de Sol.

Ainsi nous sommes trois à savoir, se dit-elle avec tristesse, et elle n'en souffla mot. Il y avait un gouffre entre la Flotte de la Compagnie et... ceci. Les crétins de la Compagnie, sur Terre et dans la Station Sol, auraient la surprise de leur vie, quand la guerre leur tomberait brutalement dessus... quand la Terre serait prise comme Pell l'avait été. Et sept vaisseaux pouvaient réussir, contre une planète qui avait abandonné les vols interstellaires, qui n'avait, comme Pell, que des moyen-courriers et des appareils de combat dont le rayon d'action se limitait au Système... avec l'Union sur leurs talons. C'était une maison de verre, la Terre. Elle ne pouvait combattre... et vaincre.

Cela ne l'empêchait pas de dormir. Telle n'était pas son intention. De plus en plus, elle était persuadée que l'opération Pell était une couverture, que Mazian faisait sans doute exactement ce qu'elle préconisait depuis le début: occuper les soldats, occuper les équipages et les capitaines, tandis que les opérations réelles étaient celle de Downbelow et celle qui concernait les mines et les moyen-courriers, le ravitaillement, les réparations, le tri du personnel de la station afin d'identifier et de capturer les fugitifs susceptibles de faire surface et d'aider l'Union à s'installer. Son travail à elle.

Mais il était impossible de contraindre des commerçants à effectuer des transports et aucun vaisseau de guerre ne prendrait le moindre réfugié. C'était impossible. Ils n'avaient pas de place. Il n'était pas surprenant que Mazian ne parle pas, refuse d'aborder le sujet des plans théoriques qui, déjà, sous divers prétextes, étaient en cours de réalisation. Un scénario se fit jour: destruction du comp de la station, car ils avaient tous les codes d'accès; désorganisation complète de la base de Downbelow par élimination de l'homme qui en assurait le fonctionnement et exécution des multitudes assemblées d'humains et de Downers, de sorte que les Downers n'acceptent plus jamais de travailler pour les humains; mise de la station elle-même sur une orbite descendante; et eux-mêmes gagnant le point de saut derrière un écran de moyen-courriers qui ne feraient que compliquer la navigation. Sauter jusqu'aux Etoiles Proches puis, rapidement, jusqu'à Sol elle-même...

De sorte que l'Union se trouverait devant l'obligation de choisir entre sauver une station pleine de gens et une base, et lutter, sur Downbelow, contre une désorganisation telle que la station risquait de toute manière de mourir de faim, même s'il était *possible* de la remettre en orbite... ou bien laisser Pell mourir et tenter d'attaquer directement, sans base plus proche que Viking... très, très loin de la Terre.

Salaud, salua-t-elle Mazian intérieurement, le regardant par en dessous. Mazian avait l'habitude de bouger avant l'ennemi et de penser l'impensable. A ce jeu, il était le meilleur. Il l'avait toujours été. Elle lui sourit, tandis qu'il donnait des instructions sèches, précises, concernant le matériel nécessaire et eut la satisfaction de voir le grand Mazian perdre un instant le fil de ses pensées. Il le retrouva, poursuivit, lui adressant quelques regards perplexes puis de plus en plus chaleureux.

De sorte que, à présent, ils étaient trois à savoir.

«Je serai franche avec vous, dit-elle aux hommes et aux femmes entassés dans le vestiaire du pont inférieur, le seul endroit du *Norvège* où il était possible de réunir pratiquement tous les soldats dans une même salle, bien qu'ils soient serrés les uns contre les autres. Ils ne sont pas contents de nous. Mazian en personne n'approuve pas la manière dont je commande ce vaisseau. Apparemment, aucun d'entre vous n'est sur la fameuse liste. Apparemment, aucun d'entre nous n'est impliqué dans le marché noir. Apparemment, les autres équipages nous en veulent et on raconte que nous avons falsifié la liste, qu'il y a eu dénonciation délibérée en raison d'une rivalité opposant le *Norvège* aux autres vaisseaux dans le cadre du marché noir... *Silence!* Par conséquent, j'ai reçu des ordres, du sommet. Vous aurez des *permissions* aux mêmes moments et dans les mêmes conditions que les autres soldats; vous serez également de service en même temps. Je ne commenterai pas, sauf pour vous dire que vous faites de l'excellent travail; et j'ajouterai deux choses: je suis fière, pour l'ensemble de ce vaisseau, qu'aucun membre du personnel du *Norvège* n'ait été impliqué dans l'affaire du secteur Bleu; deuxièmement... je vous demande d'éviter tout heurt avec les autres unités, quelles que soient les rumeurs qui circulent et même si vous êtes provoqués. Manifestement il y a un ressentiment dont j'assume l'entière responsabilité. Manifestement... bien, n'insistons pas. Des questions?»

Il y eut un silence de mort. Personne ne bougea.

«Je suis convaincue que vous communiquerez ces nouvelles à vos camarades actuellement de service, lorsqu'ils rentreront, avant que je puisse le faire personnellement. Je vous fais mes excuses, personnellement, en ce qui concerne ce qui est manifestement interprété par les autres comme une injustice destinée à protéger mon personnel. Rompez ! »

Mais personne ne bougea. Elle pivota sur ses talons, prit la direction de l'ascenseur, décidée à regagner le niveau principal et sa cabine.

« Foutez-les dans l'espace ! » marmonna une voix, derrière elle, assez fort pour qu'elle puisse entendre. Elle s'immobilisa sans se retourner.

« *Norvège !* » cria quelqu'un ; puis : « Signy ! » Quelques instants plus tard, tout le vaisseau résonnait.

Elle reprit son chemin en direction de l'ascenseur ouvert, poussa un long soupir de satisfaction, bien que sa démarche n'ait pas changé. Dans l'espace, oui, même Conrad Mazian, s'il pensait pouvoir mettre la main sur le *Norvège*. Elle avait commencé par les soldats ; Di Janz leur parlerait également. Ce qui menaçait le moral du *Norvège* menaçait des vies, menaçait des réflexes reposant sur des années d'expérience.

Et son orgueil. Aussi. Son visage était encore rouge quand elle entra dans l'ascenseur et appuya sur le bouton. Les cris qui résonnaient dans les couloirs étaient un baume étendu sur son orgueil blessé, lequel était, elle le reconnaissait, aussi chatouilleux que celui de Mazian. Exécuter les ordres bien sûr ; mais elle en avait calculé les effets sur les soldats et l'équipage ; et personne ne pouvait contester ce qui se passait à l'intérieur du *Norvège*. Pas même Mazian.

2

1

PELL, SECTEUR VERT NEUF ; 6/1/53

Le Downer était à nouveau près de lui, petite ombre brune, absolument pas exceptionnelle dans la circulation de neuf. Josh s'arrêta dans le couloir qui portait encore des traces d'émeute, posa le pied sur une moulure et feignit d'ajuster la tige de sa chaussure. Le Downer lui toucha le bras, plissa le nez en se penchant pour le dévisager.

« Homme-Konstantin aller bien ? »

— « Bien », répondit-il. C'était celui qui s'appelait Dent-Bleue, qui était presque quotidiennement sur leurs talons, faisant passer des messages entre Damon et sa mère. « Nous avons une bonne cachette, à présent. Plus d'ennuis. Damon est en sécurité et l'homme nous a acceptés. »

La main puissante et couverte de fourrure chercha la sienne, y glissa un objet.

« Toi porter à homme-Konstantin ? *Elle* donner, dire besoin. »

Le Downer disparut dans la circulation aussi rapidement qu'il était apparu. Josh se redressa, résistant à la tentation de regarder autour de lui ou de jeter un coup d'œil sur l'objet métallique avant de s'être éloigné. Il s'avéra que c'était une broche, le métal étant peut-être de l'or véritable. Il le mit dans sa poche car c'était un trésor, un objet vendable au marché noir, sans carte, qui permettrait d'acheter quelqu'un qu'il serait impossible d'acheter autrement... le propriétaire de leur refuge actuel, par exemple. L'or ne servait pas seulement à fabriquer des bijoux : on tuait pour des métaux rares... le tarif en vigueur. Et le jour où il faudrait se montrer de plus en plus persuasif pour cacher Damon approchait. Une femme pleine de bon sens, la mère de Damon. Les Downers qui allaient et venaient tranquillement dans les couloirs étaient ses yeux, ses oreilles, et elle connaissait leur situation désespérée... offrait toujours une protection que Damon refusait d'accepter parce qu'il ne voulait pas que le système des Downers soit soumis à la fouille.

Le filet se refermait sur eux. Le nombre de couloirs utilisables diminuait. Un nouveau système était mis en place, de nouvelles cartes, et les secteurs nettoyés par les soldats restaient propres. Ceux qui se trouvaient dans le secteur isolé par les soldats étaient rassemblés, confrontés à la liste des personnes recherchées, recevaient de nouveaux papiers d'identité... la plupart. D'autres disparaissaient, point final. Et le nouveau système de cartes pesait de plus en plus sur le marché, à mesure qu'il approchait. La valeur des cartes et des papiers tombait en flèche parce qu'ils ne seraient valides que jusqu'à la fin du changement et que les gens se méfiaient déjà des anciens. De temps en temps, un signal d'alarme se déclenchait, silencieux, dans le comp ; et les soldats arrivaient dans un établissement, se mettaient en quête d'une personne recherchée... comme si les habitants des secteurs non soumis au nouveau système utilisaient leur carte personnelle. Mais les soldats posaient des questions et vérifiaient les identités, quand leur attention était attirée... maintenaient ces zones sous la menace de leurs descentes, terrorisaient la population et entretenaient la méfiance, car cela servait les objectifs de Mazian.

Cela leur donnait également un moyen d'existence. C'était leur commerce, à Damon et à lui, la purification des cartes. C'était leur valeur dans le système du marché noir. Un acheteur voulait vérifier la valeur d'une carte volée, un nouveau propriétaire voulait être sûr que la carte ne déclencherait pas des alarmes dans le comp, quelqu'un voulait le numéro de code de la banque pour accéder aux dépôts... les bars et les auberges des docks ne comparaient pas les visages avec les photos des papiers, absolument pas. Et Josh connaissait les codes d'accès. Il les avait appris, de sorte qu'ils travaillaient en équipe et qu'ils n'étaient pas obligés de sortir dans les couloirs à heure fixe. Ils en avaient fait une science... utilisant les tunnels des Downers et passant même d'un secteur à l'autre — Dent-Bleue leur avait montré comment faire —, de sorte qu'il n'était pas nécessaire d'interroger le comp depuis le même terminal. Ils n'avaient jamais déclenché d'alarmes, bien que certaines cartes soient particulièrement dangereuses. Ils étaient bons ; ils avaient une raison d'être... ironiquement, grâce à Mazian... qui les nourrissait, les logeait et les cachait, avec toutes les protections que le marché pouvait offrir à ceux qui lui étaient utiles. Il avait alors plusieurs cartes en poche, dont il connaissait les valeurs respectives en fonction de l'étendue de l'accès et du montant du compte. Rien, sur ce dernier, dans la plupart des cas. Les familles des disparus avaient très vite compris et le comp de la station avait accédé aux demandes des familles, de sorte que les comptes étaient bloqués, inaccessibles par l'entremise d'un numéro... c'était ce qu'on racontait et c'était probablement la vérité. A présent, presque toutes les cartes étaient dangereuses. Il en avait quelques-unes qui étaient utilisables et une liste de numéros de code. Les cartes ayant appartenu à des personnes seules où celles des comptes indépendants étaient les seules encore valables.

Mais il y avait des indices de changement rapide. C'était son imagination, peut-être, mais, ce jour-là, les couloirs de tous les niveaux du secteur Vert lui parurent plus encombrés. Tel était peut-être le cas. Tous ceux qui avaient peur de se soumettre au contrôle d'identité entraînant la délivrance d'une nouvelle carte s'entassaient dans un espace de plus en plus réduit... Vert et Blanc étaient les deux seuls secteurs encore libres mais, personnellement, le Blanc l'inquiétait et il ne s'y était pas attardé plus longtemps que nécessaire... il n'avait pas entendu lui-même les rumeurs, mais quelque chose était dans l'air, quelque chose qui indiquait qu'un nouveau secteur serait bientôt isolé... et le Blanc était le plus probable.

Vert était le secteur des grandes salles et comportait peu de goulets d'étranglement où une résistance déterminée aurait pu défendre son territoire pièce après pièce, couloir après couloir... au cas où on en viendrait là. Mais il imaginait plutôt une autre fin : tous les problèmes de Mazian étant réunis dans le même secteur, il suffirait d'ouvrir les portes, de l'exposer au vide, et ils mourraient tous sans appel et sans la moindre chance.

Quelques esprits déments s'étaient procuré des combinaisons pressurisées, l'objet le plus difficile à obtenir au marché noir, et restaient près d'elles, armés et le regard fou, espérant survivre malgré tout. Une atmosphère désespérée régnait dans le secteur Vert tandis que tous ceux qui avaient fini par accepter l'idée de la capture gagnaient volontairement le secteur Blanc. Vert et Blanc devenaient de plus en plus étranges, avec leurs parois couvertes de slogans obscènes, religieux ou pathétiques. *Nous avons vécu ici*, disait l'un d'entre eux. Rien d'autre.

Presque toutes les ampoules des couloirs étaient cassées de sorte que tout baignait dans la pénombre et que la station n'éteignait plus pour différencier le jour de l'anti-jour; il aurait fait trop noir. Quelques couloirs latéraux n'étaient plus du tout éclairés et personne n'entrait dans ces repaires, sauf ceux qui les connaissaient... ou ceux qu'on y entraînait de force. Il y avait des bandes, qui luttaient pour le pouvoir. Les faibles s'accrochaient à elles, leur donnaient tout ce qu'ils possédaient, pour ne pas être maltraités et, peut-être, pour avoir la possibilité de maltraiter les autres. Quelques bandes venaient de la Quarantaine. D'autres se composaient de citoyens de Pell, groupés en associations de défense, et s'étaient lancées dans d'autres entreprises. Il les craignait toutes, craignait surtout leur violence irraisonnée. Il s'était laissé pousser la barbe, les cheveux, marchait d'un pas traînant et restait aussi sale que possible, avait subtilement transformé son visage avec du maquillage... ces produits valaient également très cher au marché noir. S'il y avait la moindre drôlerie, dans cet endroit lugubre, elle résidait dans le fait que pratiquement tout le monde faisait exactement pareil, que le secteur était plein d'hommes et de femmes qui avaient désespérément peur d'être reconnus, qui évitaient le regard des autres et rasaient les cloisons, dans les couloirs... alors que d'autres marchaient d'un air conquérant et menaçaient, sauf en présence des soldats... la plupart d'entre eux évoquaient des fantômes découragés et se faisaient le plus discrets possible, espérant de toute évidence que personne ne les remarquerait ou ne les interpellerait.

Peut-être son apparence avait-elle tellement changé que personne ne le reconnaissait. Personne ne les avait encore montrés en public, Damon et lui. Peut-être Pell conservait-elle un reste de loyauté... à moins que le rôle qu'ils jouaient dans le marché noir ne les protège, à moins que ceux qui les connaissaient ne soient trop effrayés pour agir. Beaucoup de bandes étaient liées au marché.

De temps en temps, des soldats venaient dans les couloirs, dans neuf deux, aussi peu exceptionnels que les Downers vaquant à leurs occupations. Le dock Vert était ouvert jusqu'à la limite du dock Blanc; l'*Afrique* et, parfois, le *Pacifique* et l'*Atlantique* occupaient les deux premiers accostages de Vert, tandis que les autres vaisseaux ne quittaient pas le dock Bleu, et les soldats circulaient librement, passant par le sas d'accès du personnel, situé près des portes de cette extrémité de Vert. Les soldats, en permission ou de service, pénétraient dans le secteur Vert, se mêlant aux condamnés... les condamnés sachant que, pour s'échapper, il leur suffisait de se livrer aux soldats ou bien de gagner les portes d'accès de la zone contrôlée et de se constituer prisonniers. Certains croyaient que les Mazianni ne dépressuriseraient pas le secteur, justement à cause de ces rapports étroits et presque amicaux. Les soldats en permission ne portaient pas d'armure, riaient et semblaient humains, traînaient dans les bars... ils se réservaient quelques établissements, c'était vrai... mais ils ne dédaignaient pas les autres et fermaient parfois les yeux sur le marché noir.

Josh se disait que cela facilitait le contrôle des victimes. Ils avaient encore le choix, jouaient le jeu avec les soldats, esquivaient et luttaient... mais il suffisait d'appuyer sur un bouton, au Commandement Central ; pas de contact individuel, ni le spectacle des visages des mourants. Clinique et distancié.

Damon et lui faisaient des plans, des projets déments et futiles. On disait que le frère de Damon était vivant. Ils envisageaient de se dissimuler dans une navette, d'en prendre une, de gagner Downbelow et de se cacher dans la campagne. Ils avaient à peu près autant de chances de voler une navette aux soldats armés qu'ils en avaient de gagner Downbelow à pied, mais ce projet leur occupait l'esprit et leur donnait une raison d'espérer.

Et, plus réalisable... Ils pouvaient essayer de gagner les secteurs contrôlés, prendre le risque des portes équipées de signaux d'alarme, de la Sécurité militaire, des postes de contrôle à toutes les intersections et du contrôle par cartes de tous les déplacements... c'était ainsi, de l'autre côté. La méthode de Mallory. Ils avaient vérifié. *Hommes-avec-fusils trop nombreux,* avait dit Dent-Bleue. *Froids leurs yeux.*

Froids, effectivement.

En attendant, il y avait le marché noir et il y avait le bar de Ngo.

Il prit Vert neuf en direction de l'établissement, renonçant à utiliser les tunnels qui conduisaient au couloir où donnait la porte de derrière du bar, parce qu'elle était réservée aux urgences et que Ngo ne voulait pas qu'on l'utilise sans raison... ne voulait pas, dans la salle de son bar, de clients qui n'étaient pas entrés par la porte, ne voulait pas risquer de déclencher les alarmes d'accès du comp. Le marché noir était florissant, dans le bar de Ngo qui, de ce fait, était plus propre que les autres, la vingtaine de bars et de cabarets du dock Vert, près de l'entrée de neuf, ancien rendez-vous des commerçants... auberges, vids publiques, cafés, restaurants et une chapelle incongrue complétant la rangée. Presque tous les bars étaient ouverts : les vids, quelques auberges et la chapelle étaient des carcasses calcinées, mais les bars fonctionnaient, comme celui de Ngo, faisant aussi restaurants, canaux qui permettaient à la station de nourrir la population, les produits alimentaires du marché noir augmentant ce que la station acceptait de fournir.

Il regarda prudemment à droite et à gauche, en approchant de la porte toujours ouverte du bar de Ngo, discrètement, dans le rythme de ses pas, comme s'il se demandait dans quel établissement il allait entrer.

Un visage lui attira le regard, soudainement, lui coupant le souffle. Il ralentit légèrement et regarda l'entrée de chez Mascari, de l'autre côté du couloir, au coin de neuf et du dock. L'homme qui se tenait à cet endroit recula précipitamment et entra chez Mascari.

Un voile noir passa devant ses yeux, un éclair chargé de souvenirs si nets qu'il vacilla et oublia totalement ce qu'il faisait. Il était vulnérable, à cet instant, pris de panique... il gagna en aveugle la porte de chez Ngo, entra dans la lumière tamisée, la musique forte, les odeurs mêlées de l'alcool, de la cuisine et de la clientèle crasseuse.

Le vieillard tenait personnellement le bar. Josh s'appuya contre le comptoir, demanda une bouteille. Ngo la lui donna sans lui demander sa carte. Tout cela viendrait plus tard, dans l'arrière-salle. Mais sa main tremblait, quand il prit la bouteille, et celle de Ngo se referma rapidement sur son poignet.

« Des ennuis ? »

— « Presque, mentit-il... et ce n'était peut-être pas un

mensonge. Je m'en suis tiré. Une bande. Ne vous inquiétez pas. Personne ne m'a repéré. Rien d'officiel. »

— « Il faudrait en être sûr. »

— « Aucun problème. Les nerfs. Ce sont les nerfs. »

Il prit la bouteille et gagna le fond, s'appuya un moment contre l'encadrement de la porte de la cuisine, attendant d'être certain que personne ne verrait son départ.

Un Mazianni, peut-être. Son cœur battait toujours très fort. Quelqu'un qui surveillait le bar de Ngo ? Non. Son imagination. Les Mazianni n'avaient aucune raison d'agir discrètement. Il déboucha la bouteille et but ; du vin downer, tranquillisant bon marché. Il but une deuxième gorgée et se sentit mieux. Il lui arrivait d'avoir ce type d'éclairs… pas souvent. Ils étaient toujours désagréables. Ils se produisaient toujours à l'improviste, à cause de petites choses sans importance, une odeur, un bruit, un objet familier ou une personne ordinaire vus sous un angle inhabituel… Le problème était que cela s'était produit en public. Cela aurait pu le faire remarquer. Peut-être était-ce le cas. Il décida de ne plus sortir de la journée. Hésita en ce qui concernait le lendemain. Il but une troisième gorgée, jeta un dernier regard aux consommateurs de la douzaine de tables, puis se glissa dans la cuisine où la femme et le fils de Ngo préparaient les commandes. Il leur adressa un coup d'œil indifférent, auquel ils répondirent par un regard vide, puis gagna la réserve.

Il poussa la porte à ouverture manuelle.

« Damon ! » appela-t-il.

Le rideau tendu devant les placards s'écarta. Damon sortit et s'assit sur les caisses qui faisaient office de meubles, dans la lumière d'une lampe à piles qu'ils utilisaient pour tromper l'avarice sourcilleuse et la mémoire infaillible du comp. Il s'assit avec lassitude, tendit la bouteille à Damon qui but. Ils n'étaient pas rasés, avaient l'apparence sale et désespérée des foules qui hantaient ces lieux.

« Tu es en retard, dit Damon. Tu veux me flanquer des ulcères ? »

Il sortit les cartes de sa poche, les classa de mémoire, prit quelques notes rapides avant d'oublier. Damon lui tendit une feuille de papier et il écrivit les indications correspondant à chacune, Damon gardant le silence jusqu'à la fin.

Quand il eut terminé, vidé sa mémoire, il posa le paquet sur la caisse voisine et prit la bouteille. Il but et la remit en place.

« J'ai vu Dent-Bleue, il dit que ta mère va bien. Elle t'envoie ça. » Il sortit la broche de sa poche et la donna à Damon, qui la prit avec une expression mélancolique indiquant qu'elle devait avoir, à ses yeux, une valeur distincte de celle de l'or. Damon hocha tristement la tête, la glissa dans sa poche ; il ne parlait guère de sa famille, vivante ou morte, n'évoquait pas de souvenirs.

« Elle sait, dit Damon. Elle sait ce qui va arriver. Elle le voit sur ses écrans, les Downers la renseignent... Dent-Bleue a-t-il été plus précis ? »

— « Seulement que ta mère pensait que nous en aurions besoin. »

— « Pas de nouvelles de mon frère ? »

— « L'occasion ne s'est pas présentée. A l'endroit où nous étions nous ne pouvions pas parler, le Downer et moi. »

Damon hocha la tête, soupira, posa les coudes sur les genoux, la tête baissée. Damon vivait pour ces nouvelles. Quand il n'y en avait pas, il perdait courage et cela lui faisait mal. A Josh aussi. Il eut l'impression de lui avoir porté un coup.

« L'atmosphère est tendue, reprit Josh. L'inquiétude est grande. Je suis rentré sans me presser, pour écouter ce qui se dit ; les gens ont peur, mais ils ne savent rien. »

Damon se redressa, prit la bouteille, but la moitié du reste de vin, à peine une gorgée.

« Il faut absolument que nous fassions quelque chose. Soit aller dans les secteurs contrôlés... soit essayer les navettes. On ne peut pas rester ici. »

— « Ou bien disparaître dans les tunnels », avança Josh. A son avis, c'était l'idée la plus réaliste. En général, les humains avaient une peur pathologique des tunnels. Ceux qui auraient le cran de les poursuivre... ils pourraient peut-être les repousser. Ils avaient des armes. Il serait peut-être possible d'y vivre. Mais ils étaient à court de temps... quelle que soit leur décision. Ce n'était pas une existence séduisante. *Et nous aurons peut-être de la chance*, se dit-il en désespoir de cause, regardant Damon qui fixait le plancher, perdu dans ses pensées. *Ils vont peut-être dépressuriser le secteur.*

La porte de la réserve s'ouvrit. Ngo entra, prit les cartes et lut les notes, fit la moue et fronça les sourcils.

« Vous êtes sûrs ? »

— « Aucune erreur. »

Ngo marmonna avec mauvaise humeur, mécontent de la qualité de la marchandise, comme s'ils étaient fautifs, tourna les talons.

« Ngo ! appela Damon, j'ai entendu dire qu'on peut trouver de nouveaux papiers. C'est vrai ? »

— « Où avez-vous entendu ça ? »

Damon haussa les épaules.

« Deux hommes qui parlaient, devant le bar. C'est vrai, Ngo ? »

— « Ils rêvaient. Si vous connaissez un moyen d'infiltrer le nouveau système, prévenez-moi. »

— « J'y réfléchis. »

Ngo sortit en marmonnant.

« C'est vrai ? » demanda Josh.

Damon secoua la tête.

— « C'était une expérience. Ou bien Ngo ne sait rien, ou bien il n'existe aucun moyen. »

— « Je parie sur la deuxième solution. »

— « Moi aussi. » Damon posa les mains sur les genoux, soupira, leva la tête. « Pourquoi n'irions-nous pas manger ailleurs ? Il n'y a pas de danger, n'est-ce pas ? »

Le souvenir, un instant oublié, réapparut avec une puissance terrifiante. Il ouvrit la bouche dans l'intention de parler et, soudain, il y eut un grondement qui fit trembler le plancher, un choc assourdissant qui couvrit les hurlements venus du dehors.

« *Les portes !* » s'écria Damon, se levant d'un bond. Les cris continuèrent, hurlements déments, chaises renversées dans le bar. Damon se rua vers la porte de la réserve, suivi par Josh, puis gagna la porte de derrière, où Ngo, sa femme et son fils étaient déjà arrivés, Ngo avec ses livres de comptes à la main.

« Non ! s'écria Josh. Attendez... ce sont sans doute les portes du secteur Blanc... nous sommes enfermés... mais il y avait des soldats dans neuf deux... les soldats ne seraient pas ici s'ils avaient l'intention d'appuyer sur le bouton... »

— « Les coms ! » cria la femme de Ngo. Un avis était diffusé sur la vid de la salle. Ils regagnèrent précipitamment le bar, où une poignée de clients s'était assemblés devant la vid et où un pillard volait des bouteilles derrière le bar.

« *Hé!* » hurla Ngo, indigné, mais l'homme en prit encore deux et s'enfuit.

Jon Lukas était apparu sur l'écran. C'était toujours lui, quand Mazian voulait faire une communication officielle à la station. C'était devenu un squelette, un squelette pitoyable, aux yeux vides.

« ... isolée, disait Lukas. Les habitants du secteur Blanc qui désireraient le quitter, ainsi que toutes les personnes qui s'y trouvent, seront autorisés à le faire. Rendez-vous à l'accès du dock Vert et vous serez autorisés à passer. »

« Ils chassent tous les indésirables ici », dit Ngo. Son visage ridé était couvert de sueur. « Et nous, qui travaillons ici, monsieur le Chef de Station ? Et nous, les gens honnêtes coincés ici ? »

Lukas répéta l'avis. Il s'agissait probablement d'un enregistrement ; il ne lui était vraisemblablement pas permis de parler en direct.

« Viens », dit Damon, prenant Josh par le bras. Ils gagnèrent la porte, tournèrent au coin sur le dock Vert, gravirent la courbe jusqu'à l'endroit où une foule nombreuse s'était massée, tournée vers le secteur Blanc. Ils n'étaient pas seuls. Des soldats avançaient, de l'autre côté, près des accostages et des machines.

« Ils vont tirer, marmonna Josh. Damon, ne restons pas ici. »

— « Regarde les portes. Regarde les portes ! »

Il obéit. Les énormes panneaux étaient hermétiquement fermés. L'accès réservé au personnel, sur le côté, n'était pas ouvert. Il ne s'ouvrit pas.

« Ils ne les laisseront pas sortir, dit Damon. C'était un mensonge... pour amener les fugitifs dans le dock. »

— « Partons », supplia Josh.

Quelqu'un tira ; de leur côté, les soldats... une salve au-dessus des têtes qui atteignit les façades des boutiques. Les gens crièrent, poussèrent et ils suivirent le flot, traversant le dock, entrant dans neuf, gagnant la porte de chez Ngo, tandis que l'émeute continuait dans le couloir. Quelques personnes tentèrent de les suivre mais Ngo les repoussa à coups de bâton, les injuriant parce qu'ils lui apportaient des ennuis.

Ils réussirent à fermer la porte, mais la foule préférait courir droit devant elle. Les lampes de la salle s'allumèrent, sur un enchevêtrement de chaises et d'assiettes renversées.

En silence, Ngo et sa famille entreprirent de nettoyer.

« Tenez ! » dit Ngo à Josh, lui jetant un chiffon gras et mouillé. Puis Ngo adressa un regard contrarié à Damon, mais n'exigea rien : un Konstantin jouissait encore de quelques privilèges. Mais Damon se mit à ramasser les assiettes, à redresser les chaises et à essuyer, comme les autres.

Le calme revint, dehors, bien qu'on frappât encore de temps en temps à la porte. Des visages se collaient au plastique de la vitre, des gens qui voulaient simplement entrer, des gens exténués et effrayés, qui voulaient seulement prendre un verre ou manger.

Ngo ouvrit les portes, jura et cria, les laissa entrer, s'installa derrière le bar et servit des consommations, sans s'occuper, pour le moment, des cartes de crédit.

« C'est payant ! annonça-t-il bien fort. Asseyez-vous et nous allons ramasser les tickets. » Quelques-uns partirent sans payer ; d'autres s'assirent. Damon prit une bouteille de vin et entraîna Josh vers la table du fond, qui se trouvait dans un petit renfoncement. C'était leur place habituelle. Elle permettait de surveiller la porte, se trouvait à proximité de la cuisine et de leur cachette. La chaîne musicale des coms fonctionnait à nouveau, diffusant des airs mélancoliquement doux et romantiques.

Josh se prit la tête entre les mains et regretta de ne pas oser s'enivrer. Il ne le pouvait pas. Il y avait les rêves. Damon but. Finalement, cela parut suffire car les yeux de Damon prirent une fixité trouble qu'il lui envia.

« Demain, je sortirai, dit Damon. J'ai passé trop de temps dans ce trou... je sortirai, je verrai quelques personnes, je prendrai quelques contacts. Il doit bien y avoir quelques personnes qui n'ont pas quitté le secteur Vert. Quelqu'un qui doit un service à ma famille. »

Il avait déjà essayé.

« Nous en reparlerons », dit Josh.

Le fils de Ngo leur servit à dîner, du ragoût aussi dilué que possible. Josh en mangea une cuillerée, poussa Damon, qui restait immobile, du pied. Damon prit sa cuiller et mangea, mais son esprit semblait être ailleurs.

Elene, peut-être. Damon prononçait parfois son nom, dans son sommeil. Parfois, c'était celui de son frère. Peut-être pensait-il à autre chose, aux amis perdus. Aux gens qui étaient probablement morts. Il ne parlerait pas ; Josh le savait. Ils restaient de longues heures silencieux, plongés dans leurs passés respectifs. Il pensa à ses meilleurs rêves, les endroits agréables, une route inondée de soleil, les champs de céréales de Cyteen, les gens qui l'avaient aimé, les visages connus, les vieux amis, les vieux compagnons, loin de cet endroit. Cela emplissait les heures, les longues heures solitaires qu'ils passaient dans leur cachette, les nuits, avec la musique du bar de Ngo qui faisait trembler les murs pendant la plus grande partie du jour et de l'anti-jour, étourdissante, continuelle, ou bien sucrée et insinuante. Ils volaient quelques heures de sommeil dans les intervalles, restaient couchés, découragés, le reste du temps. Il ne troublait pas les rêveries de Damon et Damon respectait les siennes. Ils n'en mettaient jamais l'importance en cause car ils n'avaient, en réalité, rien d'autre.

Une éventualité qu'ils n'envisageaient plus, c'était de se rendre. Ils connaissaient le visage de Lukas, cette tête de mort qui montrait comment Mazian traitait ses marionnettes. Si Emilio Konstantin était toujours vivant, comme on le prétendait… Josh se demandait, intérieurement, si c'était une bonne nouvelle ou bien une mauvaise. Mais il ne disait rien.

« On raconte, dit Damon, que des Mazianni font du marché noir. Je me demande s'il serait possible de les acheter ; s'il y a des trous dans leur nouveau système. »

— « C'est stupide. Ce n'est pas leur intérêt. Il ne s'agit pas d'un sac de farine. Si tu poses ce type de question, nous les aurons tous sur le dos. »

— « Tu as sans doute raison. »

Josh repoussa son bol et en fixa le bord. Ils n'avaient plus de temps, voilà tout. La fermeture du secteur Blanc... les enfermait. Il ne restait plus qu'à organiser une battue en partant de Vert un, qu'à vérifier les déclarations de ceux qui accepteraient de se rendre, qu'à abattre les autres.

Quand l'ordre régnerait dans le secteur Blanc... cela viendrait. Et cela avait déjà commencé, de l'autre côté. Cela arrivait.

« Il faudra que je prenne contact avec la Flotte, dit finalement Josh. Il est probable que les soldats te reconnaîtront, mais je ne suis pas dans ce cas. Tant que ce ne sont pas les soldats du *Norvège*... »

Damon resta quelques instants silencieux, examinant peut-être leurs chances.

« Laisse-moi essayer autre chose. Laisse-moi réfléchir. Il doit y avoir un moyen d'accéder aux navettes. Je vais aller voir les équipes des docks, j'y rencontrerai peut-être quelqu'un de connaissance. »

Cela ne marcherait pas. C'était une idée démente.

2

LE *FINITY'S END* ; ESPACE INTERSTELLAIRE ; 6/1/53

Un autre vaisseau de commerce arrivait. Cela se produisait fréquemment. Elene entendit le rapport, se leva, traversa les compartiments exigus du *Finity's*, impatiente de voir ce qu'il y avait sur le scan de Wes Neihart.

« Que se passe-t-il ici ? » demanda une voix grêle, le moment venu. Le transport était sorti de saut à distance respectueuse, très prudemment ; il mettrait un bon moment à sortir de la zone de saut. Elene prit place dans le deuxième fauteuil du scan, le localisant de la main. La lourdeur de son corps la vexait inconsciemment ; c'était une gêne avec laquelle elle avait appris à vivre. L'enfant donnait des coups de pied, compagnon intime et imprévisible. *Du calme*, lui dit-elle intérieurement, faisant une grimace et se concentrant sur le scan.

« Allez-vous répondre ? » demanda le nouveau venu, beaucoup plus proche, à présent.

— « Identifiez-vous, dit une voix venant d'un autre vaisseau. Ici le *Little Bear*, vaisseau de transport. Qui êtes-vous ? Approchez ; identifiez-vous. »

Le temps nécessaire à la réponse passa, plus court à présent ; et d'autres vaisseaux bougèrent. Un groupe de spectateurs s'était formé sur le pont du *Finity's*.

« Je n'aime pas ça », marmonna quelqu'un.

« Ici le *Geneviève*, venant de l'Union, de Fargone. Il paraît qu'il se passe quelque chose, ici. Quelle est la situation ? »

« Laissez-moi le prendre, intervint une voix. *Geneviève*, ici le *Prixie II*. Passe-moi le vieux, d'accord, petit ? »

Il y eut un silence plus long que nécessaire. Le cœur d'Elene se mit à battre très fort et elle pivota sur elle-même, adressant un geste frénétique à Neihart, mais l'alerte était déjà donnée, Neihart ayant fait signe à son neveu, responsable du comp.

« Ici Sam Denton, du *Geneviève* », répondit la voix.

— « Sam, quel est mon nom ? »

— « Des soldats ici ! » lança le *Geneviève*, et la voix fut aussitôt coupée. Elene tendit frénétiquement la main vers les coms, tandis qu'une cacophonie de menaces encombrait les réseaux.

« *Geneviève*, *Geneviève*, ici Quen, de l'*Estelle*. Répondez ! »

Personne ne tira. Sur le scan, les vaisseaux, les centaines de vaisseaux rassemblés au point zéro, se réorientèrent pour faire face à l'intrus.

« Ici Marn Oborsk, Lieutenant de l'Union, répondit finalement une voix, à bord du *Geneviève*. Le vaisseau explosera avant que vous puissiez le capturer. Les Denton sont à bord. Confirmez votre identité. Les Quen sont morts. L'*Estelle* est un vaisseau mort. Dans quel vaisseau êtes-vous ? »

— « *Geneviève*, vous n'êtes pas en position d'exiger. Faites sortir les Denton de leur vaisseau ! »

A nouveau, un long silence.

« Je veux savoir à qui je parle. »

Elle laissa le silence se prolonger. Autour d'elle, le

pont bourdonnait d'activité, on pointait les canons, on calculait les positions en fonction de la vitesse, la dérive, probablement en utilisant discrètement les propulseurs d'accostage pour l'augmenter.

« Ici Quen. Nous vous demandons de faire sortir les Denton de ce vaisseau. Nous vous avertissons : si l'Union met la main sur un autre vaisseau de commerce, ce sera l'enfer. Le port d'attache de tout vaisseau qui attaquera ou s'appropriera un transport se verra appliquer des sanctions draconniennes par notre Alliance. Voilà comment s'appelle ce qui se passe ici. Regardez bien, Lieutenant Oborsk. Nous grandissons. Notre nombre est supérieur à celui de vos vaisseaux de guerre. Si vous voulez que le moindre kilo de marchandise soit transporté, il faudra désormais traiter avec nous. »

— « Quel vaisseau parle ? »

Ils auraient aussi bien pu se mettre à tirer au lieu de parler. Les calmer ; les faire se tenir tranquilles. Elle s'essuya le visage, adressa un regard à Neihart, qui hocha la tête : le comp les tenait.

« Quen devra vous suffire, lieutenant. Vous êtes très inférieurs en nombre. Comment avez-vous découvert cet endroit ? Avez-vous fait parler les Denton ? Ou bien un vaisseau s'est-il montré imprudent ? Ecoutez bien : l'Alliance des commerçants traitera en bloc. Et si vous voulez des ennuis, Lieutenant Oborsk, prenez un autre vaisseau de commerce. Rien ne vous empêche de vous battre, vous et la Flotte de Mazian. Nous n'appartenons ni à la Compagnie ni à l'Union. Nous sommes le troisième côté du triangle et, désormais, nous négocierons en notre propre nom. »

— « Qu'est-ce qui se prépare ici ? »

— « Etes-vous habilités à négocier ou à transmettre des messages ? »

Il y eut un long silence.

« Lieutenant, reprit-elle, quand des négociateurs habilités voudront prendre contact avec nous, nous les recevrons. En attendant, veuillez libérer les Denton. Si vous êtes disposés à discuter raisonnablement, nous sommes prêts à vous écouter ; dans le cas contraire... si un vaisseau venait à être touché, nous exercerions des représailles. Et c'est une promesse ! »

Il y eut le silence dû à la distance.

« Ici Sam Denton, dit une autre voix. On me charge de vous dire que le vaisseau va faire demi-tour et qu'il comporte un mécanisme d'autodestruction. Toute ma famille est à bord. C'est la vérité. »

Soudain, la communication fut interrompue. Elle jeta un coup d'œil à la vid et à la télémétrie, vit l'éclair qui grandit soudain, devint une grosse tache qui ne laissait aucun doute. Son estomac se contracta et le bébé bougea... elle posa la main sur le point, fixant l'écran, luttant contre la nausée, au milieu des parasites.

Une main se posa sur son épaule, celle de Neihart.

« Qui a tiré ? » demanda-t-elle.

— « Ici le *Prixie II*, répondit une voix, rauque et épaisse. C'est moi. Ils auraient atteint le maximum près de la brèche ; j'ai vu les moteurs. Ils auraient fait trop de dégâts. »

— « Compris, *Prixie*. »

— « Nous y allons, annonça un autre vaisseau. Nous allons fouiller la zone. »

Il restait au moins la possibilité d'une capsule... les hommes de l'Union avaient peut-être autorisé les enfants de Denton à s'y réfugier. De toute manière, il y avait peu de chances que la capsule soit intacte.

Comme l'*Estelle*, à Mariner. Comme ça. Ils ne trouveraient rien.

D'autres points apparurent, présences fantomatiques dans le noir du point zéro, simples taches lumineuses sur le scan, passages de lumières ou d'ombre sur la vid, cachant les étoiles. Ils étaient animés de bonnes intentions... des centaines de vaisseaux fouillaient la zone.

« Nous y sommes, à présent, murmura Neihart. L'Union ne va pas rester sans rien faire. »

Mais ils le savaient tous, depuis le moment où la nouvelle s'était répandue, depuis le moment où les commerçants s'étaient communiqué le lieu du rendez-vous et le nom qui avait lancé la convocation... un vaisseau mort et un nom mort... dans une catastrophe qu'ils connaissaient tous. Inévitable que l'Union en ait eu vent ; à présent, l'Union avait certainement remarqué l'absence bizarre de vaisseaux dans ses stations, que les commerçants n'arrivaient pas aux dates prévues. Elle cédait à la panique, peut-être, constatant des disparitions dans des zones où il ne pouvait pas y avoir d'actions militaires, du fait que Mazian était bloqué à Pell. L'Union s'était approprié des vaisseaux... ce fait était avéré... et, avant de venir, ce vaisseau avait peut-être communiqué sa destination à d'autres. L'étape suivante serait l'arrivée d'un vaisseau de guerre... si l'Union pouvait en dégager un de Pell.

Et la nouvelle ne s'était pas seulement répandue dans l'espace de l'Union. Elle avait atteint Sol... parce que le *Winifred* s'était souvenu de ses liens avec la Terre, avait abandonné sa cargaison, s'allégeant pour sauter le plus loin possible... avait entrepris ce voyage long et incertain sans savoir ce qui l'attendait au bout. *Parlez-leur de Mariner*, avait demandé Elene. *Et de Russell, de Viking et de Pell. Faites-leur comprendre.* Ils l'avaient fait par devoir, parce qu'ils avaient autrefois appartenu à la Terre. Mais ce n'était que pour le geste. Il n'y avait pas de réponse.

Ils ne trouvèrent pas de capsule, seulement des débris et des morceaux d'épave.

3

DOWNBELOW, SANCTUAIRE HISA ; 6/1/53 ; NUIT

Les Hisas allaient et venaient depuis le début, migration silencieuse dont l'objectif et le point de départ étaient la foule massée au pied des images, mouvement étouffé et simple, par un ou deux et avec révérence, par respect pour les rêveurs assemblés là par milliers. Jour et nuit ils arrivaient, apportant de l'eau et de la nourriture, effectuant les petites tâches nécessaires.

Il y avait des dômes, à présent, installations réalisées grâce à la main-d'œuvre downer, et les compresseurs battaient le rythme de la vie, des dômes rudimentaires, rapiécés, disgracieux... mais ils abritaient les vieillards, les enfants et tous les autres, tandis que le bref été cédait la place à l'automne, tandis que les nuages envahissaient le ciel, que les journées ensoleillées et les nuits étoilées se faisaient plus rares.

Des vaisseaux les survolaient, sur le chemin de la station ; ils y étaient habitués et ils ne leur faisaient plus peur.

Il ne faut pas vous rassembler, même dans les bois, avait expliqué Miliko aux Anciens par l'intermédiaire d'interprètes. *Leurs yeux voient les choses chaudes, même sous les arbres. La terre profonde peut cacher les Hisas, oh, très profonde. Mais ils voient même quand Soleil ne brille pas.*

Les Downers avaient ouvert de grands yeux ronds, à cette révélation. Ils avaient parlé entre eux. *Les lukas*, avaient-ils murmuré. Mais ils parurent comprendre.

Elle s'était entretenue des jours et des jours avec les Anciens, avait parlé jusqu'à ce que sa voix devienne rauque et que ses interprètes soient épuisés, essayé de leur faire comprendre ce qu'ils affrontaient et, quand la fatigue l'accablait, des mains velues lui caressaient les bras et le visage, des yeux ronds la regardaient avec une tendresse immense, ce qui était tout ce que, parfois, les Hisas pouvaient faire.

Et les humains... la nuit, elle allait les retrouver. Il y avait Ito, Ernst et d'autres, qui devenaient de plus en plus maussades... Ito parce que tous les autres responsables étaient partis avec Emilio : et Ernst, qui était de petite taille, parce qu'on n'avait pas voulu de lui ; et Ned Cox, qui comptait parmi les hommes les plus forts du camp, qui ne s'était pas porté volontaire... et avait honte. Une sorte de contagion se répandait parmi les hommes, la honte peut-être, quand ils entendaient les nouvelles de la base principale, qui ne parlaient que de souffrances. Une centaine de personnes restaient à l'extérieur des dômes, préférant le froid et les respirateurs comme si, en refusant le confort, ils prouvaient quelque chose aux autres et à eux-mêmes. Ils étaient devenus silencieux et leurs yeux étaient, comme le disaient les Downers, clairs et froids. Jour et nuit... dans ce sanctuaire, le lieu des images hisas... ils restaient assis devant les dômes où les autres habitaient, où les autres n'étaient que trop contents de prendre leur place... de toute manière, tout le monde ne pouvait pas entrer en même temps. Ils restaient parce qu'il le fallait ; tout départ aurait été enregistré par le ciel. Ils avaient trouvé un refuge et il ne restait plus qu'à attendre en pensant aux autres. En réfléchissant. En faisant son examen de conscience.

Rêver, disaient les Hisas. C'était ce que les Hisas venaient faire.

Réfléchissez, leur avait dit Miliko les premiers jours, quand ils étaient nerveux et ne parlaient que d'agir. *Il faut attendre.*

Attendre quoi ? avait demandé Cox, et, depuis, cela hantait ses rêves.

Ce soir-là, des Hisas descendirent de la colline, appelés plusieurs jours plus tôt. Ce soir-là, assise avec les autres, elle les regarda arriver, les mains posées sur les genoux, regarda les petits corps approcher dans la nuit sans étoiles de la plaine, regarda avec une tension étrange au ventre, et la gorge serrée. Des Hisas... pour remplacer les humains, afin que ceux qui surveillaient le camp ne s'aperçoivent pas que leur nombre diminuait. Elle avait mis son arme dans une poche étanche ; s'était habillée chaudement ; frissonnait tout de même à cause de l'incertitude. Prendre soin des Hisas, tel était son devoir ; mais : *Va,* avaient dit les Hisas. *Ton cœur avoir mal. Toi avoir yeux froids comme eux.*

Partir ou perdre les humains qu'elle commandait. Autrement, elle ne pourrait plus les tenir.

Etre abandonnés vous fait-il peur ? avait-elle demandé aux humains qui resteraient, ceux qui étaient silencieux et timides, les vieillards, les enfants, les hommes et les femmes semblables à ceux qui restaient assis... les familles et ceux qui avaient des parents et ceux qui étaient, peut-être, pleins de bon sens. Elle se sentait coupable. Elle était censée les protéger et ne le pouvait pas, ne pouvait pas, en fait, les conduire en sécurité... courait simplement devant leur folie. Ceux qui restaient étaient en majorité des réfugiés, qui avaient vu trop d'horreurs, étaient fatigués et n'avaient pas demandé à venir ici. Elle imaginait leur peur. Les Anciens hisas avaient parfois une bizarrerie perverse et, alors que les gens de Pell étaient habitués aux Hisas, ils ne les connaissaient pas. *Non,* avait répondu une vieille femme. *Depuis Mariner, c'est la première fois que je n'ai pas peur. Nous sommes à l'abri, ici. Pas des fusils, peut-être, mais de la peur.* Et d'autres têtes avaient acquiescé, des yeux l'avaient fixée avec la patience des images hisas.

Puis les Hisas arrivèrent à l'endroit où ils étaient assis... un petit groupe de Hisas qui vint d'abord vers elle, puis vers Ito, et ils se levèrent, regardèrent ceux qui attendaient.

« Au revoir », dit Miliko, et les têtes acquiescèrent en silence.

Plusieurs autres furent choisis, les Hisas prenant ceux qu'ils voulaient et lentement, dans le noir, ils s'éloignèrent sur la piste qui gravissait la colline, comme d'autres arriveraient, par petits groupes. Cent vingt-trois humains partiraient, cette nuit-là ; et un nombre égal de Hisas prendraient leur place dans le camp. Elle espérait que les Hisas comprenaient. Apparemment oui, finalement, la joie faisant pétiller leurs yeux à la pensée du tour joué aux humains qui les espionnaient depuis le ciel.

Ils prirent le plus court chemin, croisèrent des Hisas qui arrivaient, qui les saluèrent joyeusement... et elle marcha aussi vite que les humains pouvaient le faire, essoufflée, prise de vertige, résolue à ne pas se reposer car les Hisas ne se reposeraient pas ; et ils avaient tous accepté cette condition. Elle trébucha sur la dernière pente qui conduisait à la lisière de la forêt, aidée par les jeunes femelles hisas qui les accompagnaient... Elle-Marcher-Loin et Vent-Dans-Arbres, et d'autres dont les noms lui échappaient et que les Hisas eux-mêmes ne pouvaient dire. Elle en avait appelé un Pied-Léger, et une autre Murmure, car ils aimaient beaucoup les noms humains. Elle s'était essayée aux noms qu'ils se donnaient entre eux, pour leur faire plaisir tandis qu'ils marchaient, mais sa langue ne pouvait les prononcer et ses tentatives avaient fait rire les Hisas.

Ils se reposèrent jusqu'au lever du soleil, dans les arbres et les fougères, sous un surplomb rocheux. Une fois le jour levé, ils partirent, elle, Ito, Ernst et les Hisas qui les guidaient, tandis que d'autres Hisas avaient conduit les autres dans la forêt, ailleurs. Les Hisas avançaient comme si les ennemis n'existaient pas, en plaisantant, et, une fois, avec une embuscade qui les paralysa de peur... œuvre de Pied-Léger. Miliko fronça les sourcils et, quand les autres humains firent de même, les Hisas comprirent et se calmèrent, apparemment perplexes. Miliko prit Murmure par la main et tenta une fois de plus, avec gravité, de la raisonner, elle qui parlait moins bien le langage humain que les Hisas avec qui ils travaillaient d'habitude.

« Regarde. » Finalement, désemparée, elle prit un morceau de bois, écarta les fougères vivantes et mortes, dénudant un carré de terre. Elle enfonça le morceau de bois dans le sol. « Camp d'homme-Konstantin. » Elle traça une ligne. « Rivière. » Il était peu probable, selon les savants, que l'imagination des Hisas soit sensible aux symboles ; telle n'était pas leur approche de la réalité, les lignes et les marques représentant des objets réels. « Nous faire cercle et nos yeux voir camp humain. Voir Konstantin. Voir Bondissant. »

Murmure hocha la tête, soudain enthousiaste, sautillant sur place. Elle tendit le bras vers la plaine.

« Eux... eux... eux », dit-elle ; puis elle arracha le morceau de bois, l'agita en direction du ciel avec une violence qu'elle n'avait jamais observée chez les Hisas. « Eux mauvais », dit-elle, puis elle lança le morceau de bois vers le ciel, sauta plusieurs fois sur place, frappa dans ses mains puis posa celles-ci sur sa poitrine.

« Moi *amie* Bondissant. »

La femelle de Bondissant. Miliko regarda l'expression intense du visage de la jeune Hisa, comprit soudain et Murmure lui prit la main, la caressa. Pied-Léger lui donna de petites claques sur l'épaule. Il y eut une rapide concertation entre les Hisas et ils parurent soudain prendre une décision, se séparèrent en paires, prenant les humains par la main.

« Miliko ! » protesta Ito.

— « Faites-leur confiance ; laissons-les faire. Les Hisas ne se perdront pas ; ils maintiendront le contact et nous ramèneront quand il le faudra. Je vous ferai parvenir un message. Attendez-le. »

Les Hisas les tiraient avec insistance, dans des directions opposées.

« Soyez prudente », dit Ernst, se retournant ; et il disparut derrière les arbres. Elle, Ernst et Ito avaient des armes, la moitié des armes de Downbelow, sans compter celles des soldats. Six armes et un peu d'explosif destiné à faire sauter les souches... tel était leur arsenal. Allez et venez discrètement, pas plus de trois à la fois, avait-elle inlassablement répété, dans l'espoir que leurs déplacements paraîtraient ordinaires au scan des humains ; et par trois les Hisas les avaient emmenés, tant leur logique était étrange : elle avec Murmure et Pied-Léger, trois humains et six Hisas, trois unités de trois, à présent s'éloignant rapidement dans des directions différentes.

Plus de plaisanteries. Soudain, Pied-Léger et Murmure se montrèrent très sérieux, glissant dans la végétation, lui demandant d'être prudente quand elle faisait trop de bruit à leur goût. Elle ne pouvait rien au sifflement du respirateur, mais elle prenait soin de ne pas casser de branches, imitant la démarche liquide des Hisas, le rythme brisé de leur progression, comme si... cette idée lui vint finalement à l'esprit... comme s'ils lui *apprenaient*.

Elle se reposa quand elle y fut obligée, et seulement à ces moments-là ; tomba une fois, d'avoir trop marché, et les Hisas l'aidèrent à se relever, lui caressèrent le visage et les cheveux. Ils la serrèrent comme ils le faisaient entre eux, la réchauffèrent à leur chaleur, car le ciel se couvrait et le vent était froid. Il se mit à pleuvoir.

Elle se leva dès qu'elle le put, insista pour continuer.

« Bien, bien, dit-elle. Vous bien. »

Et, dans l'après-midi, d'autres les rejoignirent, des femelles et deux mâles. Rien ne trahissait leur présence et ils apparurent au pied d'une petite colline se dressant dans la forêt, sortirent de derrière les arbres et les buissons comme des ombres brunes dans la pluie fine, les gouttes d'eau faisant comme des joyaux sur leur fourrure. Murmure et Pied-Léger leur parlèrent, la serrant dans leurs bras, et obtinrent une réponse.

« Dire... venir de loin. Entendre. Venir. Beaucoup venir. Te voir faire leurs yeux chauds, Mihan-Tisa. »

Ils étaient douze. Un par un, ils touchèrent les mains de Miliko, la serrèrent dans leurs bras, sautillèrent et s'inclinèrent respectueusement. Ce que dit Murmure fut long et inspira à chacun une longue réponse.

« Eux voir, dit Pied-Léger, qui écoutait tandis que Murmure parlait. Eux voir camp humain. Hisas souffrir. Humains souffrir. »

— « Il faut que nous y allions, dit Miliko, se posant la main sur le cœur. Tous mes humains, aller, rester sur colline, regarder. Compris ? Bien compris ? »

— « Compris », répondit Pied-Léger, qui parut traduire.

Les autres se mirent en marche, montrant le chemin ; et ce qu'ils feraient une fois arrivés, elle l'ignorait. La folie d'Ito et celle des autres lui faisaient peur. Six armes ne pouvaient prendre une navette, ni les autres quand ils viendraient... sans armes et totalement incapables de lutter contre des soldats en armures, puissamment armés. Ils ne pourraient que regarder, être là et espérer.

Ils marchèrent jusqu'au soir, une pluie froide traversant les feuillages et le vent faisant tomber des gouttes sur eux quand la pluie cessait. Les cours d'eau gonflaient, bouillonnant librement ; ils s'enfoncèrent dans une nature de plus en plus sauvage.

« Camp humain, rappela-t-elle finalement, désespérée. Il faut que nous allions au camp humain. »

— « Aller camp humain », affirma Murmure qui, aussitôt, disparut, se glissant si rapidement dans les buissons qu'elle crut à une illusion.

— « Courir bien, expliqua Pied-Léger. Faire marcher Bondissant loin. Lui tomber beaucoup, elle marcher. »

Miliko plissa le front, perplexe, car le bavardage des Hisas était toujours déroutant. Mais Murmure n'était pas partie sans raison et elle se força à ne pas ralentir le pas.

Finalement, elle aperçut une trouée entre les arbres, se dirigea vers elle en trébuchant, à bout de forces, car il y avait de la fumée, la fumée des moulins, et, quelques instants plus tard, elle distingua la lumière crépusculaire du dôme. Elle tomba à genoux à la lisière de la forêt, ne comprit pas immédiatement où elle se trouvait. Elle n'avait jamais vu le camp sous cet angle, depuis le sommet des collines. Elle se pencha, Pied-Léger laissant la main sur son épaule, car elle respirait avec difficulté et ne voyait pas nettement, à cause des larmes. Elle toucha les trois cylindres de rechange qu'elle avait dans la poche gauche et espéra qu'elle n'avait pas endommagé celui du masque. Elle était persuadée qu'il leur faudrait passer plusieurs semaines dehors ; il fallait absolument les économiser.

Le soleil se couchait. Les lampes du camp s'allumèrent, tandis qu'elle avançait sur un surplomb de roche érodée, et elle vit des silhouettes se déplaçant dans la lumière, une file chargée qui allait et venait, allait et venait, péniblement, entre le moulin et la route.

« Elle venir », dit soudain Pied-Léger ; Miliko leva la tête, regretta soudain les autres qui étaient derrière eux, dans la forêt, et avaient à présent disparu ; cligna des paupières quand les buissons s'écartèrent et que Murmure s'accroupit près d'elle, le souffle court.

« Bondissant, souffla Murmure, se balançant au rythme de sa respiration. Lui souffrir, souffrir, travailler dur. Homme-Konstantin souffrir. Donner, donner toi. »

Elle serrait un morceau de papier dans son poing mouillé, velu. Miliko le prit, lissa la feuille mouillée très soigneusement, la bruine la mouillant à nouveau et la rendant aussi fragile qu'un mouchoir en papier. Elle dut se pencher et orienter le message vers la lumière crépusculaire pour lire les mots griffonnés, déformés.

« C'est plutôt... dur, ici. Ne dirai pas le contraire. Ne viens pas, je t'en prie. Je t'ai dit quoi faire. Dispersez-vous et cachez-vous... peur... qu'ils... vont peut-être pas... veulent peut-être... d'autres ouvriers... Je vais bien. Je t'en prie... ne reste pas... tiens-toi à l'écart. »

Les deux Hisas la regardaient, yeux noirs et perplexes. Des marques sur du papier... cela les déroutait.

« Est-ce qu'on t'a vue ? demanda-t-elle. Hommes voir toi ? »

Murmure fit une moue.

« Moi *Downer*, dit-elle ironiquement. Beaucoup de Downers là-bas. Porte sac, Downer. Apporte farine, Downer. Bondissant là-bas, humains voir, pas voir. Qui moi ? Moi *Downer*. Bondissant dire ton ami souffrir, travailler dur ; hommes tuer hommes ; lui dire amour. »

— « Amour, moi aussi. » Elle glissa le précieux message dans sa veste, s'accroupit dans les feuilles, la capuche sur la tête et les mains dans les poches, sur la crosse de son arme.

Ils ne pouvaient rien faire qui ne risquât pas d'aggraver la situation... qui ne mît pas en danger la vie de tout le monde. Même s'ils parvenaient à prendre un vaisseau... cela n'entraînerait que des représailles. Une attaque massive. Ici. Au sanctuaire. Des vies contre des vies. Emilio travaillait pour sauver Downbelow... pour sauver ce qu'il était possible de sauver. Et il aurait désapprouvé toute action inconsidérée.

« Pied-Léger, dit-elle, va vite voir tous les Downers, tous les humains, tu comprends ? Dis-leur... Miliko a parlé à homme-Konstantin ; elle leur dit d'attendre, d'attendre et de ne rien faire. »

Pied-Léger tenta de répéter, s'embrouilla, ne connaissant pas tous les mots. Calmement, patiemment, Miliko recommença et, finalement, Pied-Léger sauta sur place parce qu'il avait compris.

« Dire eux rester ! s'écria-t-il avec enthousiasme. Toi parler homme-Konstantin. »

— « Oui, dit-elle. Oui. » Et Pied-Léger s'en alla en courant.

Les Downers pouvaient aller et venir. Les hommes de Mazian, comme l'avait expliqué Murmure, ne les distinguaient pas les uns des autres. Et c'était leur seul espoir de ne pas perdre le contact, de faire savoir aux hommes de la base qu'ils n'étaient pas seuls. Emilio savait qu'elle était là. Peut-être, bien qu'il eût sans doute préféré qu'elle fût ailleurs, cela le réconfortait-il.

3

1

PELL, SECTEUR VERT NEUF ; 8/1/53 ; 1800 HEURES

Des bruits couraient dans le secteur Vert, mais il n'y avait pas de signes de fermeture, pas de fouilles, pas de crise imminente. Les soldats allaient et venaient aux endroits habituels. La musique résonnait dans les bars du dock et les soldats en permission se détendaient, buvaient, parfois manifestement ivres. Josh, sur le seuil de chez Ngo, regarda prudemment dehors et rentra précipitamment en apercevant une patrouille manifestement de service, dans le couloir, soldats en armures, sobres et aux intentions précises. Cela l'inquiéta, comme le faisaient tous les événements comparables, lorsque Damon était absent. Il subissait l'attente dans la cachette, son tour de transpirer toute la journée dans la réserve de chez Ngo, ne sortant dans la salle qu'aux heures des repas... mais c'était l'heure du dîner, et tard, et il commençait à se faire beaucoup de souci. Damon avait absolument voulu sortir la veille et ce jour-là, suivant des pistes, cherchant des contacts... parlant aux gens et prenant des risques.

Josh fit nerveusement les cent pas, se rendit compte qu'il marchait de long en large et que Ngo, derrière le bar, le regardait en fronçant les sourcils. Il tenta de se calmer, finit par gagner naturellement l'alcôve, passa la tête dans la cuisine et demanda son dîner au fils de Ngo.

« Combien ? » demanda le jeune homme.

— « Un », répondit-il. Il avait besoin d'une bonne raison de ne pas quitter la salle. Il se dit que, après le retour de Damon, il pourrait demander deux autres parts. Leur crédit était bon, le seul confort de leur existence. Le fils de Ngo agita une cuiller dans sa direction, lui faisant signe de sortir.

Il gagna la table habituelle et s'assit, fixant à nouveau la porte. Deux hommes étaient entrés, rien d'exceptionnel. Mais ils regardèrent autour d'eux, puis se dirigèrent vers le fond. Il rentra la tête dans les épaules et tenta de se dissimuler dans l'ombre ; des types du marché noir... peut-être des amis de Ngo, mais leur attitude l'inquiétait. Et ils s'arrêtèrent près de sa table, tirèrent une chaise. Il leva la tête, méfiant, tandis que l'un d'eux s'asseyait et que l'autre restait debout.

« Talley, dit celui qui s'était assis ; un visage jeune, dur, avec une cicatrice de brûlure à la mâchoire. Vous êtes Talley, n'est-ce pas ? »

— « Je ne connais pas de Talley. Vous faites erreur. »

— « On voudrait que vous sortiez un moment. Venez jusqu'à la porte. »

— « Qui êtes-vous ? »

— « Il y a une arme braquée sur vous. Je vous suggère de bouger. »

C'était le cauchemar longtemps attendu. Il se demanda ce qu'il pouvait faire, ce qui revenait à se faire tuer. Des hommes mouraient quotidiennement, dans le secteur Vert, et le seul service d'ordre était les soldats, dont il ne voulait pas. Il ne s'agissait pas de Mazianni. C'était autre chose.

« Allez ! »

Il se leva, s'éloigna de la table. Le deuxième homme le prit par le bras et l'entraîna vers la porte, vers la lumière plus vive du couloir.

« Regardez là-bas, dit l'homme qui se tenait derrière lui. Regardez la porte qui se trouve exactement de l'autre côté. Dites-moi si je me suis trompé de personne. »

Il regarda. C'était l'homme qu'il avait déjà vu, celui qui le surveillait. Sa vision se brouilla et il fut pris de nausées, réflexe conditionné.

Il connaissait l'homme. Son nom ne lui revenait pas, mais il le connaissait. Son escorte le prit par le coude et le conduisit vers lui, de l'autre côté du couloir, et comme l'autre avait disparu, le fit entrer dans la salle obscure de chez Mascari, dans les effluves mêlés d'alcool, de sueur et de musique tonitruante. Des têtes se tournèrent vers lui, celles des clients du bar, qui le voyaient plus distinctement que ses yeux non encore accoutumés ne pouvaient les voir et il fut pris de panique, non seulement parce qu'il craignait d'être reconnu, mais surtout parce que cet endroit avait quelque chose de familier, alors qu'il aurait dû tout ignorer de Pell, pas de cette manière, pas après l'abîme qu'il avait franchi.

On le poussa vers le coin gauche de la salle, vers un box fermé. Deux individus l'y attendaient, un homme entre deux âges, manifestement épuisé, qui ne lui disait rien… et l'autre… l'autre…

Il fut pris de nausées, les effets du conditionnement. Il saisit le dossier d'une chaise en plastique et s'y appuya.

« J'étais sûr que c'était toi, dit l'homme. Josh, c'est toi, n'est-ce pas ? »

— « Gabriel ! » Le nom jaillit de son passé muré et des

structures entières s'effondrèrent. Il vacilla, revoyant son vaisseau... son vaisseau et ses compagnons... et cet homme... cet homme parmi eux...

« Jessad, corrigea Gabriel, lui prenant le bras et le regardant bizarrement. Josh, comment se fait-il que tu sois ici ? »

— « Les Mazianni. » On le tira dans l'intimité de l'alcôve, derrière le rideau, dans le piège. Il se retourna partiellement, constata que les autres lui coupaient toute retraite et, quand il se tourna à nouveau, put à peine distinguer le visage de Gabriel dans l'ombre... comme sur le vaisseau, quand ils s'étaient séparés... quand il avait transféré Gabriel sur le *Hammer* de Blass, près de Mariner. La main de Gabriel se posa doucement sur son épaule, le guida vers une des chaises de la petite table ronde. Gabriel s'assit en face de lui et se pencha en avant.

« Ici, je m'appelle Jessad. Ces messieurs... M. Coledy et M. Kressich... M. Kressich appartenait au Conseil de la station, quand il y avait un Conseil. Si vous voulez bien nous excuser, messieurs, je voudrais m'entretenir avec mon ami. Attendez dehors. Veillez à ce qu'on ne nous dérange pas. »

Les autres sortirent et ils restèrent seuls dans la faible lumière d'une unique ampoule. Il ne voulait pas être seul avec cet homme. Mais la curiosité le poussa à rester, davantage que la peur de Coledy, une curiosité avec un pressentiment de douleur, comme lorsqu'on pense à une blessure.

« Josh ? dit Gabriel/Jessad. Nous formons une équipe, n'est-ce pas ? »

C'était peut-être un piège, c'était peut-être la vérité. Il secoua tristement la tête.

« Lavage de cerveau. Ma mémoire... »

Le visage de Gabriel se crispa comme sous l'effet de la douleur, et il lui posa la main sur le bras.

« Josh... tu y es allé, n'est-ce pas ? Tu as essayé de faire le travail. Le *Hammer* m'a emmené, quand les choses ont mal tourné. Mais tu ne le savais pas, n'est-ce pas ? Tu as pris le *Kite* et ils t'ont eu. Lavage de cerveau... Josh, où sont les autres ? Où sont nos compagnons, Kitha et... ? »

Il secoua la tête, glacé à l'intérieur, vide.

« Morts. Je ne me souviens pas bien. C'est parti. »

Pendant un instant, il crut qu'il allait vomir, dégagea sa main et la mit devant la bouche, tentant de résister aux réactions.

« Je t'ai vu, dit Gabriel, dans le couloir. Je n'ai pas pu le croire. Mais j'ai posé des questions. Ngo n'a pas voulu me dire avec qui tu es... mais c'est un homme qu'ils recherchent, n'est-ce pas ? Tu as des amis, ici. Un ami. N'est-ce pas ? Ce n'est pas un des nôtres... c'est quelqu'un d'autre, n'est-ce pas ? »

Il ne pouvait réfléchir. Les anciennes amitiés et les nouvelles se faisaient la guerre. Les contradictions lui nouaient l'estomac. Peur pour Pell... on l'avait introduite en lui. Et tuer les stations... était la fonction de Gabriel. Gabriel était là, comme il avait été à Mariner...

Elene et l'*Estelle*. L'*Estelle* avait été détruit à Mariner.

« N'est-ce pas ? »

Il sursauta, battit des paupières.

« J'ai besoin de toi, souffla Gabriel. Ton aide. Tes talents. »

— « Je n'étais rien », dit-il. L'impression qu'on lui mentait se fit plus précise. L'homme le connaissait et affirmait des choses qui n'étaient pas ainsi, n'avaient jamais été ainsi. « Je ne sais pas de quoi tu parles. »

— « Nous formons une équipe, Josh. »

— « J'étais armscomper, sur un vaisseau de reconnaissance... »

— « Les bandes sous-jacentes. » Gabriel lui prit le poignet, le secoua violemment. « Tu t'appelles Josuah Talley et tu appartiens aux Services Spéciaux. Enseignement hypnotique à cet effet. Tu sors des labos de Cyteen... »

— « J'avais une mère et un père. J'habitais Cyteen, chez ma tante. Elle s'appelait... »

— « Des *labos*, Josh. Tu as reçu une formation complète. On t'a donné de fausses bandes, une fiction, un semblant... une surface qui te permettait de mentir, une histoire susceptible de convaincre, en cas de nécessité. Et elle est venue à la surface, n'est-ce pas ? Elle a effacé le reste. »

— « J'avais une famille. Je *l'aimais*... »

— « Tu es mon équipier, Josh. Nous provenons du

même programme. Nous avons été construits en vue des mêmes tâches. Tu es mon soutien. Nous avons travaillé ensemble, une station après l'autre, reconnaissance et opération. »

Il échappa à l'emprise de Gabriel, battit des paupières, aveuglé par un torrent de larmes. Et tout tomba en lambeaux irrévocablement, la ferme, le paysage ensoleillé, l'enfance...

« Nous venons des labos, reprit Gabriel. Tous deux. Tout le reste... tous les souvenirs... on l'a introduit en nous grâce à des bandes et, la prochaine fois, on mettra peut-être autre chose. Cyteen était réelle ; je suis réel... jusqu'à ce qu'on change de bande. Jusqu'à ce que je devienne quelqu'un d'autre. Ils ont semé la confusion dans ton esprit, Josh. Ils ont effacé le seul élément réel. Tu leur as donné le mensonge et il a pris la place de tes souvenirs. Mais la vérité est là. Tu connais le comp. Tu survis, ici. Et tu connais la station. »

Il resta immobile, les lèvres pressées contre le dos de la main, les larmes roulant sur son visage, mais il ne pleurait pas. Il était paralysé et les larmes coulaient d'elles-mêmes.

« Qu'est-ce que tu attends de moi ? »

— « Que peux-tu faire ? Qui sont tes contacts ? Ce ne sont pas des Mazianni, n'est-ce pas ? »

— « Non. »

— « Qui ? »

Il resta un instant figé. Les larmes cessèrent de couler, la source s'étant soudain tarie. Tous ses souvenirs semblaient blancs, le centre de détention de la station se mêlait, dans sa mémoire, à un autre endroit, lointain, cellules blanches, employés en uniforme, et il comprit finalement qu'il n'avait pas été malheureux, au centre de détention, parce qu'il s'y était senti chez lui, que l'institution était universelle, des deux côtés de la frontière de la guerre et de la politique. Chez lui.

« Supposons que je prenne les choses en main, dit-il. Supposons que je parle à mon contact, d'accord ? Je pourrais peut-être me rendre utile. Mais ça ne sera pas gratuit. »

— « Combien ? »

Il s'adossa, montra, d'un signe de tête, l'extérieur où Coledy et Kressich attendaient.

« Toi aussi, tu as les moyens d'agir, n'est-ce pas ? Supposons que j'apporte ma part. Qu'est-ce que tu as ? Supposons que je puisse me procurer pratiquement n'importe quoi... et que je ne dispose pas des muscles qui me permettraient de l'utiliser. »

— « Je les ai », affirma Gabriel.

— « J'ai le reste. Mais je veux une chose que je ne peux obtenir que par la force. Une navette. Un vol jusqu'à Downbelow, le moment venu. »

Gabriel resta un instant silencieux.

« Tu as ce type d'accès ? »

— « Je t'ai dit que j'avais un ami. Et je veux partir. »

— « Nous pourrions choisir cette solution, toi et moi. »

— « Et mon ami. »

— « Celui qui travaille avec toi sur le marché ? »

— « Je n'en dirai pas plus. J'obtiens tous les accès nécessaires. Tu t'arranges pour nous faire quitter la station. »

Gabriel hocha lentement la tête.

« Il faut que je rentre, reprit Josh. Commence. Il ne reste plus beaucoup de temps. »

— « Le dock des navettes est dans le secteur Rouge. »

— « Je peux vous y conduire. Je peux vous conduire n'importe où. Ce qu'il nous faut, c'est les moyens d'en prendre une quand nous y serons. »

— « Pendant que les Mazianni seront occupés ? »

— « Pendant qu'ils seront occupés. Il existe des moyens. » Il fixa Gabriel pendant quelques instants. « Tu vas détruire cette station. Quand ? »

Gabriel parut hésiter avant de décider de répondre.

« Je n'ai aucun goût pour le suicide. Je suis comme tout le monde, je veux en sortir vivant, et il ne faut pas espérer que le *Hammer* pourra venir nous récupérer à temps. Une navette, une capsule, tout ce qui a une chance de rester assez longtemps en orbite... »

— « Très bien, dit Josh. Tu sais où me trouver. »

— « Y a-t-il une navette, en ce moment ? »

— « Je vérifierai », répondit-il, et il se leva, passa à tâtons sous l'arche obscure, entra dans la salle bruyante où Coledy et Kressich, installés à une table voisine, se levèrent nerveusement ; mais Gabriel était sorti derrière lui. Ils le laissèrent passer. Il se fraya un chemin parmi les tables, parmi les têtes baissées sur les assiettes et les verres, les épaules qui restèrent immobiles.

Dehors, l'air lui fit l'effet d'un mur glacé et aveuglant. Il respira profondément, tenta de s'éclaircir les idées, tandis que le plancher recelait un treillis d'ombres, éclairs d'ici et de là, vérité et contre-vérité.

Cyteen était un mensonge. Lui aussi. Une partie de lui-même fonctionnait comme l'automate qu'il admettait être... il avait conscience d'instincts dont il s'était toujours méfié, ne sachant pas pourquoi il les avait... Il respira une deuxième fois, s'efforçant de réfléchir tandis que son corps traversait le couloir, regagnant son abri.

Ce n'est qu'après avoir retrouvé son dîner froid, sur la table du fond du bar de Ngo, quand il fut assis à sa place, le dos bien calé et la réalité de Pell allant et venant devant lui, dans la salle, que l'engourdissement disparut. Il pensa à Damon, une vie, une vie qu'il avait peut-être le pouvoir de sauver.

Il tuait. C'était dans ce but qu'il avait été créé. C'était sa raison d'être, celle de Gabriel et d'autres comme eux. Josuah et Gabriel. Il perçut soudain l'humour sarcastique de leurs noms, avala la boule qui lui obstruait la gorge. Les labos. C'était le vide blanc dans lequel il avait vécu, le blanc de ses rêves. Soigneusement isolés de l'humanité. Formation par bandes... compétences; mensonges... prétentions à la qualité d'être humain.

Mais les mensonges avaient une faiblesse... on les introduisait dans de la chair humaine, avec des instincts humains, et il aimait les mensonges.

Il les vivait en rêve.

Il dîna, la nourriture refusant de passer, et il la fit descendre avec du café froid, se servit une autre tasse.

Il pourrait peut-être sauver Damon. Il faudrait que le reste meure. Pour sauver Damon, il lui fallait garder le silence et Gabriel devrait tromper ses amis, leur promettre la vie sauve, leur promettre des secours qui ne viendraient pas. Tous mourraient sauf lui, Gabriel et Damon. Il se demanda comment convaincre Damon de partir... si cela était possible. S'il fallait raisonner... quel raisonnement?

Alicia Lukas-Konstantin. Il pensa à elle, qui l'avait aidé à aider Damon. Elle était dans l'incapacité de partir. Et les gardiens de l'hôpital, qui lui avaient donné de l'argent ; et le Downer qui les suivait partout et les protégeait ; et les gens qui avaient connu l'enfer des vaisseaux et de la Quarantaine ; et les hommes, les femmes, les enfants...

Il pleura, le visage entre les mains, tandis qu'en lui, quelque part, ses instincts fonctionnaient avec une intelligence glacée, sachant comment tuer une station telle que Pell, sachant que telle était sa raison d'exister.

Le reste, il n'y croyait plus.

Il s'essuya les yeux, but son café et attendit.

2

L'*UNITÉ*, VAISSEAU DE L'UNION ; ESPACE INTERSTELLAIRE ; 8/1/53

Le dé roula, s'arrêta sur deux et Ayres haussa les épaules d'un air morose, tandis que Dayin Jacoby marquait de nouveaux points et qu'Azov préparait un nouveau tour. Les deux gardiens continuellement affectés dans la salle de réunion du pont inférieur regardaient, assis sur les bancs situés contre le mur, leurs jeunes visages sans défaut complètement impassibles. Jacoby et lui, et parfois Azov, jouaient des points imaginaires représentant des crédits réels quand ils atteindraient ensemble un endroit civilisé ; et cela, se disait Ayres, était aussi incertain qu'un coup de dés.

L'ennui était le seul ennemi présent. Azov devint sociable, prenant place, grave et vêtu de noir, à la table, jouant avec eux car il ne voulait pas s'abaisser à jouer avec son équipage. Peut-être les mannequins avaient-ils d'autres distractions. Ayres ne pouvait l'imaginer. Rien ne les touchait, rien n'éclairait leurs yeux fixes et haineux. Seul Azov... les rejoignait de temps en temps dans la salle de réunion, huit ou neuf longues heures à rester assis, car il n'y avait rien à faire et il était impossible de faire de l'exercice. Le plus souvent, ils restaient assis dans la salle mise à leur disposition et parlaient... parlèrent finalement.

La conversation de Jacoby était sans contrainte ; il fit de nombreuses confidences sur sa vie, ses affaires, ses opinions. Ayres résista à Jacoby et à Azov, qui tentèrent de le faire parler de sa planète d'origine. C'était dangereux. Néanmoins, il parla... de ses impressions sur le vaisseau, de la situation actuelle, de tout et de rien tant qu'il estimait que ce n'était pas dangereux ; de problèmes juridiques et de théories économiques, domaines où Jacoby, Azov et lui-même avaient des connaissances solides... plaisantait sur les monnaies qui serviraient à payer leurs enjeux. Azov riait carrément. C'était un soulagement inexprimable de pouvoir parler, plaisanter. Il se lia à Jacoby... comme on est lié à sa famille, sans l'avoir choisie mais sans pouvoir y échapper. Chacun d'entre eux était l'équilibre mental de l'autre. Finalement, il ressentit un attachement comparable vis-à-vis d'Azov, le trouvant sympathique et doué d'un agréable sens de l'humour. Cela était dangereux et il le savait.

Jacoby gagna le tour suivant. Azov marqua patiemment les points, se tourna vers les mannequins.

« Jules, une bouteille, s'il vous plaît. »

L'un d'entre eux se leva et partit.

« J'imaginais qu'ils avaient des numéros », fit Ayres à voix basse ; ils avaient déjà bu une bouteille. Et il regretta sa franchise.

« Vous n'avez pratiquement pas vu l'Union, releva Azov. Mais vous en aurez peut-être l'occasion. »

Ayres rit, fut soudain glacé à l'intérieur. *Comment ?* lui resta dans la gorge. Ils avaient trop bu ensemble. Azov n'avait jamais admis les ambitions de sa nation, aucun dessein au-delà de Pell. L'expression de son visage changea très légèrement et, au même moment, celle d'Azov fit de même... stupéfaction mutuelle, un instant qui dura trop longtemps, ralenti, embrumé par l'alcool, Jacoby y participant sans le vouloir.

Ayres rit à nouveau, un effort, pour cacher son sentiment de culpabilité, s'adossa à sa chaise et regarda fixement Azov.

« Ils jouent, eux aussi ? » demanda-t-il, essayant de détourner le sens de sa première réflexion.

Les lèvres serrées d'Azov formèrent une ligne mince, il le regarda sous des sourcils argentés, sourit comme par devoir.

Je ne rentrerai pas chez moi, se dit Ayres avec désespoir. *Il n'y aura pas d'avertissement.* Voilà ce qu'il pensait.

3

PELL, TUNNELS DES DOWNERS ; 8/1/53 ; 1830 HEURES

De nombreux corps bougeaient dans le noir. Damon écouta, sursauta en s'apercevant qu'il y en avait un près de lui, puis une nouvelle fois quand une main lui toucha le bras, dans l'obscurité du tunnel. Il tourna la lampe dans cette direction, frissonnant à cause du froid.

« Moi Dent-Bleue, souffla une voix familière. Toi venir voir elle ? »

Damon hésita, regarda les escaliers qui s'étendaient, comme une toile d'araignée, au-delà de la portée de sa lampe.

— « Non, répondit-il avec tristesse. Non. Je ne fais que passer. Je suis allé dans le secteur Blanc. Je veux seulement passer. »

— « Elle demander toi venir. Demander. Demander tout le temps. »

— « Non, fit-il dans un souffle rauque, pensant que les occasions se faisaient de plus en plus rares, qu'elles ne tarderaient pas à disparaître complètement. Non, Dent-Bleue. Je l'aime et je n'irai pas. Tu ne comprends donc pas que ce serait dangereux si j'y allais ? Les hommes-avec-fusils entreraient. Je ne peux pas. Je ne peux pas, bien que j'en aie envie. »

La main chaude du Downer se posa sur la sienne, s'y attarda.

« Toi dire bonnes choses. »

Il fut étonné. Le Downer raisonnait et, bien qu'il sût qu'ils en étaient capables, il constata avec étonnement que le fil de ses pensées s'adaptait aux préoccupations humaines. Il prit la main du Downer et la serra, heureux de la présence de Dent-Bleue dans ces circonstances où il n'y avait pratiquement pas d'autre réconfort. Il se laissa tomber sur les marches métalliques, respira calmement à travers le masque… profita du réconfort là où il était, assis un moment loin des regards hostiles, avec un être qui, en dépit de toutes les différences, était devenu un ami. Le Hisa s'accroupit sur le palier, devant lui, yeux noirs brillant dans la lumière indirecte, lui donna quelques claques sur le genou, simplement amical.

« Tu me protèges, dit Damon. Tout le temps. »

Dent-Bleue sautilla légèrement, acquiesçant.

« Les Hisas sont très gentils, reprit Damon. Très bons. »

Dent-Bleue pencha la tête et plissa le front.

— « Toi enfant elle. » La famille était un concept que les Hisas avaient du mal à assimiler. « Toi enfant 'Licia. »

— « Oui. »

— « Elle mère toi. »

— « Oui. »

— « Milio enfant elle. »

— « Oui. »

— « Aimer lui. »

Damon eut un sourire douloureux.

« Il n'y a pas de demi-mesures avec toi, n'est-ce pas, Dent-Bleue ? Tout ou rien. Tu es gentil. Que savent les Hisas ? Connaissez-vous d'autres humains… ou seulement les Konstantin ? J'ai l'impression que tous mes amis sont morts, Dent-Bleue. J'ai essayé de les retrouver. Ou bien ils se cachent ou bien ils sont morts. »

— « Faire mes yeux tristes, homme-Damon. Peut-être Hisas trouver, dire noms. »

— « Les Dee, les Ushant, ou les Muller. »

— « Moi demander. D'autres peut-être connaître. » Dent-Bleue posa le doigt sur son nez plat. « Trouver eux. »

— « Avec ça ? »
Dent-Bleue tendit timidement la main, caressa sa joue barbue.

« Toi visage comme Hisas, odeur comme humains. »

Damon sourit, amusé malgré son désespoir.

« J'aimerais bien avoir un corps de Hisa. Je pourrais aller et venir. J'ai bien failli me faire prendre, cette fois. »

— « Peur, quand toi venir », dit Dent-Bleue.

— « Vous sentez la peur ? »

— « Moi voir yeux toi. Beaucoup douleur. Sentir sang, sentir beaucoup courir. »

Damon tendit l'arrière de son coude vers la lumière, une égratignure douloureuse qui avait déchiré le tissu. Elle avait saigné.

« Je me suis cogné contre une porte », dit-il.

Dent-Bleue approcha.

« Arrêter douleur. »

Il se souvint de la manière dont les Hisas soignaient leurs blessures, secoua la tête.

« Non. Mais te souviendras-tu des noms que j'ai demandés ? »

— « Dee. Ushant. Mul-ler. »

— « Tu les trouveras ? »

— « Essayer, répondit Dent-Bleue. Amener eux ? »

— « Conduis-moi jusqu'à eux. Les hommes-avec-fusils ferment les tunnels du secteur Blanc, tu le sais ? »

— « Savoir. Nous, Downers, marcher dans grands tunnels. Qui regarder nous ? »

Damon poussa un long soupir à travers le masque, se leva sur l'escalier vertigineux, serra le Hisa contre lui avec un bras, tout en ramassant la lampe.

« Amour », souffla-t-il.

— « Amour », répondit Dent-Bleue avant de disparaître dans le noir, mouvement presque imperceptible, vibration des marches métalliques.

Damon s'en alla de son côté, comptant les intersections et les niveaux. Aucune imprudence. Il avait eu très chaud, en essayant d'entrer dans le secteur Blanc. Il avait déclenché un signal d'alarme. Il avait terriblement peur que cela entraîne une fouille des tunnels, crée des difficultés aux Downers, à sa mère, à tout le monde. Ses genoux tremblaient encore, bien qu'il n'ait pas hésité à tirer quand cela s'était avéré nécessaire ; il avait tiré sur un gardien sans armure ; peut-être l'avait-il tué ; il en avait eu l'intention.

Cela lui donnait envie de vomir.

Néanmoins, il espérait l'avoir fait, espérait que son nom ne serait pas lié au déclenchement du signal d'alarme ; que le témoin était mort.

Il tremblait encore quand il arriva à l'accès du couloir de chez Ngo. Il pénétra dans le sas étroit, baissa son masque, utilisa la carte qu'il réservait aux cas d'extrême urgence. La porte s'ouvrit sans déclencher d'alarmes. Il courut dans le couloir désert, ouvrit la porte de l'arrière du bar de Ngo avec sa clé manuelle.

La femme de Ngo, qui se trouvait à la cuisine, se retourna et le regarda fixement, s'enfuit vers la salle. Damon laissa la porte se fermer derrière lui, ouvrit celle de la réserve et jeta le masque à l'intérieur. Dans sa panique, il l'avait oublié, emporté avec lui. Cela donnait la mesure de son sang-froid. Il gagna l'évier de la cuisine et se lava les mains, le visage, essaya de chasser l'odeur du sang, la peur et son souvenir.

« Damon. »

— « Josh. » Il tourna un regard las vers la porte de la salle, s'essuya le visage avec un torchon. « Des ennuis. » Il passa devant Josh, traversa la salle et s'appuya contre le bar. « Une bouteille », demanda-t-il à Ngo.

— « Si vous entrez encore une fois par cette porte... » fit Ngo avec colère.

— « Une urgence », expliqua Damon. Josh le prit doucement par le bras et l'entraîna.

« Ce n'est pas le moment de boire, dit Josh. Damon, viens. Il faut que je te parle. »

Il gagna l'alcôve qui était leur territoire. Josh poussa Damon dans le coin, le dissimulant aux regards des autres clients. Des tintements d'assiettes provenaient de la cuisine, où la femme de Ngo était retournée, avec son fils. La pièce sentait le sempiternel ragoût de Ngo.

« Ecoute, dit Josh quand ils furent assis, je veux que tu viennes avec moi de l'autre côté du couloir. J'ai trouvé un contact qui pourra sans doute nous aider. »

Il entendit, pourtant il ne comprit pas immédiatement.

« Qui as-tu vu ? Qui connais-tu ? »

— « Pas moi. Quelqu'un qui t'a reconnu. Qui a besoin de ton aide. Je ne connais pas toute l'histoire. Un de tes amis. Il y a une organisation, qui s'étend jusqu'à la Quarantaine et à Pell. Beaucoup de gens qui savent que tu as sans doute la possibilité de les aider. »

Il tenta d'assimiler.

« Tu sais que nous n'avons pratiquement aucune chance, avec les réfugiés... contre des soldats...? Et pourquoi s'adresser à toi? Pourquoi *toi*, Josh? Ils ont peut-être peur que je reconnaisse les visages, que je sache quelque chose. Cela ne me plaît pas. »

— « Damon, combien de temps nous reste-t-il? C'est une occasion. Tout est risqué, dans cette situation. Viens avec moi. Je t'en prie, viens. »

— « Ils vont vérifier tout le secteur Blanc. J'y ai déclenché un signal d'alarme... et j'ai peut-être tué quelqu'un. Cela va les rendre nerveux, ils vont chercher quelqu'un qui utilise... »

— « Dans ce cas, combien de temps pouvons-nous réfléchir? Si nous ne... » Il adressa un regard dur à la femme de Ngo, qui apportait deux bols de ragoût qu'elle posa sur la table. « Nous sortons. Gardez-les au chaud. »

Des yeux noirs les fixèrent. En silence, comme toujours, elle reprit les bols et les porta à une autre table.

« Ça ne sera pas long, reprit Josh. Damon, je t'en prie. »

— « Qu'ont-ils l'intention de faire? Prendre le Commandement Central? »

— « Créer des difficultés. Prendre une navette. Organiser la résistance sur Downbelow... un petit nombre d'hommes. Damon, tout repose sur tes connaissances. Ton talent avec le comp et ta connaissance des passages. »

— « Vous avez un pilote? »

— « Je crois qu'il y en a un, oui. »

Il se força à réfléchir, secoua la tête.

« Non. »

— « Comment ça, non? C'est *toi* qui parlais de navette. C'était *ton* intention. »

— « Je ne veux pas déclencher une nouvelle émeute dans la station. Je ne veux pas qu'il y ait encore des morts, à cause d'un plan qui ne fonctionnera pas... »

— « Viens leur parler. Viens avec moi. Tu n'as donc pas confiance en moi ? Damon, combien de temps pouvons-nous attendre ? Tu ne sais même pas de quoi il s'agit. »

Il soupira.

« Je viens, céda-t-il. De toute manière, les vérifications d'identité vont bientôt commencer dans le secteur Vert. Je les verrai. J'ai peut-être un meilleur moyen. Plus discret. Où se trouve cet endroit ? »

— « Mascari. »

— « De l'autre côté du couloir ? »

— « Oui. Viens. »

Il se leva, passa entre les tables, devant le bar.

« Hé ! » dit sèchement Ngo quand il passa devant lui. Il s'arrêta. « Si vous avez des ennuis, ne revenez pas, compris ? Je vous ai aidé. Je ne mérite pas ce genre de récompense, c'est bien compris ? »

— « Compris », dit Damon. Il n'avait pas le temps de s'expliquer. Josh attendait près de la porte. Il le rejoignit, regarda à droite et à gauche avant de traverser le couloir, entra dans la salle bruyante et sombre de chez Mascari.

Un homme, installé à gauche de l'entrée, se leva pour les accueillir.

« Par ici », dit-il et, comme Josh ne posait pas de questions, Damon ravala ses protestations et les suivit jusqu'au fond de la salle, où il faisait si sombre qu'il était difficile d'éviter les chaises.

Une faible ampoule était allumée dans une alcôve fermée par des rideaux. Ils entrèrent, Josh et lui, mais leur guide disparut.

Quelques instants plus tard, un deuxième homme entra derrière eux, jeune, avec une cicatrice sur le visage. Damon ne le connaissait pas.

« Ils arrivent », annonça le jeune homme et, presque aussitôt, le rideau s'ouvrit et deux hommes entrèrent dans l'alcôve.

« Kressich », marmonna Damon. L'autre lui était inconnu.

« Vous connaissez M. Kressich ? » s'enquit l'inconnu.

— « De vue seulement. Qui êtes-vous ? »

— « Je m'appelle Jessad... Monsieur Konstantin, n'est-ce pas ? Le plus jeune des Konstantin ? »

Le fait d'être reconnu le rendait toujours nerveux. Il regarda Josh, constatant des incohérences, troublé. Ils étaient censés le connaître. L'inconnu n'aurait pas dû être surpris.

« Damon, dit Josh, cet homme vient de la Quarantaine. Discutons les détails. Assieds-toi. »

Il prit place devant la petite table, hésitant et inquiet tandis que les autres faisaient de même. Il regarda une nouvelle fois Josh. Il faisait confiance à Josh. Lui confiait sa vie. Lui aurait donné sa vie, s'il l'avait demandé, n'ayant rien de mieux à en faire. Et Josh lui avait menti. Tout ce qu'il savait de l'homme indiquait que Josh mentait.

Sommes-nous menacés ? se demanda-t-il désespérément, cherchant à justifier cette mise en scène.

« De quel type de proposition s'agit-il ? » demanda-t-il, souhaitant seulement quitter cet endroit, emmener Josh avec lui et que tout rentre dans l'ordre.

— « Quand Josh a dit qu'il avait des contacts, prononça lentement Jessad, j'étais loin de me douter de qui il s'agissait. Je n'en espérais pas tant. »

— « Vraiment ? » Il hésita à la tentation de regarder une nouvelle fois Josh. « Qu'espérez-vous exactement, monsieur Jessad-de-la-Quarantaine ? »

— « Josh ne vous a rien dit ? »

— « Josh a dit que je devrais vous voir. »

— « A propos d'un moyen possible de reprendre la station ? »

Son expression ne changea absolument pas.

« Vous pensez que vous avez les moyens d'y parvenir ? »

— « J'ai des hommes, intervint Kressich. Enfin, Coledy en a. Nous pouvons lever mille hommes en cinq minutes. »

— « Vous savez très bien ce qui arrivera, dans ce cas, dit Damon. Nous serons noyés sous les soldats. Des cadavres dans les couloirs, s'ils ne dépressurisent pas le secteur. »

— « Vous savez, dit tranquillement Jessad, qu'ils tiennent la station. Ils font ce qui leur plaît. En dehors de vous, personne ne représente Pell telle qu'elle était avant. Lukas... est fini. Il ne dit que ce que Mazian lui donne à lire. Il est continuellement surveillé. La première solution est des cadavres dans les couloirs, exact. La seconde est ce qu'ils donnent à Lukas, n'est-ce pas? On vous ferait lire des discours préparés à l'avance. On vous ferait remplacer Lukas de temps en temps, ou bien on se débarrasserait carrément de vous. Après tout, ils ont Lukas et il exécute les ordres... n'est-ce pas ? »

— « Votre analyse est très claire, monsieur Jessad. » *Et la navette?* se dit-il, s'appuyant contre le dossier de sa chaise. Il se tourna vers Josh, dont le regard semblait déconcerté. Il revint à Jessad. « Que proposez-vous ? »

— « Donnez-nous accès au Commandement Central. Nous nous chargeons du reste. »

— « Cela ne marchera pas, dit Damon. Il y a des vaisseaux de guerre à proximité. Ce n'est pas parce qu'on tient le Commandement Central qu'on peut les repousser. Ils nous détruiront ; vous oubliez cela ? »

— « J'ai les moyens de m'assurer que le plan fonctionnera. »

— « Eh bien, expliquez-vous. Exposez-moi clairement votre proposition et laissez-moi une nuit de réflexion. »

— « Vous laisser partir alors que vous connaissez les noms et les visages ? »

— « Vous connaissez les miens », rappela-t-il à Jessad, provoquant un léger battement de paupières.

— « Fais-lui confiance, intervint Josh. Ça marchera. »

Dehors, un craquement sonore couvrit la musique. Les rideaux cédèrent sous le poids de Coledy qui atterrit sur la table, un trou au milieu du front. Kressich se leva d'un bond, hurlant de terreur. Damon se jeta en arrière, heurta le mur, Josh près de lui, et Jessad plongea la main dans sa poche. Des hurlements ponctuaient la musique et des soldats en armures, le fusil pointé, se tenaient à l'entrée de l'alcôve.

« Ne bougez plus ! » ordonna l'un d'entre eux.

Jessad sortit une arme. Un fusil tira, il y eut une odeur de brûlé et Jessad s'effondra avec des mouvements convulsifs. Damon regarda les soldats et les fusils pointés avec une stupéfaction horrifiée. Josh, près de lui, resta immobile.

Un soldat projeta un autre homme dans la pièce...

Ngo, qui évita le regard de Damon et parut sur le point de vomir.

« C'est eux ? » demanda le soldat.

Ngo acquiesça.

« Ils m'ont obligé à les cacher. Ils m'ont menacé. Ils ont menacé ma famille. Nous voulons aller dans le secteur Blanc. Tous. »

— « Qui est celui-là ? » demanda le soldat, montrant Kressich d'un signe de tête.

— « Sais pas, répondit Ngo. Je ne le connais pas. Je ne connais pas les autres. »

— « Faites-les sortir ! ordonna l'officier. Fouillez-les. Les morts aussi. »

C'était terminé. Une centaine d'idées traversèrent l'esprit de Damon... sortir son arme de sa poche... fuir, courir jusqu'à ce qu'on l'abatte.

Et Josh... et sa mère, et son frère...

Ils posèrent la main sur lui, l'obligèrent à se tourner face au mur, l'obligèrent à écarter les membres, Josh aussi, puis Kressich. Ils fouillèrent ses poches, prirent les cartes et l'arme, qui était en soi une bonne raison de l'abattre sur-le-champ.

Ils l'obligèrent à se retourner à nouveau, le dos au mur, et le dévisagèrent attentivement.

« Tu es Konstantin ? »

Il ne répondit pas. On le frappa au ventre et il se plia en deux, puis il se jeta la tête la première sur l'homme, le projetant sous la table en compagnie d'une chaise. Une botte s'abattit sur son dos et il fut piétiné dans la bagarre qui éclata au-dessus de lui. Il s'écarta de l'homme qu'il avait renversé, tenta de se relever en s'accrochant au bord de la table, et un rayon passa près de son épaule, toucha Kressich au ventre.

Il reçut un coup de crosse. Ses genoux cédèrent, refusant de le soutenir ; un second coup, sur le bras posé sur la table. Il tomba, se plia en deux sous l'effet d'un coup de botte, resta replié sur lui-même, à cause des coups, et perdit presque complètement connaissance. Puis deux soldats le relevèrent.

« Josh ? appela-t-il. Josh ? »

Ils avaient également redressé Josh, le secouaient pour lui faire reprendre connaissance, et il parvint finalement à se tenir debout. Sa tête oscillait comme celle d'un ivrogne. Il saignait à la tempe. Pour Kressich, il n'y avait rien à faire; il bougeait encore, touché au ventre, et saignait abondamment. Ils le laissèrent.

Damon regarda autour de lui quand on leur fit traverser la salle. Ngo s'était enfui, ou bien avait été emmené. Les clients étaient partis. Il y avait des cadavres ici et là, des soldats debout.

Les soldats les traînèrent, Josh et lui, dans le couloir. Les clients se tenaient devant chez Ngo, quand on les emmena, et Damon tourna la tête, honteux d'être vu en état d'arrestation.

Il pensait qu'on les conduirait aux vaisseaux, de l'autre côté du dock. Puis, parvenus au dock, ils tournèrent à gauche et il comprit qu'il s'était trompé. Il y avait un bar que les soldats s'étaient réservé, un quartier général, un établissement que les civils évitaient.

Musique, drogue, alcool... tout ce que le secteur civil pouvait offrir... Damon fut abasourdi, quand on les poussa à l'intérieur, dans un nuage de fumée et un tonnerre de musique. Il y avait un bureau, contre toute vraisemblance, concession à une institution officielle. Les soldats les poussèrent dans cette direction et un homme, un verre à la main, s'assit puis les dévisagea.

« On a fait une belle prise, annonça le chef du groupe qui les avait amenés. La Flotte les recherche. Celui-là, c'est Konstantin. Et on s'est fait un type de l'Union. Adapté, à ce qu'on dit... mais c'est Pell qui l'a Adapté. »

— « Un soldat de l'Union. » Le sergent, derrière le bureau, regarda derrière Damon, adressa un sourire narquois à Josh. « Et comment se fait-il qu'un type de l'Union soit à Pell ? Tu as une histoire qui tient debout ? »

Josh ne répondit pas.

« J'en ai une ! cria, depuis la porte, une voix à faire trembler les murs. Il appartient au *Norvège* ! »

Les rires et les conversations cessèrent, sinon la musique. Les nouveaux venus, en armures contrairement aux autres occupants de la pièce, entrèrent avec une vivacité qui surprit tout le monde.

— « Le *Norvège*, marmonna quelqu'un. Ces salauds du *Norvège*. Dehors ! »

— « Comment vous appelez-vous ? » rugit le nouveau venu.

— « Sans ça vous nous descendez tous ? » cria quelqu'un.

L'homme trapu, à la voix forte, appuya sur le bouton de l'unité de coms qu'il avait à l'épaule, dit quelque chose que la musique couvrit, se retourna et fit signe à la douzaine de soldats qui se tenaient derrière lui, lesquels se déployèrent. Il regarda les autres, long regard circulaire.

« Vous n'êtes pas en état de prendre des responsabilités. Mettez de l'ordre là-dedans. S'il y a une seule personne du *Norvège*, ici, je l'étripe. Est-ce qu'il y en a ? »

— « Allez voir plus loin ! cria quelqu'un. C'est ici le territoire de l'*Australie*. Le *Norvège* n'a aucun droit de nous donner des ordres ! »

— « Remettez-nous les prisonniers ! » jeta l'homme trapu. Personne ne bougea. Les soldats du *Norvège* pointèrent leurs armes et des cris de surprise et de rage s'élevèrent dans les rangs de ceux de l'*Australie*. Damon resta immobile, un brouillard devant les yeux, tandis que deux soldats du *Norvège* se dirigeaient vers Josh et lui, qu'on le prenait rudement par le bras droit, l'arrachant aux mains qui le tenaient, qu'on le tirait vers la porte. Josh ne se débattit pas. Lui si. Aussi longtemps qu'ils seraient ensemble... il ne leur restait rien d'autre.

« Emmenez-les ! » cria l'homme trapu à ses soldats. On les poussa hâtivement dehors ; deux soldats restèrent avec l'officier, dans le bar. Ce n'est qu'au moment où ils passaient devant neuf que d'autres soldats les rejoignirent, encore ceux du *Norvège*.

« Allez au Q.G. de l'*Australie* ! cria l'un d'entre eux, une voix de femme. Chez McCarthy. Di les tient en respect. Il a besoin de renforts, vite ! »

Les soldats se mirent à courir. Quatre d'entre eux les escortèrent, les conduisant vers l'accès au dock Bleu, qui était gardé.

« Ouvrez ! ordonna l'officier de leur escorte. Nous risquons d'avoir une émeute, là-bas ! »

Les gardiens appartenaient à l'*Australie*. Leurs insignes l'indiquaient. A contrecœur, ils ouvrirent les portes et les laissèrent pénétrer dans le passage.

Ensuite, ce fut le dock Bleu, où le *Norvège* occupait un accostage, près de l'*Inde*, de l'*Australie* et de l'*Europe*.

Damon avança, prenant conscience du choc provoqué par ses blessures, mais ne ressentant aucune douleur. Il n'y avait que des militaires, ici, soldats allant et venant, provisions embarquées par des équipages militaires en bleus de travail.

Le tube d'accès au *Norvège* s'ouvrait devant eux. Ils gravirent la rampe, pénétrèrent dans le passage, passèrent dans le froid du sas. D'autres les rejoignirent, des soldats portant l'insigne du *Norvège*.

« Talley ! s'écria l'un d'entre eux avec un sourire surpris. Content de te revoir, Talley. »

Josh s'enfuit. Ils le reprirent au milieu du tube d'accès.

4

PELL, LE *NORVEGE*, DOCK BLEU ; 8/1/53 ; 1930 HEURES

Signy leva la tête, baissa le niveau sonore des coms, les rapports des soldats sur le dock et ailleurs. Elle adressa un regard inquisiteur aux gardiens et à Talley. Il ne s'était pas arrangé... barbu, sale, ensanglanté. Sa mâchoire était enflée...

« Alors, tu es venu me voir ? fit-elle ironiquement. Je ne pensais pas que tu en aurais envie. »

— « Damon Konstantin... Il est à bord. Les soldats l'ont arrêté. J'ai pensé que tu voudrais lui parler. »

Cela la troubla.

« Tu veux le livrer, c'est ça ? »

— « Il est ici. Nous y sommes tous deux. Ne le garde pas ici. »

Elle s'appuya contre le dossier de son fauteuil, le regarda avec curiosité.

« Alors, tu peux parler ? fit-elle. Tu ne parlais pas. »

Il ne trouva plus rien à dire.

« Ils t'ont trafiqué l'esprit, fit-elle observer. Et à présent, tu es un ami de Konstantin, pas vrai ? »

— « Je t'en supplie », dit-il d'une voix faible.

— « Sur quelles bases ? »
— « La raison. Il peut t'être utile. Et ils le tueront. »
Elle le considéra, les yeux à demi fermés.
« Content d'être revenu, pas vrai ? » Un témoin d'appel clignotait, une affaire dont les coms ne pouvaient manifestement pas s'occuper.
Elle monta le son et prit la communication.
« Une bagarre a éclaté, entendit-elle, chez McCarthy. »
— « Di est là-bas ? demanda-t-elle. Passez-moi Di. »
— « Occupé », lui fut-il répondu. Elle fit un signe aux gardiens, congédiant Talley. Un autre témoin clignotait.
« *Mallory !* » cria Talley que l'on traînait de force vers la porte.
« L'*Europe* veut vous parler, annoncèrent les coms. Mazian. »
Elle prit l'appel. On avait emmené Talley, pour l'enfermer quelque part, espérait-elle.
« Mallory en ligne, *Europe*. »
— « Que se passe-t-il ? »
— « J'ai des problèmes sur le dock, Capitaine. Janz a besoin d'instructions, avec votre permission, Capitaine. » Elle coupa la communication.
« Il est par terre, entendit-elle sur l'autre canal. Capitaine, Di est *touché* ! »
Elle serra le poing, l'éloigna du tableau de commandes.
« Ramenez-le, ramenez-le ; qui parle ? »
— « Uthup, répondit une voix féminine. Un soldat de l'*Australie* a tiré sur Di ! »
Elle appuya sur un autre bouton.
« Passez-moi Edger. Vite ! »
— « Nous sommes sortis, annonça Uthup. Nous avons Di ! »
— « Alerte générale ! Des problèmes sur le dock. Tout le monde dehors ! »
— « Ici Edger, entendit-elle. Mallory, rappelez vos chiens ! »
— « Rappelez les vôtres, Edger, sinon je tire à vue ! Ils ont abattu Di Janz. »
— « Je vais faire cesser ça ! » dit-il avant de couper. L'alerte retentissait dans les couloirs du *Norvège*, klaxon rauque, clignotants bleus. Le tableau de commandes et

les écrans s'éclairaient, dans son bureau, tandis que le vaisseau se préparait à l'alerte.

« Nous arrivons, annonça la voix d'Uthup. Il est toujours avec nous, capitaine ! »

— « Portez-le à l'intérieur, Uthup, portez-le à l'intérieur ! »

— « Je descends, capitaine. » C'était Graff, se dirigeant vers le dock. Elle se mit à appuyer sur tous les boutons, cherchant une image et maudissant les techs ; la vid devait bien transmettre quelque chose. Elle trouva, le groupe arrivant et portant un des leurs, les soldats du *Norvège* envahissant le dock et prenant position autour des ombilicaux et des accès.

« Envoyez le med ! » ordonna-t-elle.

— « Le med est prêt », lui fut-il répondu, tandis que la silhouette familière rejoignait les soldats et prenait les choses en main. Graff était arrivé. Elle prit le temps de souffler.

« L'*Europe* est toujours en ligne », lui rappelèrent les coms. Elle brancha le canal.

« Capitaine Mallory, quelle est cette guerre que vous faites ? »

— « Je ne sais pas encore, Capitaine. Je ferai une enquête dès que mes soldats seront à bord. »

— « Vous avez les prisonniers de l'*Australie*. Pourquoi ? »

— « Il s'agit de Damon Konstantin, Capitaine. Je vous appellerai dès que j'aurai des nouvelles de Janz. Avec votre permission, Capitaine. »

— « *Mallory !* »

— « Capitaine ? »

— « L'*Australie* a deux morts. Je veux un rapport. »

— « Je vous en ferai parvenir un dès que je saurai ce qui s'est passé, Capitaine. En attendant, j'envoie des soldats dans le dock Vert avant que les cifus ne déclenchent une émeute. »

— « L'*Inde* s'en occupe. Laissez tomber, Mallory. Et rappelez vos soldats. Qu'ils quittent les docks. Tous. Je veux vous voir dès que possible, compris ? »

— « Avec un rapport, Capitaine. Avec votre *permission*, Capitaine. »

Le témoin s'éteignit et la communication fut coupée. Elle abattit le poing sur le tableau de commandes, repoussa brutalement son fauteuil et prit la direction de l'infirmerie, située dans le couloir proche de l'ascenseur principal.

Ce n'était pas aussi grave qu'elle le craignait. Le pouls de Di était régulier, grâce aux soins du médecin, et il ne semblait pas avoir la moindre intention de les quitter. Blessure à la poitrine, quelques brûlures. Il y avait beaucoup de sang, mais elle avait vu pire. Un coup heureux, dans une articulation de l'armure. Elle se dirigea rapidement vers la porte où se tenait Uthup, couverte de sang de la tête aux pieds.

« Sortez, dit-elle, les poussant dans le couloir, vous êtes sales et cette pièce doit être stérile. Qui a commencé à tirer ? »

— « Une salope de l'*Australie*, ivre et agressive. »

— « ... Capitaine ! »

— « ... Capitaine », répéta Uthup d'une petite voix.

— « Vous êtes blessée, Uthup ? »

— « Brûlée, capitaine. Je me ferai soigner après le major et les autres, avec votre permission. »

— « Je vous avais dit de rester en dehors de ce territoire. »

— « Nous avons entendu sur les coms qu'ils avaient pris Konstantin et Talley, capitaine. Un sergent avait la responsabilité du poste et ils étaient tous saouls comme des commerçants en bordée, là-dedans. Le major est entré et ils ont dit que nous n'avions rien à faire là. »

— « Suffit, marmonna-t-elle. Je veux un rapport, soldat Uthup ; et je vous soutiendrai. Je vous aurais écorchés, si vous aviez reculé devant les salauds d'Edger. Vous pouvez me citer. » Elle s'éloigna, passant parmi les soldats qui attendaient dans le couloir. « Tout va bien, Di est entier. Ne restez pas ici et laissez les meds travailler. Regagnez vos quartiers. Je vais avoir une petite conversation avec Edger, mais si vous allez sur les docks, je vous abattrai personnellement. Vous avez ma parole. *Rompez !* »

Ils s'en allèrent. Elle regagna le pont, regarda les membres de l'équipage qui avaient pris leurs postes. Graff était là, abondamment taché de sang.

« Va te laver ! dit-elle. Tout le monde à son poste.

Morio, allez interroger le soldat Uthup et tous ceux du détachement ; il me faut les noms et les identités des soldats de l'*Australie*. Je veux une plainte officielle, et tout de suite ! »

— « Bien capitaine », fit Morio.

Il sortit en hâte ; elle resta debout sur le pont, regardant les têtes jusqu'à ce que tout le monde soit penché sur son travail. Graff était parti se changer. Elle fit les cent pas dans l'allée jusqu'au moment où elle se rendit compte qu'elle marchait de long en large, puis s'immobilisa.

Il y avait la convocation de Mazian. Il y avait du sang sur son uniforme, le sang de Di. Finalement, elle décida de partir sans se changer.

« Graff me remplace ! dit-elle avec brusquerie. McFarlane, il me faut une escorte pour l'*Europe*, vite ! »

Elle se dirigea vers l'ascenseur, tandis que l'ordre résonnait dans les couloirs. Les soldats les rejoignirent dans le couloir d'accès, quinze, en tenue de combat. Elle passa parmi les soldats qui gardaient la rampe d'accès. Elle ne portait pas d'armure. Le dock était sûr et elle n'était pas censée en porter, mais elle se serait sentie plus en sécurité si elle s'était trouvée nue dans le dock Vert.

5

PELL, L'*EUROPE*, DOCK BLEU ; 8/1/53 ; 2015 HEURES

Mazian ne se fit pas attendre, pas cette fois. C'était une réunion à deux, elle et Tom Edger, et Edger était arrivé le premier. Cela ne l'étonna pas.

« Asseyez-vous », lui dit Mazian. Elle prit place de l'autre côté de la table, en face de Tom Edger. Mazian était à sa place habituelle, appuyé sur ses bras croisés, et il la foudroya du regard.

« Alors ? Où est ce rapport ? »

— « Il arrive, répondit-elle. Il faut le temps d'interroger les personnes concernées et de vérifier les identités. Di a pris les noms et les matricules avant d'être abattu. »

— « C'est sur votre ordre qu'il est allé là-bas ? »

— « Les instructions de mes soldats exigent qu'ils ne reculent pas devant les difficultés lorsqu'elles se présentent. Capitaine, mes soldats sont systématiquement harcelés depuis l'incident de Goforth. C'est *moi* qui ai abattu cet homme et ce sont mes soldats qui sont harcelés, bousculés, discrètement, jusqu'au jour où un ivrogne quelconque n'est plus capable de faire la distinction entre le harcèlement et la mutinerie pure et simple. On a demandé son matricule à un soldat et elle a carrément refusé de le donner. Arrêtée, elle a sorti une arme et tiré sur un officier. »

Mazian regarda Edger, puis revint à elle.

« J'ai entendu une autre version. A savoir que vous encouragez vos soldats à rester ensemble. Qu'ils sont toujours sous vos ordres, même en permission. Qu'ils sortent sous la responsabilité d'un officier et contrôlent les docks. Que l'attitude des soldats et du personnel du *Norvège* est insubordonnée, provocante et en contradiction directe avec mes ordres. »

— « Je ne confie aucune mission à mes soldats pendant les permissions. S'ils restent groupés, c'est pour se protéger. Ils sont attaqués dans des bars ouverts à tous, sauf au personnel du *Norvège*. Ce type de comportement est encouragé au sein des autres équipages. J'ai déposé une réclamation à ce propos la semaine dernière. »

Mazian resta un instant immobile, le regard fixe. Puis il se tourna vers Edger.

« J'ai hésité à présenter une réclamation, dit Edger. Mais l'atmosphère est mauvaise. Apparemment, tout le monde n'est pas d'accord sur la manière dont la Flotte est commandée. Fidélité aux vaisseaux... fidélité à certains capitaines... tout ceci est encouragé, dans certains quartiers, pour des raisons que je ne tiens pas à connaître, peut-être *par* certains capitaines. »

Signy, furieuse, abattit les mains sur les bras de son fauteuil, se levant presque avant que son sang-froid reprenne le dessus. Très froid. Edger et Mazian avaient toujours été proches... étaient proches, elle s'en doutait depuis longtemps, sur un plan qui lui était étranger. Elle se calma, s'appuya contre le dossier de son fauteuil, regardant seulement Mazian. C'était une guerre; la marge de manœuvre du *Norvège* était extrêmement réduite, entre les écueils de l'ambition de Mazian et d'Edger.

« De très graves problèmes se posent, dit-elle, quand nous commençons à nous tirer dessus. Avec votre permission... nous sommes les plus anciens de la Flotte, ceux qui ont survécu le plus longtemps. Et je vous dirai franchement que je sais ce qui se prépare et que j'ai joué le jeu, continué l'organisation de la station, ce qui n'aura plus la moindre importance quand la Flotte s'en ira. J'ai mené à bien vos opérations de couverture, et correctement. Je n'ai rien dit à mes soldats et à mon équipage; et je comprends bien qu'on laisse les soldats libres de faire ce qu'ils veulent, dans la station, parce que, au bout du compte, cela n'a aucune importance. Parce que Pell ne compte plus et que sa survie est devenue contraire à nos intérêts. Notre objectif est différent, à présent. Ou peut-être nous y conduisez-vous par étapes, pour ne pas trop nous choquer quand vous proposerez finalement ce que vous avez réellement derrière la tête, la seule solution que vous nous ayez laissée. Sol, n'est-ce pas? *La Terre*. Et ce sera une longue course, et dangereuse, avec de nombreux problèmes à l'arrivée. La Flotte... prend le contrôle de la Compagnie. Vous avez peut-être raison. C'est peut-être la seule solution. Cela se justifie peut-être, depuis l'époque où la Compagnie a cessé de nous soutenir. Mais nous ne réussirons pas si Pell détruit la discipline qui régit la Flotte depuis des décennies. Nous ne réussirons pas si ses unités sont homogénéisées de telle sorte qu'elles ne puissent plus fonctionner indépendamment. Et c'est ce que fait ce harcèlement. Il m'indique comment commander le *Norvège*. Si cela arrive, tout s'effondrera. Retirez aux soldats leurs insignes et leurs désignations, leur identité et leur esprit... tout s'effondrera... et, quel que soit le nom que vous donniez à ce qui se passe quand on contraint un vaisseau à se conformer à des critères opposés à ceux qu'il a toujours appliqués, quand les Capitaines de la Flotte encouragent discrètement leurs soldats à harceler les miens, et qu'ils s'en font une joie, en l'absence d'un autre ennemi. La Flotte, en tant qu'ensemble, n'existe plus depuis des décennies, mais c'était notre force... la capacité de faire ce que nous avons fait, dans ces immensités. Homogènes, nous devenons prévisibles. Et, comme nous ne sommes pas nombreux... ce sera notre fin. »

— « Extraordinaire, fit Mazian à voix basse, que vous plaidiez en faveur de la séparation des équipages, alors que vous déplorez le manque de discipline. Vous êtes une extraordinaire sophiste. »

— « On m'ordonne de rentrer dans le rang, de renoncer à la politique et aux pratiques qui ont toujours été celles de mon vaisseau. Mes soldats y voient une insulte au *Norvège* et cela leur déplaît. Qu'espériez-vous, Capitaine ? »

— « L'attitude des soldats reflète généralement celle de l'officier qui les commande et celle du capitaine, n'est-ce pas ? Peut-être les avez-vous encouragés dans cette voie. »

— « Et peut-être ce qui s'est produit dans ce bar n'était-il pas un hasard. »

— « Capitaine ! »

— « Respectueusement... Capitaine. »

— « Vos hommes ont retiré des prisonniers à la garde de ceux qui les avaient capturés. Détournement du bénéfice d'une opération, ne croyez-vous pas ? »

— « Ils ont retiré des prisonniers à une bande de soldats ivres, en permission, dans un bar. »

— « Le quartier général du dock, marmonna Edger. Soyez claire, Mallory. »

— « Les soldats étaient ivres et indisciplinés, dans le quartier général du dock, et un de ces prisonniers appartenait au *Norvège*. Il n'y avait aucun officier, dans le quartier général du dock. Et l'autre prisonnier était important, dans le cadre de mes opérations de couverture concernant les docks. La question est de savoir pourquoi les prisonniers ont été conduits dans ce prétendu quartier général et non dans nos services du dock Bleu, ou bien dans le vaisseau le plus proche, qui était l'*Afrique*. »

— « Les soldats sont allés faire leur rapport à leur sergent, qui était présent sur les lieux quand votre major est arrivé. »

— « Je considère que cette attitude a contribué à l'atmosphère dans laquelle le Major Janz a été blessé. S'il s'agissait effectivement du quartier général, le Major Janz avait parfaitement le droit d'entrer et de prendre la situation en main. Mais on lui a carrément annoncé, quand il est entré dans ce prétendu quartier général du dock, que ce territoire était celui de l'*Australie* ; le sergent de l'*Australie*, présent sur les lieux, ne s'est pas opposé à cet acte d'insubordination. Un quartier général doit-il maintenant être considéré comme la propriété privée d'un vaisseau ? Se pourrait-il que les autres capitaines encouragent leurs équipages au séparatisme ? »

— « Mallory ! » protesta Mazian.

— « Le problème, Capitaine : le Major Janz a donné l'ordre de livrer les prisonniers et n'a obtenu aucune coopération de la part du sergent de l'*Australie*, qui a contribué aux troubles. »

— « Deux de mes soldats ont été tués dans cette affaire, dit Edger d'une voix tendue, et les causes de l'échange de coups de feu font toujours l'objet d'une enquête. »

— « De mon côté aussi, capitaine. J'attends des informations d'un moment à l'autre et je vous en ferai parvenir un exemplaire dès que je les aurai. »

— « Capitaine Mallory, intervint Mazian, vous m'adresserez ce rapport. Le plus tôt possible. En ce qui concerne les prisonniers, je me fiche de ce que vous en faites. Qu'ils soient ici ou là n'est pas le problème. La dissension... *l'ambition*... de la part de certains capitaines de la Flotte, voilà les problèmes. Que cela vous plaise ou non, Capitaine Mallory, vous rentrerez dans le rang. Vous avez raison, nous avons opéré individuellement mais, à présent, nous devons faire corps. Et cela déplaît à certains esprits indépendants. Ils n'aiment pas recevoir des ordres. J'ai beaucoup d'estime pour vous. Vous voyez le fond des choses, n'est-ce pas ? Oui, c'est Sol. Et, en disant cela, vous espérez être mise dans la confidence, n'est-ce pas ? Vous voulez être consultée. Peut-être même voulez-vous marquer des points en vue de la succession. C'est très bien. Mais pour y parvenir, capitaine, il faut que vous appreniez à marcher droit. »

Elle resta immobile, soutint le regard de Mazian.

« Sans savoir où je vais ? »

— « Vous savez où vous allez. Vous l'avez dit vous-même. »

— « Très bien, dit-elle tranquillement. Je ne refuse pas de recevoir des ordres. » Elle regarda Tom Edger avec insistance, revint à Mazian. « Je les accepte aussi bien que les autres. Nous n'avons pas fait équipe, dans le passé, mais je suis prête à commencer. »

Mazian acquiesça, son beau visage d'acteur exprimant une grande, très grande affection.

« Bien, bien. Cette affaire est réglée. » Il se leva, gagna le placard, en sortit une bouteille de brandy et des verres, puis servit. Il rapporta les verres, les posa sur la table, puis en poussa un vers Edger et un vers elle. « J'espère qu'elle l'est définitivement, reprit-il, buvant une gorgée. A mon sens, elle devrait l'être. D'autres réclamations ? »

Tom Edger en avait sans doute quelques-unes. Son expression contrariée, tandis qu'il buvait le feu liquide du brandy, ne lui échappa pas. Elle eut un léger sourire. Edger ne réagit pas.

« L'autre problème que vous avez abordé, reprit Mazian, l'abandon de la station... est effectivement prévu. Oui. Et je ne voudrais pas que cette information sorte d'ici. »

D'où cette mise en scène, pensa-t-elle.

« Bien, Capitaine », dit-elle.

— « Pas de formalisme. Le moment venu, chaque capitaine recevra ses instructions. Vous êtes un stratège, le meilleur sur bien des points. Vous auriez été mise au courant très tôt. Vous le savez. Vous seriez déjà dans la confidence, sans le regrettable incident lié à Goforth et au marché noir. »

La chaleur lui monta au visage. Elle posa son verre.

« Le caractère, chère amie, dit Mazian d'une voix douce. Moi aussi, j'ai le mien. Je connais mes défauts. Mais je ne peux pas vous permettre de faire sécession. Je ne peux pas me le permettre. Nous sommes pratiquement prêts à partir. Dans une semaine. Le chargement est presque terminé. Et nous partirons alors que l'Union ne s'y attend pas... nous prendrons l'initiative, nous lui poserons un problème. »

— « Pell. »

— « Exactement. » Il termina son brandy. « Vous avez Konstantin. Il ne faut pas qu'il rentre ; il nous faudra aussi prendre Lukas. Tous les techs, qu'ils travaillent ou soient détenus. Tous les individus capables de diriger le comp et le Commandement Central, de remettre Pell en état de marche. Vous programmez sa chute et vous vous emparez de tous les individus capables d'annuler le programme. Et surtout Konstantin ; il est dangereux sur deux plans : le comp et la publicité. Evacuez-le dans l'espace. »

Elle eut un sourire tendu.

« Quand ? »

— « C'est déjà un poids mort. Rien d'officiel. Pas de démonstration. Porey va s'occuper de l'autre... Emilio Konstantin. Un bon coup de balai, Signy. Rien qui puisse aider l'Union. Et pas de réfugiés. »

— « Je comprends. Je m'en occuperai. »

— « Vous et Tom, malgré les chamailleries, avez fait du bon travail. La disparition de Konstantin m'inquiétait beaucoup. Vous avez fait de l'excellent travail. Je suis sincère. »

— « Je savais ce que vous prépariez, dit-elle d'une voix unie. Par conséquent le comp est déjà programmé ; il suffit d'un signal pour qu'il cesse de fonctionner correctement. Il manque encore deux spécialistes du comp. J'ai l'intention de fermer le secteur Vert demain. Ils se rendront, sinon j'ouvrirai le secteur sur le vide et, de toute manière, cela réglera le problème. J'ai des photos des spécialistes manquants. Je vais les communiquer à Ngo et à son équipe d'informateurs. Poser des questions et voir exactement où nous en sommes avant d'agir. Si nos agents peuvent nous livrer les spécialistes du comp, tant mieux. »

— « Mes hommes coopéreront », dit Edger.

Elle acquiesça.

« Très bien, dit joyeusement Mazian. Voilà ce que j'attends de vous, Signy ; finies les querelles à propos des prérogatives. Alors, avez-vous bien compris ? »

Signy vida son verre, se leva. Edger aussi. Elle sourit et adressa un signe de tête à Mazian, mais pas à Edger, puis elle sortit avec une décontraction calculée.

Salaud, se dit-elle. Elle n'entendait pas les pas d'Edger, derrière elle. Quand elle entra dans l'ascenseur afin de rejoindre son escorte, Edger n'était pas avec elle. Il était resté avec Mazian. *Putain*.

L'ascenseur la déposa près de la sortie. Ses soldats étaient à l'endroit où elle les avait laissés, raides et évitant soigneusement toute altercation avec ceux de l'*Europe*, qui allaient et venaient dans le vestiaire. Trois d'entre eux les regardaient avec un sourire qui disparut promptement à son arrivée.

Elle prit son escorte, gagna rapidement le sas puis le dock, se dirigeant vers les lignes composées de ses soldats.

6

PELL, LE *NORVÈGE*, DOCK BLEU ; 8/1/53 ; 2300 HEURES, J ; 1100 HEURES, A-J

Elle se sentit mieux après s'être reposée, avoir pris un bain, réglé le problème du dock et rédigé les rapports. Elle n'espérait pas que le soldat de l'*Australie* qui avait tiré sur Di serait sanctionné... pas, du moins, officiellement ; mais cette femme aurait tout intérêt à ne pas se montrer près des soldats du *Norvège*, aussi longtemps qu'elle vivrait.

Di allait bien, sorti de salle d'opération et fou de colère. C'était bon signe. Il avait une éclisse sur une côte et l'essentiel de son sang était emprunté, mais il pouvait regarder la vid et jurer avec cohérence. Cela la mit de meilleure humeur. Graff était auprès de lui et de nombreuses personnes attendaient leur tour dans l'espoir de lui rendre visite, démonstration d'inquiétude qui aurait sans doute beaucoup troublé Di, s'il en avait connu l'étendue.

La paix. Quelques heures jusqu'au lendemain, puis les opérations concernant le secteur Vert. Elle mit les pieds sur le lit, assise parallèlement à son bureau, dans sa cabine, se servit un second verre. Elle en prenait rarement un second. Quand elle le faisait, elle passait très rapidement au troisième, au quatrième, et elle aurait voulu que Di ou Graff soient là, pour parler. Elle les aurait bien rejoints, mais Di avait besoin de lâcher la vapeur et le fait de raconter son aventure aurait fait grimper sa tension. Ce n'était pas bon pour lui.

Il y avait d'autres distractions. Elle réfléchit un moment et, hésitant entre les deux, appela finalement le poste de garde.

« Amenez-moi Konstantin. »

Ils accusèrent réception. Elle s'adossa et but une gorgée, se branchant sur plusieurs postes afin de s'assurer que tout fonctionnait correctement et que la colère, sur les ponts inférieurs, restait dans les limites du raisonnable. L'alcool ne la calmait pas ; elle éprouvait toujours le besoin de faire les cent pas et il n'y avait pas, même ici, tellement de place. Demain...

Elle chassa cette pensée de son esprit. Cent vingt-huit civils morts dans la normalisation du secteur Blanc. Ce serait bien pire dans le secteur Vert, où s'étaient réfugiés tous ceux qui avaient de bonnes raisons de craindre le contrôle d'identité. Ils pourraient le dépressuriser, si on ne retrouvait pas à temps les spécialistes du comp ; ils le pouvaient effectivement. C'était la seule solution intelligente ; une mort rapide, bien que générale ; le moyen de se débarrasser de tous les fugitifs... et sans doute préférable à la mort lente dans une station agonisante. Le *Hansford* à l'échelle d'une station, voilà le cadeau qu'ils laisseraient à l'Union, des cadavres en décomposition et la puanteur, cette puanteur inimaginable...

La porte s'ouvrit. Elle regarda les trois soldats et Konstantin... lavé, vêtu d'une combinaison marron, quelques pansements sur le visage. Pas mal, se dit-elle vaguement, s'appuyant sur un bras.

« Vous voulez parler, lui demanda-t-elle, ou pas ? »

Il ne répondit pas, mais il ne semblait pas avoir envie de se quereller. Elle fit signe aux soldats de sortir. La porte se ferma et Konstantin resta là, regardant au-delà d'elle.

« Où est Josh Talley ? » demanda-t-il finalement.

— « A bord. Il y a un verre, dans le placard. Voulez-vous boire quelque chose ? »

— « Je veux, dit-il, sortir d'ici. Que cette station soit

rendue à son gouvernement légitime. Obtenir la liste des citoyens qui ont été assassinés. »

— « Ah », fit-elle, avec un rire bref ; puis elle révisa son opinion sur le jeune Konstantin. Elle eut un sourire amer, poussa avec le pied contre le lit, ce qui eut pour effet de faire reculer sa chaise. Elle lui fit signe de s'asseoir sur le lit. « Vous voulez, fit-elle. Asseyez-vous. *Asseyez-vous*, monsieur Konstantin. »

Il obéit. Il fixait sur elle le regard noir et furieux de son père.

« Vous n'entretenez pas sérieusement de telles illusions, n'est-ce pas ? » demanda-t-elle.

— « Non. »

Elle hocha la tête, le prenant en pitié. Beau visage. Jeune. Bien élevé ; bien fait. Josh et lui se ressemblaient beaucoup. Il y avait, dans cette guerre, des gâchis qui lui donnaient envie de vomir. De jeunes hommes comme celui-ci transformés en cadavres. S'il était un autre... mais il s'appelait Konstantin et cela le condamnait. Pell réagirait à ce nom ; et il fallait qu'il parte.

« Vous voulez boire quelque chose ? »

Il ne refusa pas. Elle lui donna son verre, garda la bouteille.

« Jon Lukas est votre marionnette, dit-il, n'est-ce pas ? »

Il était inutile de lui infliger la vérité. Elle hocha la tête.

« Il exécute les ordres. »

— « A présent, vous allez isoler le secteur Vert ? »

Elle acquiesça.

« Laissez-moi leur parler sur les coms. Laissez-moi tenter de les raisonner. »

— « Pour sauver votre vie ? Ou pour remplacer Lukas ? Cela ne marchera pas. »

— « Pour sauver les leurs. »

Elle le regarda un long moment, en silence.

« Vous ne ferez plus surface, monsieur Konstantin. Vous disparaîtrez sans faire de bruit. Je pense que vous le savez. » Elle avait une arme à la hanche ; elle posa la main dessus, persuadée qu'il ne tenterait rien, mais prudente. « Disons que si je peux trouver deux personnes, je ne dépressuriserai pas le secteur. Il s'agit de James Muller et de Judith Crowell. Où sont-ils ? Si je pouvais les localiser… cela sauverait des vies. »

— « Je ne sais pas. »

— « Vous ne les connaissez pas ? »

— « Je ne sais pas où ils sont. Je ne pense pas qu'ils soient en vie, s'ils sont censés se trouver dans le secteur Vert. Je le connais trop bien ; j'avais les moyens de les retrouver, s'ils y avaient été. »

— « Vous m'en voyez désolée, dit-elle. Je ferai ce que je pourrai, aussi raisonnablement que possible. Je vous le promets. Vous êtes un homme civilisé, monsieur Konstantin. Une espèce disparue. Si je pouvais trouver le moyen de vous tirer de ce mauvais pas, je le ferais, mais je suis pressée de toutes parts. »

Il ne répondit pas. Elle ne le quitta pas des yeux, but une gorgée à la bouteille. Il but également.

« Et le reste de ma famille ? » demanda-t-il finalement.

Elle tordit les lèvres.

« Elle ne risque rien, rien du tout, monsieur Konstantin. Votre mère fait tout ce que nous demandons et votre frère ne présente aucun danger là où il se trouve. Les provisions sont livrées régulièrement et nous n'avons aucune raison de nous opposer à sa présence. C'est également un homme civilisé qui, heureusement, n'a accès ni aux foules ni aux systèmes perfectionnés de la station. »

Ses lèvres tremblaient. Il termina son verre. Elle se pencha et lui servit à nouveau de l'alcool. Prit délibérément un risque en se penchant vers lui. C'était un jeu ; cela équilibrait les chances. Il était temps de terminer la partie. S'il vivait au-delà du lendemain, il comprendrait la nature du projet et ce serait de la cruauté. Elle avait, dans la bouche, un goût amer que le brandy ne parvenait pas à chasser. Elle poussa la bouteille vers lui.

« Emportez-la, dit-elle. A présent, je vais vous faire reconduire à vos quartiers. Au revoir, monsieur Konstantin. »

D'autres auraient protesté, crié et supplié ; d'autres encore se seraient jetés sur elle, pour en finir plus vite. Il se leva, gagna la porte sans avoir pris la bouteille, se retourna parce qu'elle ne s'ouvrait pas.

Elle appela l'officier de garde.

« Venez chercher le prisonnier. » La réponse lui parvint. Puis, ayant réfléchi : « Amenez Josh Talley, pendant que vous y êtes. »

Cela alluma un éclair de panique dans les yeux de Konstantin.

« Je sais, dit-elle. Il a l'intention de me tuer. Mais il a subi quelques transformations, n'est-ce pas ? »

— « Il se souvient de vous. »

Elle fit la moue, sourit sans sourire.

« Parce qu'il est encore vivant, n'est-ce pas ? »

— « Laissez-moi parler à Mazian. »

— « Peu réalisable. Et il n'acceptera pas de vous écouter. Vous ne savez donc pas, Damon Konstantin, qu'il est à l'origine de vos problèmes ? Mes ordres viennent de lui. »

— « Autrefois, la Flotte appartenait à la Compagnie. Elle *nous* appartenait. Les stations, toutes les stations, avaient confiance en vous, sinon dans la Compagnie. Qu'est-il arrivé ? »

Elle baissa la tête sans l'avoir voulu, trouva difficile de se redresser et d'affronter son regard innocent.

« Il y a un fou quelque part », conclut Konstantin.

Tout à fait possible, se dit-elle. Elle s'appuya contre le dossier de sa chaise et ne trouva rien à répondre.

« Le problème de Pell n'est pas le même que celui des autres stations, reprit-il. Pell a toujours été différente. Au moins, suivez mon conseil. Laissez mon frère sur Downbelow. Vous obtiendrez davantage des Downers si vous agissez doucement. Laissez-le s'occuper d'eux. Il n'est pas facile de les comprendre, mais eux aussi ont du mal à nous comprendre. Ils travailleront pour lui. Laissez-les appliquer leurs méthodes et ils travailleront dix fois plus. Ils ne se battent pas. Ils vous donneront tout ce que vous demanderez, si vous demandez au lieu de prendre. »

— « Votre frère restera en place », promit-elle.

Le témoin de la porte clignota. Elle ouvrit. Ils avaient amené Josh Talley. Elle le regarda... échange silencieux de regards, tentative d'interroger sans poser de questions...

« Ça va ? » demanda Talley. Konstantin acquiesça.

« M. Konstantin s'en va, dit-elle. Entre, Josh, entre. »

Il obéit, jetant un regard inquiet en direction de Konstantin. La porte se ferma, les séparant. Signy prit une nouvelle fois la bouteille, ajouta de l'alcool dans le verre laissé par Konstantin sur le bord du bureau.

Josh était également propre et cela lui allait bien. Mince. Ses joues étaient devenues très creuses. Les yeux étaient... énergiques.

« Tu veux t'asseoir ? » demanda-t-elle. Elle ignorait tout de sa réaction. Il avait toujours été soumis, en tout. A présent elle le regardait, attendant une folie quelconque, se souvenant du jour où il était venu la voir, dans la station, ses cris. Il s'assit, fidèle à son silence. « Au passé, dit-elle avant de boire. C'est un homme honnête, ce Damon Konstantin. »

— « Oui », répondit Josh.

— « Tu as toujours envie de me tuer ? »

— « Il y a pire que toi. »

Elle eut un sourire lugubre qui disparut rapidement. « Connais-tu Muller et Crowell ? As-tu entendu les noms ? »

— « Les noms ne me disent rien. »

— « Connais-tu des gens capables de faire fonctionner le comp de la station ? »

— « Non. »

— « C'est la seule question officielle. Je suis désolée que tu ne saches rien. » Elle but. « C'est pour protéger Konstantin que tu te tiens tranquille, pas vrai ? »

Pas de réponse. Mais c'était la vérité. Elle regarda ses yeux et cela balaya ses doutes.

« Je voulais te poser la question, dit-elle. C'est tout. »

— « Qui sont-elles... ces personnes qui t'intéressent ? Pourquoi ? Qu'ont-elles fait ? »

Des questions. Josh ne posait jamais de questions.

« L'Adaptation t'a fait du bien, constata-t-elle. Que prépariez-vous quand les hommes de l'*Australie* vous ont pris ? »

Pas de réponse.

« Ils sont morts, Josh. Quelle importance, à présent ? »

Les yeux perdirent leur vivacité, le regard absent d'autrefois... à nouveau. Magnifique, se dit-elle, comme elle l'avait fait des milliers de fois. Et pour lui non plus il n'y aurait pas de pitié. Elle avait cru pouvoir, n'avait pas tenu compte des effets bénéfiques du traitement qu'il avait subi. Après la disparition de Konstantin, il deviendrait extrêmement dangereux. Demain, se dit-elle, il faudra que ce soit demain, au plus tard.

«Je suis de l'Union, dit-il. Pas dans l'armée régulière… pas dans les dossiers officiels. Services Spéciaux. Tu m'as conduit ici. Et un de nos hommes a réussi à s'y introduire par ses propres moyens… comme à Mariner. Il s'appelait Gabriel. Et il a détruit Pell. C'est *lui* qui a agi contre vous, pas les Konstantin. C'est son action qui a conduit à l'assassinat de la famille de Damon, à la fuite de sa femme… je ne sais pas comment. Je ne suis pas responsable. Mais, quelles que soient vos hypothèses, le pouvoir que vous avez installé à la tête de la station… a assassiné sur l'ordre de Gabriel. Je le sais parce que je connais la tactique. L'homme que tu as arrêté est innocent, Mallory. Votre Lukas appartenait à Gabriel avant de vous appartenir.»

L'alcool quitta brusquement son cerveau. Elle resta immobile, le verre à la main, fixant le regard pâle de Josh et le souffle court.

«Ce Gabriel… où est-il?»

— «Mort. Vous avez eu la tête. Lui. Un dénommé Coledy; un dénommé Kressich; Gabriel. Pour la station, il s'appelait Jessad. Ils ont été tués par les soldats qui nous ont arrêtés. Damon ne savait pas… ignorait tout. Crois-tu qu'il aurait accepté de les rencontrer s'il avait su qu'ils avaient tué son père?»

— «Mais tu l'as emmené.»

— «Je l'ai emmené.»

— «Il savait qui tu étais?»

— «Non.»

Elle respira profondément, chassa lentement l'air contenu dans ses poumons.

«Tu crois que ça fait une différence, pour nous, la façon dont Lukas est arrivé ici? Il nous appartient.»

— «J'ai dit cela pour que tu saches que c'est terminé. Qu'il n'y a plus rien à rechercher. Vous avez gagné. Il est inutile de faire de nouvelles victimes.»

— «Et je devrais croire sur parole un ressortissant de l'Union quand il prétend qu'il n'y a plus rien à traquer?»

Pas de réponse. Mais il ne se réfugiait pas dans ses rêves. Les yeux étaient extrêmement vifs, pleins de douleur.

« C'est une excellente comédie que tu m'as jouée, Josh. »

— « Ce n'est pas une comédie. Je suis né pour faire ce que je fais. Tout mon passé est sur bandes. Je n'avais rien, quand ils en ont eu terminé avec moi, à Russell. Je suis un homme creux, Mallory. Aucune réalité. Rien à l'intérieur. J'appartiens à l'Union parce que mon cerveau a été programmé à cet effet. Je n'ai aucune fidélité. »

— « Sauf une, peut-être. »

— « Damon », reconnut-il.

Elle réfléchit. Vida son verre, de sorte que les larmes lui montèrent aux yeux.

« Alors, pourquoi l'as-tu mis en relation avec ce Gabriel ? »

— « J'ai cru avoir trouvé le moyen de quitter Pell ; de gagner Downbelow avec une navette. Je voudrais te faire une proposition. »

— « Je crois que j'ai deviné. »

— « Compte tenu de ta position, tu peux facilement mettre un homme dans une navette à destination de Downbelow. Fais-le partir, si tu ne fais pas autre chose. »

— « Pourquoi pas à la tête de Pell ? »

— « Tu l'as dit toi-même : Lukas dit exactement ce que vous lui dictez. C'est tout ce qui vous intéresse. Tout ce qui vous a jamais intéressés. Fais-le partir. Vivant. Qu'est-ce que cela te coûte ? »

Il savait ce qui allait se passer, du moins en ce qui concernait les chances de Konstantin. Elle le regarda, puis fixa son verre.

« Pour ta reconnaissance ? Tu supposes une certaine dose de naïveté, de ma part, n'est-ce pas ? Quel marché ! Est-ce que l'enseignement par hypnose fonctionne vraiment sur toi ? »

— « A la longue, je suppose. Qu'avais-tu derrière la tête ? »

Elle appuya sur un bouton.

« Ramenez-le ! »

— « Mallory... » dit Josh.

— Je réfléchirai à ton marché, affirma-t-elle. J'y réfléchirai. »

— « Puis-je le voir ? »

Elle resta quelques instants silencieuse, hocha finalement la tête.

« C'est mesquin. Tu vas lui donner des explications ? »

— « Non, répondit-il d'une voix mal assurée. Je ne veux pas qu'il sache. Sur certains points, Mallory, je te fais confiance. »

— « Et tu me hais. »

Il se leva, secoua la tête, les yeux fixés sur elle. Le témoin de la porte clignotait.

« Dehors ! » dit-elle. Puis, au soldat qui apparut sur le seuil : « Mettez-le avec son ami. Donnez-leur ce qu'ils demandent, dans les limites du raisonnable. »

Josh s'en alla avec le gardien. La porte se ferma. Finalement elle bougea, posant les pieds sur le lit.

Elle se dit alors que Konstantin pourrait être utile, plus tard ; si l'Union mordait à l'appât ; si l'Union prenait Pell et la remettait en état. Alors, il serait peut-être utile de produire un Konstantin... s'il était comme Jon Lukas ; mais ce n'était pas le cas. Il était inutilisable. Mazian n'accepterait jamais. La navette était un moyen de sortir du dilemme. Et cela ne se saurait pas... si la Flotte partait dans un proche avenir. L'Union mettrait longtemps à capturer le jeune Konstantin dans la campagne. Assez longtemps pour que le reste du plan fonctionne, que Pell meure, privant l'Union d'une base, ou vive, lui posant de graves problèmes d'organisation. L'idée de Josh était peut-être bonne. Peut-être. Elle se servit un nouveau verre, resta immobile, le serrant si fort que ses phalanges étaient blanches.

Un agent de l'Union. Elle était vraiment gênée. Vexée. Ironique et amusée. Elle n'était pas totalement dépourvue d'humilité.

Voilà ce qu'était devenu l'Au-Delà... une Flotte de pirates et une société qui produisait des créatures telles que Josh.

Capables de faire ce que Josh faisait. Ce que Gabriel/Jessad avait tenté de faire.

Ce qu'*ils* avaient l'intention de faire.

Elle resta immobile, les bras croisés, fixant le plateau du bureau. Finalement elle but une gorgée, alluma le comp intégré.

Affectations des soldats ?

La liste lui fut fournie. Ils étaient tous dans le vaisseau, sauf la douzaine qui en gardait l'accès. Elle appela l'officier de service.

«*Ben, allez chercher les douze hommes qui se trouvent dans le dock. N'utilisez pas les coms. Contactez-moi par le comp quand vous aurez terminé.*»

Nouveau code. *Affectations de l'équipage?*

Elles lui furent communiquées. L'équipage d'anti-jour était de service. Graff était toujours avec Di.

Elle se brancha sur le comp et commença par Graff.

«Regagne le pont, dit-elle. Laisse un med avec Di. Di, ne bouge pas!»

Toujours par le comp, elle donna d'autres instructions; avait joint Tiho, l'armscomper, quand l'officier de service annonça qu'il avait accompli sa mission. L'armscomper accusa réception. Elle but une dernière gorgée et se leva, les idées remarquablement claires. Au moins, le pont ne tanguait pas.

Elle enfila sa veste, sortit dans le couloir et gagna le pont, s'immobilisa et regarda autour d'elle tandis que les équipages étonnés du jour et de l'anti-jour la fixaient.

«Branchez le circuit intérieur, dit-elle. Tous les postes, tous les quartiers, tous les haut-parleurs.»

Le tech des coms abaissa l'interrupteur principal.

«Ils nous ont chassés des docks», dit-elle, accrochant un micro miniaturisé à son col, comme elle le faisait généralement en opération. Elle gagna son poste, le tableau de commandes proche de celui de Graff, à l'intersection des allées courbes. «Ecoutez tous, équipages et soldats, tous. Jour à vos postes, anti-jour en relais. Postes de combat. Nous partons!»

Il y eut un silence stupéfait. Personne ne bougea. Puis, soudain, tout le monde s'affaira, changeant de place, gagnant les commandes et les coms, les techs se précipitant vers les postes latéraux, fermés pendant l'accostage. Des lampes rouges se mirent à clignoter et les sirènes se déclenchèrent.

«Arrachez tout!» Elle se laissa tomber dans son fauteuil, attacha les ceintures de sécurité. Elle aurait pris personnellement la barre, mais, pour le moment, elle ne faisait pas confiance à ses réflexes. «Monsieur Graff, quittez Pell et prenez la direction de...» Elle respira péniblement. «Aucune direction. Je prendrai les commandes.»

— « Instructions, demanda calmement Graff. Si on nous tire dessus, faut-il riposter ? »

— « Toutes options ouvertes, monsieur Graff. Allez-y ! »

Des questions arrivaient par les coms du vaisseau, officiers voulant connaître la nature de l'alerte. Les auxiliaires étaient en patrouille. Il était impossible de les consulter. Il était impossible de les récupérer. Graff faisait les dernières vérifications, classant les ordres à donner, vérifiant la position de tous les éléments et s'assurant que le comp avait bien tout. Les écrans proposèrent une trajectoire, un plongeon vers l'atmosphère terriblement proche de Downbelow, une courbe serrée aboutissant derrière la planète.

« Exécution ! » dit Graff.

Il y eut un claquement, la fermeture du sas, le désarrimage d'urgence ; et une secousse qui les arracha à la rotation lente de Pell. Ils se cabrèrent et les moteurs principaux entrèrent en action, les projetant au-dessus de la station. Quelque chose heurta la coque et disparut : une connexion brisée. Ils accélérèrent, la face non éclairée de Downbelow se précipitant vers eux.

« *Mallory !* » cria une voix sur l'inter-vaisseaux.

C'était l'anti-jour. Les capitaines dormaient. Les équipages et les soldats étaient éparpillés dans le dock, et ils avaient cassé les ombilicaux...

Elle serra les dents tandis que le *Norvège* survolait la limite opposée de Pell, plongeant trop près de la planète. Elle retint son souffle et écouta les jurons transmis par les coms.

Le *Pacifique* et l'*Atlantique* reçurent l'ordre de l'intercepter. Ils n'avaient pas la moindre chance d'arriver à temps, le reste de la Flotte se trouvant sur leur trajectoire ; et le *Norvège* serait bientôt caché par Downbelow. L'*Australie* quittait la station, sans obstacle entre eux, et c'était là que résidait le danger.

« Armscomp ! ordonna-t-elle. Ecrans arrière. C'est Edger. Ne le ratez pas ! »

Pas de réponse ; Tiho abaissa rapidement de nombreux interrupteurs et les témoins clignotèrent, les données prenant forme sur les écrans.

Ils n'avaient pas d'auxiliaires pour protéger leurs arrières. L'*Australie* n'en avait pas en avant-garde. Les sas de combat furent fermés, isolant les diverses parties du vaisseau. La pesanteur augmenta tandis que la synchronie du cylindre calculait sa marge de manœuvre. Les coms transmirent un appel désespéré d'un de leurs auxiliaires, demandant des instructions. Elle ne répondit pas.

Downbelow grandit sur la vid, et ils accéléraient toujours. Les témoins de danger s'allumèrent. L'*Australie* était plus gros, donc plus exposé.

Les écrans et les témoins clignotèrent. On leur tirait dessus.

7

PELL, DOCK BLEU, L'*EUROPE* ; 2400 HEURES, A-J

«*Non!*» Mazian était debout à son poste, une main pressée sur l'écouteur qu'il avait dans l'oreille, tandis que le chaos régnait sur le pont. «Restez où vous êtes et embarquez les soldats. Avertissez tout le monde qu'il y a une brèche dans le dock Bleu. Embarquez tous les soldats de Vert, quel que soit le vaisseau auquel ils appartiennent. Terminé.»

Les capitaines concernés accusèrent réception. Pell était en plein chaos: une brèche dans un dock, l'air sortant par les ombilicaux, chute de la pression. Des débris flottaient entre l'*Inde* et l'*Europe,* des soldats qui se trouvaient dans le dock, morts, projetés dans l'espace quand un accès de deux mètres sur deux avait été brutalement arraché. Le vide avait pris possession du dock. Tout avait disparu. Les sas des vaisseaux s'étaient fermés automatiquement au moment où la dépressurisation avait commencé, condamnant même ceux qui étaient tout près du salut.

«Keu, dit-il, votre rapport.»

— «J'ai donné les ordres nécessaires, répondit la voix imperturbable. Tous les soldats de Pell se dirigent vers le secteur Vert.»

— «Qu'ils se dépêchent... Porey, Porey, êtes-vous toujours à l'écoute?»

— «Ici Porey. Terminé.»

— « Transmettez les ordres : Destruction de la base de Downbelow et exécution du personnel. »

— « Bien, Capitaine. » La colère faisait vibrer sa voix. « Fait ! » *Mallory*, pensa Mazian, un mot qui était devenu un juron, une obscénité.

Les ordres n'avaient pas encore été distribués, les plans n'étaient pas arrêtés. A présent, il leur faudrait prévoir le pire et agir en conséquence. Déconnecter les contrôles de la station. Embarquer les soldats et fuir... ils avaient besoin d'eux. Détruire tout ce qui pourrait servir.

Le Soleil. La Terre. C'était maintenant ou jamais.

Et Mallory... Si jamais ils lui mettaient la main dessus...

8

PELL, COMMANDEMENT CENTRAL ; 2400 HEURES, J ; 1200 HEURES, A-J

Jon Lukas quitta des yeux la dévastation que montraient les écrans, les posa sur le chaos qui régnait sur les tableaux de commandes, techs s'affairant frénétiquement pour relayer les appels du contrôle des dommages et de la Sécurité.

« Monsieur, lui demanda quelqu'un, monsieur, il y a des soldats bloqués dans un compartiment étanche, dans le dock Bleu. Ils veulent savoir quand nous irons les libérer. Ils demandent combien de temps cela demandera. »

Il se figea. Il n'aurait plus de réponses. Les instructions ne venaient pas. Il n'y avait que les gardiens qui ne le quittaient jamais. Hale et ses camarades qui restaient toujours avec lui, jour et nuit, son cauchemar personnel et inévitable.

Leurs armes étaient pointées sur les techs, à présent. Il se tourna, regarda Hale, le suppliant d'appeler la Flotte avec les coms de son casque, de demander des informations, s'il s'agissait d'une attaque ou d'un accident, ce qui motivait le départ précipité d'un vaisseau, suivi de près par trois autres.

Soudain, Hale et ses hommes s'immobilisèrent, tous en même temps, écoutant quelque chose qu'ils étaient seuls à entendre. Ils se tournèrent tous en même temps, levèrent leurs armes.

«*Non!*» hurla Jon.

Ils tirèrent.

9

DOWNBELOW, BASE PRINCIPALE; 2400 HEURES, J; 1200 HEURES, A-J; NUIT

Ils n'avaient pas souvent l'occasion de dormir. Ils la saisissaient quand elle se présentait, hommes et Hisas, les uns dans le dôme de la Quarantaine, les autres dans la boue, tirant le meilleur profit possible de leur repos, par roulement, sans quitter leurs vêtements, dans les mêmes couvertures puantes et raides de boue, les rares moments où on les autorisait à dormir. Les moulins ne s'arrêtaient jamais; et ils travaillaient de jour comme de nuit.

Les minces portes du sas claquèrent, l'une après l'autre, et Emilio resta immobile, crispé, son appréhension se trouvant confirmée... un bruit qui l'avait réveillé. Ce n'était pas encore l'heure, ce n'était sûrement pas encore l'heure. Il avait l'impression de s'être endormi quelques brèves minutes plus tôt. Il entendait le crépitement de la pluie; il entendait de nombreuses bottes piétinant le gravier, dehors. Il n'y avait pas de navette; on ne réveillait les deux équipes que pour le chargement.

«Debout et dehors!» cria un soldat.

Il bougea. Il entendit des gémissements, autour de lui, les autres hommes s'éveillant, recula dans la puissante lumière qui fut dirigée sur eux. Il roula hors de sa couchette, grimaça sous l'effet de la douleur de muscles surmenés et de pieds couverts d'ampoules, qu'il chaussa de bottes raidies par l'eau. La peur s'insinua en lui, petits détails troublants, différents des autres réveils nocturnes. Il boutonna ses vêtements, mit sa veste, s'assura que le masque de son respirateur était bien autour de son cou. Le projecteur s'arrêta à nouveau sur lui, arracha des plaintes désespérées aux autres. Il prit la direction de la porte parmi les autres ; se retrouva dehors, après avoir passé la deuxième porte, gravit les marches de bois conduisant au chemin. D'autres projecteurs. Il leva le bras pour protéger ses yeux.

« Konstantin, rassemble les Downers ! »

Il tenta de voir derrière les projecteurs, les yeux pleins de larmes... à la deuxième tentative, il distingua des ombres, les ouvriers des moulins, qu'on était allé chercher. Une navette allait certainement arriver. Inutile de paniquer.

« Va chercher les Downers ! »

« Tout le monde dehors ! » cria quelqu'un à l'intérieur ; les portes furent ouvertes en grand, le sommet du dôme s'affaissant quand les autres sortirent sous la menace des fusils.

Une main toucha la sienne, enfantine. Il baissa la tête. C'était Bondissant. Les Downers étaient réveillés. Tous les autres Hisas s'étaient rassemblés, déconcertés par la lumière et les cris.

« Ils sont tous dehors, à présent ? » demanda un soldat à un autre.

— « Nous les avons tous ! » répondit l'autre.

Le ton sonnait faux. Inquiétant. Les détails devinrent étrangement nets, comme le déséquilibre entraînant une chute, un accident , le temps étiré à la limite de la rupture... la pluie et les projecteurs, le miroitement de l'eau sur les armures... Il les vit bouger... lever leurs fusils...

« Foncez ! » cria-t-il, se jetant sur les soldats. Il fut touché à la jambe mais il saisit le canon, l'écarta, tirant à sa suite des bras et un corps protégés par une armure. Il fit basculer l'homme, arracha son masque, tandis que des poings blindés lui martelaient la tête. Les fusils tirèrent, des corps s'effondrèrent autour de lui. Il ramassa une poignée de boue, la seule arme de Downbelow, la jeta sur la visière de l'armure, dans la prise d'air du respirateur, trouva un cou sous les anneaux de l'armure et s'acharna dessus, parmi les cris et les glapissements des Downers.

Un rayon passa au-dessus de lui et son adversaire cessa de lutter. Il se traîna, dans la boue épaisse, à la recherche du fusil, le trouva, se redressa pour s'apercevoir qu'un canon était pointé sur sa tête ; il appuya sur la détente et le calcina avant qu'il ait pu viser, le soldat vacillant sous l'effet de tirs venus d'ailleurs, hurlant de douleur, cruellement brûlé. Le tir venait de derrière, près du dôme. Il tirait sur tout ce qui portait une armure, entendait les glapissements des Downers.

Il fut pris dans la lumière ; ils étaient repérés. Il roula sur lui-même, tira sur le projecteur ; malgré son manque d'expérience, il le toucha.

« Fuir ! glapit une voix hisa, près de lui. Fuir tous.
« Fuir tous. Vite, vite ! »

Il essaya de se lever. Un Hisa le prit par les épaules, le traîna jusqu'à ce qu'un autre puisse l'aider, puis ils l'entraînèrent vers le dôme, où ses hommes avaient trouvé refuge. On leur tirait dessus depuis la colline, le chemin qui conduisait au terrain d'atterrissage, au vaisseau.

« Arrêtez-les ! cria-t-il à ceux qui pouvaient entendre. Coupez-leur la retraite ! » Il courut en boitant, sur une courte distance ; les rayons sifflaient dans les flaques d'eau, tout autour de lui. Il ralentit, tandis que ses hommes continuaient, s'efforça de continuer.

« Toi venir ! glapit un Hisa. Toi venir avec moi ! »

Il tira comme il pouvait, sans tenir compte du Hisa qui voulait l'entraîner dans la forêt. Le tir reprit et un de ses hommes tomba, puis des tirs vinrent de la lisière de la forêt, dirigés sur les soldats, les obligeant à courir, et il suivit en boitant. Les soldats arrivèrent au sommet de la colline, disparurent sur l'autre versant ; ils avaient certainement appelé de l'aide, des renforts, demandé que les canons de la navette soient pointés sur le chemin, afin qu'il soit possible de les abattre quand ils chargeraient. Emilio jura, les yeux pleins de larmes, utilisa le fusil comme béquille, tandis que ses hommes continuaient d'avancer.

« Baissez-vous ! » cria-t-il, progressant péniblement, voyant en imagination le vaisseau décoller, la foule rassemblée autour des images. Les soldats avaient de l'avance, et des armures qui les protégeaient, et une fois de l'autre côté de la colline...

Ils arrivèrent au sommet. Le feu déchira la nuit et presque tous ses hommes se jetèrent immédiatement sur le sol, se mettant à couvert face à un feu qu'ils ne pouvaient affronter. Il se baissa, avança autant que possible, se mit à plat ventre et regarda. Le sol lui-même fumait sous le feu des canons. Les soldats se regroupèrent près de la porte éclairée de la navette, sous un parapluie de feu qui lacérait la pente, rayons vaporisant la pluie, faisant bouillir l'eau et la terre. Les soldats pouvaient gagner ce refuge ; le vaisseau décollerait et attaquerait d'en haut... *Rien*, il n'y avait rien à faire.

Une ombre envahit le champ, derrière les lignes des soldats, comme une illusion, comme une marée noire se dirigeant vers l'entrée de la navette. Les soldats qui se trouvaient dans la soute la virent, tirèrent... appelèrent sans doute les autres ; ils se tournèrent et Emilio ouvrit le feu dans leur dos, le cœur serré en comprenant ce que c'était, ce que *devait* être cette troisième force. Il se mit péniblement debout, essayant de toucher les soldats qui se trouvaient dans la soute malgré les rayons qui lacéraient le flanc de la colline. Le flot noir avança sur ses morts, arriva à l'entrée, se dispersa soudainement, reculant désespérément.

Le feu se déchaîna dans la soute, s'étendit aussi bien parmi les soldats que parmi les agresseurs ; le bruit arriva, puis le choc le frappa. Il s'effondra dans la boue et ne bougea plus. Les tirs avaient cessé. Tout était silencieux... la guerre était finie, il n'y avait plus que le clapotis de la pluie dans les flaques.

Les Downers bavardaient avec animation, se massaient derrière lui. Il tenta de se lever dans l'intention de descendre dans cette vallée où les siens étaient morts pour faire sauter la porte du vaisseau.

Puis les lumières du vaisseau s'allumèrent à nouveau et il se remit à tirer, les canons balayant la pente.

Toujours vivant. La fureur s'empara de lui. C'est à peine s'il s'aperçut que des mains se saisissaient de lui et tentaient de le porter... Les Downers, opiniâtrement décidés à l'aider, bavardant et le suppliant.

Puis le vaisseau cessa de tirer et coupa ses moteurs. Resta immobile, les lumières clignotant mais la soute obscure, noircie par le feu, restant ouverte.

Les Downers l'entraînèrent, le soutinrent quand il voulut se lever, le portèrent quand ses jambes cédèrent sous lui. Les doigts minces d'un Hisa lui caressèrent la joue.

« Toi être bien, toi être bien », répétait la voix. Celle de Bondissant.

Ils passèrent derrière la colline, les Hisas ramassant

les blessés et les morts, puis, soudain, des silhouettes humaines sortirent de la forêt, des Hisas et des humains.

« Emilio ! » C'était la voix de Miliko. D'autres couraient derrière elle... ceux qui étaient restés... Il se força à courir jusqu'à elle, la serra follement contre lui, un goût de désespoir dans la bouche.

« Ito, dit-elle. Ernst... ils les ont eus. L'explosion a détruit leur porte. »

— « Ils nous auront, dit-il. Ils vont appeler des renforts. »

— « Non. Nous avons un poste de coms ; un message... un message rapide au poste de coms de la base deux, au rassemblement... ils partiront. Nous les avons eus. »

Il se détendit, parce qu'il le pouvait, se sentit faible... regarda dans la direction du vaisseau, invisible derrière la colline ; les moteurs démarrèrent une nouvelle fois, tonnerre inquiétant, un vaisseau désespéré tentant de se sauver.

« Vite ! » dit-elle, essayant de l'aider à marcher. Il suivit, entouré de Hisas.

« Vite ! » répétaient inlassablement les Hisas, les entourant tous, ceux qui marchaient, ceux qui, silencieux, étaient portés par les Hisas, qui les conduisirent dans la forêt aux arbres dégoulinants d'eau, puis dans les collines... Ils continuèrent jusqu'au moment où un voile noir lui passa devant les yeux, puis il tomba dans les fougères, fut relevé par une douzaine de mains puissantes, porté au pas de course. Il y avait un trou à flanc de colline, entouré de rochers.

« Miliko ! » appela-t-il, soudain effrayé à l'idée d'entrer dans le tunnel obscur. Ils le portèrent à l'intérieur, le posèrent et, quelques instants plus tard, des bras le serrèrent, le bercèrent tendrement tandis que la voix de Miliko murmurait à son oreille.

« Tout va bien, répétait-elle. Nous tiendrons tous dans les tunnels... les abris de l'hiver, au plus profond des collines... tout va bien. »

4

1

LE *NORVÈGE* ; 0045 HEURE, J ; 1245 HEURES, A-J

Ils abandonnaient. L'*Australie* amorçait une courbe, le *Pacifique* et l'*Atlantique* ne suivaient plus. Signy entendit le soupir de soulagement qui se propagea sur le pont quand les canaux annoncèrent la bonne nouvelle au lieu de la catastrophe attendue.

« Soyez vigilants ! dit-elle sèchement. Contrôle des dommages, au travail ! »

Le pont se brouilla devant ses yeux. L'alcool, peut-être, mais elle en doutait. Les manœuvres récentes avaient certainement eu raison de son ivresse.

Le *Norvège*, pour l'essentiel, était intact. Graff était toujours officiellement à la barre, mais il avait passé les commandes à Terschad, de l'anti-jour, et regardait la télémétrie, le visage couvert de sueur et figé dans une grimace due à la concentration. La pesanteur de combat fut suspendue et le poids devint défini, stable et rassurant.

Signy se leva, écoutant le rapport du longscan, testant ses réflexes. L'équilibre était bon. Elle regarda autour d'elle. Des yeux se tournèrent furtivement dans sa direction, se concentrèrent aussitôt après le travail. Elle s'éclaircit la voix, brancha le système interne.

« Ici Mallory. Apparemment, l'*Australie* a également décidé de laisser tomber. Ils vont regagner la base et aider Mazian. Ils vont détruire Pell. C'était le plan. Ils vont prendre la direction de la Station Sol et de la Terre ; et c'était le plan. Ils vont porter la guerre là-bas. Mais sans moi. C'est ainsi. Vous avez le choix. Je vous donne le choix. Si vous obéissez à mes ordres, nous irons notre chemin, nous ferons ce que nous avons toujours fait. Si vous voulez suivre Mazian, je suis sûre qu'il acceptera de vous reprendre si vous me livrez à lui. Il est probable qu'il donnerait cher pour me mettre la main dessus. Traitez avec Mazian, si c'est ce que veut la majorité. En ce qui me concerne... non. Personne ne commandera le *Norvège* tant que je serai capable de le faire ! »

Les coms transmirent un murmure. Les canaux étaient ouverts. Le murmure prit de l'ampleur... un rythme. *Signy... Signy... Si-gny... Si-gny...* Il gagna le pont... *Si-gny!* Les hommes d'équipage se levèrent. Elle regarda autour d'elle, les dents serrées, résolue à ne pas changer d'expression. Ils étaient à elle. Le *Norvège* aussi.

« *Assis!* cria-t-elle. Vous vous croyez en vacances ? »

Ils étaient en danger. L'*Australie* avait peut-être fait diversion. Ils allaient trop vite pour qu'il soit possible de se fier au scan, les positions de l'*Atlantique* et du *Pacifique* étaient des déductions : il pouvait sortir n'importe quoi des projections informatiques du longscan, et il y avait des auxiliaires.

« Paré à sauter ! lança-t-elle. Cap 58. Restez à couvert pour le moment. » Ses auxiliaires étaient toujours à Pell. Avec de la chance, ils pourraient esquiver assez longtemps. Mazian serait trop occupé pour se soucier d'eux. Ils auraient sans doute assez de bon sens pour ne pas se faire remarquer, persuadés, certains, qu'elle viendrait les chercher dès que possible. Elle en avait l'intention. Il le fallait. Ils avaient désespérément besoin de la protection des auxiliaires. Il était probable que les auxiliaires s'étaient éparpillés aux quatre coins, quand ils s'étaient rendu compte que le *Norvège* fuyait. Elle leur avait toujours été fidèle. Et Mazian le savait.

Elle chassa ce problème de ses pensées, appela l'infirmerie centrale.

« Comment va Di ? »

— « Di va bien, répondit la voix familière. Laisse-moi monter. »

— « Pas question ! »

Elle coupa et appela le poste de garde.

« Est-ce que nos prisonniers se sont cassé quelque chose ? »

— « Ils sont entiers. »

— « Amenez-les ici. »

Elle se carra dans son fauteuil, observa le déroulement des événements, se représenta leur position, en dehors du plan du Système de Pell, s'éloignant pour pouvoir sauter tranquillement, à la moitié de la vitesse de la lumière. Le contrôle des dommages fit son rapport : un compartiment dépressurisé, une petite partie des systèmes du *Norvège* éparpillée dans l'espace, mais pas un secteur où il y avait du personnel... rien de grave, rien qui puisse empêcher le vaisseau de sauter. Pas de morts. Pas de blessés. Elle respira plus librement.

Il était temps de partir. Depuis plus d'une heure, les signaux de ce qui se passait à Pell étaient transmis à des vaisseaux qui les relayaient, de sorte que le scan de l'Union avait dû les capter. La région allait devenir inhospitalière.

Un témoin s'alluma sur son tableau de commandes. Elle fit pivoter son fauteuil, fit face aux prisonniers qui étaient entrés par la porte arrière, les mains attachées dans le dos, sage précaution dans les allées étroites du pont. Personne ne montait sur le pont du *Norvège* ; aucun étranger... jusqu'à ces deux-là. Des cas spéciaux... Josh Talley et Konstantin.

« Un sursis, dit-elle. J'ai pensé que vous aimeriez savoir. »

Ils ne comprirent peut-être pas. Les regards qu'ils lui adressèrent étaient chargés d'inquiétude.

« Nous avons laissé la Flotte. Nous filons vers l'interstellaire, pour de bon. Vous allez vivre, Konstantin. »

— « Pas à cause de moi. »

Elle eut un rire bref.

« Pas vraiment. Mais cela vous profite, comprenez-vous ? »

— « Qu'est-il arrivé à Pell ? »

— « Vos haut-parleurs fonctionnaient en direct. Vous avez entendu. Voilà ce qui arrive à Pell et, à présent, l'Union a le choix, n'est-ce pas ? Sauver Pell ou poursuivre Mazian. Et nous partons pour ne pas compliquer le problème. »

— « Aidez-les, dit Konstantin. Pour l'amour de Dieu, attendez ! Attendez et aidez-les. »

Elle rit une deuxième fois, regarda avec amertume le visage grave de Konstantin.

« Konstantin, que pourrions-nous faire ? Le *Norvège* ne prendra pas de réfugiés. C'est impossible. Vous débarquer ? Pas sous le nez de Mazian ou celui de l'Union. Ils nous volatiliseraient dès... »

Mais c'était réalisable... quand ils iraient chercher leurs auxiliaires, en passant près de Pell...

« Mallory », dit Josh, approchant aussi près que les gardiens le lui permirent. Il tenta de se dégager et elle fit un signe, de sorte qu'ils le lâchèrent. « Mallory... il y a une autre possibilité. Va voir l'autre camp. Il y a un vaisseau, tu entends ? Il s'appelle le *Hammer*. Tu pourrais te dédouaner. Tu pourrais arrêter cela... et obtenir une amnistie. »

Konstantin tentait d'y comprendre quelque chose ; ses yeux allèrent de Josh à elle, inquiets.

« Sait-il ? » demanda-t-elle à Josh.

— « Non. Mallory, écoute-moi... Réfléchis, où irez-vous, à présent ? Et pendant combien de temps ? »

— « Graff, dit-elle lentement. Graff, nous allons chercher nos auxiliaires. Reste paré à sauter. Quand Mazian sortira du Système, nous y entrerons perpendiculairement, et nous déposerons peut-être ce jeune Konstantin dans un endroit où il pourra traiter avec l'Union ; un transport l'acceptera peut-être. »

Konstantin avala péniblement sa salive, ses lèvres serrées ne formant qu'une mince ligne.

« Vous savez que votre ami appartient à l'Union, dit-elle. Pas : appartenait, vous comprenez ? Appartient. Un agent de l'Union. Services Spéciaux. Il sait probablement beaucoup de choses qui pourraient nous être utiles, compte tenu de notre situation. Les endroits à éviter, les points zéro connus de l'ennemi... »

— « Mallory », supplia Josh.

Elle ferma les yeux.

« Graff, dit-elle, il me semble que cet agent de l'Union a raison. Suis-je ivre ou bien a-t-il raison ? »

— « Ils vont nous tuer », répondit Graff.

— « Mazian aussi, fit-elle remarquer. Tout part de là. Sol. Un endroit où Mazian pourra se ravitailler, reprendre des forces. Ce n'est plus une flotte. Ils cherchent du butin, de quoi continuer. La même chose que nous. Et tous les points zéro que nous connaissons, ils les connaissent. C'est inconfortable, Graff. »

— « C'est effectivement, reconnut Graff, inconfortable. »

Elle regarda Josh, puis Konstantin dont le visage

tendu espérait, espérait désespérément. Elle grogna d'un air dégoûté, se tourna vers Graff.

« Ce vaisseau d'observation de l'Union. Mets le cap dessus. Ils vont sauter quand ils s'apercevront de notre présence. Etablis le contact. Nous allons emprunter la flotte de l'Union. »

— « Nous allons tomber en plein dedans », marmonna Graff ; et il avait raison. L'espace est vaste, mais les collisions sont toujours possibles, surtout sur ce vecteur, deux trajectoires se croisant avec le longscan pour toute indication.

— « Prenons le risque, dit-elle. Préviens. »

Puis elle se tourna vers Josh Talley et Konstantin. Sourit avec toute l'amertume accumulée en elle.

« Ainsi, je joue ton jeu, dit-elle à Josh. A ma manière. Connais-tu leurs codes d'appel ? »

— « Ma mémoire, répondit Josh, est pleine de trous. »

— « Il suffit d'un seul. »

— « Utilise mon nom, dit Josh. Et celui de Gabriel. »

Elle donna l'ordre, regarda longuement, pensivement, les deux hommes.

« Lâchez-les, dit-elle finalement aux soldats. Détachez-les. »

Ce fut fait. Elle fit pivoter son fauteuil, regarda un instant les écrans, puis se tourna à nouveau, admettant difficilement, malgré tout, la présence d'un agent de l'Union et d'un stationnier sur le pont de son vaisseau.

« Trouvez un endroit sûr, dit-elle. Nous allons virer de bord dans un moment... et la suite pourrait être pire. »

2

PELL, SECTEUR BLEU UN, NUMÉRO 0475 ; 0100 HEURE, J ; 1300 HEURES, A-J

L'impression de voler les affectait de temps en temps. Ils se serraient les uns contre les autres et, dans le couloir, quelques Hisas gémissaient de peur, mais pas ceux qui étaient près de Soleil-Son-Ami. Ils la tenaient, pour qu'elle ne tombe pas, pour qu'elle, au moins elle, ne risque rien. Seigneur Soleil lui-même était secoué, trébuchait dans sa course. Les étoiles tremblaient dans le noir entourant le lit blanc et la Rêveuse.

« Pas avoir peur, soufflait Lily, caressant le front de la Rêveuse. Pas avoir peur. Rêver nous bien, bien. »

— « Monte le son, Lily, souffla la Rêveuse, le regard aussi paisible que de coutume. Où est Satin ? »

— « Moi ici », dit Satin, se frayant un chemin, parmi les autres, jusqu'à la place de Lily. Le son augmenta, les voix humaines qui criaient et gémissaient sur les coms, essayant de donner des instructions.

— « C'est le Commandement Central, dit la Rêveuse. Satin, Satin, vous tous... écoutez. Ils ont tué Jon... fait du mal au Commandement Central. Ils arrivent... les hommes de l'Union, d'autres hommes-avec-fusils, vous comprenez ? »

— « Pas venir ici », affirma Lily, les rejoignant.

— « Satin, reprit la Rêveuse, regardant les étoiles instables, je vais t'indiquer la marche à suivre... chaque tournant ; chaque pas ; et il faudra que tu te souviennes... c'est très long, te souviendras-tu ? »

— « Moi *Conteuse,* déclara-t-elle. Moi 'venir bien, Soleil-Son-Ami. »

La Rêveuse expliqua, pas à pas ; et, en elle-même, la chose était effrayante, mais elle ne pensait qu'à se souvenir de chaque mouvement, de chaque changement de direction, de chaque instruction.

— « Va », dit la Rêveuse.

Elle se leva en hâte, appela Dent-Bleue, appela les autres, tous les Hisas qui pouvaient l'entendre.

3

LE *NORVÈGE* ; 0130 HEURE, J ; 1330 HEURES, A-J

Les coms craquèrent ; des points apparurent sur le longscan vide. Le *Norvège* accentua sa courbe. Signy s'accrocha au tableau de commandes et au fauteuil avec un goût de sang dans la bouche. Les témoins rouges s'allumèrent, les signaux d'alarme se déclenchèrent. Josh et Konstantin s'accrochaient désespérément à une poignée, au milieu de l'allée, lâchèrent, glissèrent.

« Ici le *Norvège*, ici le *Norvège*. Ne tirez pas ! Ne tirez pas ! Si vous voulez entrer, suivez-moi. »

Il y eut le délai lié à la transmission des coms.

« Continuez ! »

Des mots, pas des coups de canon.

— « Ici Mallory, du *Norvège*. Je change de camp, compris ? Accompagnez-moi et je vous expliquerai. Mazian veut détruire Pell et se réfugier à Sol. Il est déjà parti. Votre agent, Josuah Talley et le jeune Konstantin sont à bord. Vous allez perdre une station si vous ne bougez pas. Si vous ne m'écoutez pas, vous aurez une guerre dont la base sera la Terre. »

Il y eut un moment de silence complet, à l'autre bout. Le tableau de commandes de l'armscomp était allumé et fonctionnait.

« Ici Azov, de l'*Unité*. Que proposez-vous, *Norvège* ? Et pourquoi vous ferions-nous confiance ? »

— « Nous avons fui ; vous avez dû recevoir le signal. je vais rentrer en tête. Protégez mes arrières, *Unité*, avec le reste de vos vaisseaux. Mazian ne combattra ni ici ni dans ce secteur. Il ne peut pas se le permettre, compris ? »

Cette fois, le silence fut plus long.

« Ils suivent », annonça le scan.

« Toute la gomme, Graff ! »

Le *Norvège* flirta avec la catastrophe, les témoins rouges s'allumant sous l'effet de pressions qui tourmentaient la chair, faisaient battre le cœur, trembler les mains qui manœuvraient les commandes, l'expérience de l'équipage faisant durer le cauchemar tandis que la synchronisation de combat et l'inertie se faisaient la guerre. Calme et sûr, tenir la longue, longue courbe, conserver autant que possible la vitesse acquise, prendre la direction de Pell... Ils avaient une arrière-garde, aucun doute, l'Union les suivant au maximum... pour les abattre aussi simplement qu'elle avait l'intention d'abattre Mazian.

« Allez ! marmonna-t-elle à l'intention de Graff. Tiens la trajectoire. Il nous faut tout ce que nous avons. »

« Attention au scan », annonça une voix calme ; des taches vertes et jaunes, imprécises, étaient apparues sur le longscan... des obstacles sur leur trajectoire, encore dans la mémoire du comp et indiqués à l'endroit précis où le comp se souvenait de leur position, la marge d'erreur étant la lente progression des transports. Des moyen-courriers. Ils recevaient leur bavardage, des conversations qui tournaient à la panique à mesure qu'ils approchaient.

Graff se faufila. Le *Norvège* passa dans les interstices, suivant une trajectoire calculée par le comp, puis reprit la direction de Pell. L'Union suivit et tous les vaisseaux passèrent, dans une course à couper le souffle des occupants des transports. Un puissant hurlement de terreur les avait atteints, avait disparu.

Norvège... Norvège... Norvège... Leur comp émettait continuellement et si les auxiliaires étaient encore en mesure de le faire, ils répondraient à l'appel.

Des points clignotaient, rouges et denses, devant eux, trop rapides pour qu'il puisse s'agir de transports. Le comp lança des avertissements. Mazian était parti. L'*Europe*, l'*Inde*, l'*Atlantique*, l'*Afrique*, le *Pacifique*.

« Où est l'*Australie* ? » demanda-t-elle sèchement à Graff. Le code d'identification n'était pas arrivé avec les autres. « Attention ! »

Graff devait avoir entendu. Ce n'était pas le moment de discuter. La Flotte était regroupée et sur une trajectoire de collision avec eux. Leurs auxiliaires étaient arrimés, tous les vaisseaux apparemment prêts à sauter ; c'était au moins ça.

« *Mallory !* » cria la voix de Mazian sur les coms. Graff entendit également et les lança dans une manœuvre étourdissante que le comp communiqua à l'armscomp ; ils tirèrent sur l'*Europe* au moment où l'*Europe* leur tirait dessus, et la coque chanta. La pesanteur s'abattit sur eux, luttant contre des pressions antagonistes et, soudain, on tira derrière eux. L'Union était arrivée, sans tenir compte de leur sécurité, sans se soucier des signaux de leur comp, avide de cibles.

« Filons ! » ordonna-t-elle à la barre, et le *Norvège* vira avec un angle à peine supportable, ne se sentant pas concerné par cette bataille. Les signaux d'alarme se déclenchèrent. Pell et Downbelow étaient devant, quelques minutes devant, à une vitesse proche de celle de la lumière.

Ils continuèrent de virer, le comp calculant et recalculant cette courbe marginale.

Le point d'un vaisseau apparut d'un seul coup, sous eux. Le *Norvège* tint sa trajectoire nécessaire, les témoins rouges des tableaux de commandes étant allumés, les signaux d'alarme résonnant, la collision avec une planète étant imminente et la vitesse trop élevée compte tenu de la distance.

Et, soudain, il y eut d'autres points, petits et se déployant en demi-cercle devant eux.

Norvège… Norvège… Norvège… émettait leur comp.

Leurs auxiliaires.

« Continue ! » cria-t-elle à Graff, couvrant les acclamations. Le comp exécuta la manœuvre, utilisant toutes les ressources du vaisseau, mouvement qui exerça des pressions extrêmement violentes sur les corps et leur valut six secondes d'enfer. Ils ralentirent, considérablement, avec l'*Australie* venant droit sur eux, dans l'espace laissé libre par leurs auxiliaires, lui-même sans auxiliaires ou bien les ayant déployés.

« Barrage ! » dit-elle, avalant un goût de sang. La terreur clignotait sur les écrans : collision imminente avant et arrière, un vaisseau les suivant à une vitesse proche de celle de la lumière et se trouvant également prisonnier d'une trajectoire lui permettant d'éviter Pell. Impossible de savoir quelle manœuvre produirait l'impact : en haut, en bas ou tout droit.

Graff descendit : les supérieurs tirèrent et l'*Australie* passa, son champ affolant complètement les instruments. La coque gémit et le vaisseau tout entier trembla.

La manœuvre continua ; soudain, le scan fut interrompu, la poussière hurlant sur la coque.

« Qu'est-ce que c'est ? » demanda Graff au tech du scan. Signy se mordit la lèvre, grimaça, avala le sang. L'*Australie* avait peut-être largué du brouillage ; avait peut-être sauté ; ils ralentirent, l'ordre tenant toujours.

« … dépassé Pell, annonça la voix d'un auxiliaire, ce que leur scan montrait à nouveau, le danger étant passé. Et une plaque… Je crois qu'Edger a perdu une plaque solaire. »

C'était impossible à confirmer ; l'*Australie* était sur le longscan : mais la nature du brouillage était claire.

« En formation ! » ordonna-t-elle aux auxiliaires, se

sentant plus en sécurité quand ils entouraient le *Norvège*, comme quatre bras supplémentaires. Edger ne pouvait plus risquer d'autres avaries, à présent, pas après avoir perdu une plaque ; pas même pour se venger.

« Ils vont sauter », entendit-elle. C'était une voix de l'Union, qu'elle ne connaissait pas... un accent étranger. Soudain, elle se sentit glacée à l'intérieur, la certitude qu'il n'était plus possible de reculer.

Allez jusqu'au bout, disait Mazian, chose qu'elle savait déjà. *Pas de demi-mesures.*

Elle s'appuya contre le dossier de son fauteuil. Le silence s'était abattu sur le *Norvège*.

4

PELL, SECTEUR BLEU UN, NUMÉRO 0475

Lily était restée. Le regard d'Alicia Lukas-Konstantin passa lentement sur les murs, s'attarda sur le petit module intégré dans le moulage blanc du lit lui-même, deux témoins, un allumé et l'autre éteint, un vert, un rouge. Rouge, à présent. Ils étaient sur les systèmes internes.

La production d'énergie était menacée. Lily n'en savait rien, peut-être ; elle s'occupait des machines mais ne comprenait certainement pas ce qui les faisait fonctionner. Et les yeux de la Downer restèrent calmes, sa main resta douce, caressant ses cheveux, dernier contact avec les vivants.

Un cadeau d'Angelo, les structures qui l'entouraient, s'étaient révélées aussi entêtées que son cerveau. Les écrans changeaient continuellement, les machines insufflaient la vie dans ses veines, et Lily restait.

Il y avait un interrupteur d'arrêt. Si elle demandait à Lily, Lily, ignorante, l'abaisserait. Mais c'était cruel, équivalait à trahir sa confiance.

Elle ne le fit pas.

5

LE *NORVÈGE*

Prudemment, Damon quitta sa place, passa, luttant contre le vertige, entre les tableaux de commandes et les techs, se dirigeant vers Mallory. Il avait mal ; il s'était blessé au bras et ses vertèbres cervicales étaient douloureuses. Tous les occupants du *Norvège* devaient être dans le même cas, les techs, Mallory elle-même. Elle le regarda d'un œil vide, fit pivoter son fauteuil, tournant le dos au tableau de commandes principal, le dévisagea, hocha légèrement la tête.

« Eh bien, votre souhait est réalisé, dit-elle. L'Union est là. Elle n'a plus besoin de suivre Mazian, à présent. Elle sait où il va. Je suis certaine qu'elle verra en Pell une base utile ; votre station sera sauvée, monsieur Konstantin, plus de doute à présent. Et il est grand temps que nous partions. »

— « Vous avez dit, rappela-t-il, que vous me déposeriez. »

Son regard s'assombrit.

« Ne forcez pas votre chance. Je vous transférerai peut-être, vous et votre ami, sur un vaisseau de transport, quand je le jugerai utile. Si cela se produit jamais. »

— « Ma patrie, » dit-il. Il avait préparé ses arguments ; mais sa voix tremblait, détruisant la logique. « Ma station… c'est ma place. »

— « Vous n'avez plus votre place nulle part, monsieur Konstantin. »

— « Permettez-moi de leur parler. Si je peux obtenir une trêve et que nous puissions approcher… je connais les systèmes. Je sais manœuvrer les systèmes internes ; les techs… sont peut-être morts. Ils sont morts, n'est-ce pas ? »

Elle tourna la tête, fit pivoter son fauteuil, se remettant au travail. Conscient du danger, il se pencha et posa la main sur le bras du fauteuil afin qu'elle ne puisse pas l'oublier ; un soldat avança, mais attendit les ordres.

« Capitaine, vous avez été jusque-là. Je vous le demande… vous êtes un officier de la Compagnie. Vous *étiez*. Une dernière fois… une dernière fois, capitaine. Ramenez-moi sur Pell. J'obtiendrai votre liberté. Je le jure. »

Elle resta un très long moment immobile.

« Partirez-vous battue ? demanda-t-il. Ou bien partirez-vous à *vos* conditions ? »

Elle se retourna et son regard avait un côté terrifiant. « Vous cherchez à aller faire un tour dehors ? »

— « Ramenez-moi, dit-il. Maintenant. Pendant que c'est important. Ou jamais. Parce que, plus tard, cela ne servira plus à rien. Je ne pourrai plus rien faire et je préférerais être mort. »

Elle serra les lèvres. Pendant quelques instants, elle resta complètement immobile, les yeux fixés sur lui.

« Je vais faire ce que je peux. Dans une certaine limite. S'ils profitent de votre trêve pour faire ce que je pense… » Elle abattit la main sur le bras du fauteuil. « Ceci m'appartient. Ce vaisseau. Vous comprenez. Ces gens… j'appartenais à la Compagnie. Nous lui appartenions tous. Et l'Union ne veut pas que je sois libre. Ce que vous demandez pourrait provoquer une bataille rangée tout près de votre précieuse station. L'Union veut le *Norvège*. Elle est prête à tout pour l'avoir… parce qu'elle sait ce que nous ferons. Je ne peux pas survivre, stationnier, parce que tous les ports me seront fermés. Je ne céderai pas. Jamais. Nous ne céderons pas. Graff, cap sur Pell ! »

Damon recula, persuadé que c'était, pour le moment, le plus sage. Il écouta les coms, le *Norvège* avertissant l'Union de son arrivée. Apparemment, il y eut quelques difficultés. Le *Norvège* discuta.

Une main se posa sur son épaule. Il tourna la tête, trouva Josh.

« Je suis désolé », dit Josh. Il hocha la tête, sans rancune. Josh… n'avait guère eu le choix.

« Ils vous veulent, annonça Mallory. Ils veulent que vous leur soyez livré. »

— « J'irai. »

— « Imbécile ! cracha Mallory. Ils vont vous faire un lavage de cerveau, vous le savez ? »

Il réfléchit, se souvint de Josh assis de l'autre côté du

bureau et demandant les documents, l'accomplissement d'une opération commencée à Russell. C'était surmontable. Josh l'avait fait.

« J'irai », répéta-t-il.

Mallory fronça les sourcils.

« C'est votre cerveau, dit-elle. Enfin, jusqu'à ce qu'ils vous mettent la main dessus. » Puis, dans les coms : « Ici Mallory. Nous attendons, capitaine. Nous n'acceptons pas vos conditions. »

Il y eut une longue attente. Silence à l'autre bout.

Sur le scan, Pell apparut, entourée de vaisseaux de l'Union qui tournaient comme des charognards. Apparemment, l'un d'entre eux avait accosté. Le longscan présentait une brume dorée parsemée de points rouges, près des mines, les moyen-courriers, et un vaisseau isolé, indiqué par un point clignotant à la limite du champ, en dehors du champ, en fait, mais dans la mémoire du comp. Tout était immobile, à l'exception de quatre points tout proches du *Norvège*, en formation serrée.

Ils étaient pratiquement arrêtés, flottant à la même vitesse que tout ce qui se trouvait dans le Système.

« Ici Azov, de l'*Unité*, annonça une voix. Capitaine Mallory, vous êtes autorisée à accoster avec votre passager et à lui faire quitter votre vaisseau. Votre approche de Pell est acceptée, avec les remerciements de l'Union pour votre précieuse collaboration. Nous sommes disposés à vous admettre au sein de la flotte de l'Union telle que vous êtes, armée et avec votre équipage actuel. Terminé. »

— « Ici Mallory. De quelles assurances mon passager dispose-t-il ? »

Graff se pencha sur elle, leva un doigt. Un choc contre la coque résonna dans le *Norvège*, une amarre se mettant en place. Damon, distrait, regarda le scan.

« Arrimage d'un auxiliaire, dit Josh à son oreille. Ils les rappellent. A présent, ils peuvent sauter. »

— « Capitaine Mallory, reprit la voix d'Azov, j'ai à mon bord un représentant de la Compagnie qui vous ordonnera... »

— « Ayres peut aller se faire voir ! répliqua-t-elle. Je vais vous dire ce que je veux en échange de ce que j'ai. Possibilité d'accoster dans les ports de l'Union et des papiers en règle. Sinon, je pourrais envoyer mon précieux passager faire un tour dehors. »

— « Ces problèmes pourront être discutés en détail plus tard. Pell est en crise. Des vies sont en danger. »

— « Vous avez des informaticiens. Seriez-vous dans l'incapacité d'analyser le système ? »

Il y eut un autre silence.

« Capitaine, vous obtiendrez ce que vous voulez. Veuillez accoster sous notre protection si vous voulez ces papiers. Le problème de cette station réside dans la présence des ouvriers indigènes. Ils demandent Konstantin. »

— « Les Downers », souffla Damon. Soudain, il eut la vision terrifiante des Downers affrontant les troupes de l'Union.

— « Eloignez vos vaisseaux de la station, Capitaine Azov. L'*Unité* peut rester au dock. Je vais accoster de l'autre côté ; veillez à ce que vos vaisseaux restent en synchronie avec votre position. Au moindre problème, je tire sans sommation. »

— « D'accord », répondit Azov.

— « Dément, fit Graff. A présent, où est notre bénéfice ? Ils n'apporteront pas ce papier. »

Mallory ne répondit pas.

5

1

PELL, DOCK BLANC ; 9/1/53 ; 0400 HEURES, J ;
1600 HEURES, A-J

Les dockers étaient des soldats de l'Union, en treillis vert, ce qui était étrange sur Pell. Damon descendit la rampe, vers le dos blindé des hommes du *Norvège*, qui tenaient le terrain et gardaient l'accès. De l'autre côté du dock, d'autres soldats en armures... ceux de l'Union. Il quitta le périmètre protégé, dépassa les soldats du *Norvège*, entreprit la traversée solitaire du dock couvert de débris. Il entendit du bruit derrière lui, des pas, se retourna.

Josh.

« Mallory m'envoie, dit Josh, le rejoignant. Cela t'ennuie ? »

Il secoua la tête, mortellement heureux d'être accompagné par lui. Josh fouilla dans sa poche et lui tendit une bande magnétique.

« De la part de Mallory, expliqua-t-il. Elle a programmé le comp. Elle dit que cela te sera peut-être utile. »

Il la prit, la glissa dans la poche de son treillis marron de la Compagnie. L'escorte de l'Union attendait avec les soldats, uniformes noirs et médailles argentées. En approchant, il fut terrifié par la similarité des individus, leur beauté. Des humains parfaits, de toutes les tailles, de tous les types.

« Qui sont-ils ? » demanda-t-il à Josh.

— « Des gens comme moi, répondit Josh. Moins spécialisés. »

Il avala péniblement sa salive, continua son chemin. Les soldats de l'Union les encadrèrent sans un mot, les escortèrent dans le dock. Quelques citoyens de Pell étaient là, les regardant passer. *Konstantin*, murmura-t-on, *Konstantin*. Il vit l'espoir dans les yeux et se crispa, sachant qu'il y en avait très peu. Certaines sections étaient en proie au chaos, secteurs entiers sans lumière, sans ventilateurs, avec la puanteur du feu et des cadavres. La pesanteur était légèrement instable. Impossible de savoir ce qui s'était passé dans le Cœur, dans le système de pressurisation. Il arrivait un moment où la détérioration des circuits devenait irrémédiable, quand les équilibres étaient trop gravement altérés. Sans esprit, le Commandement Central ne donnant plus d'instructions, Pell fonctionnait sur son corps, des centres nerveux indépendants, les systèmes automatiques qui luttaient pour sa survie. Faute de réglage et d'équilibre, ils se décaleraient... comme un corps mourant.

Ils suivirent Bleu neuf, où se tenaient d'autres troupes de l'Union, prirent la rampe d'urgence... des morts, ici aussi, des cadavres près desquels ils passèrent pendant leur ascension ; une longue montée, depuis Vert neuf jusqu'à une zone contrôlée par des soldats en armures, épaule contre épaule, tournés vers le haut. Il était impossible d'aller plus loin ; le chef de l'escorte tourna, leur fit passer la porte de deux, dans un couloir bordé de bureaux financiers. Un autre groupe de soldats et d'officiers s'y trouvait. L'un d'entre eux, blanchi par la réjuv et portant d'innombrables médailles sur la poitrine, se tourna vers eux. Avec un choc estompé par la fatigue, il reconnut les hommes qui se tenaient immédiatement derrière lui. Ayres, de la Terre.

Et Dayin Jacoby. S'il avait eu une arme, il l'aurait abattu. Il n'en avait pas. Il s'immobilisa, le regardant fixement, et le visage de Jacoby rougit.

« Monsieur Konstantin », dit l'officier.

— « Capitaine Azov ? » devina-t-il, grâce aux insignes.

Azov tendit la main. Il la serra, avec amertume.

« Major Talley », dit Azov, tendant la main à Josh. Josh accepta le salut. « Heureux de vous revoir. »

— « Capitaine », souffla Josh.

— « L'information de Mallory est exacte ? Mazian a pris la direction de Sol ? »

Josh acquiesça.

— « C'est exact, capitaine. Je crois que c'est vrai. »

— « Gabriel ? »

— « Mort, capitaine. Abattu par les Mazianni. »

Azov hocha la tête, les sourcils froncés, regarda Damon dans les yeux.

« Je vous donne une chance, dit-il. Pensez-vous pouvoir remettre cette station en ordre de marche ? »

— « Je vais essayer, répondit Damon. Si vous me laissez monter. »

— « C'est justement le problème, dit Azov. Nous ne pouvons pas monter. Les indigènes ont bloqué la porte. Impossible de savoir quels dégâts ils ont faits, là-haut, ou ce qui se passerait si nous tirions. »

Damon hocha lentement la tête, se tourna vers la porte de la rampe d'accès.

« Josh m'accompagne, dit-il. Personne d'autre. Je vais stabiliser Pell. Vos soldats pourront suivre... quand le calme sera rétabli. Si vous tirez, vous risquez de perdre la station, et ce n'est pas ce que vous voulez, n'est-ce pas ? »

— « Non, admit Azov. Nous ne le voulons pas. »

Damon acquiesça, prit la direction des portes. Josh le suivit. Un mégaphone, derrière eux, rappela les soldats, qui franchirent les portes donnant sur la rampe, obéissant à l'appel, les croisant quand ils sortirent. Le haut était dégagé, la porte donnant sur Bleu un étant toujours fermée. Damon appuya sur le bouton ; il ne fonctionnait pas. L'ouverture manuelle marchait.

Les Downers étaient derrière, serrés les uns contre les autres, masse qui occupait le couloir central et les couloirs adjacents.

« Homme-Konstantin ! » s'écria l'un d'entre eux, se levant précipitamment, blessé comme beaucoup l'étaient, ses brûlures saignant. Ils se levèrent du même mouvement, tendirent les bras quand ils entrèrent, lui touchèrent les mains, le corps, sautillant de joie et appelant, criant dans leur langue.

Il avança, Josh suivant dans son sillage, dans la foule surexcitée. Il y en avait d'autres dans le Commandement Central, derrière les vitres, par terre, assis sur les tableaux de commandes, dans tous les recoins. Il atteignit les portes, frappa à la vitre. Les Hisas levèrent la tête, yeux fixes, solennels et graves... et, soudain, joyeux. Ils se levèrent d'un bond, dansèrent, sautèrent, poussèrent des cris étouffés par les vitres.

« Ouvrez la porte ! » cria-t-il. Ils ne pouvaient pas l'entendre, mais il montra l'interrupteur, car ils avaient fermé de l'intérieur.

On ouvrit. Il avança au milieu d'eux, touché et serré, toucha à son tour et, dans la cohue, une main puissante se referma sur la sienne, la serra contre une poitrine velue.

« Moi Satin, dit la Hisa avec un large sourire. Yeux moi chauds, chauds, homme-Konstantin. »

Et, de l'autre côté, Dent-Bleue. Le large sourire et la fourrure broussailleuse qu'il connaissait, et il serra le Downer dans ses bras.

— « Ta mère envoyer, dit Dent-Bleue. Elle bien, homme-Konstantin. Elle dire fermer portes et rester, pas bouger, faire eux trouver homme-Konstantin, faire Là-Haut bien. »

Il retint son souffle, toucha les corps velus, gagna le tableau de commandes central, suivi par Josh. Il y avait des cadavres, par terre. Celui de Jon Lukas, touché en pleine tête. Il s'assit, abaissa les interrupteurs, reconstruisant... sortit la bande magnétique et hésita.

Un cadeau de Mallory. A Pell. A l'Union. La bande pouvait contenir n'importe quoi... des pièges destinés à l'Union... un ultime dispositif de destruction...

Il s'essuya le visage avec le dos de la main, prit finalement sa décision et introduisit la bande. La machine l'engloutit, plus possible de reculer.

Les tableaux de commandes s'éclairèrent, témoins verts allumés. Les Hisas s'agitèrent. Il regarda, au-dessus de lui, le reflet des soldats sur la vitre, debout sur le seuil, pointant leurs armes, Josh qui, derrière lui, s'était tourné vers eux.

«Restez où vous êtes!» ordonna-t-il sèchement. Ils s'immobilisèrent, baissèrent leurs armes. Peut-être était-ce le visage, l'apparence qui était celle des labos de l'Union; ou la voix qui coupait court à toute discussion. Josh leur tourna le dos et posa les mains sur le dossier du fauteuil de Damon.

Damon se remit au travail, jeta un nouveau regard aux reflets des vitres.

— «Il faut un tech des coms, dit-il. Pour les canaux publics. Trouve quelqu'un qui ait l'accent de Pell. Tout va bien. Ils ont vidé des stocks, effacé des dossiers... mais nous n'en avons pas réellement besoin, pas vrai?»

— «Ils ne pourront pas savoir qui est qui, fit Josh à voix basse, n'est-ce pas?»

— «Non», répondit-il. L'adrénaline, qui l'avait soutenu jusque-là, s'épuisait. Il constata que ses mains tremblaient; tourna la tête et s'aperçut qu'un tech de l'Union prenait place aux coms. «Non!» s'écria-t-il, se levant et se dirigeant vers lui. Les soldats pointèrent leurs armes.

— «Du calme!» cria Josh, et l'officier hésita. Puis Josh jeta un regard de côté et recula. Il y avait une autre présence sur le seuil. Azov et son entourage.

— «Un message personnel, monsieur Konstantin?»

— «Il faut que les équipes reprennent le travail, dit Damon. Les hommes réagiront à une voix qu'ils connaissent.»

— «J'en suis convaincu, monsieur Konstantin. Mais, non. N'approchez pas des coms. Laissez faire nos techs.»

— «Capitaine, dit tranquillement Josh, puis-je intervenir?»

— «Pas dans cette affaire, répondit Azov. Assumez les tâches non publiques, monsieur Konstantin.»

Damon respira calmement, regagna le tableau de

commandes central et s'assit prudemment. D'autres soldats étaient entrés. Les Hisas s'étaient massés contre les murs et sur les tableaux de commandes, murmurant avec inquiétude.

« Faites sortir ces créatures, dit Azov. Tout de suite ! »

— « Des citoyens, répliqua Damon, se tournant vers Azov. Des citoyens de Pell. »

— « Peu importe. »

— « *Pell !* appela la voix de Mallory sur les coms. Parés au départ. »

— « Capitaine ? » demanda le tech de l'Union.

Azov fit signe de ne pas répondre.

Damon se pencha, essayant d'atteindre un signal d'alarme. Les fusils se levèrent et il renonça. Azov prit personnellement la communication.

« Mallory, dit-il, je vous conseille de ne pas bouger. »

Un instant de silence.

« Azov, répondit doucement la voix, je me disais bien que les voleurs n'ont pas d'honneur. »

— « Capitaine Mallory, vous êtes attachée à la flotte de l'Union, sous les ordres de l'Union. Acceptez ces ordres ou mutinez-vous. »

Un nouveau silence. Qui se prolongea. Azov se mordait la lèvre. Il tendit le bras devant le tech des coms et composa un code.

« Capitaine Myes, le *Norvège* refuse les ordres. Déplacez légèrement vos vaisseaux. »

Puis, sur le canal de Mallory :

« Vous acceptez notre offre, Mallory, ou bien vous n'aurez aucun port. Vous pouvez fuir, mais les vaisseaux de l'Union ne vous laisseront pas le moindre répit. Ou bien vous rejoignez Mazian, ou bien vous venez avec nous contre lui. »

— « Sous vos ordres ? »

— « A vous de choisir, Mallory. Le pardon... ou la traque. »

Un rire sec.

« Combien de temps commanderais-je le *Norvège*, si l'Union s'en emparait ? Et combien de temps mes officiers, mon équipage et mes soldats vivraient-ils ? »

— « Le pardon, Mallory. A prendre ou à laisser. »

— « Comme vos autres promesses. »

« Station Pell, interrompit une autre voix, troublée. Ici

le *Hammer*. Nous avons un contact. Station Pell, entendez-vous ? Nous avons un contact. »

Puis une autre.

« Station Pell, ici la flotte des commerçants. Ici Quen, de l'*Estelle*. Nous arrivons. »

Damon se tourna vers le longscan, qui intégrait rapidement des éléments nouveaux, captant un signal vieux de deux heures. *Elene!* Vivante et avec les commerçants. Il se précipita vers les coms, prit le canon d'un fusil dans l'estomac, trébucha et s'accrocha à un tableau de commandes. Il aurait pu se faire tuer. Cela pouvait arriver, alors que le dénouement approchait. Il regarda Josh. Elene avait certainement capté les émissions de Pell liées aux difficultés, quatre heures plus tôt ; deux heures. Elene poserait des questions. S'il ne répondait pas correctement... si elle ne reconnaissait pas les voix... elle ne viendrait pas, elle ne viendrait certainement pas.

Les regards se tournèrent vers le scan, un homme d'abord, puis, à cause de son expression, d'autres. Il n'y avait pas un point, mais une poussière de points, enregistrés à mesure que les impulsions arrivaient. Une masse, un essaim, une horde incroyable de vaisseaux de transport se dirigeant vers eux. Damon regarda, appuyé contre le tableau de commandes, un sourire se formant sur son visage.

« Ils sont armés, dit-il à Azov. Capitaine, ce sont des long-courriers, et ils sont armés. »

Le visage d'Azov était figé. Il s'empara d'un micro et le brancha.

« Ici Azov, de l'*Unité*, vaisseau-amiral de l'Union, commandant en chef de la flotte. Pell est à présent une zone militaire de l'Union. Dans votre propre intérêt, n'approchez pas. Nous tirerons sur tout vaisseau qui tentera d'approcher. »

Un signal d'alarme se mit à clignoter, un tableau de commandes déclenchant l'alerte dans le centre. Damon regarda les témoins et son cœur se mit à battre très vite. Le dock Blanc annonçait un départ immédiat. Le *Norvège*. Il pivota sur lui-même, brancha le canal, tandis que le soldat restait paralysé par la confusion.

« *Norvège*. Ne bougez pas. Ici Konstantin. Ne bougez pas ! »

— « Ah, nous nous contentons de vous prévenir, Pell.

Les vaisseaux de guerre pourraient ne faire qu'une bouchée de ces transports, armés ou pas. Mais ils seront aidés par des professionnels, s'ils le souhaitent. »

— « Je répète, reprit la voix d'Elene, retardée par la distance. Nous allons accoster. Nous avons enregistré vos émissions. L'Alliance des commerçants revendique Pell, que nous considérons comme territoire neutre. Nous pensons que vous accepterez cette revendication. Nous suggérons des négociations immédiates... sinon tous les commerçants de notre flotte se retireront définitivement du territoire de l'Union. En direction de la Terre. Nous ne pensons pas que cela conviendrait aux parties concernées. »

Il y eut un très long silence. Azov regardait les écrans, où les points se multipliaient. Le *Hammer* n'était plus repérable, perdu au milieu des autres points.

« Nous avons une base de discussion », accepta Azov.

Damon poussa un long soupir.

2

PELL, DOCK ROUGE ; 9/1/53 ; 0530 HEURES, J ; 1730 HEURES, A-J

Elle entra dans le dock avec une escorte de commerçants armés. Elle était enceinte, marchait lentement, et les commerçants ne prenaient pas le risque de l'exposer aux dangers du dock. Damon resta près de Josh, dans le camp de l'Union, aussi longtemps qu'il le put, puis, finalement, il prit le risque d'avancer, pas du tout certain qu'on le laisserait la rejoindre. Les commerçants pointèrent leurs armes sur lui, anneau nerveux et menaçant ; et il s'arrêta, seul au milieu du dock.

Mais elle le vit, son visage s'illumina et les commerçants s'écartèrent, le laissant aller jusqu'à elle, reformant le cercle derrière lui.

Commerçante, auprès des siens et longtemps loin de la sécurité de Pell. Dans son subconscient, il y avait des doutes, la préparation à des changements... qui disparurent quand il regarda son visage. Il l'embrassa, s'accrocha à elle comme elle s'accrochait à lui, craignant de lui faire mal en la serrant trop fort. Il était là, entouré d'une horde de commerçants, dans une brume étincelante, respirant le parfum de sa réalité, l'embrassa à nouveau et se rendit compte qu'ils n'avaient pas le temps de parler, de poser des questions, qu'ils n'avaient le temps de rien.

« Il a fallu que je fasse un long détour pour rentrer », souffla-t-elle.

Il rit, follement, silencieusement, regarda autour de lui, puis les forces de l'Union, à nouveau sérieux.

« Tu sais ce qui s'est passé ici ? »

— « En partie. L'essentiel, peut-être. Il y a longtemps que nous sommes à proximité. En attendant de ne plus avoir le choix. » Elle frémit, le serra dans ses bras. « J'ai cru que nous l'avions perdue. Puis Mazian est parti et nous avons décidé de venir. L'Union a des problèmes, Damon. L'Union doit gagner Sol et elle a besoin de tous ses vaisseaux. »

— « Aucun doute là-dessus, dit-il. Mais ne quitte pas ce dock. Ce qui doit être dit, quelles que soient les négociations, il faut rester ici, dans ce dock ; refuse d'aller dans un endroit où Azov pourrait poster des soldats entre toi et tes vaisseaux. Ne lui fais pas confiance. »

Elle hocha la tête.

« Compris. Nous ne sommes que des porte-parole, Damon ; je représente les intérêts des commerçants. Ils veulent un port neutre, compte tenu de la situation, et c'est Pell. Je ne pense pas que Pell s'y opposera. »

— « Non, répondit-il. Pell ne s'y opposera pas. Pell a quelques problèmes à régler. » Pour la première fois en quelques minutes, il respira librement, suivit son regard fixé sur l'autre côté du dock et Azov, et Josh debout parmi les soldats de l'Union, attendant qu'elle approche. « Prends une douzaine d'hommes et demande aux autres de garder les accès. Voyons ce qu'Azov considère comme raisonnable. »

« La restitution, dit Elene fermement et calmement, le bras appuyé sur la table, du *Hammer* aux Olvig, celle du *Swan's Eye* à ses propriétaires légitimes ; celle de tous les vaisseaux de commerce confisqués par l'armée de l'Union. La condamnation la plus énergique de la prise et de la destruction du *Geneviève*. Vous pouvez répondre que vous n'en avez pas le pouvoir ; mais les décisions militaires vous appartiennent... à ce niveau, capitaine ; restituez les vaisseaux. Sinon, ce sera l'embargo. »

— « Nous ne reconnaissons pas votre organisation. »

— « Ceci, interrompit Damon, dépend du Conseil de l'Union. Pell reconnaît cette organisation. Et Pell est indépendante, capitaine, accepte pour le moment de vous accueillir ; mais elle a les moyens de refuser. Je regretterais cette décision. Nous avons un ennemi commun... mais vous seriez bloqué ici, et ce serait très désagréable. Et cela pourrait se savoir. »

Il y eut, de l'autre côté de la table, installée dans le dock et entourée de demi-cercles antagonistes de commerçants et de soldats, des froncements de sourcils.

« Nous avons intérêt, reconnut Azov, à ce que cette station ne devienne pas une base des Mazianni ; et à participer à sa protection... sans laquelle vous n'avez pas la moindre chance, monsieur Konstantin, malgré vos menaces. »

— « Nécessité mutuelle, dit tranquillement Damon. Soyez sûr que Pell n'acceptera pas les vaisseaux de Mazian. Ils sont hors la loi. »

— « Nous vous avons rendu un service, dit Elene. Des vaisseaux de commerce sont partis pour Sol nettement avant Mazian. Assez tôt, tout au moins, pour arriver avant lui ; pas beaucoup, mais un peu. La Station Sol sera avertie de sa venue. »

La surprise détendit le visage d'Azov. Celui d'un de ses compagnons, Ayres, se figea dans un sourire, des larmes brillant dans ses yeux.

« Je vous remercie, dit Ayres. Capitaine Azov, je suggère une consultation et des décisions rapides. »

— « Cela semble s'imposer », reconnut Azov. Il repoussa son fauteuil. « La station fonctionne correctement. Notre travail est terminé. Le temps presse. Si la Station Sol prépare à ce hors-la-loi la réception qu'il mérite, il faut que nous soyons là. »

— « Pell, dit Damon, sera heureuse de collaborer à votre départ. Mais les vaisseaux de commerce que vous vous êtes appropriés... restent. »

— « Nous avons des équipages à bord. Ils viennent. »

— « Gardez vos équipages. Ces vaisseaux appartiennent aux commerçants et ils restent. Josh Talley aussi. C'est un citoyen de Pell. »

— « Non, dit Azov. Je n'abandonnerai pas les miens sous prétexte que vous le demandez. »

— « Josh, dit Damon, tournant la tête vers l'endroit où se tenait Josh, parmi les soldats de l'Union, enfin discret parmi tous ces individus parfaits, qu'en penses-tu ? »

Les yeux de Josh regardèrent derrière lui, Azov peut-être, regardèrent droit devant eux. Il ne répondit pas.

« Demandez à vos troupes de regagner vos vaisseaux, dit Damon à Azov. Si Josh reste, telle sera sa décision. L'Union n'a plus de raison de rester. Vous serez désormais autorisés à accoster sur votre demande et avec l'accord du Chef de Station ; n'ayez aucune crainte. Mais, si vous êtes pressé, je vous suggère d'accepter cette offre. »

Le visage d'Azov était ironique. Il fit signe à l'officier, qui ordonna aux soldats de se mettre en formation. Ils s'éloignèrent vers l'horizon courbe, vers le dock Bleu où l'*Unité* avait accosté.

Et Josh était toujours là, seul. Elene se leva, le serra maladroitement entre ses bras, et Damon lui donna une claque sur l'épaule.

« Reste ici, dit-il à Elene. Il faut que je supervise le départ d'un vaisseau de l'Union. Josh, viens. »

— « Neihart, dit Elene aux hommes qui l'entouraient, accompagnez-les au Commandement Central. »

Ils partirent après les forces de l'Union ; prirent le couloir neuf tandis que les soldats de l'Union regagnaient leurs vaisseaux, se mirent à courir. Dans les couloirs, il y avait des portes ouvertes, les habitants de Pell venant aux renseignements. Il y eut des cris, des signes, tout le monde acclamant cette dernière occupation, celle des commerçants.

« Ce sont les nôtres ! hurla quelqu'un. Les nôtres ! »

Ils prirent la rampe d'urgence, montèrent en courant ; les Downers les rejoignirent ; les suivirent, sautillèrent et bondirent, bavardant joyeusement. Dans la spirale, retentirent les glapissements des Downers, les cris des humains, tandis que la nouvelle gagnait tous les étages. Quelques soldats de l'Union descendaient, obéissant aux ordres transmis par le quartier général, certainement gênés de se trouver là.

Ils arrivèrent à Bleu un. Les Downers occupaient à nouveau le Commandement Central, les accueillirent en souriant quand ils franchirent les portes ouvertes.

« Vous amis, dit Dent-Bleue. Vous amis, tous ? »

— « Tout va bien », affirma Damon, se frayant un chemin dans la foule de corps bruns et s'installant au tableau de commandes central. Il se tourna vers Josh, les commerçants. « Est-ce que quelqu'un connaît ce type de comp ? »

Josh prit place près de lui. Un Neihart se chargea des coms, un autre d'un autre poste du comp. Damon se brancha sur les coms.

« *Norvège*, dit-il, vous partez en premier. J'espère que vous vous éloignerez sans provocation. Nous n'avons pas besoin de complications. »

— « Merci, Pell ! répondit la voix sèche de Mallory. Vos priorités me plaisent. »

— « Dépêchez-vous. Vos soldats devront se charger du désarrimage. Vous pourrez venir les prendre quand nous serons tout à fait stables. D'accord ? Ils ne risquent rien. »

— « Station Pell, intervint une autre voix, Azov. Nos accords spécifient que vous ne recevrez pas les Mazianni. Celui-ci nous appartient. »

Damon sourit.

— « Non, capitaine Azov. Ce vaisseau *nous* appartient. Nous sommes une planète et une station, une communauté souveraine, et en dehors des commerçants, qui ne sont pas considérés comme résidants, nous entretenons une milice. Le *Norvège* est la flotte de Downbelow. Je vous prie de respecter sa neutralité. »

— « Konstantin ! » intervint la voix de Mallory, au bord de la colère.

— « Quittez le dock et tenez-vous à distance, Capitaine Mallory. Ne bougez pas avant que la flotte de l'Union ait quitté votre espace. Vous êtes dans notre dispositif et vous obéissez à nos instructions. »

— « Bien reçu, répondit-elle finalement. Nous sommes parés. Nous allons quitter le dock et déployer les auxiliaires. *Unité*, veillez à quitter directement le Système. Et transmettez mes salutations à Mazian. »

— « Vos commerçants, dit Azov. supporteront les conséquences de cette décision, Station Pell. Vous protégez un vaisseau qui doit attaquer le commerce pour vivre. Les vaisseaux de commerce. »

— « Foutez le camp, Union ! répliqua Mallory. Soyez sûrs que Mazian ne vous jouera pas de mauvais tour. Il n'accostera pas à Pell tant que je serai ici. Occupez-vous de vos affaires ! »

— « Du calme ! lança Damon. Capitaine, quittez le dock. »

Les témoins s'allumèrent. Le *Norvège* était parti.

3

SYSTÈME DE PELL

« Vous aussi ? » demanda ironiquement Blass.

Vittorio serra le maigre sac contenant ses possessions, se fraya maladroitement un chemin dans l'accès étroit, en apesanteur, suivant le reste de l'équipage qui avait occupé le *Hammer*. Il faisait froid, et sombre. Il y avait une vibration, le tube d'une navette s'arrimant à leur sas.

— « Je n'ai pas tellement le choix, dit-il. Je ne vois pas ce que je pourrais dire aux commerçants. »

Blass grimaça un sourire, se tourna vers le sas, qui s'ouvrit sur le tube étroit conduisant au vaisseau de guerre. Le noir les engloutit.

L'*Unité* accélérait régulièrement. Ayres était assis dans un fauteuil confortable de la salle principale de l'*Unité*, moquettée, d'un modernisme sévère, près de Jacoby. Les écrans indiquaient leur trajectoire, toute une rangée d'écrans avec des chiffres et des images. Ils filaient dans l'avenue ouverte par les vaisseaux de commerce, étroit tunnel au sein même de la horde et, finalement, Azov se décida à les contacter par l'intermédiaire de la vid, apparaissant sur un des écrans.

« Tout va bien ? » demanda Azov.

— « Je rentre chez moi, répondit doucement Ayres, satisfait. Je vais vous faire une proposition, capitaine : Actuellement, Sol et l'Union ont de nombreux intérêts communs. Et, quand vous enverrez votre inévitable courrier à Cyteen, acceptez d'y inclure une suggestion : Coopération provisoire. »

— « Votre camp n'a aucun intérêt dans l'Au-Delà », objecta Azov.

— « Capitaine, permettez-moi de vous dire que ces intérêts sont peut-être sur le point de naître. Et que cela ne dérangerait aucunement l'Union... que l'Union pourrait avoir moins de chances de proposer sa protection à la Terre... que l'Alliance des commerçants. Après tout, l'Alliance a déjà envoyé un messager à la Terre. Par conséquent, Sol a le choix, n'est-ce pas ? L'Alliance des commerçants, l'Union... ou Mazian. Je pense que nous devrions examiner ce problème, négocier. Apparemment, nous ne pouvons céder Pell ni l'un ni l'autre. Et j'espère que je pourrai donner à mon gouvernement une opinion favorable sur le vôtre. »

Elene arriva avec une foule imposante de commerçants, s'arrêta sur le seuil du Commandement Central, tandis que les Downers, légèrement inquiets, s'éparpillaient dans tous les sens. Mais Satin et Dent-Bleue la connaissaient, dansèrent et la touchèrent pour exprimer leur joie. Damon se leva, la prit par la main, la fit asseoir près de Josh et de lui.

« Les ascensions ne me valent rien, dit-elle, le souffle court. Il faut remettre les ascenseurs en marche. » Il prit le temps de la regarder. Puis se tourna à nouveau vers les écrans, un visage sur des draps blancs, des yeux paisibles, sombres, vifs. Alicia Lukas sourit, à peine.

« Je viens de recevoir un appel, annonça-t-il à Elene. Des nouvelles de Downbelow. Une navette endommagée demandant du secours à Mallory... et un opérateur n'émettant pas de la base... disant qu'Emilio et Miliko sont sains et saufs. Je n'ai pas pu vérifier... le désordre règne. L'opérateur se trouve dans les collines ; mais, manifestement, tout le monde a pu s'abriter. Il faudra que j'envoie une de nos navettes, et probablement des médecins. »

— « Neihart », dit Elene, regardant ses compagnons. Un commerçant imposant hocha la tête.

— « Tout ce que vous voulez, dit-il. Nous le transporterons sur la planète. »

6

1

PELL, SECTEUR VERT UN ; 29/1/53 ; 2200 HEURES, J ; 1000 HEURES, A-J

C'était une réunion étrange, même pour Pell, dans le coin le plus isolé du bar panoramique, où des écrans distincts procuraient une certaine intimité. Damon serrait étroitement la main d'Elene dans la sienne et, sur la table, il y avait l'œil rouge d'une caméra portative, car il avait voulu qu'*elle* soit parmi eux ce soir-là, comme elle l'avait toujours été avec son père et eux tous, à chaque réunion de famille. Emilio était près de lui ; et Miliko ; et Josh à sa gauche et, près de Miliko, un petit groupe de Downers qui trouvaient manifestement les chaises inconfortables mais étaient néanmoins ravis de l'occasion de les essayer, et de goûter des mets exceptionnels, des fruits hors saison. Au bout de la table, Neihart et Signy Mallory, cette dernière avec une escorte armée qui restait discrètement dans l'ombre.

Il y avait de la musique, la danse lente des étoiles et des vaisseaux sur les murs. Le bar panoramique avait pratiquement repris son aspect habituel... pas tout à fait, mais tout avait changé.

« Je vais repartir, annonça Mallory. Ce soir. Je suis restée... par politesse. »

— « Où ? » demanda Neihart sans préambule.

— « Faites simplement ce que je vous ai conseillé, commerçant ; intégrez *Alliance* à la désignation de vos vaisseaux. Vous ne risquez rien. En outre, pour le moment, j'ai tout le ravitaillement nécessaire. »

— « J'espère que vous ne vous éloignerez pas, dit Damon. Franchement, je ne suis pas certain que l'Union ne va pas tenter quelque chose. Je préférerais que vous soyez dans les environs. »

Elle eut un rire sans joie.

« C'est votre opinion. Je ne m'aventure pas sans escorte dans les couloirs de Pell. »

— « Cela ne change rien, répondit-il. Nous préférons vous avoir à proximité. »

— « Ne me demandez pas ma trajectoire, dit-elle. C'est mon affaire. Je connais les endroits. Je suis restée trop longtemps sans bouger. »

— « Nous allons partir pour Viking, annonça Neihart. Nous verrons bien quelle réception nous y attend... dans un petit mois. »

— « Sans doute intéressant », admit Mallory.

— « Bonne chance à tous », dit Damon.

2

PELL, DOCK BLEU ; 30/1/53 ; 0131 HEURE, J ; 1331 HEURES, A-J

L'anti-jour était bien avancé et le dock était pratiquement désert, dans cette zone non commerciale. Josh marchait rapidement, avec cette nervosité qu'il avait toujours lorsqu'il était seul, l'impression inquiétante que les rares promeneurs pourraient le reconnaître. Un Hisa le vit, fixa sur lui de grands yeux graves. Les dockers de l'accostage quatre le reconnurent manifestement, et les soldats de garde aussi : les fusils se retournèrent vers lui.

« Il faut que je voie Mallory », dit-il.

Il connaissait l'officier : Di Janz. Janz donna un ordre et un soldat, mettant son arme à la bretelle, lui fit signe de le précéder sur la rampe, le suivit dans le tube puis dans le sas, dans le couloir bruyant et le vestiaire plein de soldats. Ils prirent l'ascenseur jusqu'au couloir principal, où l'équipage s'affairait aux tâches de dernière minute. Bruits familiers. Odeurs familières. Tous.

Elle était sur le pont. Il entra et le gardien l'arrêta, mais Mallory leva la tête et, bizarrement, fit signe aux gardiens de s'écarter.

« C'est Damon qui t'envoie ? » demanda-t-elle quand il s'arrêta devant elle.

Il secoua la tête.

Elle fronça les sourcils, posa, consciemment ou inconsciemment, la main sur son arme.

« Alors, qu'est-ce qui t'amène ? »

— « Je me suis dit que tu aurais peut-être besoin d'un spécialiste du comp. De quelqu'un qui connaît l'Union... de fond en comble. »

Elle rit carrément.

« Pour me faire tirer dans le dos ? »

— « Je ne suis pas parti avec l'Union, dit-il. Ils auraient refait les bandes... m'auraient donné un autre passé. M'auraient envoyé... peut-être à la Station Sol. Je ne sais pas. Mais rester à Pell, maintenant... je ne peux pas. Les stationniers... me connaissent. Et je ne peux pas vivre dans une station. Je ne m'y sens pas bien. »

— « Rien qu'un autre lavage de cerveau puisse guérir ? »

— « Je veux me souvenir. J'ai quelque chose. La seule chose réelle. Tout ce à quoi je tiens. »

— « Alors tu l'abandonnes ? »

— « Provisoirement », répondit-il.

— « Tu en as parlé à Damon ? »

— « Avant de venir. Il comprend. Elene aussi. »

Elle s'appuya contre le tableau de commandes, le regarda pensivement de haut en bas, les bras croisés.

« Pourquoi le *Norvège* ? »

Il haussa les épaules.

« La station n'appelle jamais, n'est-ce pas ? Sauf ici. »

— « Non. » Elle eut un bref sourire. « Seulement ici. Parfois. »

« Vaisseau partir », murmura Lily, les yeux fixés sur les écrans, lissant les cheveux de la Rêveuse. Le vaisseau s'éloigna du Là-Haut, roula sur lui-même, dans un mouvement qui ne ressemblait en rien à celui des vaisseaux qui allaient et venaient, puis il s'éloigna rapidement.

« Le *Norvège* », dit la Rêveuse.

— « Un jour, dit la Conteuse, qui était revenue de la grande salle avec de nombreuses histoires, un jour, nous aller. Konstantin donner vaisseaux à nous. Nous aller, emporter Soleil dans yeux, pas peur du noir, pas peur. Nous voir beaucoup, beaucoup de choses. Konstantin me donner marcher loin, loin, loin. Bennett faire venir nous ici. Printemps venir encore. Moi vouloir marcher loin, faire nid là-bas… trouver étoile et aller. »

La Rêveuse rit, un rire tendre.

Et regarda le noir, où Seigneur Soleil marchait, puis sourit.

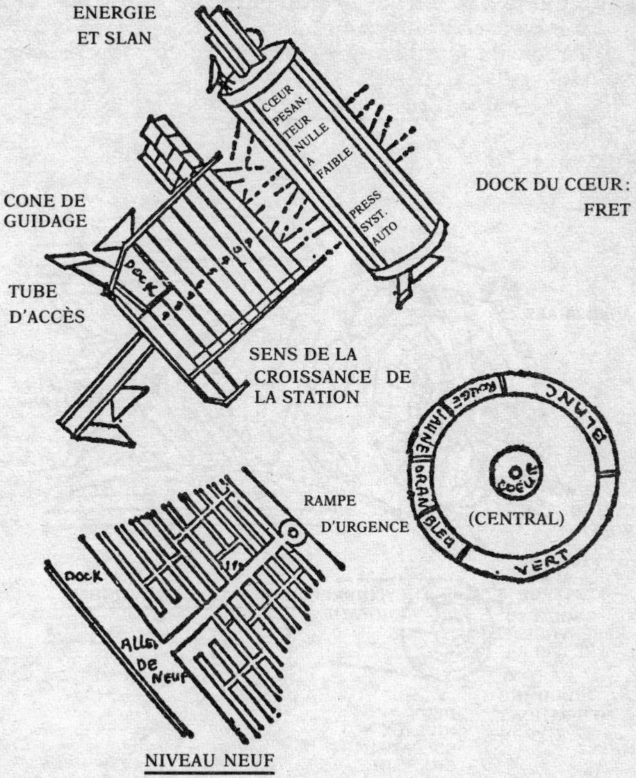

COUPE SCHEMATIQUE DE PELL

ECS 5 NORVEGE

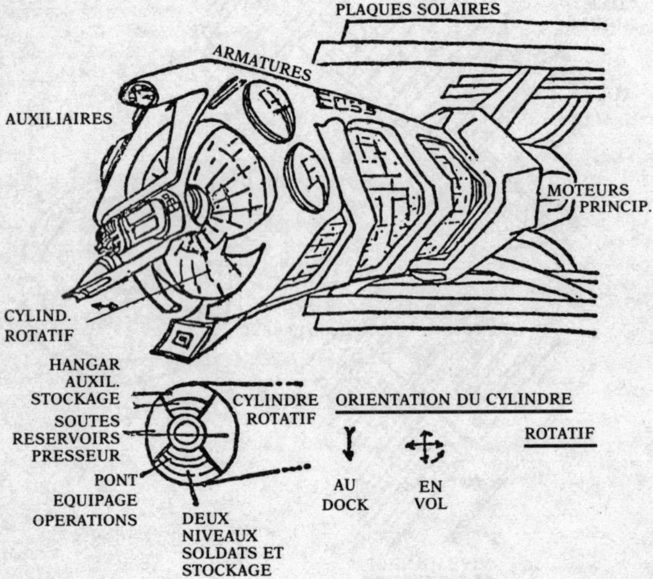

3330

Achevé d'imprimer en Europe (France)
par Brodard et Taupin à La Flèche (Sarthe)
le 16 février 1995. 1224 L-5
Dépôt légal février 1995. ISBN 2-277-23330-7
1er dépôt légal dans la collection : oct. 1992
Éditions J'ai lu
27, rue Cassette, 75006 Paris
Diffusion France et étranger : Flammarion